KB007921

중국을
만든
문장들

중국을

만든

문장들

2022년 7월 20일 초판 1쇄 펴냄

엮고 옮긴이 김근
편집 김균하
펴낸이 신길순

펴낸곳 (주)도서출판 **삼인**
전화 02-322-1845
팩스 02-322-1846
이메일 saminbooks@naver.com
등록 1996년 9월 16일 제25100-2012-000046호
주소 (03716) 서울시 서대문구 성산로 312 북산빌딩 1층

디자인 끄레디자인
인쇄 수이북스
제책 은정

ISBN 978-89-6436-222-8 03820

값 36,000원

원문으로
만나는
고전 명작
52편

중국을
만든
문장들

김근 엮고 옮김

삼인

머리말

사회를 이해하려면 당연히 개인을 먼저 파악해야 한다. 사회란 개인과 그의 욕망이 모여서 끊임없이 상호 작용하는 곳이기 때문이다. 따라서 우리는 개인의 사회적 욕망이 어떻게 형성되는지를 알아볼 필요가 있다.

『춘추좌전』에 삼불후三不朽라는 말이 있다. 세상의 모든 사물은 썩어 없어지기 마련인데 영원히 썩지 않는 세 가지가 있으니, 입덕立德·입공立功·입언立言이 그것이라는 말이다. 입덕은 성인처럼 수양으로 덕을 쌓아서 사람들에게 모범을 보이는 일이고, 입공은 나라의 환난을 해결하여 백성이 편안히 먹고살 수 있도록 해주는 일이며, 입언은 훌륭한 말이나 글을 써서 사람들의 정신을 다잡아주는 일을 가리킨다.

세 가지 모두 불후이면서 인간을 형성하는 데 심대한 영향을 끼치고 있지만, 이 중에서도 개인의 형성에 가장 중요한 것은 입언이다. 왜냐하면 인간에게 전에 없던 인격을 형성하는 건 다름 아닌 작품(텍스트)이기 때문이다. 작품이 바로 입언의 결과가 아니던가? 인류에게 새로운 길을 열어준 것은 새로운 인간형이고, 이 새로운 인간형은 언어로 이루어진 작품이 만들어낸다. 그래서 개인에게 작품이 가장 중요한 본보기가 된다.

전통적으로 중국의 개인을 만든 것도 그들의 언어 작품들이다. 역대의 시인들과 문장가들이 입언한 작품을 개인들이 읽고 공유하면서 중국의 문화는 형성돼왔다. 그러므로 우리가 중국을 심도 있게 알려면 그들이 즐겨 읽는 작품들을 먼저 읽어야 한다.

그러나 우리가 중국의 작품을 읽는 것은 단지 중국이라는 대상을 이해하기 위해서만은 아니다. 거기에는 인간과 사회에 대한 보편적인 진실을 깨닫기 위해서라는 더욱 절실한 이유가 있다. 중국은 일찍부터 문자를 발명하여 기록하고 표현함으로써 오랜 기간 동양에서 문명의 중심지 역할을 해왔는데, 이는 그 문화가 보편성을 품고 있었기에 가능하였다. 그래서 우리도 그 이웃에 살면서 그들의 텍스트를 들여와 읽고, 또 우리의 텍스트로 재생산해내기도 하였다. 따라서 중국 고전을 읽는다는 것은 서양 고전을 읽는 것과는 의미가 사뭇 다르다. 다시 말해 그 고전을 통해서 우리 전통문화의 근원과 아울러, 저변에 녹아 있는 보편주의적 사고를 파악할 수 있다는 말이다.

텍스트의 중요성을 새삼 깨달은 나는 대학 재임 시절 매년 고전강독 과목을 자진해서 맡았다. 욕심 같아서는 가능한 한 많은 작품을 좀 더 상세히 다루고 싶었지만, 나무와 숲의 관계에 있는 이 두 가지를 동시에 충족시킬 수는 없었다. 은퇴하고 나서 시간에 여유가 생기자 재임 시절에 궁구를 다하지 못한 중국 고전의 의미와 효용을 오늘에 다시 살리고 싶어졌다. 그래서 반드시 읽어야 할 작품을 선정하고 이에 대한 주와 해설을 붙여 나갔다. 되도록 간명하게 하려 하였지만, 또 의욕이 지나친 나머지 양이 넘친 것 같아 독자들에게 송구스러운 마음이다.

글쓰기란 언어를 다루는 솜씨가 생명이라서 예술로 정의한다. 그래서 번역한다는 것 자체가 예술을 파괴하는 행위이니, 비유컨대, 노래할 때 멜로디는 빼고 가사만 읽는 행위와 같다고 할 수 있다. 외국 작품을 읽으면서 '이게 왜 명작이지?'라는 의구심이 들 때가 종종 있는데, 번역은 언어의 예술성을 빼버린 부득이한 행위라서 그런 것이다. 따라서 어찌 보면 훌륭한 번역은 오히려 직역 투가 원어의 어감을 살린다는 점에서 더 나을 수도 있지만, 그러면 문장이 거칠어져서 읽기가 난삽하다. 따라서 번역은 이 둘 사이에서 줄타기를 하는 수밖에 없다. 나도 어쩔 수 없이 이렇게 타협하였음을 양해해주시길 바란다.

이 책을 쓰면서 가장 생각이 많았던 게 작품 선정이었다. 중국 역대로 작품 선집이 많았기에 그 가운데서 고르면 될 듯하나, 그 양도 양이지만 작품을 하나하나 놓고 보면 기실 빼고 거를 게 없을 정도로 주옥같으니

고민이 많을 수밖에 없다. 그래서 중국을 만든 텍스트라는 데 방점을 두고 대중에게 널리 알려진 작품을 우선 꼽았다. 물론 우리나라에 잘 알려진 작품들임은 말할 것도 없다.

그리고 작품의 생산 시기도 고대에서 송대까지로만 한정하였다. 왜냐하면 우리가 알고 있는 중국의 품격 있는 문화는 기실 사대부 문학에 바탕을 두고 있는데 이는 한과 위진에서 기초가 닦이고 당과 송에서 완성되었기 때문이다. 그 이후로는 문화의 중심이 대중으로 이동하기 시작하였으므로, 사대부 문학은 송에서 끝났다고 해도 과언이 아니다. 그래서 시는 성당盛唐의 이백과 두보에서 정점을 찍었고, 문장은 당송팔대가 이후에서 내려오기 시작하였다.

중국과 왕래가 빈번해진 오늘 중국을 직접 경험해본 사람들이 하나같이 하는 말이, 관념적으로 알고 있던 중국의 문화가 현실에서 보니 매우 달라서 당황하였다는 것이다. 그것이 바로 문화의 중심이 사대부에서 인민대중으로 이동한 결과이다. 이념을 버리고 문화를 바라보면 이러한 차이가 느껴지는 법이다. 내가 텍스트를 송대까지로 한정한 이유이기도 하다. 따라서 여기까지만 읽어도 중국 고전문의 진수는 다 맛보는 셈이 된다.

자크 데리다는 일찍이 "텍스트 바깥에는 아무것도 없다"라고 했다. 텍스트는 그냥 만들어진 작품일 뿐, 그것이 무엇을 말해주지는 않는다. 작품에서 어떤 의미를 얻는 것은 순전히 독자의 몫이다. 같은 작품을 매년 반복해서 읽어도 낯설게 느껴지는 것을 오랜 기간 고전문을 강독하면서 경험하였으니 말이다. 이것이 바로 명작의 속성이다. 그래서 이 책에서 개별 작품에 대한 나의 비평은 끼워 넣지 않았다. 이렇게 해야 독자들의 다양한 해석에 열려 있을 것이기 때문이다. 텍스트는 독자들에게 텍스트를 닮게 할 뿐이지, 생각을 주입하지 않는다. 이런 의미에서 이 책은 그냥 고전 강독이라고 여겨주시면 감사하겠다.

오늘날 디지털 시대는 화려한 퍼포먼스가 문화의 대세라서, 고전은 도서관의 먼지 쌓인 서가를 넘어 이제는 박물관의 창고에 처박힌 신세가 되었다. 디지털의 무한대에 가까운 화소들은 인간의 미세한 감각을 표현하기에 바쁘다. 관심이 말초에 모두 가 있으면 상대적으로 정신이 허탈해지기 마련이다. 우리가 균형 잡힌 인간으로서 살려면 정신적 가치의 세계도 받아들여야 한다. 왜냐하면 이것이 인간의 뼈대를 형성하고 있기 때문이다.

역사는 반복하므로 옛날에도 인간은 똑같은 고뇌에 시달렸다. 말초에 탐닉한 나머지 뼈대가 흔들리는 인간의 고통 말이다. 텍스트란 여기서 나온 것이므로, 이를 읽으면 우리가 무엇을 해야 할지 영감을 얻을 수 있다. 그래서 모든 개혁의 목표는 과거를 표방하지 않던가?

근자에 보니 세상이 주객이 전도된 사회가 되었음을 뼈저리게 느낀다. 권력은 대중이 행사하고, 엘리트는 그들의 꼭두각시에 불과하다. 제조업은 금융의 밥이 된 지 오래고, 대학에서도 교수의 강의는 학생의 취향에 따라 수시로 바뀐다. 불과 몇 년 전만 하더라도 책은 원고의 내용에 따라 가치가 결정되었던 것 같은데, 요즘은 편집과 장정의 기술이 원고보다 더 중요하게 작용한다는 느낌이다. 이러한 환경에서 옛날 사람인 내가 할 수 있는 일이 없어서 당황하던 차에, 김균하 선생이 편집에 도움을 주어 얼마나 다행스럽고 고마운지 모르겠다. 지면을 빌려 감사드린다.

2022년 6월
광릉 수목원 옆 초려草廬에서
김근 씀

차례

양한兩漢

위진·남북조魏晉·南北朝

당대唐代

송대宋代

진秦나라 이전 시기

『시경詩經』의 저본 — 『모시毛詩』

『모시毛詩』는 노魯나라 모형毛亨과 조趙나라 모장毛萇이 편집하고 주를 단 책 『시삼백詩三百』으로서, 오늘날 『시경詩經』의 저본底本이다. 『모시』는 각 편 앞에 시의 내용을 간략하게 소개하였다. 이를 소서小序라 하고, 맨 앞의 「관저關雎」편에는 전체적인 총서를 달았는데 이것이 이제 읽어볼 대서大序다. 이 서문은 사실상 중국 최초의 문학론으로서 이후 중국 고전 문학의 개념을 정초하였다.

시란 무엇인가 — 「서序」

•••

關雎, 后妃之德也. 風之始也, 所以風天下而正夫婦也. 故用之鄉人焉, 用之邦國焉.

關雎: 관계할 관, 물수리 저. 물수리, 징경이. 여기서는 『시경』 국풍國風 부분의 첫 번째 작품 이름. **后妃**후비: 천자의 부인. 여기서는 주周나라 문왕文王의 부인을 가리킨다. **風**풍: 『시경』은 시의 형식과 내용에 따라 풍風·아雅·송頌 세 부분으로 구성되어 있는데, 풍은 주로 각 지역의 민가民歌로 이루어졌다. 따라서 국풍國風이라고도 부른다. **所以**소이: ~하는 방도. **風天下**풍천하: 천하의 문화적 풍격을 만들다. 여기서 '風'은 동사로 활용되었다. **邦國**: 나라 방, 나라 국. 천하를 구성하는 여러 나라, 또는 그러한 나라의 군주들.

「관저關雎」편은 후비后妃의 덕이 그 내용이다. 국풍國風의 시작으로서 이것은 천하의 풍격을 형성하고 부부간의 질서를 바로잡는 방도이다. 그러므로 이것은 시골 사람들에게도 쓰이고 각 나라의 군왕들에게도 쓰인다.

●●●

風, 風也教也, 風以動之, 教以化之. 詩者志之所之也, 在心爲志, 發言爲詩. 情動於中而形於言, 言之不足, 故嗟歎之, 嗟歎之不足, 故永歌之, 永歌之不足, 不知手之舞之足之蹈之也.

志지: '알 식識'과 같은 말이다. 인식하다. **所之**소지: 가는 곳. 여기서 '之'는 동사로 쓰였다. **情**정: 현실에 대한 당장의 인식. 또는 실제. **嗟歎**: 탄식할 차, 탄식할 탄. 탄식하고 한탄함. **永**: 길 영. '읊을 영咏'과 같다. **不知**부지: 부지불식간에, 저절로. **舞**: 춤출 무. **蹈**: 발 구를 도.

풍은 바람이고 가르침이다. 바람은 그들을 움직이게 할 수 있고, 가르침은 그들을 변화시킬 수 있다. 시란 인식이 가는 바이다. 마음속에 있으면 인식이고 말로 표출하면 시이니, 현실에 대한 당장의 인식이 마음속에서 움직여서 말로 모습을 나타낸 것이다. 그런데 말만으로는 부족하기 때문에, '아아!' 하고 탄식하기도 한다. 탄식으로도 부족하기 때문에 읊거나 노래로 부르는데, 읊거나 노래로 부르는 것이 부족하면 저절로 손이 춤을 추고 발이 뛰게 된다.

●●●

情發於聲, 聲成文, 謂之音. 治世之音, 安以樂, 其政和, 亂世之音, 怨以怒, 其政乖, 亡國之音, 哀以思, 其民困. 故正得失動天地感鬼神, 莫近於詩.

發於聲: 필 발, 어조사 어, 소리 성. 소리라는 질료로 외형을 갖추다. **成文**성문: 문채文彩가 나다. 아름다움을 이루다. **以**이: '말 이을 이而' 자와 같다.

접속사. 乖: 어그러질 괴. 思: 그리워할 사. 正得失정득실: 득과 실이 무엇인지를 정확히 알게 하다. 感감: 감응시키다.

현실에 대한 당장의 인식은 소리라는 외형으로 피어 나오고, 소리가 아름다움으로 완성된 것을 음악이라고 한다. 잘 다스려지는 세상의 음악이 편안하고 즐거운 것은 그 시대의 정치가 조화롭기 때문이고, 어지러운 세상의 음악이 원망과 분노로 가득 찬 것은 그 시대의 정치가 어그러졌기 때문이며, 망해가는 나라의 음악이 슬픔과 그리움으로 충만한 것은 그 나라의 백성이 곤경에 빠져 있기 때문이다. 그러므로 득과 실이 무엇인지를 정확히 알게 하고 천지를 움직이며 귀신을 감응시키는 일에 어떠한 것도 시보다 더 가깝게 접근할 수 있는 것은 없다.

•••

先王, 以是經夫婦, 成孝敬, 厚人倫, 美教化, 移風俗. 故詩有六義焉, 一曰風, 二曰賦, 三曰比, 四曰興, 五曰雅, 六曰頌.

經: 날실 경. 법, 기준. 孝敬효경: '효제孝悌'와 같은 말. 부모를 섬기고 윗사람에 순종함. 教化교화: 가르쳐서 인성을 변화시키다. 移: 바꿀 이. 移風俗이풍속: 대중의 풍격을 바꾸다.

옛날의 선왕들은 이것으로써 지아비와 지어미 관계의 날줄로 삼았고, 부모에게 효도하고 윗사람을 공경하는 예의를 이룩하였고, 인륜을 도탑게 하였고, 가르쳐서 인성을 변화시키는 일이 아름답도록 하였고, 백성의 풍속을 옳은 방향으로 옮아가게 하였다. 그래서 『시경』에는 육의六義라는 게 있었으니, 첫째가 풍風이요, 둘째가 부賦요, 셋째가 비比요, 넷째가 흥興이요, 다섯째가 아雅요, 여섯째가 송頌이다.

•••

上以風化下, 下以風刺上, 主文而譎諫, 言之者無罪, 聞之者足以戒. 故曰風.

刺: 찌를 자. 간하다. **主文**주문: '文'의 의미가 '아름답게 꾸미는 일'이므로 '主文'은 '문을 만드는 일에 관심을 집중하다'가 된다. 즉 임금에게 직간하지 않고 수사법을 동원하여 간접적으로 의사를 전달하는 일. **譎**: 속일 휼. 넌지시 비추다. **譎諫**휼간: 슬그머니 간언하다.

임금은 풍으로써 아랫사람들을 교화시키고, 아랫사람들도 풍으로써 임금을 간해야 하니, (이렇게 하려면) 수사법을 통해 넌지시 말하고 완곡하게 간언해야 한다. 그러면 말하는 사람은 죄를 짓지 않게 되고, 듣는 사람에게는 충분히 훈계가 된다. 그래서 풍이라고 부르는 것이다.

•••

至于王道衰, 禮義廢政教失, 國異政, 家殊俗, 而變風變雅作矣.

禮義예의: 의리가 부여된 예. 한대漢代에 나온 개념. 예의는 의전의 개념을 담고 있다. **異**이: 달리하다. 바로 뒤에 나오는 구절의 '다를 수殊'와 같은 뜻이다.

천자가 세워놓은 법도가 쇠퇴하기에 이르자, 예법과 의리가 황폐해지고 정치에 의한 교화가 사라졌으므로, 나라마다 정치를 달리하고 가문마다 관습이 달라져서, 변풍變風, 즉 달라진 풍과 변아變雅, 즉 변화된 예의범절이 일어났다.

•••

國史明乎得失之迹, 傷人倫之廢, 哀刑政之苛, 吟詠情性, 以風

其上, 達於事變而懷其舊俗者也.

國史국사: 정부의 공식적인 기록자, 즉 사관史官. **政**정: '거둘 징徵'과 같은 말. 징세. 정전법井田法을 지키지 않고, 땅의 소출에 직접 세금을 매기는 전부田賦로 바뀐 사실을 가리킨다. **苛**: 가혹할 가. **情性**정성: 당장의 현실과 이에 반응하는 인간의 본성. **風**: 풍간諷諫하다. 넌지시 잘못을 꼬집다. **上**: 임금 상. **達**: 통달할 달. **懷**: 그리워할 회.

나라의 공식적인 기록자인 사관들은 무엇을 얻고 무엇을 잃었는지에 대한 흔적을 잘 알고 있었다. 이들은 인륜이 사라지는 것을 가슴 아파하고 형벌과 징세가 갈수록 가혹해지는 사실을 안타깝게 여긴 나머지, 이러한 현실과 (이를 느끼는) 본성을 읊고 노래함으로써 그들의 임금에게 넌지시 간하였는데, 이렇게 해서 세상이 변하였음을 통달하게 하고 옛날의 좋은 풍속을 그리워하게 하였다.

•••

故變風, 發乎情, 止乎禮義, 發乎情, 民之性也, 止乎禮義, 先王之澤也. 是以一國之事繫一人之本, 謂之風, 言天下之事, 形四方之風, 謂之雅.

止乎禮義지호예의: 예법과 의리를 뛰어넘지 않다. 현실에 대한 인식을 직접적으로 드러내지 않고 예법에 맞게 표현하였다는 뜻이다. **澤**: 은혜 택. **繫**: 맬 계.

그러므로 변풍은 현실에 대한 당장의 인식에서 피어났지만, 예법과 의리의 안에서 그쳤다. 현실에 대한 당장의 인식에서 피어나는 것은 백성의 본성이고, 예법과 의리 안에 머무는 것은 선왕들의 은택이다. 이처럼 나라 전체에 관련되는 일이 한 사람의 근본에 매여 있는 것을 일컬어 풍風이라고 한다. (시에서) 천하에 관련되는 일을 말한 것이 사방 각 지방의 풍격을 형성하는 것을 일컬어 아雅라고 한다.

•••

雅者, 正也, 言王政之所由廢興也. 政有小大, 故有小雅焉, 有大雅焉. 頌者, 美盛德之形容, 以其成功告於神明者也. 是謂四始, 詩之至也.

正정: 옳고 바름을 판단하는 표준. **焉**: 어찌 언. '어차於此'와 같은 말. 그로부터. **四始**사시: 『시경』 국풍의 첫 시인 「관저」편, 소아小雅의 첫 시인 「녹명鹿鳴」편, 대아大雅의 첫 시인 「문왕文王」편, 송頌의 첫 시인 「청묘淸廟」편을 함께 일컫는 말.

아雅라는 것은 '표준'이라는 뜻이니, 이는 곧 왕도정치가 이를 경유해서 사라지거나 일어난다는 말이다. 정치에는 작은 것이 있고 큰 것이 있으므로, 그로부터 소아가 생겨났고 또 대아가 생겨났다. 송頌이란 (선왕들의) 풍성한 덕의 모습을 찬미하고, 그들이 이룩한 공적을 천지신명에게 아뢰는 것이다. 이 모두를 일컬어 사시四始, 즉 네 가지 시작이라고 하는데 이야말로 『시경』의 극치이다.

•••

然則關雎麟趾之化, 王者之風, 故繫之周公. 南, 言化自北而南也. 鵲巢騶虞之德, 諸侯之風也, 先王之所以教, 故繫之召公. 周南召南, 正始之道. 王化之基.

麟趾: 기린 린, 발 지. 기린의 발. 『시경』 주남周南의 마지막 편명. **鵲巢**: 까치 작, 새집 소. 까치집. 『시경』 소남召南의 첫 번째 편명. **騶虞**: 마부 추, 염려할 우. 몰이꾼. 소남의 마지막 편명. **正始**정시: 시작을 바르게 하다. **王化**왕화: 임금의 교화. 임금의 가르침으로 백성의 인성을 옳게 바꾸는 일.

그러한즉, 「관저關雎」편과 「인지麟趾」편에서 발휘되는 교화는 임금의 바람이므로, 이를 주공의 이름에 묶었다(즉, 주남周南이라고 불렀다: 옮긴이). 여기서 남南자는 교화가 북쪽에서부터 시작하여 남쪽으로 퍼져 나갔다는 뜻이다. 「작소鵲巢」편과 「추우騶虞」편에서 느껴지는 덕은 제후의 바람으로서 선왕들이 가르쳤던 방도이므로, 이를 소공의 이름에 묶었다(소남召南이라고 불렀다: 옮긴이). 주남과 소남은 시작을 바르게 해주는 도리이자, 임금이 백성을 옳게 변화시키기 위한 터전이다.

•••

是以關雎樂得淑女, 以配君子, 憂在進賢, 不淫其色; 哀窈窕, 思賢才, 而無傷善之心焉. 是關雎之義也.

樂得낙득: 즐거운 마음으로 구하다. **淑女**숙녀: 아름다운 여인. **配**: 짝지어줄 배. **憂**: 애태울 우. 마음을 쓰다. **淫**: 빠질 음. 지나치다. **色**: 여색 색. **哀**애: '속마음 충衷' 자의 오기. 정성스러운 마음. **窈窕**: 고요할 요, 으늑할 조. 아리따운. **哀窈窕**, **思賢才**사현재: 아리따운 여인에게 마음을 쏟는 것처럼, 현명한 인재를 그리워하다. **而**이: '則즉'과 같다. 조건절 접속사. **無傷善之心焉**무상선지심언: 배필이 된 여인으로 인해서 선함에 상처를 내려는 마음이 없어질 것이다. **焉**: '어시於是'와 같은 뜻. 여인 때문에.

이리하여 「관저」편이 말하려는 것은 아름다운 여인을 즐거운 마음으로 구하여 군자에게 짝 지우려는 것인데, 이는 애쓰는 일이 현명한 인재들로 하여금 그들이 있어야 할 자리로 나아가게 함에 있고, (군자가) 여색에 빠지지 않게 하려 함에 있다는 의미이기도 하다. 또한 아리따운 여인에게 마음을 쏟는 것처럼 현명한 인재를 그리워하면, 이 여인으로 인하여 선함에 상처를 내려는 마음이 없어질 것이라는 의미도 된다. 이것이 「관저」편이 말하려는 뜻이다.

절제된 사랑의 노래 — 주남周南 「관저關雎」편

주남周南은 주공 통치하의 남방 지역으로, 총 15 국풍國風 중의 하나다. 『시경』 첫머리의 국풍 부분에서도 제일 앞에 놓인 주남에는 모두 11편의 시가 실려 있다. 「관저」편은 그 첫 번째 시로서, 젊은이가 아름다운 처녀를 사무치게 그리워하는 마음을 읊은 노래다. 애절한 사랑의 마음을 절제 있게 표현하였다 하여 유가儒家에서 훌륭한 시로 평가해 왔다. 공자孔子가 『논어』에서 이 시를 평하여 "즐거우면서도 도가 지나치지 않고, 슬프면서도 마음을 다치지 않게 한다"(樂而不淫, 哀而不傷)고 한 말은 매우 유명하다.

•••

關關雎鳩, 在河之洲. 窈窕淑女, 君子好逑.

關關: 의성어. 꾸욱꾸욱. **雎鳩**: 물수리 저, 비둘기 구. 물수리. **逑**: 짝 구.

꾸욱꾸욱 물수리는 황하 모래톱에서 우는데,
우아하고 아름다운 아가씨는 군자의 좋은 배필이라네.

•••

參差荇菜, 左右流之. 窈窕淑女, 寤寐求之.

參差: 참여할 참, 매길 치. 들쭉날쭉 가지런하지 못한 모양. **荇菜**: 노랑어리연꽃 행, 나물 채. 마름풀. **流**유: '구할 구求'와 독음讀音이 같으므로 뜻이 서로 통한다. 찾다. **寤**: 잠 깰 오. **寐**: 잘 매.

옹긋쫑긋 마름풀을 이리저리 찾아다니듯
우아하고 아름다운 아가씨를 자나 깨나 찾아다니네.

•••

求之不得, 寤寐思服. 悠哉悠哉, 輾轉反側.

思服사복: 생각이 나고 그리워하다. **服**: 생각할 복. **悠哉**: 멀 유, 비롯할·어조사 재. 끊임없이 생각나는 모양.

찾아다녀도 얻지 못하니 자나 깨나 그리움뿐
그리움이 끊임없어 이리 뒤척 저리 뒤척 잠만 설치네.

•••

參差荇菜, 左右采之. 窈窕淑女, 琴瑟友之.

琴瑟: 금슬, 곧 거문고와 비파. **友**: 가까이할 우.

옹긋쫑긋 마름풀을 이리저리 따러 다니듯
우아하고 아름다운 아가씨에게 비파를 타며 가까이 가려네.

•••

參差荇菜, 左右芼之. 窈窕淑女, 鍾鼓樂之.

芼: 골라 뽑을 모.

옹긋쫑긋 마름풀을 이리저리 골라 다니듯
우아하고 아름다운 아가씨와 종과 북을 치며 즐기려네.

가지 늘어진 나무 — 주남 「규목樛木」편

『시경』 국풍 중에서 주남에 실린 시의 하나다. 높은 나무에 칡덩굴과 머루 덩굴이 감고 올라가 가지가 축축 늘어진 모양을 후궁들을 거느린 후비后妃의 덕으로 비유하면서 칭송하였다. 고대 봉건 사상을 관념화하는 데에 크게 기여한 시라고 볼 수 있다. 『모시』 「소서小序」는 이 시를 "樛木, 后妃逮下也, 言能逮下而無嫉妬之心焉"라고 소개하는데, 그 의미는 다음과 같다. '「규목」편은 (문왕의) 후비께서 아랫사람을 거느리는 일에 관하여 쓴 것으로서, 아랫사람들(후궁)을 거느리면서도 그들에게 질투하는 마음이 없음을 말하고 있다.'

• • •

南有樛木, 葛藟纍之. 樂只君子, 福履綏之.

樛木: 가지가 축축 늘어진 나무. **葛藟**: 갈류, 곧 칡넝쿨과 왕머루 덩굴. **纍**: 얽힐 루. **只**: 다만 지. 어기조사語氣助詞(주로 문장의 말미에서 감탄·반문·의문·추측 등의 어기를 표시하는 조사). **履**: 밟을·신 리. '녹봉 록祿'과 같은 뜻. **綏**: 편안할 수.

남산에 가지 축축 늘어진 나무 있는데
칡덩굴과 왕머루 덩굴이 마구 얽혀 올라가네.

즐겁다 우리 님이여, 복록이 편안케 하시네.

• • •

南有樛木, 葛藟荒之. 樂只君子, 福履將之.

荒: 덮을 황. **將**: 도울 장.

남산에 가지 축축 늘어진 나무 있는데
칡덩굴과 왕머루 덩굴이 마구 덮어 올라가네.
즐겁다 우리 님이여, 복록이 도와주시네.

• • •

南有樛木, 葛藟縈之. 樂只君子, 福履成之.

縈: 휘감을 영. **成**: 따라올 성. 도래하다. 반복되는 자리에 있는 '纍'·'荒'·'縈'의 세 글자가 사실상 같은 의미이듯이, '綏'·'將'·'成' 세 글자도 사실상 같은 뜻이다.

남산에 가지 축축 늘어진 나무 있는데
칡덩굴과 왕머루 덩굴이 마구 휘감아 올라가네.
즐겁다 우리 님이여, 복록이 따라오시네.

한수漢水는 넓어서 — 주남 「한광漢廣」편

『시경』 국풍 중에서 주남에 실린 시로, 평범한 젊은이가 신분이 다른 처녀를 흠모하며 부른 노래다. 청혼할 수 없는 자신의 처지를 비관하지 않고 오히려 보이지 않는 가운데 처녀에게 정성을 다하는 애틋한 마음을 표현하였다. 이것을 유가에서는 스스로 신분을 인정하고 다른 세상을 넘보지 않는 올바른 자세로 높이 평가하였다. 그 점에서 신분제를 관념화하는 데에 크게 기여한 시다.

『모시』「소서小序」에서는 이 시를 이렇게 소개하였다. "漢廣, 德廣所及也. 文王之道被于南國, 美化行乎江漢之域, 無思犯禮, 求而不可得也." 여기서 "江漢之域"은 장강과 한수 유역을 말한다. "犯禮"는 예를 범하다, 즉 신분에 저촉되는 행위를 함을 뜻한다. "求而不可得"은 높은 신분의 여인을 흠모할 수는 있지만, 결혼은 할 수 없음을 당연히 여기는 것을 가리킨다. 그래서 이 문장의 의미는 다음과 같다. '「한광편」은 (문왕의) 덕이 미칠 수 있는 데까지 널리 퍼졌음을 말하고 있다. 문왕의 도는 남쪽 나라들에까지 입혀져서 아름다운 교화가 장강과 한수 지역에서 실천되었으니, 그곳 사람들은 예를 범할 생각조차 없어서 그리워하는 마음은 있어도 손에 넣을 수 있다고 여기지 않았다.'

•••

南有喬木, 不可休息. 漢有游女, 不可求思.

喬木: 喬는 높을 교, 교목은 가지가 별로 없이 위로만 삐쭉 솟은 큰 키 나무. **游女**유녀: 이리저리 거닐며 노는 아가씨. **求**구: 청혼하다. **思**: 어기조사.

남산에 우뚝 솟은 큰 나무 있지만, 그늘이 없어 쉴 수가 없네.
한수에 거닐며 노는 아가씨 있지만, 청혼을 할 수 없네.

•••

漢之廣矣, 不可泳思. 江之永矣, 不可方思.

方: 모 방. 이 글자의 고문자 자형은 두 대의 배를 묶어놓은 모양이므로 여기서는 '뗏목'의 뜻으로 쓰였다.

한수는 넓어서 헤엄쳐 건널 수 없고
한수는 길어서 떼 타고 갈 수 없네.

• • •

翹翹錯薪, 言刈其楚. 之子于歸, 言秣其馬.

翹: 꽁지깃 교. 翹翹는 무더기로 자라는 모양. **錯薪**: 어긋날 착, 섶 신. 서로 엉켜 자라는 섶나무. **言**언: 여기서는 접속조사. '이에'라는 의미가 들어 있다. **楚**: 초나라·회초리 초. 원래는 가시나무라는 뜻이지만 여기서는 가시처럼 뾰족한, 새로 나온 순을 가리킨다. **之子**지자: 시집가는 아가씨. **歸**: 시집갈 귀. **秣**: 말 먹일 말.

무더기로 엉킨 섶나무 가운데서 새순만을 베어다가
아가씨 시집갈 때 그녀의 말에 꼴을 먹여주리.

• • •

漢之廣矣, 不可泳思. 江之永矣, 不可方思.

한수는 넓어서 헤엄쳐 건널 수 없고
한수는 길어서 떼 타고 갈 수 없네.

• • •

翹翹錯薪, 言刈其蔞. 之子于歸, 言秣其駒.

蔞: 산쑥 루. **駒**: 두 살 된 망아지 구. 말은 두 살이 넘어야 멍에를 메운다.

무더기로 엉킨 섶나무 가운데서 산쑥을 베어다가
아가씨 시집갈 때 그녀의 망아지에 꼴을 먹여주리.

•••

漢之廣矣, 不可泳思. 江之永矣, 不可方思.

한수는 넓어서 헤엄쳐 건널 수 없고
한수는 길어서 떼 타고 갈 수 없네.

쥐를 보아도 — 용풍鄘風 「상서相鼠」편

『시경』 국풍 중에서 용풍鄘風에 포함된 시다. 쥐의 외모에 빗대어서 당시의 통치자들이 예의를 제대로 지키지 않음을 풍자했다. 예의란 당시로서는 법에 해당하므로 법과 질서가 문란해진 세태를 개탄한 것이다. 예의 본질이 형식에 있음을 인식한 시다.

『모시』 「소서」에서는 이 시를 다음과 같이 소개한다. "相鼠, 刺無禮也. 衛文公, 能正其羣臣, 而刺在位承先君之化, 無禮儀也." 여기서 相은 '볼 상'이다. 刺는 '찌를 자' 자로, 책망하다, 나무라다라는 뜻이다. 在位는 자리에 있는 자, 즉 벼슬아치들을 의미하며, 化는 교화가 아닌, 나쁘게 변한 것을 뜻한다. 그래서 이 문장의 의미는 이러하다. '「상서」편은 예의가 없음을 꼬집은 시다. 위衛 문공은 자신의 뭇 신하들을 바로잡을 수 있는 사람이었으므로, 통치자들이 옛 임금들의 좋지 못한 변화를 이어받아서 예의범절이 없음을 꼬집은 것이다.'

•••

相鼠有皮, 人而無儀, 人而無儀, 不死何爲.

儀: 용모가 규범적인, 의젓한. '皮피'와 '儀의'는 운모韻母(중국어 음절의 뒷부분. 곧 음절의 초성 자모를 제외한 나머지 부분)가 같은 '첩운疊韻' 관계다. 이렇게 첩운 관계에 있는 글자들은 의미를 서로 공유한다.

쥐를 봐도 가죽이 있는데 사람이 되어서 의젓함이 없네
사람이 되어서 의젓함이 없다면, 죽지 않고 무얼 하는가!

•••

相鼠有齒, 人而無止, 人而無止, 不死何俟.

齒: 이 치. 나이 또는 나이의 순서. **止**: 거지擧止, 즉 행동에 절도가 있음. 버르장머리. '齒치'와 '止'는 첩운 관계. 위아래를 아는 예의를 상징한다. **俟**: 기다릴 사.

쥐를 봐도 이가 있는데 사람이 되어서 버르장머리가 없네
사람이 되어서 버르장머리가 없다면 죽지 않고 무얼 기다리나!

•••

相鼠有體, 人而無禮, 人而無禮, 胡不遄死.

體: 몸 체. '禮례'와 첩운 관계에 있다. 올바른 형체를 상징한다. **遄**: 빠를 천. 빨리.

쥐를 봐도 몸집이 있는데 사람이 되어서 예의가 없네
사람이 되어서 예의가 없다면 어찌하여 빨리 죽지 않는가!

문왕을 생각하며 — 대아大雅 「문왕文王」편

『시경』 대아의 첫 번째 시다. 이 시는 서사시의 형식을 갖고 있는데, 주나라의 문왕이 천명天命을 받아서 건국의 기초를 닦은 공적을 노래함과 아울러, 상商나라의 멸망으로부터 흥망성쇠의 도리와 교훈을 배우도록 설파하였다. 이 작품은 이후 중국 시학에서 경서의 내용을 중시하는 이른바 종경宗經 사상의 근거가 되었다.

•••

文王, 文王受命作周也.

文王: 성은 희姬, 이름은 창昌. 기산岐山에 정착하여 주나라의 터전을 다져놓은 후, 그의 아들인 무왕武王이 주나라를 세웠다. 은나라 제후로서 덕치를 시행하여 백성들과 다른 제후들로부터 칭송을 받았으므로 서백西伯으로 불리었다. 무왕은 주나라 정권을 세운 뒤 그를 문왕으로 추존했다. 유가에서는 문왕을 가장 이상적인 천자의 모습으로 숭배해왔다. **作**: 일으킬 작.

「문왕」편은 문왕이 하늘의 명을 받아 주나라를 일으켰다는 내용이다.

•••

文王在上, 於昭于天.

在上재상: 신령이 되어 하늘에 계시다. **於**오: 감탄사. 아아, 오호! **昭**: 빛날 소.

문왕께서 신령이 되어 하늘에 오르시니, 아아, 거기에서도 빛을 발하셨도다.

•••

周雖舊邦, 其命維新.

舊邦: 옛 구, 나라 방. 오래된 나라. 주나라는 요순 시대의 후직后稷부터 천명天命을 받았다고 여기고 있으므로 대략 1천 년 만에 천자가 된 셈이다. **命**: 분부 명. 여기서는 천명, 즉 하늘로부터 세상을 통치하라고 권력을 위임받음. **維**: 오로지 유.

주나라가 비록 오래된 나라이긴 하지만, 왕조를 세우라는 천명만큼은 새롭기만 하다.

•••

有周不顯, 帝命不時.

有유: 접두사. 주로 왕조의 이름 앞에 쓰인다. **不**불: 여기서는 '비'로 읽는다. '클 비丕'와 같은 글자. **顯**: 밝을 현. **帝**제: 하늘의 상제上帝. 하느님. **時**시: '옳을 시是'와 같다. 바르다.

주나라는 밝히 빛났으므로 하느님의 명령은 매우 옳았도다.

•••

文王陟降, 在帝左右.

陟降척강: 하늘의 조정을 오르락내리락하다. 출퇴근하다. **左右**좌우: 상제의 곁에서 돕다.

문왕께서는 하늘 조정에 등청하시어 하느님의 곁에서 돕고 계신다.

• • •

亹亹文王, 令聞不已.

亹: 힘쓸 미. 亹亹는 부지런히 힘쓰는 모양. **令聞**영문: 아름다운 평판. **已**: 그칠 이.

성실하고 근면하신 문왕께서는 아름다운 평판이 그치지 않아서

• • •

陳錫哉周, 侯文王孫子.

陳진: '거듭 신申'과 같다. **錫**사: '줄 사賜'와 같다. **陳錫**: 거듭해서 많이 주다. **哉**재: '비로소 재才'와 같다. 처음. **侯**후: '이을 유維', '이에 내乃'와 같다. **孫子**손자: '자손子孫'과 같은 뜻.

하늘이 은혜를 후히 주사 주나라를 처음 일으켰고, 문왕의 자손에게도 이어지게 하셨도다.

• • •

文王孫子, 本支百世.

本支: '뿌리 본本'은 종손宗孫을, '가지 지支'는 서손庶孫을 각각 가리킨다.

뭇 자손.

문왕의 자손들은 종손이든 서손이든 세세토록 이어지게 해주셨고

• • •

凡周之士, 不顯亦世.

士사: 주나라로부터 대대로 녹을 먹는 제후·공경·백관 들을 가리킨다. **不顯**불현: 크게 현달하다, 높은 지위를 유지하다. 이때의 '不'은 '클 비丕'와 같은 말이다. **亦世**역세: '혁세奕世'와 같은 말. 대대로.

모든 주나라의 벼슬아치들은 대를 이어서 영광이 빛나게 해주셨도다.

• • •

世之不顯, 厥猶翼翼.

厥: 그 궐. '그 기其'와 같다. **猶**유: '꾀 유猷'와 같다. 계책, 도모하다. **翼翼**익익: 신중한 태도로 열심을 다하는 모양.

대대로 영광이 크게 빛나니, 그들이 계획하고 도모함은 신중하면서도 정성을 다하네

• • •

思皇多士, 生此王國.

思: 여기서는 발어發語 조사. **皇**황: '빛날 황煌'과 같다. 훌륭한, 명석한.

훌륭한 많은 인재들이 이 나라에서 배출되었는데

• • •

王國克生, 維周之楨.

克극: '가할 가可'와 같다. **維**: 맬 유. 잇다. **楨**: 기둥 정. 지주, 골간.

이 나라가 이들을 길러야 하는 것은, 이들이 주나라의 동량으로 이어지기 때문이네.

• • •

濟濟多士, 文王以寧.

濟濟제제: 어떤 사물이 많으면서도 질서정연한 모습. **以**: 때문에.

수많은 인재들이 북적거리니, 문왕께서도 이 때문에 평안하시리라.

• • •

穆穆文王, 於緝熙敬止.

穆穆목목: 아름다운 모양. 장중한. **於**오: 감탄사, 탄식하는 소리. **緝**: 이을 즙. 계속하다. **熙**: 빛날 희. 공명정대함. **敬**경: 엄숙하고 단정하다. **止**: '之'와 같다. 대사代詞.

아름다운 문왕께서는, 아아, 언제나 공명정대하시고 엄숙 단정하셨으니

•••

假哉天命, 有商孫子.

假: 클 가. **有**: 얻어 갖게 하다. 즉 상나라 자손을 주나라 지배하에 두게 하다.

크도다, 천명이여! 상나라 자손들을 그 아래에 두게 하셨도다.

•••

商之孫子, 其麗不億.

麗려: '숫자 수數'와 같다. **不億**불억: 수가 억에 그치지 않다. 지극히 많다는 뜻.

상나라 자손들은 그 수가 지극히 많았지만

•••

上帝旣命, 侯于周服.

侯: '이을 유維'와 같다. **周服**: '服周'와 같다. 주나라에 복종하다.

하느님의 명령이 떨어지니, 주나라에 대한 복종으로 이어졌도다.

•••

侯服于周, 天命靡常.

靡常미상: '무상無常'과 같은 뜻으로, 일정하지 않다.

주나라에 대한 복종으로 이어졌다 함은, 천명이란 영원하지 않다는 말일세.

•••

殷士膚敏, 祼將于京.

殷士은사: 주나라에 귀순한 은나라 귀족들. **膚**: 클 부. 늠름하다. **敏**: 빠를 민. 민첩하다. **祼**: 강신할 관. 제사를 시작할 때 검은 기장과 울금초를 발효시켜 만든 검은색의 창주鬯酒를 땅에 부어 귀신을 강림케 하는 의식. **將**: 받들 장. 술잔을 부어서 귀신을 전송하는 의식. **祼將**: 은나라의 귀족들은 주나라의 제사를 잘 도와주었다는 뜻. **京**경: 주나라의 수도.

상나라 후예들은 늠름하고 민첩하게 일도 잘하지만, 우리 임금님이 계신 곳에서 우리의 제사에도 함께해주었네.

•••

厥作祼將, 常服黼冔.

黼보: 흑백을 섞어 무늬를 만든 의복. **冔**후: 은나라 사람들이 머리에 쓰고 다니던 관冠 이름.

그들은 제사의 시작에서 끝까지 언제나 자신들의 보黼 무늬 옷과 면관을 착용했다네.

•••

王之藎臣, 無念爾祖.

藎臣진신: '진신進臣'과 같은 말. 충신. '진신'이란 원래 임금이 특별히 벼슬에 나오라고 부른 신하란 뜻이었다. **無**: 어기조사로서 실질적인 뜻이 없다. 따라서 무념이조無念爾祖는 '너희 조상을 생각하라'는 뜻이 된다.

우리 임금님의 충성스러운 신하가 되려면, 그대들의 조상을 늘 생각하시오.

•••

無念爾祖, 聿脩厥德.

聿: 붓 율. '이을 술述'과 같은 뜻. 뜻이 없는 조사로 보기도 한다. **聿脩**율수: 조상의 덕을 이어서 닦다. **厥**궐: '其기'와 같다.

그대들의 조상을 생각하면서, 이를 계승하여 자신들의 덕을 닦으시오.

•••

永言配命, 自求多福.

言: 어기조사. '焉언'과 같다. **配命**배명: 천명에 부합하다.

길이길이 천명에 부합하여서 스스로 많은 복을 받기를 구하시구려.

•••

殷之未喪師, 克配上帝.

喪: 잃을 상. **師**: 무리 사. 뭇 백성. **克**: '가可'와 같다. 할 수 있다는 뜻.

상나라가 아직 민심을 잃지 않았을 적에는, 하느님의 명령에 부합할 수 있었소.

• • •

宜鑒于殷, 駿命不易.

鑒: 거울 감. **駿**: 클 준. **不易**불이: 쉽지 않다.

마땅히 상나라를 거울로 삼아야 할지니, 하늘의 명령은 쉽지 않기 때문이오.

• • •

命之不易, 無遏爾躬.

遏: 그칠 알. 막다. **爾躬**이궁: 너의 몸.

천명은 쉽지 않으니, 그대의 몸에서 끊어지지 않게 하시오.

• • •

宣昭義問, 有虞殷自天.

宣昭선소: 만천하에 명백히 선포하다. **義**: 착할 의. 아름다운. **問**: 물을 문. '들을 문聞'과 같다. 명성, 평판. **有**: '또 우又'와 같다. 다시. **虞**: 헤아릴 우. 성찰하다. **自**자: '의거할 인因'과 같다. 하늘의 뜻에 의거해서 상나라가 어떻게 순응해야 할지를 성찰해보라는 뜻이다.

아름다운 명성을 모두가 알도록 널리 알리고, 나아가 상나라가 하늘의 뜻에 어떻게 의거해야 할지를 성찰해보시오.

• • •

上天之載, 無聲無臭.

載: 행할 재. 행사. **臭**: 냄새 취.

하늘이 하는 일에는, 소리도 없고 냄새도 없소이다.

•••

儀刑文王, 萬邦作孚.

儀: 본보기 의. **刑**형: '法법'과 같다. 법식. 모범. **作**작: '則칙'과 같다. **孚**: 신뢰할 부. 불변의 법칙으로 믿고 따른다는 뜻.

그러려면 문왕을 규범으로 본받아, 모든 나라들이 믿고 따르게 하시오.

빈둥거림 없는 나날 — 『서경書經』 「무일無逸」편

「무일無逸」편은 『서경』의 편명篇名으로서 주공周公이 지었다고 전해진다. '無逸'이란 '안일하게 놀지 말라'는 뜻으로, 어렵고 힘든 과제를 미신적인 힘에 의존하지 말고 스스로의 지혜와 노력에 의해서 해결해야 한다는 유교의 이성적인 우환憂患 의식을 이해할 수 있는 문장이다. 오늘날 중국을 비롯한 동아시아 사람들이 매우 근면한 것으로 이름나 있는데, 이는 바로 이 문장의 가르침에 비롯된 바도 크다고 평가할 수 있다.

•••

周公曰: 嗚呼, 君子所其無逸. 先知稼穡之艱難乃逸, 則知小人之依.

周公: 성은 희姬이고 이름은 단旦. 문왕의 넷째 아들이자 무왕의 동생. 무왕을 도와서 은나라 정권을 무너뜨리고 주나라를 세운 후, 예악을 제정하였다고 알려진다. 유가의 선구자. 그의 채읍采邑(고대 중국에서 왕족, 공신, 대신들에게 공로에 대한 보상으로 주던 땅)이 주周 땅에 있었으므로 주공이라고 불렀다. **所**: '늘 시時'와 같다. **其**: 마땅히. **無**: 금지할 무. '말 물勿'과 같은 말이다. **逸**: 안일할 일. **稼**: 곡물 심을 가. **穡**: 수확할 색. 농사일. **艱難**간난: 힘들고 고생스러움. **小人**소인: 백성을 가리킨다. **依**: 의지할 의. 힘든 농사일에 의지해서 사는 일.

주공이 말씀하셨다. "아아, 군자는 언제나 안일하게 즐겨서는 안 됩니다. 심고 거두는 농사일의 어려움을 먼저 알고 나서 즐기는 일을 하면 백성들이 얼마나 힘든 일에 의지해서 먹고사는지를 이해하게 됩니다.

• • •

相小人, 厥父母勤勞稼穡, 厥子乃不知稼穡之艱難, 乃逸乃諺旣誕. 否則侮厥父母, 曰: 昔之人無聞知.

相: 볼 상. **厥**: '그 기其'와 같다. **勤勞**근로: 부지런히 일하다. **乃**내: 마침내. **乃**: 또한. **諺**: 상말할 언. **旣**: 이윽고 기. 조금 후에. **誕**: 방탕할 탄. **侮**: 업신여길 모. **昔之人**석지인: 구시대 사람, 즉 '꼰대'.

백성들이 사는 모습을 들여다보면, 부모는 부지런히 농사일에 힘쓰는데, 그 자식들이 농사일의 어려움을 알지 못하면 결국에는 안일하게 놀게 되고 또 상스러운 말이나 하면서 방탕해지게 마련입니다. 아니면 자신의 부모를 업신여기며 '구닥다리 사람이라서 들은 것도 없고 아는 것도 없다'고 함부로 지껄입니다."

• • •

周公曰: 嗚呼, 我聞曰: 昔在殷王中宗, 嚴恭寅畏, 天命自度, 治民祗懼, 不敢荒寧, 肆中宗之享國七十有五年.

中宗중종: 은나라 왕이었던 조을祖乙을 가리킨다. **嚴恭**엄공: 엄숙하고 공경하다. **寅**: 공경할 인. 하늘을 공경하다. **畏**외: 일을 그르칠까 두려워하다. **度**: 헤아릴 탁. **祗**: 공경할 지. **荒**: 빠질 황. 방종에 빠지다. **肆**사: 그러므로. **享國**향국: 임금에 재위한 햇수.

주공께서 말씀하셨다. "아아, 저는 이렇게 들었습니다. 옛날 은나라 임금님이신 중종中宗께서는 외모가 엄숙하고 공손하시면서도 하늘을 공경하고 두려워하셨다 합니다. 그래서 천명을 스스로 헤아려서 백성을 다스릴 때 공경하고 두려워하시고 감히 안일함에 빠지지 않으셨습니다. 그러므로 중종의 재위 기간이 75년이나 되었던 것입니다.

•••

其在高宗時, 舊勞于外, 爰暨小人, 作其卽位, 乃或亮陰, 三年不言. 其惟不言, 言乃雍, 不敢荒寧, 嘉靖殷邦. 至于小大, 無時或怨, 肆高宗之享國五十有九年.

其: 저. 지시대사指示代詞(무엇을 가리킬 때 쓰는 말). **高宗**고종: 무정武丁을 가리킨다. **舊**: 오랫동안. **暨**기: '미칠 급及'이나 '더불 여與'와 같다. **作**: '일어날 기起'와 같음. ~부터. **或**혹: '있을 유有'와 같다. **亮陰**량음: 부모상을 당했을 때 움막을 짓고 3년간 거기에 기거하는 일. 여기서는 움막에서 말을 않고 지내듯이 말을 신중히 했다는 뜻이다. **惟**유: '같을 유猶'와 같은 말이다. 여전히. **雍**: 화목할 옹. 모두가 좋다고 인정하다. **嘉靖**가정: '안정安靜'과 같다. **至于小大**지우소대: 백성에서 고위 관료에 이르기까지. **時**: '이 시是'와 같다. 고종을 가리킨다.

고종께서 계실 저 때는 오랫동안 외부에서 일하셔서 백성들과 더불어 같이 사셨습니다. 그러다가 왕위에 오르시면서부터 말을 극히 신중히 하셔서 3년 동안 말씀을 하지 않으셨습니다. 고종께서는 여전히 말씀하지 않으셨지만 어쩌다 말씀을 하시면 모두가 감동하였습니다. 이렇게 그는 감히 안일함에 빠지지 않고 은나라를 안정되게 했습니다. 백성에서 고위 관료에 이르기까지 그를 원망하는 사람은 하나도 없었으므로 이 때문에 고종의 재위 기간은 59년에 이르렀습니다.

•••

其在祖甲, 不義惟王, 舊爲小人, 作其卽位, 爰知小人之依, 能保惠于庶民, 不敢侮鰥寡, 肆祖甲之享國三十有三年.

惟: '위爲'와 같은 말로, 되다. **不義惟王, 舊爲小人**: 조갑은 고종의 아들이었는데, 형이 있었지만 고종은 동생인 조갑이 더 현명하다고 여겨서 그에게 왕위를 물려주려 하였다. 그러자 조갑은 이것이 불의하다고 여기고는 민간으로 도망가 민초(小人)로서 살았다. 본문의 구절은 이 사건을 말하는 것이다. **保惠**보혜: 보호함과 아울러 은혜를 베풀다. **鰥**: 홀아비 환. **寡**: 과부 과.

조갑祖甲이 계실 저 때에는 형을 제치고 임금이 되는 것이 옳지 않다고 여기시고는 도망가서 오랫동안 평민으로 사셨습니다. 임금 자리에 오르시고 나서는 백성들이 얼마나 힘든 일에 의지해서 먹고사는지를 아시기 때문에 서민들을 보호하고 베풀어주실 수 있었고, 감히 홀아비와 과부들을 업신여기지 않으셨습니다. 이 때문에 조갑께서는 33년을 재위하실 수 있었습니다.

•••

自時厥後立王, 生則逸. 生則逸, 不知稼穡之艱難, 不聞小人之勞, 惟耽樂之從, 自時厥後, 亦罔或克壽, 或十年, 或七八年, 或五六年, 或四三年.

耽樂탐락: 즐기는 일에 빠지다. **罔**: 없을 망. **或**: '有'와 같다. **克**: '可'와 같다. **壽**: 오래 살 수. 오랜 재위 기간을 뜻한다.

이때 이후로 세워진 임금님들은 사신 것이 안일하기만 하였습니다. 생활이 안일하셨으니 농사일의 어려움을 모르셨고, 백성들의 노고를 들어본 적도 없으셨으며, 오로지 즐기는 일만을 따라다니셨습니다. 이때 이후로 재위 기간을 오래 지속할 수 있는 이가 없어졌으니, 어떤 이는 십 년, 어떤 이는 칠팔 년, 어떤 이는 오륙 년, 어떤 이는 삼사 년밖에 되지 않았습니다."

•••

周公曰: 嗚呼. 厥亦惟我周太王王季, 克自抑畏. 文王卑服卽康功田功, 徽柔懿恭, 懷保小民, 惠鮮鰥寡. 自朝至于日中昃, 不遑暇食, 用咸和萬民. 文王不敢盤于遊田, 以庶邦惟正之供, 文王受命惟中身, 厥享國五十年.

厥亦궐역: 그(은나라 임금)뿐 아니라. **抑**: 겸손할 억. **卑服**비복: 허름한 옷을 입다. **卽**: 나아갈 즉. **康功**강공: 길을 평평하게 고르는 공사. **田功**전공: 밭을 일구는 공사. **徽**: 화기애애할 휘. **懿**: 착할 의. **懷保**회보: 품어 안다. **惠**: 베풀 혜. **鮮**선: '착할 선善'과 같다. **日中昃**일중측: 한낮의 해가 기울다. **遑**: 겨를 황. **暇**: 틈 가. **用**용: '써 이以'와 같다. **盤**: 빙빙 돌 반. 어슬렁거리다. **遊**: 놀이터 유. **田**: '사냥터 전畋'과 같음. **正**: '정치 정政'과 같다. **之**: '이 시是'와 같다. **供**공: '공손할 공恭'과 같다. **惟**: 비록 유. **中身**중신: '중년中年'과 같은 말.

주공께서 말씀하셨다. "아아, 그뿐 아니라, 생각해보니 우리 주나라 태왕이신 고공단보古公亶父와 아드님이신 왕계王季께서도 스스로 겸손하고 하늘을 두려워하실 줄 아시었습니다. 문왕께서는 허름한 옷을 입으시고 길을 닦는 공사장과 밭을 일구는 공사장에 손수 나아가셨습니다. 그는 성품이 온화하고 부드러우며 착하고 공손하셔서 백성을 품어 안아주셨고 홀아비와 과부들에게 덕을 베푸셨습니다. 아침부터 한낮의 해가 서쪽으로 기울 때까지 밥을 드실 겨를도 없으셨으니, 이런 방식으로 만백성을 모두 화목케 하셨습니다. 문왕께서는 감히 놀이터와 사냥터에서 빈둥거리지 않으시니 여러 작은 나라들이 정치를 오로지 공손함만으로 하게 되었습니다. 문왕께서 천명을 받으신 것이 비록 중년에 이르러서였지만 그분의 재위 기간은 50년이었습니다.

• • •

周公曰: 嗚呼, 繼自今嗣王, 則其無淫于觀于逸于遊于田, 以萬民惟正之供. 無皇曰: 今日耽樂. 乃非民攸訓, 非天攸若, 時人丕則有愆. 無若殷王受之迷亂, 酗于酒德哉.

淫: 과도할 음. **觀**: 구경할 관. 장관壯觀. **供**: 앞 구절과 마찬가지로 '공恭'으로 풀어야 한다. **皇**: '겁먹을 황惶'과 같은 말. **攸**유: '바 소所'와 같다. **若**: 좇을 약. **時**: 여기서도 '是'와 같다. **丕則**비즉: '於是'와 같다. 접속사. **愆**: 허물 건. **受**수: 은나라 주왕紂王의 이름. **酗**: 주정할 후. **酒德**주덕: 술에 취해서도 주정을 하지 않고 자세를 바로 가지는 단정한 주도酒道.

주공께서 말씀하셨다. "아아, 지금 이후를 이어서 왕위를 계승하는 임금님들께서는 구경하는 일에, 놀이하는 일에, 놀러 다니는 일에, 사냥 나서는 일 등에 지나치게 빠져서는 안 되고, 만백성에게 정치를 오로지 공손함만으로 해야 합니다. 겁도 없이 '오늘은 즐기는 일에 빠져야겠다'라고 말하는 것은 백성들이 본받을 바도 아니고 하늘이 순순히 따라줄 바도 아닙니다. 그러므로 이러한 사람에게는 허물이 있게 마련이니, 은나라 주왕이 이성을 잃어 엉망이 되고, 술에 절어서 개차반으로 행동하는 것처럼 되지 마시기를 바랍니다.

• • •

周公曰: 嗚呼. 我聞曰: 古之人猶胥訓告, 胥保惠, 胥教誨, 民無或胥譸張爲幻. 此厥不聽, 人乃訓之, 乃變亂先王之正刑, 至于小大. 民否則厥心違怨, 否則厥口詛祝.

猶유: 그래도. **胥**: 서로 서. **誨**: 가르칠 회. **譸**: 속일 주. **譸張**주장: 속이다. **幻**: 미혹시킬 환. **厥**: 그들, 즉 앞으로 임금이 될 자들. **人**: 여기서는 관리들을 가리킨다. **訓**: 해석할 훈. **小大**: 여기서는 크고 작은 법령들을 가리킴. 違: 떠나갈 위. 否則부측: 바로 앞 구절의 '비즉丕則'과 같다. 詛: 저주할 저. 祝축: '저주할 주呪'와 같다.

주공께서 말씀하셨다. "아아, 저는 이렇게 들었습니다. 옛날 사람들은 그래도 서로 훈계해주고, 서로 감싸고 베풀어주며, 서로 가르쳐주었기 때문에 백성 중에 속이고 사기 치는 일이 없었다고 합니다. 이것을 그 뒤를 이은 임금님들이 따라 하지 않으니까 관리들이 이를 자의적으로 해석을 해버렸습니다. 이렇게 선왕들에게서 내려온 헌법을 원칙 없이 바꾸어놓은 것이 결국에는 크고 작은 법령에까지 영향이 이르게 된 것입니다. 그리하여 백성들은 마음이 떠나가고 원망하였으며, 그들의 입으로는 저주를 퍼붓게 되었습니다.

•••

周公曰: 嗚呼. 自殷王中宗及高宗及祖甲及我周文王, 玆四人迪哲. 厥或告之曰: 小人怨汝詈汝, 則皇自敬德. 厥愆, 曰: 朕之愆允若時, 不啻不敢含怒.

玆: 이 자. 迪: 인도할 적. 詈: 욕할 리. 皇: '허둥거릴 황遑'과 같음. 自敬德: 자신의 덕이 모자라지는 않은지 스스로 두려워하다. 允: 진실로 윤. 時: '是'와 같다. 啻: 다만 시. '그칠 지止', '다만 지只' 등과 같다.

주공께서 말씀하셨다. "아아, 은나라 임금이신 중종 및 고종 및 조갑 및 우리 주나라의 문왕 등 이 네 분은 명철한 지혜로 우리를 인도하셨습니다. 그들에게 어떤 사람이 말하기를 '백성들이 임금님을 원망하고 욕합니다'라고 하니, 황급히 자신의 덕이 모자라지는 않은지 스스로 두려워하셨습니다. 그에게 허물이 있었다면 '짐의 허물이 실로 이와 같았었구나!'라고 하셨습니다. 이러하니 백성들은 감히 노여움을 품을 수 없는 것에서 그치지 않았던 것입니다.

•••

此厥不聽, 人乃或譸張爲幻. 曰: 小人怨汝詈汝, 則信之. 則若時, 不永念厥辟, 不寬綽厥心, 亂罰無罪, 殺無辜. 怨有同, 是叢于厥身. 周公曰: 嗚呼, 嗣王其監于玆.

辟: 임금 벽. 여기서는 임금이 지켜야 할 도리. **綽**: 너그러울 작. **辜**: 허물 고. 죄. **同**: 하나 될 동. **叢**: 모일 총.

이것을 후세를 이어갈 임금님들이 듣고 따르지 않으면, 그 밑의 관리 중에 속이고 사기 치는 자들이 생겨나서 '백성들이 임금님을 원망하고 욕합니다'라고 말할 것이고 임금님들은 그것을 믿게 됩니다. 일이 이와 같이 되면, 임금 된 사람들은 군주의 도리를 언제나 마음에 새기지 않고, 마음을 너그럽게 열지 않고는 죄 없는 사람들을 함부로 처벌하고 무고한 사람들을 죽이게 됩니다. 그러면 백성들의 원한이 한데 뭉쳐서 이것이 임금 된 사람의 몸에 집중됩니다."
주공께서 말씀하셨다. "아아, 지금 이후를 계승하는 임금님들께서는 귀감을 바로 여기에서 찾으시길 바랍니다."

『주역周易』

『주역周易』, 또는 『역易』을 해석한 책을 『역전易傳』이라고 하는데, 모두 10권이므로 이를 십익十翼이라고 부른다. 이 십익 중에서 가장 철학적인 것이 「계사전繫辭傳」 상·하 2권이다. 이 책은 공자가 저술했다고 전해진다. 여기서는 중간에 반복되는 부분은 생략하고 읽어보자.

역易이란 무엇인가(1) — 「계사상전繫辭上傳」(발췌)

•••

天尊地卑, 乾坤定矣. 卑高以陳, 貴賤位矣.

尊: 높을 존. **卑**: 낮을 비. **乾**: 괘卦 이름 건. 하늘을 상징한다. **坤**: 괘 이름 곤. 땅을 상징한다. **陳**: 늘어설 진. **位**: 자리 위. 자리 잡다.

하늘은 높은 곳에 있고 땅은 낮은 곳에 있으니, 건괘乾卦와 곤괘坤卦의 자리가 정해졌다. 낮은 것은 낮은 데로 높은 것은 높은 데로 각각 배열되었으니, 귀한 자와 천한 자의 위치가 자리 잡혔다.

•••

動靜有常, 剛柔斷矣. 方以類聚, 物以羣分, 吉凶生矣.

動靜동정: 움직임과 정지함 사이의 변화. 즉 다이내믹(dynamic)을 의미한다. **常**: 항구할 상. 변치 않는 규칙. **剛**: 굳셀 강. **柔**: 부드러울 유. **方**: 모방. 구석. **類**: 비슷할 류. **聚**: 모을 취. **羣**군: '무리 군群'과 같은 글자. **以羣**

分이군분: 무리로써 나누다.

움직임과 정지함 사이의 변화에는 변치 않는 규칙이 있으니, (이로써) 강직한 것과 유연한 것이 명확히 결정된다. 저 구석구석까지 같은 종류끼리 모으고, 모든 사물을 무리로 나누어놓으면, 여기에서 길한 것과 흉한 것이 생겨난다.

•••

在天成象, 在地成形, 變化見矣. 是故剛柔相摩, 八卦相盪.

象: 모양 상. 본뜨다. **形**: 꼴 형. 드러내다. **見**: 여기서는 '뵈올 현'. **變化見矣**변화현의: 하늘은 상으로써, 땅은 형으로써 각각 변화를 보여준다는 뜻. **摩**: 닿을 마. **盪**: 흔들 탕. 갈마들다, 융합하다.

하늘에서는 (해·달·별들이) 상을 만들어내고, 땅에서는 (산천초목이) 형을 만들어내는데, 여기서 변화가 드러나 보인다. 그러므로 단단한 것과 부드러운 것이 서로 접촉함으로써 팔괘八卦가 서로 갈마들어 섞인다.

•••

鼓之以雷霆, 潤之以風雨, 日月運行, 一寒一暑.

鼓: 북돋울 고. 북을 쳐서 부추기다. **霆**: 천둥소리 정. **潤**: 적실 윤. 윤이 나다. **寒**: 추울 한. **暑**: 더울 서.

우레와 천둥소리를 울려서 삶을 고무시키고 비바람으로써 윤택하게 자라도록 해주며, 해와 달이 부단히 운행함으로써 추위와 더위가 교대로 바뀌도록 해준다.

• • •

乾道成男, 坤道成女. 乾知大始, 坤作成物.

乾道: 하늘을 본받은 도리. 즉 하늘의 도리를 본받으면. **知**: 알다. 공영달孔穎達의 설을 따랐다. **大始**: 우주의 시원始元.

하늘의 도리를 본받으면 남자(또는 남성적 사물)를 형성하고 땅의 도리를 본받으면 여자(또는 여성적 사물)를 형성한다. 하늘의 도리인 건乾은 우주의 시원을 알고 땅의 도리인 곤坤은 사물을 형성하는 작용을 한다.

• • •

乾以易知, 坤以簡能.

易: 쉬울 이. 역易이 나오기 이전인 은나라 때에는 거북으로 점을 치는 귀점龜占이 주류였는데, 이는 전문인들만 다룰 수 있었기 때문에 어려운 반면, 나뭇가지로 치는 시초蓍草 점은 누구나 할 수 있는 쉬운 점이어서 '역易' 자에 '쉬울 이'의 의미가 들어간 것이다. **以**: 원인을 나타내는 개사介詞(전치사에 해당하는 품사).

건(괘)은 쉽기 때문에 이해가 되고, 곤(괘)은 간단해서 (사물을 형성하는) 작용을 할 수 있다.

• • •

易則易知, 簡則易從, 易知則有親, 易從則有功,

親: 손에 익을 친. **功**: 보람 공. 효과. 이 구절은 '쉬움'과 '간단함'이 있어야 백성과 대중을 쉽게 설득하고 지배할 수 있다는 뜻이다.

쉽다면 쉽게 이해할 수 있고, 간단하다면 쉽게 따를 수 있다. 쉽게 이해하면 익숙함이 생기고, 쉽게 따르면 효과가 생긴다.

•••

有親則可久, 有功則可大, 可久則賢人之德, 可大則賢人之業.

大: 클 대. 형용사가 동사 자리에 오면 사동형으로 쓰인다. 크게 만들다. 확대하다. 즉 더 큰 일로 확대할 수 있다는 뜻이다. **德**: 예를 실천하는 능력.

익숙하면 오래 지속할 수 있고, 효과가 있으면 더 큰 일로 확대할 수 있다. 오래 지속할 수 있다면 현인이 갖춘 덕의 경지에 이를 수 있고, 더 큰 일로 확대할 수 있다면 현인이 하는 과업을 맡을 수 있다.

•••

易簡而天下之理得矣, 天下之理得, 而成位乎其中矣.

而: '則즉'과 같은 글자. 조건에 대한 결과를 나타내는 접속사. **成位**: 각자의 위치들이 형성된다. **乎**: '於어'와 같다. **其中**: 천하의 이치 안에.

쉽고 간단하면 천하의 이치가 파악이 되고, 천하의 이치가 파악이 되면 그 안에서 각자의 위치가 형성된다.

•••

聖人設卦觀象, 繫辭焉而明吉凶, 剛柔相推而生變化.

設卦설괘: 하늘·땅·못·산·우레·불·물·바람 등 여덟 가지 사물의 속성을 추상화해서 8괘를 설정하고, 다시 이를 둘씩 조합해서 64괘로 연역한 사실을 가리킨다. **觀象**관상: 괘에서 나오는 상象, 즉 괘상을 관찰하다. **繫辭焉**계사언: 여기(괘와 상)에다가 말을 붙여 달다, 즉 언어로 바꾸다. **剛柔**강유: 강직함과 부드러움, 즉 양과 음을 가리킨다. **相推**상추: 서로 갈마들다, 교대하다.

성인이 괘를 설정하고 거기에 보이는 상을 보고는, 거기에 말을 붙여 달아서 길함과 흉함이 어떤 것인지를 밝혀주고 있는데, 이는 강직한 양의 기운과 부드러운 음의 기운이 서로 밀어 갈마듦으로써 변화를 일으키는 것이다.

•••

是故吉凶者, 失得之象也, 悔吝者, 憂虞之象也.

이 구절은, 길흉吉凶은 사건을 말하는 것이므로 얻는 사건이 생기면 길이고, 잃는 사건이 생기면 흉이 됨을 말하고 있다. **悔**: 후회할 회. '지나칠 과過'와 같음. **吝**: 아낄 린. '부족不足'과 같다. 탐하고 아까워하다. '悔吝'은 작은 과실로서, 흉과 비교하면 정도가 작은 것, 그리고 득이라 하더라도 득이 부족한 것을 가리킨다. 즉 일을 하다가 작은 과실이 생기면 걱정이 되고 생각이 많아진다는 뜻이다. **虞**: 염려할 우. 주저하다.

그러므로 길함과 흉함은 잃고 얻음의 모양이고, 후회함과 아까워함은 걱정과 주저함의 모양이다.

•••

變化者, 進退之象也, 剛柔者, 晝夜之象也.

變化변화: 변함과 뒤바뀜. '化'는 정반대로 뒤바뀌는 것을 말한다. **進退**진퇴: 나아감과 물러남. **晝夜**주야: 낮과 밤. 하늘의 두 가지 상. 땅의 두 가지

상은 강剛과 유柔. 따라서 강직함과 부드러움은 하늘의 낮과 밤의 모양에 해당한다는 뜻이다.

변함과 뒤바뀜이라는 것은 나아감과 물러남의 모양이고, 강직함과 부드러움이라는 것은 낮과 밤의 모양이다.

•••

六爻之動, 三極之道也.

六爻육효: 팔괘처럼 세 개의 효爻로 이루어진 괘를 단괘單卦라 하고, 단괘 둘을 겹쳐 만든 괘를 중괘重卦라 부르므로, 중괘에는 여섯 개의 효가 있다. 이 효의 구성과 변화에 따라 상象이 결정된다. **三極**삼극: 천지인天地人 삼재三材의 추상적 개념으로서 '이理'에 해당한다. 이 구절은 구체적인 괘상卦象과 추상적인 도리道理 사이의 동태動態 및 대응 관계를 말하고 있다. 즉 하나의 괘는 아래로부터 지地·인人·천天의 순서로 이루어졌으므로, 두 개의 괘로 이루어진 육효는 아래로부터 지·인·천·지·인·천의 순서로 형성된다. 그러므로 괘상의 여러 가지 조합은 곧 천·지·인의 도리를 말하게 된다는 뜻이다.

육효六爻의 구성과 변화는 삼극三極, 즉 천·지·인의 이치가 된다.

•••

是故君子所居而安者, 易之序也, 所樂而玩者, 爻之辭也.

所居而安소거이안: 자신이 처한 자리에서 편안히 여기다. **序**: 차례 서. 즉 역의 순서와 전개 과정을 가리킨다. **玩**: 익힐 완. 익숙하게 맛을 보며 즐기다. 즉 군자는 효사爻辭에서 언어의 맛을 즐긴다는 뜻.

이러한 이유로 군자가 자신이 처한 자리에서 편안히 여기는 것은 역易의 전개 과정 때문이고, 군자가 즐기며 익숙한 솜씨로 맛을 보는 것은 효爻마다에 달린 말 때문이다.

• • •

是故君子居則觀其象而玩其辭, 動則觀其變而玩其占, 是以自天祐之, 吉, 无不利.

玩其占완기점: 점의 결과를 즐기며 맛을 보다. **自天祐之, 吉, 无不利**무불리: 「대유괘大有卦」 상구上九의 효사. '无'는 '없을 무'로, '無'와 같다.

그러므로 군자는 자신이 어떤 자리에 처해 있으면 괘의 상을 관찰하고 거기에 딸린 효사의 맛을 보며 즐기고, 행동을 하게 되면 그 변화를 관찰하고 점의 결과를 즐기며 맛을 본다. 그래서 『역』에서 "하늘로부터 보우를 받으니 길하고 불리함이 없다"고 말한 것이다.

• • •

彖者, 言乎象者也, 爻者, 言乎變者也. 吉凶者, 言乎其失得也, 悔吝者, 言乎其小疵也, 无咎者, 善補過也.

疵: 허물 자. 그러므로 小疵는 작은 병통, 과실, 흠결을 가리킨다. 회린悔吝은 약간씩 지나치거나 모자란 것이므로 마음엔 안 들지만 그렇다고 나쁜 것은 아니라는 뜻이다. **咎**: 허물 구. **補**: 기울 보. 채우다. 커버cover하다.

단사彖辭라는 것은 괘상卦象, 즉 괘의 모양을 설명한 말이고, 효사爻辭라는 것은 괘와 효의 모양이 변화하는 것을 설명하는 말이다. 길흉이라는 것은 좋은 것을 얻거나 잃은 정황을 설명하는 말이고, 회린悔吝이라는 것은 작은 과부족이 있는 경우를 가리키는 말이며, 무구无咎, 즉 허물이 없다는 것은 선한 행위로써 잘못된 것을 고칠 수 있다는 말이다.

•••

是故列貴賤者存乎位, 齊小大者存乎卦,

位: 자리 위. 효위爻位, 즉 효의 자리를 가리킨다. **存乎位**존호위: 효의 위치에 의해 결정된다. 양효陽爻는 양위陽位, 즉 초初·3·5의 자리에 와야 하고, 음효陰爻는 음위陰位, 즉 2·4·상上에 와야 한다. 즉 귀천은 마땅한 위치에서 받았을 때 온다는 말인데, 이를테면, 복잡한 출근 시간에 운 좋게도 텅 빈 버스가 와서 좋아했더니 하필 그때 친한 친구가 불러세우는 바람에 놓쳤다면 그것은 마땅한 위치가 아니다. **齊**: '정할 정定', '분별할 변辨'과 같은 말. 분별하다, 확정하다. 일의 대소를 분별하려면 괘의 모양을 보고 결정해야 한다는 뜻이다. 대大는 양괘를, 소小는 음괘를 각각 뜻한다. 양괘인가 음괘인가를 확정하는 것은 괘상卦象에 의거하는데, 삼효三爻 중에서 양효가 하나 있으면 양괘, 음효가 하나 있으면 음괘라고 부른다.

그러므로 존귀하거나 비천한 자리에 서는 것은 효의 마땅한 자리에 의해서 결정되고, 작은 도리인지 큰 도리인지를 분별하는 것은 괘상에 의하여 결정되며,

•••

辨吉凶者存乎辭, 憂悔吝者存乎介,

辭: 괘효사卦爻辭를 가리킨다. **介**: 미세할 개. 인식하기 힘든 미세한 경계선을 말한다. 앞 구절의 '소자小疵', 즉 작은 과부족이 될 수 있는 경계. **存乎介**: 회린悔吝의 결과가 나오지 않도록 사념邪念을 물리치고 정념正念에

집중함을 말한다. 그러면 봉흉화길逢凶化吉, 즉 재앙을 만나도 그것을 길한 일로 만들 수 있다는 뜻이다.

길흉을 변별하는 것은 괘효사에 의하여 결정되고, 아쉬움과 아까워하는 마음이 들지 않도록 우려하는 것은 아주 미세한 경계선에 의해 결정되며,

•••

震无咎者存乎悔.

震진: '동動'과 같은 말. 움직이다. 앞에서 '무구자无咎者, 선보과善補過'(허물이 없다는 것은 선한 행위로써 잘못된 것을 고칠 수 있다는 것)라 하였으므로, 선한 행위로써 잘못된 것을 고칠 수 있는 마음을 움직인다는 뜻이다. **无咎**: 무결無缺, 곧 결함이나 흠이 없는 상태. **存乎悔**: '회悔'는 지나간 잘못을 아는 것이므로 이를 고침으로써 무결의 상태로 바꿀 수 있다. 그러므로 점이 무구无咎로 나왔다 하더라도 안심하지 말고 회悔를 걱정해야 무구가 될 수 있다, 또한 유구有咎라 하더라도 회를 걱정하면 무구가 된다는 뜻이다.

무결無缺의 상태를 이루려는 마음을 움직이는 것은 지난 일의 잘못을 아는 것에 의해서 결정된다.

•••

是故卦有小大, 辭有險易, 辭也者, 各指其所之. 易與天地準, 故能彌綸天地之道.

之: 갈 지. '갈 적適'과 같음. **各指其所之**각지기소지: 괘사와 효사는 그것이 쉽든 어렵든 흉을 피하여 길한 곳으로 나아갈 방향을 가리킨다는 뜻. **與**: 줄 여. **準**: 본받을 준. 준칙. 역은 천지에 준칙을 부여했다는 의미다. **彌**:

두루 미. **綸**: 쌀 륜. 그래서 彌綸은 '두루 감싸다'라는 뜻. **天地之道**: 다음 구절의 천문天文과 지리地理를 가리킨다.

그러므로 괘에는 작고 큰 것이 있고, 괘효사에는 힘든 것과 쉬운 것이 있지만, 괘효사라는 것은 각기 사람이 나아가야 할 곳을 가리킨다. 역은 천지에 준칙을 부여하였으므로, 하늘과 땅의 도리를 두루 감쌀 수 있다.

• • •

仰以觀於天文, 俯以察於地理, 是故知幽明之故. 原始反終, 故知死生之說, 精氣爲物, 遊魂爲變, 是故知鬼神之情狀.

仰: 우러러볼 앙. **俯**: 내려다볼 부. **幽明**유명: 어두움과 밝음. 즉 유형有形과 무형無形의 상象. **故**고: '일 사事'와 같다. **原**: 캐물을 원. 근본을 찾아 올라가다. **原始**: 최초를 찾아 올라가다. **反**: 유추할 반. **反終**반종: 최종의 결과를 유추해내다. **說**설: 도리. **精氣**정기: 생명의 물질적 기초가 되는 기운. **魂**혼: 사람 안에서 정신이나 영혼을 다스리는 관리자.

위로는 이것으로써 하늘의 현상을 볼 수 있고, 아래로는 땅의 이치를 살필 수 있으므로, 이 때문에 무형과 유형의 일을 알게 된다. 맨 처음으로 캐물어 올라가보면 그 끝이 어떠한 것인지 유추할 수 있으므로 삶과 죽음의 도리를 알게 된다. 정기精氣가 모여 육체가 되고 혼魂이 흩어져서 변화가 일어나는 것이므로, 이 때문에 귀신의 실제 모습을 알 수 있다.

• • •

與天地相似, 故不違, 知周乎萬物而道濟天下, 故不過,

違: 어길 위. 역의 이치를 어긴다는 뜻. **知**: '지혜 지智'와 같은 말이다. **周**: 두루 주. **知周**: 지혜가 만물에 두루 미치다. 즉 지혜로 만물을 두루 섭렵하다. **道**: 만물의 도리. **濟**: 건널 제. 구제하다.

(역의 이치는) 천지의 이치와 서로 비슷하므로 이를 어겨서는 안 되고, 지혜로 만물을 두루 섭렵하고 그 만물의 도리로써 천하 사람들을 구제하므로 과실이 있을 수 없으며,

● ● ●

旁行而不流, 樂天知命, 故不憂, 安土敦乎仁, 故能愛.

旁行방행: '旁'은 '옆'이라는 뜻으로, 정도가 아닌 어느 한쪽으로 치우친 사도邪道를 상징한다. 세상일을 하다보면 정도로만 할 수 없고 옆으로 치우친 사도를 선택할 경우도 있는데, 이것은 균형을 잡기 위하여 좌우로 움직이는 저울추와 같다 하여 '권權'이라고 부른다(주희朱熹의 설). 따라서 '旁行'은 사도를 행하는 것이 아니라 임기응변으로 균형을 맞추는 것을 의미한다. **流**: 흐를 류. 사도로 흘러 빠지는 것을 뜻한다. **知命**: 하늘이 부여한 몫을 이해하고 따르다. **安土**안사: '土'는 어디든 자신이 거처하는 곳을 가리키므로, '安土'는 어디든 자신이 거처하는 곳을 편안히 여긴다는 뜻이 된다. **敦**: 도타울 돈. 사랑이나 인정 같은 것이 많고 깊다. 여기서는 사동용법으로 쓰였다. **愛**: 아낄 애. 주희는 "인이란 아끼는 마음의 이치이고, 아끼는 마음이란 인의 쓰임이다(仁者, 愛之理; 愛者, 仁之用)"라고 주를 달았다.

상황에 따라 정도를 벗어나긴 하지만 거기에 빠지지는 않고, 하늘의 도리를 즐거이 따르며 정해진 본분을 알고 지키므로 아무것도 걱정하지 않으며, 어디든 자신이 거처하는 곳을 편안히 여기고 인을 돈독하게 하므로 능히 남을 아

껴줄 수 있다.

•••

範圍天地之化而不過, 曲成萬物而不遺, 通乎晝夜之道而知, 故神無方而易無體.

範: 본보기 범. 규범을 세우다. **圍**: 에워쌀 위. 두루 갖추다. **曲**: 자상할 곡. 작은 것까지도 빠짐없이. **晝夜之道**: 밤과 낮의 도리, 즉 음양의 도리를 가리킨다. **神無方**신무방: 음과 양이 하나가 되어 형체를 만드는 것이므로 정해진 모양이 없다는 뜻. **易無體**역무체: 역은 그것이 가는 바대로 변화하므로 정해진 기器, 즉 그릇이 없다는 뜻이다. '方'과 '體'는 각각 '형形'과 '기器'를 가리킨다(『주역주周易注』).

(역은) 천지의 변화에 규범을 세우고 원리를 두루 갖추어서 (그 무엇도) 이를 지나치게 하지 않았고, 만물을 하나도 빠짐없이 고루 자라나게 하여 빠뜨리는 것이 없으며, 밤과 낮이라는 음양의 도리에 통달해서 (미래를) 알게 되므로, 그 (음양의) 신묘함에는 정해진 형태가 없고 역(의 변화)에는 정해진 그릇이 없는 것이다.

•••

一陰一陽之謂道. 繼之者善也, 成之者性也. 仁者見之謂之仁, 知者見之謂之知, 百姓日用而不知, 故君子之道鮮矣.

一陰一陽: 음과 양은 각자로는 아무런 작용도 하지 못하므로 둘이 상호 갈마듦으로써만 변화를 일으키고 생장과 소멸을 반복할 수 있다. 음과 양이 순환하며 변화를 일으켜야 인간은 그 가운데서 존재와 나아가 감응을 느끼게 되는데 이것을 우리는 도라고 인식한다. **成之者**: 이러한 도리를 명으로 받들고 성취하는 것. **見**: 볼 견. 인식하다. **知**: '지혜로울 지智'와 같다. **君子之道**: 군자만이 알 수 있는 도리, 즉 『역』을 가리키며, 이 도리를 이해하는 군자가 매우 적다는 뜻이다.

한 번은 음이 되고 한 번은 양이 되는 것을 일컬어 도道라고 한다. (이러한 순환에 순종해서) 이어가는 것이 선善이고, (이러한 도리를 명으로 받들어) 성취하는 것이 본성이다. 어진 사람은 이를 인식하여 일컫기를 인仁이 구체적인 모습으로 드러난 것이라 하고, 지혜로운 사람은 이를 인식하여 일컫기를 지혜가 구체적인 모습으로 드러난 것이라고 하는데, 백성들은 날마다 쓰면서도 이것의 존재를 모른다. 그러므로 군자만이 아는 이 도리를 아는 자가 드문 것이다.

•••

顯諸仁, 藏諸用, 鼓萬物而不與聖人同憂, 盛德大業至矣哉.

顯: 나타날 현. **顯諸仁**: 역의 도리는 군자의 인후한 품성으로 드러난다는 뜻. **藏**: 감출 장. **用**: 행할 용. 일상생활의 올바른 행동거지. **藏諸用**: 군자의 일상적인 행동거지 안에 감추어놓는다는 뜻. **鼓**: 북돋울 고. **憂**: 근심할 우. 우환憂患과 같은 뜻으로서 모든 일을 이성적인 사유로써 판단하고 대책을 만들어내는 인간의 주체적인 의식을 가리킨다. 고대 유가 지식인의 전통적인 사유 방식이다. 역은 가야 할 길만 제시할 뿐, 우환, 즉 이성적으로 판단하고 대책을 고뇌하는 것은 성인만이 하는 것이라는 생각을 담고 있다.

(역의 도리는 군자의) 인후한 품성으로 드러나고, (군자의) 일상적인 행동거지 안에 감추어놓아서, 만물이 성장하도록 북돋아주지만 성인과 더불어 (세상일에 대하여) 고뇌하지는 않으니, 풍성한 덕과 위대한 업적이 지극하도다!

•••

富有之謂大業, 日新之謂盛德.

이 구절에서 '大業대업'은 성취해서 소유한 것이므로 저량貯量(stock)의 개념, '盛德성덕'은 바뀌며 날로 새로워지는 것이므로 유량流量(flow)의 개념이라고 각각 회계 용어로 비유할 수 있다. 재물은 저장해놓은 상태로는 아무런 의미가 없고 소비되고 흘러 다녀야 재미도 발생하고 이로움도 생겨난다.

천지간의 모든 것을 소유한 것을 일컬어 위대한 업적이라 하고, 나날이 새로워지는 것을 일컬어 풍성한 덕이라고 한다.

•••

生生之謂易, 成象之謂乾, 效法之謂坤,

生生생생: '生(동사)+生(목적어)'의 구조. 새로운 삶을 끊임없이 낳다. 바뀌며 날로 새로워지는 현상이므로 앞의 '日新'을 가리킨다. **象**: 세계는 끊임없이 변하는 것이지만 그 가운데 변치 않는 규율이 있으니 이것이 바로 원리인데, 이를 추상적인 말로 상이라 불렀다. 추상적인 변화 규율로 변화를 예측할 수 있으니, 이것이 곧 하늘, 즉 건의 속성이다. **效法**효법: 하늘의 상을 규범으로 본받아 구체적으로 드러내는 것이 땅, 곤의 속성이다. '效'에는 '규범을 본받아 구체적으로 드러내다'라는 뜻이 있다.

끊임없이 새로운 삶을 이어가는 것을 일컬어 역易이라 하고, (이러는 가운데) 추상적인 규범을 성취하는 것을 일컬어 건乾이라고 하며, 이 규범을 본받아 (구체적으로) 실현하는 것을 일컬어 곤坤이라 한다.

•••

極數知來之謂占, 通變之謂事, 陰陽不測之謂神.

極數극수: 훌륭한 기예技藝를 모두 부리다. 즉 점치는 기술을 가리킨다. '數'는 '기예 술術'과 같다. **通變**통변: 나온 괘에 얽매이지 않고 상황에 맞춰 변화를 줄 줄 알다. 예를 들면, 겸謙괘(䷎)는 위가 곤坤(☷), 즉 땅이고, 아래가 간艮(☶), 즉 산이다. 여기서 맨 위의 음효(--)를 양효(—)로 바꾸면 곤이 간艮이 되어 간 위의 간, 즉 '산 위의 산'으로 더 높아지는 길괘가 된다. 이렇게 끝에 있는 효 하나를 바꾸어 상황에 맞춰야 행사를 성공적으로 추진할 수 있는 것이다. **陰陽不測**음양불측: 이처럼 음 안에 양이 있고, 양 안에 음이 있으므로 이를 예측하기가 힘들다는 뜻.

기술을 모두 부려서 앞으로의 일을 미리 아는 것을 일컬어 점을 친다고 하고, 이것을 상황에 맞도록 변화시킬 줄 아는 것을 일컬어 행사한다고 하는데, 이렇게 음과 양이 작용하여 예측할 수 없는 것을 일컬어 신묘하다고 한다.

•••

夫易廣矣大矣. 以言乎遠則不禦, 以言乎邇則靜而正, 以言乎天地之間則備矣.

以: 원인을 나타내는 개사介詞. ~하기 때문이다. **禦**: 멈출 어. **不禦**: 오지 못하게 할 수 없다, 즉 영향권 밖에 있을 수 없다. **邇**: 가까울 이. **靜**: 고요할 정. 요란을 떨지 않다. **備**: 갖출 비.

무릇 역은 넓고도 크도다! 왜냐하면, 멀리 미치는 것에 대하여 말하자면 (그들이 아무리 멀리 있어도) 오지 못하게 막을 수 없고, 가까이 있는 것에 대하여 말하자면 이들은 부산을 떨지 않고도 바로잡히게 되며, 천지간의 모든 사물에 대해서 말하자면 모든 것이 (완벽하게) 갖춰져 있기 때문이다.

●●●

夫乾, 其靜也專, 其動也直, 是以大生焉,

乾: 여기서는 건괘라는 구체적인 괘명이 아니라, 건의 추상적 속성을 말한다. **專**: 오로지 전. '뭉칠 단摶'과 같다. 오로지 하나로 뭉치다, 순정純精하다. **直**: 곧을 직. 오로지 앞으로만 변화·발전하는데, 누구도 이를 저해하거나 방해하지 못한다는 뜻이다. **大**: 건의 강대剛大한 속성. 주희의 주를 따른 것이다. **焉**: 여기에. 즉 앞의 '靜專動直'(고요히 있을 때는 하나같이 순정하고, 움직일 때는 거침없이 곧바로 나아가는 성질)을 가리킨다.

저 건乾은 고요히 있을 때는 하나같이 순정하고, 움직일 때는 거침없이 곧바로 나아가므로, 이 때문에 여기서 (건의) 강대한 속성이 생겨났고,

●●●

夫坤, 其靜也翕, 其動也闢, 是以廣生焉.

翕: 모을 흡. 음효는 하나의 효가 두 개로 끊어져 있으므로 이들 조각을 한데 모아서 무한히 사물(만물)을 만드는 상을 형성한다. **闢**: 열 벽. 개벽하다. 하나로 응결된 사물이 움직이면 둘씩 분리가 되어 결국 만물이 새로이 생겨남을 뜻한다. **廣**: 넓을 광. 넓고 관대한 포용적인 속성. 주희의 주를 따랐다.

저 곤坤은 고요히 있을 때는 (끊어진 음효처럼) 조각들을 한데 품고 있고, 움직일 때는 (이 조각들이 드러나면서) 새로운 사물들을 만들어내므로, 이 때문에 여기서 (곤의) 관대한 속성이 생겨났다.

•••

廣大配天地, 變通配四時, 陰陽之義配日月, 易簡之善配至德.

配: 짝지을 배. 앞의 구절들을 요약하면, '건은 크고 곤은 넓다'(乾大坤廣)는 뜻이므로 하늘과 땅에 각각 짝지을 수 있다는 말이다. **變通**변통: 이것은 앞의 '通變통변'과는 다른 말로서, '窮則變, 變則通'을 뜻한다. 즉 양이 발전하여 궁극에 이르면 변하여 음이 출현하는데, 이것이 '通'이다. 그러면 '通則久'가 되는데, 이후부터는 이를 반복함으로써 운동을 오랫동안 쉬지 않고 지속할 수 있다는 뜻이다. 이러한 원리는 계절의 변화와 유사하므로 '사시四時'와 짝하는 것이다. **陰陽之義**: 앞의 '一陰一陽之謂道'의 원리를 가리킨다. 음과 양은 주재主宰의 역할을 정확하게 한 번씩 교체하여 운행하는 규칙을 지키므로 이를 '의義'로 정의했다. **易簡**이간: 쉽고 간결함. 앞의 '乾以易知, 坤以簡能'(건은 쉽기 때문에 이해가 되고, 곤은 간단해서 [사물을 형성하는] 작용을 할 수 있다)에서 나온 말. **至德**지덕: 지극히 아름다운 미덕. 쉽고 간결하게 천지의 이치를 깨닫게 해주므로 백성을 위하는 아름다운 덕으로 표현한 것이다.

넓고 크기는 천지와 짝하고, 음양의 변화를 통해 오래도록 이어 나가는 것은 사시四時와 짝하며, 음과 양이 (평등하게) 교체·운행하는 의리는 일월日月과 짝하고, 쉽고 간결함의 장점은 지극히 아름다운 덕과 짝한다.

•••

子曰: 易其至矣乎. 夫易, 聖人所以崇德而廣業也.

其: 아마도. **至**: 이를 지. 궁극의 경지에 도달하다. **崇德**숭덕: 형용사 '높을 숭崇'이 동사 자리에 있으므로 사동 용법으로 해석해야 한다. 덕을 높이다. 여기서 '德'은 건乾의 속성을 본받은 덕성이다. **廣業**광업: 사업을 확장시키다. 여기서 '業'은 곤坤의 속성을 본받아 만물을 생육, 발전시키는 일을 가리킨다.

선생님께서 말씀하셨다. "역은 아마 궁극의 경지에 도달하였을 것이로다!" 무릇 역이란 성인이 하늘의 덕성을 높이고 땅의 과업을 넓히는 방도이다.

•••

知崇禮卑, 崇效天, 卑法地. 天地設位, 而易行乎其中矣.

知崇: 지식은 높은 차원을 추구해야 한다는 뜻. **卑**: 낮을 비. **禮卑**: 예를 실천할 때는 겸손하고 복종하는 마음을 간직해야 한다는 뜻. **設位**설위: 하늘은 위에, 땅은 아래에 각각 굳건하게 자리를 잡았다는 뜻. **其中**: 하늘과 땅이 각기 자신의 자리를 잡은 가운데에서.

지식은 높은 차원을 추구해야 하고 예禮는 낮아짐(겸손)을 추구해야 하므로, 높아지려면 하늘을 본받아야 하고, 낮아지려면 땅을 본받아야 한다. 하늘과 땅이 각각 (위아래로) 제자리를 잡으니, 그 가운데서 역도 같은 원리로 시행되는 것이다.

•••

成性存存, 道義之門.

成性: 형성된 본성. 인간에게 주어진 본성은 앞의 知와 禮에 의해서 회복되는 것이라는 뜻이다. ***存存***: 存(동사: 보존하다)+存(목적어: 존재). 목적어 '存' 자는 지와 예라는 인간의 노력에 의해서 회복된 본성의 존재를 가리킨다. 따라서 '본성이라는 존재를 보존하다'가 된다. **道**: 『중용』에 "하늘의 명령으로 부여된 것을 일컬어 본성이라고 하고, 이 본성을 그대로 좇는 것을 일컬어 도라고 한다"(天命之謂性, 率性之謂道)는 구절이 있다. 이 도는 앞의 知를 통하여 알게 된다. **義**: 옳을 의. 예의 실천은 그 중심에 의가 있어야 한다. 의가 없는 예는 번거로운 형식 절차에 불과하다.

회복하여 이루어진 본성은 그 존재를 그대로 보존해 나가야 하는데, 이것이 도와 의리를 이해할 수 있는 문門이다.

•••

聖人有以見天下之賾, 而擬諸其形容, 象其物宜, 是故謂之象.

有以: ~할 수 있다. **賾**: 심오할 색. '**嘖**책'과 같은 말이다. 사물의 실제 정황, 사물의 깊은 내용. **擬**: 헤아릴 의. 짐작하다. **諸**: '지어之於'의 합음자. **象**: 본뜰 상. 같다. **宜**: 마땅할 의. 본연의 모습.

성인은 천하의 미세한 정황을 보고, 그것을 헤아려서 밖으로 그 모양을 묘사해낼 수 있었으니, 그것은 사물 본연의 모습을 그대로 본떠낸 것이므로 이를 일컬어 상象이라고 부른다.

•••

聖人有以見天下之動, 而觀其會通, 以行其典禮, 繫辭焉以斷其吉凶, 是故謂之爻.

動: 움직일 동. 천하 사물의 규칙적인 운동과 인간의 결정을 포함한 움직임. **會通**회통: '會'는 음과 양의 회합과 교감을, '通'은 앞에서 나왔던 변통變通, 즉 음이 극에 이르면 다시 양으로 발전하는 것을 각각 가리킨다. 그러므로 '會通'이란 각양각색의 상이한 현상으로부터 같은 것을 찾아내는 일과, 나아가 이로부터 높은 차원의 원리를 추출해내는 활동을 말한다. **典**: 법 전. **禮**: 사회적 규범과 관습. **繫辭焉**: 거기에다가 문사文辭를 달다.

성인은 (인간의 결정을 포함한) 천하의 모든 움직임을 보고 그 각양각색의 변화에서 발전하는 원리를 관찰함으로써 법과 규범을 시행할 수 있었으니, 여기에 문사를 이어 붙여서 길과 흉을 판단할 수 있게 하였으므로 이를 일컬어 효爻라고 부른다.

•••

言天下之至賾, 而不可惡也, 言天下之至動, 而不可亂也. 擬之而後言, 議之而後動, 擬議以成其變化. 鳴鶴在陰, 其子和之, 我有好爵, 吾與爾靡之.

惡: 헐뜯을 오. **擬**: 앞에서 말한 회통會通을 통해서 원리를 터득해내는 과정. **議**: 분간할 의. 원리로부터 규범을 세우는 과정. **鳴**: 울 명. **鶴**: 두루미 학. **陰**: 그늘 음. '그늘 음蔭'과 같은 말. 은폐된 곳. **爵**: 술잔 작. 여기서는 벼슬이라는 뜻. **我**: 나 아. 여기서는 상제上帝, 하느님. **好爵**호작: '天爵천작'과 같은 말이다. 덕행이 훌륭한 사람이 받는 하늘의 작위. **靡**미: '얽힐 미縻'와 같다. 서로 하나가 되어 나누다. **鳴鶴在陰~**: 『역』 중부中孚괘 제2 양효의 효사. 두루미가 보이지 않는 그늘에서 울어도 새끼들이 알아듣고 화답하듯이, 훌륭한 덕행은 알아보고 하늘의 작위를 나누어준다는 말.

천하의 지극히 미세한 것까지를 말한다고 해서 이를 헐뜯을 수 없고, 천하의 지극히 사소한 움직임까지도 말한다고 해서 이를 어지럽힐 수 없다. (다양한 변화로부터) 원리를 헤아린 다음에 말을 하고, 원리로부터 규범을 세우고 난 다음에 움직이는 것이므로, 원리를 헤아리고 규범을 세움으로써 변화를 성취할 수 있다. "두루미는 가려진 그늘에서 울어도 / 새끼들이 어미에 화답하네. 나에게 하늘의 작위가 있으니 / 그대와 하나 되어 나누리라."

•••

子曰: 君子居其室, 出其言善, 則千里之外應之, 況其邇者乎. 居其室, 出其言不善, 則千里之外違之, 況其邇者乎. 言出乎身, 加乎民, 行發乎邇, 見乎遠, 言行, 君子之樞機. 樞機之發, 榮辱之主也, 言行, 君子之所以動天地也, 可不愼乎.

居其室: 밖에 나가지 않고 자기 집에 기거하다. 앞의 두루미(鶴)는 군자를 상징하므로 앞의 '在陰'은 '居其室'을 비유한 것이다. **邇**: 가까울 이. **違**: 어길 위. **加**: 미칠 가. 영향을 미치다. **樞**: 문 지도리 추. 쇠뇌의 발사 장치. **機**: 갈림길 기. 오늘날의 스위치 같은 장치.

선생님께서 말씀하셨다. "군자가 자신의 집에서 기거하며 한 말이 착하면 천 리 밖에서도 호응하는 법이니, 하물며 가까운 데 있는 사람들이랴? 자기 집에서 한 말이 착하지 않으면 천 리 밖에서도 어길 터인데, 하물며 가까운 데 있는 사람들이랴? 말은 자신의 한 몸에서 나오지만 백성에게 영향을 미치고, 행동은 가까운 데서 시작되지만 멀리에서도 보이는 것이니, 말과 행동은 군자의 쇠뇌 격발 장치이다. 쇠뇌 격발 장치가 발동하는 것은 영예와 치욕을 가르는 주체이고, 말과 행동은 군자가 천지를 움직이는 방도이니, 삼가지 않을 수 있겠는가?

•••

同人, 先號咷而後笑.

同人동인: 동인괘(䷌)를 말한다. 건괘(☰)가 위에, 이괘(☲)가 아래에 각각 있는 '상건하리上乾下離' 모양. 효의 모양이 아래로부터 양효 ⇒ 음효 ⇒ 양효의 순서로 되어 있으므로, 이는 최초의 공격에서는 공방을 하다가 나중에는 지원을 받아 최후의 승리를 거두는 형상이다. **咷**: 울 도. **號咷**호도: 큰 소리로 우는 모양.

동인同人괘는, 앞에서는 큰 소리로 목 놓아 울었지만 나중에는 웃는다는 뜻이다.

•••

子曰: 君子之道, 或出或處, 或默或語. 二人同心, 其利斷金, 同心之言, 其臭如蘭.

出: 출사出仕. 관직에 나가 공무를 맡다. **處**처: 관직에 나가지 않거나 물러나 집에 거하며 수양을 하다. 이런 사람을 처사處士라고 부른다. **默**묵: 조용히 수양하며 때를 기다리다. **語**어: 영향력이 있는 말을 함으로써 백성을 가르치다. '默'과 '語'는 군자의 두 가지 행동이다. **其利斷金**기리단금: 군자는 출사하거나 처사로 있거나, 또는 조용히 수양하거나 자신을 표현하거나, 모두 한마음이니 그 힘은 대단히 단단하여 날카로움이 쇠도 자를 수 있을 정도이다. **臭**: 냄새 취. **蘭**: 난초 란. '出'과 '處', '默'과 '語'는 밖으로 드러나는 방식이므로 이를 통해서 동심同心. 즉 같은 마음인지를 알아내기가 쉽지 않다. 그래서 오랜 교제를 통해 이를 알아낼 수밖에 없으므로, "앞에서는 큰 소리로 목 놓아 울었지만, 나중에는 웃는다"라는 동인괘로 풀이한 것이다.

선생님께서 말씀하셨다. "군자의 도리는 (그들이) 관직에 나가 있거나 집에서 수양하고 있거나, 혹은 조용히 수양하거나 자신의 의견을 표현하거나, 이 두 종류의 사람들은 언제나 한마음이니, 그 단단하고 날카로움이 쇠도 자를 수 있고, 한마음에서 나오는 말은 그 내음이 마치 난초와 같다."

•••

初六, 藉用白茅, 无咎.

이 구절은 대과大過괘의 괘사다. 六: 음효를 의미한다. 양효는 '九구'로 표시한다. 初六: 맨 아래 초효初爻가 음효라는 뜻이다. 藉: 깔 자. 茅: 띠 모. 포아poa풀과의 다년초. 초효가 음효이므로 흰 띠풀을 맨 아래에 깔개로 두는 것이 안전하다, 즉 제사 때 제기를 바닥에 그냥 두어도 되지만 밑에 흰 띠로 깔개를 하면 안전하다는 뜻이다.

대과大過괘는 초효가 음효이므로 맨 아래의 깔개로 흰 띠풀을 사용하면 흠이 없다.

•••

子曰: 苟錯諸地而可矣, 藉之用茅, 何咎之有. 愼之至也. 夫茅之爲物薄, 而用可重也. 愼斯術也以往, 其无所失矣.

苟: 다만 구. 錯: 둘 조. 놓다. 而: '마칠 이已'와 같다. 앞의 '苟'와 함께 '단지 ~하다'라는 뜻을 나타낸다. **苟錯諸地而可矣**: 제사를 마친 제기는 그냥 땅에 놓아두어도 괜찮다는 말. **何咎之有**: 원래 어순은 '何咎有之'이어야 하지만, 의문사 '何'가 있는 의문문이므로 순서가 바뀐 것이다. **愼之至**: 그냥 땅에 두어도 되는데 굳이 흰 띠 위에 둔다면 매우 신중한 태도라는 뜻이다. 薄: 엷을 박. 하찮다는 뜻. 術: 방식 술. **以往**이왕: 이후로 나아가다. 其: 아마. 이러한 방식으로 매사에 신중히 하면 이후로는 큰 과오가 없을 것이라는 뜻. 이처럼 작은 행위를 통해서 미래를 내다보는 방법이 바로 앞에서 나온 '의의擬議'이다. 즉 하찮은 행위들을 귀납하는 일을 '擬'라 하고, 이를 통해서 미래를 내다보는 일을 '議'라고 부른다.

선생님께서 말씀하셨다. "(제사를 마친 제기들은) 맨땅에 그냥 놓아두어도 되지만, 여기에 깔개로 흰 띠를 사용한다면 무슨 허물이 있겠는가? 무릇 띠풀의 사물로서의 가치는 하찮은 것이지만, 그 쓰임은 이처럼 귀중해질 수 있다. 이러한 방식을 신중히 하는 태도를 이후에도 지속해나간다면, 아마 과오를 저지르는 일이 없을 것이다.

●●●

勞謙, 君子有終, 吉.

이 구절은 겸謙괘(䷎) 구삼九三, 즉 제3양효의 효사다. **勞**: 힘들일 로. 나라에 공을 세우는 일을 공功, 사업을 힘써 추진해서 성공시킨 것을 로勞라고 각각 부른다. **謙**: 겸손할 겸. **勞謙**: 공을 세우고도 자신을 내세우지 않다. **終**: 마칠 종. 이 글자는 '겨울 동冬'이 본래 뜻인데, 실타래를 다 만들고 나서 실마리를 쉽게 찾도록 끝을 묶어놓은 모양이다. 겨울도 춘하추동春夏秋冬의 끝이므로 이 글자를 쓴 것이다. '有終'이란 공을 세우고도 겸손한 태도를 유지하는 것을 처음에 한 번만 하는 게 아니라 끝까지 유지하는 태도를 가리킨다.

공을 세우고도 자신을 내세우지 않는 태도를 군자가 끝까지 견지하면 길하다.

●●●

子曰: 勞而不伐, 有功而不德, 厚之至也. 語以其功下人者也. 德言盛, 禮言恭, 謙也者, 致恭以存其位者也.

伐: 자랑할 벌. **不德**: 자신의 은덕이라고 여기지 않다. **語**: '~라는 의미이다'. **下**: (자신을) 낮추다. **厚**: 두꺼울 후. '토타울 돈敦'과 같은 말이다. 혼후渾厚함. **德言盛**: 덕스러움은 풍성함을 갖고 말하다. **致**: 다할 치. **存其位**:

자신의 지위를 보존하고 유지하다.

선생님께서 말씀하셨다. "일을 열심히 해서 성공시키고도 스스로 자랑하지 않고, 나라에 공을 세웠음에도 이를 자신의 덕이라고 여기지 않는 것은 후덕함의 극치이니, 이것은 자신의 공을 다른 사람 앞에서 스스로 낮춘다는 뜻이다. 덕은 풍성함을 갖고 말하고, 예는 공손함을 갖고 말하며, 겸손함이란 공손함을 다함으로써 자신의 지위를 보존한다는 뜻이다."

•••

亢龍有悔.

이 구절은 건乾괘 상구上九, 즉 제6양효의 효사다. **亢**: 목 항. 높다. **亢龍**항룡: 하늘 끝까지 날아 올라가서 더 이상 날아갈 곳이 없는 용. 가장 높은 자리에 올라간 사람에게 경고하는 말. **悔**: 뉘우칠 회. 여기서는 재앙을 뜻한다.

하늘 끝까지 날아 올라간 용에게는 뉘우칠 일이 생긴다.

•••

子曰: 貴而无位, 高而无民, 賢人在下位而无輔, 是以動而有悔也.

无位: 실제적인 지위가 없다. **无民**: 백성의 민심을 얻지 못하다. **无輔**무보: 자기 뜻을 실현하는 일을 보필해줄 관리가 없다.

선생님께서 말씀하셨다. "존귀한 신분이라도 실제적인 자리가 없으면 아무리 높아도 민심을 얻지 못하고, 아무리 현인이라도 아랫자리에 있으면 그를 보필해줄 사람이 없다. 이 때문에 그는 움직여도 뉘우침만 남는다.

•••

不出戶庭, 无咎.

이 구절은 절節괘의 초구初九, 즉 제1양효의 효사다. 절괘(䷻)는 상감하태上坎下兌, 즉 못 위에 물이 있는 모양인데, 물이 너무 많으면 넘치므로 절제가 필요하다는 의미이다. **戶庭**호정: 담으로 둘러싸인 정원으로 드나드는 출입구. **不出戶庭**: 정원 문밖을 나가지 않는 작은 범위 내에서의 절제를 뜻한다.

정원 문밖을 나가지 않으면 재난이 없다.

•••

子曰: 亂之所生也, 則言語以爲階. 君不密則失臣, 臣不密則失身, 幾事不密則害成. 是以君子愼密而不出也.

階: 실마리 계. 인도하다, 촉발하다. **密**: 치밀할 밀. 신중하다. **失身**실신: 몸을 잃다. 즉 목숨을 잃는다는 뜻. **幾事**기사: 기밀機密을 요하는 중요한 일.

선생님께서 말씀하셨다. "난리가 일어나는 원인은 말로써 그 실마리로 삼아야 한다. 임금이 말을 신중히 하지 않으면 신하에게서 신의를 잃고, 신하가 말을 신중히 하지 않으면 재앙이 자신의 몸에 미치며, 기밀을 요하는 중요한 일에 신중을 기하지 않으면 재앙을 일으킬 수 있다. 그러므로 군자는 말을 신중하고 꼼꼼하게 해서 밖으로 티를 내지 말아야 한다."

•••

子曰: 作易者其知盜乎. 易曰: 負且乘, 致寇至. 負也者, 小人之事也, 乘也者, 君子之器也.

其: 아마도. **知盜**지도: 도적질이 일어나는 원인을 알다. **負且乘**부차승, **致寇至**치구지: 해解괘(䷧, 上震下坎)의 제3음효의 효사. **負**: 질 부. 등에 짐을 지다. **乘**: 탈 승. 수레 또는 수레 위의 사람이 앉는 곳. **負且乘**: 봇짐을 등에 진 채로 수레 위에 올라타다. 제2양효는 군자가 타는 수레 상판이고, 그 위의 제3음효는 소인이 타고 있는 모양이라고 본다. 여기서는 신분에 맞지 않는 일을 한다는 의미로 쓰고 있지만, 봇짐을 진 데다가 그 위에 비싼 수레까지 타고 있으므로 도둑을 불러들인다는 의미로 해석하기도 한다. **寇**: 도적 구. **致寇至**: 도둑이 오도록 부르다.

선생님께서 말씀하셨다. "『역』을 지은 사람은 아마도 왜 도적질이 일어나는지에 대하여 잘 알았을 것이다. 『역』에 '등에 봇짐을 진 채로 다시 수레를 타면, 도적더러 오라고 부르는 일이 된다'라는 구절이 있는데, 등에 짐을 지는 것은 평민이 하는 일이고, 수레는 군자가 사용하는 기물이다.

•••

小人而乘君子之器, 盜思奪之矣, 上慢下暴, 盜思伐之矣. 慢藏誨盜, 冶容誨淫. 易曰: 負且乘, 致寇至, 盜之招也.

奪: 빼앗을 탈. **盜思奪之**: 도둑이 이를 빼앗을 생각을 하다. **慢**: 업신여길 만. 태만하다. **伐**: 칠 벌. 공격하다. **藏**: 갈무리할 장. **誨**: 가르칠 회. **冶**: 꾸밀 야. **容**: 얼굴 용. **淫**: 음란할 음. **招**: 부를 초.

평민의 신분으로 군자의 기물을 타고 다니면 도적이 그것을 빼앗을 생각을 한다. 윗사람에게 방자하고 아랫사람에게 난폭하면, 도적이 그를 공격할 생각을 한다. 갈무리에 태만하면 도둑질을 하라고 가르치는 것이고, 얼굴을 과도하게 꾸미면 음란한 짓을 하라고 가르치는 것이다. 『역』의 '등에 봇짐을 진 채로 다시 수레를 타면, 도적더러 오라고 부르는 일이 된다'는 구절은 도적을 부르는 원인을 말하는 것이다."

•••

易曰: 自天祐之, 吉无不利.

祐: 도울 우. 이 구절은 대유大有괘(䷍, 離上乾下)의 상구上九, 즉 제6양효의 효사다. 맨 위의 하늘이 양陽이므로 강한 신뢰가 있어서 하늘로부터 도움을 받을 수 있다는 뜻. 당唐 위징魏徵은 여기에 "윗사람에게 신뢰가 없으면 아랫사람을 부릴 방도가 없고, 아랫사람에게 신뢰가 없으면 윗사람을 위해 일할 방도가 없다. 신뢰를 도리로 삼는 일은 이처럼 크도다! 그러므로 '하늘로부터 도움을 받으니, 길하여 불리함이 없다'고 말한 것이다"(上不信, 則無以使下; 下不信, 則無以事上. 信之爲道大矣哉. 故自天祐之, 吉无不利)라고 주를 달았다.

하늘로부터 도움을 받으니, 길하여 이롭지 않음이 없다.

•••

子曰: 祐者, 助也. 天之所助者, 順也, 人之所助者, 信也. 履信思乎順, 又以尙賢也, 是以自天祐之, 吉无不利也.

履: 밟을 리. 실천하다. **尙**: 숭상할 상.

선생님께서 말씀하셨다. "'우祐'는 '돕다'라는 뜻이다. 하늘이 도와주는 자는

(도리에) 순응하는 사람이고, 사람이 도와주는 자는 신뢰가 있는 사람이다. 믿음직하게 행동하고 언제든지 도리에 따를 것만을 생각하며, 또한 현명한 사람을 숭상할 수 있다면, 이 때문에 '하늘로부터 도움을 받으니, 길하여 이롭지 않음이 없는 것'이다."

•••

子曰: 書不盡言, 言不盡意. 然則聖人之意其不可見乎.

書不盡言서부진언, **言不盡意**언부진의: 옛날부터 편지의 말미에 관용적으로 써넣던 구절. '글로는 하고 싶은 말을 다 표현할 수 없고, 말로는 마음속에 품고 있는 뜻을 모두 나타낼 수 없다.' **盡**: 다할 진. 모두 드러내다. **其**: 여기서는 공자를 가리킨다.

선생님께서 말씀하셨다. "글로는 하고 싶은 말을 다 표현할 수 없고, 말로는 마음속에 품고 있는 뜻을 모두 나타낼 수 없다." 그렇다면 성인이 품고 있는 마음속의 뜻은 그가 우리에게 드러내 보일 수 없다는 말인가?

•••

子曰: 聖人立象以盡意, 設卦以盡情僞, 繫辭焉以盡其言, 變而通之以盡利, 鼓之舞之以盡神.

象: 모양 상. '비슷할 상像' 자와 같다. **立象**입상: 사물들을 비슷한 이미지에 따라서 추상화한 후 이를 상징적인 기호로 설정하는 일. **設卦**: 64괘와 384효의 체제를 구축하다. **情僞**정위: 진실과 허위. 여기서는 진실과 허위로 구성되는 실제를 가리킨다. **變而通**: 앞의 '窮則變, 變則通'을 뜻한다. 발전이 극에 달하면 다른 방향으로 변화를 주는 것을 '變', 이런 방식으로 계속 발전하게 하는 것을 '通'이라고 불렀다. **鼓**: 북돋울 고. **舞**: 부추길 무. 진작시키다. **神**신: 신명 남. 신화적 힘.

선생님께서 말씀하셨다. "유사한 사물들을 추상화해서 여러 가지 상象을 설정함으로써 말로 전달할 수 없는 의미를 다 표현하고, 64괘와 384효의 체제를 구축함으로써 진실과 허위로 구성된 실제를 다 나타내었는데, 여기에 조리 있는 말을 이어놓음으로써 말로 다 표현하지 못한 부분까지 모두 드러내게 하였다. (발전해 나가다가 극에 달하면) 방향을 틀어주어 계속 발전해 나가게 함으로써 이로움을 빠짐없이 누리게 하였고, 백성을 북돋고 진작시킴으로써 최고의 신명 남을 즐기게 하였다."

•••

乾坤, 其易之縕邪. 乾坤成列, 而易立乎其中矣,

縕: 솜 온. 보온재 삼아 옷 안쪽으로 깊이 넣은 솜. 태아 또는 뼈대를 상징한다. **邪**야: 의문을 표시하는 어기조사. **乾坤成列**: 건괘와 곤괘는 64괘 중 가장 중요한 태아에 해당하므로 두 괘만 배열이 이루어져도 역의 도리는 그 안에 있게 된다는 뜻. 그러므로 이때의 역은 근본 원리 또는 정신이 된다.

건괘와 곤괘는 아마도 역의 태아일 것이다. 건괘와 곤괘만 배열을 형성해도 역의 근본이 그 가운데에 들어가 있다.

•••

乾坤毁, 則无以見易, 易不可見, 則乾坤或幾乎息矣.

毁: 무너질 훼. 헐다. **无以**: ~할 수 없다. **見**: 드러낼 현. **或**: '有'와 같은 말로, 있을 수 있다는 뜻. **乾坤**: 여기서는 건괘, 곤괘가 상징하는 하늘과 땅이 된다. 건곤은 세계에 대한 인식 체계를 상징하는 말인데, 이것이 무너지면 인간이 세계를 인식할 근거를 잃게 되므로 '멸망하다'라고 표현한 것이다. **幾乎**: 거의, 하마터면. **息**: 그칠 식. 멸망하다.

건괘와 곤괘가 무너지면 역을 드러낼 수 없다. 역을 드러내지 못하면 건과 곤이 상징하는 하늘과 땅이 거의 멸망하는 일이 있을 수도 있다.

•••

是故形而上者謂之道, 形而下者謂之器, 化而裁之謂之變, 推而行之謂之通, 擧而措之天下之民謂之事業.

形而上: 주희朱熹는 『주자어류朱子語類』에서 "이理는 형질보다 위에 있는 것이고, 기氣는 형질보다 아래에 있는 것이다. 형질을 기준으로 해서 위아래라고 말하였으니, 어찌 (형질보다) 앞이나 뒤가 없겠는가?"(理, 形而上者; 氣, 形而下者. 自形而上下言, 豈无先後)라고 하였고, 청清나라 대진戴震은 『맹자자의소증孟子字義疏證』에서 "형形은 이미 형질이 형성된 것이므로 '형이상'이란 형질이 생기기 이전이라고 말하는 것과 같고, '형이하'란 형질이 생긴 이후라고 말하는 것과 같다"(形謂已成形質, 形而上猶曰形以前, 形而下猶曰形以後)고 하였다. 반면에 유물론자인 왕부지王夫之는 "형이상학적인 것은 형이하학적인 것을 떠나서는 존재할 수 없다"(有形而後有形而上)고 주장했다. **形而下**: 형질 이전의 도에 따라서 형질이 생겨난 것이 형이하, 즉 기器가 된다. 그 일례가 유柔와 강剛, 즉 음과 양이다. 음의 기운이 섬섬 발전해서 한계에 이르면 멈출 수밖에 없는데, 이때 멈춤이 없이 계속 발전하는 방법이 음의 발전을 매듭짓고 강으로 변환시키는 일이다. 이 매듭짓는 일을 재裁, 또는 재절裁節이라고 부르는데, 이것이 바로 변變의 본질이라고 할 수 있다. **推而行之**추이행지: 음양을 매듭짓는 방식으로 발전이 되도록 밀고 나감으로써 운행을 멈추지 않게 하다. **通**: 막힘이 없이 무궁히 뻗어 나가다. **擧**: 들 거. '쓸 용用'과 같다. **措**: 둘 조. 베풀다, 시행하다. **事業**: 사회의 안정과 발전을 위해서 사람들이 해야 하는 근본적인 일.

이러한 이유로 형질이 있기 전의 것을 일컬어 도道라고 하고, 형질이 있고 난 다음의 것을 일컬어 기器라고 한다. 발전해 나가다가 매듭을 짓는 것을 일컬어 변變이라 하고, 이러한 방식으로 밀고 나가 계속 운행하는 것을 일컬어 통通이라고 한다. 이 원리를 사용하여 천하 백성에게 베푸는 것을 일컬어 사회를 위한 가장 기본적인 일이라고 한다.

•••

是故夫象, 聖人有以見天下之賾, 而擬諸其形容, 象其物宜, 是故謂之象.

有以: ~할 수 있다. **賾**: 심오할 색. 실정, 실제. **擬**: 본뜰 의. **形容**형용: 겉모습과 속의 내용. **擬諸其形容**: (천하의 실정의) 겉모습과 속의 내용에 관하여 그대로 본떠서 그려내다. **象**: 비슷한 모양의 상징으로 표현하다. **物宜**물의: 모든 사물의 본래 모습, 또는 도리.

그러므로 무릇 상象이란 성인은 천하의 실정을 드러낼 수 있어서, 그 겉모습과 속의 내용을 그대로 본떠 그려내어, 사물의 본래 모습을 상징적으로 표현해 낸 것이다. 이 때문에 이를 일컬어 상이라고 한다.

•••

聖人有以見天下之動, 而觀其會通, 以行其典禮, 繫辭焉以斷其吉凶, 是故謂之爻.

動: 변동. **會通**: 음과 양이 만나 교감하여 음이 양이 되고 양이 음이 되는 변화의 작용을 지속함으로써 오래도록 발전해 나가다. **典禮**: '典'은 경전을, '禮'는 예법을 각각 뜻하므로, 사회의 모든 사람이 지켜야 할 규범을 가리킨다.

성인은 천하의 변동을 드러낼 수 있어서, 음과 양이 교감하며 발전해 나가는 현상을 관찰함으로써 사회의 규범을 시행하는데, 여기에 언사를 달아서 그것이 길한지 흉한지 판단한다. 이 때문에 이를 일컬어 효爻라고 한다.

•••

極天下之賾者存乎卦, 鼓天下之動者存乎辭, 化而裁之存乎變, 推而行之存乎通, 神而明之存乎其人, 黙而成之, 不言而信, 存乎德行.

極: 저 끝에 있는 작은 사물까지도 빠짐없이 파악하다. **鼓**: 두드릴 고. 격려하다, 부추기다. **辭**: 괘사와 효사를 모두 가리킨다. **神而明之**: 이렇게 오묘하고 어렵지만 명쾌하게 이해하는 것. **德**: 예를 실천하는 능력.

천하의 모든 실정을 하나도 빠짐없이 파악하는 방법은 64괘에 있고, 천하의 모든 변동을 고무하는 것은 괘·효사에 있으며, 발전하다가 극에 달했을 때 이를 전환하여 계속 나아가게 하는 것은 변變에 있고, 이러한 방식으로 밀고 나가며 운행을 지속시키는 것은 통通에 있다. 이렇게 오묘하지만 명쾌하게 이해하는 것은 이를 받아들이는 사람에게 있고, 묵묵히 이러한 원리에 따라 일을 완성하고 말이 없어도 미더운 사람이 됨은 덕으로 실천함에 있다.

역易이란 무엇인가(2) — 「계사하전繫辭下傳」(발췌)

•••

古者包犧氏之王天下也, 仰則觀象於天, 俯則觀法於地, 觀鳥獸之文與地之宜, 近取諸身, 遠取諸物, 於是始作八卦, 以通神明之德, 以類萬物之情.

古者고자: 옛날에. **包犧氏**포희씨: 복희씨伏羲氏로도 쓴다. 씨氏는 부락 씨족이라는 뜻. 중국 고대 전설 중의 인물로, 삼황오제三皇五帝 중의 한 사람이다. **象**: 천체에서 보이는 여러 가지 현상과 모양. **法**: 규칙과 원리. **文**: 겉으로 보이는 무늬. **宜**: '옳을 의誼'와 같은 말. 본래의 합당한 모습. **神明**: 신, 귀신. **類**류: 나누다. 분류하다. **情**: 실제 모습. **類萬物之情**: 만물의 실제를 유형화하다. 즉 만물을 일일이 파악하는 것은 불가능하므로 이를 유형화해서 장악한다는 뜻으로, 오늘날의 과학적 이론에 해당한다.

옛날 복희씨가 천하를 다스릴 때에 위를 우러러보고는 하늘에서 여러 가지 현상과 모양을 관찰하였으며, 아래를 내려다보고는 땅에서 여러 가지 규칙을 관찰하고, 새와 짐승들의 무늬와 땅의 본래 모습 등을 관찰하였는데, 가까이는 몸으로부터, 멀리는 사물로부터 각각 여러 형상을 가져와서는 처음으로 팔괘를 만들었으니, 이로써 귀신의 덕성에 통달하고 만물의 실제를 유형화할 수 있었다.

•••

作結繩而爲罔罟, 以佃以漁, 蓋取諸離.

結繩결승: 새끼로 매듭을 만들다. 옛날 문자 발명 이전에 사용하던 기록과 소통 미디어의 일종이라고 할 수 있다. **罔**: 그물 망. **罟**: 그물 고. **佃**: 밭갈 전. 옛날에는 화전火田을 일굴 때 숲에 불을 지르면 짐승을 잡을 수도 있었으므로, 이 글자를 '사냥하다'라는 의미로도 쓴다. **蓋**: 덮을 개. 여기서는 '아마도'라는 의미로 씌었다. **離**: 이離괘(䷝). 위아래에 불을 상징하는 이괘(☲)가 두 개 겹쳐져 있는 모양(離上離下). 이괘는 두 개의 음효 때문에 가운데에 구멍 두 개가 생기는데 이것이 그물처럼 보인다. 그리고 불이 두 개가 겹쳐 있으면 밝은 빛을 나타내는데, 빛은 새로운 시작을, 그물은 문명의 시작을 각각 상징한다. 따라서 이괘는 문명의 시작을 상징하는 것이다.

새끼로 매듭을 지어서 그물을 만들어 이로써 사냥도 하고 물고기도 잡았으니, 이는 아마도 이離괘의 상에서 가져왔을 것이다.

• • •

包犧氏沒, 神農氏作, 斲木爲耜, 揉木爲耒, 耒耨之利, 以教天下, 蓋取諸益.

沒몰: '죽을 몰歿'과 같은 말이다. **神農氏**신농씨: 삼황오제 중의 한 사람. **作**: 일어날 작. **斲**: 깎을 착. **耜**: 보습 사. **揉**: 휠 유. **耒**: 가래 뢰. **耨**: 괭이 누. **益**: 익益괘(䷩). 위에 바람을 상징하는 손巽괘(☴), 아래에는 우레를 상징하는 진震괘(☳)가 각각 있는 모양이다(上風下震). 익괘의 괘사는 "이로움이 나아가는 바에 있고, 이로움이 큰물을 건너감에 있다"(利有攸往, 利涉大川)이다. 물을 건너려면 배가 있어야 하는데, 배가 순풍을 타고 번개처럼 신속히 가는 모양이 상풍하진上風下震이다. 즉 도구의 힘을 빌려서 생산력을 향상한다는 뜻.

복희씨가 죽고 신농씨神農氏가 새로 임금이 되었다. 그는 나무를 깎아서 보습을 만들었고, 나무를 휘어서 가래를 만들었으며, 따비와 괭이 같은 도구의 이로움을 천하 백성에게 가르쳤으니, 이는 아마도 익益괘의 상에서 가져온 것이리라.

•••

日中爲市, 致天下之民, 聚天下之貨, 交易而退, 各得其所, 蓋取諸噬嗑

致: 불러올 치. **聚**: 모을 취. **其所**: 하나의 적당한 또는 지정된 위치. **噬嗑**: 서합괘(䷔). 噬는 '깨물 서', 嗑은 '입 다물 합'. 위는 불을 상징하는 이離괘, 아래는 우레를 상징하는 진震괘가 각각 있는 모양이다(上火下雷). 괘사는 "이로움이 형벌을 다룰 때 생긴다"(利用獄). 우레와 번개는 빛으로서 공명정대함을 상징하고, 공정한 법 집행은 각자의 이익을 보장하므로 사업이 불같이 일어남을 뜻한다. '서합'은 '적합適合'과 발음이 같으므로 이 뜻이 들어 있는 것이다.

해가 중천에 뜨면 저자를 만들어 천하의 백성을 오게 해서 세상의 물건들을 한데 모아놓게 하였다. 거기서 필요한 대로 바꾸고 물러가 각자가 원하는 것을 얻은 후 제자리로 돌아갔으니, 이것은 아마도 서합噬嗑괘의 상에서 가져온 것이리라.

•••

神農氏沒, 黃帝堯舜氏作, 通其變, 使民不倦, 神而化之, 使民宜之. 易窮則變, 變則通, 通則久, 是以自天祐之, 吉无不利.

黃帝황제: 오제五帝의 첫 번째 임금. 중화민족의 시조로 추존된다. **倦**: 진력날 권. **宜**: 마땅할 의. 규범을 잘 지키다. **通其變~使民宜之**: 신농씨까지는 규범대로 살아왔는데, 규범대로 살다보면 언젠가는 진력이 나고 나태해질 때가 온다. 그러면 변화를 주어 신명이 나게 함으로써 계속 규범적으로 살게 했다는 뜻이다. 여기서 '化'는 발전해 나간다는 의미다.

신농씨가 죽고 황제黃帝·요堯·순舜 등이 새로이 임금이 되었다. 그들은 변화가 무엇인지에 대하여 통달하여서 백성으로 하여금 진력나지 않게 하고, 신명이 나서 계속 발전하게 하여 그들을 올바로 살게 만들었다. 역이란 극에 도달하면 변화하고, 변화하면 계속 발전하고, 계속 발전하면 오래 지속하는 것이다. 이 때문에 "하늘로부터 도움을 받으니, 길하여 이롭지 않음이 없는 것"이다.

•••

黃帝堯舜垂衣裳而天下治, 蓋取諸乾坤.

垂: 드리울 수. **垂衣裳**: 옷을 늘어뜨리다. 즉 몸을 움직이지 않아서 옷을 펄럭일 일이 없다는 뜻. **乾坤**: 건괘와 곤괘. '저고리 의衣'와 '치마 상裳'은 각각 위아래로 입는 것으로서 하늘(乾)과 땅(坤)을 상징한다. 하늘은 위에서 만물을 덮어주는 일을 하고, 땅은 아래에서 만물을 품어주는 일을 한다. 따라서 백성에게 옷을 만들어 입히는 일은 정치의 근본이자 상징적인 사업이었다. 기본적인 정신에 충실하면 천하는 저절로 다스려진다는 것이 垂衣裳而天下治의 의미다.

황제·요·순 등이 저고리와 치마를 늘어뜨린 채 움직이지 않아도 천하가 다스려진 것은 아마도 건괘와 곤괘의 상으로부터 가져온 것이리라.

•••

刳木爲舟, 剡木爲楫, 舟楫之利以濟不通, 致遠以利天下, 蓋取諸渙.

刳: 쪼갤 고. 파내다. **剡**: 깎을 섬. **楫**: 노 즙. **濟**: 건널 제. **渙**: 환渙괘(䷺). 위에 바람이 있고 아래에 물이 있는 괘(上巽下坎)로서 물 위로 바람이 불거나, 물 위로 목선이 바람을 안고 달리는 모양이다.

나무를 파내어 배를 만들고 나무를 깎아 노를 만들어, 배와 노의 이로움으로써 길이 뚫리지 않은 곳을 건너가고, 먼 곳에까지 이르게 함으로써 천하를 이롭게 하였는데, 이는 아마도 환渙괘의 상으로부터 가져온 것이리라.

•••

服牛乘馬, 引重致遠, 以利天下, 蓋取諸隨.

服: 멍에 메울 복. **引重**인중: 무거운 짐을 끌고 가다. **隨**: 수隨괘(䷐). 위에 못이 있고 아래에 우레가 있는 모양(上兌下震). 즉 수레는 아래(內)가 진동하고 위(外)는 희열(兌: 기쁠 태)하는 모양이다. '隨' 자에는 '따르다'·'복종하다'라는 뜻이 있으므로 소와 말처럼 순종하면 수레를 만들어 세상을 이롭게 할 수 있다는 뜻이 들어 있다.

소에 멍에를 메우고 말을 타면, 무거운 짐을 이끌고 먼 데까지 이르게 함으로써 천하를 이롭게 할 수 있는데, 이는 아마도 수隨괘의 상에서 가져온 것이리라.

•••

重門擊柝, 以待暴客, 蓋取諸豫.

柝: 딱따기 탁. **待**: 기다릴 대. 대비하다. **暴客**포객: 포악한 손님, 즉 흉기를 든 도둑. **豫**: 예豫괘(䷏). 위에 우레가 있고 아래에 땅이 있는 모양(上震下坤). 예괘는 제4효만 양효이고 나머지는 모두 음효이므로 전체적인 모양이 가운데에 문이 있는 모양이다. 진震괘(☳)에서도 양효가 문이지만, 제2·3·4효로 이어지는 아래 호괘互卦인 간艮괘(☶)에서도 문을 뜻하므로, 결국 이중문이 된다. 외부로 문이 닫혀 있으면 편안한 환경이 되고, '豫' 자에도 '편안하다'는 뜻이 들어 있다. 밖에 있는 진震괘는 잘 울리는 진동의 모양이므로 야경을 돌 때 두드리는 딱따기를 뜻하고, 제3·4·5효로 이

어지는 위의 호괘인 감坎괘(☵)는 도둑의 상이다(물은 작은 틈도 뚫고 들어가므로). 따라서 예괘는 문을 이중으로 달고 밤에 딱따기를 쳐서 강도와 도둑을 예방한다는 뜻을 갖는다.

문을 이중으로 닫고 딱따기를 침으로써 흉기를 든 도둑에 대비하는 것은 아마도 예豫괘의 상에서 가져온 것이리라.

•••

斷木爲杵, 掘地爲臼, 臼杵之利, 萬民以濟, 蓋取諸小過.

杵: 공이 저. **掘**: 팔 굴. **臼**: 절구 구. **濟**: 건널 제. 도움이 되다. **小過**: 소과小過괘(䷽). 위에는 우레가 있고, 아래에는 산이 있는 모양(上震下艮). 아래의 산(艮)은 땅이고 위의 우레(震)는 새가 날개를 치며 날아가는 모양이므로, 소과괘는 절굿공이가 하늘에서 내려와 땅의 절구를 쳐서 쿵 소리를 내며 뒤흔드는 상이다.

나무를 잘라 공이를 만들고 땅을 파서 절구를 만들면, 절구와 공이의 이로움으로 만백성이 도움을 받을 수 있으니, 이는 아마도 소과小過괘의 상에서 가져온 것이리라.

•••

弦木爲弧, 剡木爲矢, 弧矢之利, 以威天下, 蓋取諸睽.

弦: 시위 현. **弧**: 활 호. **矢**: 화살 시. **睽**: 반목反目할 규. 모순. **睽**: 규睽괘(䷥). 위에는 불이 있고 아래에는 못, 즉 물이 있는 모양(上離下兌). 즉 불은 위로 올라가고 물은 아래로 내려가는 속성이 있으므로 모순의 상이 된다. 활의 속성도 이와 같다. 시위에 얹힌 살은 뒤로 가려 하고, 반대로 활은 펴져서 앞으로 보내려 하므로, 서로 모순이라고 말하는 것이다. 백성에게 활을 쏘는 것이 아니라, 사회 안정을 해치는 자들이 생기지 않도록 모순된 강한 힘으로 으르기만 할 뿐임을 말한다.

나무에 시위를 걸어 활을 만들고 나무를 깎아 화살을 만들면, 활과 화살의 이로움으로써 천하에 난동이 일어나지 않도록 으를 수 있는데, 이는 아마도 규睽괘의 상에서 가져온 것이리라.

•••

上古穴居而野處, 後世聖人易之以宮室, 上棟下宇, 以待風雨, 蓋取諸大壯.

穴: 구멍 혈. **棟**: 마룻대 동. 용마루. **宇**: 처마 우. **大壯**: 대장大壯괘(䷡). 위에는 우레가 있고 아래에는 하늘이 있는 모양(上震下乾). 강한 비바람에도 견디는 튼튼한 집을 지으려면 마룻대와 처마가 어떠한 진동에도 흔들리지 않아야 한다. 아래의 건괘는 양강陽剛으로서 아래의 단단한 기초를, 위의 진괘는 비바람의 진동을 각각 상징한다.

먼 옛날에는 (겨울에는) 동굴에서, (여름에는) 한데에서 살았는데, 후세에 성인이 이러한 생활을 궁실 문화로 바꿔주었다. 이들 집은 위에는 마룻대를 올리고 아래에는 처마를 둠으로써 비바람에 대비할 수 있었으니, 이는 아마도 대장大壯괘의 상에서 가져온 것이리라.

•••

古之葬者, 厚衣之以薪, 葬之中野, 不封不樹, 喪期无數, 後世聖人易之以棺槨, 蓋取諸大過.

葬: 장사 지낼 장. **衣**: 덮을 의. **薪**: 섶 신. **封**: 뫼 봉. **樹**: 나무 심을 수. **喪期**상기: 거상居喪(부모의 상을 당했을 때 입는 옷)을 입는 기간. **以**: '用'과 같다. **棺槨**관곽: 고대에는 관을 이중으로 짰는데, 속 널을 관, 겉 널을 곽이라고 각각 불렀다. **大過**: 대과大過괘(䷛). 위에는 못이 있고, 아래에는 바람이 있는 모양(上兌下巽). 이 괘는 6효의 가운데에 4개의 양효가 모여 있는데, 이는 관과 곽이 겹으로 짜인 상이고, 양 끝의 음효는 관곽을 덮고 있는 땅의 상이다. 못이 위에 있고 바람이 아래에 있으면 위가 무겁고 아래가 가벼운 상인데, 이처럼 균형이 맞지 않으면 거꾸로 쓰러지게 되어 있으므로, 이는 죽어 누운 사람의 상이 된다.

옛날에 장사 지내는 사람들은 섶으로만 두껍게 덮어주었을 뿐, 황무지 가운데에 모시면서 봉분도 안 만들고 나무도 안 심었으며, 거상 기간도 정해진 햇수가 없었다. 후세의 성인이 이러한 관습을 바꾸어 관곽을 쓰게 하였는데, 이는 아마도 대과大過괘의 상에서 가져온 것이리라.

•••

上古結繩而治, 後世聖人易之以書契, 百官以治, 萬民以察, 蓋取諸夬.

書契서계: 나무나 대나무에 정면에는 글자로 내용을 써넣고 측면에는 이(치아) 모양을 파서 계약의 징표로 삼은 일종의 문서. 한자의 초기 문자 형태로 본다. **夬**: 쾌夬괘(䷪). 위에는 못이 있고 아래에는 하늘이 있는 모양(上兌下乾). 공중에 못이 있으므로 물이 곧바로 아래로 쏟아지는 상. '쾌夬'는 '터질 결決'과 같은데, 이는 물이 쏟아져 제방을 무너뜨린다는 뜻이다. 여기서는 성인聖人이 문자를 발명하여 그 은덕이 물처럼 쏟아져 아래의 백성에게까지 미침을 의미한다.

아주 먼 옛날에는 새끼로 매듭을 만들어 (이를 의사소통 도구로 하여) 다스렸다. 후세의 성인이 이를 바꾸어 서계書契를 쓰도록 하였으니, 모든 관리는 이로써 다스렸고 모든 백성은 이로써 할 일을 살폈으니, 이는 아마도 쾌夬괘의 상에서 가져온 것이리라.

•••

是故易者, 象也, 象也者, 像也. 彖者, 材也, 爻也者, 效天下之動者也. 是故吉凶生而悔吝著也.

像: 닮을 상. 모양, 본뜨다. **彖**: 점칠 단. '자를 단斷'과 같음. **材**: '분별할 재裁'와 같은 말이다. 재단하다, 판단하다. **效**: 드러낼 효. 본받아 그대로 나타내다. **悔吝**: 후회스러운 일과 애석한 일. **著**: 드러날 저.

이런 이유로 역은 상象이고 상은 '닮다'라는 뜻이다. 단彖은 '판단하다'라는 뜻이고, 효爻는 천하의 움직이는 것들이 어떻게 발전하는지를 드러내 보여주는 것이다. 그러므로 길과 흉이 생겨나고 후회스러운 일과 애석한 일이 밖으로 드러나는 것이다.

•••

陽卦多陰, 陰卦多陽. 其故何也. 陽卦奇, 陰卦耦. 其德行何也. 陽一君而二民, 君子之道也, 陰二君而一民, 小人之道也.

陽卦: 괘는 세 개의 효로 이루어졌는데, 획수가 기수奇數(홀수)면 양괘, 우수偶數(짝수)면 음괘가 된다. 건乾(☰)은 3획이고 진震(☳)·감坎(☵)·간艮(☶)은 5획이므로 양괘이고, 곤坤(☷)은 6획, 이離(☲)·태兌(☱)·손巽(☴)은 4획이므로 음괘가 된다. **德行**: 속성과 작용. **也**: '의문 표시 어기조사 야邪'와 같다.

양괘에는 음효가 많고 음괘에는 양괘가 많은데, 그 까닭은 무엇인가? 양괘는 효의 획수(막대)가 홀수이고, 음괘는 효의 획수가 짝수인데, 그 속성과 작용은 무엇인가? 양괘는 하나의 임금과 두 개의 백성을 상징하므로 군자가 가야 하는 안정된 길이고, 음괘는 두 임금과 하나의 백성을 상징하므로 혼란스러운 소인이 선택하는 길이라는 뜻이다.

『춘추좌전春秋左傳』

『춘추春秋』는 주나라 시기 노魯나라의 역사 기록이었는데, 공자가 다시 편년체로 편찬한 중국 최초의 통사通史다. 나중에 유가의 주요 경전인 육경六經에 편입되었다. 『춘추』에서 공자는 춘추필법春秋筆法이라는 특유의 글쓰기로 역사를 평가하였다. 이를 포폄褒貶이라고 부른다. 포폄은 에둘러 표현된 미언대의微言大義로 이루어졌으므로 이를 풀이하기 위한 책들이 출현하였으니, 이것이 『공양전公羊傳』, 『곡량전穀梁傳』, 『좌씨전左氏傳』으로 이루어지는 이른바 춘추삼전春秋三傳이다. 이 중에서도 노나라 사람 좌구명左丘明(약 B.C. 502~약 B.C. 422)이 편찬한 『좌씨전』이 가장 보편적으로 읽혀왔을 뿐 아니라, 후대에 다방면에 걸쳐서 지대한 영향을 끼쳤다. 『춘추좌전春秋左傳』은 이 『좌씨전左氏傳』의 다른 이름이다. 『춘추』의 본문을 경문經文, 이에 대한 해설문은 전문傳文이라고 각각 부른다.

「은공殷公 원년元年」의 경문 "鄭伯克段於鄢"(정나라 임금이 언鄢에서 공숙단共叔段을 무찔렀다)에 대한 전문

이 기록은 가족 간의 비윤리적인 사건을 배경으로 부모에 대한 효와 형제간의 우애를 어떻게 실행해야 하는지를 춘추필법을 통해서 보여 준 예다.

•••

初, 鄭武公娶于申, 曰武姜, 生莊公及共叔段.

初: 옛일 초. 지나간 옛일을 더듬어 서술하는 것을 나타내는 부사. **鄭武公**정무공: 이름은 굴돌掘突. 『춘추』의 경문經文에서는 정백鄭伯이라 썼고 전문傳文에서는 공公이라 하였는데, 공은 제후의 일반적인 통칭이지 작위 명이 아니다. **申**신: 강씨姜氏 성의 나라로서 백이伯夷의 후예. 나중에 초나라에게 멸망했다. 「장공莊公 6년」의 전문에 초 문왕文王이 신을 침략하였다는 구절이 있다. 그러나 「소왕昭王 13년」의 전문에 의하면 초 평왕平王이 다시 세워준 것으로 보인다. **武姜**: 무武는 무공의 시호이고 강姜은 성이다. **共**: 단이 공共나라로 망명하였으므로 공숙共叔이라 부른 것이다. 숙叔은 형제의 서열을 표시하는 말이고 단段은 이름. 장공은 숙단보다 세 살이 많았다.

옛날에 정鄭나라 무공武公이 신申나라로부터 무강武姜이라는 여인을 부인으로 맞이하였는데, 그녀는 장공莊公과 공숙단共叔段을 낳았다.

•••

莊公寤生, 驚姜氏, 故名曰寤生, 遂惡之. 愛共叔段, 欲立之. 亟請於武公, 公弗許.

寤生오생: '逆生역생'과 같은 말. 거꾸로 태어나다. 즉 분만 시에 다리부터 나오는 난산을 의미한다. '寤'는 '거스를 오牾'와 같은 말이다. **驚**: 놀랄 경. **遂惡之**수오지: 이 일 때문에 그를 미워하게 되다. **欲立之**: 태자로 세우고자 하였다. **亟**: 자주 극. 누차. **弗**불: '不~之'와 같은 뜻이다. 즉 목적어가 포함된 부정부사.

장공은 (태어날 적에) 거꾸로 나와 어머니 강씨를 놀라게 하였으므로, 이름을 오생寤生이라고 불렀고 이 때문에 그를 미워하게 되었다. 그리고 동생 공숙단을 귀여워하여 그를 태자로 세우려고 여러 차례 무공에게 간청하였으나 무공이 이를 허락하지 않았다.

• • •

及莊公卽位, 爲之請制. 公曰: 制巖邑也, 虢叔死焉. 佗邑唯命. 請京, 使居之, 謂之京城大叔.

爲之請制: 무강이 공숙단을 대신해서 제制 땅을 봉지로 줄 것을 요청하였다는 뜻. **巖邑**암읍: '險邑험읍'과 같은 말. 지세가 험준한 요충지의 고을. **虢**괵: 동괵東虢을 가리키며, 주나라 왕실과 같은 씨족인 희성姬姓의 백작국伯爵國이다. 제는 동괵의 속지였으나 나중에 정나라로 합병되었다. 괵나라는 지세의 험준함만을 믿고 말을 듣지 않다가 정 환공桓公에게 멸망당하였는데, 왕이었던 괵숙虢叔도 이때 죽었다. **唯命**: '유명시청唯命是聽'의 생략어. 명령에 절대 복종한다는 뜻. **京**경: 정나라 고을 이름. 임금(장공)이 무강의 청을 받아들여 경 땅에 살게 하였으므로 그를 경성태숙京城大叔이라고 불렀다. **大**태: '太태'와 같은 말. 형제의 서열을 표시하는 말로서 여기서는 장공의 첫째 동생이라는 뜻이다.

그러다가 장공이 즉위하자 강씨가 숙단에게 제制 땅을 봉지로 줄 것을 요청하였으나, 임금이 대답하기를 "제 땅은 지세가 험준한 요충 고을이어서 옛날 동괵의 임금인 괵숙도 그곳에서 죽었습니다. 다른 고을을 명하시면 반드시 따르겠습니다"라고 하였다. 이에 경京 땅을 달라고 하니 그곳에 살게 해주었으므로 그를 일컬어 경성태숙京城大叔이라고 불렀다.

• • •

祭仲曰: 都, 城過百雉, 國之害也.

祭仲채중: 정나라 대부大夫. 자는 족足. **都**: 도읍 도. 『장공 28년』의 전문에 “무릇 고을에 종묘와 선군의 신주가 있으면 도都라 부르고, 없으면 읍邑이라 부른다”고 하였지만, 실질적으로는 서로 통하여 쓴다. **城**성: 성벽. **雉**치: 길이 한 장丈과 높이 한 장 되는 크기를 도堵라 하고, 세 도를 일컬어 치雉라 한다. 그러므로 한 치는 높이 한 장에 길이 세 장 되는 크기다. 당시에는 후백侯伯 등 제후의 성이 사방 5리여서 각 면당 900장, 즉 300치였고, 대도大都는 이것의 3분의 1을 초과하지 못하였으므로 100치를 넘으면 안 되었던 것이다. **國之害也**: 나라의 해로움이 된다. 『관자管子』에 나오는 “나라는 작은데 도읍이 크면 임금을 시해하게 된다”(國小而都大者弑)라는 구절은 바로 이를 의미한다.

그러자 채중祭仲이 아뢰기를 “도읍은 성벽이 백 치雉를 초과하면 나라의 해로움이 됩니다.

•••

先王之制: 大都, 不過參國之一; 中, 五之一; 小, 九之一. 今京不度, 非制也, 君將不堪. 公曰: 姜氏欲之, 焉辟害.

國: 도성, 즉 국도國都를 가리킨다. **中, 五之一; 小, 九之一**: 중도中都는 그 성벽이 도성의 5분의 1을 초과하지 못하고, 소도小都는 그 성벽이 도성의 9분의 1을 초과하지 못한다는 뜻. **度**도: 법도에 들어맞다. ‘不度’와 ‘非制’는 사실 같은 말이어서 의미가 중복되기는 하지만, 이는 불가함을 강조하기 위한 수사법이다. **堪**: 이겨낼 감. 견뎌내다. **姜氏**: 장공이 자기 어머니를 부르는 말. **焉**: 어떻게. **辟**피: ‘피할 피避’와 같다.

옛날 선왕들이 규정한 제도에서는 대도大都는 도성의 3분의 1을 넘지 못하였고, 중도中都는 (도성의) 5분의 1을 넘지 못하였으며, 소도小都는 9분의 1을 넘지 못하였습니다. 이제 경京은 법도에도 들어맞지 않고 제도에도 위배되고 있으니,

임금님께서는 장차 감당치 못할 것입니다"라고 하니, 임금이 "어머니가 그렇게 하고자 하시니, 어떻게 하면 재앙을 피할 수 있겠소?"라고 물었다.

•••

對曰: 姜氏何厭之有. 不如早爲之所, 無使滋蔓. 蔓, 難圖也. 蔓草猶不可除, 況君之寵弟乎. 公曰: 多行不義, 必自斃, 子姑待之.

厭: 물릴 염. 만족하다, 지겹다. **姜氏何厭之有**: '姜氏有何厭'이 도치된 문장이다. '之'는 도치를 돕기 위하여 쓰인 조사. '강씨에게 무슨 물리는 일이 있겠는가?' **早**: 일찌감치 조. **之**: 태숙을 지칭한다. **所**: 처소. **早爲之所**: 일찌감치 태숙에게 처소를 마련해주다. **滋蔓**자만: 두 글자가 하나의 형태소 및 단어를 구성하는 연면어連綿語. 마구 줄기를 뻗어 자라나다. **蔓**: '滋蔓'의 준말. 즉 태숙의 땅이 갈수록 넓어지고 세력이 갈수록 커짐을 비유한 말. **圖**: 도모할 도. 다스리다, 대처하다. **斃**: 넘어질 폐. 붕괴되다. **多行不義, 必自斃**: 옳지 않은 짓을 많이 하면 반드시 저절로 넘어진다. **姑**: 잠시 고.

채중이 대답하여 말하기를 "강씨에게 무슨 물리고 지겨워하는 일이 있겠습니까? 차라리 일찌감치 태숙에게 살 곳을 마련해주고 더는 세력이 커지지 않도록 하시는 편이 나을 것입니다. 세력이 커진다면 대처하기 힘들 것입니다. 덩굴풀조차 제거할 수 없는데, 하물며 임금님이 총애하시는 동생이야 말할 나위가 있겠습니까?"라고 하니, 임금이 "옳지 않은 짓을 많이 하면 반드시 저절로 넘어지는 법이니, 그대는 잠시 기다리시게"라고 말하였다.

•••

旣而大叔命西鄙北鄙貳於己. 公子呂曰: 國不堪貳, 君將若之何. 欲與大叔, 臣請事之. 若弗與, 則請除之, 無生民心.

旣而기이: 얼마 안 있어. **西鄙**서비·**北鄙**북비: 정나라의 서부와 북부의 변경에 있던 두 고을 이름. **貳**: 두 마음 가질 이. 두 임금을 섬기다, 또는 두 나라의 관할에 속하다. 여기서 '己'는 태숙을 가리킨다. 즉 태숙이 원래 정장공의 관할하에 있던 두 변경 고을에게 명령하여 자신의 예하에도 들어와 지시를 받도록 하였다는 뜻. **公子呂**공자려: 정나라 대부. **堪**: 견딜 감. **國不堪貳**: 한 나라에 두 군주를 받아들일 수 없다. **欲與大叔**: 임금의 지위를 태숙에게 양위코자 하신다면. **除**: 없앨 제. **無生民心**: 백성들에게 다른 마음이 생기지 않게 하다.

얼마 안 있어 태숙이 (정나라 관할에 속한) 서비와 북비 두 고을에게 자신에게도 예속될 것을 명하였다. 그러자 공자려가 아뢰기를 "한 나라는 두 군주를 감당치 못하는 법이니, 임금님께서는 장차 이 일을 어찌하시겠습니까? (임금의 지위를) 태숙에게 주시고자 하신다면 저는 그를 섬기고자 합니다. 그러나 그에게 주지 않으신다면, 청컨대 그를 제거하여서 백성들에게 다른 마음이 생기지 않게 하십시오"라고 하니,

•••

公曰: 無庸, 將自及. 大叔又收貳以爲己邑, 至於廩延. 子封曰: 可矣, 厚將得衆. 公曰: 不義, 不暱. 厚將崩.

庸용: '쓸 용用'과 같은 말이다. **無庸**: 필요 없다. **將自及**: 장차 재앙이 저절로 미칠 것이다. **貳**: 여기서는 '두 나라의 관할에 속한 고을'이란 뜻으로서 실제로는 서비와 북비를 가리킨다. **廩延**늠연: 정나라의 고을 이름. **子封**자봉: 공자려의 자. **厚**: 두터울 후. 세력이 커지다. **厚將得衆**후장득중: 세력이 웅대하게 커지면 장차 많은 사람들의 지지를 얻게 될 것이다. **暱**: 친할 닐. 이 글자는 '찰질 닐䵑'로 고치는 것이 옳다. **不義, 不䵑**: 의롭지 못하면 끈끈하게 결속이 되지 않는다. **崩**: 무너질 붕.

임금이 “그럴 필요가 없소. 장차 재앙이 저절로 미칠 것이오”라고 말하였다. 태숙이 다시 두 나라의 관할에 속한 고을을 자기 소유의 고을로 만들어버리고는 늠연 땅까지 뻗쳤다. 공자려가 말하기를 “쳐도 될 것입니다. (저들의 세력이) 웅대하게 커지면 장차 많은 사람들의 지지를 얻게 될 것입니다”라고 하자, 임금이 “의롭지 못하면 끈끈하게 결속이 되지 않는 법이니, 세력이 두터워지더라도 장차 무너질 것이오”라고 대답하였다.

•••

大叔完聚, 繕甲兵, 具卒乘, 將襲鄭, 夫人將啓之.

完완: 성곽 축조를 완성하다. ‘完’에는 ‘야무지게 만들다’라는 의미가 있다. **聚**: 모을 취. 식량을 모아 저장하다. **繕**: 기울 선. 닦고 깁다. **甲兵**갑병: 갑옷과 무기. **具**구: 준비해놓다. **卒乘**졸승: 보병과 전차병. **襲**습: 행군 시에 종과 북을 울리지 않다. 즉 습격하다. 『장공 29년』에 따르면, 군대가 종과 북을 울리며 행군하는 것을 벌伐이라 하고, 종과 북을 울리지 않는 것을 침侵이라 하며, 살그머니 행군하는 것을 습襲이라고 한다. **啓**: 열 계. 정나라를 습격할 때 무강이 안에서 문을 열어줌으로써 내응을 한다는 뜻.

태숙이 성곽 축조를 완성하고, 식량을 모아두고, 갑옷과 무기들을 정비하고, 보병과 전차병을 준비하여 바야흐로 정나라를 습격할 때에 무강은 (안에서) 성문을 열어주기로 하였다.

•••

公聞其期, 曰: 可矣. 命子封帥車二百乘以伐京. 京叛大叔段. 段入於鄢. 公伐諸鄢. 五月辛丑, 大叔出奔共.

期: 기약할 기. 태숙이 정나라를 습격하기로 작정한 날짜. **帥**솔: ‘거느릴 솔

率'과 같은 글자. **乘**승: 전차 한 대. 춘추 시대의 전투는 전차전이 주류를 이루었는데, 전차 한 대에 갑사甲士 열 명이 딸려 있었다. **辛丑**신축: 고대의 간지干支 기일법紀日法으로 23일에 해당한다. **奔**: 달아날 분. **共**: 원래는 나라였으나 후에 위衛나라의 고을이 되었다. 『공양전』과 『곡량전』은 정백鄭伯이 아우 단을 죽인 것으로 기록하고 있지만, 『은공 11년』의 전문에 "과인에게 동생이 있었는데 화목하게 어울리지 못하였으므로, 그를 사방 곳곳에 다니면서 입에 풀칠이나 하고 살게 만들었다"라는 구절이 있는 것으로 보아 태숙을 죽이지는 않은 듯하다.

임금이 습격할 날짜를 듣고서 "쳐도 되겠다!"라고 말하고는 공자려에게 명하여 전차 이백 대를 거느리고서 경읍을 공격하게 하였다. 그러자 경읍 사람들이 태숙에게 반란을 일으켰고, 태숙은 언鄢 땅으로 도망하여 들어갔다. 임금이 다시 언 땅을 공격하였더니, 오월 스무사흘에 태숙은 공共나라로 망명하였다.

• • •

書曰: 鄭伯克段于鄢. 段不弟, 不言弟; 如二君, 故曰克;

不弟: 동생답지 못하다, 동생 구실을 못하다. 여기서 '弟'를 '공경할 제悌'의 차자借字, 빌려 쓴 글자로 봐도 된다. 순종하다. **如二君, 故曰克**: 장공과 숙단의 싸움은 형제가 아닌 두 나라 임금 간의 전쟁과 같았으므로, '힘으로 싸워 이기다'라는 뜻의 '克극'이라는 말로 기록하였다는 뜻. 즉 동생을 훈계하지 못하고 힘으로 이겼다는 풍자의 뜻이 담겨 있다.

『춘추』는 "정백이 단을 언에서 무찔렀다"라고 기록하였는데, 숙단이 순종하지 않았기 때문에 '동생'이란 말을 쓰지 않았고, (형제간의 싸움이) 마치 두 나라 임금 간의 전쟁과 같았으므로, '무찔렀다'라고 말한 것이며,

•••

稱鄭伯, 譏失教也: 謂之鄭志. 不言出奔, 難之也.

譏: 나무랄 기. **失教**실교: 가르침의 기능을 상실하다. **稱鄭伯, 譏失教也**: 본래 형에게는 동생을 가르칠 책임이 있는데도 장공은 동생을 가르치기는커녕 그의 악한 마음이 자라나도록 내버려두었으므로 형답지 못하였다. 그래서 '정백'이라고 작위를 칭하였다는 뜻. **鄭志**: 정 장공의 본심, 의도. 즉 장공이 숙단이 죄를 범하도록 조장한 것은 그를 주살할 의도였다는 뜻. **不言出奔, 難之也**: 『춘추』 필법에서 '出奔출분'이라는 말은 스스로의 잘못이나 죄로 인하여 다른 나라로 달아나게 되었을 경우에 쓰는 것인데, 숙단이 공나라로 달아나게 된 것은 자신의 잘못일 뿐만 아니라 형인 장공에게도 책임이 있기 때문에 '숙단이 공나라로 달아나다'(段出奔共)라고 쓰기가 곤란하다는 뜻이다.

정백鄭伯이라고 (작위를 불러) 칭한 것은 형으로서 동생을 가르칠 책임을 저버린 것을 풍자하고, (또한 동생을 주살하려는 것이) 정 장공의 본심이었음을 일컫기 위함이었다. (『춘추』의 경문에) "숙단이 죄를 짓고 (공나라로) 달아나다"라고 기록하지 않은 것은 (숙단의 잘못만은 아니기 때문에) 그렇게 쓰기가 곤란하였기 때문이다.

•••

遂寘姜氏于城潁, 而誓之曰: 不及黃泉, 無相見也. 旣而悔之. 潁考叔爲潁谷封人, 聞之, 有獻於公. 公賜之食. 食舍肉.

寘치: '내버려둘 치置'와 같다. 내치다. **城潁**성영: 지명. **黃泉**황천: 땅 밑의 샘. 즉 묘혈墓穴을 가리킨다. **不及黃泉, 無相見也**: 죽어 지하 황천에 가지 않고서는 결코 서로 보지 않겠다는 뜻. **潁谷**영곡: 지명. **封人**봉인: 변경을 지키는 지방 수장. **獻**헌: 제사 때 희생으로 쓰는 개. 갱헌羹獻이라고도 한다. **舍**사: '둘 치置'와 같음. 따로 두다. **食舍肉**: 밥을 먹을 때에 고기를 한편에 따로 내어놓다.

(정 장공이) 마침내 무강을 성영에 내치고 맹세하여 말하기를 "지하 황천에 가지 않고서는 결코 서로 보지 않겠다!"라고 하였으나, 얼마 지나지 않아서 이를 후회하였다. 영고숙은 영곡에서 변경을 지키는 관리였는데, 이 소식을 듣고는 임금에게 제사에 쓸 개를 바쳤더니, 임금이 그에게 식사를 하사하였다. 그런데 영고숙이 밥을 먹으면서 고기를 한편에 따로 내어놓았다.

• • •

公問之. 對曰: 小人有母, 皆嘗小人之食矣; 未嘗君之羹, 請以遺之. 公曰: 爾有母遺, 繄我獨無. 潁考叔曰: 敢問何謂也.

皆개: '갖출 비備'와 같은 말. 빠짐없이. **羹**갱: 고기, 또는 고기를 넣고 끓인 곰국. **遺**: 보낼 유. 즉 자기 어미가 자신의 음식은 빠짐없이 맛보았지만, 임금의 곰국은 아직 맛보지 못하였으므로 이를 자기 어미에게 보내도록 허락해달라는 뜻. **爾**: 너 이. **爾有母遺**: 그대에게는 (음식을) 보낼 어머니가 있다. **繄**예: 발어사로서 별다른 의미가 없다. '噫희'와 같은 말. **敢問何謂也**: 임금에게는 분명히 어머니가 있는데 없다고 말하니 그게 무슨 뜻이냐고, 알면서도 짐짓 묻는 것이다.

임금이 그 연유를 묻자, 그가 대답하기를 "저에게 어미가 있는데, 일찍이 제가 먹어본 음식은 죄다 맛보았지만 임금님이 드시는 고깃국은 아직 맛보지 못하였으니, 청컨대 이를 제 어미에게 보내게 해주십시오"라고 하였다. 임금이 "그대에게는 (음식을) 보낼 어머니가 있는데, 나만 홀로 어머니가 없구려"라고 말하니, 영고숙이 "감히 묻자온대 무슨 말씀이십니까?"라고 물었다.

•••

公語之故, 且告之悔. 對曰: 君何患焉. 若闕地及泉, 隧而相見, 其誰曰不然. 公從之. 公入而賦: 大隧之中, 其樂也融融. 姜出而賦: 大隧之外, 其樂也洩洩. 遂爲母子如初. 君子曰: 潁考叔, 純孝也, 愛其母, 施及莊公. 詩曰: 孝子不匱, 永錫爾類. 其是之謂乎.

悔: 뉘우칠 회. **患**: 걱정할 환. **闕**궐: '땅 팔 굴掘'과 같다. **隧**: 굴 팔 수. **其**: 의문을 표시하는 어기부사語氣副詞. **賦**부: 입에서 나오는 대로 스스로 시를 지어 읊다. **融融**융융: 화락한 모양, 화평한 모양. **洩**설: 원래는 '泄설' 자로 되어 있었으나 당唐 『석경石經』에서 태종 이세민李世民의 이름을 피휘避諱(임금의 이름 글자를 다른 글자로 바꿔 쓰는 일)한 것이다. **洩洩**: 느긋하고 화목한 모양. **君子曰**: 『국어國語』, 『전국책戰國策』, 선진先秦 제자諸子의 책에서 자주 쓰이는 말인데, 이것을 혹자는 작자 자신의 말이라고도 하고, 혹자는 덕이나 지위가 있는 다른 사람의 말이라고도 하며, 또 어떤 이는 공자의 말이라고도 주장하지만, 어느 것이 옳은지는 확실치 않다. **施**: 뻗어나갈 이. **詩曰**: 『시경』「기취旣醉」편의 구절이다. **匱**: 다하여 없어질 궤. **錫**사: '줄 사賜'와 같은 말이다. **爾類**이류: 너희 족속들. **是**: 영고숙을 가리킨다.

임금이 그 연유를 그에게 말해주고 아울러서 그 일을 후회하고 있다는 것도 모두 이야기하였다. 영고숙이 대답하여 말하기를 "임금님께서는 어찌 이런 일로 걱정하십니까? 만일 땅을 파서 샘에 도달하고 굴을 파서 어머니와 서로 만난다면 누가 그렇게 하면 안 된다고 말하겠습니까?"라고 하니, 임금이 그의 말을 그대로 따랐다. 임금이 (땅굴 속으로) 들어가면서 시를 읊기를 "땅굴 속에 즐거움이 가득하네"라고 하더니, 무강은 (땅굴 속에서) 나오면서 "땅굴 밖에 즐거움이 넘치네"라고 읊었다. 그리하여 마침내 어미와 자식이 옛날처럼 되었다. 군자가 이에 대하여 다음과 같이 평하였다. "영고숙은 진정한 효자이니, 그는 자신의 어미를 아끼고 이를 장공에게까지 뻗어 미치게 하였다. 『시경』에 이르기를 '효자는 다하여 없어지지 않으리니, 영원토록 효자가 너희 족속들에게 내려지리라'라고 한 것은 바로 영고숙을 가리켜 한 말인가?"

「장공莊公 10년」의 경문 "公敗齊師于長勺"(우리 임금님께서 제나라 군대를 장작長勺에서 패퇴시키셨다)에 대한 전문

여기에 나오는 전투를 장작지전長勺之戰이라고 하는데, 1차인 간시지전干時之戰에 이은 제나라와 노나라 간의 제2차 전쟁이다. 이 전쟁의 원인은 주나라 장왕莊王 11년(B.C. 686)으로 거슬러 올라간다. 제나라 양공襄公이 공손무지公孫無知의 반란으로 시해를 당했는데 한 달여 뒤에는 다시 공손무지도 피살되었다. 그러자 노나라에 망명 중이던 공자 규糾와 거莒나라에 망명 중이던 공자 소백小白이 각기 제나라로 급히 귀국하였다. 이때 먼저 도착한 소백이 제나라 왕으로 즉위했으니, 그가 바로 환공桓公이다. 공자 규를 호위해 한발 늦게 도착한 노나라 군대는 간시干時라는 곳에서 제나라 군대와 일전을 벌이게 되었다. 이 싸움이 곧 간시지전이다. 이 싸움에서 노나라를 크게 패퇴시켰지만 제나라가 여기서 그치지 않고 2차 침공을 계획해 쳐들어간 사건이 바로 장공 10년(B.C. 684)의 장작지전이다. 이 전투는 강대국인 제나라가 약소국인 노나라에게 패한 사건으로서 약한 군대라도 강한 군대를 이길 수 있다는 전례를 남긴 유명한 전투이다. 따라서 우리는 이 글에서 싸움의 본질과 승리의 조건이 무엇인지를 알아볼 수 있다. 이 글은 「조귀론전曹劌論戰」이라는 제목으로도 불린다.

●●●

莊公十年春, 齊師伐我. 公將戰. 曹劌請見. 其鄕人曰: 肉食者謀

之, 又何間焉. 劌曰: 肉食者鄙, 未能遠謀. 乃入見, 問何以戰.

師: 천자의 군대 사. 제후의 군대는 원래 려旅라고 불렸다. **公**: 제후 공. 임금. 여기서는 당시 노나라 임금인 장공을 가리킨다. **曹劌**조귀: 춘추 시기 노나라 군사가. **肉食者**: 옛날에는 귀족들만 고기를 먹었으므로 권력자를 가리킨다. **間**: 간섭할 간. 사이에 들어가다. **鄙**: 좁을 비. 안목이 없다.

제나라 군대가 우리 노나라를 침공하였다. 우리 임금님이 바야흐로 맞아 싸울 준비를 하고 있는데, 조귀가 알현하기를 청하였다. 그러자 그와 같은 동네 사람이 말렸다. "매일 고기를 먹는 권력자들이 알아서 전투 준비를 도모할 텐데, 당신이 뭘 또 거기에 간섭하려 하시오?" 조귀가 대답하였다. "권력에 있는 자들은 아는 게 천박해서 멀리 내다보고 도모하지 못한다오." 그러고는 알현하러 들어가서 임금님에게 도대체 무엇을 믿고 싸움에 나서는 것이냐고 여쭈었다.

•••

公曰: 衣食所安, 弗敢專也, 必以分人. 對曰: 小惠未徧, 民弗從也. 公曰: 犧牲玉帛, 弗敢加也. 必以信. 對曰: 小信未孚, 神弗福也. 公曰: 小大之獄, 雖不能察, 必以情. 對曰: 忠之屬也, 可以一戰. 戰則請從.

弗: '不~之'와 같은 말. 목적어(之)를 포함한 부정사. **徧**: 두루 미칠 편. **犧牲**희생: 제물. **玉帛**옥백: 제사 때 쓰는 옥그릇과 예복. **帛**: 비단 백. **加**: '과장할 무誣'와 같다. 겉만 치장해서 허례허식이 되도록 하다. **孚**: 미쁠 부. **獄**: 송사 옥. **情**: 진실 정.

임금님이 "(평소) 입고 먹음에 안전함을 추구하는 일을 감히 나 홀로 독점하지 않으려 하고 반드시 그것을 다른 사람들에게 나누어주었소이다"라고 대답하시니까 조귀가 "자그마한 은전恩典은 나라의 구석까지 고루 퍼지지 않아서 백성들이 이런 일에 감동해 복종하지 않습니다"라고 말하였다. 임금님이 다시 말씀하셨다. "제사 시에 희생제물과 제기祭器 및 예복을 과도하게 준비해서 허례허식이 되지 않게 하고 반드시 진실한 마음으로 하였소이다." 조귀가 다시 대답하였다. "작은 믿음은 신뢰를 받기에 충분치 않아 귀신이 임금님에게 복을 내려주지 않을 것입니다." "크고 작은 송사를 처리할 때에 비록 철저하게 살펴볼 수는 없었지만, 반드시 진실에 입각해서 판결하였소이다." 그러자 조귀가 맞장구쳤다. "이것이야말로 충성에 속하는 요소입니다. 이것이 있으면 한번 싸워볼 만합니다. 전투가 벌어지면 임금님을 따라 전장에 나가겠나이다."

•••

公與之乘. 戰于長勺. 公將鼓之. 劌曰: 未可. 齊人三鼓. 劌曰: 可矣. 齊師敗績. 公將馳之. 劌曰: 未可. 下, 視其轍, 登軾而望之, 曰: 可矣! 遂逐齊師.

敗績패적: 진이 무너지다. 이때의 '길쌈할 적績'은 길쌈을 하듯이 짜놓은 진을 말한다. **馳**: 쫓을 치. **轍**: 바퀴 자국 철. **軾**: 수레 앞턱에 가로 댄 나무 식.

이리하여 임금님께서 조귀에 함께 전차에 오르시고는 장작長勺에서 진을 갖추시었다. 임금님께서 진군의 북을 막 두드시려는 찰나에 조귀가 "아직 안 됩니다!"라며 막았다. 제나라 군대가 세 번째 진격의 북을 두드리고 나서야 조귀가 소리 질렀다. "이제 진격하셔도 됩니다!" 과연 제나라 군대는 진이 크게 무너져 달아났다. 임금님이 그들을 추격하려고 하자 조귀가 다시 "아직 안 됩니다"라고 말렸다. 그러고는 전차에서 내려서 적군의 수레바퀴 자국을 자세히 살펴보고, 다시 수레의 앞턱에 기어 올라가서 멀리 적군이 달아나는 곳을 바라다보았다. "지금입니다!"라는 조귀의 말이 떨어지자 군사들이 제나라 군대를 추격하였다.

•••

既克, 公問其故. 對曰: 夫戰, 勇氣也. 一鼓作氣, 再而衰, 三而竭. 彼竭我盈, 故克之. 夫大國, 難測也, 懼有伏焉. 吾視其轍亂, 望其旗靡, 故逐之.

旣: 이미 기. **旣克**: 이기고 나서. **作氣**작기: 기운을 일으키다. **竭**: 다할 갈. **盈**: 찰 영. **測**: 잴 측. **懼**: 두려워할 구. 걱정하다. **伏焉**: 거기에 잠복해 있다. '焉'은 '於此어차'와 같은 말이다. **靡**: 쓰러질 미.

전투에서 이기고 나서 우리 임금님께서 어떻게 승리할 수 있었는지 그 연고를 물으셨다. 조귀가 대답하였다. "무릇 싸움이란 용기로 하는 것입니다. 첫 번째로 울리는 진격의 북은 군사의 사기를 최고조로 진작시킵니다(그러므로 이때는 대응하면 안 됩니다). 두 번째 진격의 북을 울릴 때는 사기가 시들어버리고, 세 번째로 진격의 북이 울릴 때쯤이면 사기가 완전히 말라버립니다. 적군은 사기가 말라버리고 아군은 충천해 있으니까 우리가 이길 수 있었던 것입니다. 제나라와 같은 큰 나라는 어떤 계략이 있을지 예측하기가 어려워서 저들 어디엔가 복병이 있을지도 모를 일입니다. 제가 저들이 지나간 수레바퀴 자국들을 살펴보니 우왕좌왕 어지러운 상태였고 멀리 군대의 깃발을 바라보니 쓰러지고 엉망이었습니다. 그래서 추격하였던 것입니다."

「희공僖公 5년」의 경문 "晉人執虞公"(진나라 사람들이 우나라 임금을 사로잡았다)에 대한 전문

이 이야기는 가도멸괵假道滅虢 또는 순망치한脣亡齒寒 등의 성어로 널리 알려져 있다.

• • •

晉侯復假道於虞以伐虢. 宮之奇諫曰: 虢, 虞之表也; 虢亡, 虞必從之. 晉不可啓, 寇不可翫. 一之謂甚, 其可再乎. 諺所謂輔車相依, 脣亡齒寒者, 其虞虢之謂也." 公曰: 晉, 吾宗也, 豈害我哉.

晉侯진후: 진 임금인 헌공獻公. **宮之奇**궁지기: 춘추 시기 우虞나라 정치가. **表**: 겉옷 표. **啓**: 일깨울 계. 돋우다. **寇**: 군대 구. **翫**: 깔볼 완. **其**: '어찌 기豈'와 같음. 설마. **諺**: 속담 언. **輔**: 광대뼈 보. **車**: 잇몸 차. **吾宗**: 우리 친족. 우나라와 진나라는 같은 희성姬姓이다.

진 헌공이 괵虢나라를 공격하려 하니 우虞나라에게 재차 길을 빌려 달라고 했다. (우나라 조정에서 이 문제를 놓고 회의하는 가운데) 궁지기가 만류하며 아뢰었다. "괵나라는 우나라의 겉옷입니다. 괵나라가 멸망하면 우나라도 필시 그 뒤를 따를 것입니다. 진晉나라는 그 야심을 돋워줘서도 안 되고 외국의 군대를 들이는 일을 우습게 봐서는 안 됩니다. 한 번 빌려주는 것도 너무 나간 일인데 어떻게 두 번씩이나 가능하겠습니까? 속담에 이른바 '광대뼈와 잇몸은 서로를 의지하고, 입술이 없으면 이가 시리다'라는 말은 우나라와 괵나라를 가리켜 하는 말입니다." 임금이 물었다. "진나라는 우리와 일가친척인데 설마 나를 해치기야 하겠소?"

•••

對曰: 大伯虞仲, 大王之昭也; 大伯不從, 是以不嗣. 虢仲虢叔, 王季之穆也, 爲文王卿士, 勳在王室, 將虢是滅, 何愛於虞.

大伯태백·**虞仲**우중: 주나라의 기초를 닦은 고공단보古公亶父의 세 아들 중 첫째와 둘째. 막내인 계력季歷이 문왕의 아버지다. 왕계王季라고도 부른다. **大王**태왕: 고공단보를 가리킨다. **昭**: 제사를 지낼 때 시조를 중심으로 좌측을 소昭, 우측을 목穆이라 부른다. 아들은 좌측에 서고 손자는 우측에 선다. **不從**: 명을 따르지 않다. 즉 태백과 우중이 막내를 위해 달아난 사건을 말한다. 우중이 우나라 시조가 되었다. **嗣**: 대를 이을 사. **虢仲**괵중: 서괵의 시조. **虢叔**괵숙: 동괵의 시조. **穆**: 소昭의 아들뻘. 왕계가 고공단보의 소(아들)이므로 괵중과 괵숙은 목이 된다. **卿士**경사: 중앙의 집정관. 반드시 제후여야 한다. **勳**: 공적 훈.

궁지기가 대답하였다. "태백과 우중은 모두 주나라 태왕大王이신 고공단보의 아들입니다. 장남이신 태백께서 어른의 명을 따르지 않고 집을 나가셨으므로 후사를 잇지 못했습니다. 괵중과 괵숙은 문왕의 아버지인 왕계의 아들들입니다. 이들은 문왕의 집정 대신인 경사卿士를 지냈으므로 주나라 왕실을 세우는 일에 공훈이 있고 그 기록이 맹약 문서를 보관하는 서고에 보관돼 있습니다. 이러한 괵나라도 멸망시키겠다는데 우나라에 무슨 애정이 있겠습니까?

•••

且虞能親於桓莊乎. 其愛之也, 桓莊之族何罪. 而以爲戮, 不唯偪乎. 親以寵偪, 猶尙害之, 況以國乎.

桓莊환장: 환숙桓叔과 장백莊伯. 이들은 각각 진 헌공의 증조부와 조부다. **其愛之也**: 이 구절은 도치법으로 뒤에 온 것이다. **其**: 진晉을 가리킨다.

之: 우虞를 가리킨다. 진나라가 우나라에 애정을 갖는 일. **戮**: 죽일 륙. **唯**: 오직 유. 다름 아닌. **偪**: 바짝 다그칠 핍. 함부로 굴다. **寵**: 귀여워할 총. **況**: 하물며 황.

게다가 우나라는 환숙과 장백보다 더 가까울 수가 있습니까? 진나라가 우나라를 아껴주는 일이 말입니다. 같은 증조할아버지인 환숙과 같은 할아버지인 장백을 둔 친족이 무슨 죄를 지었기에 죽여버려야겠다고 생각하겠습니까? 다름 아닌 진 헌공이 위협을 느껴서가 아니겠습니까? 가까운 친척이라도 친하다고 해서 함부로 굴면 죽이려 하는데 하물며 이웃 나라가 위협이 된다면요?"

•••

公曰: 吾享祀豐絜, 神必據我. 對曰: 臣聞之, 鬼神非人實親, 惟德是依. 故周書曰: 皇天無親, 惟德是輔. 又曰: 黍稷非馨, 明德惟馨. 又曰: 民不易物, 惟德繄物.

享: 제사 지낼 향. **絜**: 깨끗할 결. **據**: 막아 지킬 거. **實**실: '이 시是' 자와 같음. 뒤의 '惟德是依'의 '是'와 대련對聯을 이룬다. **非人實親**: 아무 사람이나 가까이하는 게 아니고. **依**: 도울 의. '도울 보輔자'와 같음. **黍**: 기장 서. **稷**: 조 직. **馨**: 향기 형. **繄**: 창 전대 예. 여기서는 '是'와 같다. '惟~是~' 용법. '오로지 ~만을 ~한다'는 뜻.

그러자 임금이 말했다. "과인이 드리는 제사들은 제물이 언제나 풍성하였고 정결하였으므로 신명께서 반드시 내 편을 들어주실 것이오." "신이 듣기로는 귀신은 아무 사람이나 가까이 하지 않고 오로지 덕이 있는 사람만을 보필한다고 합니다. 그러므로 『주서周書』에 이르기를 '하늘은 누구를 가까이하거나 멀리하는 일이 없도다. 오로지 덕 있는 자만을 보필할 뿐이다'라고 하였고, 또한 '정결한 기장쌀과 좁쌀이 향기를 내는 것이 아니라, 밝은 덕만이 향기를 뿜는다'라고도 하였습니다. 그뿐 아니라, '백성들은 제물을 바꾸지 않아도 되는 것이 오로지 덕이 있는 자의 것만을 제물로 받기 때문이다'라는 구절도 있습니다.

•••

如是, 則非德民不和, 神不享矣. 神所馮依, 將在德矣. 若晉取虞, 而明德以薦馨香, 神其吐之乎. 弗聽, 許晉使. 宮之奇以其族行, 曰: 虞不臘矣. 在此行也, 晉不更擧矣.

馮依빙의: 믿고 강림하다. **薦**: 제사 올릴 천. **馨香**형향: 꽃향기. 여기서는 향기로운 오곡의 제물. **其**: 반어적 의미를 나타내는 어기부사. 설마. **臘**: 납제 납. '臘'은 '사냥할 렵獵'에서 나온 말로서, 겨울 사냥으로 잡은 짐승으로써 조상에게 제사를 지낸다는 뜻. 납제는 새해를 맞기 전 12월에 한 해를 마감하는 제사다. 그래서 12월을 납월臘月이라고 부른다. 요즘은 잘 안 쓰지만, 새해에 들어선 시점에서 전해의 12월을 구랍舊臘이라고 불렀다.

『주서』에 이렇게 말씀하셨으니 덕이 아니면 백성은 화목해질 수가 없고, 백성이 화목하지 않으면 신명께서도 제사를 흠향하지 않으십니다. 신명께서 믿고 강림하시는 곳은 바야흐로 사람의 덕행이 있는 곳입니다. 만일에 진나라가 우리나라를 빼앗고서 덕을 밝게 닦음으로써 향기로운 오곡을 제물로 드린다면 신명께서 설마 그것을 토해버리실까요?" 그래도 임금은 그의 말을 듣지 않고 진나라 사신의 요청을 들어주었다. 궁지기는 자신의 가족들을 데리고 우나라를 떠났다. 떠나면서 말했다. "우나라는 올해를 마감하는 납제臘祭를 지내지 못할 것이오, 이번에 (괵나라를 정벌하기 위한) 행군이 있게 된다면 진나라는 다시 (우나라를 치기 위해) 군대를 일으킬 필요가 없을 것이오."

•••

八月甲午, 晉侯圍上陽. 問於卜偃曰: 吾其濟乎. 對曰: 克之. 公

曰: 何時. 對曰: 童謠云: 丙之晨, 龍尾伏辰; 均服振振, 取虢之旂. 鶉之賁賁, 天策焞焞, 火中成軍, 虢公其奔.

卜偃복언: 본명은 곽언郭偃. 진나라 대부로서 복관卜官이었다. **濟**: 성취할 제. **丙**: 병자丙子일을 말한다. **龍尾**용미: 미성尾星을 가리킨다. **伏**복: 별자리가 보이지 않음. **辰**신: 해와 달이 만남. 해와 달이 만나는 때이므로 미성이 보이지 않는다는 뜻이다. **均**: '군복 균袀'과 같다. **振振**진진: 위무당당한 모양. **旂**: 깃발 기. **鶉**순: 순화성鶉火星, 즉 유수柳宿의 다른 이름. **賁賁**분분: 메추라기의 모양을 표현한 말. **天策星**천책성: 부열성傅說星의 다른 이름. **焞焞**돈돈: 별빛이 미약한 모양. 이때는 천책성이 해에 가까우므로 잘 보이지 않는다. **成軍**: 군사 작전을 실행하다.

8월 갑오일에 진나라 임금은 괵국의 도읍인 상양을 포위하고는 복관卜官인 곽언에게 물었다. "과인이 이번 정벌을 잘 해낼 수 있겠소?" "반드시 이기실 것입니다." 임금이 다시 물었다. "그게 언제가 될 것 같소?" "아이들이 이런 노래를 부릅니다. '병자일의 새벽에 / 미성尾星은 숨어 보이지 않네 / 갑옷이 번쩍번쩍 빛나는가 싶더니 / 괵나라 깃발을 빼앗아버렸다네 / 순화성鶉火星은 메추라기처럼 생겼고 / 천책성天策星은 빛을 발하지 못하네 / 순화성이 떠 있을 때 군사를 움직이면 / 괵공이 달아나리라.'

•••

其九月十月之交乎. 丙子旦, 日在尾, 月在策, 鶉火中, 必是時也.

其: 아마도. **九月十月之交**: 구월과 시월이 교차되는 시기.

이날이 아마 9월 말 10월 초가 될 것입니다. 병자일 새벽이 되면 해는 미성의 자리에 있고 달은 천책성의 자리에 있으며 순화성은 해와 달 사이에 있을 터인즉, 필시 이때가 그때일 것입니다."

•••

冬十二月丙子, 朔, 晉滅虢. 虢公醜奔京師. 師還, 館于虞, 遂襲虞, 滅之. 執虞公及其大夫井伯, 以媵秦穆姬, 而修虞祀, 且歸其職貢於王. 故書曰: 晉人執虞公, 罪虞, 且言易也.

朔: 초하루 삭. **醜**: 못생길 추. 괵공의 이름. **京師**경사: 주나라 왕이 있는 수도. **館**: 묵을 관. 주둔하다. **媵**: 따라 보낼 잉. 고대에는 집단으로 결혼하는 군혼제群婚制라는 게 있었는데, 이때 신부의 하인 신분으로 함께 딸려가서 저쪽 사람과 결혼하는 사람을 잉신媵臣라고 불렀다. **秦穆姬**: 진 헌공의 딸. 진秦 목공穆公의 부인이 되었다. **修虞祀**: 우나라의 제사를 거행하다. **職**: 공물 직. **貢**: 세금 바칠 공. **書曰**: 『춘추』 경문의 기록을 말한다.

겨울 12월 초하루 병자일에 진나라는 괵나라를 멸망시켰다. 괵공 추醜는 주나라 왕이 계신 경사京師로 망명하였다. 진나라 군대가 돌아오면서 우나라에 주둔하더니 마침내 우나라를 습격해서 멸망시켰다. 그러고는 우공과 그의 대부 정백을 사로잡았는데, 정백은 진나라 임금의 딸이 진 목공에게 시집갈 때 잉신으로 딸려 보냈다. 그러나 우임금에게는 우나라의 제사를 계속 지내게 해주었을 뿐 아니라, 공물과 세금을 주나라 천자에 귀속되게 하였다. 그러므로 『춘추』에 "진나라 사람이 우나라 임금을 사로잡았다"라는 말로 기록한 것이니, 이는 그 죄가 우나라에 있음을 뜻하고, 아울러 (멸망이란) 이처럼 아주 쉽다는 사실을 말하기 위한 것이다.

「희공僖公 30년」의 "晉人秦人圍鄭"(진晉나라 사람들과 진秦나라 사람들이 정나라를 포위하였다)에 대한 전문

이 글은 약소국이 강대국의 무력 앞에서 어떻게 처신해야 하는가의 지혜를 가르쳐주는 기록이다. 강대국을 설득할 때는 거역할 수 없는 명분을 내세우고 적절한 수사법(rhetoric)을 잘 구사해야 할 뿐 아니라, 약한 고리를 찾아내어 부수적인 이해득실에 수긍토록 하는 것이 요체임을 말해주고 있다.

• • •

九月甲吾, 晉侯秦伯圍鄭, 以其無禮於晉, 且貳於楚也. 晉軍函陵, 秦軍氾南.

晉侯진후: 진 문공文公. **秦伯**진백: 진 목공穆公. **無禮於晉**: 진 문공이 망명 시절 정나라를 지날 때 예우해주지 않은 사건을 가리킨다. **且**차: 장차. **貳**: 두 마음을 품을 이.

9월 갑오일에 진晉 문공과 진秦 목공이 정나라를 포위하였다. 왜냐하면 정나라가 옛날에 진 문공에게 예를 갖추지 않은 적이 있었고, 또한 정나라가 다른 마음을 품고 초나라에 가까이하려 했기 때문이었다. 진晉나라 군대는 함릉에, 진秦나라 군대는 범남에 각각 주둔하였다.

• • •

佚之狐言於鄭伯曰: 國危矣, 若使燭之武見秦君, 師必退. 公從之. 辭曰: 臣之壯也, 猶不如人; 今老矣, 無能爲也已. 公曰: 吾不能早用子, 今急而求子, 是寡人之過也. 然鄭亡, 子亦有不利焉. 許之.

佚之狐일지호: 춘추 시기 정나라 대부. **燭之武**촉지무: 정나라의 현인 이름. **壯**: 성할 장. 한창때. **也已**야이: '단연코'라는 의미의 어기조사. **焉**: (정나라가 망하는 일)로 인하여.

정나라 대부 일지호가 정 문공에게 아뢰었다. "나라가 위험에 처해 있습니다. 임금님께서 촉지무를 진秦나라 임금에게 보내서 알현하게 하면 진나라 군대는 반드시 물러갈 것입니다." 정나라 임금이 그의 말대로 하였지만, 촉지무가 사양하며 말했다. "신이 한창나이에도 오히려 다른 사람들만 못하였습니다. 이제 늙어버린 처지인지라 신에게는 그 일을 할 만한 힘이 아예 없습니다." 임금이 다시 청하였다. "과인이 일찍이 그대를 쓰지 않고 있다가 이제 사정이 급해지니까 그대를 찾은 것은 과인의 잘못이오. 그러나 우리나라가 멸망하면 그대도 이 때문에 이롭지 않은 바가 있을 것이오." 그러자 촉지무가 그리하겠노라고 대답하였다.

•••

夜, 縋而出. 見秦伯曰: 秦晉圍鄭, 鄭旣知亡矣. 若亡鄭而有益於君, 敢以煩執事. 越國以鄙遠, 君知其難也, 焉用亡鄭以陪鄰.

縋: 매어달 추. **煩**번: 번거롭게 만들다. 형용사의 사동 용법. **執事**집사: 글자 그대로는 밑에서 심부름하는 사람을 가리키지만 여기서는 진秦나라 군대를 지칭한다. '귀하貴下'와 같은 수사법. **越國以鄙遠**: 다른 나라를 넘어가는 것 때문에 변방의 마을들이 멀어지다. '越國'이란 진晉의 땅 일부를 건너가야 한다는 말. **陪**배: 두 배 되는 거리에서 모시다. 정나라는 진晉과 진秦 사이에 껴 있으므로 진秦이 진晉을 두 배 되는 거리에서 모시는 형국이 된다. **鄰**: 이웃 린. 진晉을 가리킨다.

밤이 되자 촉지무는 밧줄을 타고 성벽을 내려왔다. 진秦나라 임금을 알현한 후 아뢰었다. "진나라와 진나라가 우리 정나라를 포위하였으니 우리는 곧 멸망할 것임을 이미 잘 알고 있습니다. 만일 우리나라를 멸망시키면 임금님께는 유익하겠습니다만, 이는 감히 임금님의 좌우 신하들을 번거롭게 만드는 일이 될 것입니다. 다른 나라晉를 넘어가는 것 때문에 자기 나라의 변방 고을이 멀어진다면 그것이 얼마나 난처한 일인지를 임금님께서는 잘 아실 터인데, 어째서 정나라를 멸망시켜서 그 이웃인 진晉나라를 모시게 되는 책략을 쓰십니까?

•••

鄰之厚, 君之薄也. 若舍鄭以爲東道主, 行李之往來, 共其乏困, 君亦無所害. 且君嘗爲晉君賜矣, 許君焦瑕, 朝濟而夕設版焉, 君之所知也.

行李행리: 행리行理, 곧 사신을 뜻한다. **共**: '이바지할 공供'과 같은 말. 공급하다. **乏困**핍곤: 결핍하다, 부족한 물자. **嘗**: 일찍이 상. **賜**: 베풀 사. **爲晉君賜矣**: 진 목공이 문공의 망명 시절에 진나라에서 받아주고 또 귀국하여 즉위하도록 도와준 일을 가리킨다. **焦**초·**瑕**하: 지명. **設版焉**: 거기에다가 널빤지로 방어벽을 구축하다. **版**: 널빤지 판.

이웃 나라인 진이 두꺼워진다는 것은 곧 임금님이 얇아진다는 뜻입니다. 만일 정나라를 그대로 내버려둠으로써 동쪽으로 가는 길의 주인이 되게 하신다면 사신들이 왕래할 때 그들에게 필요한 물자를 공급해줄 수 있으니 임금님께도 해로울 일이 없습니다. 또한 임금님께서는 일찍이 진晉나라 임금에게 은전을 베풀어주셔서 그가 임금님에게 초焦 땅과 하瑕 땅 두 곳을 떼어드렸습니다. 그런데 그는 아침에 황하를 건너가서는 저녁에 널빤지로 방어벽을 구축하였는데, 이는 임금님께서 잘 알고 계시는 바입니다.

•••

夫晉, 何厭之有. 旣東封鄭, 又欲肆其西封. 不闕秦, 將焉取之. 闕秦以利晉, 唯君圖之.

厭: 물릴 염. 지겨워하다. **旣~又**: '旣A, 又B'는 'A를 해놓고 다시 B를 하다'라는 의미다. 접속 기능의 관용구. **肆**: 멋대로 할 사. **闕**: 헐 궐.

저 진나라는 도대체 물려서 못할 일이 뭐가 있겠습니까? 이미 동쪽으로 정나라를 국경 고을로 삼았다면 또 멋대로 서쪽 국경을 개척하려 할 것입니다. 만일 진秦나라 땅을 헐어서 빼앗지 않으면 장차 어디서 그만한 땅을 가져올 수 있겠습니까? 진秦나라를 헐어 와서 진晉나라를 이롭게 하는 일, 이제 임금님만이 이 상황을 도모하실 수 있습니다."

•••

秦伯說, 與鄭人盟, 使杞子逢孫楊孫戍之, 乃還. 子犯請擊之. 公曰: 不可. 微夫人之力不及此. 因人之力而敝之, 不仁; 失其所與, 不知; 以亂易整, 不武. 吾其還也. 亦去之.

說열: '기쁠 열悅'과 같음. **戍**: 지킬 수. **子犯**자범: 진晉 대부 호언狐偃의 자. **微**미: '없을 무無'와 같다. **敝**: 해질 폐. 깨뜨리다. **武**: 무사답다. 위풍당당하다. **其**: 마땅히.

이 말을 듣고 진秦나라 임금이 기뻐하고는 정나라와 맹약을 맺었다. 그리고 기자·봉손·양손 등에게 그곳을 지키게 하고는 돌아왔다. 진晉나라 대부인 자범이 정나라를 쳐부수자고 주장하자 임금이 타일렀다. "아니 되오. 저 사람(진 목공)의 힘이 없었더라면 과인이 이 위치에까지 오지 못했을 것이오. 다른 사람의 힘에 의지해놓고 나서 그 사람을 깨뜨린다면 이는 어질지 못한 일이고, 함께할 수 있는 나라를 잃는 일은 지혜롭지 못하며, 어지럽히는 행위로써 단정한 상태의 국면을 뒤바꾸는 일은 위풍당당하지 못하오. 그래서 과인은 돌아가는 게 옳다는 생각이오." 이리하여 진나라 군대도 정나라를 떠났다.

미언대의微言大義 ─『춘추공양전春秋公羊傳』「애공哀公 14년」

『춘추공양전春秋公羊傳』은 『춘추』를 해석한 『춘추』 삼전三傳 가운데 하나다. 전국 시기 제나라 사람 공양고公羊高가 지었다. 공양고는 자하子夏의 제자로 알려져 있다. 『공양전』은 공자의 춘추필법 중 이른바 미언대의微言大義, 즉 짧은 경문으로부터 공자의 숨은 의도를 밝히는 일에 중점을 두고 씌었다. 공양고는 공자가 난신적자亂臣賊子들에게 경고하기 위해 『춘추』를 지었다고 전제했기 때문에 이러한 글쓰기가 가능하였다. 그러나 이 해석은 한대에 내려와 한 왕조의 수명受命과 정통성을 세우는 사업에 매우 중요한 텍스트로 기능하였다. 왜냐하면, 후대의 성군을 위해 공자가 『춘추』를 지었다는 가설에서 그 성군이 곧 한고조漢高祖라고 해석할 수 있었기 때문이다.

•••

十有四年, 春, 西狩獲麟. 何以書, 記異也, 何異爾, 非中國之獸也, 然則孰狩之. 薪采者也. 薪采者, 則微者也, 曷爲以狩言之. 大之也. 曷爲大之. 爲獲麟大之也, 曷爲獲麟大之. 麟者, 仁獸也. 有王者則至. 無王者則不至.

狩: 사냥할 수. 천자의 겨울 사냥을 뜻하는 말. **麟**: 기린 린. 중국의 신화와 전설에 등장하는 상서로운 동물. 용과 소의 모양을 합친 상상의 동물로서 수컷을 기麒, 암컷을 린麟이라고 각각 부른다. **爾**이: 의문 표시 어기조사. **中國**: 중국의 문화가 미치는 지역. 중원中原. **薪采**신채: '采薪'과 같은 말. 땔감을 줍다. **微**: 작을 미. 미천한. **曷**: 어찌 갈. **大**: 형용사 뒤에 목적어가 오면 사역의 의미가 된다. 크게 만들다.

「애공 14년」의 경문經文에 "봄에 서쪽으로 사냥을 나갔다가 기린 암컷을 잡았다"고 기록하였다. 무엇 때문에 이 사건을 기록하였는가? 괴이한 일을 기록하기 위해서이다. 어째서 괴이하다는 것인가? 중원 땅에서 흔히 보는 짐승이 아니기 때문이다. 그렇다면 누가 그것을 사냥하였는가? 땔감 줍는 나무꾼이다. 나무꾼이란 보잘것없는 사람이다. 그런데 무엇 때문에 그에게 천자가 사냥할 때나 쓰는 단어로 말했는가? 그를 크게 높이기 위함이다. 무엇 때문에 그를 크게 높이는가? 기린을 잡았기 때문에 그를 크게 높인 것이다. 무엇 때문에 기린을 잡았다고 해서 크게 높이는가? 기린이란 어진 동물이기 때문이다. 이 동물은 천자가 나오면 나타나고 천자가 나오지 않으면 나타나지 않는다.

•••

有以告者, 曰: 有麕而角者. 孔子曰: 孰爲來哉. 孰爲來哉. 反袂拭面, 涕沾袍. 顔淵死, 子曰: 噫. 天喪予. 子路死, 子曰: 噫. 天祝予. 西狩獲麟, 孔子曰: 吾道窮矣.

有: 불특정한 사람을 가리킬 때 쓰는 말. 어떤. **以告**: 이 사건을 갖고서 말해주다. **麕**: 노루 균. **袂**: 소매 메. **拭**: 씻을 식. **涕**: 눈물 체. **沾**: 적실 점. **袍**: 앞깃 포. **噫**: 탄식할 희. **喪**: 잃을 상. **祝**축: '끊을 단斷'과 같다.

어떤 사람이 이 사건에 관하여 일러 말해주었다. "노루 몸체에다가 뿔이 있더이다." 공자가 "누구를 위해 왔던고, 누구를 위해 왔던고?"라고 탄식하며 소매를 뒤집어 얼굴을 훔치니 눈물이 앞깃을 적셨다. 공자는 안연顔淵이 죽었을 때는 "아아, 하늘이 나를 버리셨도다!"라고 탄식하였고, 자로子路가 죽었을 때는 "아아, 하늘이 나를 잘라버리셨도다!"라고 하였는데, 서쪽에 겨울 사냥을 나갔다가 기린을 잡은 사건을 보고서는 "나의 도가 더는 갈 데가 없게 되었도다!"라고 한탄하였다.

• • •

春秋何以始乎隱. 祖之所逮聞也. 所見異辭, 所聞異辭, 所傳聞異辭. 何以終乎哀十四年. 曰: 備矣.

隱: 노나라 은공隱公을 가리킨다. **逮**: 옛날에 체. **異辭**: 글을 다르게 쓰다. **備**: 갖출 비. 모두.

『춘추』는 무엇 때문에 은공隱公에서 시작하였는가? 할아버지가 옛날에 들은 바이기 때문이다. 직접 본 것은 적는 방법이 다르고, 들은 것도 적는 방법이 다르며, 전해 내려오는 말을 적는 것도 방법이 다르다. 무엇 때문에 애공 14년에서 마무리를 지었는가? 대답은 이쯤에서 써야 할 것은 모두 기록하였기 때문이다.

• • •

君子曷爲爲春秋. 撥亂世, 反諸正, 莫近諸春秋. 則未知其爲是與, 其諸君子樂道堯舜之道與. 末不亦樂乎, 堯舜之知君子也. 制春秋之義, 以俟後聖. 以君子之爲, 亦有樂乎此也.

君子: 공자를 지칭하는 말. **曷爲**갈위: 무엇 때문에. **爲春秋**: 춘추를 짓다. **撥**: 다스릴 발. **諸**: '之於'의 합음자. 아래도 같음. **爲是**: 옳음의 기준이 되다. **與**여: '歟'와 같은 말. 의문 표시 어기조사. **樂道**: 즐겨 말하다. **末**말: 마침내. 궁극적으로. **俟**: 기다릴 사. **以**: 때문에. **君子之爲**: 군자가 한 일. 즉 『춘추』를 지은 일. **此**차: 요순이 공자를 알아보고 도리를 전해주고, 공자가 후대 성군을 위해 준비해주는 것을 가리킨다.

군자는 무엇 때문에 『춘추』를 지었는가? 어지러운 세상을 다스리고 그것을 바른 도리로 돌아가게 하는 일에서는 어떠한 것도 『춘추』보다 더 가까이 가게 할 수 있는 것은 없다. 그러한즉 『춘추』가 옳고 그름의 기준이 되는 것인지, (또는) 그것이 공자에게 옛날의 성군인 요임금과 순임금의 도리를 즐겨 말하기 위한 것인지는 모르겠으나, 궁극적으로는 또한 즐겁지 아니한가, 요임금과 순임금이 공자를 알아주니까 말이다. 『춘추』를 지은 의미는 후대의 성군을 기다리기 위한 것이다. 공자가 『춘추』를 지었기 때문에 요임금과 순임금의 도리가 후대에 이어지는 일에 즐거움이 있는 것이다.

예란 무엇인가 — 『예기禮記』「예운禮運」편(발췌)

『예기』는 유가 경전인 육경六經 중의 하나로서 『소대례기小戴禮記』라고도 부르는데, 서한의 대성戴聖이 편찬하였다. 『주례周禮』·『의례儀禮』와 더불어 삼례三禮라고 부른다. 주로 진秦나라 이전 시기의 예의와 제도, 그리고 유가의 세계관 및 정치 사상 등을 싣고 있어서 초기 유가 사상을 탐구할 수 있는 중요 자료가 된다. 『예운』편은 『예기』의 편명으로 예의 시원과 발전 과정, 그리고 그 기능에 관하여 적고 있다. 이른바 음飮·식食·남녀男女라는 인간의 기본적인 욕구를 다스릴 수 있는 근본적인 방법이 예라는 주장은 수천 년이 지난 오늘날에도 여전히 설득력을 발휘한다.

…

大道之行也, 與三代之英丘未之逮也, 而有志焉. 大道之行也, 天下爲公, 選賢與能, 講信修睦. 故人不獨親其親, 不獨子其子, 使老有所終, 壯有所用, 幼有所長, 矜寡孤獨廢疾者, 皆有所養. 男有分, 女有歸.

三代之英: 하·은·주 삼대의 걸출한 인물들. 우·탕·문왕·무왕·성왕·주공 등을 가리킨다. **逮**체: '미칠 급及'과 같은 글자. **志**: 의지 지. 또는 '記'와 같은 뜻으로 봐서 '기록'으로 해석하기도 한다. **與**: '들 거擧'와 같다. 천거하다. **講**: 꾀할 강. **修**: 높을 수. 일으키다, 고양高揚하다. **老有所終**: 만년을 편안히 지내다 죽는 것. **壯有所用**: 쓰임이 있다, 즉 일자리가 있다는 뜻. **長**: 키울 장. **矜**관: '홀아비 환鰥'과 같다. **獨**: 홀로 사는 노인. **廢疾**폐질: 후유 장애로 일을 못하는 사람. **養**: 기를 양. 뒷바라지해 주다. **歸**: 시집갈 귀.

대도大道가 행해졌을 때와 하·은·주 삼대의 걸출한 인물들을 이 사람(공자 자신)이 미처 따라갈 처지는 못 되지만, 거기에 대한 의지는 갖고 있다. 대도가 행해졌을 때는 천하가 모든 사람의 것이었다. 현명한 자를 선발하고 능력 있는 자를 천거하였으며, 신의를 도모하고 화목함을 고양하였다. 그래서 사람들이 자기 부모만 부모로 여기지 않았고 자기 자식만 자식으로 여기지 않았으며, 노인들은 만년을 편안히 보내게 하였고 장년들은 일자리에서 쓰일 수 있게 하였으며, 어린이들은 잘 자랄 수 있게 하였고, 홀아비·과부·고아·홀로 사는 노인·장애로 일을 못 하는 사람들에게는 뒷바라지가 있게 해주었다. 남자에게는 각기 직분이 주어졌고 여자에게는 모두 시집을 가게 해주었다.

•••

貨惡其弃於地也, 不必藏於己, 力惡其不出於身也, 不必爲己. 是故謀閉而不興, 盜竊亂賊而不作, 故外戶而不閉, 是謂大同.

惡: 미워할 오. **藏**: 갈무리할 장. 보관하다. **謀**: 꾀 모. 꾀를 써서 이익을 도모하는 일. **盜竊**도절: 몰래 훔치는 일. **亂賊**: 함부로 강도질하는 일. **閉**: 닫을 폐.

물건이 (유실되어) 땅에 버려지는 것은 싫어했지만, 그렇다고 그것을 꼭 주워서 내가 보관하는 것은 아니었고, 힘이 몸에서 나와서 제대로 쓰이지 않는 것은 싫어했지만, 그렇다고 꼭 자신의 이익만을 위해서 쓰는 것은 아니었다. 그래서 꾀를 써서 이익을 도모하는 일들이 막혀서 일어나지 않았고, 도둑질과 강도질이 발생하지 않았다. 따라서 밖으로 대문이 있긴 하지만 닫혀 있질 않으니, 이 시기를 일컬어 대동大同이라고 한다.

•••

今大道旣隱, 天下爲家, 各親其親, 各子其子, 貨力爲己, 大人世

及以爲禮, 城郭溝池以爲固. 禮義以爲紀, 以正君臣, 以篤父子, 以睦兄弟, 以和夫婦, 以設制度, 以立田里, 以賢勇知, 以功爲己.

隱: 숨을 은. 사라지다. **家**: 한 집안. 즉 왕가를 가리킨다. **親**: 사랑할 친. 부모로 여기다. **大人**: 천자나 제후와 같은 봉건 군주. **世及**: 세습하다. **城郭**: 성은 내성內城을, 곽은 외성外城을 각각 가리킨다. **溝池**구지: 도랑과 못, 즉 성 주위에 파놓은 해자垓子. **固**: 굳게 지킬 고. 방어 수단. **禮義**: 예와 의리. **田里**전리: 농경지와 주거지. **賢**현: 현자로 대우하다. 존중하다. **以爲功己**: 공을 개인의 것으로 인정해주었다는 뜻.

이제는 대도가 이미 사라져서 천하는 일가一家의 소유가 되었다. 사람들은 각기 자기의 부모만을 부모로 여기고 자기의 자식만을 자식으로 여기게 되었다. 재화와 힘은 자신만을 위해 쓰였고, 신분이 높은 사람들은 세습하는 것을 당연한 의례로 여겼으며, 성곽을 쌓고 해자를 파는 것을 자신을 지키는 방어 수단으로 삼았다. 사람들은 예와 의리를 기강으로 삼아서 이로써 임금과 신하 간의 관계를 바로잡고, 아비와 아들 간의 관계를 돈독히 하였으며, 형제간을 화목하게 하였고, 지아비와 지어미를 화목하게 하였다. 또한 이에 근거해서 각종 제도를 설립하고 농경지와 주거지의 경계를 세웠으며, 용감한 자와 지혜로운 자들을 대우하였고 공적들을 각 당사자의 것으로 만들어주었다.

• • •

故謀用是作, 而兵由此起, 禹湯文武成王周公, 由此其選也. 此六君子者未有不謹於禮者也. 以著其義, 以考其信, 著有過, 刑仁講讓, 示民有常. 如有不由此者, 在執者去, 衆以爲殃. 是謂小康.

作: 일어날 작. **兵**: 무력 병. **選**: 뽑을 선. 뽑히다, 즉, 위인으로 나타나다.

考: 시험할 고. 검증하다. **著有過**: 어떤 잘못이 있는지를 밝히다. **刑**: '법법法'과 같은 말. 규범으로 삼다. **講**: 명확할 강. 어떤 부분을 힘주어 말하다. **讓**: 겸손할 양. **常**: 떳떳할 상. 변치 않는 도리. **埶**: 권세 세. '勢세'와 같다. **殃**: 재앙 재. **康**: 빌 강. 비었다는 것은 편안함을 뜻한다.

그러므로 꾀를 쓰는 일이 이때 생겨났고, 무력을 쓰는 일이 이로부터 일어났으니, 우임금·탕임금·문왕·무왕·성왕·주공 등은 이로 말미암아 뽑혀 나온 분들이다. 이 여섯 분의 군자 중에는 예에 대해서 삼가지 않은 분이 없었으니, 이로써 자신들의 의리를 밝혔고 신뢰를 검증하였으며, 어떤 잘못이 있었는지를 드러내었다. 인을 규범으로 삼았고 겸양을 강조하였으며, 백성들에게 변치 않는 도리가 있음을 보여주었다. 만일 이 예를 경유하지 않는 자가 있다면 권력의 자리에 있는 자라도 제거되었으니, 뭇사람들은 이것을 재앙으로 여겼다. 이 시기를 일컬어 소강小康이라고 한다.

•••

[中略] 何謂人情. 喜怒哀懼愛惡欲, 七者弗學而能. 何謂人義. 父慈, 子孝, 兄良, 弟弟, 夫義, 婦聽, 長惠, 幼順, 君仁, 臣忠, 十者謂之人義. 講信修睦, 謂之人利. 爭奪相殺, 謂之人患.

懼: 두려워할 구. **惡**: 미워할 오. **弗**: 부정어. '不+동사+之'와 같다. **弟弟**: '弟悌'와 같은 말이다. 동생은 윗사람을 공경하다. **聽**: 따를 청. '따를 종從'과 같다. **講**: 한결같을 강. **修**: 높을 수. 일으키다, 고양하다.

무엇을 일컬어 인정人情, 즉 사람의 정이라 하는가? 기쁨·분노·슬픔·두려움·사랑·증오·욕심 등 일곱 가지는 배우지 않아도 할 수 있는 것이다. 무엇을 일컬어 인의人義, 즉 사람의 의리라 하는가? 아비는 자애롭고 아들은 효성스러우며, 형은 훌륭하고 동생은 공경하며, 지아비는 의롭고 지어미는 순종하며, 윗사람은 아랫사람에게 은혜를 베풀고 아랫사람은 윗사람을 잘 따르며, 임금은 인자하고 신하는 충성스러운 것, 이 열 가지를 일컬어 사람의 의리라고 한다. 신뢰를 한결같이 하고 화목함을 일으키는 것, 이를 일컬어 사람의 이로움이라고 한다. 빼앗으려 다투고 서로 죽이는 것, 이것을 일컬어 사람의 걱정거리라고 한다.

•••

故聖人之所以治人七情, 修十義, 講信, 修睦, 尙辭讓, 去爭奪, 舍禮何以治之. 飮食男女, 人之大欲存焉, 死亡貧苦, 人之大惡存焉, 故欲惡者, 心之大端也. 人藏其心, 不可測度也. 美惡皆在其心, 不見其色也. 欲一以窮之, 舍禮何以哉.

所以: ~하는 방도. **尙**: 숭상할 상. **辭**: 사양할 사. **舍**: '버릴 사捨'와 같다. **飮食男女**: 마실 것과 먹을 것, 남녀 사이의 정욕 등 인간의 기본적인 욕구. **存焉**: 거기를 향해 존재한다. **貧苦**빈고: 가난으로 힘겹게 살다. **端**: 끝 단. 두서頭緖. **大端**대단: 중요한 부분. 핵심. **測**: 잴 측.

그러므로 성인이 사람의 일곱 가지 정을 다스리고, 열 가지 의리를 지키게 하며, 신뢰를 한결같이 하고 화목함을 일으키며, 사양함을 숭상하고, 쟁탈을 없애는 일에서 예를 버리면 무엇으로써 다스릴 수 있겠는가? 마실 것과 먹을 것, 그리고 남녀의 일은 사람의 큰 욕구가 그곳을 향해 있고, 사망과 가난으로 힘겹게 사는 일은 사람의 큰 증오가 그곳을 향해 있다. 그러므로 욕구와 증오라는 것은 마음의 핵심이다. 사람이 그 마음을 숨기면 그 정도를 헤아릴 수 없다. 아름다움과 추악함은 모두 그의 한 마음속에 있지만, 그 기색을 드러내지 않는다. 이를 오로지 하나의 방법으로써 궁극적인 것이 무엇인지 알기를 원한다면, 예 이외에 무엇으로써 가능하겠는가?

『대학大學』「대학지도大學之道」

『대학』은 중국 고대 교육 이론에 관한 중요 저작이다. 유가 경전 사서四書 중의 하나이기도 하다. 원래는 『예기』 안의 제42편으로 들어 있다가 나중에 단행본으로 떨어져 나왔다. 이 책은 글이 간결하면서도 내용이 심오하므로 유교는 물론 중국 문화에 끼친 영향이 심대하다. 여기 가져온 것은 『대학』의 첫 장으로서 유가의 도덕 수양의 기본 원칙과 방법 등을 서술하고 있다.

•••

大學之道, 在明明德, 在親民, 在止於至善.

明德: 하늘로부터 부여받은 영명한 덕성. **親民**: 정자程子는 '親'자를 '新'으로 고쳐야 한다고 주장했는데, 여기서는 이에 따랐다. 새로워지게 하다.

군자가 배워야 하는 대학의 도리는 하늘로부터 부여받은 영명한 덕성을 드러내 밝히는 데에 있고, 백성 개개인이 잘못된 옛 관습을 버리고 새로워지게 하는 데에 있으며, 지극히 완전한 경지에서 변치 않고 오래 머무르게 함에 있다.

•••

知止而后有定, 定而后能靜, 靜而后能安, 安而后能慮, 慮而后能得. 物有本末, 事有終始, 知所先後, 則近道矣.

慮: 헤아릴 려. **得**: 깨달을 득. 경지를 깨닫다.

머물러야 할 곳을 알고 난 다음에 그리로 가야 한다는 의지의 방향이 정해지고, 방향이 정해지고 난 다음에 마음이 고요해질 수 있으며, 마음이 고요해지고 난 다음에 자신의 처지를 편안히 여길 수 있게 된다. 자신의 처지를 편안히 여기고 난 다음에 모든 일을 사려 깊게 처리할 수 있고 사려 깊게 처리하고 난 다음에 완전한 경지에 도달할 수 있다. 모든 사물에는 근본적인 것과 지엽적인 것이 있고 모든 일에는 처음과 끝이 있으니, 앞에 놓아야 할 것과 뒤에 놓아야 할 것을 안다면 도에 가깝다고 할 것이다.

•••

古之欲明明德於天下者, 先治其國; 欲治其國者, 先齊其家; 欲齊其家者, 先脩其身; 欲脩其身者, 先正其心; 欲正其心者, 先誠其意; 欲誠其意者, 先致其知; 致知在格物.

齊: 질서정연할 제. **誠**: 참될 성. **知**: '깨달을 식識'과 같다. 인식하다. **格**격: 이 글자의 본의는 '키 큰 나무의 긴 가지'를 뜻하는데, 이로부터 '격자格子', 즉 '틀'의 의미가 파생되었다. 따라서 '格物격물'이란 사물에 인식의 틀을 들이대서 사물의 의미를 규정하는 일종의 규격이나 표준을 뜻한다. 앞에서 말한 '사물의 본말' 또는 '일의 선후'는 대표적인 인식 틀이다. 그러므로 지식은 틀에서 나온다고 말할 수 있는 것이다.

옛날에 하늘로부터 부여받은 영명한 덕성을 천하에 드러내 밝히고자 하는 사람은 그보다 앞서 자신의 나라를 다스렸다. 자신의 나라를 다스리고자 하는 사람은 그보다 앞서 자신의 가정을 빈틈이 없게 만들었다. 자신의 가정을 빈틈이 없게 만들고자 하는 사람은 그보다 앞서 자신의 몸을 수양하였다. 자신의 몸을 수양하고자 하는 사람은 그보다 앞서 자신의 마음을 바로잡았다. 자신의 마음을 바로잡고자 하는 사람은 그보다 앞서 자신의 의지를 참되게 하였다. 자신의 의지를 참되게 하고자 하는 사람은 그보다 앞서 자신이 깨달음에 이르게 하였으니, 깨달음에 이르게 하는 것은 사물에 (이를 규정하는) 표준적 틀을 적용하는 일에 있다.

•••

物格而后知至, 知至而后意誠, 意誠而后心正, 心正而后身脩, 身脩而后家齊, 家齊而后國治, 國治而后天下平.

至: 이를 지. 이 글자의 자형은 하늘로 올라갔던 새가 다시 땅으로 내려오는 모양이므로 '오다'라고 해석해야 한다.

사물이 규정되고 난 다음에 깨달음이 오고, 깨달음이 오고 난 다음에 의지가 진실하게 되고, 의지가 진실하게 된 다음에 마음이 바로잡히고, 마음이 바로잡히고 난 다음에 몸이 수양이 되고, 몸이 수양이 되고 난 다음에 집에 빈틈이 없어지고, 집에 빈틈이 없어지고 난 다음에 나라가 다스려지고, 나라가 다스려지고 난 다음에 천하가 평정된다.

•••

自天子以至於庶人, 壹是皆以脩身爲本. 其本亂而末治者否矣, 其所厚者薄, 而其所薄者厚, 未之有也.

庶: 뭇 서. 壹: 오로지 일. 否: 없을 부.

천자로부터 뭇 백성에 이르기까지 하나같이 자신을 수양하는 것을 근본으로 삼아야 함은, 근본이 어지러운데도 지엽이 다스려지는 일은 있을 수 없으니, 두텁게 해야 할 곳을 얇게 하고 얇게 해야 할 곳을 두텁게 해서 되는 일은 있어본 적이 없기 때문이다.

『중용中庸』

『중용』은 유가 경전인 사서四書 중의 하나로서, 원래는 『대학大學』처럼 『예기』 제31편에 속해 있던 것을 단행본으로 떼어낸 것이다. 이 글이 씐 것은 전국 말기부터 서한 사이인 것으로 추정되며, 공자의 제자인 자사子思가 지었다고 전해지지만 정확하지는 않다. 중용이란 글자 그대로 중정中正, 즉 어디에도 치우치지 않고 규범에 충실한 상태를 가리킨다. 이것은 튀어 보이려는 욕망을 억제하고, 상식과 보편성을 도덕의 기준으로 삼아야 함을 설파한 것이다. 본문은 주자朱子가 편집한 『중용장구中庸章句』에서 가져왔다.

『중용장구』 제1장

•••

天命之謂性, 率性之謂道, 脩道之謂教.

命: '영 령令'과 같다. 명령. **性**: 본성. 각자에게 부여된 이理에 기초해서 오상五常의 덕에 순종하는 것. **率**솔: '좇을 순循'과 같다. **道**: '길 로路'와 같은 말. 길로 다니다. **脩**: 얇게 저며 말린 고기 수. 얇게 저민다는 뜻에서 품절品節, 즉 '등급에 따라 마디를 달리하다'라는 의미로 파생되었다. **教**: 가르칠 교. 하늘로부터 부여된 본성과 가야 할 길은 같지만 각 사람의 기품은 다를 수밖에 없으므로, 사람마다의 등급에 따라 마디를 달리하는 표준에 따라 익히는 것을 교教, 즉 가르침이라고 한다.

하늘의 명령으로 부여된 것을 일컬어 성性, 즉 본성이라고 하고, 이 본성을 그대로 좇는 것을 일컬어 도道, 즉 가야 할 길을 가는 것이라고 하며, 능력에 따라서 가는 길을 익히는 것을 일컬어 교敎, 즉 가르침이라고 한다.

•••

道也者, 不可須臾離也, 可離非道也. 是故君子戒愼乎其所不睹, 恐懼乎其所不聞. 莫見乎隱, 莫顯乎微, 故君子愼其獨也.

須臾수유: 아주 짧은 시간. **戒愼**계신: 경계하고 조심하다. **睹**: 볼 도. **莫**막: 아무것도 없다.

가야 할 길이라는 것은 한순간이라도 벗어나서는 안 되므로, 벗어날 수 있다면 그것은 길이 아니다. 그러므로 군자는 자신이 보지 못하는 바를 경계하고 삼가며, 자신이 듣지 못하는 바를 두려워해야 한다. 어떠한 것도 숨긴 것보다 더 잘 드러나는 것이 없고, 어떠한 것도 작은 것보다 더 잘 보이는 것이 없다. 그러므로 군자는 자신이 홀로 있을 때를 조심해야 한다.

•••

喜怒哀樂之未發, 謂之中; 發而皆中節, 謂之和. 中也者, 天下之大本也; 和也者, 天下之達道也. 致中和, 天地位焉, 萬物育焉.

未發: 희로애락의 감정이 아직 밖으로 피어나지 않다. 곧 피어나지 않은 것은 본성의 상태에 있다는 뜻이다. 따라서 어디에도 기울어지지 않고 있으므로 중中이라고 말하는 것이다. **中節**중절: 정해진 마디에 들어맞다. **和**화: 조화롭다. 발출한 감정이 정해진 마디에 정확히 들어맞으면 어그러짐이 없으므로 '和'라고 말한 것이다. **大本**대본: 앞의 '天命之性'을 가리킨다. 천하의 모든 이치가 이 상태로부터 나오기 때문이다. **達道**달도: 모든 사람이 경유해야 하는 길. 길이란 예나 지금이나 천하의 누구든지 경유해야 하는 기능을 수행하므로, 본성을 그대로 좇는 것을 가리킨다. **位**: '편안 안安'과 같은 말이다. 자신의 자리를 편안하게 여기다. **焉**: 거기에서, 즉 '중中'의 상태에서. **育**: 기를 육. 삶을 영위하다. **焉**: '화和'의 상태에서.

기쁨·성냄·슬픔·즐거움 등이 아직 밖으로 표출되지 않은 상태를 일컬어 '중中', 즉 '한가운데에 있음'이라고 하고, 밖으로 표출되어서 정해진 마디에 들어맞은 상태를 일컬어 '화和', 즉 '조화로움'이라고 한다. '중'이라는 것은 천하 사람들의 가장 큰 근본이고, '화'라는 것은 천하의 모든 사람들이 경유해야 하는 길이다. '중'과 '화'에 이르게 하면, 하늘과 땅은 ('중'의 상태에서) 각기 처한 위치를 편안하게 여기게 되고, 만물은 ('화'의 상태에서) 각자의 삶을 영위해간다.

『중용장구』 제2장

•••

仲尼曰: 君子中庸, 小人反中庸. 君子之中庸也, 君子而時中; 小人之反中庸也, 小人而無忌憚也.

中: 한가운데. **庸**: 원래 뜻은 '보조적인 기능으로 쓰는 물건'이므로 '중요하지 않고 평범하다'라는 의미로 쓰인다. 따라서 중용이란 어느 한쪽으로도 치우치지 않고, 지나치지도 모자라지도 않은 평상적인 이치를 가리킨다. **小人反中庸**: 군자는 중용의 중요성을 경험적으로 깨닫고 실천하는 데 반하여 소인은 그렇지 못하다는 뜻. **時中**: (군자의 덕을 지녔으므로) 아무 때나 '중'에 처할 수 있다는 뜻. **小人之反中庸也**: 여기서 '反' 자는 왕숙王肅의 판본에 의거해 보충한 것이다. **忌**: 꺼릴 기. **憚**: 꺼릴 탄. **小人而無忌憚也**: 소인의 마음을 가졌으므로 거리껴야 함이 없다는 뜻이다.

공자가 말씀하셨다. "군자는 중용의 중요성을 알고 실천할 줄 알지만, 소인은 중용에 반하는 행위를 한다. 군자가 중용을 실천할 수 있는 것은 군자의 덕을 지녔으므로 아무 때나 '중'에 처할 수 있기 때문이고, 소인이 중용에 반하는 것은 소인의 마음을 가졌으므로 아무것도 거리껴야 함이 없기 때문이다.

『중용장구』 제13장

•••

子曰: 道不遠人. 人之爲道而遠人, 不可以爲道. 詩云: 伐柯伐柯, 其則不遠. 執柯以伐柯, 睨而視之, 猶以爲遠. 故君子以人治人, 改而止.

遠: 멀 원. 목적어를 가진 형용사는 사역의 의미로 해석한다. 멀리하다, 배척하다. **柯**: 도낏자루 가. 이 대목은 『시경』 빈풍豳風 「벌가伐柯」편에 나온다. **睨**: 비스듬히 볼 예. **猶**: 오히려 유. **以人**: '以其人之道'와 같은 말. 사람이 다니는 길로써.

선생님께서 말씀하셨다. "길은 사람을 멀리하지 않는다. 사람들이 길이라고 여기고 있는 것이 사람을 멀리한다면 그것을 길로 삼을 수 없다. 『시경』에 다음과 같은 구절이 있다.

도낏자루를 베자, 도낏자루를 베자
가늠자가 멀리 있지 않네

도낏자루를 쥐고서 도낏자루를 벨 때 (얼마나 길게 자를까를) 갸우뚱거리며 보면서 오히려 (가늠자가) 멀리 있다고 여긴다. 그러므로 군자는 사람들이 다니는 길로써 사람들을 다스리고 그들이 고치면 즉시 (다스림을) 그만둔다.

•••

忠恕違道不遠, 施諸己而不願, 亦勿施於人.

忠恕충서: 주자朱子는 "자신의 마음을 다하는 것을 충이라 하고, 자신의 처지로 미루어서 타인에게 적용하는 것을 서라고 한다"(盡己之心爲忠, 推己及人爲恕)고 주를 달았다. **違**: 떨어질 위. '떠날 거去'와 같은 말. 서로 떨어진 거리. **施**: 베풀 시.

충忠, 즉 자신의 마음을 다하는 일과 서恕, 즉 자신의 입장에서 남을 헤아리는 일은 사람이 다니는 길과 떨어진 거리가 멀지 않다. 자기 자신에게 베풀어 보았는데 자신이 원치 않았다면 다른 사람에게도 베풀지 말아야 한다.

•••

君子之道四, 丘未能一焉: 所求乎子, 以事父未能也; 所求乎臣, 以事君未能也; 所求乎弟, 以事兄未能也; 所求乎朋友, 先施之未能也. 庸德之行, 庸言之謹, 有所不足, 不敢不勉, 有餘不敢盡; 言顧行, 行顧言, 君子胡不慥慥爾.

丘: 언덕 구. 여기서는 공자의 이름. 1인칭, 즉 자신을 가리킬 때는 이름을 쓰고, 남을 부를 때에는 자字를 쓰는 것이 옛날의 예법이었다. **焉**: 그중에서. **求**: 나무랄 구. '책망할 책責'과 같음. **朋友**붕우: '朋'은 동무나 같은 무리에 해당하고, '友'는 벗이나 친구에 해당한다. **庸**: 평상적인, 보통의. **謹**: 신중히 가려 할 근. **顧**: 당길 고. **言顧行**: 말을 가려 하면 행동이 신중해진다. **行顧言**: 실천력이 있으면 말이 신중해진다. **慥慥**조조: 독실한 모양. **爾**: 의문 표시 어기조사.

군자가 가야 하는 길에는 네 가지가 있는데, 나는 그중에서 하나도 제대로 해내지 못하였다. 아들에게 책망한 일로써 아버지 섬기는 일을 해내지 못했고, 신하 된 자에게 책망한 일로써 임금을 제대로 섬기지 못했으며, 동생에게 꾸짖은 일로써 형을 섬기는 일을 제대로 해내지 못했고, 동무와 벗들에게 꾸짖은 일로써 먼저 그들에게 베푸는 일을 제대로 해내지 못하였다. 보통의 덕을 실천하고 평상적인 말을 신중히 가려 함에 부족한 바가 있으면 감히 힘써 노력하지 않을 수 없고, 여유가 있으면 감히 힘을 다하지 않을 수 없다. 말은 행동을 주의하게 하고 행동은 말을 주의하게 하는 법이니, 군자가 어찌 착실하지 않을 수 있겠는가?"

『논어論語』

유가의 사서四書 중 하나로서 공자(B.C. 551~B.C. 479)의 어록과 문답을 후대의 제자들이 논찬論纂한 것이다. 공자의 언행은 고대 기록에서 자주 보이지만 그것이 사실인지 알 수 없는 반면에, 『논어』는 제자들이 모여 논찬하는 과정을 거쳤으므로 근거가 있는 기록이라 볼 수 있다. 책이 나온 시기는 정확히 알 수 없지만, 벽중서壁中書에 『고론古論』이 나온 것으로 보아 대체로 전국 시기로 본다.

「학이學而」편

•••

子曰: 學而時習之, 不亦說乎?

學: 배울 학. 이 글자의 자형은 아무것도 모르는 어린이가 두 손으로 어른들의 점치는 모습을 흉내 내며 노는 모양이다. 배움이란 근본적으로 모방으로부터 시작한다는 뜻. **時**: 때 시. 이 글자는 '때때로'·'언제나'·'때에 맞춰' 등의 의미로 해석하는데, '시'란 그림자가 운동하는 공간이자 반복하는 것이므로 이 세 가지 의미는 궁극적으로 상통한다. 여기서는 '상황이 올 때마다 반복적으로'라는 의미 정도로 풀면 된다. **習**: 익힐 습. 배운 것을 익히려면 반복해야 하므로 여기에 '반복하다'라는 의미가 들어가 있다. **亦**역: 그럼에도 불구하고. **說**열: '기쁠 열悅'과 같다. 고통에 기반해서 나오는 기쁨. 배우고 이를 반복하는 행위는 고통스럽지만 그 가운데서도 기쁨을 누릴 수 있는데 이것이 배움의 기쁨, 즉 '열'이다.

선생님께서 말씀하셨다. "배우고 때가 있을 때마다 반복해서 익히면, (힘들지만 그래도) 기쁘지 아니한가?

• • •

有朋自遠方來, 不亦樂乎? 人不知而不慍, 不亦君子乎?

有: 불특정한 존재를 나타내는 동사. 어떤. 멀리서 온 처음 보는 학우. **遠方**원방: 먼 동네. **樂**: 즐거울 락. 먼 데서 배우러 온 학우를 통해 우리 선생님의 훌륭함을 알게 되어 즐겁다는 뜻. **慍**: 노여워할 온.

어떤 학우가 먼 곳에서 찾아왔으니 (처음 보는 사람이라 서먹하긴 하지만 그래도) 즐겁지 아니한가? 다른 사람이 알아주지 않아도 노여워하지 않으면 (쉬운 일은 아니지만 그래도) 군자가 아니겠는가?"

• • •

有子曰: 其為人也孝弟, 而好犯上者, 鮮矣. 不好犯上, 而好作亂者, 未之有也. 君子務本, 本立而道生; 孝弟也者, 其為仁之本歟.

有子: 공자 제자 중의 한 사람인 유약有若. 공문孔門 72현賢 가운데 한 사람. **弟**: '형제를 공경할 제悌'와 같은 글자. 우애롭다. **犯上**범상: 윗사람에게 함부로 대하거나 대들다. **鮮**: 드물 선. **作亂**작란: 반란을 일으키다. 질서를 어지럽히다. **未之有也**: 원래는 '未有之也'(이런 일이 있지 않다)로 써야 하나, 부정문이므로 동사와 목적어를 뒤바꿔 쓴 것이다. **道**: 길 도. 질서. **歟**여: 의문·감탄·반어 등을 표시할 때 쓰는 어기조사.

유자께서 말씀하셨다. "그의 사람됨이 효성스럽고 우애로운데도 윗사람에게 함부로 거스르기를 좋아하는 자는 드물 것이다. 윗사람에게 함부로 거스르기를 좋아하지 않는데 반란을 일으키는 자는 존재해본 적이 없다. 군자는 근본에 힘써야 할지니, 근본이 서야 따라가야 할 길이 생겨나는 법이니, 효성스럽고 우애로움은 곧 인의 근본이 되는 것인가?"

•••

子曰: 父在觀其志, 父沒觀其行. 三年無改於父之道, 可謂孝矣.

其志: 아들의 의지. 가사를 아버지가 주재하므로 아들은 그 의지만을 보는 것이다. **沒**: '죽을 몰歿'과 같은 말. **行**: 아들이 가사를 주재하다. **父之道**: 아버지가 생전에 가사를 주재하던 방식. 아버지가 집안을 다스리던 관례를 갑자기 바꾸지 말고 3년 정도는 유지하라는 뜻이다.

선생님께서 말씀하셨다. "아버지가 살아 계실 때에는 그 아들의 의지를 보고, 아버지가 돌아가시면 그가 가사를 주재하는 방식을 본다. 삼 년 동안 아버지가 가사를 주재하던 방식에서 고침이 없으면 가히 효성스럽다고 말할 수 있다."

•••

有子曰: 禮之用, 和為貴; 先王之道, 斯為美; 小大由之. 有所不行, 知和而和, 不以禮節之, 亦不可行也.

和: '생황 화龢'와 같다. 생황笙簧이라는 악기는 서로 다른 길이의 피리들이 구분되어야 전체적으로 조화로운 소리가 난다. 따라서 조화 또는 서로 어울림의 뜻으로 쓴다. **知和而和**: 조화로워야 한다는 것만 알고 서로 간의 구분도 없이 일률적으로 조화를 추구하다. **以禮節之**: 예법에 따라서 마디를 끊다. 위아래의 구분을 예법에 근거해서 하다.

유자께서 말씀하셨다. "예의 쓰임은 어울림을 중요한 가치로 삼으므로, 옛날 임금님들의 도리는 이것을 아름다움으로 삼아서 크고 작은 일들을 모두 예법을 따라 하셨다. 그러나 해서는 안 되는 바도 있었으니, 어울려야 한다는 것만 알고 일률적으로 어울리게 해서 예법으로써 마디를 끊지 않는 경우가 있으니, 이는 역시 행하여서는 안 된다."

•••

子貢曰: 貧而無諂, 富而無驕, 何如. 子曰: 可也. 未若貧而樂, 富而好禮者也. 子貢曰: 詩云如切如磋, 如琢如磨. 其斯之謂與? 子曰: 賜也, 始可與言詩已矣! 告諸往而知來者.

諂: 아첨할 첨. **驕**: 교만할 교. **未若**미약: '不如불여'와 같은 말이다. **詩**: 『시삼백詩三百』, 즉 『시경』을 가리킨다. 『시경』이라는 말은 한대에 나왔지만 여기서는 편의상 『시경』으로 번역한다. **切**: 자를 절. **磋**: 갈 차. **琢**: 다듬을 탁. **磨**: 문지를 마. **切磋琢磨**절차탁마: 이 글자는 원석을 다듬어서 옥을 만드는 네 과정을 뜻한다. 『시경』「기욱淇奧」편의 구절에서 나온 말이다. 수양의 정도가 점점 더 나아가는 모양을 상징한다. 즉 자공이 스스로 '貧而無諂, 富而無驕'을 은근히 자랑하면서 공자의 칭찬을 기대했는데 공자가 그보다 더 나아간 경지인 '貧而樂, 富而好禮'를 제기하자, 옥을 완성하는 '절차탁마'의 진행 과정인 시구로 대답한 것이다. 이처럼 공자는 하나를 알려주면 그 다음의 경지를 스스로 추론해서 터득해 나가도록 하는 방식으로 가르쳤다. 이것은 『시경』의 교육 효과이기도 하다. **賜**: 줄 사. 자공子貢의 이름. 성은 단목端木.

자공이 여쭈었다. "가난하지만 아첨하지 않고, 부유하지만 교만하지 않으면 어떤가요?" 선생님이 말씀하셨다. "괜찮다. 그러나 가난하면서도 즐거워하고 부유하면서도 예를 좋아하는 사람만 못하다." 자공이 대답하였다. "『시경』에

'자른 것 같기도 하고 간 것 같기도 하며 / 쪼은 것 같기도 하고 문지른 것 같기도 하네'라는 구절이 있는데, 그 말이 이것을 가리켜 한 말인가요?" 선생님께서 말씀하셨다. "자공아, 이제 비로소 너와 더불어 시를 말할 수 있게 되었구나! 지나간 일을 말하여주니까 앞으로 올 것을 아는구나."

「위정爲政」편

•••

子曰: 吾十有五而志於學, 三十而立, 四十而不惑, 五十而知天命, 六十而耳順, 七十而從心所欲, 不踰矩.

立: 누구의 도움 없이 홀로 배우다. 태학大學에 들어가 9년을 배우면 대성大成이라 하여 공부를 마치게 되는데 이때 나이가 대략 30이 된다. **不惑**불혹: 헷갈림이 없다. 지식을 갖춘 전문가가 되다. **天命**: 하늘이 각자에게 맡긴 몫과 인생. **耳順**이순: 말이 스스로 표현하는 바로써 인식하다. 즉 세상은 말로 표현하는 바에 의해서 만들어진다는 뜻. 모든 것은 마음에 의해서 만들어진다는 '일체유심조一切唯心造'와 기실 같은 말이다. **踰**: 넘을 유. **矩**: 곱자 구. 법도, 규범.

선생님께서 말씀하셨다. "나는 열다섯에 배움에 뜻을 두었고, 서른에 홀로 섰고, 마흔에 (지식에 대하여) 헷갈리지 않게 되었고, 쉰에 하늘로부터 부여받은 몫을 알게 되었고, 예순에 말이 스스로 표현하는 바로써 인식하게 되었으며, 일흔에 마음이 하고자 하는 바대로 따라가도 규범을 벗어나지 않게 되었다."

•••

孟武伯問孝, 子曰: 父母唯其疾之憂.

父母唯其疾之憂: 이 구절은 세 가지로 해석할 수 있다. ①부모는 오로지 자녀가 병에 걸리지나 않을까 걱정하므로 늘 스스로 조심하는 것이 효다. ②자녀 된 자는 늘 몸을 조심해서 부모가 다른 걱정은 않고 오로지 자식의 병만을 걱정하게 해야 한다. 병에 걸리는 것은 불가항력의 일이므로. ③자녀 된 자의 효성이 지나치게 극진하면 부모가 오히려 불안하게 여길 수 있으니 부모의 질병만을 걱정하고 나머지는 너무 과도하게 조심하지 말라는 뜻.

맹무백이 효가 무엇인지 물으니, 선생님께서 말씀하셨다. "부모님에게는 오로지 자녀의 병만을 걱정하시게 해야 한다."

•••

子曰: 溫故而知新, 可以爲師矣.

溫: 익힐 온. **而**: '則즉'과 같다. 조건절을 연결하는 접속사. 새것을 안다는 것은 옛것을 먼저 익히면 그로부터 추론해서 저절로 알게 되는 것이라는 뜻.

선생님께서 말씀하셨다. "옛것을 익히는 가운데 (유추해서) 새것을 알게 되면, 이로써 (다른 사람들에게) 스승 노릇을 할 수 있다."

•••

子曰: 學而不思則罔, 思而不學則殆.

學: 남의 것을 배우다. **思**: 자신의 처지에서 생각하다. **罔**: 없을 망. 갈피를 못 잡다. **殆**: 위험할 태. 자신만의 생각은 검증된 것이 아니므로 불안하고 위험하다는 뜻이다.

선생님께서 말씀하셨다. "남의 것을 배우고 자신의 처지에서 생각하지 않으면 갈피를 못 잡고, 자신의 처지에서만 생각하고 남의 것을 배우지 않으면 위험하다."

•••

子曰: 攻乎異端斯害也已.

攻: 힘써 연구하다. 전공專攻하다. **異端**이단: 모든 일에는 양쪽 끝, 즉 양단兩端이 있기 마련인데, 한쪽 끝에서 다른 쪽 끝을 보면 서로 이단異端이 된다. 학문 연구는 전체적으로 균형 있게 접근해야지, 어느 구석의 편벽된 부분에만 치우침으로써 보편성을 잃으면 안 된다는 뜻이다. **斯**: 이것 사. 이단을 전공하는 일을 가리킨다. **也已**야이: 긍정을 강조하는 어기조사.

선생님께서 말씀하셨다. "오로지 어느 한쪽에만 치우쳐서 힘써 공부하는 것은 해만 될 뿐이다."

•••

子曰: 由, 誨女知之乎. 知之爲知之, 不知爲不知, 是知也.

由유: 공자의 초기 제자인 자로子路의 이름. 중유仲由. **誨**: 가르칠 회. **女**: '너 여汝'와 같은 말. **知之**: 지식을 추구하다. 여기서는 지식을 구하는 방법. **爲**: 여기다, 삼다.

선생님께서 말씀하셨다. "자로야, 네게 앎은 어떻게 구해지는지 가르쳐줄까? 알 수 있는 것은 알 수 있는 것으로 여기고, 알 수 없는 것은 알 수 없는 것으로 여기는 것, 이것이 아는 것이다."

*공자는 인류의 유래라든가 죽은 후의 내세 등에 대해서는 전혀 알 수 없는 일이라 하여 일절 언급하지 않았다. 그래서 공자가 종교의 교주가 되지 않은 것이다.

「팔일八佾」편

•••

林放問禮之本. 子曰: 大哉問. 禮, 與其奢也, 寧儉; 喪, 與其易也, 寧戚.

林放임방: 노나라 사람. 공자의 제자라는 설도 있다. **與其~ 寧~**: '與其A, 寧B'는 'A라기보다는 차라리 B이다'라는 관용구문이다. **奢**: 사치할 사. **儉**: 검소할 검. **喪**: 죽을 상. 여기서는 장례를 치르는 절차인 상례喪禮를 가리킨다. **易**: 평평할 이. 매끈하다. **戚**: 슬플 척.

임방이 예의 근본을 묻자 선생님께서 말씀하셨다. "훌륭하오, 질문이! 예는 사치하게 차리기보다는 차라리 검소한 편이 낫고, 상례는 매끈하게 진행하기보다는 차라리 (절차가 매끈하지 않더라도) 슬퍼하는 편이 낫습니다."

•••

子夏問曰: 巧笑倩兮, 美目盼兮, 素以為絢兮. 何謂也. 子曰: 繪事後素. 曰: 禮後乎? 子曰: 起予者商也. 始可與言詩矣.

倩: 보조개 천. 아리따운. **盼**: 눈 예쁠 반. **素**: 휠 소. **絢**: 문채 날 현. **繪**: 그림 그릴 회. **繪事後素**회사후소: 그림을 그릴 때에는 흰색으로 윤곽 그리는 일을 맨 나중에 한다. 옛날의 회화는 물감으로 그림을 다 그리고 난 다음에 사물의 윤곽을 흰색으로 그려 넣었다. **商**상: 자하의 이름. 성은 복卜씨. 공문십철孔門十哲 중의 한 사람. **起**: 일어날 기. 여기서는 깨닫게 하다. 그림 그리는 일에서 윤곽선을 그리는 마무리 작업이 그림을 아름답게 만들듯이, 예도 내적인 수양을 밖으로 아름답게 드러내 보이는 것이라는 사실을 깨닫지 못하고 있었는데, 자하의 대답이 이를 깨우쳐주었다는 뜻이다. 공자의 사상에서는 이처럼 하나를 알려주면 다른 것을 유추해서 저절로 깨닫게 해주는 것이 시의 기능이라고 본다.

자하가 여쭈었다. "'귀여운 웃음이 예쁘고 / 고운 눈이 아름다운데 / 흰색으로써 문채 나게 그렸네'라는 구절이 있는데, 이것이 무슨 뜻인가요?" 선생님께서 말씀하셨다. "그림 그리는 일을 할 때에 흰색으로 윤곽 그리는 일을 맨 나중에 하기 때문이겠지." 자하가 "예도 (이처럼) 나중에 마무리하는 것이지요?"라고 말하자, 선생님께서 "나를 깨우쳐주는 자가 자하로구나! 비로소 나와 더불어 『시경』를 이야기할 수 있게 되었다"라고 칭찬하셨다.

•••

王孫賈問曰: 與其媚於奧, 寧媚於竈, 何謂也. 子曰: 不然, 獲罪於天, 無所禱也.

王孫賈왕손가: 위衛나라 대부. **媚**: 아양 떨 미. **奧**: 아랫목 오. 안방 귀신을 가리킨다. **竈**: 부엌 조. 부엌 귀신을 가리킨다. **禱**: 기도할 도. **與其媚於奧, 寧媚於竈**: 안방 귀신에게 잘 보이기보다는 부엌 귀신에게 잘 보이는 편이 낫다. 밥을 직접 퍼주는 부엌데기에게 잘 보이는 것이 실리적이라는 당시의 속담이다. 공자가 위나라 임금을 만나려 하자 왕손가가 명색만 임금인 사람을 찾기보다는 나라의 실세인 자신에게 잘 보이라는 유혹을 이 속담의 의미를 물어보는 척하며 넌지시 전달한 것이다. **獲罪於天, 無所禱也**: '임금을 무시하고 권신을 만나는 일은 예에 어긋난다. 예의 경건함은 하늘의 감시에 근거하고 있으므로 예를 범한다면 어떻게 하늘을 볼 수 있겠는가?'라는 뜻.

왕손가가 여쭈었다. "'안방 귀신에게 잘 보이기보다는 부엌 귀신에게 잘 보이는 편이 낫다'는 말이 있는데, 이게 무슨 뜻입니까?" 선생님께서 말씀하셨다. "그렇지 않소. 하늘에 죄를 얻으면 기도할 데가 없어집니다."

•••

子貢欲去告朔之餼羊. 子曰: 賜也, 爾愛其羊, 我愛其禮.

朔: 초하루 삭. **餼**: 희생 희. **告朔之餼羊**: 천자는 매년 겨울이 되면 다음 해에 쓸 달력을 제후들에게 분배해준다. 제후는 이 달력을 보관하고 있다가 매달 초하루가 되면 종묘에 제사 지내고 그 달의 달력을 내오는데 이를 고삭告朔이라고 한다. 희양餼羊은 이 제사에 쓰는 양을 말한다. 사회적 질서를 세우려면 예가 필요하고, 예를 실천하려면 보일 수 있는 기호, 즉 양과 같은 물질이 필요하다. **爾**: 너 이. **愛**: 아낄 애. 아까워하다.

자공이 초하루를 하늘에 고하는 제사에서 희생양을 바치는 절차를 없애려 하자, 선생님께서 말씀하셨다. "자공아, 너는 그 양을 아까워하지만 나는 그 예를 아낀다.

*당시는 춘추 말, 천자가 더는 구실을 하지 못하던 때라서 고삭의 예를 소홀히 하고 있었다. 그래서 계산이 빠른 자공이 의미도 없는 제사에 양을 쓰는 것이 아까워 제물 바치는 절차를 생략하려고 하자 공자가 꾸짖은 것이다.

「이인里仁」편

•••

子曰: 富與貴, 是人之所欲也, 不以其道得之, 不處也. 貧與賤, 是人之惡也, 不以其道得之, 不去也. 君子去仁, 惡乎成名. 君子無終食之間違仁, 造次必於是, 顚沛必於是.

處: 머물 처. **不以其道得之**: 정당한 방법으로 벗어나는 것이 아니라면. 여기서 '得之'는 '벗어날 수 있게 됨'이라는 뜻이다. **惡乎**오호: '何所하소'와 같은 말. ~할 바가 무엇인가? **名**: 명분. 이름이 갖는 몫. 이름값. **成名**: 이름의 몫을 이룩하다. **終食**종식: 식사를 마치다. **違**: 어길 위. **次**: 장막 차. 야영용 텐트. **造次**조차: 야영용 장막을 치다. 비상사태를 맞아 군대가 출정하여 야영을 한다는 뜻. **顚**: 엎어질 전. **沛**: 비 쏟아질 패. **顚沛**: 비가 쏟아지는데 엎어지다. 곤경.

선생님께서 말씀하셨다. "부유함과 신분이 높음은 사람들이 원하는 바이지만, 정당한 도리로써 얻지 않으면 거기에 머물지 않을 것이다. 가난함과 신분이 낮음은 사람들이 미워하는 바이지만, 정당한 도리로써 벗어나는 것이 아니라면 거기를 떠나지 않을 것이다. 군자가 인을 버리고 떠난다면 어떻게 (군자라는) 이름값을 이룰 바가 있겠는가? 군자는 밥 한 끼 먹을 시간에라도 인과 갈라져서는 안 되는 것이니, 위급한 때라도 여기에 있어야 하고 곤경에 처해서도 여기에 있어야 한다.

•••

子曰: 君子之於天下也, 無適也, 無莫也, 義之於比.

之於: ~에 대한 태도. **適**: 두 가지 풀이가 있다. ①마음을 한곳에만 쓸

적. ②'원수 적敵'과 같은 말. **莫**: 역시 두 가지 풀이가 있다. ①불가할 막. ②'흠모할 모慕'와 같은 말로, 앞의 '敵'과 반대 의미를 갖고 있다. **比**: 이 글자에 대해서도 두 가지 풀이가 있다. ①따를 비. ②가까이할 비. **義之於比**: 의로움의 복종에 대한 태도, 또는 의로움이 복종과 갖는 관계. 이 말은 곧 '의로움에 합당하다면 따르다(또는 가까이하다)'라는 뜻이다. 기독교 『성경』의 'Obidire Veritati'(진리에 순종하라)와 같은 말.

선생님께서 말씀하셨다. "군자는 세상일에 대한 태도에서 오로지 이것이어야만 한다는 생각도 없어야 하고, 절대로 이것만은 안 된다는 생각도 없어야 하며, 의로움에 합당하다면 따라야 한다.

•••

子曰: 君子懷德, 小人懷土; 君子懷刑, 小人懷惠.

懷: 그리워할 회. 생각하다. **德**: 예를 통해서 인을 실천하는 능력. **懷德**: 늘 덕을 수양할 생각만 하며 살다. **土**: 분봉받은 땅. 식읍. **懷土**: 당시 땅은 부귀의 근본이었으므로 오로지 땅을 늘릴 일만을 생각한다는 뜻. **刑**: 형법. **懷刑**: 법을 지키는 것을 늘 생각한다, 준법정신을 늘 갖고 있다. **懷惠**: 법을 넘어서 은혜나 특혜를 받을 것을 생각하다.

선생님께서 말씀하셨다. "군자는 늘 덕의 수양을 생각하고 소인은 늘 땅 늘릴 일을 생각하며, 군자는 늘 준법을 마음에 두고 소인은 늘 특혜받을 일을 마음에 둔다.

•••

子曰: 參乎. 吾道一以貫之. 曾子曰: 唯. 子出. 門人問曰: 何謂也. 曾子曰: 夫子之道, 忠恕而已矣.

參삼: 증자曾子의 이름. 자는 자여子輿. 아버지가 증점曾點인데, 아버지와 함께 공자의 제자가 되었다. 둘 다 공문 72현賢 중에 들어 있다. **貫**: 꿸 관. '통할 통通'과 같은 글자. **唯**: 공손한 대답 유. **夫子**부자: 제자가 스승을 부르는 호칭. 여기서는 공자를 가리킨다. **恕**: 용서할 서. 남의 처지에서 동정하는 마음. '자신이 원치 않는 바를 다른 사람에게 베풀지 말라'(己所不欲, 勿施于人)라는 공자의 말로써 정의할 수 있다. **忠**: '恕'의 적극적인 측면. '자신이 서고자 하면 다른 사람을 세워주고, 자신이 다다르고자 하면 다른 사람을 다다르게 하라'(己欲立而立人, 己欲達而達人)라는 공자의 말로써 정의할 수 있다. **而已**이이: ~일(할) 따름이다. 제한을 나타내는 어기조사.

선생님께서 "증삼아, 나의 도는 하나가 그것을 관통하고 있다"라고 말씀하시니, 증자께서 "그렇습니다"라고 대답하셨다. 선생님이 나가시자 함께 있던 학우가 "저 말씀이 무슨 뜻입니까?"라고 물었다. 증자께서 대답하셨다. "선생님의 도는 진심으로 남을 위하는 마음과 남의 처지에서 생각하는 마음뿐이라는 뜻이오."

• • •

子曰: 君子喻於義, 小人喻於利.

喻: 깨우칠 유.

군자는 의로움에 대하여 쉽게 깨우치고, 소인은 이익에 대하여 쉽게 깨우친다.

• • •

子曰: 事父母幾諫, 見志不從, 又敬不違, 勞而不怨.

幾: 언저리 기. **幾諫**기간: 스스로 깨달을 수 있도록 완곡하게 변죽만 울리는 간언. **見**: 보일 현. **見志不從**: 자녀가 자신의 뜻을 내보였는데도 부모가 듣지 않다. **又**: 더욱 우. **不違**불위: 부모의 의지를 거스르지 않다. **勞**: 속태울 로.

선생님께서 말씀하셨다. "부모를 섬길 때에는 완곡하게 언저리만 울리는 간언을 드려야 한다. (자녀가) 의지를 보였는데 (부모가) 따르지 않으시더라도 더욱 공경하여 그 뜻을 거스르지 않아야 하며, 애가 타더라도 원망하지 않아야 한다.

•••

子游曰: 事君數, 斯辱矣; 朋友數, 斯疏矣.

子游자유: 공자의 제자. 성은 언言, 이름은 언偃. 자하子夏와 더불어 공문孔門의 문장가로 꼽힌다. **數**: 다그칠 삭. **斯**: 이 사. 여기서는 접속사 '則'과 같다. 그러면. **疏**: 멀어질 소.

임금을 섬길 때 (임금을) 다그치면 욕을 당하고, 벗과 친구를 다그치면 사이가 멀어지게 된다.

「공야장公冶長」편

•••

子曰: 吾未見剛者. 或對曰: 申棖. 子曰: 棖也慾, 焉得剛.

剛: 굳셀 강. 강단剛斷이 있음. **申棖**신정: 노나라 사람. 공문 72현 중의 한 사람. **慾**: 탐낼 욕. 의욕적인. **焉**: 어찌 언.

선생님께서 "나는 아직 강단이 있는 사람을 보지 못하였다"고 말씀하시자 한 사람이 "신정이 있는데요"라고 대답하였다. 선생님께서 말씀하셨다. "신정은 의욕이 넘치니 어찌 강단이 있겠느냐?"

*신정은 의욕이 강한 사람이므로 강단이 있는 사람처럼 보이지만, 실은 자신의 일을 성취하기 위해서 타협할 수도 있으므로 강단이 있다고 보기 힘들다는 뜻이다.

•••

子貢曰: 我不欲人之加諸我也, 吾亦欲無加諸人. 子曰: 賜也, 非爾所及也.

加: 미칠 가. 범하다. **人之加諸我**: 다른 사람이 나에게 옳지 않은 일을 하도록 영향을 미치다.

자공이 말하였다. "저는 다른 사람이 저에게 (옳지 않은 일을 하도록) 영향을 미치는 것을 원하지 않고, 저 역시도 이렇게 다른 사람을 범하는 일이 없고자 합니다." 선생님께서 말씀하셨다. "자공아, 그것은 네 능력으로 다다를 수 있는 바가 아니다."

•••

子貢問曰: 孔文子何以謂之文也. 子曰: 敏而好學, 不恥下問, 是以謂之文也.

孔文子: 위衛나라 대부. 이름은 어圉. '문文'이 그의 시호다. **恥**: 부끄러워할 치. 창피하게 여기다. **下問**하문: 아랫사람에게 묻다.

자공이 "공문자는 무엇 때문에 '문文'이라는 시호로 불리는 것입니까?"라고 물으니 선생님께서 말씀하셨다. "그는 (매사에) 민첩하고 배우기를 좋아하였으며, 아랫사람에게 묻는 것을 부끄러워하지 않았으므로, 이 때문에 그를 '문'으로 부른 것이다."

*『좌전』의 기록에 따르면 공문자는 하극상의 전력도 있고 자신의 딸을 시집 보냈다가 다시 데려오는 등 예에 어긋나는 일을 저질렀는데도 사후에 그에게 '문文'이라는 전아한 시호를 내려준 것이 이해가 안 돼서 자공이 물은 것이다.

●●●

季文子三思而後行. 子聞之, 曰: 再斯可矣.

季文子계문자: 노나라 대부 계손행보季孫行父. 그의 시호도 '문文'이다. **季文子三思而後行**: 이 구절은 당시 사람들이 계문자는 평소 신중하게 생각한 후에 행동에 옮기는 사람이라고 칭찬하는 말이었다. **再斯可矣**: 두 번만 생각해도 그것은 괜찮은 것이다. 공자가 자로를 평가하면서 "자로는 과단성이 있으니, 정무를 맡아보는 데에 무슨 어려움이 있겠는가?"(由也果, 於從政乎何有)라고 칭찬하였듯이, 생각이 너무 많으면 사사로운 생각이 많이 끼어들 수 있어서 바람직하지 못하므로 두 번이면 족하다고 말한 것이다. **斯**사: 접속사. 그러면.

(사람들이) 계문자는 세 번 생각하고 난 다음에 행동에 옮긴다(고 칭송하였다). 선생님께서 이 말을 듣고 말씀하셨다. "두 번이면 된다."

●●●

子在陳曰: 歸與, 歸與. 吾黨之小子狂簡, 斐然成章, 不知所以裁之.

子在陳: 공자가 주유천하하며 진陳나라에 와 있을 때, 노나라 왕실에서 사신을 보내 제자인 염구冉求를 불렀다. 공자는 도를 실천하고자 제후들을 설득하고 다녔으나 뜻대로 되지 않았는데, 이제는 자신이 직접 정치에 나서기보다는 제자를 인재로 키워 세상에 내보내자고 결심하고 이 말을 한 것이다. **與**: '감탄 어기조사 여歟'와 같다. **黨**: 무리 당. 향당鄕黨. 자기가 사는 마을이나 그곳에 사는 사람들. **小子**: 젊은이, 학생. 고향에서 공자를 기다리고 있는 제자들을 가리킨다. **狂簡**광간: '狂'은 뜻이 크고 진취적임을, '簡'은 거칠고 소략함을 각각 가리키므로, 진취적인 뜻을 품고는 있지만 아직 배움이 부족함을 의미한다. **斐**: 문채 날 비. **章**: 큰 재목 장. 바탕, 옷감. **成章**: 바탕을 갖추다. **裁**: 마를 재. 자르다.

선생님께서 진나라에 계실 때에 말씀하셨다. "돌아가자, 돌아가자! 내 고향의 젊은이들은 진취적인 뜻은 품었으나 배움이 아직 부족하고, 아름답도록 큰 재목으로서의 바탕은 갖췄으나 (쓸모 있도록) 마름질하는 방법을 모르고 있다."

●●●

子曰: 孰謂微生高直. 或乞醯焉, 乞諸其鄰而與之.

孰: 누구 숙. **微生高**미생고: 노나라 사람. '微生'이 성이고 '高'는 이름. 이 사람이 여자와 다리 밑에서 만나기로 약속하고 기다리는데, 마침 상류에서 홍수가 나서 큰물이 내려왔지만 약속을 지키려고 자리를 지키다가 다리 기둥을 끌어안고 죽었다는 고사가 있다. 고지식한 사람을 이 미생고에 비유하기도 한다. **乞**: 빌 걸. **醯**: 식초 혜. **鄰**: 이웃 린.

선생님께서 말씀하셨다. "누가 미생고는 정직하다고 말했는가? 어떤 사람이 그에게 식초를 꾸러 왔었는데, 그는 그의 이웃에게 꾸어다가 주었다."

*당시 미생고는 정직한 사람으로 이름이 나 있었다. 하지만 누가 초를 빌리러

왔을 때 자신에게 없으면 없다고 하면 되었을 텐데, 굳이 이웃에 가서 빌려다 준 것은 남의 것으로 생색을 낸 일이므로 정직하지 못하다는 것이 공자의 뜻이다. 어떤 이는 '直'을 고지식하다는 뜻으로 풀이하여, 미생이 없으면 그냥 없다고만 하지 않고 이웃에게 빌려다 주었으니 그 융통성을 공자가 칭찬한 말이라고 해석하기도 한다. 그러나 이는 인자한 행위가 아니므로 취할 바가 못 된다.

●●●

顏淵季路侍. 子曰: 盍各言爾志. 子路曰: 願車馬衣輕裘, 與朋友共, 敝之而無憾. 顏淵曰: 願無伐善, 無施勞. 子路曰: 願聞子之志. 子曰: 老者安之, 朋友信之, 少者懷之.

顏淵안연: 안회顏回를 가리킨다. 이름은 회回, 자는 자연子淵. 공문 72현 중의 한 사람으로, 복성안자復聖顏子라고 높여 불렀다. **季路**계로: 자로의 또 다른 자字. 집안에서 막내였으므로 이렇게 불렀다는 설이 있다. **侍**: 모실 시. **盍**합: '何不하불'의 합음자. 어찌 ~하지 않는가? ~해보려무나. **衣輕裘**: '갖옷 구裘' 자체가 가벼운 모피 옷을 뜻하므로 '가벼울 경輕' 자는 쓸데없이 끼어 들어간 연자衍字다. **共**: 함께 공. 공유하다. **敝**: 해질 폐. 닳아서 너덜너덜해지다. **憾**: 섭섭할 감. **敝之而無憾**: 두 가지 해석이 가능하다. ①마차와 옷이 너덜너덜해지더라도 섭섭해하지 않다. ②마차와 옷이 너덜너덜해질 때까지 섭섭한 마음을 갖지 않다. **伐**: 자랑할 벌. 과장하다. **施**: 자랑할 시. 과장하다. **無施勞**: 이 말에도 두 가지 해석이 있다. ①자신의 공로를 자랑하다. ②힘든 일을 남에게 시키지 않다(자신이 원치 않는 일을 남에게 베풀지 말라는 것이 공자의 가르침이므로). **老者安之, 朋友信之, 少者懷之**: 여기서 '安'·'信'·'懷' 세 개의 단어는 두 가지로 해석할 수 있는데, ①은 사동 동사, ②는 의동意動 동사다. ①의 경우는 '편안하게 하다'·'신뢰하게 만들다'·'그리워하게 만들다(즉 품어주다)'가 되고, ②의 경우는 '편안하게 여기다'·'미덥게 여기다'·'그립게 여기다'가 된다. ②의 결과가 나오기 위해서는 ①의 과정이 필수이므로 사실은 같은 뜻이다.

안연과 자로가 선생님을 모시고 있었는데, 선생님께서 말씀하셨다. "각자 자신의 포부를 말해보지 그러느냐?" 자로가 말씀드렸다. "저는 수레와 말, 옷과 갖옷을 벗들과 함께 나누어 쓰면서 이것이 다 닳아 없어질 때까지 섭섭한 마음을 갖지 않기를 바랍니다." 안연이 말씀드렸다. "저는 제가 잘하는 것을 자랑하지 않고 힘든 일을 (남에게) 베풀지 않기를 바랍니다." 자로가 "선생님의 포부는 무엇인지 듣기를 원합니다"라고 여쭈었더니, 선생님께서 말씀하셨다. "나이 드신 분들은 나를 편안히 여기시고, 벗들은 나를 미덥게 여기며, 젊은이들은 나를 마음속으로 그리워하는 것이란다."

「옹야雍也」편

•••

子曰: 雍也可使南面. 仲弓問子桑伯子. 子曰: 可也簡. 仲弓曰: 居敬而行簡, 以臨其民, 不亦可乎? 居簡而行簡, 無乃大簡乎. 子曰: 雍之言然.

雍옹: 공자의 제자인 노나라 사람 염옹冉雍. 자는 중궁仲弓. **南面**남면: 남쪽을 바라보다. 봉건 시대에는 신하는 북쪽을 바라보며 서고 임금은 남쪽을 바라보며 앉았으므로, 이 말은 제후의 자리에 앉힐 수 있다는 뜻이다. **子桑伯子**자상백자: 노나라 사람. **簡**: 대범할 간. 질박하다. **居敬**: 평소 마음가짐이 조심스럽다. 경외하는 마음을 갖다. **行簡**행간: 지도자는 결정하기 전까지는 조심스러워야 하지만 결정을 하고 난 다음에는 행동이 대범하고 단순해야 한다는 말. **乃**: 접속사. 곧. **大簡**태간: 너무 대범하다.

선생님께서 말씀하셨다. "중궁은 제후의 자리에 앉혀도 된다." 중궁이 자상백자는 어떤가고 여쭙자, 선생님께서 말씀하셨다. "괜찮다, 그는 대범해서." 중궁이 "평소 공경하고 두려워하는 마음을 가짐과 아울러 행동은 대범하게 하는 태도로써 백성에 임한다면, 이 역시 괜찮지 않은가요? 평소 마음가짐도 대범하고 행동도 대범하다면, 이것은 너무 대범하지 않을까요?"라고 여쭈니, 선생님께서 말씀하셨다. "중궁의 말이 옳다."

• • •

子謂仲弓, 曰: 犁牛之子騂且角, 雖欲勿用, 山川其舍諸.

犁: 밭갈 리, 얼룩얼룩할 려. **犁牛**이우: 농사일에 쓰는 소, 또는 얼룩소(여우). 옛날에는 농우나 얼룩소는 제사에 쓰지 않았다. **騂**: 붉은 소 성. **角**각: 뿔의 모양이 똑바르다. **勿用**: 제사에서 희생으로 쓰지 않다. **山川**산천: 산천의 신. 희생을 쓰는 제사에는 하늘·종묘·산천 등 세 가지 경우가 있는데, 농사짓는 소는 하늘과 종묘 제사에는 못 쓰지만, 산천 제사에는 색깔과 뿔이 바르면 쓸 수 있었다. **其**: 아마도, 아무려면. **舍**: '버릴 사捨'와 같은 글자.

선생님께서 중궁을 평하여 말씀하셨다. "농우의 새끼가 털 빛깔이 붉고 뿔이 바르면, 비록 (하늘 제사와 종묘 제사에는) 쓰지 않으려 할지라도 산천이 그를 버리겠느냐?"

• • •

季康子問: 仲由可使從政也與? 子曰: 由也果, 於從政乎何有. 曰: 賜也可使從政也與. 曰: 賜也達, 於從政乎何有. 曰: 求也可使從政也與. 曰: 求也藝, 於從政乎何有.

季康子: 노나라의 권신인 계손비季孫肥. 강康은 시호. **從政**종정: 정무에 종사하다. **與**: '의문 표시 어기조사 여歟'와 같다. **果**: 과감할 과. **乎**: 동사나 동사구 뒤에 붙여서 부사어를 구성하는 조사. ~함에 있어서. **何有**: 무슨 어려움이 있겠는가? **達**: 통달할 달. 모르는 것이 없다. **藝**: 재주 예. 감각으로 하는 재주를 말한다.

계강자께서 "자로는 정무에 종사하게 할 수 있습니까?"라고 여쭈니, 선생님께서 말씀하셨다. "자로는 과단성이 있으니, 정무에 종사함에 무슨 어려움이 있겠습니까?" "자공은 정무에 종사하게 할 수 있습니까?"라고 여쭈니, "자공은 지식에 통달해 있으니, 정무에 종사함에 무슨 어려움이 있겠습니까?" "염구冉求는 정무에 종사하게 할 수 있습니까?" "염구는 재주가 훌륭하니, 정무에 종사함에 무슨 어려움이 있겠습니까?"

*공자가 제자의 장점을 통해서 말한 '果'·'達'·'藝'는 지도자가 가져야 할 세 가지 조건이라고 해석할 수 있다.

•••

子曰: 質勝文則野, 文勝質則史. 文質彬彬, 然後君子.

質: 바탕 질. 질박함. **勝**: 이길 승. 우세하다. **文**: 꾸밀 문. **野**: 촌스러울 야. **史**: 아전 사. 내용은 안 보고 형식만을 따지는 하급 관리. **彬**: 빛날 빈.

선생님께서 말씀하셨다. "질박한 바탕이 아름답게 꾸민 것보다 더 우세하면 촌스러운 사람이고, 아름답게 꾸민 것이 질박한 바탕보다 더 우세하면 형식만 따지는 아전衙前같은 사람이다. 아름답게 꾸밈과 질박한 바탕이 모두 빛난 다음에야 군자가 된다."

•••

子曰: 中人以上, 可以語上也; 中人以下, 不可以語上也.

中人: 지혜와 학식의 정도가 중급 정도 되는 사람들. **語**: 고할 어. 말하여 주다. **上**: 심오한 학문이나 이야기.

선생님께서 말씀하셨다. "교양이 중급 이상이 되는 사람에게는 심오한 이야기를 해줄 수 있지만, 중급 이하의 사람들에게는 심오한 이야기를 해줄 수 없다."

「술이術而」편

•••

子曰: 不憤不啟, 不悱不發. 擧一隅不以三隅反, 則不復也.

憤: 힘쓸 분. 알려고 힘쓰다. **啟**: 일깨워줄 계. **悱**: 표현하려고 애쓸 비. 알고는 있지만 표현이 안 되어 난감해하다. **發**: 말을 트이게 해주다. **隅**: 모퉁이 우. **反**: 유추할 반. **擧一隅以三隅反**: 네모진 물건의 한 모퉁이를 들어 보여주면 나머지 세 모퉁이를 저절로 유추해서 알아내다. 공자의 교육 방식. **復**: 되풀이할 복.

선생님께서 말씀하셨다. "진심으로 알려고 힘쓰지 않으면 일깨워주지 않고, 표현할 길을 몰라 쩔쩔매지 않으면 말을 틔워주지 않는다. (네모진 물건의) 한 모퉁이를 들어 보여주었는데도 나머지 세 모퉁이를 저절로 유추하지 못하면 다시 반복하지 않는다."

•••

子謂顔淵曰: 用之則行, 舍之則藏, 惟我與爾有是夫. 子路曰: 子行三軍, 則誰與. 子曰: 暴虎馮河, 死而不悔者, 吾不與也. 必也臨事而懼, 好謀而成者也.

用之: (누구를) 임용하여 쓰다. '之' 자는 불특정한 사람을 가리킨다. **舍**: '버릴 사捨'와 같은 말. **藏**: 감출 장. 도를 자신의 몸에 갈무리해두다. **夫**: 감탄 표시 어기조사. **三軍**: 대국의 군대. 전군(선봉대)·중군(본대)·후군(보급대 및 지원대)을 통칭하는 말. **暴**: 맨손으로 칠 포. **馮**: 걸어서 물 건널 빙. **暴虎馮河**포호빙하: 맨손으로 범을 때려잡고, 배를 타지 않고 황하를 건너다. 무모한 만용을 가리키는 말. **臨事**임사: 일을 대하다, 일에 임하다. **懼**: 두려울 구. **好謀**: 사전에 일을 계획하는 일을 잘하다. **成**: 정하다. **好謀而成**: 일을 잘 계획해서 결정하다. 성공은 하늘이 결정하는 명命에 관한 일이지만 계획해서 결정하는 일은 사람이 하는 일이므로, '成'을 '성공하다'로 해석하는 것은 적절치 않다.

선생님께서 안연에게 말씀하셨다. "임용해주면 나가서 도를 실천하고, 버리고 쓰지 않으면 그 도를 자신의 몸에 갈무리해두는 것은, 오로지 나와 너에게만 이 이것이 있구나!" 그러자 자로가 "선생님께서 대국의 삼군을 지휘하신다면, 누구와 함께하시렵니까?"라고 여쭈니, 선생님께서 말씀하셨다. "맨손으로 호랑이를 때려잡으려 하고 맨몸으로 황하를 건너려다가 죽어도 후회하지 않는 자, 나는 그런 자와는 함께하지 않는다. 반드시 일을 대함에 두려운 마음을 갖고, 사전에 계획을 잘 짜고 결정하는 사람과 함께할 것이다."

•••

葉公問孔子於子路, 子路不對. 子曰: 女奚不曰, 其爲人也, 發憤忘食, 樂以忘憂, 不知老之將至云爾.

葉公섭공: 초나라의 정치가이자 군사가. 이름은 심제량沈諸梁. 자는 자고子高. 섭읍의 치수를 잘하여 수확량을 높인 치적으로 유명하다. **孔子**: 섭공이 제후의 지위에 있었으므로 공자라는 칭호를 써서 그보다 낮춰 부른 말. **女**: '너 여汝'와 같은 말. **子路不對**: 성인의 도는 하도 커서 자로가 갑자기 뭐라고 대답을 하지 못하였다는 뜻이다. **奚**: 어찌 해. **奚不曰**: 이렇게 말하지 그랬느냐? 이렇게 말하려무나. **憤**: 분발할 분. **發憤**발분: 깨우치기 위하여 배움에 힘을 쏟다. **樂**: 깨우치고 나서의 즐거움. **云**운: '**如此**여차'와 같은 뜻. 이와 같이. **爾**: '而已'와 같은 말. 뿐.

섭공께서 자로에게 공자가 어떤 분인지 물으셨는데, 자로가 대답하지 못하였다. (자로에게 이 말을 들으시고는) 선생님께서 말씀하셨다. "너는 이렇게 말씀드리지 그랬느냐? '그분의 사람됨은 깨우치려고 배움에 골몰하시면 식사도 잊으시고, 깨우침의 즐거움으로 근심을 잊으셔서 노년이 장차 다가오고 있음도 모르십니다' 정도로만 말이다.

•••

陳司敗問昭公知禮乎, 孔子曰: 知禮. 孔子退, 揖巫馬期而進之曰: 吾聞君子不黨, 君子亦黨乎. 君取於吳, 爲同姓, 謂之吳孟子. 君而知禮, 孰不知禮. 巫馬期以告. 子曰: 丘也幸, 苟有過, 人必知之.

司敗사패: 관직명. 사구司寇와 같은 벼슬. 경찰 장관. **昭公**소공: 노나라 임금. **昭公知禮**: 소공은 당시에 예법에 밝은 사람으로 유명하였는데, 동성同姓인 오나라에서 여자를 데려온 것이 예법에 어긋나니까 이를 비꼬아서 공자에게 짐짓 물은 것이다. 그러나 남의 나라 관리 앞에서 자신의 임금을 비난하는 것은 예에 어긋나므로 소공이 예를 안다고 대답한 것이다. **揖**: 두손을 모아 읍하다. **巫馬期**무마기: 공자의 제자. 이름은 시施. **黨**:

편들 당. **取**: 장가들 취. **吳孟子**오맹자: 오나라 공주는 맏딸이므로 오나라의 성인 희姬를 붙여 맹희孟姬라고 불러야 마땅한데, 동성임을 감추기 위해 송나라의 성인 자子를 붙여 오맹자라고 부른 것이다. **苟**: 다만 구. ~하기만 하면. **丘也幸**: '나는 참으로 다행이다'. 동성혼이 예에 어긋나는 것은 사실이지만, 그렇다고 남의 나라에 가서 자신의 임금을 비난하는 것도 예에 어긋나므로 부득이 마음에 없는 말을 하였다. 그의 걱정은 자신의 말로 인하여 사람들이 동성혼이 예에 어긋나지 않는다고 여길지도 모른다는 것이었는데, 이제 보니 자신의 말이 잘못되었음을 모두가 알고 있으므로 참으로 다행이라는 뜻.

진나라 사패가 (노나라) 소공께서는 예를 잘 아시는 분이냐고 묻자, 공자께서 말씀하셨다. "예를 잘 아십니다." 공자께서 물러가시고 나서 무마기에게 읍하여 앞으로 나오게 하고는 물었다. "제가 듣기로 군자는 누구의 역성도 들지 않는다던데, 군자도 역성을 들어주나요? (소공)임금님께서 오나라에 장가를 들어 동성이 되었는데도 그녀를 일컬어 오맹자라고 불렀소이다. 이런 임금님임에도 예를 안다고 하면 누가 예를 알지 못하겠소?" 무마기가 이 말씀을 전해드리자, 선생님께서 말씀하셨다. "나는 참으로 다행이다. 나에게 잘못이 있기만 하면 사람들이 반드시 이를 알아차리는구나."

「태백泰伯」편

•••

子曰: 恭而無禮則勞, 愼而無禮則葸, 勇而無禮則亂, 直而無禮則絞. 君子篤於親, 則民興於仁. 故舊不遺, 則民不偸.

勞: 속 태울 로. 안절부절못하다. **葸**: 두려워할 사. **絞**: 목맬 교. 박절하다. **篤**: 도타울 독. **故舊**고구: 예부터 오래 기간 함께한 사람. 여기서는 주인을 오래 섬긴 신하나 가신을 가리킨다. **遺**: 버릴 유. **偷**: 야박할 투.

선생님께서 말씀하셨다. "공손하기만 하고 예가 없으면 안절부절못하고, 신중하기만 하고 예가 없으면 두려워하고, 용감하기만 하고 예가 없으면 윗사람에게 함부로 굴고, 정직하기만 하고 예가 없으면 박절해진다. 군자가 어버이에게 도타우면 백성이 인후함으로부터 일어나고, 오랜 기간 함께한 옛사람이 버려지지 않으면 백성이 야박해지지 않는다."

•••

曾子曰: 士不可以不弘毅, 任重而道遠. 仁以為己任, 不亦重乎, 死而後已, 不亦遠乎.

弘: 너그러울 홍. 도량이 크다. **毅**: 굳셀 의. **任**: 짐 임. **亦~ 亦~**: 두 문장을 접속하는 부사.

증자께서 말씀하셨다. "선비는 너그러우면서도 강인하지 않을 수 없으니, 멘 짐은 무겁고 갈 길은 멀기 때문이다. 인仁, 이것으로써 자신의 짐으로 삼았으니 무겁다 하지 않겠으며, 죽고 나서야 그칠 것이니 멀다 하지 않겠는가?"

•••

子曰: 禹吾無間然矣, 菲飲食, 而致孝乎鬼神, 惡衣服, 而致美乎黻冕, 卑宮室, 而盡力乎溝洫, 禹吾無間然矣.

禹우: 하나라의 시조인 우임금. 치수治水를 잘한 임금으로 유명하다. **間**: 틈 간. **間然**간연: 틈을 찾아내어 헐뜯다. **菲**: 엷을 비. 성기다, 형편없다. **致孝乎鬼神**: 귀신에게 효성을 다하다. 여기서 귀신은 기실 조상신을 뜻하므로 '致孝'라는 말을 쓴 것이다. 백성의 복을 위해 기도한다는 뜻. **黻**:

수黼 불. 예복. 冕: 갓 면. 대부 이상이 쓰는 예모. 黻冕불면: 제사 때 착용하는 예복과 예모를 가리킨다. 溝洫구혁: 도랑과 봇도랑. 관개를 위해 파놓은 물길.

선생님께서 말씀하셨다. "우임금님에 대하여 나는 틈을 찾아 헐뜯을 게 없다. 그는 자신의 음식은 성기게 드시면서도 귀신에게는 효성을 다하여 모셨고, 자신의 의복은 형편없게 입으셨으면서도 제사 지낼 때 입는 예복과 예모에는 힘써 아름답게 치장하셨으며, 자신의 궁실은 싸구려로 지으셨으면서도 논밭에 물을 대는 도랑과 봇도랑을 파는 데에는 힘을 다하셨으니, 우임금님에 대하여 나는 틈을 찾아 헐뜯을 게 없다."

「자한子罕」편

•••

子絕四, 毋意, 毋必, 毋固, 毋我.

絕: 절대 없을 절. **毋**: '없을 무無'와 같은 글자다. **意**억: '추측할 억億'과 같은 말. **必**: 기필期必과 같은 말. 틀림없다고 기약함. **固**: 고집할 고. 결코 바꾸지 않음. **我**: 자아自我. 자신의 것. 공자는 자신을 낮추어 도를 받아들였으므로, 마음속에는 도가 있을지언정 자기 자신은 없다는 뜻이다.

선생님께서는 (다음의) 네 가지를 전혀 하지 않으셨다. 억측을 하지 않으셨고, 틀림이 없다고 기약하지 않으셨고, 이것만이 옳다고 우기지 않으셨고, 자아를 내세우지 않으셨다.

• • •

子曰: 後生可畏, 焉知來者之不如今也. 四十五十而無聞焉, 斯亦不足畏也已.

後生후생: 연소자, 젊은이. **畏**: 두려워할 외. **來者**래자: 후생. 오늘의 젊은이를 뜻한다. **今**금: 오늘의 성인. 기성세대. **四十五十**: 옛날에는 40대를 강사強仕라 하여 벼슬길에 나아가고 50대에 작爵을 받는다고 하였다. **聞**: 덕이 있다거나 공을 세웠다는 명성이 들리다. **焉**: 그에게서.

선생님께서 말씀하셨다. "젊은 사람은 두려워할 만하니, 미래의 이 사람들이 오늘의 기성세대만 못할지 어찌 알겠는가? 마흔 살, 쉰 살이 되어서도 그들에게서 (덕이 있다거나 공을 세웠다는) 명성이 들리지 않는다면, 이것도 두려워하기에는 부족할 따름이다."

• • •

子曰: 歲寒, 然後知松柏之後彫也.

歲寒세한: 일 년 중 가장 추운 계절. 깊은 겨울. **後**: 더딜 후. **彫**: 시들 조.

선생님께서 말씀하셨다. "일 년 중 가장 추운 계절이 오고 난 다음에라야 소나무와 잣나무가 더디 낙엽 짐을 알게 된다."

• • •

子曰: 可與共學, 未可與適道; 可與適道, 未可與立; 可與立, 未可與權.

適: 갈 적. **適道**: 도에 이르는 길을 가다. **立**: 여기서는 흔들리지 않고 우뚝 섬을 뜻한다. **權**: 저울추 권. 저울추란 물건의 경중에 따라 좌우로 움직여야 한다. 세상을 다스리려면 움직이지 않는 규범을 먼저 바로 세워야 하는데 이것이 경經이다. 그러나 세상은 경으로만 다스려지는 게 아니므로 경우에 따라서는 융통성을 발휘해야 하는데, 이것을 권權이라고 한다(봉건 시대의 경우 남녀가 서로 손을 잡으면 안 된다는 규범은 '경'이지만, 여자가 물에 빠졌을 때 어쩔 수 없이 손을 잡아 구해주는 것은 '권'이다). 적재적시에 권을 발휘하는 것은 매우 미묘하고 어려운 일이므로 제대로 우뚝 선 도인이 아니고서는 발휘하기가 어렵다.

선생님께서 말씀하셨다. "더불어서 함께 공부할 수는 있어도, 더불어서 함께 도에 이르는 길을 갈 수 있는 것은 아니다. 더불어서 함께 도에 이르는 길을 갈 수는 있어도 더불어서 함께 우뚝 설 수 있는 것은 아니다. 더불어서 함께 우뚝 설 수는 있어도, 더불어서 함께 융통성을 발휘할 수 있는 것은 아니다.

「향당鄕黨」편

•••

朝與下大夫言, 侃侃如也; 與上大夫言, 誾誾如也. 君在, 踧踖如也, 與與如也.

朝: 조정 조. 조회. **侃**: 화락할 간. **侃侃如**간간여: 화기애애한 모양. **誾**: 토론할 은. **誾誾如**: 예의 바르면서도 엄정한 모양. **踧**: 삼갈 축. **踖**: 공손한 모양 적. **踧踖如**축적여: 삼가고 조심하는 모양. **與與如**여여여: 의젓하게 느릿느릿한 모양.

(공자께서는) 조정의 조회 시에 하대부와 이야기할 때에는 화기애애하셨고, 상

대부와 이야기할 때에는 예의 바르면서도 엄정하게 하셨다. 임금님이 계실 때에는 삼가고 조심하시면서도 느릿느릿 의젓하시었다.

•••

食不厭精, 膾不厭細. 食饐而餲, 魚餒而肉敗不食, 色惡不食, 臭惡不食, 失飪不食, 不時不食, 割不正不食, 不得其醬不食. 肉雖多, 不使勝食氣. 惟酒無量, 不及亂.

食: 밥 사. **厭**: 물릴 염. **精**: 쌀 곱게 찧을 정. **膾**: 얇게 썬 고기 회. **饐**: 쉴 의. **餲**: 상할 애. **餒**: 썩을 뇌. **敗**: 썩을 패. **色惡**색악: 보통의 색깔이 아닌 것. **臭惡**취악: 냄새가 나쁜 것. **飪**: 익힐 임. **不時**: 제철이 아닌 음식. 또는 '식사 시간에 나온 음식이 아닌 것'으로 보는 설도 있다. **割**: 벨 할. **醬**: 장 장. 소스. **亂**란: 만취 상태.

밥은 쌀이 정갈해도 물리도록 드시지 않으셨고, 회는 가늘고 예쁘게 썰어놓았어도 물리도록 드시지 않으셨다. 밥이 맛이 가서 쉰 것, 물고기가 곪고 고기가 상한 것은 드시지 않으셨고, 빛깔이 제 빛깔이 아닌 것은 드시지 않으셨고, 냄새가 나는 것은 드시지 않으셨고, 제대로 익지 않은 것은 드시지 않으셨고, 제철이 아닌 것은 드시지 않으셨고, 바르게 썰지 않은 것은 드시지 않으셨고, 제 장을 구비하지 않았으면 드시지 않으셨다. 고기가 아무리 많아도 밥 기운을 누르도록 드시지 않았다. 술만큼은 정해진 양이 없으셨으나 만취 상태에는 이르지 않으셨다.

•••

沽酒市脯, 不食. 不撤薑食, 不多食. 祭於公, 不宿肉. 祭肉, 不出三日; 出三日, 不食之矣. 食不語, 寢不言. 雖疏食菜羹, 瓜祭, 必齊如也.

沽: '하룻밤 지난 술 고酤'와 같은 글자. 沽酒고주: 충분히 익지 않은 술. 脯: 말린 고기 포. 撤: 거둘 철. 薑: 생강 강. 不撤薑食: 식사 후 다른 그릇은 모두 치워도 생강을 담아놓은 그릇은 그대로 남겨두었다는 뜻. 생강은 일종의 후식이었다. 不多食: 생강을 늘 드셨지만 많이 드시지는 않았다는 뜻. 祭於公: 노나라 공실에 가서 제사를 도와주다. 宿: 밤 지낼 숙. 疏食소사: 조악한 밥. 菜羹채갱: 나물에 쌀가루를 넣어 끓인 국. 瓜: 오이 과. 瓜祭과제: 북방에서는 끼니마다 오이를 먹는데, 수저를 들기 전에 오이를 비롯한 음식물을 조금씩 덜어서 밥상에 놓고 음식을 처음 발명한 선조에게 간단한 제사를 드리는 풍습. 고수레. 齊: 재계할 재.

담근 지 하룻밤 된 술과, 저자에서 사온 육포는 드시지 않으셨다. 생강을 담은 그릇은 치우지 않으셨지만, (생강을) 많이 들지는 않으셨다. 임금님의 제사를 도와드리고 (받아온) 고기는 그날 밤을 넘기지 않으셨다. 집안 제사에서 나온 고기는 사흘을 넘기지 않으셨고, 사흘을 넘기면 들지 않으셨다. 진지를 드실 때는 말씀을 하지 않으셨고, 주무실 때도 말씀을 하지 않으셨다. 아무리 조악한 밥과 나물국이라도 고수레를 드리셨으며 이때에도 반드시 재계하듯 하셨다.

•••

廏焚, 子退朝, 曰: 傷人乎. 不問馬.

廏: 마구간 구. 焚: 탈 분. 傷: 다칠 상.

마구간에 불이 났다. 선생님께서 퇴청하시자 "사람을 다치게 하였느냐?"라고 물으시고는 말에 대해서는 묻지 않으셨다.

•••

君賜食, 必正席先嘗之. 君賜腥, 必熟而薦之. 君賜生, 必畜之. 侍食於君, 君祭先飯. 疾君視之, 東首, 加朝服拖紳. 君命召, 不俟駕行矣.

賜: 하사할 사. **嘗**: 맛볼 상. **腥**: 날고기 성. **薦**: 제사 올릴 천. 집안의 영광으로 생각한다는 뜻이다. **畜**: 기를 휵. **君祭**: 임금이 식사 전에 고수레를 하다. 임금과 식사할 때 신하는 고수레를 하지 않는다. **拖**: 풀어놓을 타. **紳**: 큰 띠 신. **俟**: 기다릴 사. **駕**: 멍에 가. 수레.

임금님께서 먹을 것을 하사하시면 반드시 자리를 반듯하게 펴고 먼저 맛을 보셨다. 임금님께서 날고기를 하사하시면 반드시 익혀서 조상의 제사에 올렸다. 임금님께서 살아 있는 것을 하사하시면 반드시 그것을 먹여 기르셨다. 임금님의 진지 자리를 모실 때에는 임금님께서 고수레를 하시면 먼저 진지를 드셨다. 병환이 드셔서 임금님께서 병문안을 오시면 머리를 동쪽으로 하여 눕고는 조복을 덮으시고 그 위에 띠를 길게 늘어놓으셨다. 임금님께서 들어오라고 명하시면 수레가 준비되기를 기다리지 않고 먼저 출발하셨다.

「선진先進」편

•••

子曰: 先進於禮樂, 野人也; 後進於禮樂, 君子也. 如用之, 則吾從先進.

先進선진: 앞서 배운 선배들. **野人**야인: 거친 시골 사람. 공자의 제자들 중에서 초기에 예악을 배운 자들은 덜 세련되어서 거친 면이 있고, 후기에 배운 자들의 예악은 깔끔해져서 군자다운 면모를 보인다. 그러나 예악의 쓸모로 보자면 선진이 낫다는 뜻이다. 앞서 「팔일八佾」편에서 임방林放이 예를 물었을 때 공자가 "상례는 절차를 매끈하게 진행하기보다는 차라리 슬퍼하는 게 낫다"고 말한 것과 같은 맥락에 있다.

선생님께서 말씀하셨다. "예악에서 앞서 배운 자(제자)들은 촌티가 나는 사람들이고, 뒤에 배운 자들은 군자다워 보이는 자들이다. 만일 예악을 쓴다면 나는 앞서 배운 자들의 것을 따르겠다.

•••

顔淵死, 門人欲厚葬之, 子曰: 不可. 門人厚葬之. 子曰: 回也, 視予猶父也, 予不得視猶子也. 非我也, 夫二三子也.

厚葬후장: 성대하게 장례를 치르다. **猶**: 같을 유. **夫**: 저 부. **二三子**: 너희들, 저들. 제자를 가리켜 한 말.

안연이 죽자 동문들이 그에게 성대한 장례를 치러주고자 하였는데, 선생님께서 '안 된다'고 말씀하셨다. 그러나 동문들은 그에게 성대한 장례를 치러주었다. 선생님께서 말씀하셨다. "안연은 나를 자기 아버지처럼 여겼는데, 나는 그를 아들처럼 여겨주지 못하였다. 내가 아니라 저 아이들이 그렇게 하고야 말았구나!"

*안회는 집이 가난했으므로 형편에 맞게 검소한 장례를 치러야 한다는 것이 공자의 생각이었는데, 제자들의 고집으로 그렇게 하지 못함으로써 예를 어긴 것을 한탄한 말이다.

•••

子貢問: 師與商也孰賢. 子曰: 師也過, 商也不及. 曰: 然則師愈與. 子曰: 過猶不及.

師사: 자장子張의 이름. **愈**: 나을 유. **商**: 자하子夏의 이름.

자공이 "자장과 자하는 누가 더 뛰어납니까?"라고 여쭈니, 선생님께서 말씀하셨다. "자장은 지나치고, 자하는 못 미친다." "그렇다면 자장이 더 나은 것입니까?" 선생님께서 말씀하셨다. "지나친 것이나 못 미친 것이나 똑같다."

•••

子路使子羔為費宰. 子曰: 賊夫人之子. 子路曰: 有民人焉, 有社稷焉, 何必讀書, 然後爲學. 子曰: 是故惡夫佞者.

子羔자고: 공자의 제자 고시高柴의 자字. **費宰**비재: 비費읍의 고을 원님. 당시 비읍은 계씨의 식읍이었는데, 자로가 자고를 이 땅을 대신 관리해주는 가신으로 데려갔다. **賊**: 해칠 적. 공자가 남의 자식을 해친다고 말한 것은 아직 예악을 배우지 않고 벼슬길에 나아간 것을 걱정하는 말이다. **為學**: 배운 사람이 되다. 배웠다고 말하다. **佞**: 말 잘할 녕. 공문孔門에서는 마음가짐이 성실하고 행동이 올바르면 굳이 배우지 않아도 배웠다 말할 수 있다고 가르쳤으므로, 자로가 이 말을 핑계로 변명하니까 말을 둘러댄다고 나무란 것이다.

자로가 자고를 비費읍의 원님 자리에 앉혔다. 선생님께서 "남의 자식을 해치는구나!"라고 나무라시자, 자로가 "거기에도 백성과 사람이 있고, 사직이 있습니다. 왜 굳이 책을 읽고 난 다음에라야 배운 사람이 되는 것입니까?"라고 말하였다. 선생님께서 말씀하셨다. "이 때문에 저렇게 말 둘러대는 사람을 미워하는 것이다.

「안연顔淵」편

•••

顔淵問仁. 子曰: 克己復禮爲仁. 一日克己復禮, 天下歸仁焉. 爲仁由己, 而由人乎哉. 顔淵曰: 請問其目. 子曰: 非禮勿視, 非禮勿聽, 非禮勿言, 非禮勿動. 顔淵曰: 回雖不敏, 請事斯語矣.

克己극기: 자기 자신을 억제하다. **復**: 실천할 복. **爲仁**: 인이 되다. 인이란 어떤 실체가 아니라 예를 실천하면 형성되는 것이므로. **目**목: 구체적인 세목, 주요 항목. **非禮勿視**: 예라는 틀에 의하지 않고서는 보지 말라는 뜻. 이하도 마찬가지. **敏**: 영리할 민. **事**: 힘쓸 사. 노력하다.

안연이 인仁이 무엇인가고 여쭈었더니 선생님께서 말씀하셨다. "자신을 억제하여 예를 실천하면 인이 되는 것이다. 하루만이라도 자신을 억제하여 인을 실천하면 천하가 인으로 돌아갈 것이다. 인을 이루는 것이 자신으로부터 말미암는 것이지 남으로부터 말미암는 것이겠느냐?" 안연이 다시 "그 세목을 묻나이다"라고 여쭈니, 선생님께서 말씀하셨다. "예에 의해서가 아니면 보지 말고, 예에 의해서가 아니면 듣지 말고, 예에 의해서가 아니면 말하지 말고, 예에 의해서가 아니면 움직이지 말라." 안연이 대답하였다. "제가 비록 영리하지는 못하나 이 말씀에 힘을 기울여보겠습니다."

•••

子貢問政. 子曰: 足食, 足兵, 民信之矣. 子貢曰: 必不得已而去, 於斯三者何先. 曰: 去兵. 子貢曰: 必不得已而去, 於斯二者何先. 曰: 去食. 自古皆有死, 民無信不立.

問政: 정치는 어떻게 하는 것이냐고 (정치의 도리를) 묻다. **自古皆有死**: 옛날부터 모든 사람에게는 죽음이 있어왔다. 즉 모든 사람은 죽게 마련이다.

자공이 정치는 어떻게 하는 것이냐고 여쭈었더니, 선생님께서 말씀하셨다. "양식을 충분히 쟁여놓고, 군비를 충분히 갖추어놓으면, 백성은 그 정부를 신뢰할 것이다." 자공이 여쭈었다. "그야말로 어쩔 수 없어서 (하나를) 뺀다면, 이 세 가지 중에서 무엇이 먼저일까요?" "군비를 빼버리거라." 자공이 다시 여쭈었다. "그야말로 어쩔 수 없어서 (또 하나를) 뺀다면, 나머지 두 가지 중에서 무엇이 먼저일까요?" "양식을 빼버리거라. 옛날부터 모든 사람은 죽게 마련이지만, 백성에게 신뢰를 얻지 못하면 (정부는) 존립할 수 없다."

•••

棘子成曰: 君子質而已矣, 何以文爲. 子貢曰: 惜乎, 夫子之說君子也. 駟不及舌. 文猶質也, 質猶文也; 虎豹之鞹, 猶犬羊之鞹.

棘子成극자성: 위衛나라 대부. **何以文為**: 원래 문장은 '以文為何'(문으로써 무엇을 하는가)이나 의문대사 때문에 도치된 것이다. **夫子**: 선생. 극자성을 지칭한다. 당시 대부大夫를 부자라는 말로 불렀다. **駟**: 사마 사. 말 네 마리가 끄는 수레. 빨리 달리는 수레를 가리키는 말. **鞹**: 털만 벗긴 가죽 곽.

극자성이 "군자는 좋은 바탕만 갖고 있으면 충분한데, 꾸밈은 가져다 무엇에 씁니까?"라고 물으니, 자공이 대답하였다. "안타깝도다, 선생의 군자에 대한 견해는! 사마 수레를 타고 쫓아가도 혀는 따라잡지 못합니다. 꾸밈은 좋은 바탕과 같은 것이고, 좋은 바탕은 꾸밈과 같은 것이오, 범과 표범의 털 벗긴 가죽은 개와 양의 털 벗긴 가죽이나 마찬가지라오."

•••

齊景公問政於孔子. 孔子對曰: 君君, 臣臣, 父父, 子子. 公曰:

善哉, 信如君不君, 臣不臣, 父不父, 子不子, 雖有粟, 吾得而食諸.

齊景公제경공: 제나라 임금. 공자가 제나라를 방문했을 때 경공은 워낙 후궁이 많아서 태자도 세우지 못하였고, 대부인 진씨陳氏가 정권을 전횡하고 있었다. 이러한 배경에서 공자가 저 말을 한 것이다. **信**: 정말로 신. **粟**: 곡식 속. 양곡. **諸**저: 의문 표시 어기조사. '食諸'는 '食之乎'와 같은 말이다.

제나라 경공이 공자님에게 정치의 도리를 물으니, 공자님께서 대답하셨다. "임금은 임금 노릇을 제대로 하고, 신하는 신하 노릇을 제대로 하며, 아비는 아비 노릇을 제대로 하고, 아들은 아들 노릇을 제대로 하는 것입니다." 그러자 임금님이 말씀하셨다. "훌륭하도다! 정말로 임금이 임금 노릇을 제대로 하지 못하고, 신하가 신하 노릇을 제대로 하지 못하며, 아비가 아비 노릇을 제대로 하지 못하고, 아들이 아들 노릇을 제대로 하지 못하면, 아무리 양곡이 쌓여 있다 한들, 내가 그것을 얻어먹을 수나 있겠는가?"

•••

季康子問政於孔子曰: 如殺無道, 以就有道, 何如. 孔子對曰: 子為政, 焉用殺. 子欲善, 而民善矣. 君子之德風, 小人之德草, 草上之風必偃.

就: 이루다. **有道**: 도가 있는 세상. **而**: '則즉'과 같은 조건 접속사. **上**: '더할 상尙'과 같은 말. **偃**: 누을 언.

계강자께서 공자님에게 정치의 도리를 물어 말씀하셨다. "만일에 도리라고는 찾아볼 수 없는 자를 죽여서 도리가 있는 세상을 이룩한다면 어떨까요?" 공자님이 아뢰시었다. "부자夫子께서는 정치하는 분이신데 어찌 살인을 도구로 쓰십니까? 부자께서 착한 마음을 가지시면 백성은 착해집니다. 군자의 덕은 바람이고 백성의 덕은 풀이니, 풀 위에 바람을 더하면 반드시 눕습니다."

「자로子路」편

•••

子路曰: 衛君待子而爲政, 子將奚先. 子曰: 必也正名乎. 子路曰: 有是哉. 子之迂也. 奚其正. 子曰: 野哉, 由也. 君子於其所不知, 蓋闕如也. 名不正, 則言不順; 言不順, 則事不成; 事不成, 則禮樂不興; 禮樂不興, 則刑罰不中; 刑罰不中, 則民無所措手足. 故君子名之必可言也, 言之必可行也. 君子於其言, 無所苟而已矣.

衛君: 위나라 출공出公인 첩輒을 말한다. 영공靈公의 손자이자 태자 괴외蒯聵의 아들. 괴외가 영공의 미움을 받아 송나라로 달아난 사이에 영공이 죽자 손자인 첩이 즉위하여 출공이 되었다. 그러자 괴외가 귀국하려 했더니 출공이 이를 거절한 사건이 당시에 있었다. **待**: 의지할 대. **正名**: 명분(이름)을 바로잡다. 앞서 「안연」편의 '君君臣臣, 父父子子'가 대표적인 정명이다. **迂**: 에돌 우. 현실에서 멀다. 비현실적이다. **有是哉, 子之迂也**: '子之迂也有是哉'의 도치문. '선생님의 구름 잡는 이야기가 이 정도입니까?' 라는 뜻. **奚其正**: 이미 바로잡혀 있는 것을 무엇 하러 그렇게 하십니까? 여기서 '其正'은 출공이 즉위한 지 오래되어 체제가 안정되어 있다는 뜻이다. **野**: 배우지 못한 사람. **闕如**궐여: 비어 있는 부분은 비어 있는 채로 남겨두다. 근거 없이 억측을 하지 않다. **言不順**: 아들이 아버지를 거부하는 것은 말이 순조롭지 않은 것이다. **禮樂**: 예는 질서를, 악은 화합을 각각 상징한다. **名之必可言**: 아버지와 아들이라고 이름을 붙였으면 아들이 아버지를 거부한다는 말은 할 수 없다는 뜻. **言之必可行**: 아들이 아버지에게 순종한다고 말했으면 그대로 실천하게 해야 한다. 즉 아버지를 거부한다고 말하고 또 그렇게 행동하면 백성을 가르칠 수 없다는 뜻이다. **措**: 둘 조. **苟**: 구차할 구. **無所苟而已矣**: 구차한 변명이 필요 없다는 뜻. 명실상부하지 않은 말일수록 변명이 길기 때문에.

자로가 여쭈었다. "위나라 임금이 선생님께 의지해서 정치를 하겠다 하면 선생님께서는 무엇을 앞서 하시겠습니까?" 선생님께서 말씀하셨다. "반드시 이름을 바로잡을 것이다." 자로가 "이 정도입니까, 선생님의 비현실적인 생각이? 이미 바로잡혀 있는 것을 무엇 하러 그렇게 하십니까?"라고 아뢰니, 선생님께서 말씀하셨다. "못 배운 놈이로구나, 자로는! 군자는 자신이 모르는 바에 관해서는 무릇 빈 채로 두고 말을 하지 않는 법이다. 이름이 바르지 않으면 말이 순조롭지 않게 되고, 말이 순조롭지 않으면 일이 성사되지 않으며, 일이 성사되지 않으면 예악이 일어나지 않는다. 예악이 일어나지 않으면 형벌이 제대로 적용되지 않고, 형벌이 제대로 적용되지 않으면 백성이 손발을 둘 바가 없게 된다. 그러므로 군자가 이름을 붙이면 반드시 말을 할 수 있게 하고, 말을 하면 반드시 실천할 수 있게 한다. 군자는 자신의 말에 구차함이 없으면 될 뿐이다."

•••

葉公語孔子曰: 吾黨有直躬者, 其父攘羊而子證之. 孔子曰: 吾黨之直者異於是, 父爲子隱, 子爲父隱, 直在其中矣.

黨: 향리 당. **躬**: 몸소 행할 궁. **直躬**직궁: 정직하게 행하다. 사람 이름으로 보기도 한다. **攘**: 훔칠 양. **證**: 고발할 증.

섭공께서 공자님에게 이르시되 "우리 마을에 정직함을 실천하는 자가 있는데, 그의 아비가 양을 훔치면 아들이 고발합니다"라고 하니, 공자님께서 말씀하셨다. "우리 마을의 정직한 자는 이곳과 다릅니다. 아비는 아들을 위해 숨겨주고, 아들은 아비를 위해 숨겨주니, 정직함은 그러는 가운데에 있습니다."

···

子曰: 以不教民戰, 是謂棄之.

以: '쓸 용用'과 같다. **棄**: 버릴 기.

선생님께서 말씀하셨다. "싸우는 법을 가르치지 않은 백성으로써 전쟁에 나가면, 이를 일컬어 백성을 버리는 것이라고 한다."

「헌문憲問」편

子路曰: 桓公殺公子糾, 召忽死之, 管仲不死. 曰: 未仁乎. 子曰: 桓公九合諸侯, 不以兵車, 管仲之力也. 如其仁, 如其仁.

桓公환공: 공자 규와의 권력투쟁에서 그를 죽임으로써 제나라 임금에 올랐다. 이때 그를 따르던 소홀은 의리를 지켜 함께 죽었지만, 관중은 변절하여 공자 규를 버리고 환공의 재상이 되었다. **死之**: 공자 규를 위하여 죽다. **九合**: 아홉 차례 회맹을 하다. 또는 '九'를 '끌어모을 규糾'와 같은 글자로 보고 '규합하다'로 해석하기도 한다. **如**: '곧 내乃'와 같다.

자로가 "환공이 공자 규를 죽이자, 소홀은 그를 따라 죽었는데 관중은 죽지 않았으니 '인仁하지는 않다'고 말할 수 있겠지요?"라고 여쭈었더니, 선생님께서 말씀하셨다. "환공은 제후들을 끌어모아 하나가 되게 하였는데 무력으로써 하지 않은 것은 관중의 힘이다. 이것이 바로 그의 인이다, 이것이 바로 그의 인이다!"

•••

子曰: 古之學者為己, 今之學者為人.

為己: 자신의 수양을 위해 공부하였다는 뜻. **為人**: 다른 사람들을 위하여 공부한다는 뜻. 이 문장은 공자가 '다른 사람을 위하여 공부하는 것'(為人之學)을 비난하는 것이 아니라, 옛날처럼 자신의 수양을 먼저 하는 과정을 건너뛰었음을 한탄하는 말이다.

선생님께서 말씀하셨다. "옛날의 학자는 자신을 위하여 공부하였고, 오늘의 학자는 다른 사람을 위하여 공부한다."

•••

子曰: 莫我知也夫. 子貢曰: 何為其莫知子也. 子曰: 不怨天, 不尤人, 下學而上達. 知我者, 其天乎.

莫막: 아무도 ~하는 사람이 없다. **夫**: 감탄 표시 어기조사. **尤**: 탓할 우. **下學**: 세상에서 사람 일에 관하여 공부하다. **上達**: 천명을 아는 일에 도달하다. **其**: 추측을 표시하는 어기조사.

선생님께서 말씀하셨다. "나를 알아주는 사람이 아무도 없구나!" 자공이 "무엇 때문에 그들 중 아무도 선생님을 알아주는 사람이 없는 것입니까?"라고 여쭈었더니, 선생님께서 말씀하셨다. "나는 하늘을 원망하지 않고, 다른 사람을 탓하지 않으며, 이 세상에서 사람의 일에 대하여 공부해서는 천명을 아는 일에 도달하였다. 나를 알아주는 것은 저 하늘뿐일 것이다."

•••

原壤夷俟. 子曰: 幼而不孫弟, 長而無述焉, 老而不死是為賊.

以杖叩其脛.

原壤원양: 노나라 사람. 공자의 친구. **夷**: 동방 오랑캐 이. 여기서는 동방 오랑캐들의 쪼그려 앉는 관습을 가리킨다. 정좌하지 않고 오랑캐처럼 쪼그려 앉다. **俟**: 기다릴 사. **孫弟**: '遜悌손제'와 같은 말. 윗사람에게 겸손하고 순종하다. **無述焉**: 그에게서 후배들 본받으라고 칭찬하여 말해줄 것이 없다. **賊**: 도둑질할 적. 수명을 도둑질하다. **杖**: 지팡이 장. **叩**: 때릴 고. **脛**: 정강이 경. 여기서 종아리를 때렸다 함은 친한 친구와 장난을 친 것이지 실제로 때린 것이 아니다.

원양이 쪼그려 앉아서 (선생님이 오시기를) 기다렸더니, 선생님께서 "어려서는 겸손하고 공경하는 마음이 없고, 자라서는 (후배들 본받으라고) 칭찬해줄 말이 없으니, 이러고도 늙어서 죽지 않으면 이게 수명을 도둑질하는 일이렷다!"라고 말씀하시고는 지팡이로 그의 종아리를 툭 치셨다.

「위령공衛靈公」편

•••

子曰: 志士仁人, 無求生以害仁, 有殺身以成仁.

求生: 살길을 도모하다.

선생님께서 말씀하셨다. "뜻 있는 선비와 어진 사람에게는 살길을 찾기 위해서 인仁을 해치는 일은 없고, 자신을 죽여서라도 인을 이룩하는 일은 있다."

•••

子曰: 不曰如之何, 如之何者, 吾末如之何也已矣.

如之何: 이를 어찌하면 좋을까? 스스로 심사숙고한다는 뜻으로 쓴 말. **末**: 없을 말. '없을 무無'와 같다. **已矣**: 이미 끝났음을 강조하여 표현하는 말.

선생님께서 말씀하셨다. "'이를 어찌하면 좋을까, 이를 어찌하면 좋을까?'라고 말하지 않는 사람은 나도 그 사람에게 어찌해줄 방도가 없다."

•••

子曰: 君子矜而不爭, 群而不黨.

矜: 자랑할 긍. 긍지를 갖다. **群**: 무리 군. 군자도 도를 중심으로 한데 모인다는 뜻. **黨**: 도울 당. 서로 도움을 주고받으면서 당을 짓다.

선생님께서 말씀하셨다. "군자는 자긍심은 가져도 남과 다투지 않고, 한데 어울려 살아도 당을 짓지 않는다."

•••

子曰: 吾猶及史之闕文也. 有馬者, 借人乘之, 今亡已夫.

猶: 오히려 유. **及**: 함께 할 급. **史**: 공문서 사. 또는 문서를 기록하는 관리. **史之闕文**: 옛날 공문서를 기록하는 관리나 사관은 모르거나 의심되는 글자가 나오면 함부로 억측하지 않고 빈칸으로 남겨놓아서 후대의 현자를 기다렸다고 한다. **有馬者**: 조련되지 않은 말을 갖고 있는 사람. **借**: '의지할 차藉'와 같다. **借人乘之**: 다른 사람의 능력을 빌려 탈 수 있도록 만들다. 亡已: 더 이상 없다. 夫: 문미에서 감탄을 나타내는 어기조사.

선생님께서 말씀하셨다. "나는 오히려 옛날 기록자들이 (잘 모르는 곳을) 빈칸으로 남겨놓은 일과 길들이지 않은 말을 소유한 자가 다른 사람의 기술을 빌려 탈 수 있도록 길들인 일과 함께하겠다. 오늘날에는 이런 일이 전혀 없구나!"

•••

子曰: 辭, 達而已矣.

辭: 말씀 사. 여기서는 사신이 받들어 전달하는 사령辭令을 가리킨다. 達而已: 그대로 전달만 하면 된다. 나라 간의 외교 사령은 민감한 문제이므로 가급적 상대국을 자극하지 않으려고 극도로 수식하기 마련인데, 이렇게 수식만 하다 보면 정작 본래 의사가 제대로 전달되지 않을 수 있다. 따라서 수식을 아무리 많이 하더라도 의사만큼은 제대로 전달해야 한다는 뜻이다. 외교 사령은 예악에서 중요한 부분이었다. 이 구절을 수식과 내용의 관계로 해석하기도 하지만, 문학사적으로 볼 때 당시로서는 시기상조인 해석이다.

선생님께서 말씀하셨다. "외교 사령은 (나라의 의사를) 그대로 전달하기만 하면 된다."

「계씨季氏」편

•••

孔子曰: 益者三友, 損者三友. 友直, 友諒, 友多聞, 益矣. 友便辟, 友善柔, 友便佞, 損矣.

辟: '치우칠 벽僻'과 같은 말. **便辟**편벽: 겉만 번지르르하게 꾸미고 성실함이 없는 사람. 같은 문장 앞 구절에 나오는 '진실로 량諒'과 반대의 의미다. **善柔**선유: 남의 비위를 맞춰서 환심 사는 일을 잘하다. 이런 사람은 도를 지킬 수 없다. 앞의 '直'과 정반대 의미. **便**: '말 교묘히 할 편諞'과 같다. **便佞**편녕: 공부한 것도 없이 말만 잘함. 이 말도 앞의 '多聞'과 정반대 뜻을 갖고 있다.

공자님께서 말씀하셨다. "이로운 것으로 세 부류 벗이 있고, 해로운 것으로 세 부류 벗이 있습니다. 정직한 사람과 벗하는 것, 성실한 사람과 벗하는 것, 박식한 사람과 벗하는 것은 이롭습니다. 겉만 그럴싸하게 꾸미는 사람과 벗하는 것, 남의 비위를 맞춰 환심 사는 일을 잘하는 사람과 벗하는 것, 공부는 안 하고 말만 잘하는 사람과 벗하는 것은 해롭습니다."

•••

孔子曰: 侍於君子有三愆. 言未及之而言謂之躁, 言及之而不言謂之隱, 未見顏色而言謂之瞽.

愆: 허물 건. **躁**: 성급할 조. 나대다. **瞽**: 소경 고. 여기서는 눈치가 없다는 뜻.

공자님께서 말씀하셨다. "군자를 모시고 있을 때 일어나는 세 가지 허물이 있습니다. 말할 차례가 자신에게 돌아오지 않았는데 말하는 것을 일컬어 나대는 것이라고 하고, 자신에게 말할 차례가 돌아왔는데도 말을 하지 않는 것을 일컬어 숨기는 것이라고 하며, 안색을 살피지 않고 말하는 것을 일컬어 눈치가 없는 것이라고 합니다."

•••

孔子曰: 君子有三戒. 少之時, 血氣未定, 戒之在色; 及其壯也,

血氣方剛, 戒之在鬥; 及其老也, 血氣既衰, 戒之在得.

戒: 삼갈 계. **血氣**혈기: 맹자의 '의지 지志'와 같은 말. **方剛**: 한창 굳세다. **得**: 물질적 탐욕.

공자님께서 말씀하셨다. "군자에게는 세 가지 삼가야 할 일이 있습니다. 청소년 시기에는 의지가 아직 정해져 있지 않아서 삼갈 것이 여색에 있고, 장년에 이르러서는 의지가 한창 굳셀 때라서 삼갈 것이 싸움에 있으며, 노년에 이르러서는 의지가 이미 쇠하여져서 삼갈 것이 탐욕에 있습니다."

•••

孔子曰: 君子有三畏: 畏天命, 畏大人, 畏聖人之言. 小人不知天命而不畏也, 狎大人, 侮聖人之言.

畏: 경외할 외. 겁을 내고 두려워한다는 말과는 다르다. **天命**: 천명은 인사 밖에서 인사를 지배하면서도 그 실체를 알 수 없으므로 경외의 대상이 된다. **大人**: 권력의 고위층에 있는 사람들. 이들은 백성의 위에서 그들의 화복을 좌지우지할 수 있으므로 경외심을 갖는 것이다. **聖人之言**: 성인의 말씀은 깊고 오묘해서 보통 사람들로서는 이해할 수 없으므로 경외한다. **狎**: 익숙할 압. **侮**: 조롱할 모.

공자님께서 말씀하셨다. "군자에게는 세 가지 경외해야 할 것이 있습니다. 천명을 경외하고, 권력자를 경외하며, 성인의 말씀을 경외해야 합니다. 소인들은 천명이 있음을 몰라서 경외하지 않고, 권력자를 아무렇지도 않게 여기며, 성인의 말씀을 조롱합니다."

「양화陽貨」편

•••

子之武城, 聞弦歌之聲, 夫子莞爾而笑曰: 割雞焉用牛刀. 子游對曰: 昔者, 偃也聞諸夫子曰: 君子學道則愛人, 小人學道則易使也. 子曰: 二三子, 偃之言是也, 前言戲之耳.

之: 갈 지. **武城**: 노나라의 작은 고을 이름. 당시 자유子游가 이 고을의 원님이었다. **弦歌**현가: 비파를 타며 노래를 부르다. 자유는 작은 고을의 원님이지만 그들에게 예악을 가르쳤다는 뜻. **莞爾**완이: 빙긋이 웃는 모양. **割**: 벨 할. **偃**언: 자유의 이름. **易使**: 쉽게 부리다. **戲**: 농할 희.

선생님께서 무성武城에 가셨는데, 비파를 타며 노래하는 소리가 들리니, 선생님께서 빙긋이 웃으며 말씀하셨다. "닭을 잡는데 어찌 소 잡는 칼을 쓰느냐?" 이에 자유子游가 대답하여 "옛날에 제가 선생님께서 '군자가 도를 배우면 사람을 아끼게 되고, 소인이 도를 배우면 부리기가 쉬워진다'고 하신 말씀을 들었습니다"라고 여쭙자, 선생님께서 말씀하셨다. "얘들아, 자유의 말이 옳다. 아까 내가 한 말은 농을 하였을 뿐이다."

•••

子曰: 道聽而塗說, 德之棄也.

道聽도청: 길에서 듣다. **塗**: '길 도道'와 같은 글자. **道聽而塗說**: 길에서 주워듣고 길에서 말해버리다. 덕이란 수양을 통해서 얻어지는 것인데, 쉽사리 길에서 듣고 길에서 말해버리듯 하면 아무리 좋은 말이라도 자신의 것이 되지 않는다는 뜻. 『순자』「권학勸學」에 다음 문장이 있다. "소인의 배움은 귀로 들어가서 입으로 나온다. 입과 귀 사이는 네 치에 불과하니 어찌 족히 칠 척의 몸을 아름답게 만들 수 있겠는가? 옛날의 배우는 자는 자신을 위해서 하였고, 오늘날의 배우는 자는 남을 위해서 한다"(小人之學也, 入乎耳, 出乎口; 口耳之間, 則四寸耳, 曷足以美七尺之軀哉. 古之學者爲己, 今之學者爲人).

선생님께서 말씀하셨다. "길에서 주워듣고 길에서 말해버리는 것은 덕이 버려지는 것이다."

•••

子曰: 唯女子與小人為難養也. 近之則不孫, 遠之則怨.

女子: 주인의 곁에서 총애를 받는 여인. 첩. **小人**: 주인을 시종하는 하인. **養**: 다스릴 양. 다루다. **孫**: '겸손할 손遜'과 같은 말. 주변에 늘 가까이 있는 사람을 다루는 일이 가장 어렵다는 의미다.

선생님께서 말씀하셨다. "오로지 (주인의 총애를 받는) 첩과 시종만이 다루기가 어려운 것으로 여긴다. 가까이해주면 불손하고, 멀리하면 원망하기 때문이다."

•••

子曰: 年四十而見惡焉, 其終也已.

見惡焉: 다른 사람들에게서 미움을 받다. 마흔이면 덕을 이루어야 하는 나이이므로, 이때까지도 다른 사람들에게서 미움을 사고 있다면, 더 이상 개과천선改過遷善의 기회는 없다는 뜻이다.

선생님께서 말씀하셨다. "나이 마흔이 되어도 (주위 사람들에게서) 미움을 받는다면, 그는 거기서 끝이다."

「미자微子」편

•••

長沮桀溺耦而耕. 孔子過之, 使子路問津焉. 長沮曰: 夫執輿者為誰. 子路曰: 為孔丘. 曰: 是魯孔丘與. 曰: 是也. 曰: 是知津矣. 問於桀溺, 桀溺曰: 子為誰. 曰: 為仲由. 是魯孔丘之徒與. 對曰: 然.

長沮장저: 춘추 시기 초나라의 은자. 전설상의 인물. **桀溺**걸닉: 장저와 함께 불리는 전설상의 은자. **耦**: 나란히 갈 우. **津**: 나루 진. **輿**: 수레 여. 여기서는 수레를 끄는 말의 고삐를 가리킨다. **是知津矣**: 그는 나루터를 알고 있을 것이다. 즉 공자는 주유천하를 했기 때문에 가는 길을 잘 알고 있을 것이라는 뜻.

장저와 걸닉이 둘이서 나란히 밭을 갈고 있었다. 공자님이 그곳을 지나가시다가 자로를 시켜서 그들에게 나루터 가는 길을 물어보게 하셨다. 장저가 "저 수레(의 고삐)를 쥐고 있는 사람이 누구시오?"라고 물으니, 자로가 대답하였다. "공구올시다." "바로 노나라의 공구 말입니까?" "맞습니다." "그는 나루터 가는 길을 알고 있습니다." 자로가 다시 걸닉에게 물었더니, 걸닉이 말했다. "그대는 뉘시오?" "중유올시다." "바로 그 공구의 제자 말입니까?" "그렇소이다."

•••

曰: 滔滔者, 天下皆是也, 而誰以易之. 且而與其從辟人之士也, 豈若從辟世之士哉. 耰而不輟. 子路行以告, 夫子憮然曰: 鳥獸不可與同群, 吾非斯人之徒與而誰與. 天下有道, 丘不與易也.

滔: 물 넘칠 도. **滔滔**: 홍수가 나서 물이 넘치는 모양. **天下皆是也**: 천하가 온통 물이다. **誰以**: 누구와 더불어서. 이때의 '以'는 '與'와 같다. **而**: 너 이. **與其**: ~하기보다는. 접속사. **豈若**기약: '何如'와 같은 말. 차라리 ~하는 게 어떠한가? **辟**피: '피할 피避'와 같다. **辟人之士**: 자신과 뜻이 맞지 않는 위정자들을 피해 다니는 사람. 즉 공자를 가리킨다. **辟世之士**: 세상을 피해 사는 사람. 즉 자신을 말한다. **耰**: 곰방메 우. 곰방메로 씨앗을 덮다. **輟**: 그칠 철. **憮**: 실의한 모양 무. **斯人之徒與**: 이 세상 사람들의 무리와 같은 무리를 이루다. 이때의 '與'는 앞의 '同群'과 같은 말이다.

"홍수처럼 물이 넘침이 천하를 온통 물바다로 만든 지경인데, 누구와 더불어서 이를 바꾸겠다는 것이오? 또한 그대는 (위정자와 같은) 사람들을 피해 다니는 선비를 따르느니, 차라리 세상을 피하여 사는 선비를 따르는 것이 어떻겠소?" 그러고는 곰방메로 씨앗 덮는 일을 그치지 않았다. 자로가 돌아가서 아뢰었더니, 선생님께서 실망하신 듯 말씀하셨다. "새와 짐승은 더불어서 같은 무리를 이룰 수 없는 것이니, 이 세상 사람들의 무리와 함께 무리를 이루지 않으면 누구와 이루겠는가? 천하에 도가 행하여지고 있다면, 나도 누구와 더불어 바꾸려들지 않을 것이다."

「자장子張」편

•••

子夏曰: 日知其所亡, 月無忘其所能, 可謂好學也已矣.

其所亡: 자신에게 없는 것. 자신이 모르는 것. 여기서 '亡'는 '망'이 아니라 '무'로 읽으며 '없을 무無'와 같은 글자다. **其所能**기소능: 배워서 할 수 있게 된 것.

자하께서 말씀하셨다. "날마다 자신에게 없는 것을 배워 알고, 달마다 자신이 할 수 있게 된 것을 잊지 않는다면, 가히 배우기를 좋아한다고 말할 수 있다.

•••

子夏曰: 博學而篤志, 切問而近思, 仁在其中矣.

篤志독지: 의지를 도탑게 하다, 정열적으로 의지를 키우다. 널리 배우다 보면 의지가 박약해질 수 있으므로 실천의 의지를 다져야 한다는 뜻. **切問**절문: 자신을 위한 배움이므로 절실한 마음으로 묻다. **近思**근사: 가까운 데서부터 생각하다. 즉 자신의 수양부터 먼저 한다는 뜻이다.

자하께서 말씀하셨다. "널리 배우되 의지를 독실하게 다지고, 절실한 마음으로 묻되 가까운 데서부터 생각한다면, 인仁이 그 가운데에 있을 것이다."

•••

子夏曰: 小人之過也必文.

文: 꾸밀 문. 고칠 생각은 않고, 핑계를 만들어낸다는 뜻.

자하께서 말씀하셨다. "소인이 잘못을 저지르면 반드시 (그럴싸한 핑계로) 꾸며댄다.

•••

子夏曰: 仕而優則學, 學而優則仕.

仕: 벼슬할 사. **優**: 넉넉할 우. 여력이 있다. 배우고 벼슬길에 나아가는 것이 순서이나 자하는 배움의 의지를 중시하였기 때문에 '仕而優則學'을 앞으로 도치시켰다.

자하께서 말씀하셨다. "벼슬을 살다가 여력이 있으면 배울 것이고, 배우다가 여력이 있으면 벼슬을 살 것이다."

『맹자孟子』

『맹자』는 유가의 사서四書 중 하나로서 전국 시기 중기에 맹자와 그의 제자 만장萬章·공손추公孫丑 등이 쓴 책이다. 따라서 이 책에서 정치·교육·철학·윤리 등에 관한 맹자의 사상을 그대로 읽을 수 있다. 『논어』가 공자의 성격대로 차분한 글쓰기로 이루어진 반면에 『맹자』는 매우 열정적으로 씌었으므로, 옛날부터 어린이가 『소학小學』을 마치면 성격이 적극적인 아이는 『논어』를, 소극적인 아이는 『맹자』를 각각 먼저 읽혔다고 한다. 참고로 『논어』·『맹자』·『중용』·『대학』을 사서로 부른 것은 남송의 주자朱子에게서 비롯되었다. 본문은 주자의 『맹자장구孟子章句』에서 발췌하였다.

오직 인仁과 의義 —「양혜왕장구梁惠王章句 상上」 제1절

•••

孟子見梁惠王, 王曰: 叟不遠千里而來, 亦將有以利吾國乎. 孟子對曰: 王何必曰利. 亦有仁義而已矣. 王曰: 何以利吾國. 大夫曰: 何以利吾家. 士庶人曰: 何以利吾身. 上下交征利, 而國危矣.

見: 뵐 현. **梁**량: 춘추 시대의 위魏나라가 대량大梁으로 천도한 이후부터 불린 이름. **叟**: 늙은이 수. **亦**: 다만 역. 뿐. **交**: 서로 교. **征**: 취할 징. '구할 구求'와 같다.

맹자가 양나라 혜왕을 알현하였더니 왕이 물었다. "어르신께서 천 리를 멀다 여기지 않고 오신 것은 역시 장차 우리나라에 이득이 될 만한 게 있어서겠지요?" 그러자 맹자가 대답하였다. "임금님께서는 왜 굳이 이득을 말씀하십니까? 인仁과 의義만 있으면 될 따름입니다. 임금님께서 '무엇으로써 우리나라에 이득이 되게 할까?'라고 하시면, 대부는 '무엇으로써 우리 집에 이득이 되게 할까?'라고 할 것이고, 벼슬하지 않은 선비와 평민들은 '무엇으로써 나에게 이득이 되게 할까?'라고 할 것입니다. 이처럼 위아래가 서로 이득을 추구한다면 나라는 위태로워집니다.

•••

萬乘之國弑其君者, 必千乘之家; 千乘之國弑其君者, 必百乘之家. 萬取千焉, 千取百焉, 不爲不多矣. 苟爲後義而先利, 不奪不饜. 未有仁而遺其親者也, 未有義而後其君者也. 王亦曰仁義而已矣, 何必曰利.

弑: 윗사람 죽일 시. **萬取千焉**: 전차 만 대 중에서 천 대를 보유하다. **焉**: 그중에서. **饜**: 물릴 염. 만족하다. **遺**: 버릴 유.

전차 만 대를 보유한 천자의 나라에서 그 나라 군주를 시해하는 자는 필시 전차 천 대를 동원할 수 있는 대부의 집안일 터이고, 전차 천 대를 보유한 제후의 나라에서 그 나라 군주를 시해하는 자는 필시 전차 백 대를 동원할 수 있는 대부의 집안입니다. 만 대 중에서 천 대를 보유하고, 천 대 중에서 백 대를 보유한 것이 많지 않은 것이라고 말할 수 없습니다. 진실로 의로움을 뒤로 하고 이득을 우선하는 일을 하신다면, (그들은) 기어이 빼앗지 않고는 만족하지 않게 됩니다. 어진 품성이 있고서 자신의 부모를 버린 자는 여태껏 있지 않았고, 의로운 품성을 갖고서 자신의 군주를 뒤로 물려놓은 자도 여태껏 없었습니다. 임금님께서도 인과 의만을 말씀하셔야 하는데 왜 굳이 이득을 말씀하십니까?"

항산과 항심 —「양혜왕장구 상」 제7절

• • •

王曰: 吾惽不能進於是矣. 願夫子輔吾志, 明以教我. 我雖不敏, 請嘗試之.

惽: 흐릴 혼. **輔**: 보필할 보. **敏**: 민첩할 민. **嘗**: 시험할 상.

제나라 선왕宣王이 말하였다. "과인이 아둔해서 이러한 경지로 나아갈 수 없으니 바라건대 선생님께서는 과인의 의지를 보필하여 현명한 방법으로써 과인을 가르쳐주시오. 과인이 비록 머리가 잘 돌아가지는 않지만, 시험 삼아 시도해보리다."

• • •

曰: 無恒產而有恒心者, 惟士爲能. 若民, 則無恒產, 因無恒心. 苟無恒心, 放辟邪侈, 無不爲已, 及陷於罪. 然後從而刑之, 是罔民也. 焉有仁人在位, 罔民而可爲也.

恒產항산: 생계를 위하여 일정한 수입을 낼 수 있는 산업. **恒心**: 선한 마음을 일관되게 유지하는 일. **士**: 선비 사. 여기서는 지식인을 가리킨다. **放**: 방자할 방. 마음대로 하다. **辟**벽: '치우칠 벽僻'과 같은 말. 이상한 짓. **邪**: 사악할 사. **侈**: 무절제할 치. **罔**망: '그물 망網'과 같은 글자. 그물질하다. **也**: '의문 표시 어기조사 야邪'와 같다.

이에 맹자가 대답하였다. "생계를 위한 일정한 산업이 없어도 일관된 선한 마음을 견지할 수 있는 사람은 지식인만이 가능할 수 있습니다. 백성들의 경우에는 일정한 산업이 없으면 그로 인해서 일관된 선한 마음이 사라집니다. 진실로 일관된 선한 마음이 없다면, 방탕하고 괴이하고 사악하고 무도한 짓을 못 하는 게 없어서 끝내는 죄에 빠집니다. 그런 다음에 죄에 따라서 그에게 형벌을 줄 터이니, 이것은 백성에게 그물질하는 것입니다. 어떻게 어진 사람이 임금 자리에 있으면서 백성에게 그물질한다는 게 할 수 있는 일이겠습니까?

•••

是故明君制民之產, 必使仰足以事父母, 俯足以畜妻子, 樂歲終身飽, 凶年免於死亡. 然後驅而之善, 故民之從之也輕.

仰: 우러러볼 앙. **俯**: 내려다볼 부. **畜**: 여기서는 '기를 휵'으로 읽어야 한다. 부양하다. **樂歲**: 풍년. **身**신: '해 년年'과 같은 발음이므로, '한 해'의 뜻으로 쓰였다. **驅**: 몰 구. **驅而之善**: (백성을) 독려해서 선으로 가게 하다.

이런 이유로 현명한 군주가 백성의 산업을 만들어줄 때는 반드시 위로는 부모를 모시기에 충분하게 하고 아래로는 마누라와 자식들을 부양하기에 충분하게 하였으며, 풍년이 든 해에는 일 년 내내 배부르게 먹고 흉년이 든 해에는 굶어죽는 것을 면하게 해주었습니다. 이렇게 해준 다음에 백성을 독려해서 선한 행위로 가게 하였으므로 백성이 이에 따르는 것이 쉬웠습니다.

•••

今也制民之產, 仰不足以事父母, 俯不足以畜妻子, 樂歲終身苦, 凶年不免於死亡. 此惟救死而恐不贍, 奚暇治禮義哉? 王欲行之, 則盍反其本矣.

此惟차유: ~조차. **贍**: 넉넉할 섬. **暇**: 틈 가. **奚暇**해가: 어느 겨를에. **盍**합: '何不하불'의 합음자. 어찌 ~하지 않는가?

그런데 오늘날 백성의 산업을 만들어주는 일에서는 위로는 부모를 모시기에 부족하고, 아래로는 처자식을 부양하기에 부족하니, 설사 풍년이 들어도 일 년 내내 힘들고 흉년이라도 들면 죽음에서 벗어나지 못합니다. 죽음에서 구해지는 것조차도 오히려 넉넉하지 않다고 두려워할 텐데, 어느 겨를에 예와 의를 안정시킬 수 있겠습니까? 임금님께서 왕도를 실천하시려면 어찌 그 근본으로 돌아가지 않으십니까?

•••

五畝之宅, 樹之以桑, 五十者可以衣帛矣; 雞豚狗彘之畜, 無失其時, 七十者可以食肉矣; 百畝之田, 勿奪其時, 八口之家可以無飢矣; 謹庠序之教, 申之以孝悌之義, 頒白者不負戴於道路矣. 老者衣帛食肉, 黎民不飢不寒, 然而不王者, 未之有也.

畝: 백 평 넓이 묘. **樹**: 심을 수. **帛**: 비단 백. **豚**: 작은 돼지 돈. **彘**: 큰 돼지 체. **飢**: 주릴 기. **庠序**상서: 당시 지방에 두었던 학교. **悌**: 공손할 제. 윗사람을 존경하는 마음. **頒白**반백: 머리와 수염이 반쯤 희끗희끗한 사람. 넓은 범위의 노인을 지칭한다. 반백斑白 또는 반백半白으로도 쓴다. **負**: 질 부. **戴**: 머리에 일 대. **帛**: 비단 백. **黎**: 검을 려. **黎民**여민: 본래 밖에서 노동에 종사하던 노예를 가리키던 말이었는데, 나중에 백성을 뜻하는 말로 바뀌었다.

다섯 묘 넓이의 집에 뽕나무를 심으면 이로써 오십 세 이상의 노인들에게 비단옷을 입힐 수 있고 닭, 작은 돼지, 개, 큰 돼지 등의 가축에게 번식할 시기를 놓치지 않게 하면 이로써 칠십 세 이상의 노인들에게 고기를 드시게 할 수 있습니다. 일백 묘 넓이의 밭에 농사 시기를 빼앗지 아니하면, 이로써 여덟 식구의 집에 굶는 일이 없게 할 수 있고, 학교 교육을 착실하게 하여 그들에게 부모와 윗사람을 존경하는 마음의 의미를 심어주면 머리가 희끗희끗한 노인들이 길에서 짐을 지거나, 이고 다니지 않게 됩니다. 노인들이 비단옷을 입고 고기를 먹으며, 백성이 굶주리지 않고 추워하지도 않는데, 이러고도 천자가 되지 않은 사람은 아직 있어본 적이 없습니다."

백성과 더불어 즐기다 —「양혜왕장구 하下」 제8절

•••

莊暴見孟子曰: 暴見於王, 王語暴以好樂, 暴未有以對也. 曰: 好樂何如. 孟子曰: 王之好樂甚, 則齊國其庶幾乎.

莊暴장포: 제나라의 신하. **見**: 찾아뵐 현. **王**: 제 선왕宣王을 가리킨다 **未有以對**: 대답할 말이 없었다. **好樂何如**: '음악을 좋아하면 안 되는 것인가요?'라는 의미. **庶幾**서기: 거의. 왕도에 거의 도달하였다.

장포가 맹자를 찾아와 물었다. "제가 우리 임금님을 알현하였더니 임금님께서 제게 음악을 좋아하신다고 말씀하셨는데 제가 뭐라고 대답하지 못하였습니다." "그런데 임금이 음악을 좋아하는 게 어떻습니까?" 맹자가 대답하였다. "임금님께서 음악을 좋아하시는 게 대단한 정도라면 제나라는 왕도정치에 거의 가까이 갔다고 할 수 있겠네요."

•••

他日見於王曰: 王嘗語莊子以好樂, 有諸. 王變乎色, 曰: 寡人非能好先王之樂也, 直好世俗之樂耳.

他日타일: 후일에, 나중에. **莊子**장자: 장포를 가리킨다. '子'는 수양이나 학문이 깊은 사람에게 붙이는 존칭이므로 임금 앞에서는 쓰지 않는 게 예법이다. 따라서 기록한 사람의 착오로 보인다. **變乎色**: 안색에 변화가 있다. 임금이 음악을 좋아하는 것이 옳지 않은 행위라고 스스로 판단하고는 당황하였다는 뜻. **直**: '다만 지只'와 같다. 단지.

다른 날 맹자는 제 선왕을 알현하면서 여쭈어보았다. "임금님께서 일찍이 장포에게 음악을 좋아하신다고 말씀하셨다는데, 그런 일이 있었습니까?" 왕이 (당황한 나머지) 얼굴색이 변하면서 대답하였다. "과인은 옛 선왕들의 고전 음악을 좋아할 능력은 안 되고 단지 세속의 유행 음악을 좋아할 뿐이오."

•••

曰: 王之好樂甚, 則齊其庶幾乎. 今之樂猶古之樂也. 曰: 可得聞與. 曰: 獨樂樂, 與人樂樂, 孰樂. 曰: 不若與人. 曰: 與少樂樂, 與衆樂樂, 孰樂. 曰: 不若與衆.

乎: 긍정의 어기를 나타내는 조사. **與**: '歟여'와 같은 의문 표시 어기조사. **樂樂**: 음악을 즐기다. **不若**불약: '不如'와 같은 말로, ~하는 것만 못하다.

"임금님께서 음악을 좋아하시는 게 그토록 대단하시다면 제나라는 왕도정치에 거의 가까이 가 있는 것입니다. 오늘날의 음악이나 옛날의 음악은 같은 것입니다." "그 이치를 얻어 들을 수 있겠소?" "홀로 음악을 즐기는 것과 사람들과 더불어 음악을 즐기는 것 중에서 어느 것이 즐겁습니까?" "그야 사람들과 더불어 하는 것만 못하지요." "적은 수의 사람들과 음악을 즐기는 것과 많은 수의 사람들과 즐기는 것 중에서 어느 것이 즐겁습니까?" "그야 많은 수의 사람들과 더불어 하는 것만 못하지요."

•••

臣請爲王言樂. 今王鼓樂於此, 百姓聞王鐘鼓之聲, 管籥之音,

舉疾首蹙頞而相告曰: 吾王之好鼓樂, 夫何使我至於此極也. 父子不相見, 兄弟妻子離散.

請: 청할 청. ~하게 해주십시오. **鼓樂**: 음악을 연주하다. **籥**: 피리 약. **管籥**관약: 관악기를 모두 일컬어 부르는 말. **擧**: '모두 도都'와 같은 말. **疾首**질수: 두통을 앓다. **蹙**: 찌푸릴 축. **頞**: 콧등 알. **此極**: 이러한 극단의 상황. **也**: '어조사 야邪'와 같은 의문 표시 어기조사.

"신이 임금님께 음악에 관해서 말씀드리겠나이다. 이제 임금님께서 여기서 음악을 연주하신다고 칩시다. 그러면 백성들이 임금님의 종과 북이 울리는 소리와 피리와 생황의 소리를 듣고는 모두 머리가 아프다며 콧등을 찌푸려 서로에게 말합니다. '우리 임금님은 자기는 음악 연주하기를 좋아하면서도 어떻게 우리는 이런 극단의 지경에 이르도록 놓아뒀단 말인가? 아버지와 아들은 서로 만나지도 못하고 형제와 처자식은 산산이 흩어지도록 말이다.'

•••

今王田獵於此, 百姓聞王車馬之音, 見羽旄之美, 擧疾首蹙頞而相告曰: 吾王之好田獵, 夫何使我至於此極也. 父子不相見, 兄弟妻子離散. 此無他, 不與民同樂也.

田獵전렵: 사냥하다. **旄**: 깃대 장식 모. **羽旄**우모: 장식이 달린 각종의 깃발. **此無他**: 여기에는 다른 것이 없다. 다른 게 아니라.

이제 임금님께서 여기서 사냥을 하신다고 칩시다. 백성들이 임금님의 거마 소리를 듣고 깃을 장식한 각종 깃발의 아름다움을 보고는 모두 머리가 아프다며 콧등을 찌푸려 서로에게 말합니다. '우리 임금님은 자기는 사냥하기를 좋아하면서도 어떻게 우리는 이런 극단의 지경에 이르도록 놓아뒀단 말인가?

아버지와 아들은 서로 만나지도 못하고 형제와 처자식은 산산이 흩어지도록 말이다.' 이것은 다른 게 아니라 백성과 더불어서 함께 즐기지 않았기 때문입니다.

•••

今王鼓樂於此, 百姓聞王鐘鼓之聲, 管籥之音, 擧欣欣然有喜色而相告曰: 吾王庶幾無疾病與. 何以能鼓樂也. 今王田獵於此, 百姓聞王車馬之音, 見羽旄之美, 擧欣欣然有喜色而相告曰吾王庶幾無疾病與. 何以能田獵也. 此無他, 與民同樂也. 今王與百姓同樂, 則王矣.

欣: 기쁠 흔. 庶幾서기: 거의, 아마.

이제 임금님께서 여기서 음악을 연주하신다고 칩시다. 백성들이 임금님의 종과 북이 울리는 소리와 피리와 생황의 소리를 듣고는 모두 흔연히 희색을 띠면서 서로에게 말합니다. '우리 임금님께서 아마 별다른 질병이 없으신 게다. (그렇지 않고서야) 어떻게 저렇게 연주를 하실 수 있겠어?' 이제 임금님께서 여기서 사냥을 하신다고 칩시다. 백성들이 임금님의 거마 소리를 듣고 깃을 장식한 각종 깃발의 아름다움을 보고는 모두 흔연히 희색을 띠면서 서로에게 말합니다. '우리 임금님께서 아마 별다른 질병이 없으신 게다. (그렇지 않고서야) 어떻게 저렇게 사냥을 하실 수 있겠어?' 이것은 다른 게 아니라 백성과 더불어서 함께 즐겼기 때문입니다. 이제 임금님께서 백성들과 더불어서 함께 즐기신다면 온 천하의 임금이 될 수 있습니다."

천시·지리·인화 —「공손추장구公孫丑章句 하下」 제33절

•••

孟子曰: 天時不如地利, 地利不如人和. 三里之城, 七里之郭, 環而攻之而不勝.

天時: 옛날에 군사 작전을 벌일 때 공격 날짜와 시각은 갑·을·병 등의 천간天干과 자·축·인 등의 지지地支의 기일記日법으로, 그리고 방향은 동서남북으로 각각 정하였는데, 이를 천수天數 또는 천시天時라고 불렀다. **地利**: 험준한 자연적 요새나 성을 높이 쌓고 해자를 깊이 파는 등 지형적 이점을 활용하는 일. **人和**: 민심이 일치단결해서 힘을 모으는 일. **城**: 내성內城을 말한다. 크기가 보통 사방 3리쯤 되었다. **郭**: 외성外城을 말한다. 보통 사방 5리의 크기였다. **環**: 둘러쌀 환. 포위하다.

맹자가 말하였다. "공격의 날짜와 방향을 잘 잡는 일은 땅의 이점을 잘 활용하는 것만 못하고, 땅의 이점을 잘 활용하는 일은 백성이 일치해서 힘을 모으는 일만 못하다. 사방 3리가 되는 내성內城과 사방 7리가 되는 외곽外郭이 있으면 포위해서 공격하더라도 이기지 못한다.

•••

夫環而攻之, 必有得天時者矣; 然而不勝者, 是天時不如地利也. 城非不高也, 池非不深也, 兵革非不堅利也, 米粟非不多也; 委而去之, 是地利不如人和也.

夫: 무릇 부. 문장의 처음에서 주제를 제시하는 기능을 한다. **得天時**: 포위공격을 하려면 허구한 날을 기다려야 하므로 천시를 만나야 가능하다는 뜻. **池**: 해자垓子 지. **兵革**병혁: 무기와 갑옷. **米粟**미속: 쌀과 조. 즉 식량. **委**: 버릴 위.

무릇 이러한 성을 공격하려면 반드시 공격하는 날짜와 시각, 그리고 방향을 잘 잡는 천운이 있어야 한다. 그런데도 이기지 못하였다면 이것은 천운이 땅의 이점을 잘 활용한 것만 못하였기 때문이다. 성벽이 높지 않은 것도 아니었고, 해자가 깊지 않은 것도 아니었고, 무기와 갑옷이 단단하고 날카롭지 않은 것도 아니었고, 식량이 많지 않은 것도 아니었는데, 성을 버리고 떠나버렸다면 이것은 땅의 이점을 활용하는 일이 백성의 힘을 모으는 것만 못하였기 때문이다.

•••

故曰: 域民不以封疆之界, 固國不以山谿之險, 威天下不以兵革之利. 得道者多助, 失道者寡助. 寡助之至, 親戚畔之; 多助之至, 天下順之. 以天下之所順, 攻親戚之所畔; 故君子有不戰, 戰必勝矣.

域民역민: 백성의 주거지를 제한하다. **封疆**봉강: 국경. **固**: 굳을 고. 여기서는 사동 용법으로 쓰여, 견고하게 만들다. **谿**: 산골짜기 계. **險**: 험준할 험. **畔**: 배반할 반. 발호하다. **有**: 혹은 유. 선택의 의미. ~하거나 혹은.

그러므로 다음과 같이 말할 수 있다. 백성의 주거지를 국경의 경계로써 한정을 지으면 안 되고, 나라의 국방을 견고히 하는 것을 산과 골짜기의 험준한 지형에 의존해서는 안 되며, 천하에 위세를 떨치는 것을 무기와 갑옷의 예리함에 의지해서는 안 된다. 왕도를 얻은 자는 도와줄 사람이 많지만, 왕도를 잃은 자는 도와줄 사람이 적다. 도와줄 사람이 극히 적은 시점에 다다르면 가까운 친척들도 등을 돌리지만, 도와줄 사람이 극히 많은 시점에 다다르면 천하의 모든 사람이 그에게 순종하여 따른다. 그러면 천하의 순종하여 따르는 사람들로써 친척들의 발호를 토벌할 수 있다. 그러므로 군자는 아예 싸우지 않든가, 싸웠다 하면 반드시 이긴다."

큰 나라의 불의는 의롭다 — 『묵자墨子』「비공非攻 상上」

『묵자墨子』는 춘추 말 전국 초에 사상가로 활동하였던 묵자 자신의 글과 제자들의 글을 모아 편찬한 철학 저작이다. 묵자(약 B.C. 476~약 B.C. 390)는 이름이 적翟으로, 송나라 대부였다. 그는 모든 백성을 사랑하자는 겸애兼愛주의를 주창했고, 당시 많은 민중이 그를 믿고 따름으로써 전국 규모의 종교적 집단을 이루기도 하였다. 겸애의 신념 아래 그는 비공非攻, 즉 강대국이 약소국을 침략하는 행위를 비난했다. 그는 말로만 비난한 것이 아니라 자신을 따르는 무리를 이끌고 직접 약소국을 방어해주기도 하였다. 이 과정에서 새로운 무기와 전술을 개발하는 등 공학을 비롯한 과학기술을 발전시켰고, 사회적 약자를 도와주기 위한 검약 운동과 윤리를 고취하기도 하였다.

•••

今有一人. 入人園圃, 竊其桃李, 衆聞則非之. 上爲政者得則罰之. 此何也. 以虧人自利也.

園圃원포: 과수나 채소를 심는 밭. **竊**: 훔칠 절. **桃李**도리: 복숭아와 자두. **非**: 비난할 비. 질책하다. **上爲政者**: 상부의 권력을 장악한 자. **得**: 걸리다, 체포되다. **虧**: 축낼 휴.

여기에 어떤 사람이 있는데, 그가 남의 농장이나 밭에 들어가 그곳의 복숭아와 자두를 훔쳤다. 뭇사람들이 이 소식을 들었다면 그를 비난할 것이고, 상부의 권력자에게 걸리면 그에게 벌을 내릴 터이니, 이는 무엇 때문인가? 그가 남의 것을 축내서 자기에게 이익이 되게 했기 때문이다.

•••

至攘人犬豖雞豚者, 其不義又甚入人園圃竊桃李. 是何故也. 以虧人愈多, 其不仁茲甚, 罪益厚. 至入人欄廄, 取人馬牛者, 其不仁又甚攘人犬豖雞豚. 此何故也. 以其虧人愈多. 苟虧人愈多, 其不仁茲甚, 罪益厚.

至지: ~한 경우에 이르러서는. **攘**: 훔칠 양. **豖**: 돼지 시. 덩치가 작은 재래종. **甚**심: 이 글자 뒤에는 '於'가 생략되었다. 甚於은 '~보다 더'의 뜻. **茲**자: '더할 자滋'와 같은 글자. 더욱. **厚**: 두터울 후. 무겁다. **欄**: 울타리 란. **廄**: 마구간 구. **苟**: 진실로 구.

다른 사람의 개, 토종 돼지, 닭, 돼지 등을 훔친 자가 있다면, 그는 옳지 않을 뿐더러 남의 농장이나 밭에 들어가 그곳의 복숭아와 자두를 훔친 자보다 더 심하다. 이는 무엇 때문인가? 남의 것을 축낸 것이 더 많기 때문에 그의 어질지 못함이 더 심하고 죄도 더욱 무거운 것이다. 남의 축사 울타리와 마구간에 들어가 남의 말과 소를 가져간다면 그는 어질지 못할 뿐 아니라 남의 개, 토종 돼지, 닭, 돼지 등을 훔친 자보다 더 심하다. 무엇 때문인가? 남의 것을 축낸 것이 더 많기 때문이다. 정말로 남의 것을 축낸 것이 더 많다면 그는 어질지 못함이 더 심하고 죄도 더욱 무거울 것이다.

•••

至殺不辜人也, 扡其衣裘取戈劍者. 其不義又甚入入欄廄取人牛馬. 此何故也. 以其虧人愈多. 苟虧人愈多, 其不仁茲甚矣, 罪益厚.

辜: 허물 고. **扡**: 끌어당길 타. '빼앗을 타拖'와 같다. 탈취하다. **裘**: 갖옷 구. **戈劍**과검: 창과 칼.

죄 없는 사람을 죽인 경우가 있는데, 그가 (피살된 사람의) 옷과 모피 외투를 빼앗고 창과 칼을 가져갔다면 그는 옳지 않을 뿐 아니라 남의 축사 울타리와 마구간에 들어가 남의 말과 소를 가져간 것보다 더 심하다. 이것은 무엇 때문인가? 남의 것을 축낸 것이 더 많기 때문이다. 정말로 남의 것을 축낸 것이 더 많다면 그는 어질지 못함이 더 심하고 죄도 더욱 무거울 것이다.

•••

當此天下之君子, 皆知而非之, 謂之不義. 今至大爲攻國, 則弗知非, 從而譽之, 謂之義. 此可謂知義與不義之別乎.

大: 대국을 말한다. **弗**: 부정부사. '不+동사+之'와 같다. **譽**: 기릴 예.

이러한 일들을 대할 때 천하의 군자들은 모두 (불의함을) 알고서 그들을 비난하고 일컬어 옳지 않다고 말한다. 그런데 이제 큰 나라가 약소국을 침략하는 일을 행하는 경우에 이르러서는 그 불의함을 알지도 못하고 오히려 따라다니며 그를 칭송하고 일컬어 의롭다고 말한다. 이것은 의로움과 불의함의 차이를 알지 못하기 때문이라고 말할 수 있으리라.

•••

殺一人, 謂之不義. 必有一死罪矣. 若以此說往, 殺十人十重不義, 必有十死罪矣. 殺百人百重不義, 必有百死罪矣. 當此天下之君子皆知而非之, 謂之不義.

往: 갈 왕. 유추해 나가다.

한 사람을 죽이면 이를 불의하다고 말하고 반드시 한 사람을 죽인 죄로 형벌을 줄 것이다. 이러한 논리로 유추해 나간다면 열 사람을 죽인 것은 불의함이 열 배로 무거워져서 반드시 열 사람을 죽인 죄로 형벌을 줄 것이다. 일백 명을 죽인 것은 불의함이 일백 배로 무거워져서 반드시 일백 명을 죽인 죄로 형벌을 줄 것이다. 이러한 일들을 대할 때 천하의 군자들은 모두 (불의함을) 알고서 그들을 비난하고 일컬어 옳지 않다고 말한다.

•••

今至大爲不義攻國, 則弗知非. 從而譽之, 謂之義. 情不知其不義也, 故書其言以遺后世. 若知其不義也, 夫奚說書其不義, 以遺后世哉.

情: 사실 정. '진실로 성誠'과 같다. **書**: 기록하다. **遺**: 남길 유. **夫**: 무릇 부. 도대체. **奚說**해설: 어떤 설명으로, 어떤 근거로.

그런데 이제 큰 나라가 약소국을 침략하는 일을 행하는 경우에 이르러서는 비난해야 할 바를 알지도 못하고 오히려 따라다니며 그를 칭송하고 일컬어 의롭다고 말한다. 이들은 진실로 그것이 불의함을 알지 못한다. 그래서 자신들의 말을 기록해서 후세에 남긴다. 만일에 그것이 불의함을 안다면 도대체 어떠한 근거로 그 불의함을 기록해서 후세에 남길 수 있단 말인가?

•••

今有人于此, 少見黑曰黑, 多見黑曰白, 則以此人不知白黑之辯矣. 少嘗苦曰苦, 多嘗苦曰甘, 則必以此人爲不知甘苦之辯矣. 今小爲非, 則知而非之. 大爲非攻國, 則不知非, 從而譽之, 謂之義. 此可謂知義與不義之辯乎. 是以知天下之君也, 辯義與不義之亂也.

辯: 분별할 변. '분별할 변辨'과 같은 말. **嘗**: 맛볼 상. **亂**: 어지러울 란. 뒤

죽박죽이 되다.

이제 여기에 어떤 사람이 있는데, 검은 것을 별로 본 적이 없는 사람이라면 검다고 말하지만 검은 것을 많이 본 사람이라면 희다고 말한다. 이런 경우가 있다면 이 사람이 흑백의 다름을 알지 못하기 때문일 것이다. 쓴 것을 별로 맛본 적이 없는 사람이라면 쓰다고 말하지만 쓴 것을 많이 맛본 사람이라면 달다고 말한다. 이런 경우가 있다면 이 사람이 달고 씀의 다름을 알지 못하기 때문일 것이다. 이제 작은 나라가 옳지 않은 일을 저지르면 (그 불의함을) 알고 비난하지만, 그런데 이제 큰 나라가 약소국을 침략하는 일을 행하는 경우에 이르러서는 그 불의함을 알지도 못하고 오히려 따라다니며 그를 칭송하고 일컬어 의롭다고 말한다. 이것은 의로움과 불의함의 차이를 알지 못하기 때문이라고 말할 수 있으리라. 이로써 천하의 군자라는 사람들에게 의로움과 불의함의 분별이 뒤바뀌어 있음을 알 수 있다.

노자老子, 『도덕경道德經』

『도덕경道德經』은 춘추 시기 이이李耳(B.C. 500년경에 활동)가 지은 철학서로서 도가 철학의 원류 작품이다. 총 5,000자, 81장으로 씌었으므로 『노자오천문老子五千文』이라고도 부른다. 내용은 주로 안으로는 성인으로서 쌓아야 할 수양과 밖으로는 왕으로서의 면모를 갖추기 위한 배움을 말하고 있으므로, 이른바 내성외왕內聖外王이 되기 위한 통치자의 교본으로 읽혀왔다.

•••

一. 道可道, 非常道, 名可名, 非常名. 無名天地之始, 有名萬物之母.

可道: 도라고 말할 만하다. **常**상: 오래 지나도 변치 않는. 어떠한 변화까지도 예외 없이 품을 수 있는. **常道**: 도란 가야 할 길을 뜻하지만, 길이 형이상학적으로 정해져 있으면 언제나 변이와 변형이라는 예외가 발생한다. 이러한 예외까지도 길 안에 원리로 품지 못한다면 상도가 아닌 것이다. **常名**: 이름은 실체를 존재로서 상징해야 하지만, 실존에서 상징은 완벽하게 실체를 존재로 드러내지 못한다. 실체를 어떠한 소외됨 없는 존재로 드러낼 수 있는 상징을 상명常名이라고 부른 것이다.

〔제1장〕 하나의 도를 (진정한) 도라고 말할 만하다고 한다면, 그것은 예외까지도 품는 완벽한 도가 아니다. 하나의 이름을 (진정한) 이름이라고 말할 만하다면, 그것은 실체를 어떠한 소외됨 없는 존재로 드러낼 수 있는 완벽한 이름이 아니다. 이름이 아직 아무것도 없는 상태가 천지의 시작이요, 이름이 생겨남이 만물의 어머니다.

•••

故常無欲以觀其妙, 常有欲以觀其徼. 此兩者同出而異名, 同謂之玄, 玄之又玄, 衆妙之門.

常無: 명이 없는 상태를 말한다. **妙**: 미세할 묘. 오묘한. **欲以觀其妙**: 명이 없으면 저절로 대상의 오묘한 것을 보고자 한다는 뜻. 여기서 '欲'은 의지를 뜻하는데, 명이 없으면 의지가 생기지 않는다. **徼**: 구할 요. **欲以觀其徼**: 명이 있으면 그 명이 구하고자 하는 바를 보려 한다는 뜻이다. 명에 따라서 사물이 달리 보이기 때문이다. 따라서 앞의 상명常名은 사물을 완벽하게 보여주기 때문에 이런 현상이 없다. **此兩者**: '常無'와 '常有'를 가리킨다. **玄之又玄**: '이를 그윽하다고 여기면 또 다시 다른 방면으로 그윽하게 된다.'

따라서 언제나 이름이 없는 상태라야 대상의 오묘함을 보려 하게 되고, 언제나 이름이 있는 한 자신이 구하고자 하는 바를 보려 한다. 이 두 가지는 같은 곳에서 나왔지만 이름만 다를 뿐이니, 이들을 함께 일컬어 그윽하다고 한다. 이를 그윽하다고 여기면, 또 다른 방면으로 그윽하게 되므로, 모든 오묘함으로 들어가는 문이 되는 것이다.

•••

三. 不尙賢, 使民不爭, 不貴難得之貨, 使民不爲盜, 不見可欲, 使民心不亂, 是以聖人之治, 虛其心, 實其腹, 弱其志, 强其骨, 常使民無知無欲, 使夫智者不敢爲也, 爲無爲, 則無不治.

尙: 숭상할 상. **難得**난득: 얻기 어려운. **貨**: 물건 화. **虛其心**: 그들의 마음을 비우게 하다. 형용사 뒤에 목적어가 있으면 사동 기능이 있다. **腹**: 배 복. **夫**: 저 부. **智者**지자: 꾀를 부리는 자.

〔제3장〕 현명하고 능력 있는 사람을 숭상하지 않으면 백성들을 다투지 않게 할 수 있고, 얻기 어려운 재화를 귀중히 여기지 않으면 백성들을 도둑이 되지 않게 할 수 있으며, 하고자 하는 의욕을 보게 하지 않으면 백성들의 마음을 어지럽게 하지 않을 수 있다. 이 때문에 성인이 다스릴 때에는 그들의 마음은 비우게 하고 그들의 배는 채워주며, 그들의 의지는 약하게 하고 그들의 골격은 튼튼하게 해준다. 언제나 백성들로 하여금 지능을 쓰지 않게 하고 의욕을 갖지 않도록 하면 저 꾀를 부리는 자들이 감히 사기를 치지 못한다. 그러므로 (의욕적으로) 작위하지 않고 행하면 다스려지지 않을 것이 없다.

•••

五. 天地不仁, 以萬物爲芻狗, 聖人不仁, 以百姓爲芻狗, 天地之間, 其猶橐籥乎. 虛而不屈, 動而愈出, 多言數窮, 不如守中.

芻狗추구: 고대에 제사를 지낼 때 가축 대신 쓰던 짚으로 만든 허수아비 개. 제사 전에는 중시하지만 지내고 나면 길에 내다버려서 행인들이 짓밟고 다니게 했다. 천지와 성인은 만물과 백성을 각각 살 수 있도록 베풀어주지만 그들을 무심하게 대한다는 뜻이다. **橐籥**탁약: '橐爚탁약'으로도 쓴다. 풍구. **虛而不屈**: 비어 있지만 장악되지 않는다. **屈**굴: 굴복하다, 다스려지다. **動而愈出**: 움직이지만 힘이 빠지기는커녕 힘이 더 나온다. **多言數窮**: 수많은 말로써 끝도 없는 것을 세다. **中**: 비어 있는 듯 고요함.

〔제5장〕 천지는 어질지 못하여 만물을 허수아비 개처럼 여기고, 성인은 어질지 못하여 백성을 허수아비 개처럼 여기니, 하늘과 땅의 사이의 공간은 풍구와도 같은 것인가? 텅 비어 있어도 장악되지가 않고, (아무리) 움직여도 힘은 더욱 나온다. 수많은 말로써 끝도 없는 것을 세고 있느니, 차라리 비어 있는 듯 고요함을 지키는 편이 나을 것이다.

•••

二十二. 曲則全, 枉則直, 窪則盈, 敝則新, 少則得 多則惑, 是以聖人抱一爲天下式, 不自見, 故明, 不自是, 故彰, 不自伐, 故有功, 不自矜, 故長.

曲: 세밀할 곡. 디테일함. **枉**: 굽을 왕. **窪**: 웅덩이 와. **敝**: 해질 폐. **少**: 결핍할 소. **得**: 구하여 얻다. **惑**: 헷갈릴 혹. **式**: 규범 식. 사리 판단의 규범. **故**: 의외로 고. 오히려. **彰**: 드러날 창. **伐**: 자랑할 벌. **矜**: 뽐낼 긍. **長**: 우두머리 장.

〔제22장〕 지엽적인 것에 빠져야 전체를 보려는 마음이 생기고, 왜곡에 빠져야 곧은 것으로 돌아갈 마음이 생기고, 빈 웅덩이를 파야 채움이 있게 되고, (오래되어) 해져야 새것이 나오고, 결핍이 있어야 구할 것이 있고, (무엇이든지) 많아지면 (가닥을 못 잡고) 헷갈린다. 이 때문에 성인은 전체를 하나로 안아서 천하 사람들에게 갈 길을 만들어주었으니, 스스로를 드러내지 않아도 오히려 누구나 알게 되고, 스스로를 옳다고 여기지 않아도 오히려 시비가 밝혀지고, 스스로를 과시하지 않아도 오히려 공적이 드러나며, 스스로를 높이 평가하지 않아도 오히려 자신의 존재를 오래 알아준다.

•••

夫唯不爭, 故天下莫能與之爭, 古之所謂曲則全者, 豈虛言哉, 誠全而歸之.

故: '도리어 고顧'와 같다. 오히려. **莫**막: 아무도 없다. **全而**전이: '全然전연'과 같은 말. 온전하게. **誠**: 진실로 성. **歸之**: 오히려(故) 그 반대가 되는 상태로 귀결되다.

저 싸우지 않는 사람이야말로 오히려 천하의 어느 누구도 그와 더불어 싸울 수 있는 자가 없으니, 옛날의 소위 지엽적인 것에 빠져야 전체를 보려는 마음이 생긴다는 말이 어찌 빈말이리오? (이렇게 해야) 진실로 온전한 모습으로 귀결된다.

•••

三十二. 道常無名, 樸雖小, 天下莫能臣也, 侯王若能守之, 萬物將自賓, 天地相合, 以降甘露, 民莫之令而自均.

樸: 통나무 박. 도를 상징한다. **臣**: 신하 신. 복종하다, 굴복하다. **守之**: 도를 지키다. '之'는 도를 가리킨다. **賓**: 복종할 빈. **降**: 내릴 강. **甘露**감로: 단 이슬. **均**: '가지런히 할 치治'와 같다. **莫之令**: 원래는 '莫令之'이지만 부정문이므로 '之' 자가 도치되었다. 명령하는 사람이 아무도 없다. **均**: 고를 균. 다스리다.

〔제32장〕 도道에는 언제나 (이것을 표상할 수 있는) 이름이 없다. (도를 상징하는) 통나무는 비록 별것은 아니지만, 천하에 이를 마음대로 할 수 있는 자가 없다. 제후와 임금이 만일 이를 (몸에 간직해서) 지킬 수 있다면, 만물이 장차 저절로 복종할 것이니, 하늘과 땅의 기운이 서로 합함으로써 단 이슬이 내리고, 백성은 명령하는 사람이 아무도 없어도 저절로 다스려질 것이다.

•••

始制有名, 名亦旣有, 夫亦將知止, 知止, 可以不殆, 譬道之在天下, 猶川谷之於江海.

始制有名: 처음에 무엇인가를 만들면 동시에 이름이 생겨난다는 뜻. **止**: 멈출 지. 멈춰야 하는 제약이나 범주. **夫**: 저기. **夫亦將知止**: 이름이 생기면 거기에 따라서 이름이 지시하는 범주와 그 이름을 넘어가지 못하는 제약도 생긴다는 뜻이다. **譬**: 비유할 비. **之在**: 'A之在B'는 바로 뒤에 오는 구절의 'A之於B'와 같은 구문이다. A가 B와 갖는 관계.

무언가를 처음 만들어내면 이름이 생기는데, 이름이 기왕 생겨났다면 거기에는 범주와 제약이 있음도 함께 알게 된다. 범주와 제약이 있음을 함께 알게 된다면, 그것으로써 위태롭지 않을 수 있으니, 비유컨대 도가 천하와 갖는 관계는 골짜기 냇물이 강과 바다와 갖는 관계와 같다.

• • •

四十. 反者, 道之動, 弱者, 道之用, 天下萬物生於有, 有生於無.

反: 되돌아갈 반. **有**: 존재를 가리킨다.

〔제40장〕 '되돌아감'은 도의 움직임이고, '미약함'은 도의 효용이다. 천하의 만물은 존재한테서 나오고, 존재는 무無로부터 나온다.

*도가 존재할 수 있는 것은 언어가 작동하고 있기 때문이다. 즉 말은 직진해서 앞으로 나아가지만, 반드시 그 뒤에 따라오는 단어의 규정지음을 받아야 비로소 의미가 정해지는데, 이 의미가 바로 존재이다. 이러한 방식으로 의미는 계속 생성되어 나가므로 그 끝에 다다를 수가 없고 항상 원래의 자리로 되돌아온다. 그러므로 존재는 속이 빈 둥근 원환처럼 무한히 순환 반복하면서 생긴 환영에 지나지 않는다. 이것이 바로 '反'이 지시하는 되돌아온다는 의미다. 그런데 되돌아오기 위해서 앞으로 나아가려면 동력(drive)이 필요하다. 이것은 말을 하도록 유혹, 유인하는 힘으로서 말하는 자는 느끼지 못하는 매우 미약한 힘이다. 이 미약한 힘은 존재로 인식된 사물과의 접촉에서 발생한다. 이러한 힘을 불러일으키는 존재를 우리는 욕망의 대상이라고 부르는데, 이러한 관계는 인간 주체와 대상 사이에서만 생기는 것이 아니고 어떠한 사물

과 사물 사이에서도 발생할 수 있다. 만물의 삶의 분포에 빈틈이 하나도 없는 것은 끊임없는 변화 또는 진화의 결과인데, 이는 사물들 사이의 미약한 힘들이 존재한다는 증거이다. 그래서 도의 효용이라고 말한 것이다. 천하의 만물은 존재로서 인식되는데, 이 존재는 기실 허공에 만들어진 환영이다. 이것이 무無의 본질이다.

•••

四十一. 上士聞道, 勤而行之, 中士聞道, 若存若亡, 下士聞道, 大笑之, 不笑不足以爲道, 故建言有之,

上士: 지혜가 높은 지식인. **勤**: 부지런할 근. **若存若亡**: 있는 것 같기도 하고 없는 것 같기도 하다. 즉 머리로만 알기 때문에 배운 듯도 하지만 실천함이 없으므로 모르는 것 같기도 하다는 뜻. **建言**건언: 입언立言과 같은 말. 즉 옛날 사람들의 격언.

〔제41장〕 지혜가 높은 지식인은 도를 들으면 부지런히 이를 실천하고, 보통 수준의 지식인은 도를 들으면 (머리로는) 아는 듯도 하고 (실천이 없으니) 모르는 듯도 하다. 천박한 지식인은 도를 들으면 크게 비웃는데, 이들이 비웃지 않는다면 도라고 여기기에 부족할지도 모른다. 그래서 옛 속담에 이런 말이 있다.

•••

明道若昧, 進道若退, 夷道若纇, 上德若谷, 大白若辱, 廣德若不足, 建德若偸, 質眞若渝, 大方無隅, 大器晩成, 大音希聲, 大象無形. 道隱無名, 夫唯道, 善貸且成.

昧: 어두울 매. **夷**: 평평할 이. **纇**: 실매듭 뢰. '허물 자疵'와 같다. 매끄럽지 않다. **辱**: 더럽힐 욕. **建**: '튼튼할 건健'과 같음. **偸**: 야박할 투. **渝**: 변질될

투. 隅: 모퉁이 우. 希: 드물 희. 貸: 줄 대. '베풀 시施'와 같은 말.

"밝은 길은 어두운 듯 보이고, 앞으로 나아가는 길은 뒤로 물러가는 듯 보이며, 평탄한 길은 기복이 있는 듯 보인다. 숭고한 덕은 좁고 낮은 골짜기처럼 보이고, 너무 희고 깨끗한 것은 때가 묻은 것처럼 보이고, 관대한 덕은 뭔가 모자란 듯 보이며, 강건한 덕은 억지를 부리는 것처럼 보이고, 질박한 참마음은 변질된 것처럼 보인다. 크게 각진 것은 모서리가 없고, 큰 그릇은 더디 이루어지며, 거대한 소리는 잘 들리지 않고, 거대한 형상은 형체가 없다." 도는 숨겨져 있어서 이름 지어 부를 길이 없으니, 무릇 오로지 도만이 (만물에) 삶을 주고, 아울러 삶을 온전하게 이루어주는 일을 잘 해낼 수 있다.

•••

四十五. 大成若缺, 其用不弊, 大盈若沖, 其用不窮, 大直若屈, 大巧若拙, 大辯若訥, 躁勝寒, 靜勝熱, 淸靜爲天下正.

弊: 해질 폐. **沖**: 빌 충. **拙**: 서툴 졸. **訥**: 말 어눌할 눌. **躁**: 조급할 조. **勝**: 넘칠 승. '生'과 같음. **躁勝寒**: 성급하게 움직임은 한기를 넘치게 만드는데, 이 한기는 생명을 조락시킨다는 뜻이다. **靜勝熱**: 고요함은 열기를 넘치게 만드는데, 이 열기는 생명을 생기발랄하게 만든다는 뜻.

〔제45장〕 완성도가 완벽한 것은 어딘가 흠결이 있는 듯 보이지만 아무리 써도 너덜너덜해짐이 없다. 완전히 꽉 찬 것은 텅 빈 듯 보이지만 아무리 써도 바닥이 보이지 않는다. 완전하게 곧은 것은 굽은 듯 보이고, 완벽하게 정교한 것은 투박한 듯 보이며, 훌륭한 말솜씨는 말더듬이처럼 보인다. 성급하게 움직이면 한기를 성하게 만들고, 조용히 있으면 열기를 성하게 만든다. 따라서 냉정하고 조용하게 처함이 천하의 백성들에게 올바른 규범이 되는 것이다.

•••

五十八. 其政悶悶, 其民淳淳, 其政察察, 其民缺缺, 禍兮福之所倚, 福兮禍之所伏, 孰知其極, 其無正, 正復爲奇, 善復爲妖, 人之迷, 其日固久, 是以聖人方而不割, 廉而不劌, 直而不肆, 光而不燿.

悶: 어두울 민. **悶悶**: 우매한. 태고의 상태. **淳**: 순박할 순. **察察**찰찰: 세절細切의 기교를 따지다. **缺缺**결결: 교활하고 불평·불만을 하다. **倚**: 기댈 의. **奇**: 기이할 기. 비정상. **妖**: 재앙 요. **割**: 벨 할. **廉**: 모날 렴. **劌**: 상처 입힐 귀. **肆**: 마음대로 사. **燿**: 빛날 요.

(제58장) 정치가 관대하고 흐리멍덩하면 백성들이 순박해지고, 정치가 세밀히 따지기 좋아하고 깔끔하면 백성들이 교활해지고 불평불만을 한다. 화라는 것은 복이 기대어 있는 곳이고 복이라는 것은 화가 숨어 있는 곳이니, 누가 그 끝을 알 수 있겠는가? 화가 되고 복이 되는 일에는 정해진 기준이 없으니, 정상이 다시 비정상이 되고 선이 다시 재앙이 되기도 한다. 이렇게 사람들이 헷갈린 지가 그 세월이 매우 오래되었다. 그래서 성인은 모나게 다스려도 사람을 베지 않게 하고, 까칠하게 다스려도 사람에게 상처를 입히지 않으며, 곧이곧대로 다스리되 마음대로 하지 않고, 빛나게 다스리되 눈이 부시지 않게 한다.

•••

六十一. 大國者下流, 天下之交, 天下之牝, 牝常以靜勝牡, 以靜爲下, 故大國以下小國, 則取小國, 小國以下大國, 則取大國,

下流: 강의 하류. **交**: 섞일 교. **牝**: 암컷 빈. **牡**: 수컷 모. **爲下**: 아랫사람이 되다. 아래에 처하다. **下小國**: 작은 나라에게 낮추다. **取**: 얻어 모으다.

〔제61장〕 대국에 속하는 나라들은 강의 하류에 처해야 하는 법이니 천하의 모든 물이 이곳에서 합류하기 때문이고, 천하의 암컷이 되어야 하는 법이니 암컷은 언제나 고요히 처신함으로써 수컷을 이기기 때문이다. 이것은 고요히 처신함으로써 자신을 굽히기에 가능한 것인데, 그래서 대국이 작은 나라에게 겸손하면 그들 나라에게서 (신뢰를) 얻어 모을 수 있고, 작은 나라가 대국에게 겸손히 대하면 그 나라한테서 (양보를) 얻어낼 수 있다.

•••

故或下以取，或下而取，大國不過欲兼畜人，小國不過欲入事人，夫兩者各得其所欲，大者宜爲下.

兼: 아우를 겸. 겸병하다. **畜**: 기를 휵. **入**: 종속될 입. **宜**: 마땅할 의.

그러므로 (대국은) 겸손함으로써 작은 나라들에게서 신뢰를 얻어 모으기도 하고 또 (작은 나라들은) 겸손함으로써 대국에게서 양보를 얻어내기도 한다. 그러면 대국은 과도하게 작은 나라들의 백성을 한데 결집해 통치하려 하지 않을 것이고, 작은 나라들은 과도하게 대국에 종속되어 섬기려 하지 않을 것이므로, 저 양측의 나라들은 각기 원하는 바를 얻게 될 것이다. 따라서 큰 것은 마땅히 아래에 처해야 한다.

•••

六十八. 善爲士者不武，善戰者不怒，善勝敵者不與，善用人者爲之下，是謂不爭之德，是謂用人之力，是謂配天古之極.

武: 위용을 드러내다. **與**: 무리에 뛰어들다. **爲之下**: 그의 아랫사람이 되다. **古**: 유월兪樾에 의하면, 쓸데없이 끼어 들어간 연자衍字. **配**: 짝 배.

〔제68장〕 무사로서의 자격을 잘 갖춘 자는 자신의 무용을 드러내 보이지 않고, 전투를 잘하는 장수는 가벼이 화내지 않으며, 적을 잘 무찌르는 장수는 적과 정면으로 맞닥뜨리지 않는다. 사람을 잘 부리는 사람은 그에게 허리를 굽힐 줄 아는데, 이를 일컬어 남과 다투지 않는 덕성이라고 부르고, 이를 일컬어 사람을 쓸 줄 아는 능력이라고 부르며, 이를 일컬어 하늘의 지극한 이치에 짝할 만하다고 부른다.

•••

七十六. 人之生也柔弱, 其死也堅强, 萬物草木之生也柔脆, 其死也枯槁, 故堅强者死之徒, 柔弱者生之徒, 是以兵强則不勝, 木强則折, 强大處下, 柔弱處上.

脆: 무를 취. **槁**: 마를 고. **折**: 꺾을 절.

〔제76장〕 사람이 살아 있을 때는 부드럽고 연약하지만 죽고 나면 굳고 딱딱하다. 만물과 초목도 살았을 때는 부드럽고 무르지만 죽고 나면 마르고 뻣뻣하다. 그러므로 굳고 딱딱한 것은 죽음의 무리이고, 부드럽고 연약한 것은 삶의 무리이다. 그러므로 군대가 강하기만 하면 이기지 못하고, 나무도 뻣뻣하기만 하면 부러진다. 그래서 강하고 큰 것은 아랫자리에 처하게 되고, 부드럽고 연약한 것은 윗자리에 처하게 되는 것이다.

•••

七十八. 天下莫柔弱於水, 而攻堅强者, 莫之能勝, 以其無以易之, 弱之勝强, 柔之勝剛, 天下莫不知, 莫能行, 是以聖人云: 受國之垢, 是謂社稷主, 受國不祥, 是謂天下王, 正言若反.

莫之能勝: 원래는 莫能勝之이나 '莫'이 부정어이므로 '之'가 도치된 것이다. 以: 접속사. 왜냐하면. 垢: 때 구. 社稷사직: 땅의 신과 곡식의 신을 함께 부르는 말. 국가를 상징한다. 祥: 상서로울 상. 正言若反정언약반: 앞에서 한 말은 그 반대의 의미를 말하는 것처럼 보인다는 뜻. 긍정 형식으로 부정 의미를 말하고, 부정 형식으로 긍정의 내용을 표현하는 변증법적인 수사법.

〔제78장〕 천하에 어떠한 것도 물보다 부드럽고 연약한 것이 없지만, 굳고 딱딱한 것을 깨부술 수 있는 것으로 어떠한 것도 이보다 더 나은 것은 없다. 왜냐하면, 이것을 대체할 수 있는 게 아무것도 없기 때문이다. 약한 것이 강한 것을 이기고, 부드러운 것이 단단한 것을 이긴다는 사실은 천하에 어느 누구도 모르는 자가 없지만, 이를 실천할 수 있는 자는 아무도 없다. 그러므로 성인은 다음과 같이 말한다. "나라의 욕된 것을 자신의 한 몸에 받는 사람, 이를 일컬어 사직의 주인이라 부르고, 나라의 상서롭지 않은 것을 자신의 한 몸에 받는 사람, 이를 일컬어 천하의 임금이라고 부른다." 이처럼 앞에 놓인 말은 마치 그 반대의 의미를 말하는 것처럼 보인다.

『장자莊子』

『장자』는 전국 시대 중기에 살았던 송나라 사람 장자가 쓴 책 이름으로서 도가道家의 주요 경전이다. 장자(약 B.C. 369~약 B.C. 286)의 이름은 주周. 도가의 대표적인 인물로서 노자와 더불어 노장老莊으로 불린다. 특히 본문 중의 「소요유逍遙遊」와 「양생주養生主」는 작품성과 예술성 면에서 수작으로 꼽힌다. '소요유'란 '아무런 걱정 없이 천천히 거닐며 놀다'라는 의미로, 어디에도 제한을 받지 않는 자유로운 상상과 행위를 상징한다. 따라서 장자의 이 글은 중국 최초로 개인주의를 표방했다고 해도 무방하다. 장자의 이러한 관념론은 이후 중국 문학 발전에 심대한 영향을 끼쳤다.

여름 매미는 봄과 가을을 모른다 — 「소요유逍遙遊」

•••

且夫水之積也不厚, 則其負大舟也無力. 覆杯水於坳堂之上, 則芥為之舟; 置杯焉則膠, 水淺而舟大也. 風之積也不厚, 則其負大翼也無力. 故九萬里, 則風斯在下矣, 而後乃今培風; 背負青天而莫之夭閼者, 而後乃今將圖南.

且: 또 차. 여기서 잠시 다른 이야기를 해보자는 뜻. **負**: 질 부. 띄우다. **覆**: 뒤집힐 복. **坳**: 오목할 요. **芥**: 겨자 개. **焉**: 거기에. **膠**: 붙을 교. **淺**: 얕을 천. **斯**: '之'와 같다. 주어를 표시하는 조사. **乃**: 비로소 내. **培**: 북돋울 배. '기댈 빙馮'과 같은 말. 타다. **夭**요: '꺾을 절折'과 같다. **閼**: 막을 알. **圖**: 도모할 도. 기도하다.

여기서 잠시 다른 이야기를 해보자. 무릇 물의 축적이 두텁지 않으면 그 물이 큰 배를 띄워줄 때 힘을 쓰지 못한다. 오목하게 들어간 마루 위에 잔 안의 물을 엎지르면 겨자씨는 이 정도 물로 배처럼 뜰 수 있지만, 여기에 잔을 얹으면 바닥에 착 달라붙는데 이는 물은 얕고 배는 크기 때문이다. 바람의 축적이 두텁지 않으면 그것이 큰 날개를 띄워줄 때 힘을 쓰지 못한다. 그러므로 구만리는 올라가야 바람이 그 밑에 충분히 축적돼 있을 것이니, 그런 다음에야 비로소 슬슬 바람을 타게 된다. 푸른 하늘을 등에 지면 아무도 이를 꺾고 막을 자 없을 터인즉, 그런 다음에야 비로소 슬슬 남쪽을 도모하게 된다.

•••

蜩與學鳩笑之曰: 我決起而飛, 槍楡枋, 時則不至而控於地而已矣, 奚以之九萬里而南爲. 適莽蒼者, 三餐而反, 腹猶果然; 適百里者, 宿舂糧; 適千里者, 三月聚糧. 之二蟲又何知.

蜩: 매미 조. **學鳩**할구: 여구鷽鳩로도 쓰는데, 산비둘기. **之**: 여기서는 구만리를 올라가서 남쪽 바다로 날아가는 붕새를 지시한다. **決**: 빠를 결. 힘껏, 재빠르게. **槍**: 창 창. '닿을 창搶' 자로 고쳐야 한다. 모이다. **楡**: 느릅나무 유. **枋**: 다목나무 방. **則**: '간혹 있을 혹或'과 같다. **控**: 당길 공. 내던지다. **之**: 가다. 동사. **爲**: '도모할 도圖'와 같은 글자. **莽蒼**망창: 잡풀이 푸르게 우거진 곳, 즉 교외. **果然**과연: 결과가 그대로 있다, 즉 아직도 배부르다. **宿**숙: 전날 밤. **舂**: 찧을 용. **之**: 이것 지. **二蟲**이충: 두 짐승, 즉 매미와 산비둘기.

매미와 산비둘기가 붕鵬새를 비웃으며 말한다. "우리는 힘껏 재빠르게 뛰어 날아야 느릅나무와 다목나무에 모여 앉을 수 있지. 그나마도 어떤 때는 거기에 다다르지 못해서 땅바닥에 내동댕이쳐지기도 했지. 도대체 뭘 하려고 구만리씩이나 올라가서는 남쪽을 도모한다는 거지?" 성 밖의 들판에 가려는 사람은 세끼 밥을 먹고 돌아와도 배가 아직도 꺼져 있지 않다. 백 리를 가려는 사람은 출발 하룻저녁 전쯤에 식량을 찧어야 한다. 천 리를 가려는 사람은 석 달 전쯤부터 식량을 모아야 한다. 이 두 짐승이 무엇을 더 알랴?

•••

小知不及大知, 小年不及大年. 奚以知其然也. 朝菌不知晦朔, 蟪蛄不知春秋, 此小年也. 楚之南有冥靈者, 以五百歲爲春, 五百歲爲秋; 上古有大椿者, 以八千歲爲春, 八千歲爲秋. 而彭祖乃今以久特聞, 衆人匹之, 不亦悲乎.

小年: 짧은 수명. **大年**: 장수함. **其然**: 그러하다, 즉 옳다. **晦朔**회삭: '晦'는 해 지고 난 다음의 컴컴한 밤을, '朔'은 새벽의 여명을 각각 가리키므로 '회삭'은 밤부터 새벽까지의 시간을 상징한다. **蟪蛄**혜고: 여름 매미. **不知春秋**: 매미는 여름 한 철만 살기 때문에 봄과 가을을 모른다는 뜻. **冥靈**명령: 나무 이름. **大椿**대춘: 나무 이름. **彭祖**팽조: 요임금 때부터 주나라까지 8백 년을 살았다고 하는 전설상의 인물. 양생養生을 잘해서 장수하였다고 한다. **久**: 오랠 구. 장수함. **特**특: '단지 독獨'과 같은 말. **聞**: 이름날 문. **匹**: 짝할 필. 필적하다.

작은 지혜는 큰 지혜에 미치지 못하고 짧은 수명은 긴 수명에 미치지 못한다. 무엇으로써 이 말이 옳다는 것을 알 수 있는가? 아침에 피는 버섯은 밤부터 새벽까지의 시간을 모르고, 여름 매미는 봄과 가을이 뭔지 모르는데, 이는 짧은 수명 때문이다. 초나라의 남쪽에 명령冥靈이라는 나무가 있는데, 5백 년을 봄으로 여기고, 5백 년을 가을로 여긴다. 먼 옛날에 대춘大椿이라는 나무가 있었는데, 8천 년을 봄으로 삼고, 8천 년을 가을로 삼았다. 그런데도 오늘날 (8백 년밖에 못 산) 팽조는 그것도 오래 산 것이라고 유독 이름이 나 있어서, 뭇사람들이 그와 맞먹을 만큼 오래 살자고 하니 한심한 일이 아니겠는가!

백정에게도 도가 있다 —「양생주養生主」

•••

庖丁爲文惠君解牛. 手之所觸, 肩之所倚, 足之所履, 膝之所踦. 砉然嚮然. 奏刀騞然. 莫不中音. 合於桑林之舞, 乃中經首之會.

庖丁포정: 숙수. 주방에서 일하는 전문 요리사. 정丁을 숙수의 이름으로 해석하기도 한다. **文惠君**문혜군: 양梁나라 혜왕惠王. **解牛**: 고기를 얻기 위해서 소를 해체하다. **倚**: 기울 의. **踦**: 절름발이 기. 절름발이처럼 한쪽 발을 구부리다. **砉**: 무너질 붕. **砉然**: 뼈에서 살이 떨어져 나가는 소리. **嚮**향: '울릴 향響'과 같은 글자. **嚮然**: 맑은 소리로 울리다. 힘의 중심에 정확히 맞았을 때 나는 맑은 소리. **奏刀**주도: 아뢰듯이 절주節奏에 맞게 칼을 움직이다. **騞**: 거침없이 나아갈 획. **桑林**상림: 은나라 탕임금 때의 명곡名曲. **經首**경수: 요임금 때의 명곡. **會**: 때마침 회. 음절, 절주, 즉 리듬.

숙수熟手 정丁이 문혜군을 위해 소를 잡은 일이 있었다. 손을 대고, 어깨를 기울이고, 발로 짓누르고, 한쪽 무릎을 구부리는 동작을 할 때마다 뼈에서 힘줄이 떨어지는 소리가 맑게 울렸고 절주에 맞게 칼을 움직일 때는 잡소리 없이 획획 소리만 났다. 이러한 소리는 어느 것도 음률에 맞지 않은 것이 없었고, 탕임금 때의 무곡인 「상림」의 춤사위와도 딱 맞았으며, 요임금 때의 노래인 「경수」의 절주에도 들어맞았다.

•••

惠文君曰: 譆, 善哉. 技蓋至此乎. 庖丁釋刀對曰: 臣之所好者道也, 進乎技矣. 始臣之解牛之時, 所見無非牛者. 三年之後, 未嘗見全牛也.

譆희: 감탄사. **蓋**: 여기서는 '어찌 합'. 어찌하면. **釋**: 풀 석. 놓다. **進乎技**: 이런 기술보다 더 나아간 것이다. **所見無非牛者**: 오로지 소만 보였다, 즉 이치같이 한가한 것은 떠오르지도 않았다. 처음에는 어렵게만 보였다는 뜻이다.

문혜군이 "아아, 훌륭하구나. 기술이 어찌하면 이런 경지에 이를 수가 있느냐?"라고 감탄하였다. 숙수 정이 칼을 놓고 대답하였다. "제가 좋아하는 것은 도道입니다. 이런 재주보다 더 나아간 것이지요. 제가 처음 소를 잡을 때에는 눈에 보이는 바가 소가 아닌 것이 없었습니다만, 3년이 지나고 나자 소의 전체 모습이 눈에 들어온 적이 없었습니다.

•••

方今之時, 臣以神遇而不以目視, 官知止而神欲行. 依乎天理, 批大郤, 導大窾, 因其固然. 技經因肯綮之未嘗. 而況大軱乎.

神遇신우: 영적으로 마주하다. 즉, 자연적 이치에 통달한 상태로 대상을 파악하다. **官知**: 인식을 관장하는 기능 또는 기관. **天理**: 소의 뼈와 살이 형성된 구조와 이치. **郤**: 틈 극. **窾**: 빌 관. **因**: 따를 인. '따를 순順'과 같다. **固然**: 본래의 모습. **技**기: '가지 지枝'로 고쳐야 한다는 설을 따른다. 그러면 위 원문의 '技經'은 '枝經'이 되는데 枝經지경은 근맥筋脈의 본류인 경맥經脈과 지류인 지맥枝脈이 연결된 곳을 가리킨다. **肯**긍: 근육이 붙은 뼈. **綮**: 맺을 계. **肯綮**: 뼈와 근육이 결합한 곳. **未嘗**: 일찍이 건드린 적이 없다는 뜻. **軱**: 큰 뼈 고.

지금에 와서는 저는 이치에 통달해서 소를 대하고 있지 눈으로 보지 않습니다. 인식을 관장하는 기관의 작용이 멈추니까 통달한 이치로 파악하는 기능이 자연스레 작동하려고 하더군요. 자연적으로 형성된 결을 따라서 사이사이에 생긴 커다란 틈새를 쳐 커다란 빈 공간을 만들어 나가면서 소의 본래 모습대로 따라가면 됩니다. 경맥과 지맥이 연결된 곳과 뼈와 근육이 합쳐진 곳조차도 일찍이 건드린 적이 없는데, 하물며 큰 뼈 같은 것은 말할 나위가 있겠습니까?

• • •

良庖歲更刀, 割也; 族庖月更刀, 折也. 今臣之刀十九年矣, 所解數千牛矣, 而刀刃若新發於硎. 彼節者有閒, 而刀刃者無厚; 以無厚入有閒, 恢恢乎其於遊刃必有餘地矣, 是以十九年而刀刃若新發於硎.

良량: 숙달된, 꽤나 한다하는. **更刀**경도: 칼을 새것으로 바꾸다. **割**: 벨 할. 이치에 통달하지 못한 채 직접 고기를 베는 것. **族**: 무리 족. '무리 중衆'과 같다. 대부분의, 보통의. **折**: 꺾을 절. 뼈를 직접 쳐서 자르다. **硎**: 숫돌 형. **閒**: 틈새 한. **厚**: 두꺼울 후. 두께. **恢恢**회회: 넓은 모양. **遊刃**유인: 칼날을 넉넉하게 놀리다.

꽤나 한다하는 숙수가 1년에 한 번 정도 칼을 바꾸는데 이는 직접 베는 일을 많이 했기 때문입니다. 대부분의 숙수들은 달마다 칼을 바꾸는데 이는 칼로 뼈를 쳐서 자르기 때문입니다. 지금 제가 쓰는 칼은 19년이 되었고 잡은 소만 해도 수천 마리에 이르지만, 칼날은 마치 숫돌에서 갓 갈아낸 것과 같습니다. 저 뼈마디라는 것에는 틈이 있게 마련이고 칼날이란 것은 두께가 거의 없을 만큼 얇습니다. 두께가 없는 것으로써 틈새 있는 곳에 들어가게 하면, 그가 칼날을 놀리게 함에 널찍할 만큼 여유 공간이 반드시 생깁니다. 이것이 19년이나 썼어도 칼날이 마치 숫돌에서 갓 갈아낸 것과 같은 이유입니다.

•••

雖然每至於族, 吾見其難爲, 怵然爲戒. 視爲止, 行爲遲. 動刀甚微, 謋然已解, 如土委地. 提刀而立, 爲之四顧, 爲之躊躇滿志, 善刀而藏之. 文惠君曰: 善哉, 吾聞庖丁之言, 得養生焉.

族족: 경맥과 지맥, 뼈와 근육이 모여 결합된 곳. **怵**: 두려워할 출. **視為止**: 보는 일을 한곳에 멈추다. **謋**: 재빠를 획. **土委地**: 흙이 땅에 몸을 맡기듯하다. 즉 흙이 땅에 떨어지면 흔적을 알 수 없으므로 결과가 깔끔하다는 뜻. **爲之**: 자신이 해놓은 일을 확인하기 위하여. **爲之**: 자신이 한 일 때문에. **躊躇**주저: 원래는 '머무적거리다'라는 뜻인데, 여기서는 득의양양한 모습을 말한다. **善**선: '씻을 식拭'의 차자借字. **養生**: 오래 살기 위해서 삶을 잘 가꾸는 일.

비록 그렇다 하더라도 매번 칼질이 뼈와 힘줄이 결합한 곳에 이를 때면 저는 이곳이 처리하기가 매우 어렵다는 사실을 알기 때문에 두려운 마음으로 경계를 하고 시선을 한곳에 집중하며 행동을 천천히 합니다. 칼 놀림을 매우 미세하게 할라치면 순식간에 탁 풀리는데 그것이 마치 흙이 땅에 떨어지듯 깔끔합니다. 칼을 든 채로 일어나서 제가 해놓은 일을 보려고 사방을 둘러보게 되는데, 그 결과가 의도한 대로 되어 득의양양한 마음을 갖고 칼을 씻어 챙겨 넣습니다." 문혜군이 말했다. "훌륭하도다! 내가 숙수 정의 말을 듣고 여기서 양생養生을 어떻게 해야 하는지를 알게 되었도다."

성인이 죽어야 도적이 일어나지 않는다 —「거협胠篋」편

•••

嘗試論之, 世俗之所謂至知者, 有不爲大盜積者乎. 所謂至聖

者, 有不爲大盜守者乎. 何以知其然邪. 昔者龍逢斬, 比干剖, 萇弘胣, 子胥靡, 故四子之賢而身不免乎戮.

胠篋거협: 상자를 열다. 도둑을 비유하여 일컫는 말. **嘗試**상시: 맛보기로 한번 해보자. **龍逢**용봉: 성은 관關. 하나라 걸桀왕 때의 충신으로서 포악한 정치에 대하여 충간을 하다가 처형당했다. **比干**비간: 은나라 주紂왕의 왕자로서 간언을 하다가 죽었다. **萇弘**장홍: 주나라 경왕敬王 때 촉나라 대부. 진晉나라가 왕을 겁박하자 대신 희생하였다. **胣**: 창자 가를 이. **子胥**자서: 성은 오伍. 오나라 합려闔閭를 도와 초나라를 항복시켰으나, 그 아들 부차에게 미움을 받아 자결을 강요받았다. 부차는 그의 시체를 말가죽 부대에 담아 강물에 띄워 보냈다고 한다. **靡**: 썩을 미. **戮**: 죽일 륙.

어디 한번 이것을 맛보기로 따져보자. 세상의 보통 사람들이 말하는바, 높은 지식 수준에 이른 자 중에 큰 도둑을 위해서 지식을 쌓아두지 않은 자가 있느냐? 이른바 성인의 경지에 이른 자 중에 큰 도둑을 위해 그 경지를 지켜주지 않는 자가 있느냐? 이치가 그러하다는 것을 무엇으로써 알 수 있는가? 옛날에 관용봉은 참수형을 당했고, 비간은 가슴이 갈라졌으며, 장홍은 창자가 꺼내졌고, 오자서는 시체가 강물에 띄워져서 썩히었다. 이 네 사람은 현자들이긴 했지만 그 몸이 죽임을 면치 못하였다.

•••

故跖之徒問於跖曰: 盜亦有道乎. 跖曰: 何適而無有道邪. 夫妄意室中之藏, 聖也; 入先, 勇也; 出後, 義也; 知可否, 知也; 分均, 仁也. 五者不備而能成大盜者, 天下未之有也.

跖척: 춘추 시대 노나라의 악명 높은 도적인 도척盜跖. **適**: 갈 적. **何適**: 어디를 가든. **妄**: 근거 없을 망. **意**: '추측할 억億'과 같다. **知可否**: 도둑질을 할 때와 하지 말아야 할 때를 알다.

그래서 (저 악명 높은 도둑인) 도척의 졸개가 두목에게 물었다. "도둑에게도 도가 있습니까?" 도척이 대답하였다. "어디를 가든 도가 없겠느냐? 무릇 어떤 근거가 없이도 남의 집 방 안에 감춰둔 물건을 알아맞히는 것은 성聖이요, 다른 동료보다 먼저 들어가는 것은 용勇이요, 다른 동료보다 나중에 나오는 것은 의義요, 도둑질할 때와 하지 말아야 할 때를 아는 것은 지知요, 장물을 고루 나누는 것은 인仁이다. 이 다섯 가지를 갖추지 않고 큰 도둑이 될 수 있는 사람은 천하에 아직 있은 적이 없다."

•••

由是觀之, 善人不得聖人之道不立, 跖不得聖人之道不行; 天下之善人少而不善人多, 則聖人之利天下也少而害天下也多. 故曰: 脣竭則齒寒, 魯酒薄而邯鄲圍, 聖人生而大盜起.

竭갈: '들 게揭'와 같음. **脣竭**순갈: '입술이 들리면' 또는 '입술을 드러내버리면'. 순갈치한脣竭齒寒의 고사는 이 책 『좌전』 「희공 5년」의 문장을 참조 바란다. **薄**: 얇을 박. 술의 농도가 옅다. **邯鄲**한단: 조나라의 도읍. **魯酒薄而邯鄲圍**: 초나라 선왕宣王이 제후들을 불러 모았는데, 노나라 공공恭公이 늦게 왔을 뿐 아니라 예물로 갖다 바친 술맛도 싱거웠다. 선왕이 화가 나서 공공에게 모욕을 주려 하자 그가 "우리 노나라는 주공의 후예로서 천자의 예악을 행하고 공훈이 주나라 왕실에 있소이다. 이런 우리가 술을 바친 것 자체가 이미 예를 잃은 것인데 여기에다가 술맛이 싱겁다고 책망하는 것은 너무한 것 아니오?"라고 하고는 인사도 않고 돌아가버렸다. 선왕이 화가 나서 군사를 일으켜 노나라를 공격하였다. 당시에 양나라 혜왕은 호시탐탐 조나라를 치려고 마음먹고 있었지만 노나라가 구해줄까 두려워 실행에 옮기지 못하고 있던 차였는데, 이제 초나라와 노나라 사이에 사변이 발생하니까 양나라가 이때다 하고 조나라로 진군하여 한단을 포위하였다는 것이 이 고사의 내용이다. **而**: '則즉'과 같다.

이를 통하여 보건대, 착한 사람이라도 성인의 도를 얻지 못하면 착한 사람으로 설 수가 없고, 도척이라도 성인의 도를 얻지 못하면 큰 도둑으로 행세할 수 없는 법이다. 천하에 착한 사람이 적고 착하지 않은 사람이 많으면 성인이 천하를 이롭게 하는 일은 적을 것이요, 천하를 해롭게 하는 일은 많을 것이다. 그래서 이런 말이 생겨났다. '입술이 들리면 이가 시리고, 노나라의 술이 싱거우면 조나라의 수도 한단이 포위된다. 성인이 나타나면 큰 도둑도 일어난다.'

•••

掊擊聖人, 縱舍盜賊, 而天下始治矣. 夫川竭而谷虛, 丘夷而淵實. 聖人已死, 則大盜不起, 天下平而無故矣.

掊: 때릴 부. **縱**: 멋대로 할 종. **舍**: 놓을 사. **天下始治矣**: 금지하는 법을 없애야 욕망이 사라지고, 욕망이 사라져야 성인과 같은 숭상하는 대상이 없어져서 인간의 소박한 본성을 지킬 수 있다는 말. **竭**: 마를 갈. **川竭而谷虛**: 시내가 마르면 골짜기를 일부러 비우지 않아도 저절로 비워진다는 뜻. **夷**: 평평할 이. **故**고: '일 사事'와 같은 말.

(따라서) 성인을 때려치우고 도적을 멋대로 하라고 풀어놓아줘야 천하가 비로소 다스려지기 시작한다. 무릇 시내가 마르면 골짜기는 저절로 비워지고, 언덕이 평평해지면 연못은 물이 꽉 찬다. 성인이 죽어버리고 나면 큰 도둑이 일어나지 않을 터이니 그러면 천하는 평온해지고 아무런 사고도 일어나지 않을 것이다.

•••

聖人不死, 大盜不止. 雖重聖人而治天下, 則是重利盜跖也. 爲之斗斛以量之, 則並與斗斛而竊之; 爲之權衡以稱之, 則並與權衡而竊之; 爲之符璽以信之, 則並與符璽而竊之; 爲之仁義以矯之, 則並與仁義而竊之. 何以知其然邪.

而: 앞의 '重聖人'을 부사어로 만들어서 뒤의 '治'를 수식하는 기능을 한다. 성인을 중시함으로써. **重利**: 중히 여기고 이롭게 하다. **爲之**: 백성을 위하여. **斛**: 휘 곡. 원래는 한 섬(10말)짜리 용기인데, 여기서는 됫박을 가리킨다. **權衡**권형: 저울추와 저울대. **符璽**부새: '符'는 부절符節로서, 나무나 옥을 두 조각 내서 각기 하나씩을 갖고 있다가 나중에 맞춰보는 신표로 사용했다. '璽'는 옥새로서 군왕의 명령임을 증명한다. **矯**: 바로잡을 교.

성인이 죽지 않으면 큰 도둑도 그치지 않는다. 아무리 성인을 중히 여김으로써 천하를 다스린다 하더라도 이것은 결국 도척을 중히 여기고 이롭게 하는 일이 된다. 백성을 위해서 말과 됫박을 만들어 양을 잴 수 있게 해주면, 말과 됫박을 한데 묶어서 훔쳐 가버린다. 백성을 위하여 저울추와 저울대를 만들어 무게를 잴 수 있게 해주면, 저울추와 저울대를 한데 묶어서 훔쳐 가버린다. 백성을 위하여 부절符節과 옥새를 만들어 증빙 근거로 삼게 해주면, 부절과 옥새를 한데 묶어서 훔쳐 가버린다. 백성을 위하여 인과 의를 만들어 그들을 바로잡아주면, 인과 의를 한데 묶어서 훔쳐 가버린다. 이치가 그러하다는 것을 무엇으로써 알 수 있는가?

•••

彼竊鉤者誅, 竊國者爲諸侯, 諸侯之門而仁義存焉, 則是非竊仁義聖知邪. 故逐於大盜, 揭諸侯, 竊仁義並斗斛權衡符璽之利者, 雖有軒冕之賞弗能勸, 斧鉞之威弗能禁. 此重利盜跖而使

不可禁者, 是乃聖人之過也.

鉤: 띠쇠 구. 허리띠의 죔쇠(buckle). **誅**: 벨 주. **焉**: 그 안에. **聖知**: 앞에서 도척이 말한 도둑의 도를 가리키는 듯하다. **逐於大盜**: 큰 도둑에게 좇아 다니며 배우다. **揭**: 높이 들 게. 높이 들림을 받다. **軒**: 고관이 타는 수레 헌. **冕**: 고관들이 쓰는 갓. 높은 벼슬을 상징한다. **勸**: 권장할 권. **斧鉞**부월: 도끼. 참수하는 데 쓰는 형구.

저 띠쇠를 훔친 자는 처형을 당하지만, 나라를 훔친 자는 제후가 된다. 제후의 가문을 이루면 그 안에 인과 의를 두어야 할 터이니, 그러면 이것은 인仁, 의義, 성聖, 지知를 모두 훔친 것이 아니겠는가? 그러므로 큰 도둑에게 좇아다니며 배워서 제후로 들림을 받고, 인의와 더불어 말과 됫박, 저울추와 저울대, 부절과 옥새와 같은 이로운 것들을 훔치는 자는 아무리 높은 벼슬의 상을 내놓아도 그들이 이런 짓을 하지 않도록 권면할 수 없다. 이와 같이 도척을 중히 여기고 이롭게 함으로써 이러한 짓을 금지할 수 없게 된 것은 바로 성인의 잘못이다.

차라리 꼬리를 진흙 속에 끌고 다니겠다 — 「추수秋水」편

•••

莊子釣於濮水, 楚王使大夫二人往先焉, 曰: 願以境內累矣. 莊子持竿不顧, 曰: 吾聞楚有神龜, 死已三千歲矣, 王巾笥而藏之廟堂之上. 此龜者, 寧其死為留骨而貴乎, 寧其生而曳尾於塗中乎. 二大夫曰: 寧生而曳尾塗中. 莊子曰: 往矣, 吾將曳尾於塗中.

釣: 낚시 조. **濮水**복수: 하남성 복양濮陽현에 있는 강 이름. **楚王**: 초나라 위왕威王. **使**: 사신 보낼 사. **往先焉**: 그에게 초왕의 의사를 먼저 보내다. **境內**경내: 국경 안의 일, 즉 국내 정치. **累**: 누 끼칠 루. 폐를 끼치다. 정사를 맡아달라는 말. **竿**: 장대 간. **顧**: 돌아볼 고. **神龜**신귀: 신령한 거북. 거북의 껍질을 잘 다듬어서 국가의 중요한 일을 점칠 때 사용했다. **笥**: 상자 사. **巾笥**건사: 상자에 넣은 후 보자기로 덮다. **廟**: 사당 묘. **寧**녕: 접속사. 차라리 ~하는 편이 낫다. **曳**: 끌 예. **塗**: 진흙 도.

장자가 복수濮水 가에서 낚시를 하고 있었다. 초나라 임금이 대부 두 사람을 시켜서 자신의 의사를 미리 보내왔는데, 내용인즉 "우리나라의 정치로써 그대에게 폐를 좀 끼치고자 하오"였다. 장자가 낚싯대를 쥔 채 돌아보지도 않고 물었다. "내가 듣기로 초나라에 신령한 거북이 있는데, 죽은 지 이미 3천 년이나 되어서 임금님께서 그것을 상자 안에 넣고 보자기로 덮은 다음에 사당의 높은 곳에 모셔두었다지요? 이 거북은 차라리 죽어서 뼈만 남아 존귀하게 여김을 받는 게 나을까요, 아니면 차라리 살아서 꼬리를 진흙 속에 끌고 다니는 게 나을까요?" 두 대부가 대답하였다. "차라리 살아서 꼬리를 진흙 속에 끌고 다니는 게 낫지요." 장자가 말하였다. "가십시오. 나는 장차 꼬리를 진흙 속에 끌고 다닐 것입니다."

『순자荀子』

『순자』는 전국 말 사상가인 순자 자신의 글과 그의 제자들이 스승의 언행을 정리한 글을 모아놓은 저작이다. 순자(약 B.C. 313~약 B.C. 238)의 이름은 황況, 자는 경卿으로서· 유가의 새로운 영역을 개척한 사상가다. 그는 공자의 가르침 중에서 예禮의 사회적 기능을 강조함으로써 예법 또는 법으로 발전할 길을 터놓았다. 아울러 인간의 천부적인 도덕 관념을 부정하는 성악설性惡說을 제기함으로써 교육의 중요성을 역설하였는데, 이 주장은 여기에 옮긴 「권학勸學」편에 잘 나타나 있다. 특히 「정명正名」편의 이름에 대한 논설은 현대 언어학 이론에도 그대로 적중하는 명문장이다.

삼밭에 자라는 쑥 — 「권학勸學」편

•••

君子曰: 學不可以已. 青, 取之於藍, 而青於藍; 冰, 水爲之而寒於水. 木直中繩, 輮以爲輪, 其曲中規, 雖有槁暴, 不復挺者, 輮使之然也.

君子: 도덕적으로 수양이 된 사람. 여기서는 순자 자신을 가리킨다. **已**: 그칠 이. **藍**: 쪽 람. 청색 염료를 추출하는 식물. **於**: 비교의 대상을 가져오는 조사. ~보다. **繩**: 먹줄 승. **輮**유: '휠 유煣'와 같은 글자. 나무를 구워서 모양을 만들다. **規**: 그림쇠 규. 원을 그릴 때 쓰는 도구. **暴**폭: '볕에 쬘 폭曝'과 같다. **槁暴**고폭: 바짝 마르다. **挺**: 곧을 정.

군자가 다음과 같이 말하였다. 배움은 끝이 있을 수가 없다. 청색 물감은 쪽으로부터 취하였지만 쪽보다 더 푸르고, 얼음은 물이 변하여 된 것이지만 물보다 더 차다. 나무는 곧은 성질이 있어서 먹줄에 잘 맞지만, 이것을 불에 휘어서 바퀴를 만들면 그 곡선은 둥근 그림쇠에 잘 맞는다. 설사 여기에 볕을 쬐어서 바짝 마르게 하더라도 다시는 곧은 형태로 돌아가지 않는데, 이것은 불에 휘게 한 작업이 그렇게 만들어버렸기 때문이다.

•••

故木受繩則直, 金就礪則利, 君子博學而日參省乎己, 則智明而行無過矣.

就: 나아갈 취. **礪**: 숫돌 려. **利**: 날카로울 리. **參省**삼성: 세 번 반성하다. '參'은 '三'과 같은 글자. 『논어』「학이學而」편에 나오는 증자曾子의 말이다.

그러므로 나무는 먹줄을 받으면 곧아지고, 쇠는 숫돌로 나아가면 날카로워지며, 군자는 배움을 넓히고 날마다 세 번 자신에 대하여 성찰하면 사리에 밝아지고 행동에 잘못이 없게 된다.

•••

故不登高山, 不知天之高也; 不臨深谿, 不知地之厚也; 不聞先王之遺言, 不知學問之大也. 干.越.夷.貉之子, 生而同聲, 長而異俗, 敎使之然也.

臨: 임할 림. **谿**: 산골짜기 계. **遺**: 남길 유. **干**: 나라 이름 한. 오나라에 합병되었다. 여기서는 오나라를 지칭한다. **夷**이: 동방의 소수민족들. **貉**맥: 북방의 소수민족들.

그러므로 높은 산에 올라가지 않으면 하늘이 얼마나 높은지 모르고, 깊은 골짜기에서 내려다보지 않으면 땅이 얼마나 두꺼운지 모르며, 선왕들이 남긴 말씀을 듣지 않으면 학문이 얼마나 큰지 모른다. 오나라와 월나라, 그리고 동방의 소수민족들과 북방의 소수민족들의 아이들이 태어날 때는 똑같은 목소리로 울지만 자라나서는 풍속을 달리하는데, 이는 교육이 그렇게 만들어버렸기 때문이다.

•••

詩曰: 嗟爾君子, 無恆安息, 靖共爾位, 好是正直. 神之聽之, 介爾景福. 神莫大於化道, 福莫長於無禍.

詩曰: 『시경』「소명小明」편의 구절. **嗟**: 탄식할 차. **爾**: 너 이. **恆**: 항상 항. '떳떳할 상常'과 같음. **靖**정: '고요할 정靜'과 같음. **共**: '공손할 공恭'과 같음. **介**: 도울 개. **景**: 클 경. **化道**: 성인의 도리에 교화되다.

『시경』에 "아아, 그대 귀족들이여 / 언제나 편히 쉬려고만 하지 마소. 그대들의 자리를 얌전하고 공손하게 지키며 / 좋아해야 할 것은 정직뿐이어야지요. 신명께서 이를 들으시면 / 그대에게 큰 복으로 도우실 것이오"라는 구절이 있다. 신령한 것 중에서 성인의 도리에 교화되는 것보다 더 큰 것은 없고, 복 중에서 재앙이 없는 것보다 더 오래가는 것은 없다는 말이다.

•••

吾嘗終日而思矣, 不如須臾之所學也; 吾嘗跂而望矣, 不如登高之博見也, 登高而招, 臂非加長也, 而見者遠; 順風而呼, 聲非加疾也, 而聞者彰. 假輿馬者, 非利足也, 而致千里. 假舟楫者, 非能水也, 而絶江河. 君子生非異也, 善假於物也.

須臾수유: 잠깐 사이. **跂**: 발돋음할 기. **臂**: 팔 비. **疾**: 높은 소리 질. **彰**: 뚜

렷할 창. **假**: 빌릴 가. **輿**: 수레 여. **楫**: 노 즙. **水**: 헤엄칠 수. **絶**: 건널 절. **生**: '성품 성性'과 같다. 본성.

내가 일찍이 종일토록 생각을 해봤지만 아주 잠깐 사이라도 배우는 것만 못하였다. 내가 일찍이 발돋움해서 멀리 바라보려 했지만 높은 곳에 올라가 널리 보는 것만 못하였다. 높은 데 올라가 팔을 흔들어 부르면 팔이 더 길어진 것도 아닌데 알아보는 것은 멀리까지 미친다. 바람에 태워서 소리를 지르면 소리가 더 세진 것도 아닌데 알아듣기가 더욱 뚜렷해진다. 수레와 말을 빌리면 발이 더 빨라진 것도 아닌데 천 리에 이를 수 있다. 배와 노를 빌리면 헤엄을 칠 수 있게 된 것도 아닌데 장강과 황하를 질러 건널 수 있다. 군자는 본성이 별다른 것이 아니라, 사물에게서 빌려오는 일을 잘할 뿐이다.

•••

南方有鳥焉, 名曰蒙鳩, 以羽爲巢, 而編之以髮, 繫之葦苕. 風至苕折, 卵破子死. 巢非不完也, 所繫者然也. 西方有木焉, 名曰射干, 莖長四寸, 生於高山之上而臨百仞之淵. 木莖非能長也, 所立者然也.

蒙鳩몽구: 굴뚝새. 집을 정교하게 잘 짓는다고 한다. **巢**: 새집 소. **編**: 엮을 편. **繫**: 맬 계. **葦**: 갈대 위. **苕**: 갈대 이삭 초. **射干**야간: 범부채. 약용으로 쓰는 여러해살이 풀. **莖**: 줄기 경. **臨**: 내려다볼 림. **仞**: 길 인. 깊이를 재는 단위.

남쪽 지방에 어떤 새가 있는데 이름을 몽구, 즉 굴뚝새라고 부른다. 이 새는 깃털로써 둥지를 짓고 머리칼로써 엮어서는 이것을 갈대 이삭에다가 매어놓는다. 바람이 불어와서 이삭이 꺾어지면 알은 깨지고 새끼들은 죽게 되는데, 이것은 둥지가 완전하지 않아서가 아니라 매어놓은 곳이 그렇게 되었기 때문이다. 서쪽 지방에 어떤 나무가 있는데 이름을 야간, 즉 범부채라고 부른다. 줄기의 길이가 네 치에 지나지 않는데 높은 산의 꼭대기에 살면서 백 길 아래의 못을 내려다본다. 나무줄기가 높이 자라서가 아니라 서 있는 곳이 그렇게 만들었기 때문이다.

•••

蓬生麻中, 不扶而直; 白沙在涅, 與之俱黑. 蘭槐之根是爲芷, 其漸之滫, 君子不近, 庶人不服. 其質非不美也, 所漸者然也. 故君子居必擇鄕, 遊必就士, 所以防邪僻而近中正也.

蓬: 쑥 봉. **麻**: 삼 마. **扶**: 붙들 부. **涅**: 개흙 열. **蘭槐**난괴: 구릿대. 향초의 일종. **芷**: 구릿대 지. **其**: '만약 약若'과 같은 말. **漸**: 스밀 점. **滫**: 뜨물 수. 개숫물이 스며 들어가다. **服**: 차고 다닐 복. **就**: 나아갈 취. 접근하다. **防**: 막을 방. **邪僻**: 삐뚤어지고 치우치다.

쑥이 삼 가운데서 자라면 옆을 지지해주지 않아도 곧게 자라고, 흰 모래가 펄에 있으면 펄과 더불어 같이 검게 된다. 난괴蘭槐의 뿌리는 이것으로 향기로운 구릿대를 만드는데, 만일 여기에 개숫물이 스며 들어가면 군자는 가까이 가지도 않고 일반인들도 몸에 차고 다니지 않는다. 그 본질이 아름답지 않아서가 아니라 거기에 스며 들어간 것이 그렇게 만들었기 때문이다. 그러므로 군자는 거할 때 반드시 동네를 가려야 하고 놀 때는 반드시 선비에게 나아가야 하는데, 이것이 삐뚤어짐과 편벽됨을 방지하고 정 가운데의 올바름에 가까이 가는 방도이다.

•••

物類之起, 必有所始. 榮辱之來, 必象其德. 肉腐生蟲, 魚枯生蠹. 怠慢忘身, 禍災乃作. 强自取柱, 柔自取束. 邪穢在身, 怨之所構.

物類물류: 한 종류의 사물. **象**: '본뜰 상像'과 같다. **腐**: 썩을 부. **枯**: 죽어 오래될 고. **蠹**: 좀 두. **怠慢忘身**태만망신: 게으르고 오만해서 처신을 잊다. **強**: 강직할 강. **柱**주: '자를 축祝'과 같은 말. 부러지다. **自取束**: 스스로 묶임을 가져오다. **穢**: 더러울 예. **構**구: '묶을 결結'과 같다. **怨之所構**: 원한이 얽히는 바이다.

한 종류의 사물이 일어날 때는 반드시 시작하는 곳이 있다. 영광과 오욕이 도래할 때는 반드시 그 당사자의 덕성을 본뜬다. 고기가 부패하면 벌레가 생겨나고, 물고기가 죽은 지 오래되면 좀이 생겨나며, 게으르고 오만해서 처신을 잊으면 재앙이 일어난다. 강직함은 부러짐을 저절로 가져오고, 우유부단함은 속박을 저절로 가져온다. 삐뚤어짐과 더러움이 몸에 있으면 원한이 얽히는 바가 된다.

•••

施薪若一, 火就燥也; 平地若一, 水就濕也. 草木疇生, 禽獸群焉, 物各從其類也. 是故質的張而弓矢至焉, 林木茂而斧斤至焉, 樹成蔭而衆鳥息焉, 醯酸而蜹聚焉. 故言有召禍也, 行有招辱也, 君子愼其所立乎.

薪: 섶 신. **燥**: 마를 조. **濕**: 축축할 습. **疇**: 동류끼리 모일 주. **焉**: '살 거居' 자로 고쳐야 옳다. **群居**군거: 떼로 모여 살다. **質的**질적: 과녁. '質'은 과녁판 안에 그려 넣은 네 치 짜리 목표. 가장 작은 과녁. **焉**: 그리로. **茂**: 무성할 무. **斧斤**부근: 각종 도끼류. **蔭**: 그늘 음. **醯**: 단술 혜. **酸**: 실 산. **蜹**: 초파리 예.

섶을 옆으로 일렬로 늘어놓으면 불은 마른 섶 쪽으로 나아가고, 평지가 똑같이 평평하다면 물은 축축한 곳으로 나아간다. 초목은 같은 종끼리 모여서 살고 짐승과 새들은 무리를 이루어 사는데, 이는 사물이 각기 그들의 부류를 따라가기 때문이다. 이런 이유로 해서 과녁이 펼쳐지면 활과 화살이 그리로 오고, 숲이 우거지면 온갖 도끼류가 그리로 오며, 나무가 그늘을 형성하면 뭇 새들이 거기에서 쉬고, 단술이 시어지면 초파리가 그리로 모여든다. 그러므로 말에는 재앙을 부르는 것이 있고, 행동에는 오욕을 오라고 손짓하는 바가 있으니, 군자는 자신이 서는 곳을 삼가야 한다.

임금은 배, 백성은 물 — 「왕제王制」편

…

分均則不偏, 埶齊則不壹, 衆齊則不使. 有天有地而上下有差, 明王始立而處國有制, 夫兩貴之不能相事, 兩賤之不能相使, 是天數也.

分: 나눌 분. 직분. **偏**: 무리 만들 편. 즉 체제를 구성한다는 뜻. **埶**: 형세 세. '기세 세勢'와 같다. **壹**: 통일할 일. **處**: 처리할 처. **制**: 지을 제. 차등, 규정. **天數**: 하늘이 정한 운명.

직분이 고루 같으면 체제를 구성할 수 없고, 세력이 모두 가지런히 같으면 하나로 통일할 수 없으며, 뭇사람이 모두 같으면 일을 시킬 수가 없다. 하늘이 생겨나고 땅이 생겨날 때 위아래에 차등이 생겼고, 현명한 임금이 처음 세워질 때 나라를 처리함에 차등의 제도가 생겨났다. 무릇 두 사람의 귀한 신분은 서로를 섬길 수 없고 두 사람의 천한 신분은 서로를 부릴 수 없는 것이 하늘이 정한 이치이다.

•••

埶位齊而欲惡同, 物不能澹則必爭, 爭則必亂, 亂則窮矣. 先王惡其亂也, 故制禮義以分之, 使有貧.富.貴.賤之等, 足以相兼臨者, 是養天下之本也. 書曰: 維齊非齊. 此之謂也.

欲惡욕오: 하고자 하는 바와 싫어하는 바. **澹**: 넉넉할 섬. **制禮義**: 예와 개념을 만들다. **相**상: '之'와 같다. **兼臨**겸림: 한데 모아서 지배하다. **維齊非齊**: 오로지 바르지 못한 것을 바르게 할 뿐이다. 『서경』「여형呂刑」편의 구절.

세력의 지위가 균일하고 하고자 하는 바와 싫어하는 바가 똑같을 때, 물질이 넉넉하지 못하다면 반드시 다툼이 일어난다. 다툼이 일어나면 반드시 어지러워지고, 어지러워지면 막판에 다다른다. 선왕들은 이러한 혼란을 싫어해서 예와 그 의의를 제정함으로써 사람들을 구분지어놓았으니, 이는 빈·부·귀·천의 차등을 생기게 해서 족히 백성을 한데 모아 지배할 수 있게 한 것인데, 이것이 바로 천하를 운영하는 원리이다. 『서경』「여형」편에 "오로지 바르지 못한 것을 바르게 할 뿐이다"라는 구절이 있는데, 바로 이를 일컫는 말이다.

•••

馬駭輿, 則君子不安輿: 庶人駭政, 則君子不安位. 馬駭輿, 則莫若靜之: 庶人駭政, 則莫若惠之.

駭: 놀랄 해. **駭輿**해여: 겁을 먹은 채 마차를 끌다. **不安輿**: '不安於輿'의 뜻. 수레에 대해서 불안해하다. **駭政**: 임금의 정치를 소란케 하다. **君子**: 통치자. 고위 관리. **莫若**: '不如'와 같은 뜻. ~만 못하다. **惠**: 혜택을 베풀다.

말이 놀란 채 수레를 끌면, 높으신 분은 수레에 대하여 불안해하고, 아래의 백성들이 군왕의 정치를 소란케 하면, 통치자들은 자신의 자리에 대하여 불안해한다. 말이 놀라서 수레를 끌면 어떠한 것도 말을 진정시키는 것만 한 것이 없고, 아래의 백성들이 군왕의 정치를 소란케 하면 어떠한 것도 그들에게 혜택을 베푸는 것만 한 것이 없다.

•••

選賢良, 擧篤敬, 興孝悌, 收孤寡, 補貧窮: 如是則庶人安政矣. 庶人安政, 然后君子安位. 傳曰: 君者舟也, 庶人者水也. 水則載舟, 水則覆舟. 此之謂也.

賢良현량: 현명한 인재. **篤**: 충실할 독. **興**흥: 어떤 사상을 일으키다. **安政**: '安於政'의 뜻. 정치에 대해서 안심하다. **傳**: 기록 전. 고서. **則**즉: '능할 능能'과 같은 글자. 병렬 복문에서 양쪽을 모두 긍정하는 뜻으로 쓰인다. **載**: 실을 재. **覆**: 뒤엎을 복.

현명한 인재를 선발하고 충실하고 경건한 사람을 들어다 쓰며, 부모에게 효도하고 윗사람을 공경하는 기풍을 일으키며, 고아와 과부를 거두어주고 가난하고 곤경에 처한 이들에게 보태주는 등, 이러한 일들을 하면 아래의 백성들은 군왕의 정치에 대해서 안심하게 된다. 백성들이 군왕의 정치에 대해서 안심하게 된 다음에라야 통치자들도 자신의 자리에 대하여 안심하게 되는 것이다. 기록에 "임금이란 배이고 백성이란 물이다. 물은 배를 실어줄 수도 있지만 배를 뒤엎을 수도 있다"라는 구절이 있는데, 바로 이를 가리켜 한 말이다.

•••

故君人者欲安則莫若平政愛民矣; 欲榮則莫若隆禮敬士矣; 欲立功名則莫若尙賢使能矣; 是君人者之大節也. 三節者當則其餘莫不當矣; 三節者不當則其餘雖曲當, 猶將無益也.

君人: 사람들에게 임금 노릇을 하다. 즉 임금 된 자. **禮**: 여기에서 예는 법에 가까운 개념이다. **大節**: 큰 마디, 본령. **曲當**곡당: 세밀한 부분까지 꿰맞춰서 합당하게 만들다.

그러므로 임금 된 자가 편안함을 누리고 싶으면 어떠한 것도 정치를 공정하게 하고 백성을 아끼는 것만 못하고, 영화를 누리고 싶으면 어떠한 것도 예를 융성케 하고 인재를 공경하는 것만 못하며, 공적을 세우려면 어떠한 것도 현자를 숭상하고 능력 있는 자에게 일을 맡기는 것만 못하다. 이것이 바로 임금 된 자의 큰 마디이다. 이 세 가지 큰 마디가 마땅하면 그 나머지는 어떠한 것도 마땅하지 않은 것이 없고, 이 세 가지 큰 마디가 마땅하지 않으면 그 나머지는 설사 세밀히 꿰맞춰 합당하게 만든다 해도 오히려 나중에는 이로울 게 없다.

•••

孔子曰: 大節是也, 小節是也, 上君也. 大節是也, 小節非也, 一出焉, 一入焉, 中君也. 大節非也, 小節雖是也, 吾無觀其餘矣.

一出焉, 一入焉: 한 번은 그로부터 나오고 한 번은 그 안으로 들어가다. 즉 한 번은 옳았다가 한 번은 옳지 않음을 뜻한다.

공자께서 이렇게 말씀하셨다. "큰 마디가 옳고 작은 마디도 옳다면 가장 훌륭한 임금이고, 큰 마디는 옳은데 작은 마디가 그렇지 않아서 한 번은 도리에서 나갔다가 또 한 번은 도리 안으로 들어오면 보통의 임금이며, 큰 마디가 그릇되었는데 작은 마디가 비록 옳다 해도 나에게 그 나머지는 더 이상 볼 것이 없다."

이름이란 무엇인가 — 「정명正名」편

•••

名無固宜, 約之以命, 約定俗成謂之宜, 異於約則謂之不宜.

名: 이름 명. 명분. **宜**의: '옳을 의誼'·'옳을 의義'와 같다. 의미. **固宜**: 적합한 의미. **約**: 다발 지을 약. '지경 계界'와 같은 글자. 의미의 한계를 정하다.

이름에는 본디부터 거기에 어울리는 태생적 의미란 없다. 그것에 의미의 한계를 정해서 이름을 짓고 이 약정이 대중들 사이에서 자연스럽게 이루어지면 이를 일컬어 태생적 의미라 부르고, 약정과 다르면 그것을 일컬어 태생적 의미가 아니라고 부른다.

•••

名無固實, 約之以命實, 約定俗成謂之實名. 名有固善, 徑易而不拂, 謂之善名.

約定俗成약정속성: 의미의 한계를 정해서 이것이 대중들 사이에서 인증이 되다. **實**: 실물, 대상. **約之以命實**: 의미의 한계를 정함으로써 대상에 붙여 부르도록 명령하다. **實名**: 이름과 대상이 서로 맞는 이름. **徑**: 지름길 경. 빠르다. **徑易**: 빠르고 쉬운. **拂**: 거스를 불. 어긋나다.

이름에는 본디부터 고정된 대상이 정해져 있지 않다. 거기에 의미의 한계를 정함으로써 대상에 붙여 부르도록 명령하고 이 약정이 대중들 사이에서 자연스럽게 이루어진 것을 일컬어 이름과 대상이 서로 맞는 이름이라고 부른다. 이름에는 본디부터 어울리는 좋은 것이 있는데, 쉬우면서도 거슬리지 않으면 이를 일컬어 좋은 이름이라고 부른다.

•••

物有同狀而異所者, 有異狀而同所者, 可別也. 狀同而爲異所者, 雖可合, 謂之二實. 狀變而實無別而爲異者, 謂之化. 有化而無別, 謂之一實. 此事之所以稽實定數也, 此制名之樞要也. 後王之成名, 不可不察也.

同狀동상: 모양이 같다. **異所**: 장소가 다르다. **爲異所**: 다른 장소에 있는 존재가 되다. **化**: 같은 사물의 시간적 변화를 가리킨다. **稽**: 헤아릴 계. **稽實定數**: 사물의 실체를 고찰해서 실제 수량을 정하다. **樞要**추요: 중심축, 관건. **後王**: 선왕先王과 대척되는 개념. 즉 현재의 권력. **成名**: 이름을 작성하다, 명분을 내걸다.

사물에는 모양은 같지만 존재하는 장소가 다른 것이 있고, 모양은 다르지만 존재하는 장소는 같은 것이 있는 것처럼 두 가지로 구별할 수 있다. 모양이 같으면서 다른 장소에 존재하고 있는 것은 비록 둘을 하나로 합하더라도 이를 두 가지 실체라고 말한다. 모양은 바뀌었지만 실제로는 구별이 없으면서 다른 것으로 여기는 것은 이를 일컬어 변화라고 부른다. 변화는 생겼지만, 구별이 없는 것은 이를 일컬어 같은 실체라고 부른다. 이것이 세상일에서 사물의 실체를 고찰하고 실제 수량을 정하는 방도이고, 또한 이름을 만들 때의 주요 관건이다. 현재의 권력은 명분을 내거는 일에 대해서 잘 살피지 않을 수 없다.

선善이란 가르쳐 만든 것 — 「성악性惡」편

•••

人之性惡, 其善者僞也. 今人之性, 生而有好利焉. 順是, 故爭奪生而辭讓亡焉. 生而有疾惡焉. 順是, 故殘賊生而忠信亡焉. 生

而有耳目之欲, 有好聲色焉. 順是, 故淫亂生而禮義亡焉.

僞: 꾸밀 위. 인위적으로 만든 것이라는 뜻. **今**: 이제 금. '예로부터'라는 의미가 들어 있다. **焉**: '본성 때문에'라는 의미가 들어 있다. **辭讓**사양: 거절하고 양보함. **辭讓亡焉**: 사양함이 그에게 없다. **疾惡**질오: 증오하다. **殘賊**잔적: 남을 잔인하게 해치다. **色**색: 여색.

사람의 본성은 악하니 그의 선함은 인위적으로 만들어진 것이다. 예로부터 사람의 본성은 태어나면서부터 이로움을 좋아한다. 이 속성을 따르기 때문에, 다툼이 일어나고 사양함이 그에게 없는 것이다. 사람은 태어나면서부터 증오하는 마음이 있다. 이 속성을 따르기 때문에, 남을 잔인하게 해치는 일이 생기고 진실함과 믿음이 그에게 없는 것이다. 사람은 태어나면서부터 귀와 눈을 즐기려는 욕구가 있다. 이 속성에 따르기 때문에 음란한 짓이 생기고 예와 의리가 그에게 없는 것이다.

• • •

然則從人之性, 順人之情, 必出於爭奪, 合於犯分亂理而歸於暴. 故必將有師法之化禮義之道, 然後出於辭讓合於文理而歸於治. 用此觀之, 然則人之性惡明矣, 其善者僞也.

分: 분수 분. 본분. '分'이 '文'으로 쓰인 판본이 있기도 한데, 이때는 '아름답다'라는 뜻이다. **犯分亂理**: 분수를 어기고 이치를 어지럽히다. **師法**: 스승의 본보기. **文理**: 아름다움과 이치.

그러한즉 사람의 본성에 복종하고 사람의 감정에 순종하면, 반드시 다툼으로부터 출발하게 되고, 본분을 어기고 이치를 어지럽히는 일에 부합하게 되며 난폭함으로 귀결된다. 그러므로 반드시 장차 스승의 본보기에 의한 교화와 예와 의리의 인도를 받은 다음에라야 사양으로부터 출발해서 아름다움과 이치에 부합하고 다스려진 상태로 귀결된다. 이로써 보건대, 이러하다면 사람의 본성은 악한 것이 분명하고 그에게 있는 선함은 인위적으로 만들어진 것이다.

● ● ●

故枸木必將待檃括烝矯然後直. 鈍金必將待礱厲然後利. 今人之性惡, 必將待師法然後正, 得禮義然後治.

枸: 헛개나무 구. **檃括**은괄: 도지개. 굽은 나무를 바로잡는 틀. **烝**: 찔 증. 증기로 쪄서 부드럽게 만들다. **矯**: 바로잡을 교. 곧게 펴다. **鈍金**둔금: 무딘 무기. **礱**: 숫돌 롱. **厲**려: '갈 려礪'와 같다. **礱厲**: 숫돌에 갈다.

그러므로 헛개나무는 반드시 장차 도지개와 증기로 쪄서 부드럽게 하는 과정과 곧게 펴는 과정을 기다린 다음에라야 곧아진다. 무딘 무기는 반드시 장차 숫돌에 가는 과정을 기다린 다음에라야 날카로워진다. 예로부터 사람의 본성은 악하므로 반드시 장차 스승의 본보기를 배우는 과정을 기다린 다음에라야 바르게 되고, 예와 의리를 배워 얻은 다음에라야 수양이 된다.

● ● ●

今人無師法則偏險而不正, 無禮義則悖亂而不治. 古者聖王以人之性惡, 以爲偏險而不正, 悖亂而不治.

偏: 치우칠 편. **險**: 간악할 험. '삐뚤어질 사邪'와 같은 말. **悖**: 어그러질 패. **治**: 수양할 치. 기본적인 교양을 갖추다.

이제 어떤 사람이 스승의 본보기를 배우는 과정이 없으면 치우치고 삐뚤어져서 바르지 못하게 되고, 예와 의리가 없으면 어긋나고 어지러워져서 교양이 없게 된다. 옛날 성왕들은 사람의 본성이 악하기 때문에, 이로 인하여 치우치고 삐뚤어져서 바르지 못하고, 어긋나고 어지러워져서 교양이 없다고 여겼다.

•••

是以爲之起禮義制法度以矯飾人之情性而正之, 以擾化人之情性而導之也, 始皆出於治, 合於道者也.

矯飾교식: 바로잡고 아름답게 꾸미다. **擾**: 길들일 요. **始**: 비로소 시. 이 글자는 '하여금 사使'로 쓰기도 한다.

이 때문에 이런 사람을 위해서 예와 의리를 일으키고 법도를 제정함으로써 사람의 성정을 고치고 꾸며서 그를 바로잡아 주어야 한다. 그리고 사람의 성정을 길들이고 변화시켜서 그를 바로 인도해주어야 한다. (이렇게 해야) 비로소 모두가 교양으로부터 출발하여 도에 부합하도록 만들어진다.

•••

今之人, 化師法, 積文學, 道禮義者謂之君子. 縱性情安恣睢, 而違禮義者爲小人. 用此觀之, 然則人之性惡明矣, 其善者僞也.

化師法: 스승의 본보기로 교화되다. **積**: 쌓을 적. **積文學**: 글로 배워서 지식을 쌓다. **道**: '밟을 도蹈'와 같다. 실천하다. **安**: 편안히 여기다. **恣**: 멋대로 자. '방종할 종縱'과 같은 말. **睢**: 부릅떠 볼 휴. **恣睢**: 눈을 부라리며 무도하게 행동하다.

오늘날 사람 중에서 스승의 본보기에 의해 교화되고, 글로 배워 지식을 쌓으며, 예와 의리를 실천하는 자를 일컬어 군자라고 부른다. 반면에 타고난 감성대로 방치하고 멋대로 눈을 부라리는 짓을 아무렇지도 않게 하면서 예와 의리를 저버리는 자를 일컬어 소인이라고 부른다. 이로써 보건대, 이러하다면 사람의 본성은 악한 것이 분명하고 그에게 있는 선함은 인위적으로 만들어진 것이다.

•••

孟子曰: 人之學者, 其性善. 曰: 是不然. 是不及知人之性, 而不察乎人之性僞之分者也. 凡性者天之就也, 不可學, 不可事. 禮義者聖人之所生也, 人之所學而能, 所事而成者也. 不可學不可事而在人者, 謂之性. 可學而能可事而成之在人者, 謂之僞. 是性僞之分也.

人之學者, 其性善: 배움은 교정하기 위한 것이 아니라 선한 본성을 회복하기 위한 것이라는 뜻. **性僞之分**: 본성과 교정시킨 것의 차이. **就**: 이룰 취. 창조하다. **事**: 다스릴 사. 수식하다. **不可事而**: 不可事之로 고쳐서 읽기도 한다.

맹자는 "사람이 배우는 것은 그의 본성이 착하기 때문이다"라고 말한다. 그러나 그것은 그렇지 않다. 그것은 사람의 본성을 미처 알지 못하고 사람의 본성과 만들어진 것의 구분을 알아차리지 못했기 때문이다. 무릇 본성이란 하늘이 창조한 것이어서 (그렇게 되려고) 배울 수도 없고 꾸며낼 수도 없다. 예와 의리는 성인이 생산해낸 것이어서, 사람이 배워서 할 수 있는 것이고 꾸며서 이룩할 수 있는 것이다. 배울 수도 없고 꾸며낼 수도 없는데 사람에게 있다면 이를 일컬어 본성이라 하고, 배울 수도 있고 꾸며서 이룩해낼 수도 있는 것이 사람에게 있으면, 이를 일컬어 인위적으로 만든 것이라고 한다. 이것이 바로 본성과 만들어진 것의 차이다.

『한비자韓非子』

전국 말 한韓나라 공자公子인 한비韓非의 글을 그가 죽은 뒤 후인들이 모아서 편찬한 저작이 『한비자』다. 한나라 신정新鄭 사람으로 법가 사상의 대표적 인물인 한비(약 B.C. 280~약 B.C. 233)는 한비자韓非子라고도 불린다. 그는 이사李斯와 동문으로 순자에게서 함께 배웠는데, 이사는 말을 잘하여 정계로 직접 진출해 출세한 반면, 한비는 말이 어눌하여 정치를 포기하고 저술에 전념했다고 한다. 한비는 일찍부터 형명학刑名學을 공부하여 법가의 대표적인 저술인 『한비자』를 남겼다. 이 저작에서 그가 주장한 핵심 내용은 법法·술術·세勢를 결합한 강력한 군주 전제였다. 이는 상앙商鞅이 제창한 법法, 신불해申不害의 술術, 그리고 신도愼到가 주장한 세勢 사상을 융합하고 집대성한 것이었다.

한비는 인간관계를 근본적으로 이해관계로 보고, 인의와 교육은 보완적 요소로 간주하는 매우 극단적인 공리주의적 관점을 갖고 있었다. 그러므로 법을 그 중심에 둘 수밖에 없었다. 이러한 그의 철학은 순자의 예법에 대한 해석에 근거하고 있다. 『한비자』에 실린 그의 글은 궁극적으로 군주의 강력한 리더십 아래서 부국강병을 이루려는 데 초점이 맞춰져 있고, 뿐만 아니라 글의 묘사가 매우 핍진하고 논리적이어서, 역대로 많은 이성적인 정치인과 지식인들이 즐겨 읽어왔다. 한비의 사상은 중국 봉건 전제 통치의 사상적 기초가 되었고, 오늘날에도 법·술·세 개념은 중국뿐 아니라 동아시아 국가의 정치 사상 속에 깊이 자리 잡고 있다.

창과 방패 — 「난일難一」편

'難一'이란 논설이 모순 없이 일관될 수 있기가 어렵다는 뜻으로서, 유가에서 칭송하는 성인론聖人論을 꼬집은 말이다. 이 글에 저 유명한 모순矛盾의 어원이 되는 고사가 나온다.

•••

歷山之農者侵畔, 舜往耕焉, 朞年, 甽畝正. 河濱之漁者爭坻, 舜往漁焉, 朞年而讓長. 東夷之陶者器苦窳, 舜往陶焉, 朞年而器牢.

歷山역산: 순임금이 농사를 짓던 곳. **畔**: 지경 반. 밭의 경계. **朞**기: '돌 기期'와 같다. 일주년. **甽**: 밭도랑 견. **畝**: 이랑 무. **甽畝**: 경작지. **濱**: 물가 빈. **河濱**: 황하에 접해 있는 물가. **坻**: 모래섬 지. 고기잡이의 근거지가 되는 곳. **讓長**양장: 나이 든 윗사람에게 양여하다. **東夷**동이: 동쪽의 소수민족들이 사는 곳. **窳**: 게으를 유. **苦窳**고유: 제품의 품질이 조악하고 단단하지 못하다. **牢**: 견실할 뢰.

역산에서 농사를 짓는 사람들이 밭의 경계를 침범한 일로 다투자 순舜이 그곳에 가서 경작을 하였다. 일 년이 되자 경작지의 경계가 바로잡혔다. 황하에 접해 있는 물가에서 고기잡이 어부들이 모래섬을 갖고 다툼이 일어나자 순이 그곳에 가서 고기잡이를 했다. 일 년이 되자 사람들이 나이 든 연장자들에게 양보하게 되었다. 동이 땅의 옹기장이들이 만든 그릇들이 품질이 야무지지 못하자 순이 그곳에 가서 질그릇을 만들었더니 일 년이 되자 그릇들이 야무지게 되었다.

•••

仲尼歎曰: 耕漁與陶, 非舜官也, 而舜往爲之者, 所以救敗也. 舜其信仁乎. 乃躬藉處苦而民從之. 故曰: 聖人之德化乎.

官: 직분 관. **敗**: 부술 패. 결함. **信**: 정말로 신. **躬**: 몸소 궁. **藉**: 밟을 적. **躬藉**: 몸소 실천하다. **處苦**: 힘든 곳에 거처하다. **德化**: 도덕적인 힘으로 교화시키는 일.

공자가 탄식하며 말했다. "농사와 고기잡이와 옹기 만드는 일은 순의 직분이 아니지만, 순이 거기에 가서 그 일을 하였던 것은 결함을 보완하기 위한 방도였다. 순, 그분은 정말로 어진 분이셨도다! 그래서 힘든 곳에 거처함을 몸소 실천하셨으니 백성들이 그를 따랐던 것이다. 이리하여 '성인의 덕으로 이루어지는 교화로다!'라는 말이 생겨났다.

•••

或問儒者曰: 方此時也, 堯安在. 其人曰: 堯爲天子. 然則仲尼之聖堯奈何. 聖人明察在上位, 將使天下無姦也. 今耕漁不爭, 陶器不窳, 舜又何德而化? 舜之救敗也, 則是堯有失也. 賢舜則去堯之明察; 聖堯則去舜之德化: 不可兩得也.

方: 그때 방. **安**: 의문사. 어디에. **聖堯**: 요임금을 성인으로 여기다. **奈何**내하: 의문사. 어찌하여. **明察**명찰: 밝히 살피면서. **賢舜**: 순임금을 현명하다고 여기다.

그러자 어떤 사람이 유가를 따르는 사람에게 물었다. "바로 이때에 요임금은 어디 계셨습니까?" 그 사람이 대답하였다. "요임금은 천자이셨소이다." "그렇다면 공자가 요임금을 성인으로 여기신 것은 어째서입니까? 성인께서 밝히 살피시면서 맨 윗자리에 계시니 장차 천하에 간사함이 없게 하실 터인즉, 그러면 이제 농사든 고기잡이든 다투지 않을 것이고 질그릇은 조악하지 않을 것인데, 순은 또 무슨 덕을 갖고 그들을 감화시킨단 말입니까? 순이 결함을 보완했다면 이것은 요임금에게 실정이 있었다는 뜻입니다. 순을 현인이라고 여기면 요임금의 밝은 살핌이 사라지는 것이고, 요임금을 성인으로 여기면 순이 덕으로 감화시켰다는 일이 사라지는 것이 되므로 이 두 가지는 동시에 성립될 수 없습니다."

•••

楚人有鬻楯與矛者, 譽之曰: 吾楯之堅, 物莫能陷也. 又譽其矛曰: 吾矛之利, 於物無不陷也. 或曰: 以子之矛陷子之楯, 何如? 其人弗能應也.

鬻: 팔 죽. **譽**: 기릴 예. **楯**: 방패 순. **矛**: 창 모. **陷**: 찔러 뚫을 함.

초나라 사람 중에 방패와 창을 파는 자가 있었는데, 자기 물건을 자랑하며 말하였다. "내 방패는 매우 단단해서 모든 사물 중 어떠한 것도 찔러 뚫을 수 없다." 그러고는 다시 자기 창을 자랑하며 "나의 창은 매우 날카로워서 어떠한 사물에 대해서도 찔러 뚫지 못하는 것이 없다"고 말하였다. 그러자 어떤 사람이 물었다. "그대의 창으로 그대의 방패를 찌르면 어떻게 됩니까?" 그 상인은 아무 말로도 대답하지 못하였다.

•••

夫不可陷之楯與無不陷之矛, 不可同世而立. 今堯舜之不可兩譽, 矛楯之說也. 且舜救敗, 朞年已一過, 三年已三過. 舜有盡, 壽有盡, 天下過無已者; 以有盡逐無已, 所止者寡矣.

已: 그칠 이. 그치게 하다. **盡**: 다할 진. 한계. **無已**: 그침이 없다. **逐**: 쫓을 축. **寡**: 적을 과.

무릇 찔러 뚫을 수 없는 방패와 찔러 뚫지 못하는 것이 없는 창은 같은 시기에 함께 성립할 수 없는 법이다. 이제 요와 순을 동시에 칭찬할 수 없음은 바로 창과 방패의 논리이다. 장차 순이 결함을 보완하려 하는데, 일 년에 한 번의 잘못을 그치게 했다면, 삼 년이면 세 번의 잘못을 그치게 한 셈이 된다. 그런데 순에게는 한계가 있고 목숨에도 한계가 있는 반면에, 천하의 과오에는 끝이 없다. 유한한 것으로써 무한한 것을 쫓아낸다면 (쫓아내서) 멈추게 한 것이 적을 수밖에 없다.

•••

賞罰使天下必行之. 令曰: 中程者賞, 弗中程者誅. 令朝至暮變, 暮至朝變, 十日而海內畢矣, 奚待朞年.

程: 규범 정. 법. **誅**: 벨 주. **海內**해내: 온 나라. **畢**: 마칠 필.

반면에 상벌은 천하 사람들로 하여금 반드시 실천하게 만든다. 가령 "규범에 부합하는 자에게는 상을 주고, 부합하지 않는 자는 처벌하겠다"고 영을 내리면, 영을 내린 때가 아침이면 해가 질 때 사람들이 바뀌고, 해가 질 때 내리면 다음날 아침이면 바뀌며, 열흘만 지나면 온 나라가 영대로 마쳐져 있는 상태가 될 터인데, 무엇 때문에 일 년씩이나 기다린단 말인가?

•••

舜猶不以此說堯令從已, 乃躬親不亦無術乎. 且夫以身爲苦而後化民者, 堯舜之所難也: 處勢而驕下者, 庸主之所易也. 將治天下, 釋庸主之所易, 道堯舜之所難, 未可與爲政也.

術: 재주 술. 방법, 재간. **難**: 어려울 난. 어렵게 여기다. **處勢**: 권세의 자리에 있다. **驕**: '바로잡을 교矯'와 같다. **驕下**: 명령으로써 아래 백성의 잘못을 고치다. **庸主**용주: 평범한 군주. **道**: '이끌 도導'와 같다. 행하다. **爲政**: 나라를 다스리다.

그럼에도 순은 이러한 논리로써 요임금을 설득하여 자신을 따르도록 명령하게 하지 않고 자신이 몸소 갔으니, 이 역시 어쩔 재간이 없는 게 아니겠는가? 아울러 무릇 자신의 몸으로 힘든 일을 한 다음에 백성을 감화시키는 일이란 요와 순도 어렵게 여기는 바인 반면에, 권세의 자리에 있으면서 백성의 잘못을 (영을 내려) 바로잡는 일이란 평범한 군주라도 쉽게 여기는 바이다. 장차 천하를 다스림에 있어 평범한 군주가 쉽게 여기는 바를 놓고, 요와 순도 어렵게 여기는 바를 실천한다면 더불어 나라를 다스릴 수 없을 것이다.

사나운 개가 술을 시게 한다 —
「외저설外儲說 우상右上」편

간신들이 파당을 지어 임금 주위를 둘러싸고 있으면 현명한 인재들이 임금에게로 가까이 올 수 있는 길을 막아버린다는 논설이다. 주막에 사나운 개를 키우면 술이 시어진다는 유명한 비유가 여기서 나왔다.

• • •

宋人有酤酒者, 升概甚平, 遇客甚謹, 爲酒甚美, 縣幟甚高, 著然不售, 酒酸. 怪其故, 問其所知閭長者楊倩.

酤고: '팔 고沽'와 같은 글자. **升**: 되 승. **概**: 평미레 개. 원래는 곡물이 됫말에 정확히 담기도록 위를 깎아주는 방망이 모양의 도구가 평미레인데, 여기서는 양量이라는 뜻으로 쓰였다. **遇客**우객: 손님 접대. **謹**: 공손할 근. **縣**현: '매달 현懸'과 같다. **幟**: 깃발 치. **縣幟**: 술집 깃발을 달다. 즉 술집 간판을 걸다. **著**: 비축할 저. '쌓을 저貯'와 같은 말. 쌓이다. **售**: 팔 수. **酒酸**주산: 술이 오래되어 시어졌다는 뜻. **怪**: 이상할 괴. 이상하게 여기다. **所知**: 평소 알고 지내는. **閭**: 마을 문 려. **倩**: 예쁠 천.

송나라 사람 중에 술을 파는 자가 있었다. 내오는 술의 양도 매우 정확했고 손님 접대도 매우 공손하였으며 술을 빚는 솜씨도 매우 훌륭하였고 술집 깃발도 잘 보이도록 높이 달려 있었다. 그런데도 재고만 쌓일 뿐 팔리지 않아서 술이 시어졌다. 그 이유를 전혀 알 수 없어서 평소 알고 지내는 마을 어른인 양천楊倩에게 물었다.

• • •

倩曰: 汝狗猛耶. 曰: 狗猛則酒何故而不售. 曰: 人畏焉. 或令孺子懷錢挈壺甕而往酤, 而狗迓而齕之, 此酒所以酸而不售也.

畏: 두려울 외. **人畏焉**: 사람들이 개 때문에 무서워하다. **孺**: 어린아이 유. **挈**: 손에 들 설. **甕**: 독 옹. **迓**: 마중할 아. **齕**: 깨물 흘.

양천이 물었다. "자네 집의 개가 사납지?" "개가 사납다면 술이 무슨 연고로 안 팔리는 거죠?" "사람들이 개 때문에 무서워하기 때문이지. 어떤 사람이 아이에게 돈을 쥐여주고 술병을 들게 해서 술을 사러 가게 하면, 개가 뛰쳐나와 아이를 무니까 이것이 술이 시어지고 팔리지 않는 이유라네."

• • •

夫國亦有狗, 有道之士懷其術而欲以明萬乘之主, 大臣爲猛狗迎而齕之, 此人主之所以蔽脅, 而有道之士所以不用也.

明: 밝힐 명. 깨우쳐주다. **蔽脅**폐협: 가려지고 위협을 당하다.

무릇 나라에도 개가 있으니, 도를 닦은 선비가 자신의 학술을 품고서 천자의 권세를 가진 임금을 깨우쳐주고자 해도 대신들이 사나운 개가 되어 마중 나와서는 그들을 물어버리니, 이것이 군주가 가려지고 윽박을 당하는 이유이자 도를 닦은 선비가 등용되지 않는 이유이다.

•••

故桓公問管仲曰: 治國最奚患. 對曰: 最患社鼠矣. 公曰: 何患社鼠哉. 對曰: 君亦見夫爲社者乎. 樹木而塗之, 鼠穿其間, 掘穴託其中. 燻之, 則恐焚木, 灌之, 則恐塗阤, 此社鼠之所以不得也.

患: 근심 환. **社**: 토지土地 신 사. 나라의 토지 신을 상징하는 나무를 모시도록 울타리를 친 곳. **夫**: 저기 부. **爲社**: 사를 짓다. **樹**: 세울 수. **木**: 목판. **塗**: 칠할 도. **掘**: 팔 굴. **託**: 맡길 탁. 몸을 기탁하고 살다. **燻**: 연기 피울 훈. 연기를 피워서 쫓아낸다는 뜻. **焚**: 태울 분. **灌**: 물 댈 관. **阤**: 무너질 타.

그래서 환공이 관중에게 물었다. "나라를 다스릴 때 무엇이 가장 골치를 썩이나요?" 관중이 대답하였다. "사社에 서식하는 쥐가 가장 골치를 썩입니다." 임금이 다시 "사에 서식하는 쥐가 어떻게 골치를 썩인단 말이오?"라고 물으니 환공이 대답하였다. "임금님께서도 저기 사를 짓는 광경을 보셨겠지요? 목판을 세우고 거기에 진흙을 칠해놓는데, 쥐들이 그사이를 뚫고 들어가 구멍을 판 뒤 그 속에 몸을 맡기고 삽니다. 연기를 피워서 쫓으려니 나무판을 태울까 두렵고, 물을 부어 쫓으려니 칠해놓은 진흙이 무너질까 걱정되니 이것이 사에 서식하는 쥐를 잡지 못하는 이유입니다.

• • •

今人君之左右, 出則爲勢重而收利於民, 入則比周而蔽惡於君. 內間主之情以告外, 外內爲重, 諸臣百吏以爲富. 吏不誅則亂法, 誅之則君不安, 據而有之, 此亦國之社鼠也.

比周비주: 파당을 짓다. **蔽**: 가릴 폐. **間**: 엿볼 간. 정탐하다. **告外**: 궁중 밖의 권신에게 일러바치다. **爲重**: (서로에게) 중요한 존재가 되다. **以爲富**: 이것으로써 권세가 커지게 되다. **誅**: 벨 주. **據而有之**: 임금이 그들에 근거해서 권력을 갖다.

이제 군주의 좌우 측근 중에도 밖에서는 권세 부림을 엄중하게 해서 백성에게서 이득을 거두고, 안에서는 파당을 지어서 군주에게 자신들의 악행을 덮어 가리는 자들이 있습니다. 궁중 내에서 군주의 정황을 염탐해서 궁중 밖의 권신들에게 일러바침으로써 안과 밖이 서로 중요한 존재가 되게 하는데, 그러면 뭇 신하와 밑의 벼슬아치들은 이들을 근거로 세력을 크게 키웁니다. 이러한 벼슬아치들을 처벌하지 않으면 나라의 법을 어지럽힐 것이고, 이들을 처벌하면 군주가 불안할 터인즉, 그들에 근거해서 권력을 갖고 있었기 때문입니다. 이러한 자들도 나라에서 보자면 사에 서식하는 쥐인 것입니다."

• • •

故人臣執柄而擅禁, 明爲己者必利, 而不爲己者必害, 此亦猛狗也. 夫大臣爲猛狗而齕有道之士矣, 左右又爲社鼠而間主之情, 人主不覺. 如此主焉得無壅, 國焉得無亡乎?

柄: 자루 병. 도낏자루. 즉 권력을 상징한다. **擅**: 멋대로 할 천. **禁**금: 금지하는 법. **明**: 자명하게, 공개적으로. **壅**: 막을 옹. 인人의 장막을 뜻한다.

그러므로 신하 된 자가 도낏자루를 쥐고 법을 제멋대로 시행하면서, 공개적으로 나를 위하는 자에게는 반드시 이득이 있을 것이고, 나를 위하지 않는 자에게는 반드시 해가 있을 것이라고 밝힌다면, 이것도 사나운 개와 다름없다. 무릇 대신들이 사나운 개가 되어 도를 닦은 선비들을 물어버리고, 좌우의 측근 또한 사에 서식하는 쥐가 되어 군주의 정황을 염탐하는데도 군주가 깨닫지 못한다. 만일 이와 같다면, 군주가 어찌 인의 장막이 없을 수 있겠으며, 나라가 어찌 망함이 없을 수 있겠는가?

옳은 말이 지혜로운 것은 아니다 —「세난說難」편

'세난說難'이란 설득하는 일이 어렵다는 뜻이다. 아무리 옳은 말이라 하더라도 언제나 옳게 들리는 것은 아님을 이 글은 지적하고 있다. "꿈보다 해몽"이라는 우리 속담이 절실하게 이해되는 글이다.

•••

昔者鄭武公欲伐胡, 故先以其女妻胡君以娛其意. 因問於群臣: 吾欲用兵, 誰可伐者. 大夫關其思對曰: 胡可伐. 武公怒而戮之, 曰: 胡, 兄弟之國也. 子言伐之, 何也 胡君聞之, 以鄭爲親已, 遂不備鄭. 鄭人襲胡, 取之.

說: 달랠 세. **女**: 딸 녀. **妻**: 시집보낼 처. **娛**: 편안할 오. 안심시키다. 형용사의 사동 용법. **因**: 이어받을 인. 그러고 나서. **戮**: 죽일 륙. **何也**: 무슨 말을 하는 것이냐? '也'는 '의문 표시 어기조사 야邪'와 같다. **以鄭爲親已**: 정나라를 자신을 친하게 여기는 나라로 여기다. '以A爲B'(A를 B로 여기다) 용법. **襲**: 습격할 습.

옛날에 정나라 무공이 호胡나라를 정벌하고자 하였다. 그래서 먼저 자신의 딸을 호의 임금과 결혼하게 해서 그의 마음을 안심시켰다. 그러고 나서 뭇 신하들에게 물었다. "내가 군사를 일으키려고 하는데 어느 나라가 정벌할 만하겠소?" 대부인 관기사가 대답하였다. "호나라가 정벌할 만합니다." 그러자 무공이 화를 내며 그를 죽여버렸는데, 그때 하는 말이 "호나라는 형제의 나라인데 그대가 여기를 치자고 말하다니, 이게 무슨 소리냐?"라는 것이었다. 호나라 임금이 이 소식을 듣고 정나라가 자신을 가까운 사람으로 여기고 있다고 믿고는 끝내 정나라에 대해 대비를 하지 않았다. 이때 정나라 군대가 호나라를 급습하여 합병하였다.

• • •

宋有富人, 天雨牆壞. 其子曰: 不築, 必將有盜. 其鄰人之父亦云. 暮而果大亡其財. 其家甚智其子, 而疑鄰人之父.

宋: 나라 이름 송. 주나라가 은나라를 무너뜨린 후 그 자리에 유민들에게 세워준 나라가 송이다. 은나라는 점을 쳐서 국정을 다스린 나라였으므로, 인문을 숭상한 주나라 입장에서는 미개한 문화로 폄훼하였다. 그래서 이후로 무지하고 바보스러운 우화의 주인공은 대부분 송나라 사람으로 상정하곤 했다. 牆: 담 장. 壞: 무너질 괴. 父보: '남자에 대한 미칭 보甫'와 같은 글자. 智: 지혜롭다고 여기다.

송나라에 어떤 부자가 있었는데 비가 와서 담장이 무너졌다. 그의 아들이 "다시 쌓지 않으면 필시 도둑이 들 것입니다"라고 말하였고, 그의 이웃집 남자도 똑같은 말을 하였다. 날이 저물자 과연 재물을 크게 잃었다. 그 집 사람들이 자기네 아들을 매우 똑똑하다고 여기면서, 이웃집의 남자가 훔쳐갔을 것으로 의심하였다.

•••

此二人說者皆當矣, 厚者爲戮, 薄者見疑, 則非知之難也, 處之則難也. 故繞朝之言當矣, 其爲聖人於晉, 而爲戮於秦也, 此不可不察.

說: 달랠 세. 설득하다, 논설하다. **厚者**: 상황이 심한 경우. **薄者**: 상황이 경미한 경우. **處之**: 상황에 대처하다. **繞朝**요조: 춘추 시기 진秦나라 대부. 진晉나라의 사회士會가 진秦나라로 망명하자 그를 중용할 것을 두려워해서 위魏나라 수여壽餘를 시켜 도로 데려오게 하였다. 이 계획을 간파한 요조가 강공康公에게 속지 말라고 간언하였으나, 강공은 듣지 않고 사회를 돌려보냈다. 사회가 출발할 때 요조가 말했다. "진秦나라에 인재가 없는 게 아니라 우리 임금님이 듣지 않았을 뿐이오." 요조의 지략이 두렵다고 느낀 사회는 귀국 후 사람을 보내 요조를 강공에게 모함해서 처형당하게 했다.

이 두 사람의 논설자는 모두 옳았다. 그런데 심한 경우는 죽임을 당하였고 경미한 경우라도 의심을 당하였으니, 아는 것이 어려운 것이 아니라 상황에 대처하는 경우에 있어서 어려운 것이다. 그러므로 진秦나라 대부 요조의 말은 지당하였기 때문에, 그는 진晉나라에서는 성인으로 여겨졌지만, 진秦나라에서는 죽임을 당하였던 것이니, 이러한 사실을 살피지 않을 수 없다.

시혜와 형벌의 도낏자루 —「이병二柄」편

현명한 군주가 되려면 두 개의 도낏자루를 꼭 쥐고 있어야 하는데, 시혜권과 형벌권이 그것이다. 그중에서도 시혜권보다 형벌권이 더 중요하므로, 둘 중 하나를 재상에게 양여한다면 시혜권은 줘도 되지만 형벌권은 절대 주어서는 안 됨을 강조하고 있다.

•••

明主之所導制其臣者, 二柄而已矣. 二柄者, 刑德也. 何謂刑德. 曰: 殺戮之謂刑, 慶賞之謂德. 爲人臣者畏誅罰而利慶賞, 故人主自用其刑德, 則群臣畏其威而歸其利矣.

導: 인도할 도. **制**: 만들 제. 신하답게 만들다. **而已矣**: ~일 따름이다. ~면 그만이다. **慶賞**경상: 상을 내리다.

현명한 군주가 자신의 신하들을 인도하고 신하답게 만드는 방도는 두 개의 도낏자루면 충분하다. 두 개의 도낏자루란 형벌과 시혜이다. 무엇을 일컬어 형벌과 시혜라 하는가? 대답은 이러하다. 죽이는 것을 일컬어 형벌이라 하고 상을 내리는 것을 일컬어 시혜라고 한다. 남의 신하가 된 자는 주살되고 처벌받는 것은 두려워하고 상을 받는 일은 이롭게 여긴다. 그러므로 군주가 형벌과 시혜를 직접 쓴다면, 뭇 신하들은 그의 위세를 두려워해서 그가 베푸는 이로움으로 귀결되기 마련이다.

•••

故世之姦臣則不然: 所惡, 則能得之其主而罪之; 所愛, 則能得之其主而賞之; 今人主非使賞罰之威利出於己也, 聽其臣而行其賞罰, 則一國之人皆畏其臣而易其君, 歸其臣而去其君矣. 此人主失刑德之患也.

不然: 군주가 몸소 형과 덕을 쓰게 하지 않는다는 뜻. **所惡**: 그들이 미워하는 사람이 있으면. **威利出於己**: 위세와 이익이 군주 자신에게서 나오다.

따라서 세상의 간신이라고 하는 자들은 군주가 그렇게 하도록 내버려두지 않는다. 그들이 미워하는 자에 대해서는 자신의 군주에게서 형벌권을 얻어 그들을 처벌할 수도 있고, 아끼는 자들에 대해서는 군주에게서 시혜권을 얻어 그들에게 상을 줄 수도 있다. 오늘날의 군주들은 상벌의 위세와 이로움이 군주 자신에게서 나오게 하지 않고 신하의 말만 듣고서 상벌을 시행한다. 그러한즉 나라의 모든 사람이 그의 신하를 두려워하고 정작 그들의 군주는 가벼이 여기니 민심이 신하에게로 돌아가고 군주에게서는 떠나는 것이다. 이것이 바로 군주가 형벌과 시혜를 잃었을 때 일어나는 우환이다.

•••

夫虎之所以能服狗者, 爪牙也. 使虎釋其爪牙而使狗用之, 則虎反服於狗矣. 人主者, 以刑德制臣者也, 今君人者釋其刑德而使臣用之, 則君反制於臣矣.

爪牙조아: 발톱과 이빨. **狗**: 개 구. **釋**: 풀 석. **反**: 도리어 반. **制**: 만들 제.

무릇 범이 개를 굴복시킬 수 있는 방도는 발톱과 이빨이다. 범으로 하여금 발톱과 이빨을 풀어서 개로 하여금 사용하게 한다면 범이 오히려 개에게 굴복될 것이다. 군주란 형벌과 시혜로써 신하를 신하답게 만드는 자인데, 오늘날 군주들은 이 형벌과 시혜를 풀어서 신하로 하여금 사용하게 하니, 군주가 오히려 신하에 의해 만들어지는 것이다.

•••

故田常上請爵祿而行之群臣, 下大斗斛而施於百姓, 此簡公失德而田常用之也, 故簡公見弑.

田常: 춘추 시기 제나라 대부. 간공簡公을 시해하고 정권을 찬탈하였다.

이로부터 제나라 권력자는 강씨姜氏에서 전씨田氏로 바뀌었다. 나라의 곳간에서 백성들에게 곡물을 빌려줄 때 큰 됫박으로 주었다가 거두어들일 때는 작은 됫박으로 받았다는 고사로 유명하다. **上**: 위로는, 즉 임금에게는. **爵祿**작록: 벼슬과 녹봉. **大**: 크게 만들다. **斛**: 휘 곡. 열 말들이. **見弑**: 시해를 당하다.

그러므로 전상田常이 위로는 임금에게 벼슬과 녹봉 주는 권리를 달라고 해서는 그것을 뭇 신하에게 시행하였고, 아래로는 말과 됫박을 크게 해서는 백성들에게 베풀었다. 이것이 바로 간공은 시혜권을 잃고 전상은 그것을 대신 사용한 경우이니, 이 때문에 간공은 시해를 당하였던 것이다.

•••

子罕謂宋君曰: 夫慶賞賜予者, 民之所喜也, 君自行之; 殺戮刑罰者, 民之所惡也, 臣請當之. 於是宋君失刑而子罕用之, 故宋君見劫. 田常徒用德而簡公弑. 子罕徒用刑而宋君劫.

劫: 위협할 겁. **徒**: 다만 도.

자한子罕이 송나라 임금에게 아뢰었다. "무릇 상을 주고 시혜를 내리는 것은 백성들이 기뻐하는 바이니, 임금님께서 직접 시행하십시오. 죽이고 형벌을 주는 일은 백성들이 싫어하는 바이니, 제가 감당코자 합니다." 이리하여 임금은 형벌권을 잃고 자한이 이를 대신 쓰게 되었는데, 이 때문에 송나라 임금은 겁박을 당하였다. 전상은 단지 시혜권만을 썼는데도 간공은 시해를 당하였고, 자한은 단지 형벌권만을 썼는데도 송나라 임금은 겁박을 당하였다.

•••

故今世爲人臣者兼刑德而用之, 則是世主之危甚於簡公宋君

也. 故劫殺擁蔽之主, 非失刑德而使臣用之, 而不危亡者, 則未嘗有也.

甚於: '甚於A'는 A보다 심하다는 뜻. **劫殺擁蔽**겁살옹폐: 살해의 위협을 당하고 꼼짝없이 둘러싸이다. **擁**: 막을 옹. **蔽**: 덮을 폐.

그러므로 오늘날 세상에서 남의 신하가 된 자들은 형벌권과 시혜권을 겸하여 쥐고서 사용하고 있는데, 그렇다면 이것은 세상 군주들의 위험이 간공과 송나라 임금보다 더 심하다는 말이다. 따라서 살해의 위협을 당하고 인의 장막으로 꼼짝없이 둘러싸여 있는 군주들 가운데서 형벌권과 시혜권을 잃고 그것을 신하로 하여금 쓰게 하고서도 위태해지거나 멸망당하지 않은 자는 일찍이 존재하지 않았다.

진秦의 부강이 누구 덕인데 —
이사李斯, 「간축객서諫逐客書」

「간축객서」는 전국 시기 말 이사李斯가 쓴 상소문이다. 당시 한韓나라에서 온 수리水利 전문가가 진秦나라 조정에 대대적인 관개 사업을 일으켜 농업 생산을 높이자고 건의하였는데, 이것이 실은 진나라의 인력과 재력을 소모시킴으로써 침략 전쟁을 억제하려던 음모였다는 사실이 밝혀지자, 진시황이 자국에 머무르고 있는 외국인들을 모두 추방하라는 명령을 내렸다. 본래 초나라 사람인 이사도 쫓겨날 위기에 놓였다. 그러자 왕에게 이 축객령逐客令의 부당함과 아울러 외국 인재의 필요성을 논리적이고 설득력 있는 언변으로 상소하였다. 이 상소문으로 인하여 진시황은 축객령을 거둬들이고 이사에게도 객경客卿의 자리를 돌려주었다. 이 상소문, 즉 「간축객서」의 요점은 원대한 사업을 이룩하기 위해서는 우수한 인재의 영입이 가장 중요한데 이는 문호를 활짝 열어야 비로소 가능하다는 주장이다. 이 글의 내용은 이후 역대 통일 중국을 운영하려는 제왕과 그를 보필하는 지식인들에게 매우 중요한 지침서가 되어왔다.

이사(B.C. 284~B.C. 208)는 초나라 상채上蔡 사람으로 진나라 정치가이자 문인이었다. 일찍이 진나라 좌승상左丞相을 역임하였다. 한비韓非와 함께 순자의 문하에서 수학하고 진나라로 들어가, 거기서 여불위呂不韋에게 신임을 받고 관직을 맡았다. 그 후 육국을 이간계로 분열시킨 공으로 객경客卿에 임명되었다. 진나라 통일 후, 그간의 분봉제分封制를 폐지하고 군현제를 실시하여 중앙집권 체제를 세웠다. 사상 통일을 위하여 민간에서 소장하고 있는 제자諸子의 서적을 모두 불태운 이른바 분서焚書 사건을 일으켰다. 간신 조고趙高와 함께 권력투쟁에 나섰다가 오히려 조고에게 삼족三族이 멸절되는 멸문지화滅門之禍를 당하였다.

•••

臣聞吏議逐客, 竊以爲過矣. 昔繆公求士, 西取由余於戎,

諫: 간할 간. 봉건 시기에 임금이나 웃어른에게 잘못을 고쳐달라고 진언하는 일. **逐客**축객: 이방인을 내쫓다. **議**: 건의할 의. **竊**: 몰래 절. 내가 개인적으로 생각하다. **繆公**목공: 목공穆公으로도 쓴다. 춘추오패 중의 한 사람으로, 진나라 진흥의 기초를 닦은 명군. **由余**유여: 춘추 시기 진晋나라 사람. 진 목공을 도와 패제후가 되게 해주었다.

신은 이 나라 관료들이 이방에서 온 인재들을 내쫓을 일을 논의 중이라고 들었습니다. 신은 개인적으로 이는 잘못된 일이라고 생각합니다. 옛날에 목공께서 인재를 구하실 때 서쪽에서는 융戎 땅에서 유여를 얻으셨고,

•••

東得百里奚於宛, 迎蹇叔於宋, 來丕豹公孫支於晉. 此五子者, 不產於秦, 而繆公用之, 并國二十, 遂霸西戎.

百里奚백리해: 춘추 시기 우虞나라 대부. 목공이 초나라에 망명 중인 그를 데려다 우대한 후 패업을 달성하였다. **蹇叔**건숙: 송나라 사람. 백리혜의 추천으로 진나라에 와서 상대부가 되었다. **來**: 올 래. 오게 하다. **并**: 아우를 병. 병합하다. **霸**: 우두머리 패. 패권을 쥐다.

동쪽으로 완宛 땅에서는 백리해를 득하셨으며, 송나라에서는 건숙을 맞아오셨고, 진晋나라에서는 비표丕豹와 공손지公孫支를 오게 하셨습니다. 이 다섯 선생은 진나라에서 나지 않았지만, 목공께서 쓰셔서 다른 나라들을 합병한 것이 스무 개나 되어 마침내 서융西戎 지방의 패권을 쥐게 되었습니다.

•••

孝公用商鞅之法, 移風易俗, 民以殷盛, 國以富彊, 百姓樂用, 諸侯親服, 獲楚魏之師, 擧地千里, 至今治彊.

商鞅상앙: 전국 시기 법가의 대표적 인물. 효공을 도와 변법으로 개혁을 단행하여 부국강병을 이루었다고 전해진다. **移風易俗**이풍역속: '移易風俗'과 같은 말. 풍속을 고치고 바꾸다. **殷**: 풍족할 은. **樂用**: 즐거이 쓰이다. 즉 전쟁이나 국가적인 공사에 자발적으로 참여했다는 뜻이다. **獲**: 잡을 획. 포로로 잡다. **擧**: 전체. **彊**강: '강할 강強'과 같다.

효공께서는 상앙의 법을 쓰셔서 풍속을 바꾸고 고침으로써 백성이 풍족하고 번성하였으므로, 나라는 이로써 부강하게 되었고 백성은 즐거운 마음으로 부역에 참여하였습니다. 이리하여 제후들이 직접 와서 복종하였고 초나라와 위나라의 군대를 포로로 잡아왔으니 전체 영토가 천 리에 달했는데, 이것이 오늘날에 이르러 우리의 국력을 강대하게 만든 것입니다.

•••

惠王用張儀之計, 拔三川之地, 西幷巴蜀, 北收上郡, 南取漢中, 包九夷, 制鄢郢, 東據成皐之險, 割膏腴之壤, 遂散六國之從, 使之西面事秦, 功施到今.

張儀장의: 전국 시대 위魏나라 출신의 전략가. 진 혜문왕惠文王의 재상. 소진蘇秦의 합종책合縱策에 대응하여 연횡책連衡策을 제창한 것으로 유명하다. **拔**: 쳐서 빼앗을 발. 군사상의 거점을 공격해서 점령하다. **三川**: 하남河南 서북 일대. 황하黃河·낙하洛河·이하伊河 등 세 개의 강이 지나가는 지역이어서 붙여진 지명. **包**: 포위할 포. **九夷**: 당시 초나라 지역에 살던 아홉 개의 소수민족을 모두 일컫는 말. **制**: 제압할 제. **鄢**언: 초나라의 옛 도읍. **郢**영: 초나라의 도읍. **據**: 점거할 거. **割**: 나눌 할. 할애받다. **膏腴**고유: 기름진, 비옥한. **從**: 합종책을 가리킨다. **施**: 이어갈 이.

혜왕께서는 장의의 계책을 쓰셔서 삼천의 땅을 점령하셨고 서쪽으로 파巴와 촉蜀을 아우르셨으며, 북으로 상군上郡을 접수하셨습니다. 그리고 남으로 내려가 한중漢中을 취하셨고, 구이九夷 오랑캐들을 포위하셨으며, 초나라의 두 도읍지인 언과 영을 복종하게 만드셨습니다. 그리고 동쪽으로 성고成皐의 요새를 점거해서 비옥한 땅을 할애받으셨습니다. 이렇게 해서 마침내 여섯 나라를 동맹시키고자 했던 합종책을 산산조각 내서 그들로 하여금 서쪽을 바라보며 진나라를 섬기게 했으니, 이러한 공적의 효과가 오늘에까지 이어진 것입니다.

•••

昭王得范雎, 廢穰侯, 逐華陽, 彊公室, 杜私門, 蠶食諸侯, 使秦成帝業. 此四君者, 皆以客之功.

范雎범수: 위나라 출신의 전략가. 먼 곳의 나라와는 우호적으로 지내고 가까운 곳의 나라를 침공하자는 이른바 원교근공遠交近攻 책략의 창안자. **廢穰侯, 逐華陽**: 양후와 화양군은 모두 외척 세력이었으므로 제거당했다. **蠶食**잠식: 누에처럼 야금야금 먹다.

소왕께서는 범수를 얻으셔서 외척 세력인 양후穰侯를 폐하고 역시 외척인 화양군華陽君을 쫓아내셔서 왕실의 권력을 공고히 하고 귀족들이 농단하지 않도록 틀어막으셨습니다. 그리고 제후들을 누에가 뽕잎을 먹듯 야금야금 먹어 들어가서 진으로 하여금 황제의 위업을 달성케 하셨습니다. 이 네 분 임금님의 공적은 모두 이방 인재의 공적으로써 가능하였습니다.

• • •

由此觀之, 客何負於秦哉. 向使四君卻客而不內, 疏士而不用. 是使國無富利之實而秦無彊大之名也.

負: 질 부. 짐이 되다. **向使**향사: 만일에, 가령. **卻**: 물리칠 각. **內**납: '받아들일 납納'과 같은 말. **疏**: 멀어질 소. 소외시키다.

이를 통하여 본다면 이방 인재들이 어찌 진나라에 짐이 되겠습니까? 만일에 위의 네 분께서 이방 인재들을 물리치고 받아들이지 않으셨다면, 그리고 인재들을 소외시키고 임용하지 않으셨다면, 이것은 나라에 재부와 이익이 되는 실질을 없애는 일이자, 진나라에 강대함이라는 명분을 없애는 일이 되었을 것입니다.

• • •

今陛下致昆山之玉, 有隨和之寶, 垂明月之珠, 服太阿之劍, 乘纖離之馬, 建翠鳳之旗, 樹靈鼉之鼓. 此數寶者, 秦不生一焉, 而陛下說之, 何也.

昆山곤산: 곤륜산崑崙山. 옥 생산지로 유명한 곳. **隨和**수화: 수후隨侯의 구슬과 화씨和氏의 고리 옥. 둘 다 전설상의 보석이다. **垂**: 드리울 수. **明月之珠**: 명월주. 전설상의 구슬. **太阿之劍**: 태아검. 초나라의 명장인 구야자歐冶子와 간장干將이 만들었다고 하는 보검의 이름. **纖離**섬리: 전설상의 준마 이름. **翠鳳之旗**: 취봉기. 물총새와 봉황의 깃털로 만든 깃발. **靈鼉之鼓**: 영타고. 악어 가죽으로 만든 북. 고대 중국에서는 악어를 신령한 짐승으로 여겼다. **焉**: 이 가운데서. **說**열: '기쁠 열悅'과 같은 말. **也**: '의문 어기조사 야邪'와 같다.

이제 폐하께서 곤륜산의 옥을 가져오게 하셨고 수후의 구슬과 화씨의 고리옥을 소유하셨으며, 명월주를 드리우셨고 태아검을 차고 계십니다. 섬리마纖離馬를 타시고 물총새와 봉황의 깃털로 만든 깃발을 수레에 꽂아놓으셨으며 악어 가죽으로 만든 북인 영타고를 세워놓으셨습니다. 이 여러 가지 보물들은 진나라가 하나도 생산하지 않는 것임에도 폐하께서는 이들을 즐기고 계시는데, 이는 무엇 때문입니까?

•••

必秦國之所生然後可, 則是夜光之璧不飾朝廷, 犀象之器不為玩好, 鄭衛之女不充後宮, 而駿良駃騠不實外廄, 江南金錫不為用, 西蜀丹青不為采.

犀象서상: 무소와 코끼리. **玩好**완호: 노리개. **鄭衛之女**: 중원의 가운데에 있던 정나라와 위나라는 주위의 문화를 아우르는 문화의 중심지였으므로, 언제나 개방적인 문화를 창출해왔다. 그래서 새로운 멋과 패션으로 치장한 여인들이 많았으므로 미인의 고장으로 이름났다. **駃騠**결제: 수말과 암탕나귀의 교배종인 버새에 해당하는 가축이지만, 여기서는 변방의 소수민족들이 교배해서 길러낸 특별한 준마로 보는 것이 옳을 듯하다. **廄**: 마구간 구. **采**: 채색할 채.

반드시 진나라가 생산한 것인 다음에라야 쓸 수 있다면 야광주夜光珠가 조정을 장식하고 있지 않을 것이고, 무소뿔과 코끼리 이빨로 만든 기물들이 노리개로 만들어지지 않았을 것이며, 정나라와 위나라의 세련된 여인들이 후궁을 채우지도 않았을 것이고, 변방의 잘 뛰고 튼튼한 버새들이 궁 밖의 마구간을 채우지 못했을 것이며, 강남의 금과 주석이 쓰이는 일이 없었을 것이고, 서촉의 단청이 궁궐을 채색하는 물감으로 쓰이는 일도 없었을 것입니다.

•••

所以飾後宮充下陳娛心意說耳目者，必出於秦然後可，則是宛珠之簪，傅璣之珥，阿縞之衣，錦繡之飾不進於前，而隨俗雅化佳冶窈窕趙女不立於側也.

下陳하진: 옛날 사신이나 손님이 임금을 알현할 때 예물을 내려놓고 서 있는 곳. **宛珠**완주: 완 땅에서 생산된 진주. **傅**: '붙일 부附'와 같음. **傅璣**부기: 구슬을 붙이다. **珥**: 귀고리 이. **阿縞**아호: 제나라 동아東阿에서 생산된 세모시. **錦繡**금수: 비단실로 수놓다. **隨俗雅化**수속아화: 세속의 유행을 따르되 점잖은 모드(mode)로 바꾼 모양. **冶**: 꾸밀 야. **窈窕**: 여인의 정숙한 모양. **佳冶窈窕**가야요조: 아름다움을 정숙하게 꾸미다. **趙女**조녀: 조나라 수도인 한단邯鄲은 당시 유행의 첨단 도시였으므로, 이곳의 여인은 멋쟁이 미녀의 상징이었다.

후궁을 장식하고 영빈당迎賓堂을 예물로 채우고 폐하의 마음을 즐겁게 하고 귀와 눈을 기쁘게 하는 방도가 반드시 진나라에서 나온 다음에라야 쓸 수 있다면, 완 땅에서 생산된 진주로 만든 비녀, 보석을 붙인 귀고리, 제나라 세모시로 만든 옷, 비단실로 수놓은 장식 등이 폐하 앞에 진상되지 못하였을 것이고, 세련된 멋을 내면서도 우아하고, 아름다우면서도 정숙하게 꾸민 조나라 여인들이 폐하의 옆에 서 있지 않을 것입니다.

•••

夫擊甕叩缶彈箏搏髀，而歌呼嗚嗚快耳者，真秦之聲也；鄭衛桑間昭虞者異國之樂也. 今棄擊甕叩缶而就鄭衛，退彈箏而取昭虞，若是者何也.

甕: 독 옹. **叩**: 두드릴 고. **缶**: 장군 부. 장군은 배가 불룩하고 목 좁은 아가리가 있는 질그릇. **箏**: 현악기 쟁. **搏**: 칠 박. **髀**: 허벅지 비. 옹기·장군·아쟁·허벅지 등을 두드린다는 것은 세련되지 못한 야만적인 음악을 즐긴다는 뜻. **嗚嗚**오오: 의성어. 목소리를 노래 부르듯이 길게 늘여 외치다. **鄭衛桑間**정위상간: 당시 유행하던 저속한 대중 음악의 상징. 『악기樂記』는 정과 위는 난세의 음악이고, 상간은 망국의 음악이라고 정의하였다. **昭虞**소우: 순임금의 음악. **武象**: 무왕의 음악. 소우와 무상은 모두 품위 있는 아악, 즉 고전 음악을 상징한다.

무릇 옹기를 치고 장군을 두드리고 아쟁을 타고 허벅지를 두드리며 목소리를 노래 부르듯이 길게 늘여 외쳐서 귀를 즐겁게 하는 것이 원래 진나라의 음악입니다. 정나라·위나라·상간桑間 등에서 유행하는 대중 음악과, 소우와 무상 등의 품위 있는 아악雅樂은 다른 나라의 음악입니다. 이제 옹기를 치고 장군을 두드리는 음악을 버리고 정과 위의 세련된 음악으로 나아가시고, 아쟁 타는 음악을 뒤로 물리고 소우의 아악을 취하고 계신데, 이와 같이 하시는 것은 무엇 때문입니까?

•••

快意當前, 適觀而已矣. 今取人則不然. 不問可否, 不論曲直, 非秦者去, 為客者逐. 然則是所重者在乎色樂珠玉, 而所輕者在乎人民也. 此非所以跨海內制諸侯之術也.

觀: 볼 관. 웅장한 장관. 옛날에는 연주회의 웅대함을 일종의 볼거리로 여겼다. **曲直**곡직: '曲折곡절'과 같은 말. 자세한 내막, 옳고 그름. **為客者**: 나그네 된 사람. 이방인. **跨**: 사타구니 과. 경계를 넘어 양쪽 땅에 발을 버티고 서다. 차지하고 지배한다는 뜻.

이것은 의지를 즐겁게 만드는 것이 당장 앞에 있고, 연주회의 웅장한 장관을 즐기기에 적합할 뿐이기 때문입니다. 그런데 이제 사람을 취하는 일에서는 그렇지 않습니다. 쓸 만한지 아닌지도 묻지 않고, 자세한 내막을 따지지도 않으면서 진나라 사람이 아니면 피하고 이방 사람이면 쫓아냅니다. 이렇게 하신다면 이것은 중히 여기는 것은 여색과 음악과 보석에 있고, 가벼이 여기는 것은 백성에 있다는 뜻이 됩니다. 이것은 결코 사해 내의 천하를 차지하고 지배하며 제후들을 복종하게 만드는 방책이 될 수 없습니다.

•••

臣聞地廣者粟多, 國大者人衆, 兵彊則士勇. 是以太山不讓土壤, 故能成其大; 河海不擇細流, 故能就其深; 王者不卻衆庶, 故能明其德.

彊: 굳셀 강. **太山**: '泰山태산'과 같은 말. **讓**: 사양할 양. **壤**: 흙덩이 양. **擇**: 가릴 택. **卻**: 물리칠 각.

신이 듣기로는 땅이 넓으면 곡식도 많고 나라가 크면 사람도 많으며 군대가 강하면 군사들도 용감하다고 합니다. 그러므로 태산은 흙덩어리도 사양하지 않음으로써 그 크기를 이룰 수 있었고, 황하와 바다는 졸졸 흐르는 물도 가리지 않음으로써 그 깊음을 성취할 수 있었으며, 천자는 하찮은 뭇 서인들을 물리치지 않음으로써 그의 큰 덕을 밝힐 수 있었습니다.

•••

是以地無四方, 民無異國, 四時充美, 鬼神降福, 此五帝三王之所以無敵也.

無四方: 네 군데의 구석이 없다, 곧 땅이 무한대여서 구석이라는 개념이 없다는 뜻이다. **四時充美**: 사계절이 아름다움으로 충만하다, 즉 천하가 안정되어 계절이 변화하는 것을 만끽할 수 있다는 뜻. **五帝**: 황제黃帝·전욱顓頊·제곡帝嚳·요堯·순舜. **三王**: 하우夏禹·은탕殷湯·주문왕周文王. **無敵**: 필적하려는 자가 없다, 즉 천하에 차별이 없으니까 다툼이 없다는 뜻.

이 때문에 강토는 네 구석이 없을 만큼 넓고, 백성들은 다른 나라라는 개념이 없고, 사계절은 아름다움으로 충만해 있고, 귀신들은 복을 내려주시니, 이것이 오제와 삼왕이 이들과 필적하려는 자가 없게 할 수 있었던 방도였습니다.

•••

今乃棄黔首以資敵國, 卻賓客以業諸侯, 使天下之士退而不敢西向, 裹足不入秦, 此所謂藉寇兵而齎盜糧者也.

黔首검수: 검은 머리, 즉 백성을 말한다. 고대 노예제 사회에서 생산과 노역에 동원된 노예들을 가리켰던 말에서 유래했다. **資**: 밑천으로 줄 자. **業**: 쌓을 업. 업적을 이루게 하다. **西向**서향: 서쪽을 향해 가다. 진나라가 서쪽에 있으므로 진나라로 모여든다는 뜻. **裹**: 쌀 과. **裹足**: 발을 잡아 못 가게 하다. **藉**: 빌릴 차. **寇**: 도적 구. **兵**: 무기 병. **齎**: 보낼 재.

그런데 이제 백성을 버려서 적국에게 밑천으로 쓰라고 줘버리고, 손님으로 온 이방 인재들을 물리쳐서 다른 제후들에게 업적을 이루게 해주고, 천하의 인재로 하여금 뒤로 물러나 감히 서쪽을 향해 가지 못하게 하며, 그들의 발목을 잡아서 진나라로 들어오지 못하게 하고 있습니다. 이렇게 하는 일이 이른바 도적에게 무기를 빌려주고 도둑에게 양식을 보내준다는 말입니다.

•••

夫物不產於秦, 可寶者多; 士不產於秦而願忠者衆. 今逐客以資敵國, 損民以益讎, 內自虛而外樹怨於諸侯; 求國無危, 不可得也.

損: 덜 손. 益: 더할 익. 讎: 원수 수. 樹: 세울 수.

무릇 물건은 진나라에서 생산되지 않았어도 보배로 여길 만한 물건이 많고, 인재는 진나라에서 생산되지 않았어도 충성을 원하는 자가 많습니다. 그런데 이제 이방 인재들을 쫓아내어 적국에게 쓰라고 주고, 백성을 헐어서 원수들에게 더해주며, 안으로 자기 것을 텅 비게 만들고 밖으로 다른 제후들에게 원한을 세우신다면, 나라에 위태로움이 없도록 추구하는 일이 이루어질 수 없을 것입니다.

창랑의 물이 흐리더라도 — 굴원屈原, 「어보漁父」

약간의 이견이 있으나, 동한의 왕일王逸은 초사楚辭 「어보」는 전국 시기 굴원屈原의 작품이라고 기록하였다. 이 작품은 굴원이 정치적 박해를 받아 추방된 후 유랑의 고초를 겪는 가운데 쓰인 것으로서, 그의 인생관이 어보와의 대화를 통해 매우 핍진하게 드러나 있다. 특히 유가에서 중시하는 충절의 가치와 대비되는 '성인은 사물과 하나로 유착되지 않고도 능히 세상과 더불어 밀어 옮길 수 있다'는 구절은 후대 도가 사상에 큰 영향을 미쳤다.

전국 시기 초楚나라 시인 굴원(약 B.C. 343~약 B.C. 278)의 이름은 평平이고, 자는 원原이다. 일찍이 초 회왕懷王의 신임을 받아 삼려대부三閭大夫에 임명되었으나, 경양왕頃襄王 때 진나라와 은밀히 강화한 사건을 비난하자 미움을 받아 추방되었다. 18년간의 기나긴 유랑생활을 하면서 많은 초사楚辭 작품을 남겼는데, 그중에서 가장 대표적인 것이 「이소離騷」다. 후에 진나라가 초나라를 공격해 수도를 점령하자, 절망한 나머지 돌을 안고 멱라강汨羅江에 투신하였다. 후세 사람들이 그의 충절을 기념하기 위하여 그가 투신한 날인 음력 6월 6일을 단오절端吾節로 정하고 오늘날까지 지켜오고 있다.

•••

屈原旣放, 遊於江潭, 行吟澤畔, 顔色憔悴, 形容枯槁. 漁父見而問之曰: 子非三閭大夫與, 何故至於斯. 擧世皆濁, 我獨淸; 衆人皆醉, 我獨醒. 是以見放.

旣: 이미 기. ~하고 난 다음에. **潭**: 강변 담. **畔**: 물가 반. **憔悴**초췌: 얼굴이 여위고 파리하다. **形容**: 용모. **枯槁**고고: 마르고 삭다. **漁父**어보: 고기잡이 노인. '父'는 노인 남자를 높여 부르는 말. **三閭大夫**: 초나라 관직명. 초나라 왕족인 屈굴·景경·昭소, 3성姓의 자제들을 교육시키는 일을 맡았다. **與**: '歟' 자와 같은 감탄 어기조사. **擧世**: 온 세상. **是以**: 원인, 이유를 나타내는 접속사. 이런 이유 때문에. **見**: 동사 앞에서 피동을 나타내는 말.

굴원은 추방되고 나서 강변을 이리저리 배회하거나 호숫가를 거닐면서 노래를 하곤 했다. 이때 그의 얼굴색은 여위고 파리했으며 행색은 깡마르고 삭은 모양이었다. 고기잡이 사내가 그를 보고서는 물었다. "당신은 초나라 삼려대부가 아니셨소? 어쩐 연유로 이 지경에 이르셨소?" "온 세상이 모두 혼탁한 가운데 나만 홀로 맑았고, 뭇사람들이 모두 취해 있는 가운데 나만 홀로 깨어 있었소이다. 이것이 내가 추방을 당한 이유입니다."

•••

漁父曰: 聖人不凝滯於物, 而能與世推移. 世人皆濁, 何不淈其泥而揚其波; 衆人皆醉, 何不餔其糟而歠其釃, 何故深思高擧, 自令放爲.

凝滯응체: 하나로 유착되다. **淈**: 휘저어 흐리게 할 굴. **餔**: 먹을 포. **糟**: 술지게미 조. **歠**: 마실 철. **釃**: 싸구려 술 리. **何故**: 무슨 연유로, '뭐 대단하다고' 정도로 폄훼하는 뜻을 품고 있다. **深思**심사: 깊이 생각하다, 심각하다. **高擧**: 고답적인, 우쭐대다. **爲**: 반문을 표시하는 어기조사.

고기잡이 사내가 다시 물었다. "성인은 사물과 하나로 유착되지 않고도 능히 세상과 더불어 밀어 옮길 수 있소이다. 세상 사람들이 모두 혼탁하면 어찌 진흙 바닥을 휘저어 물을 흐리게 하고 물탕을 일으키지 않으시오? 뭇사람들이 모두 취해 있다면 어찌 술지게미라도 먹고 싸구려 막걸리라도 마시지 않으시오? 뭐 대단하다고 심각한 척 우쭐대다가 스스로 추방을 당한단 말이오?"

•••

屈原曰: 吾聞之, 新沐者必彈冠, 新浴者必振衣. 安能以身之察察, 受物之汶汶者乎. 寧赴湘流, 葬於江魚之腹中, 安能以皓皓之白, 而蒙世俗之塵埃乎.

彈: 튕길 탄. **振**: 털 진. **察察**: 깨끗한, 고결한. **汶汶**문문: 어두컴컴한, 불결한. **寧**: 차라리 녕. **赴**: 뛰어들 부. **湘**: 강 이름 상. **皓皓**호호: 결백한 모양. **蒙**: 뒤집어쓸 몽. **塵埃**진애: 먼지.

굴원이 대답하였다. "내가 듣기로 이제 막 머리를 감은 자는 반드시 갓을 손가락으로 튕기고, 이제 막 목욕을 마친 자는 반드시 옷을 턴다고 하더이다. 어찌 이 몸의 깨끗함에다가 다른 것들의 더러움을 받아들일 수 있겠소? 차라리 상강湘江 물에 몸을 던져 물고기의 배 속에 장사 지내는 게 낫지, 어찌 희고도 흰 결백에다가 세상 속된 먼지를 뒤집어쓸 수 있겠소?"

•••

漁父莞爾而笑, 鼓枻而去. 乃歌曰: 滄浪之水清兮, 可以濯吾纓; 滄浪之水濁兮, 可以濯吾足. 遂去不復與言.

莞爾완이: 미소 짓는 모양. **枻**: 노 예. **滄浪**창랑: 호북湖北에 있는 강물 이름. 한수漢水의 다른 이름이다. **濯**: 씻을 탁. **纓**: 갓끈 영.

고기잡이 사내는 빙긋이 웃으며 노를 두드리며 떠나갔다. 그러면서 다음과 같이 노래하였다. "창랑의 물이 맑도다, 내 갓끈을 씻을 수 있겠네. 창랑의 물이 흐리도다, 내 발을 씻을 수 있겠네." 그러고는 마침내 떠나서 다시 더불어 말을 나누지 않았다.

양한兩漢

올빼미를 보며 — 가의賈誼, 「복조부鵩鳥賦」

「복조부」는 서한西漢의 문학가인 가의賈誼의 부賦 작품으로서 그가 장사長沙에 유배된 시기에 지었다. 이 작품에서 그는 올빼미와의 대화 형식을 빌려서 자신의 불우함과 비분강개한 심정을 묘사하였다. 당시의 부 작품들은 주로 궁정 문학 풍이 주류를 이루고 있었는데, 고대 문학에서는 보기 드물게 관념적이며 초월적인 내용을 담고 있어서 문학성이 매우 뛰어난 작품으로 평가되어왔다. 삶과 죽음이 하나이고 길과 흉이 같은 것이라는 도가적 관념을 논리적인 정서로 표현한 부분은 매우 인상적이다.

가의(B.C. 200~B.C. 168)는 낙양洛陽 사람으로 서한의 저명한 정치가이자 문인이었다. 가생賈生으로도 불린다. 어려서부터 재주가 뛰어나 글을 잘 써서 문제 때에 박사에 임명되고 대부가 되었지만, 공신인 주발周勃과 관영灌嬰에게 미움을 사 장사로 유배되어 33세의 젊은 나이에 죽었다. 사마천은 굴원과 가의의 죽음을 안타깝게 여기고, 두 사람을 같은 편에 함께 묶어 「굴원가생열전屈原賈生列傳」으로 편찬하였다.

•••

單閼之歲兮, 四月孟夏, 庚子日斜兮, 鵩集予舍. 止於坐隅兮, 貌甚閒暇. 異物來坐萃兮, 私怪其故. 發書佔之兮, 讖言其度.

鵩鳥복조: 수리부엉이 또는 올빼미. **單閼**선연: 태세성太歲星이 선연에 있는 해. 기년紀年법으로는 정축丁丑년이자 한漢 문제文帝 6년이 되는 해. **日斜**일사: 해가 서산으로 기울어지다. **集**: 모일 집. 새들이 나무에 앉아 있는 모양의 글자. **坐**: '자리 좌座' 자와 같다. **隅**: 귀퉁이 우. **貌**: 모양 모. **暇**: 틈

가. 한가한. **異物**: 예사롭지 않은 사물. **萃**: 모을 췌. **坐萃**: 모여 앉다. **私怪**사괴: 마음속으로 괴이하게 여기다. **發書**: 책을 펼치다. **佔**: 엿볼 점. **讖**참: 조짐으로 하는 예언. **度**: 헤아릴 탁.

태세성이 선연에 있던 해였다네. 4월 맹하의 계절 경자庚子날, 해가 서산으로 기울어져 갈 때 웬 올빼미가 우리 집에 날아와 앉았다네. 자리 귀퉁이에 꼼짝하지 않고 머물러 있는 모습이 매우 한가해 보였지. 예사롭지 않은 사물들이 와서 웅크리고 앉아 있으니, 속으로 그 이유가 무척 궁금할 수밖에. 역서易書를 펼치고 점을 엿보니 조짐에 의한 예언은 이렇게 말한다.

•••

曰: 野鳥入室兮, 主人將去. 請問於鵩兮: 予去何之. 吉乎告我, 兇言其災. 淹速之度兮, 語予其期. 鵩乃嘆息, 擧首奮翼: 口不能言, 請對以臆.

淹: 머물 엄. **淹速**엄속: 오래 머물지 빨리 갈지. 즉 수명의 길이를 가리킨다. **奮翼**분익: 날개를 떨치다. **臆**: 마음속의 생각 억. **請對以臆**: 마음으로 대화해봅시다.

"산새가 집안으로 들어오면 집주인은 바야흐로 떠날 것이다." 그래서 올빼미에게 물었지. "내가 가면 어디로 갈 것이오? 그것이 길하다면 내게 즉시 말해주고, 흉하다면 그것이 어떤 재앙일지를 설명해주오. 수명이 얼마나 길지 나에게 그 기한을 말해주오." 그러자 올빼미가 탄식하고는 머리를 들고 활개를 쳤는데, 이는 입으로는 말할 수 없지만 마음으로 대화해보자는 뜻이었다.

•••

萬物變化兮, 固無休息. 斡流而遷兮, 或推而還. 形氣轉續兮,

變化而蟺. 沕穆無窮兮, 胡可勝言. 禍兮福所依, 福兮禍所伏; 憂喜聚門兮, 吉凶同域.

斡: 빙빙 돌 알. **轉**: 돌 전. 교대로 바뀌다. **轉續**전속: 교대로 돌면서 이어지다. **蟺**: 지렁이 선. 여기서는 태화蛻化, 즉 탈바꿈의 뜻. **沕穆**물목: 미묘하고 아득한. **勝言**: 말을 이기다, 즉 말로 모두 표현할 수 있다는 뜻. **域**: 지경 역. **同域**: 터를 함께 나누다.

"만물은 변화하는 법이니, 본디 휴식이 없다오. 빙빙 돌며 흐르다가 옮아가기도 하고 또 앞으로 밀고 나갔다가 돌아오기도 하지요. 형체와 기운이 서로 이어지는 것은 변화하면서 탈바꿈을 하는 것입니다. 미묘하고 아득해서 그 끝이 없으니, 어찌 말로 형용할 수 있겠소? 화라는 것은 복이 기대는 바이고, 복이라는 것은 화가 숨어 있는 곳이오. 근심과 기쁨은 모두 같은 문 안에 있으니, 길과 흉은 터를 같이한다오.

●●●

彼吳強大兮, 夫差以敗; 越棲會稽兮, 勾踐霸世. 斯遊遂成兮, 卒被五刑; 傅說胥靡兮, 乃相武丁. 夫禍之與福兮, 何異糾纆; 命不可說兮, 孰知其極.

棲: 살 서. **越棲會稽**: 월越나라 왕 구천勾踐이 오吳나라 왕 부차夫差에게 패배한 후 회계會稽로 도망가서 살았던 일을 가리킨다. **斯遊遂成**: 이사李斯가 유세를 다니다 마침내 진나라의 재상이 된 사건. **五刑**: 이마에 문신을 새기는 묵墨, 코를 베는 의劓, 발꿈치를 베는 월刖, 거세를 하는 궁宮, 각종 방법으로 죽이는 대벽大辟의 다섯 가지 극형을 말한다. **傅說**부열: 은나라 무정 임금 때의 재상. **胥靡**서미: 노역에 종사하는 노예. **糾纆**규묵: 꼬인 새끼줄.

저 오나라의 강대함으로 부차는 월나라를 패퇴시켰고, 회계에 물러나 살았으면서도 구천은 세상을 제패했지요. 이사는 떠돌아다니다가 마침내 재상이 되었지만 끝내는 오형五刑으로 죽었고, 부열은 노역장에서 중노동을 하다가 무정 임금의 재상이 되었지요. 무릇 화가 복과 갖는 관계는 꼬인 새끼줄과 무엇이 다르겠소? 운명은 풀어 말할 수 없으니 누가 그 변화의 끝을 알겠소이까?

•••

水激則旱兮, 矢激則遠; 萬物回薄兮, 振盪相轉. 雲蒸雨降兮, 糾錯相紛; 大鈞播物兮, 坱圠無垠. 天不可預慮兮, 道不可預謀; 遲速有命兮, 焉識其時.

激: 부딪힐 격. **旱**한: '세찰 한悍' 자와 같다. **回薄**회박: 다그치듯 순환하다. '薄'은 '다그칠 박迫' 자와 같다. **盪**: 흔들릴 탕. **振盪相轉**: 털고 흔드는 일이 돌아가며 바뀌다. **蒸**: 김이 오를 증. **糾錯**규착: 바로잡히거나 어긋나다. **紛**: 엉킬 분. **大鈞**대균: 하늘, 자연. **播**: 씨 뿌릴 파. **播物**: 만물을 변화시키고 기르다. **坱**: 먼지 앙. **圠**: 희미할 알. **坱圠**: 먼지처럼 뿌옇게 보일 정도로 끝이 안 보이다. **垠**: 땅끝 은. **預**: 미리 예. **慮**: 헤아릴 려. **遲速**지속: 늦고 빠름. 속도. **焉**: 어찌 언.

물이 흐르는데 (무엇이 막아) 부딪게 하면 오히려 세차지고, 화살이 날아가는데 (무엇이 막아) 부딪게 하면 오히려 멀리 튀는 법. 만물이 다그치듯 순환할 때 털고 흔드는 일은 돌아가며 바뀌고, 구름이 위로 올라 비가 내릴 때 바로잡히고 어긋나는 일은 서로 뒤엉키기 마련이지요. 자연이 만물을 변화시키고 기르는 일이란 저 멀리 땅끝이 뿌연 것처럼 끝이 보이질 않습니다. 하늘은 미리 헤아릴 수 없고, 도는 미리 꾀할 수 없소. 그 빠르기에는 정해진 운명이 있을 터이니, 어찌 그때를 알 수 있겠소?

•••

且夫天地爲爐兮, 造化爲工; 陰陽爲炭兮, 萬物爲銅. 合散消息兮, 安有常則. 千變萬化兮, 未始有極, 忽然爲人兮, 何足控摶; 化爲異物兮, 又何足患.

爐: 화로 로. 대장간의 단공로鍛工爐. **造化**: 자연, 창조주, 운명. **合散**합산: 합쳐지고 흩어짐, 즉 삶과 죽음. **消息**소식: 『역易』에서는 건乾괘의 6효를 식息, 곤坤괘의 6효를 소消라고 각각 부른다. 만물의 생장과 소멸을 상징한다. **控摶**공단: 내 뜻대로 갖고 놀다. 오래 살려고 노력하는 모양. **異物**: 다른 사물, 즉 죽음을 가리킨다.

나아가 저 하늘과 땅은 대장간의 단공로요 자연은 대장장이고, 음양은 숯이요 만물은 구리입니다. 기가 모이고 흩어져서 생장하고 소멸하는 일에 어찌 변치 않는 법칙이 있겠소이까? 온갖 모양으로 변화함에 처음도 끝도 없는 가운데 홀연히 사람이 된 것인즉, 여기에 발버둥을 치고 아쉬워할 만한 것이 무엇이 있겠소? 변화하여 (흙과 같은) 다른 사물로 바뀐들 또한 무엇이 걱정할 만한 것이 있겠소?

•••

小智自私兮, 賤彼貴我; 達人大觀兮, 物無不可. 貪夫殉財兮, 烈士殉名. 誇者死權兮, 品庶每生.

彼: 저 피. 다른 사물. **物無不可**: 사물 중에 받아들이지 못할 것이 없다. **殉**: 따라 죽을 순. **殉財**순재: 재물을 위해 죽다. **誇者**과자: 헛된 명예를 좇는 사람. **品庶**품서: 등급 중 가장 많은 부분, 즉 대중이나 서민을 가리킨다. **每**: 매양 매. **每生**: 대부분 살아남는다.

지혜롭지 못한 사람은 자기 자신만을 생각하기 때문에 다른 것은 천하게 여기고 자기만을 귀하게 여기지만, 통달한 사람은 크게 보기 때문에 사물 중에 어떤 것도 받아들이지 않는 것이 없소이다. 탐욕스러운 사내는 재물을 위해 죽고 열사烈士는 명분을 위해 죽으며, 헛된 명예를 좇는 사람은 권력에 의해서 죽으니, 뭇 서민들만이 매양 살아남지요.

• • •

怵迫之徒兮, 或趨西東; 大人不曲兮, 意變齊同. 愚士系俗兮, 窘若囚拘; 至人遺物兮, 獨與道俱. 衆人惑惑兮, 好惡積億; 眞人恬漠兮, 獨與道息.

怵: 꾈 술. 이익에 유혹됨. **迫**: 다그칠 박. 빈천에 핍박당하다. **曲**: 굽을 곡. 왜곡하다, 치우치다. **意**억: '많은 수 억億' 자와 같은 글자. **意變**억변: 억만 사물의 변화. **窘**: 막힐 군. **至人**: 지극한 덕을 갖춘 사람. **遺物**유물: 사물과 엮이는 일을 버리다. **惑惑**혹혹: 헷갈리고 혼란스럽다. **眞人**진인: 득도한 사람. **恬**: 편안할 념. **恬漠**념막: 안정되고 담담하다.

이익에 유혹되고 빈천함에 찌는 무리는 동으로 서로 분주히 내달리기도 하지만, 대인大人은 어느 쪽으로 치우치지 않고 억만의 변화에 대하여 똑같이 보면서 함께합니다. 어리석은 선비는 세속에 매여서 죄수가 갇혀 있듯이 꽉 막혀 있지만 지극한 덕을 갖춘 사람은 사물과 엮이는 일을 버리고 홀로 도道와 더불어 같이할 따름이지요. 뭇사람들은 헷갈리고 혼란스러워서 자신이 좋아하고 싫어함이 무진장 쌓여가지만, 득도한 사람은 안정되고 담담해서 외로이 도와 함께 숨 쉬며 살아갈 뿐입니다.

• • •

釋智遺形兮, 超然自喪; 寥廓忽荒兮, 與道翺翔. 乘流則逝兮, 得

坻則止; 縱軀委命兮, 不私與已. 其生兮若浮, 其死兮若休; 澹乎若深淵止之靜, 泛乎若不繫之舟. 不以生故自寶兮, 養空而浮; 德人無累兮, 知命不憂. 細故蒂芥兮, 何足以疑.

釋智석지: 지혜를 놓아버리다. **遺形**: 겉모습에 얽매이지 않고 버리다. **自喪**자상: 스스로를 잃다. **寥廓**요곽: 높고 멀고 광활하다. **忽荒**홀황: '忽恍홀황'과 같은 말. 있는 듯 없는 듯 모호한. **翱翔**고상: 빙빙 돌며 날다. **坻**: 모래섬 지. **縱**: 버려둘 종. **軀**: 몸 구. **委命**위명: 운명에 맡기다. **與己**여기: 나에게 주다. 내 것으로 하다. **澹**: 조용할 담. **泛**: 뜰 범. **繫**: 맬 계. **以生故**: 살아 있다는 이유로. **自寶**자보: 자신을 보배로 여기다. **養空**양공: 헛것을 키우다. **累**: 묶일 루. 골칫거리. **細故**세고: 사소한 사건, 즉 올빼미가 집으로 들어온 사건을 가리킨다. **蒂**: 가시 체. **芥**: 티끌 개. **蒂芥**: 마음속에 남은 작은 불만. 찜찜함.

지혜를 놓아두고 겉으로 보이는 것들을 버리니 초연히 나 자신도 잃어버리고, 저 높고 멀리 황홀한 곳으로 도道와 더불어 빙빙 돌며 날아갑니다. 흐름을 타면 떠나고 모래섬에 닿으면 머물지요. 몸을 놓아 운명에 맡기고 사사로이 자기 욕심에 맞추지 마세요. 삶은 떠다니는 듯 살고, 죽음은 쉬는 듯해야 합니다. 조용하기는 깊은 못의 고요함 같고, 떠다니기는 매이지 않은 배와도 같아야지요. 살아 있다는 이유로 스스로를 귀히 여기지 않고, 빈 것을 키우며 떠다닐 뿐. 덕 있는 사람에게는 골칫거리가 없으니, 천명을 아니까 걱정하지 않는 거지요. 올빼미가 집으로 들어온 사소한 사건이 마음에 걸리는 모양이신데, 무에 의심할 만한 게 있겠소이까?

장문궁의 슬픔 —
사마상여司馬相如, 「장문부長門賦」

「장문부」는 서한의 대문호인 사마상여司馬相如가 지은 부賦 작품이다. 한 무제의 부인인 진황후陳皇后가 황제의 미움을 받아 장문궁長門宮에 유폐되었을 때, 무제가 사마상여의 부를 좋아한다는 말을 듣고는 사마상여에게 황금 1백 근을 주어 자신의 마음을 글로 써서 황제의 마음을 되돌리게 해달라고 부탁하였다. 이렇게 쓴 작품이 「장문부」인데, 정말로 무제는 이 글을 읽고 감동한 나머지 진황후를 다시 총애하게 되었다 한다. 이 작품은 당시 문학이 황제의 권위를 찬양하는 궁정의 작풍作風을 넘어 인간의 내면으로 확장하는 계기가 되었음은 물론, 중국 문학사에서는 드물게 여성의 심리와 감성을 주제로 한 작품이기도 하다. 특히 남성의 입장에서 여성의 심리를 감각적인 필치로 정교하게 묘사한 것은 사마상여의 특별한 감성이 아니고서는 불가능하다고까지 말할 수 있다.

사마상여(B.C. 179~B.C. 118)는 촉군蜀郡의 성도成都 사람으로 서한의 사부辭賦 작가였다. 중국 문학사에서 고전 문학의 대표적 작가로 꼽히고 있다. 그의 작품은 도가 및 신선 사상을 기초로 창작되었으므로 한 무제가 매우 좋아하였다. 「자허부子虛賦」로 무제에게 인정받은 사마상여는 이후 「상림부上林賦」·「대인부大人賦」·「장문부長門賦」 등 수많은 대부大賦를 창작하였다. 그가 부호의 딸 탁문군卓文君을 유혹해서 달아나 술장사를 했다는 애정 고사는 매우 유명하다. 노신魯迅은 "무제 시기의 문인 중에서 부는 사마상여만 한 이가 없고, 문장은 사마천만 한 이가 없다"는 말을 남겼다.

•••

夫何一佳人兮, 步逍遙以自虞.
魂逾佚而不反兮, 形枯槁而獨居.

夫何부하: 감탄 표시 어기조사. **兮**: 감탄 조사 혜. **虞**우: '위로할 오娛'와 같다. **逾佚**유일: 산산이 흩어지다. **反**: '되돌아올 반返' 자와 같다. **枯槁**: 마르고 삭다.

아아, 어느 한 아름다운 여인이 있어
이리저리 거닐면서 스스로 위로하네요.
그녀의 혼은 산산이 흩어져 돌아오지 않고
모습은 초췌한 채로 홀로 살고 있지요.

•••

言我朝往而暮來兮, 飮食樂而忘人.
心慊移而不省故兮, 交得意而相親.

慊겸: '끊을 절絶'과 같은 말. **慊移**겸이: 절교하고 변심하다. **得意**득의: 마음에 드는 새로운 애인.

아침에 가셨다가 저녁에 돌아오겠다고 하시고선
잔치의 즐거움에 빠지셔서 저를 잊으셨네요.
마음이 내게서 떠나 옛 여인을 돌아보지 않으시고
마음을 사로잡은 새 여인과 지내시며 사랑에 빠지셨나 보네요.

•••

伊予志之慢愚兮, 懷貞愨之歡心.

願賜問而自進兮, 得尙君之玉音.

伊이: 진심임을 나타내는 어기조사. **慢愚**만우: 우둔한, 바보 같은. **愨**: 성실할 각. **貞愨**정각: 지조 있고 성실함. **賜問**사문: 임금이 아랫사람의 안부를 묻다. **自進**: 앞으로 나아가 아뢰다. **尙**상: '받들 봉奉'과 같은 말. **玉音**옥음: 임금로부터의 소식.

참으로 내 생각이 바보 같았던 게요
지조와 성실함으로 폐하의 마음을 기쁘게 해드리려 했으니 말이에요.
폐하께서 안부를 물어주시면 앞으로 나아가 아뢰고
폐하의 말씀을 받들 수만 있다면 얼마나 좋겠어요?

•••

奉虛言而望誠兮, 期城南之離宮.
修薄具而自設兮, 君曾不肯乎幸臨.

虛言허언: 그냥 해본 말. **奉虛言**: 듣기 좋으라고 한 말을 진심으로 알고 받들다. **望誠**망성: 진실로 여기고 기다리다. **離宮**이궁: 황제가 밖에서 사용하는 궁실. 여기서는 장문궁을 가리킨다. **修**: 상 차릴 수. **薄具**박구: 소박한 수랏상. 겸손하게 표현한 말. **曾**: 끝내 증. **肯**: 즐길 긍. 들어주다. **幸臨**행림: 왕림해주시다.

그냥 해본 말씀인 줄 알면서도 참말이길 바라면서
이곳 성남城南의 장문궁에 오실 날만 기다립니다.
올린 것 없는 수랏상 정갈하게 준비해서 손수 차려놓았지만
폐하께서는 끝내 오려 하지 않으시네요.

• • •

廓獨潛而專精兮, 天飄飄而疾風.
登蘭台而遙望兮, 神怳怳而外淫.

廓: 텅 빌 곽. **獨潛**: 깊은 곳에 홀로 거하다. **專精**: 오로지 한마음뿐이다. **天飄飄而疾風**천표표이질풍: 하늘에는 휘잉휘잉 세찬 바람이 불다. **蘭台**난대: 경치를 감상하기 위해 높은 곳에 지은 대의 이름. **遙**: 멀 요. **怳**: 멍할 황. **怳怳**: 심신이 불안한 모양. **外淫**외음: 밖으로 흩어져 빠져나가다.

텅 빈 낭하에서 홀로 침잠하면서 오로지 한마음뿐일 때
하늘에서는 휘잉휘잉 세찬 바람만 불어댑니다.
난대蘭台에 올라가 멀리 바라보아도
멍하기만 한 것이 정신이 밖으로 다 빠져나간 듯해요.

• • •

浮雲鬱而四塞兮, 天窈窈而晝陰.
隱隱而響起兮, 聲象君之車音.

鬱: 울창할 울. **窈窈**요요: 컴컴한 모양. **晝**: 낮 주. **隱隱**은은: (우레 소리가) 육중하게 들리는 모양. **響**: 울릴 향.

뜬구름 빽빽이 모여 사방을 메울 듯하니
하늘이 컴컴해지며 벌건 대낮이 어두워지네요.
멀리서 우르릉 우르릉 천둥소리가 들리는 것이
마치 폐하의 수레 소리 같군요.

• • •

飄風回而赴閨兮, 擧帷幄之襜襜.
桂樹交而相紛兮, 芳酷烈之誾誾.

飄風표풍: 회오리 바람. **赴閨**부규: 궁중의 작은 문. **擧**: 펄럭일 거. **帷幄**유악: 유막, 장막, 휘장. **襜襜**첨첨: 요동치는 모양. **桂**: 계수나무 계. **紛**: 엉클어질 분. **酷烈**혹렬: 짙은. **誾誾**은은: 향기가 짙게 풍기는 모양.

회오리바람이 휘몰아 작은 문으로 들이닥쳐서
침상에 드리운 휘장을 들어 펄럭이게 하네요.
계수나무 숲의 나무들이 서로를 비벼대며 엉클어지니
향기가 진하게 풍겨 옵니다.

• • •

孔雀集而相存兮, 玄猿嘯而長吟.
翡翠脅翼而來萃兮, 鸞鳳翔而北南.

相存상존: 서로 위로하다. **玄猿**현원: 검은 잔나비. **嘯**: 휘파람 불 소. **翡翠**비취: 물총새. **脅翼**협익: 날개를 접다. **萃**: 모을 췌. **鸞鳳**난봉: 난새와 봉황. **翔**: 날 상. **北南**: 북으로 날아갔다가 다시 남으로 날아오다. 새처럼 자유롭게 날아다니며 그리운 사람을 만날 수 있음을 상징한다.

겁에 질린 공작새들은 한데 모여 서로를 위로하고
검은 잔나비들은 휘파람을 불며 길게 울부짖고요.
물총새들은 날개를 접고 내려와 모여 앉았고
난새와 봉황은 북쪽으로 날아갔다가 다시 남쪽으로 날아왔네요.

•••

心憑噫而不舒兮, 邪氣壯而攻中.
下蘭臺而周覽兮, 步從容於深宮.

憑: 가득 찰 빙. **噫**: 한숨 쉴 희. **憑噫**: 억울함이나 회한으로 꽉 차 있다. **舒**: 펼 서. **邪氣**: 사악한 기운, 즉 서운한 마음. **壯**: 성할 장. **攻中**: 마음속을 공격하다, 즉 마음을 뒤흔들어놓다. **周覽**주람: 주위를 둘러보다. **從容**: 서두르지 않고 담담하다. 이곳저곳 배회하다.

마음에 회한이 있어 편안치가 않으니
서운한 마음이 크게 자라나서 잔잔한 마음 뒤흔들어놓는군요.
난대를 내려와 주위를 둘러보면서
깊은 궁궐 이곳저곳을 홀로 배회해봅니다.

•••

正殿塊以造天兮, 鬱並起而穹崇.
間徙倚於東廂兮, 觀夫靡靡而無窮.

塊: 덩어리 괴. 우뚝 솟은 모양. **造**: 성취할 조. 도달하다. **穹崇**궁숭: 높은 모양을 형용하는 말. **間**: 틈 간. 간간이. **徙倚**사의: 배회하다 **廂**: 곁채 상. 본채의 양옆에 있는 집. **觀夫**: 저것을 보다. 여기서 '夫'는 허사다. 즉 자신이 거처하던 거대한 궁전을 하염없이 바라본다는 뜻. **靡靡**미미: 섬세하고 아름다운.

폐하께서 계신 정전이 우뚝 솟아 하늘에 닿아 있는 가운데
다른 궁궐들도 함께 높이 솟아 있군요.
동쪽 곁채에서 간간이 거닐면서

섬세하고 아름다운 궁궐이 끝없이 이어진 풍경을 하염없이 바라봅니다.

• • •

擠玉戶以撼金鋪兮, 聲噌吰而似鐘音.
刻木蘭以爲榱兮, 飾文杏以爲梁.

擠: 몸으로 밀 제. **撼**: 흔들 감. **鋪**: 문고리 포. 문고리를 물고 있는 짐승의 상. **噌吰**쟁횡: 맑고 우렁찬 소리를 형용하는 말. **刻木蘭**: 목란나무를 조각하다. **榱**: 서까래 최. **文杏**문행: 은행나무. **梁**: 들보 량.

옥으로 조각한 문을 몸으로 밀고 들어가 금 문고리를 흔들면
짤랑짤랑 맑게 울리는 소리가 마치 편종 소리 같았지요.
목란나무를 조각해서 서까래로 얹었고
은행나무를 아름답게 장식해서 대들보로 올렸고요.

• • •

羅丰茸之游樹兮, 離樓梧而相撐.
施瑰木之欂櫨兮, 委參差以槺梁.

羅나: '모일 집集'과 같다. **丰茸**풍용: 풀과 나무가 빽빽한 모양. **游樹**유수: 집안 대들보 위의 짧은 기둥. **離樓**이루: 여러 가지 나무들이 교차한 모양. **梧**: 버팀목 오. 대들보 위의 비스듬히 연결된 기둥. **撐**: 버틸 탱. **瑰**: 진기할 괴. **欂櫨**박로: 기둥과 들보 사이의 짧은 연결목. 지붕 받침. **委**: 쌓을 위. 퇴적하다. **參差**참치: 연결목을 겹겹이 쌓아올린 모양. 옹긋쫑긋. **槺梁**강량: 건축물 안의 텅 빈 부분.

대들보 위에 빽빽이 들어차 있는 짧은 기둥들하며

지붕 밑에는 갖가지 기둥들이 이러저리 교차하며 서로 버티고 있었죠.
진기한 나무로 지붕 받침을 올렸는데
나무를 겹겹이 쌓아 올려 지붕 아래 큰 공간을 만들었었죠.

•••

時彷彿以物類兮, 象積石之將將.
五色炫以相曜兮, 爛耀耀而成光.

時: 늘 시. 언제나. **彷彿**방불: 무엇과 같다고 느끼게 하다. **類**: 비슷할 류. 같은 것으로 분류하다, 비유하다. **積石**: 적석산積石山. **將將**장장: 높이 솟은 모양. **炫**: 영롱하게 빛날 현. **曜**: 빛날 요. **爛**: 빛날 란. **耀耀**요요: 반짝반짝.

전에는 늘 이것을 무슨 물건에 비유할 수 있을까 했었는데
적석산이 높이 솟은 모양 같습니다.
오색이 영롱하게 빛나는 가운데
눈부시게 반짝임이 빛을 이루는 곳이 있었네요.

•••

致錯石之瓴甓兮, 象瑇瑁之文章.
張羅綺之幔帷兮, 垂楚組之連綱.

致: '빽빽할 치緻' 자와 같다. 치밀한. **錯石**착석: 바닥에 깔아놓은 돌. **瓴甓**영벽: 구운 벽돌. **瑇瑁**대모: '玳瑁대모'와 같은 글자. 바다 거북. **文章**: 무늬. **張**: 열 장. **羅綺**나기: 무늬를 넣은 비단. **幔帷**만유: 침대를 가리는 커튼. **垂**: 드리울 수. **楚組**초조: 커튼을 걷어 묶는 끈. 초나라 산産이 유명했다고 한다. **連綱**연망: 커튼을 연결하는 줄.

다닥다닥 바닥에 깔아놓은 반질반질한 벽돌들이
마치 바다거북 등판처럼 아름다운 무늬를 이루었네요.
침상을 가린 수놓은 비단 장막을 열면
초나라에서 꼬아온 매듭 줄들이 드리워져 있었지요.

•••

撫柱楣以從容兮, 覽曲臺之央央.
白鶴噭以哀號兮, 孤雌跱於枯腸.

撫: 어루만질 무. **柱楣**주미: 기둥과 문머리. **曲臺**곡대: 미앙궁 동편에 있는 궁전 이름. **央央**앙앙: 넓고 큰 모양. **噭**: 떠들썩할 오. **孤雌**고자: 짝 잃은 암컷. **跱**: 둘 치. 멍하니 서 있다. **腸**장: 이 글자는 '버드나무 양楊' 자로 고쳐야 한다.

기둥과 문머리를 어루만지며 조용히 있노라니
미앙궁 옆의 드넓은 곡대로 눈이 가네요.
흰 두루미들이 꾸욱꾸욱 슬피 울부짖는데
짝 잃은 암컷 한 마리만이 말라죽은 버드나무에 우두커니 서 있군요.

•••

日黃昏而望絶兮, 悵獨託於空堂.
懸明月以自照兮, 徂清夜於洞房.

望絶: 바라보아도 오지 않다. **悵**: 슬퍼할 창. **託**: 의탁할 탁. 몸을 기대다. **懸**: 걸릴 현. **徂**: 갈 조. 여기서는 '시간이 지나다'라는 뜻. **洞房**동방: 신방.

날이 저물어 황혼이 지도록 바라보아도 오시지 않으니

슬픈 마음에 빈 대청에 몸을 기대어봅니다.
하늘에 걸린 밝은 달이 나를 비출 때
맑은 밤은 우리의 신방에까지 다가왔어요.

•••

援雅琴以變調兮, 奏愁思之不可長.
案流徵以卻轉兮, 聲幼妙而復揚.

援: 당길 원. **變調**변조: 슬픈 곡조. **愁思**추사: 슬픔. **案**: '누를 안按' 자와 같다. 연주하다. **流**: 흐를 류. 곡조를 바꾸다. **徵**: 음률 이름 치. 여기서는 잔잔한 곡조를 뜻한다. **卻轉**각전: 분위기를 전환시키다. **幼妙**유묘: '要妙요묘'와 같은 말. 가볍고 세밀한.

고운 비파를 끌어다가 슬픈 곡조를 뜯어보지만
슬픔을 연주하는 일은 오래 할 수 없군요.
잔잔한 치조徵調의 곡을 연주해서 마음을 돌려보려 했으나
억눌러 가냘픈 소리는 이내 다시 고조됩니다.

•••

貫歷覽其中操兮, 意慷慨而自卬.
左右悲而垂淚兮, 涕流離而從橫.

貫: 꿸 관. (연주에) 꿰어 나오다. **歷覽**역람: 하나하나씩 모두 보다. **中操**중조: 마음속에 간직하고 있는 지조. **慷慨**강개: 호방하다, 인색하지 않다. **卬**: 격앙될 앙. **涕**: 눈물 흘릴 체. **流離**: 눈물을 흘리는 모양. **從**: '세로 종縱'과 같음.

그러면서 마음속에 간직된 지조가 하나하나 빠짐없이 꿰어나와 보이니
의지가 호방해지면서 저절로 격앙되네요.
좌우의 시녀들도 슬퍼하며 눈물을 줄줄 흘리니
눈물이 이리저리 흩어져 종횡으로 범벅이 되었지요.

•••

舒息悒而增欷兮, 蹝履起而彷徨.
揄長袂以自翳兮, 數昔日之諐殃.

舒: 펼 서. 토해내다. **悒**: 근심할 읍. **息悒**: 탄식하며 근심하다. **欷**: 흐느낄 희. **蹝**: 신을 사. **蹝履**사리: 신발을 구겨 신다. **彷徨**: 방황하다. **揄**: 끌어올릴 유. **袂**: 소매 몌. **翳**: 덮을 예. **自翳**: 자신의 얼굴을 덮다. **數**: 셀 수. 회상하다. **諐**: '허물 건愆'과 같다. **殃**: 벌 받을 앙. 잘못한 일.

근심을 누그러뜨리려 해도 흐느낌만 늘어나니
신을 구겨 신고 일어나 이리저리 방황합니다.
긴 소매를 끌어다 제 얼굴을 덮고는
지난날의 허물과 죄를 헤아려 봅니다.

•••

無面目之可顯兮, 遂頹思而就床.
摶芬若以爲枕兮, 席荃蘭而茝香.

顯: 떠오를 현. **頹**: 무너질 퇴. **頹思**: 근심에 풀이 죽다. **摶**: 둥글게 빚을 단. **芬若**분약: 향초 이름. **枕**: 베개 침. **席**: 자리 깔 석. 자리로 깔다. **荃**: 향초 이름 전. **茝**: 구릿대 채.

볼 낯 없는 일들이 불현듯 떠오를 것 같아서
결국 근심에 풀이 죽어 잠자리로 들어갔지요.
분약 향초를 뭉쳐서 베개를 삼고
전란荃蘭을 자리 밑에 깔았는데 채향茝香 내도 나네요.

●●●

忽寢寐而夢想兮, 魄若君之在旁.
惕寤覺而無見兮, 魂迋迋若有亡.

寢: 장 침. **寐**: 잘 매. **魄**: 넋 백. 여기서는 꿈나라. **在旁**재방: 옆에 있다. **惕**: 놀랄 척. **惕寤**척오: 갑자기 놀라서 깨다. **迋迋**광광: 두려워하는 모양. **若有亡**: 뭔가 잃어버린 것이 있는 듯하다.

깜빡 조는 사이에도 꿈속에서 그리워하였더니
꿈속에 폐하께서 제 옆에 계신 것 같았지요.
깜짝 놀라 잠에서 깨어보니 폐하는 온데간데없으시니
제 영혼은 뭔가를 잃은 듯 어쩔 줄 모르고 두려울 뿐입니다.

●●●

衆雞鳴而愁予兮, 起視月之精光.
觀衆星之行列兮, 畢昴出於東方.

衆雞중계: 뭇 닭. **愁予**수여: 나를 근심케 하다. **精光**정광: 환한 달빛. **行列**행렬: 별이 줄 서서 가는 자리. 별자리. **畢昴**필묘: 필성과 묘성. 이 두 별자리는 음력 5~6월에 동쪽에 보인다.

뭇 닭들의 우는 소리가 나를 근심케 하니

일어나 환한 달빛을 바라봅니다.
뭇별들의 별자리를 바라보니
필성畢星과 묘성昴星이 벌써 동쪽에 와 있네요.

•••

望中庭之藹藹兮, 若季秋之降霜.
夜曼曼其若歲兮, 懷鬱鬱其不可再更.

藹藹애애: 무성한 모양. **季秋**계추: 음력 9월, 늦가을. **降霜**강상: 서리가 내리다. **曼曼**만만: '漫漫만만'과 같다. 가없다, 끝없다. **若歲**약세: 일 년이 지난 듯. **鬱鬱**울울: 근심의 고통이 꽉 맺혀서 풀어지지 않다. **其**: 아마도 기. **更**: 새로워질 경. **不可再更**: 지나간 날이 다시 새로워지지 않다.

가운데뜰을 바라보니 달빛이 가득 차 있는 것이
마치 늦가을에 서리가 내린 듯합니다.
밤은 지지리도 길어서 일 년이나 되는 듯하고
답답하고 울적한 마음은 다시 처음처럼 될 것 같지 않네요.

•••

澹偃蹇而待曙兮, 荒亭亭而復明.
妾人竊自悲兮, 究年歲而不敢忘.

澹: 조용할 담. **偃**: 드리울 언. **蹇**: 멈출 건. **偃蹇**: 오랫동안 서 있다. **曙**: 새벽 서. **荒**: 흐릿할 황. 동 트기 전 여명黎明의 모양. **亭亭**정정: 먼 모양. **妾人**첩인: 지어미가 지아비 앞에서 자신을 낮춰 부르는 말. **竊**: 마음속으로 절. **究**: 끝내 구.

우두커니 서서 새벽빛을 기다리고 섰노라니
희미한 여명이 멀리서부터 서서히 밝아오려 해요.
소첩은 속으로는 스스로를 비참하게 여기고 있어도
한 해 한 해가 다하도록 폐하를 감히 잊지 못할 겁니다.

사마천司馬遷, 『사기史記』

서한의 사학가인 사마천司馬遷이 편찬한 중국 최초의 기전체紀傳體 통사. 상고 시대의 신화 인물인 황제黃帝부터 서한의 무제武帝 태초太初 4년에 이르는 약 3천여 년간의 역사를 담고 있다. 특히 이전의 편년체編年體로 씐 『춘추』와는 달리, 본기本紀·세가世家·열전列傳·지志·표表 등으로 분류한 이른바 기전체로 기술함으로써 후대 역사 기술의 모델을 세웠다. 『사기』는 폭력배·간신배·악질 벼슬아치·광대 등 천하고 비윤리적인 사람까지도 열전에 기록하는 등 가치 중립적인 역사관에 입각하였으면서도 감성적인 글쓰기를 통하여 역사에 다양한 의미를 부여하였다. 이로 인하여 『사기』는 이후 역사학은 물론 문학 방면에서도 심대한 영향을 끼쳤다.

서한의 역사가이자 문장가인 사마천(약 B.C. 145~약 B.C. 90)은 하양夏陽 출신이다. 사관인 사마담司馬談의 아들로서 부업을 이어 태사령太史令에 임명되었는데, 당시 흉노와 악조건에서도 끝까지 싸웠으나 중과부적으로 항복한 이릉李陵 장군을 변호하는 글을 올렸다가 궁형宮刑을 당하였다. 그는 이 치욕과 고난의 상황에서 깨달은 바가 있어 불후의 대작인 『사기』(원제는 『태사공서太史公書』)를 완성하였다.

무엇을 위한 충절인가 — 「백이열전伯夷列傳」

백이伯夷와 숙제叔弟의 합전合傳으로서 『사기』 열전의 첫 번째 편이다. 신의와 절개를 지킨 이들의 행적을 긍정적으로 서술하면서도, 이들의 고난은 그나마 사람들에게 인정이라도 받았지만 이름도 없이 사라져간 충절들은 도대체 무엇인가라는 물음을 던지고 있다. "이름을 남기려면 천리마 꼬리에라도 붙어 있어야 한다"는 저 유명한 격언이 바로 여기서 나왔다.

• • •

夫學者載籍極博. 尤考信於六藝. 詩書雖缺, 然虞夏之文可知也.

載籍재적: 기록이 담겨 있는 서적. **尤**: 더욱 우, 특히. **考信**고신: 신뢰성을 고증하다. **六藝**육예: 육경六經, 즉 시詩·서書·예禮·악樂·역易·춘추春秋. **缺**: 모자랄 결. 기록이 유실되어 완전하지 않다. **虞**우: 순임금의 나라. **夏**하: 우임금의 나라. **文**: 글 문. 구체적으로 요임금과 순임금의 선양 과정을 기록하고 있는 『상서尙書』 중의 「요전堯典」·「순전舜典」·「대우모大禹謨」 등을 가리킨다.

무릇 학자라는 사람들은 책을 아무리 널리 섭렵했다 하더라도 『시』·『서』·『예』·『악』·『역』·『춘추』 등 육경에서 신뢰성을 입증해야 한다. 『시경』과 『서경』이 비록 결여된 부분이 있어서 완전하지는 않지만, 순임금과 우임금에 관해서는 이 기록을 통해서 잘 알 수가 있다.

• • •

堯將遜位, 讓於虞舜, 舜禹之間, 嶽牧鹹薦, 乃試之於位, 典職數十年, 功用既興, 然後授政. 示天下重器, 王者大統, 傳天下若斯之難也.

遜: 양보할 손. **嶽牧**악목: 요순 시기 전국을 상징하는 사악四嶽과 12목十二牧을 뜻한다. **鹹**함: '모두 함咸'과 같다. **試之於位**: 임금 자리에 앉혀놓고 시험해보다. **典**: 종사할 전. 주관하다. **典職**전직: 임금의 직무를 맡아보다. **數十年**: 순임금의 섭정 28년을 말한다. **功用**: 효과가 쓸모 있음, 즉 공적.

重器중기: 매우 중요한 그릇. **大統**대통: 전체를 통솔하는 자. **傳天下若斯之難也**: 천하를 물려주는 일이 이처럼 어려운 일이다.

요임금이 바야흐로 임금 자리에서 물러나려 할 때, 그 자리를 우나라의 순임금에게 선양하였다. 순임금이 우임금에게 선양하는 과도 기간에는 사악과 십이목의 수령들이 모두 모인 자리에서 추천을 받은 뒤 임금 자리에 앉아 시험적으로 국정을 맡아보게 하였다. 임금의 직무를 맡아본 지 수십 년 동안에 치적이 쓸 만하다는 평가가 일어나자 그 다음에 정권을 주었다. 이렇게 한 것은 천하란 매우 중대한 그릇이고, 임금이란 전체를 통솔하는 자로서 천하를 물려주는 일이란 이처럼 어려운 일임을 보이기 위한 것이었다.

•••

而說者曰: 堯讓天下於許由, 許由不受, 恥之逃隱. 及夏之時, 有卞隨務光者. 此何以稱焉.

說者: 유가儒家를 제외한 여러 제가諸家의 담론들. **逃隱**도은: 도망가서 은거하다. 『장자』와 『사기』의 기록에 따르면 요임금이 허유에게 천하를 물려주겠다고 제안하였더니 허유가 들어서는 안 될 말을 들었다고 냇물에 가서 귀를 씻고 도망가 숨어 살았다고 한다. **卞隨務光**: 변수卞隨와 무광務光. 은나라 탕왕이 걸왕을 친 다음에 천하를 변수와 무광에게 맡기려 했더니 두 사람이 모두 강물에 투신했다는 고사. 『장자』「양왕讓王」편에 보인다. **何以**: 무엇에 근거해서. **稱**: 칭찬할 칭. **焉**: '於此'와 같다. ~ 때문에, ~에 근거해서.

그런데 제자백가 중에는 이렇게 말하는 사람이 있다. "요임금이 허유에게 천하를 선양하려 하자, 허유가 받지 않고 오히려 이런 말을 들은 것을 창피하게 여긴 나머지 도망가서 숨어 살았다. 하나라에 이르러서는 강물에 투신했다는 변수와 무광의 경우까지도 있었다. 이것은 무엇에 근거해서 이들을 칭송한 것인가?”

•••

太史公曰：余登箕山，其上蓋有許由冢云. 孔子序列古之仁聖賢人，如吳太伯伯夷之倫詳矣. 余以所聞，由光義至高，其文辭不少概見，何哉.

太史公: 사마천 자신을 가리키는 말. **箕山**기산: 하남성에 있는 산 이름. 허유가 여기에 숨어 살았다고 한다. **蓋**: 대개 개. 정확하지는 않지만 개연적인. **冢**: 무덤 총. **序列**서열: 순서를 매겨 열거하다. **仁聖**: 인인仁人과 성인聖人. **吳太伯**: 고공단보古公亶父의 장자, 즉 주 문왕의 백부. 동생인 계력季歷에게 나라를 양위하고 남쪽의 미개한 땅인 오나라로 달아나서 살았다. **倫**: 무리 륜. ‘무리 류類’와 같은 말. **文辭**: 육경에서의 기록. **不少概見**부소개견: 성어. 개략적인 내용도 잘 보이지 않는다는 뜻.

태사공은 이렇게 말한다. 내가 기산에 올라가보았더니 그 위에 아마 허유의 것이라고 알려진 무덤이 있었다. 공자는 옛날의 어진 이와 성인과 현인 들을 순서를 매겨 열거하였는데, 오태백과 백이 같은 이들에 대해서는 매우 상세히 적었다. 내가 들은 바로는 허유와 무광의 의로운 행위는 지극히 고상하였음에도 육경에서의 기록은 개략적으로라도 잘 보이지 않는다. 이는 무엇 때문인가?

•••

孔子曰: 伯夷叔齊，不念舊惡，怨是用希. 求仁得仁，又何怨乎. 余悲伯夷之意，睹軼詩可異焉. 其傳曰：

念: 마음에 둘 념. **怨是用希**원시용희: 원망이라는 것이 쓰인 일이 거의 없었다. 『논어』「공야장公冶長」편의 구절. **求仁得仁, 又何怨乎**: 인을 찾던 사람이 인을 얻었는데 다시 누구를 원망하겠는가? 『논어』「술이述而」편의 구절. **悲**: 연민할 비. 동정하다. **睹**: 볼 도. **軼詩**일시: '逸詩일시'와 같은 말. 『시경』에서 빠뜨린 시. 아래의 「채미采薇」 시를 가리킨다. **可異焉**: 그것에 대해서 이상하게 여길 만하다. **其傳**: 백이와 숙제에 관한 전기. 『한시외전韓詩外傳』이나 『여씨춘추呂氏春秋』를 가리킨다.

공자께서는 백이와 숙제에 대하여 이렇게 말씀하셨다. "백이와 숙제는 이미 지나간 악행에 대하여 집착하지 않았으니 원망이라는 것이 쓰일 일이 거의 없었다." "인을 찾던 사람이 인을 얻었는데 다시 누구를 원망하겠는가?" 나는 백이의 뜻에 동정을 느낀다. 『시경』에 들어갔어야 할 「채미가采薇歌」를 보아도 그에 대하여 이상히 여길 만하다. 백이와 숙제에 관한 전기는 다음과 같이 쓰고 있다.

•••

伯夷叔齊, 孤竹君之二子也. 父欲立叔齊. 及父卒, 叔齊讓伯夷. 伯夷曰: 父命也. 遂逃去. 叔齊亦不肯立而逃之. 國人立其中子. 於是伯夷叔齊聞西伯昌善養老, 盍往歸焉.

孤竹고죽: 은나라 탕왕 때 분봉된 나라 이름. **國人**: 도성 사람들, 즉 중앙에서 정치에 참여하는 권력자들. **盍**: 왜 ~하지 않는가? **焉**: 그에게로.

백이와 숙제는 고죽국孤竹國 임금의 두 아들이었는데 아버지는 동생인 숙제를 후계자로 세우고 싶어 하였다. 아버지가 죽자 숙제는 형인 백이에게 양위하였다. 백이가 "아버지의 명령이다"라고 말하고는 끝내 도망가고 말았다. 숙제도 역시 즉위하지 않으려 하다가 달아났다. 도성의 권력자들은 하는 수 없이 가운데의 둘째 아들을 임금으로 세웠다. 이후에 백이와 숙제는 서백西伯인 창昌이 노인들을 존중하고 잘 모신다는 말을 듣고는 말하였다. "어찌 이런 분에게 가서 몸을 맡기지 않을 수 있는가!"

• • •

及至, 西伯卒, 武王載木主, 號爲文王, 東伐紂. 伯夷叔齊叩馬而諫曰:

木主: 죽은 사람을 상징하는 위패. **號**: 부를 호. 여기서는 '죽은 후에 호칭을 높이다', 즉 추존追尊의 뜻. **叩馬**고마: 말고삐를 꽉 잡아당기다.

서백을 찾아갔지만 그는 이미 죽었다. 그러자 그의 아들인 무왕이 아버지의 위패를 수레에 싣고 그를 문왕으로 추존하고는 동쪽으로 은나라 주왕을 치러 나갔다. 이때 백이와 숙제가 무왕의 말고삐를 잡아당기며 간하였다.

• • •

父死不葬, 爰及干戈, 可謂孝乎. 以臣弑君, 可謂仁乎. 左右欲兵之. 太公曰: 此義人也. 扶而去之.

爰: 곧 원. 곧바로. **干戈**간과: 방패와 창, 즉 전쟁을 상징. **弑**: 아랫사람이 윗사람을 죽일 시. **兵**: 무기로 죽일 병. **太公**: 강태공 여상呂尙을 말한다. **扶**: 부축할 부.

"아버지가 돌아가셔서 장례도 아직 안 치렀는데 곧바로 창과 방패로 손이 뻗친다면 효성스럽다고 말할 수 있겠습니까? 신하가 된 자로서 임금을 시해한다면 어질다고 말할 수 있겠습니까?" 좌우의 호위무사들이 그를 칼로 죽이려 하자, 강태공이 "이 사람은 의로운 사람이다"라며 말리니 그들이 백이와 숙제를 부축해서 그 자리를 뜨게 하였다.

•••

武王已平殷亂, 天下宗周, 而伯夷叔齊恥之, 義不食周粟, 隱於首陽山, 采薇而食之. 及餓且死, 作歌, 其辭曰:

宗周종주: 주나라를 종주국으로 받들다. **義不食周粟**: 정의를 지키는 사람으로서 주나라의 곡식을 먹지 않겠다. **采**채: '딸 채採'와 같음. 뜯다. **薇**: 고비 미. **餓**: 주릴 아.

무왕이 은나라의 혼란을 평정한 후에 천하 제후들이 주나라를 종주국으로 받들었지만, 백이와 숙제는 오히려 이를 부끄러운 일로 여겼다. 그리고 의로움을 지키는 사람으로서 주나라에서 난 곡식을 먹지 않고 수양산에 들어가 숨어 살면서 고비만을 뜯어 먹고 지냈다. 그러다가 굶주린 나머지 바야흐로 죽게 되었을 때 노래를 지었는데 그 가사는 다음과 같다.

•••

登彼西山兮, 採其薇矣. 以暴易暴兮, 不知其非矣. 神農虞夏忽焉沒兮, 我安適歸矣. 于嗟徂兮, 命之衰矣. 遂餓死於首陽山.

以暴易暴: 포악한 신하로써 포악한 군주를 바꾸다. **不知其非矣**: 이것이 잘못된 것임을 모른다. **神農虞夏**: 신농·순·우임금의 태평성대. **安**: 의문사. 어디. **適**: 갈 적. **于嗟**우차: 아아, 감탄사. **徂**: 갈 조. 죽다. **衰**: 쇠락할 쇠. 다하다. **首陽山**수양산: 오늘날 감숙성甘肅省 위원현渭源縣에 있는 산의 이름.

"저 서산에 올라감은 고비를 뜯으려 함이지 / 포악한 신하로써 포악한 임금을 바꾼 것은 그것이 잘못된 일임을 모르기 때문이지 / 신농과 순임금과 우임금의 시대는 어느덧 사라져버렸으니 / 나는 이제 어디로 돌아가야 하나?/ 아아, 갈 때가 되었도다!/ 운명이 다되었도다!" 그러고는 끝내 수양산에서 굶어 죽었다.

•••

由此觀之, 怨邪非邪. 或曰: 天道無親, 常與善人. 若伯夷叔齊, 可謂善人者非邪. 積仁潔行, 如此而餓死.

邪: 어조사 야. 의문 표시 어기조사. **怨邪非邪**: 그들은 원망하였는가, 안 하였는가? **天道**: 사람의 운명을 좌우할 하늘의 의지. **親**: 가까이할 친. 사사로이 편애함. **若**: 같을 약. **潔行**결행: 행위를 고결하게 하다.

이 사건을 통해 보건대, 그들은 원망하였을까, 그렇지 않았을까? 혹자는 말한다. "하늘의 도리는 누구를 사사로이 편애하지 않고 언제나 선한 사람과 함께 한다"고. 백이와 숙제 같은 사람은 선한 사람이라고 말할 수 있는가, 없는가? 어진 덕을 쌓고 행위를 고결하게 함이 이와 같았는데도 그들은 굶어 죽었다.

•••

且七十子之徒, 仲尼獨薦顔淵爲好學. 然回也屢空, 糟糠不厭, 而卒蚤夭. 天之報施善人, 其何如哉.

七十子之徒: 공자의 제자는 모두 3천 명인데 그 중에서 육예六藝에 통달한 자는 72명이라고 알려져 있다. **薦**: 천거할 천. **顔淵**안연: 공자의 제자. 연淵은 자이고, 이름은 회回. **屢**: 자주 루. **空**: 궁핍할 공. **屢空**: 언제나 궁핍하게 살다. **糟**: 술지게미 조. **糠**: 겨 강. **厭**: 물릴 염. **卒**: 마칠 졸. **蚤**조: '일찍 조早' 자와 같다. **夭**: 일찍 죽을 요.

이 외에도 72명의 제자 가운데서 공자는 오로지 안회 한 사람만을 배우기를 좋아하는 사람이라고 들어 세웠다. 그러나 안회는 언제나 궁핍하게 살아 술지게미와 겨도 없어서 못 먹을 정도였고 게다가 젊어서 일찍 죽기까지 하였다. 하늘은 선한 사람에게 보답을 베푼다는데, 이 사람은 도대체 어찌 된 일인가?

•••

盜跖日殺不辜, 肝人之肉, 暴戾恣睢, 聚黨數千人, 横行天下, 竟以壽終, 是遵何德哉.

辜: 허물 고. **肝人之肉**간인지육: 다른 사람의 간을 고기로 여기고 먹다. **暴戾**포려: 포악하고 잔혹한. **睢**: 눈 부릅뜰 휴. **恣睢**자휴: 제멋대로 행동하다. **聚黨**취당: 무리를 모으다. **横**: 가로막을 횡. **横行**횡행: 사람들의 길을 가로막다, 즉 질서를 어지럽히다. **壽終**수종: 천수를 누리고 죽다. **遵**: 따를 준.

도척은 날마다 죄 없는 사람들을 죽이고 다른 사람의 간을 내어 고기처럼 먹었으며 포악하고 잔혹하여 제멋대로 행동하였다. 무리를 수천 명이나 모아서 천하를 어지럽히고 다녀도 끝내는 천수를 다 누렸으니, 이것은 이자의 무슨 덕에 따른 것인가?

•••

此其尤大彰明較著者也. 若至近世, 操行不軌, 專犯忌諱, 而終身逸樂, 富厚累世不絕.

尤: 특별히 우. **彰**: 드러날 창. **較**: 견줄 교. 조금. **著**: 드러날 저. **若**: ~한 경우를 본다면. **近世**근세: 기실 당대當代를 말한다. 필화를 면하기 위한 수사라고 할 수 있다. **操行**조행: 품행. **軌**: 길 궤. **不軌**: 정해진 길을 가지 않다.

忌諱기휘: 법과 금기. **逸樂**일락: 멋대로 즐기다. **累世**누세: 대대로.

이것은 특별히 크게 밝혀지고 드러난 사건일 뿐이다. 근자에 이르기까지의 경우를 본다면, 품행이 규범을 벗어나고 전적으로 법과 금기를 범하면서도 평생 멋대로 즐기며 살고 재물이 넘침이 대대로 끊어지지 않는 사람들이 있다.

•••

或擇地而蹈之, 時然後出言, 行不由徑, 非公正不發憤, 而遇禍災者, 不可勝數也. 余甚惑焉, 倘所謂天道, 是邪非邪.

蹈: 밟을 도. **擇地而蹈之**: 땅을 가려서 밟다, 즉 경거망동하지 않다. **時**: 때 시. 적절한 시기. **徑**: 지름길 경. 샛길. **發憤**: 굳은 의지를 갖고 일에 나서다. **勝**: 견딜 승. **數**: 헤아릴 수. **焉**: 이것 때문에 **倘**: 혹시 당. 만일에.

반면에 어떤 사람은 땅도 가려서 조심해서 밟고 적절한 시기가 된 다음에야 비로소 말을 하며, 다닐 때는 샛길을 경유하지 않고 공정한 일이 아니면 굳은 의지를 갖고 일을 하지 않는다. 그런데도 재앙을 당하는 자가 그 수를 이루 다 헤아릴 수 없으니, 나는 이 때문에 매우 헷갈린다. 혹여 이른바 하늘의 도리라는 게 있다면 그것은 옳은 것인가, 그른 것인가?

•••

子曰: 道不同, 不相爲謀. 亦各從其志也. 故曰: 富貴如可求, 雖執鞭之士, 吾亦爲之. 如不可求, 從吾所好. 歲寒, 然後知松柏之後凋.

爲: '더불 여與'와 같다. **道不同, 不相爲謀**: 『논어』 「위령공衛靈公」편의 구절. **雖執鞭之士**수집편지사~**從吾所好**종오소호: 『논어』 「술이述而」편의 구

절. **歲寒**: 일 년 중 가장 추운 계절, 깊은 겨울. **後凋**후조: 더디 낙엽지다. **歲寒~後凋**: 『논어』「자한子罕」편의 구절.

공자께서 "가는 길이 다르면 서로 더불어 도모하지 말라"고 말씀하셨으니, 이는 각자 자신의 의지를 따라 살아야 한다는 뜻이기도 하다. 그래서 다음과 같이 말씀하셨다. "재물이 많고 지위가 높은 것이 추구할 만하다면, 비록 채찍을 들고 다른 사람의 수레를 몰아주는 마부라 하더라도 나는 그것을 하겠다. 그러나 그것이 추구할 만하지 않다면 내가 좋아하는 바를 따르겠다." "일 년 중 가장 추운 계절이 오고 난 다음에라야 소나무와 잣나무가 더디 낙엽짐을 알 수 있다."

•••

擧世混濁, 淸士乃見. 豈以其重若彼, 其輕若此哉. 君子疾沒世而名不稱焉.

擧: 모두 거. **乃**: 비로소 내. **見**: '나타날 현現'과 같다. **豈**기: 반어법을 표현할 때 쓰는 의문사. **以**: 원인을 나타내는 전치사. **其**: 부귀를 중히 여기는 자들을 가리킨다. **若彼**약피: 저것처럼. **其**: 부귀를 하찮게 여기는 깨끗한 선비들을 가리킨다. **疾**: 괴로워할 질. **沒世**몰세: 한세상을 다 살다. **君子疾~**: 『논어』「위령공衛靈公」편의 구절. **焉**: 그 기간에.

온 세상이 혼탁해야 청빈한 선비가 나타나는 법이다. 설마 저들이 저처럼 부귀를 중히 여기니까 이 사람들이 이처럼 부귀를 가벼이 여기는 것일까? 군자는 한세상 다하도록 이름이 불리지 않는 것을 괴롭게 여긴다.

•••

賈子曰: 貪夫徇財, 烈士徇名, 誇者死權, 衆庶馮生.

賈子가자: 한나라 가의賈誼를 말한다. **徇**: 목숨을 바쳐 희생할 순. **烈士**: 공적을 세우는 일에 뜻을 둔 사람. **誇者**: 자기 능력을 자랑하기 좋아하는 사람. **衆庶**중서: 뭇 서인庶人들. **馮**: 의지할 빙. **馮生**빙생: 생존 원리에 의거해서 살다, 즉 살기를 탐하고 죽기를 싫어한다는 뜻.

가의 선생이 말하였다. "탐욕스런 남자는 재물을 위해 목숨을 버리고, 공을 세우는 일에 뜻을 둔 남자는 이름에 목숨을 바치며, 으스대기 좋아하는 사람은 권력 때문에 죽으며, 뭇 서인들은 그저 살려는 의지에 기대어 산다."

•••

同明相照, 同類相求. 雲從龍, 風從虎, 聖人作而萬物睹

同明: 같은 밝기의 빛. **照**: 비칠 조. **相求**: 서로를 찾는다, 즉 상호 감응하다. **龍**: 여기서는 용의 울음소리를 가리킨다. **虎**호: 범의 포효. **睹**: 볼 도. 밝히 드러나다. 이 구절은 『역』「문언文言」에 보인다.

같은 밝기의 빛은 서로를 비춰주고, 같은 종류의 사물은 서로를 찾는다. 구름은 용의 울음소리를 따라가고, 바람은 범의 포효를 따라가며, 성인이 일어나면 만물의 각 존재가 밝히 드러난다.

•••

伯夷叔齊雖賢, 得夫子而名益彰; 顔淵雖篤學, 附驥尾而行益顯.

雖: 비록 수. 아무리 ~하더라도. **得夫子**: 공자의 칭송을 얻다. **彰**: 드러날 창. **篤**: 독실할 독. **附**: 붙을 부. **驥**: 천리마 기.

백이와 숙제가 아무리 현명했어도 공자의 칭송을 얻어서 이름이 더욱 드러나게 되었고, 안회가 아무리 배움에 독실했어도 천리마 꼬리에 붙어 있어서 그의 덕행이 더욱 드러났다.

•••

巖穴之士, 趨舍有時, 若此類名湮滅而不稱, 悲夫. 閭巷之人, 欲砥行立名者, 非附青雲之士, 惡能施於後世哉.

巖穴암혈: 바위의 구멍. 은자를 상징. **趨**: 나아갈 추. 여기서는 '취할 취取'와 같은 글자. **舍**: 버릴 사. 은거를 뜻한다. **此類**차류: 이러한 종류의 사람들. **湮滅**연멸: 연기처럼 사라지다. **閭巷**여항: 평범한 동네. **砥**: 숫돌 지. **砥行**: 덕행을 연마하다. **青雲之士**청운지사: 사회적으로 존경을 받거나 지위가 높은 사람. **施**: 연장할 이. 이름을 남겨 후세에 전한다는 뜻.

깊은 산속 바위틈에 은거하는 선비는 나아갈 때와 물러날 때를 알고 그렇게 처신한 사람들이었지만, 이런 유의 사람들은 이름이 연기처럼 사라지고 이름이 불리지 않았으니 안타까울 뿐이로다! 평범한 동네에 사는 사람으로서 덕행을 연마하여 이름을 세우고자 한다면, 사회적으로 존경을 받거나 지위가 높은 사람에게 빌붙지 않고서도 어떻게 하면 후세에 이름을 길이 남길 수 있을까?

관포지교 —「관중열전管仲列傳」

제나라 선공을 도와 춘추오패가 되게 만든 관중管仲의 일대기를 적은 전기가 「관중열전」이다. 친구 포숙鮑叔(또는 포숙아鮑叔牙)이 자신의 잠재성을 일찍부터 알고 인내해준 덕분이라는 관중의 고백이 이 전기의 압권이다. 두 사람의 관계를 관포지교管鮑之交라고 부르는데, 당 시인 두보杜甫도 이를 주제로 「빈교행貧交行」이라는 시를 지었다.

•••

管仲夷吾者, 潁上人也. 少時常與鮑叔牙遊, 鮑叔知其賢. 管仲貧困, 常欺鮑叔, 鮑叔終善遇之, 不以爲言.

夷吾: 관중의 이름. **遊**: 놀 유. 함께 놀다, 사귀다. **欺**: 속여 이익을 취할 기. **遇**: 대우할 우. **不以爲言**: 이것을 가지고 원망이나 불평을 말하지 않다.

관중은 이름이 이오夷吾이고 영상潁上 출신이다. 젊은 시절에 언제나 포숙아와 함께 놀며 자랐는데 포숙은 관중의 총명함을 알고 있었다. 관중은 빈곤하여 언제나 포숙을 속여 이득을 취하였으나 포숙은 끝까지 그를 잘 대해주면서 이것을 가지고 원망하지 않았다.

•••

已而鮑叔事齊公子小白, 管仲事公子糾. 及小白立爲桓公, 公子糾死, 管仲囚焉. 鮑叔遂進管仲.

已而이이: 얼마 안 있어. **囚**: 갇힐 수. **囚焉**: 이 때문에 갇히다. **遂**: 끝날 수. **進**: 천거할 진.

얼마 안 있어 포숙은 제나라 공자 소백을 섬기게 되었고 관중은 공자 규를 위해 일하게 되었다. 그런데 소백이 즉위해서 환공桓公이 되고 공자 규는 죽기에 이르자 관중은 이 때문에 잡혀 갇히게 되었지만, 포숙은 끝까지 관중을 천거하였다.

•••

管仲既用，任政於齊，齊桓公以霸，九合諸侯，一匡天下，管仲之謀也.

霸: 우두머리 패. **桓公以霸**: 환공이 (관중 덕에) 우두머리가 되다. **九**: '모을 규糾'와 같다. 끌어모아 합치다. '구합九合'을 '아홉 번이나 제후들을 회맹시키다'라고 번역하기도 한다. **匡**: 네모난 광주리 광. '네모나다'는 표현에는 '공정하다'는 의미가 담겨 있다. **一匡**: 광주리에 담듯이 반듯하게 하나로 바로잡다.

관중이 등용이 되어 제나라에서 정치를 맡자 제 환공은 그 때문에 제후들의 우두머리가 되었다. 환공은 제후들을 규합하고 천하를 하나의 질서로 바로잡았는데 이것은 관중의 지략 때문이었다.

•••

管仲曰： 吾始困時，嘗與鮑叔賈，分財利多自與，鮑叔不以我爲貪，知我貧也. 吾嘗爲鮑叔謀事而更窮困，鮑叔不以我爲愚，知時有利不利也. 吾嘗三仕三見逐於君，鮑叔不以我爲不肖，知我不遇時.

賈: 장사할 고. **分財利**: 재물과 이익을 나누다. **與**: 줄 여. **多自與**: 나에게 많이 주다, 즉 내가 많이 차지하다. **謀事**: 일을 꾸미다. **仕**: 벼슬할 사. **見**: 동사 앞에서 피동을 나타내는 조사. **逐**: 쫓아낼 축. **不肖**불초: 닮지 않다, 즉 못나다.

관중은 이렇게 말한 바 있다. "내가 처음에 빈곤할 적에 일찍이 포숙과 장사를 했었는데 이익을 나눌 때 내가 더 많이 가져갔지만 포숙은 나를 탐욕스럽다고 여기지 않았다. 내가 가난하다는 것을 알아주었기 때문이다. 내가 일찍이 포숙을 위해서 일을 도모해주었는데 오히려 일이 더 꼬이게 되었지만 포숙은 나를 어리석다고 여기지 않았다. 때에는 유리할 때와 불리할 때가 있음을 알았기 때문이다. 내가 일찍이 세 번 벼슬길에 나아갔는데 세 번 다 주군에게 쫓겨났지만 포숙은 나를 못난 사람이라고 여기지 않았다. 내가 때를 만나지 못하였음을 알아주었기 때문이다.

•••

吾嘗三戰三走, 鮑叔不以我怯, 知我有老母也. 公子糾敗, 召忽死之, 吾幽囚受辱, 鮑叔不以我爲無恥, 知我不羞小節而恥功名不顯於天下也. 生我者父母, 知我者鮑子也.

怯: 겁낼 겁. **召忽**소홀: 공자 규와 함께 거사에 참여한 반란군 인사. **死之**: 공자 규를 위해서 죽다. **幽**: 어두울 유. **幽囚**: 감옥에 잡아 가두다. **羞**: 부끄러울 수. **小節**소절: 작은 절개.

내가 일찍이 세 번 전쟁터에 나갔다가 세 번 달아났지만 포숙은 나를 비겁하다고 여기지 않았다. 나에게는 늙은 어머니가 계시다는 것을 알아주었기 때문이다. 공자 규가 패한 후 소홀은 그를 위해 죽은 반면 나는 감옥에 갇히는 치욕을 선택했지만, 포숙은 나를 부끄러워하는 마음이 없는 사람이라고 여기지 않았다. 내가 작은 절개 따위는 창피해하지 않아도, 공을 세워 얻는 이름을 천하에 드러내지 못함을 더 부끄러워하는 것을 알아주었기 때문이다. 나를 낳아준 사람은 부모지만 나를 알아준 자는 포숙이다."

•••

鮑叔既進管仲, 以身下之. 子孫世祿於齊, 有封邑者十餘世, 常爲名大夫. 天下不多管仲之賢而多鮑叔能知人也.

下之: 그의 밑으로 들어가다. **世祿**세록: 대대로 녹봉을 받다. **有**: 소유하고 누리다. **封邑**봉읍: 봉지로 받은 고을. **名大夫**: 이름난 대부의 가문. **多**: 찬탄할 다.

포숙은 관중을 천거하고 나서 자신은 그의 밑에서 부하로 일하였다. 그리하여 자손 대대로 제나라에서 녹을 받았고, 고을을 분봉받아 누리기도 십여 세대나 되었으며, 언제나 이름난 대부의 가문으로 이어갔다. 그래서 세상 사람들은 관중의 총명함을 찬탄하지 않고 오히려 포숙의 사람을 알아보는 능력을 찬탄하는 것이다.

흥망성쇠의 이치 —
「고조공신후자연표서高祖功臣侯者年表序」

「고조공신후자연표」는 한나라 초 공신들의 업적과 그 가문의 흥망성쇠를 기록한 글이고 본문은 이에 대한 서문이다. 한 초에 고조는 모든 공신을 제후에 봉하였음에도 그 후예들이 의외로 빨리 쇠퇴하였는데, 그 원인이 교만하고 사치할 뿐만 아니라 법을 우습게 알았기 때문이라고 결론짓고 있다. 이 글에서 우리는 역사의 이치가 어떤 것인지를 터득할 수 있다.

•••

正義高祖初定天下, 表明有功之臣而侯之, 若蕭.曹等. 太史公曰: 古者人臣功有五品, 以德立宗廟定社稷曰勛, 以言曰勞, 用力曰功, 明其等曰伐, 積日曰閱.

正義: '公正공정'과 같은 말. **侯**: 제후의 지위를 주다. **蕭**소: 소하蕭何를 가리킨다. **曹**: 조참曹參을 가리키는 말. **廟**: 사당 묘. **勛**: '공 훈勳'과 같은 글자. 왕업을 세우도록 보필한 공. **以言**: 계략을 진언하는 일. **用力**: 무력을 쓰는 일. **明其等**: 신하들의 공을 기록하고 등급을 매기는 일. **積日**적일: 날짜를 쌓다. 즉 연공年功을 말한다.

공정하신 고조께서 처음에 천하를 안정시키시고 공이 있는 신하들에게 제후의 작위를 주신다고 표명하셨는데, 소하와 조참 같은 사람들이 이에 해당하였다. 태사공은 말한다. 옛날에 신하 된 자가 세운 공에는 다섯 가지 등급이 있었다. 덕으로써 종묘를 세우고 사직을 안정시킨 일은 훈勳이라 하고, 계략을 진언함으로써 왕업을 도운 일은 로勞라고 하고, 무력으로써 도운 일은 공功이라 하고, 공신들의 공을 기록하고 등급을 밝힌 일은 벌伐이라 하고, 연공을 오래 쌓은 일은 열閱이라 한다.

•••

封爵之誓曰: 使河如帶, 泰山若厲, 國以永寧, 爰及苗裔. 始未嘗不欲固其根本, 而枝葉稍陵夷衰微也.

封爵之誓봉작지서: 한고조가 공신들에게 자손 대대로 작위가 세습될 것임을 약속하는 맹세. 철판에 붉은 글씨로 서약문을 써넣었다 하여 단서철권丹書鐵券이라고도 부른다. **使**사: 설령 ~하(이)더라도. **河**: 황하 하. **如帶**여대: 허리띠처럼 가늘어지다. **若厲**약려: 숫돌처럼 평평하게 되다. **國**: 천자에게 봉지로 받은 나라를 가리킨다. **以**: ~할 수 있다. **爰**: 이에 원. **苗裔**묘예: 후손. **未嘗不**미상불: 일찍이 ~하지 않은 것이 아니다. **固**: 굳을 고. 굳게 만들다. **根本**근본: 한고조가 최초에 작위를 준 공신들을 가리킨다. **枝葉**지엽: 가지와 나뭇잎. 공신들의 후예를 가리킨다. **稍**: 점점 초. **陵**: 언덕 릉. **夷**: 평평할 이. **陵夷**: 언덕이 평지가 되다. 즉 사양길로 내려가다.

작위를 수여할 때의 서약문에는 다음과 같이 씌어 있다. “설사 황하가 허리띠처럼 가늘어지게 되더라도, 태산이 숫돌처럼 평평해지더라도 그대의 나라는 영원히 안녕할 수 있고, 이것이 후손에게도 그대로 미치리라.” 처음에 일찍이 뿌리였던 최초의 공신들을 공고히 해주지 않으려던 게 아니었는데, 그 가지와 잎인 후예들이 점차 사양길로 내려가 쇠퇴한 것이었다.

•••

余讀高祖侯功臣, 察其首封, 所以失之者, 曰: 異哉所聞. 書曰: 協和萬國 遷于夏商, 或數千歲.

首封수봉: 처음 작위를 줄 때의 자료들. **失之**: 공신의 지위를 잃다. **異哉所聞**: 내가 전해 들은 바와 다르다. 아래의 『상서』와 『춘추』의 기록과 다르다는 뜻. **書**: 『상서尙書』를 가리킨다. **協和萬國**: 『상서』「요전堯典」에는 원래 ‘協和萬邦’으로 돼 있으나, 고조인 유방劉邦의 이름을 피휘하여 ‘國’으로 고친 것이다. **萬國**: 만방, 즉 사방의 모든 제후. **或**: 어떤 제후국. **數**: 헤아릴 수.

내가 고조께서 공신들에게 작위를 주신 기록들을 읽고 처음 작위를 줄 때의 상황과 작위를 잃어버린 원인을 고찰해보고는 깨달았다. “다르구나, 옛날 기록에서 전해 들은 바와는!” 『상서』에 “만방의 모든 제후들이 화합하며 사이좋게 지내게 해야 한다”는 구절이 있듯이, 하나라에서 상나라로 변천하는 사이에 어떤 제후국은 수천 년을 내려왔다.

•••

蓋周封八百, 幽厲之后, 見于春秋. 尙書有唐虞之侯伯, 歷三代千有余載, 自全以蕃衛天子, 豈非篤于仁義奉上法哉.

蓋: 대개 개. 대체로. **幽厲**: 유왕幽王과 여왕厲王. 서주의 마지막 임금들. **唐虞**: 요임금의 나라와 순임금의 나라. **載**재: '해 년年'과 같은 말. **自全**자전: 스스로를 온전히 지키다. **蕃**: 울타리 번. **蕃衛**번위: 에워싸서 지키다. **豈非**: 어찌 아니겠는가? **上法**: 천자의 법령.

대체로 주나라는 8백 개의 나라에게 분봉하였는데, 유왕과 여왕의 뒤에도 존재했음이 『춘추』에 보인다. 『상서』에는 요임금과 순임금의 제후들이 하·은·주 삼대의 천여 년을 거쳐 내려오면서 스스로를 온전히 지키고 천자를 에워싸서 보위하였다는 기록이 있다. 이것은 인의에 충실하고 천자의 법령을 준수하였기 때문이 아니고 무엇이겠는가?

•••

漢興, 功臣受封者百有余人. 天下初定, 故大城名都散亡, 戶口可得而數者十二三, 是以大侯不過萬家, 小者五六百戶. 后數世, 民咸歸鄉里, 戶益息, 蕭.曹.絳.灌之屬或至四萬, 小侯自倍, 富厚如之.

功臣受封者百有余人: 「공신후연표」에 의하면 작위를 받은 공신은 137명인데, 이 외에 왕자 4명과 외척 2명을 따로 두어 모두 143명이었다고 한다. **散亡**: 인구가 모두 뿔뿔이 흩어지다. **十二三**: 열 중의 둘이나 셋. **息**식: 증식하다, 번창하다. **蕭**: 소하蕭何. **曹**: 조삼曹參. **絳**강: 강후絳侯. 즉 주발周勃을 가리킨다. **灌**: 관영灌嬰. **自倍**자배: 제곱, 즉 두 배. **富厚如之**: 부의 증식도 호구의 증식과 같이 늘어나다.

한나라가 처음 일어났을 때, 공신으로서 작위를 받은 자가 2백여 명이었다. 천하가 이제 막 안정이 되었기 때문에 대도시와 이름난 도시들이라 해도 인구가 뿔뿔이 흩어져서 호구가 모아서 셀 수 있는 것이 겨우 십분의 이, 삼밖에

되지 않았다. 그래서 큰 제후라 해도 1만 가구를 넘지 않았고, 작은 것은 오륙백 호에 불과하였다. 여러 세대를 지난 후에야 백성들이 모두 자기 고향으로 돌아와서 가구 수가 더욱 늘어나게 되었다. 소하·조삼·주발·관영 등과 같은 제후들은 간혹 4만 호에 이른 일도 있고, 작은 제후도 두 배에 이르게 되어서 부의 크기도 호구의 증식처럼 늘어났다.

•••

子孫驕溢, 忘其先, 淫嬖. 至太初, 百年之間, 見侯五, 餘皆坐法隕命亡國, 秏矣. 罔亦少密焉, 然皆身無兢兢于當世之禁云.

驕: 교만할 교. **溢**: 넘칠 일. **嬖**: 버릇없이 굴 폐. **淫嬖**: 황제의 총애를 믿고 함부로 세도를 부리다. **太初**: 무제의 일곱 번째 연호. B.C. 104. **見**현: '현재 있을 현現'과 같은 글자. **坐**: 죄 입을 좌. '의거할 인因'과 같다. **坐法**: 법을 어김으로써, 법에 걸려서. **隕**: 잃을 운. **秏**: 다할 모. **罔**: '그물 망網'과 같은 글자. 즉 법망. **焉**: ~보다 더. **密焉**밀언: 전보다 더 엄밀해지다. **兢**: 떨 긍. **兢兢**: 몸을 조심하는 모양. **云**운: (문장의 말미에 쓰일 때) ~라고들 말한다.

그러나 그의 자손들은 교만이 차고 넘쳐서 자기 선조들이 창업 때 겪었던 고난을 잊고 황제의 총애를 함부로 남용하였다. 그래서 무제 태초太初 연간에 이르기까지 불과 1백 년 사이에 살아남은 제후가 다섯 명에 불과하였고, 나머지는 모두 법에 걸려서 목숨을 잃고 나라를 잃어 완전히 사라졌다. 이것은 법망이 점차 전보다 더 엄밀해졌기 때문이기도 했지만, 이들이 하나같이 당시의 법에 대하여 조심하는 마음이 없었기 때문이라고들 말한다.

•••

居今之世, 志古之道, 所以自鏡也, 未必盡同. 帝王者各殊禮而異務, 要以成功爲統紀, 豈可緄乎. 觀所以得尊寵及所以廢辱,

亦當世得失之林也, 何必舊聞.

志: '기억할 지誌'와 같은 글자. **鏡**: 거울 경. 비춰보다. **殊禮**수례: 예법, 즉 법과 제도를 달리하다. **務**: 일 무. 정무, 정략. **異務**: 정략을 달리하다. **統紀**통기: 기강, 준칙. **緄**: 띠 곤. 억지로 봉합하여 하나로 만들다. **尊寵**존총: 존중과 총애. **廢辱**폐욕: 내쳐지고 욕을 당하다. **林**: 숲 림. 자료를 한데 모아놓은 곳. **舊聞**: 옛날 역사 이야기와 교훈.

오늘날에 살면서 옛날 사람들의 도리를 기억하는 것은 거울처럼 스스로를 비춰보기 위한 방도이지만 옛날의 방법이 지금과 완전히 같을 수는 없다. 제왕들은 각기 예법을 달리하고 정략을 달리하여 왔다. 중요한 것은 어디까지나 성공을 준칙으로 삼는 것일 뿐, 어찌 똑같이 하나로 일치시킬 수 있겠는가? 존중과 총애를 받는 방도와 내쳐지고 욕을 당하는 이유를 관찰해보면 역시 그 당시가 성공과 실패의 사례들이 모여 있는 곳인데, 왜 굳이 옛날부터 전해오는 이야기를 찾을 필요가 있는가?

•••

于是謹其終始, 表見其文, 頗有所不盡本末, 著其明, 疑者闕之. 後有君子, 欲推而列之, 得以覽焉.

謹: 삼갈 근. 신중히 고찰하다. **終始**종시: 전말, 자초지종. **表見其文**: 표를 만들어 그 기록을 나타냈다. **頗**: 자못 파. **不盡**부진: 상세하지 못하다. **著其明**: 확실한 자료가 있는 것만을 기록하다. **闕**: 비울 궐. **覽焉**남언: 여기에서 볼 만한 게 있다.

이리하여 이들 제후들의 전말을 자세히 고찰하여 표로써 그 기록을 나타냈지만, 그중에는 사건의 근본적인 부분과 지엽적인 부분을 다룸에 상세하지 못한 면이 자못 있다. 그래서 명확한 것만을 기록하고 의심되는 것은 그대로 비워두었다. 나중에 뜻 있는 사람이 나타나 이를 더 밀고 나가서 열거하고자 한다면, 여기에서 참고할 만한 것을 얻을 수 있을 것이다.

'보이지 않는 손'의 발견 — 「화식열전서貨殖列傳序」

사마천의 다른 글인 「평준서平準書」와 함께 정사正史에 사회경제 활동을 기록한 최초의 글이다. 따라서 이는 고대의 경제 활동을 알 수 있는 귀중한 자료다. 여기서 그는 경제란 오늘날의 개념처럼 '보이지 않는 손'에 맡겨 저절로 흘러가게 해야지, 정책이라는 이름으로 정부가 통제하면 안 된다는 매우 반정부적이면서도 실사구시實事求是의 주장을 하였다.

…

老子曰:至治之極, 鄰國相望, 雞狗之聲相聞, 民各甘其食, 美其服, 安其俗, 樂其業, 至老死不相往來. 必用此爲務, 挽近世塗民耳目, 則幾無行矣.

貨: 재물 화. 재물과 이익, 또는 이재利財. **殖**: 생산할 식. **老子曰**: 노자 『도덕경』 제80장의 구절. **鄰國**인국: 이웃하는 나라. **相望**: 서로 바라보는 거리에 있다. **雞狗**계구: 닭과 개. **甘**: 달 감. 달게 여기다. **其食**: 자신들이 만든 음식. **美**미: 아름답다고 여기다. **安**: 편안히 여기다. **樂其業**: 자신들의 생업을 즐기다. **至老死**: 늙어 죽을 때까지. **必**필: '만일 약若'과 같은 글자. 꼭 해야 한다면. **用**: '써 이以' 자와 같다. **務**: 꼭 해야 할 일. **挽**: 끌고갈 만. **塗**: 칠할 도. **幾**: 거의 기.

노자가 말하였다. "다스림이 극치에 이르면, 이웃하는 나라가 서로 바라보는 거리에 있고, 또 닭과 개 짖는 소리가 서로 들리는 거리에 있더라도, 백성들은 각기 자신들의 음식을 달게 여기고, 자신들의 옷을 아름답게 여기고, 자신들의 풍속을 편안히 여기고, 자신들의 생업을 즐겁게 여기며 늙어 죽을 때까지 서로 왕래하지 않는다." 만일에 이런 경지가 꼭 이루어야 할 목표라면 오늘날의 세상을 되돌려 백성의 귀와 눈을 뭔가로 칠해서 막아야 한다는 말인데, 이러한 것은 거의 실행 가능성이 없다.

•••

太史公曰: 夫神農以前, 吾不知已. 至若詩書所述虞夏以來, 耳目欲極聲色之好, 口欲窮芻豢之味, 身安逸樂而心誇矜勢能之榮.

已: '어기조사 의矣' 자와 같다. **至若**: ~ 같은 것에 이르러서는, ~할(일) 경우에는. **窮**: 다할 궁. **芻**: 꼴 추. **豢**: 곡식 먹여 기를 환. **芻豢**: 꼴을 먹여 키우는 소와 곡식을 먹여 키우는 돼지를 상징하므로, 여기서는 고기로 만든 요리를 가리킨다. **安逸樂**: 편안하고 멋대로 즐기는 일. **誇矜**과긍: 자랑하고 으스대다. **勢能**세능: 권세와 능력.

태사공은 말한다. 무릇 신농씨 이전의 일에 관해서는 나는 잘 모른다. 『시경』과 『상서』에서 서술한바 순임금과 하나라 이후의 정황은 이러하다. 귀와 눈은 음악과 여색의 기호를 극도로 키우려 해왔고, 입은 소와 돼지 등 고기 요리의 맛을 그 궁극의 경지에 이르게 하려 해왔으며, 몸은 안일하고 즐기는 일만을 편안히 여겨왔고, 마음은 권세와 능력의 영광을 자랑하고 으스대왔다.

•••

使俗之漸民久矣, 雖戶說以眇論, 終不能化. 故善者因之, 其次利道之, 其次教誨 之, 其次整齊之, 最下者與之爭.

俗: 범속할 속. 속물 기풍. **漸**점: 점차 감염시키다. **戶說**호세: 가가호호 다니며 설득하다. **眇**: 작을 묘. '묘할 묘妙' 자와 같다. 훌륭한. **因**: '따를 순順'과 같다. 순리를 따르다. **道**: '인도할 도導' 자와 같다. **誨**: 가르칠 회. **整齊**정제: 법을 제정해서 강제로 정돈하다. **與之爭**: 백성과 더불어 다투다.

그리하여 이러한 속물 기풍을 점차 백성들에게 물들게 한 지가 오래되었으니, 아무리 오묘한 논설로써 가가호호 다니며 설득하더라도 끝내 그들을 변화시킬 수 없는 지경에 이르렀다. 그러므로 가장 좋은 방법은 백성들을 순리대로 따르게 하는 것이고, 그 다음이 그들을 이익으로써 인도하는 것이고, 그 다음이 가르침으로써 깨닫게 하는 것이고, 그 다음이 (법을 제정해서) 강제로 그들을 바르게 정돈시키는 것이고, 가장 나쁜 방법이 그들과 다투는 것이다.

•••

夫山西饒材·竹·穀·纑·旄·玉石, 山東多魚·鹽·漆·絲·聲色; 江南出楠·梓·姜·桂·金·錫·連·丹沙·犀·玳瑁·珠璣·齒革; 龍門碣石北多馬·牛·羊·旃·裘·筋·角; 銅鐵則千里往往山出棋置. 此其大較也.

山西: 효산崤山 또는 화산華山의 서쪽 지역, 당시의 관중關中과 같은 곳. **饒**: 풍요로울 요. **材**: 목재 재. **穀**: 닥나무 곡. **纑**: 야생 삼 로. **旄**: 긴 털 가진 소 모. **山東**: 효산 또는 화산의 동쪽 지역, 당시의 관동關東과 같은 곳. **聲色**성색: 가무와 여색, 즉 미인을 가리킨다. **江南**: 오늘날의 호북·호남 지역. **楠**: 녹나무 남. **梓**: 가래나무 재. **姜**: '생강 강薑'과 같은 말. **錫**: 주석 석. **連**: '납 연鏈'과 같다. **丹沙**단사: 주사朱砂와 같은 물질. 수은을 제련해 내는 광물. **犀**: 무소뿔 서. **玳瑁**대모: 거북의 등껍질. **珠璣**주기: 진주와 같은 둥근 구슬과 둥글지 않은 구슬. **齒革**치혁: 상아와 같은 동물의 이빨과 표범 가죽 같은 귀한 동물의 가죽. **龍門**: 우문구禹門口. 황하는 여기서부터 양안이 깎아지른 절벽으로 이루어져서 마치 대궐 문 같은 형상을 가지므로 용문이라고 부르게 되었다. **碣石**갈석: 하북에 있는 산 이름. **旃**: 양탄자 전. **裘**: 갖옷 구. **筋**: 살코기 근. **棋**: 바둑 기. **棋置**기치: 바둑판의 바둑돌처럼 널려 있다. **大較**대교: 대략적인 정황.

무릇 산서 지역은 목재·대나무·닥나무·야생 대마·긴 털 소꼬리·옥석 등이 풍부하고, 산동 지역은 물고기·소금·옻칠·명주실·가무와 미인 등이 많다. 강남 지역은 녹나무·가래나무·생강·계수나무·금·주석·납·주사·무소뿔·거북 등껍질·각종 구슬·귀한 동물의 이빨과 가죽 등이 출산되고, 용문과 갈석산 북쪽 지역은 말·소·양·양탄자·갖옷·육고기·뿔 등이 많이 나고, 구리와 철의 경우는 천리 강토에 흔히 있어서 산마다 바둑판의 바둑돌 놓인 것처럼 산출된다. 이것은 생산물을 개략적으로 그려본 것이다.

•••

皆中國人民所喜好, 謠俗被服飮食奉生送死之具也. 故待農而食之, 虞而出之, 工而成之, 商而通之. 此寧有政教發徵期會哉. 人各任其能, 竭其力, 以得所欲.

謠요: 저자가 없는 노래. **謠俗**요속: 대중 사이에서 유행하는 습관. **奉**: '이바지할 공供'과 같다. **奉生**: 양생하다. **送死**송사: 죽은 자를 장례 치르는 일. **具**: 연장 구. 용품. **待**: 기다릴 대. 의지하다. **虞**: 산림과 늪지를 관장하는 관직명. **工**공: 수공업자, 장인. **成**: 제조하다. **通**통: 유통시키다. **政教**: 정책과 교화. **發徵**발징: 방출과 징발. **期會**기회: 어떤 기회를 약속하다. **竭**: 다할 갈.

이 생산물들은 모두 중국의 인민들이 애용하는 재화이자 대중들이 널리 일용하는 피복과 음식, 그리고 건강한 삶을 지키고 죽은 자를 장사 지내는 데 필요한 용품들이다. 그러므로 농부에 의지해서 밥을 먹고, 산림지기에 의지해서 임산물을 생산하고, 장인에 의지해서 물건을 만들어내고, 상인에 의지해서 먼 데까지 보내고 받을 수 있는 법이니, 이러한 일에 어찌 정책이니 교화니 하는 개념과 방출이니 징발이니 하는 말과 미래를 약속하는 기획 같은 것이 있을 수 있겠는가? 사람마다 각자의 능력에 맡겨 자신의 힘을 다함으로써 자신이 원하는 바를 얻으면 될 뿐이다.

• • •

故物賤之徵貴, 貴之徵賤, 各勸其業, 樂其事, 若水之趨下, 日夜無休時, 不召而自來, 不求而民出之. 豈非道之所符, 而自然之驗邪.

賤: 쌀 천. 저렴한. **徵**: 부를 징. 징조. **貴**: 비쌀 귀. **勸**: 권면할 권. **趨**: 달릴 추. **召**: 부를 소. **道之所符**: 도와의 부합. **自然**: 자연스러운 경제 법칙. **驗**: 증명할 험.

그러므로 물건 값이 싼 것은 곧 비싸지리라는 조짐이고 비싼 것은 곧 싸지리라는 조짐이다. 이리하여 사람마다 자신의 일을 열심히 하게 만들고 또 그 일을 즐기게 만드는 것이 마치 물이 아래로 흘러 내려가면서 밤낮으로 잠시도 쉬지 않음과 같으니, 부르지 않아도 저절로 찾아오고 주문하지 않아도 백성은 그것을 생산해낸다. 이것이 어찌 도와 부합함이자 자연 법칙의 효험이 아니겠는가?

• • •

周書曰: 農不出則乏其食, 工不出則乏其事, 商不出則三寶絶, 虞不出則財匱少. 財匱少而山澤不闢矣. 此四者, 民所衣食之原也. 原大則饒, 原小則鮮. 上則富國, 下則富家. 貧富之道, 莫之

奪予, 而巧者有餘, 拙者不足.

周書: 『상서』 중 「태서泰誓」에서 「진서秦誓」까지의 문장을 『주서』라고 부른다. 『일주서逸周書』와 같은 책. **出**: 생산하다. **乏**: 모자랄 핍. **乏其事**: 각종 기물이 모자라다. **商不出**: 상인이 매매하다, 유통하다. **三寶**삼보: '食식'·'事사'·'財재'를 가리킨다. **匱**: 결핍할 궤. **匱少**: 결핍되고 모자라다. **闢**: 열 벽. 개발하다. **原**: '근원 원源'과 같은 말. 원천. **鮮**: 드물 선. 빈곤하다. **道**: 자연스러운 도리. **莫**: 아무도 ~하지 않다. **予**여: '줄 여與'와 같다. **奪予**탈여: 빼앗거나 주지 않다. **莫之奪予**: 어순은 '莫奪予之'여야 하나, 부정문이므로 목적어 '之'의 위치가 바뀐 것이다. **巧者**교자: 총명한 자. **拙**: 둔할 졸.

『주서』에 다음과 같이 씌어 있다. "농부가 생산을 하지 않으면 식량이 결핍되고, 장인이 생산하지 않으면 각종 기물이 결핍되고, 상인이 매매 행위를 하지 않으면 세 가지 보배, 즉 식량·기물·재화 등이 끊어지고, 산림지기가 나와 일하지 않으면 각종 재화가 결핍된다." 재화가 결핍되면 산과 못이 개발되지 못한다. 이 네 가지는 백성들이 먹고 입는 것의 원천이다. 원천이 크면 부요해지고 원천이 작으면 빈곤해지는 법이니, 위로는 나라를 부강하게 할 수 있고 아래로는 가정을 부요하게 만들 수 있다. 가난해지고 부자가 되는 자연스러운 도리는 아무도 그로부터 빼앗거나 그에게 주는 일이 없음에도 불구하고 총명한 자에게는 남는 게 생기고 아둔한 자에게는 부족함이 생기는 것이다.

•••

故太公望封於營丘, 地潟鹵, 人民寡, 於是太公勸其女功, 極技巧, 通魚鹽, 則人物歸之, 繈至而輻湊. 故齊冠帶衣履天下, 海岱之閒斂袂而往朝焉.

營丘영구: 제나라의 도읍. **潟**: 개펄 석. **鹵**: 소금밭 로. **寡**: 적을 과. **女功**: '女工'과 같은 말. 부녀자들이 길쌈을 하고 수를 놓는 노동을 하다. **極技巧**: 솜씨와 기교의 수준을 높이다. **人物**: 사람과 물자. **繈**: 끈 강. **繈至**: 끈처럼 줄줄이 이어 오다. **湊**: 모일 주. **輻湊**복주: 수레바퀴 살들이 바퀴통으로 모이듯 모이다. **履**: 신발 리. **海**: 동해. **岱**대: 태산泰山의 별칭. **海岱**: 제나라 지역 일대를 가리킨다. **袂**: 소매 메. **斂袂**염메: 소매와 옷깃을 여미다. 존경의 표시. **朝**: 참배할 조.

태공 망望이 제나라의 도읍인 영구에 제후로 봉해졌을 때 그 땅은 개펄이나 소금에 절어 있는 게 대부분이었고 백성은 수가 적었다. 그래서 태공은 길쌈과 자수 등 부녀자들의 일을 권면하고 그 솜씨의 수준을 최고로 높였으며, 물고기와 소금을 밖으로 내다 팔게 하였더니 사람들과 물자가 그리로 모여들었는데, 그것이 마치 노끈이 줄줄이 이어지듯이 왔고 바큇살이 바퀴통으로 꽂히듯이 모여들었다. 그러므로 제나라가 천하 사람들에게 갓과 띠와 옷을 입혀주고 신발을 신겨주는 셈이 되니, 동해와 태산 사이 일대에 사는 제후들은 소매와 옷깃을 여미고 거기로 인사를 드리러 갔다.

•••

其後齊中衰, 管子修之, 設輕重九府, 則桓公以霸, 九合諸侯, 一匡天下; 而管氏亦有三歸, 位在陪臣, 富於列國之君. 是以齊富强至於威宣也.

修: 고칠 수. 손질하다. 태공의 정책을 다시 일으키다. **輕重**경중: 『관자管子』 「경중론輕重論」의 개념. 화폐를 가리킨다. **九府**: 주나라 때 화폐를 관리하던 관청. **霸**: 우두머리 패. **匡**: 광주리 광. **三歸**삼귀: 퇴청하면 돌아갈 대저택이 세 개가 있었다는 뜻. **陪臣**배신: 천자를 모시는 대부. **威宣**: 제나라 위왕威王과 선왕宣王. 이들은 제나라 왕이 강姜씨에서 전田씨로 바뀐 뒤의

왕들이다. 특히 제 선왕 때는 전성기여서 학자들을 제나라로 불러들여 학문을 진작시킨 직하지학稷下之學으로 유명하다.

그 후 제나라가 중도에 쇠퇴하였지만, 관중이 태공의 정책을 다시 일으켜서 화폐를 관리하는 구부九府를 설치하였더니 환공은 이로써 제후들의 우두머리가 되었고 그들을 하나로 끌어모아 천하를 한 광주리에 담듯 통일하였다. 그리고 관중도 대저택이 세 군데나 있었고, 지위가 천자를 측근에서 모시는 대부의 자리에 있었으며, 웬만한 나라의 제후보다 더 재물이 많았다. 이리하여 제나라는 그 부강함이 (중도에 성이 바뀐) 위왕과 선왕의 시대에까지 이르게 되었다.

•••

故曰: 倉廩實而知禮節, 衣食足而知榮辱. 禮生於有而廢於無. 故君子富, 好行其德; 小人富, 以適其力. 淵深而魚生之, 山深而獸往之, 人富而仁義附焉. 富者得埶益彰, 失埶則客無所之, 以而不樂.

倉廩창름: 창고와 곳간. **有**: 부유함. **無**: 빈곤함. **適**적: 적절히 쓰다. **附焉**: 거기에 붙다. **彰**: 빛날 창. **客**객: 식객, 연관된 업계의 상인이나 업자들. **以**: '원인 인因'과 같은 말. ~ 때문에.

그래서 이런 말이 있는 것이다. "창고와 곳간이 차야 예절을 알고, 입고 먹는 것이 풍족해야 영광이 무엇이고 굴욕이 무엇인지 안다." 예는 부유함에서 나오고 빈곤함에서 폐기된다. 그러므로 군자는 넉넉해야 덕을 행하기를 좋아하게 되고, 소인은 부유해야 자신의 힘을 적절히 쓸 수 있게 된다. 못이 깊으면 물고기들이 거기에 살러 오고 산이 깊으면 짐승들이 거기로 가며, 사람이 부유하면 인의가 거기에 붙는다. 부자가 세력을 얻으면 더욱 갈수록 빛나고, 세력을 잃으면 식객들이 갈 데가 없어져서 이 때문에 즐겁지 않다.

•••

夷狄益甚. 諺曰: 千金之子, 不死於市. 此非空言也. 故曰: 天下熙熙, 皆爲利來; 天下壤壤, 皆爲利往. 夫千乘之王, 萬家之侯, 百室之君, 尙猶患貧, 而況匹夫編戶之民乎.

夷狄益甚이적익심: 이러한 상황은 소수민족 지역에서는 더욱 심하게 나타난다는 말. **諺**: 속담 언. **千金之子**: 부잣집 아들. **熙熙**희희: 즐거운 모양. **壤壤**양양: 분란으로 시끄러운 모양. **萬家之侯**: 식읍 일만 호를 가진 제후. **百室**백실: 식읍 수백 호를 가진 대부. **尙猶**상유: 그럼에도, 여전히. **況**: 하물며 황. **匹夫**필부: 보통 사내. **編戶**편호: 호적에 편입된.

이러한 상황은 소수민족 지역에서는 더욱 심하게 나타난다. 속담에 "부잣집 아들은 저자에서 횡사하는 일이 없다"라는 말이 있는데, 이것은 헛말이 아니다. 그래서 사람들은 말한다. "천하가 희희낙락 즐거우면 모두가 이익을 위하여 오고, 천하가 갑론을박 시끄럽게 싸우면 모두가 이익을 위하여 가버린다"고. 무릇 병거兵車 일천 대를 소유한 왕이라도, 식읍 일만 호를 가진 제후라도, 식읍 수백 호를 가진 대부들이라도 오히려 빈궁해질까 봐 걱정하는데, 하물며 보통 사내로서 호적에 편입된 백성들에게 있어서랴!

소진蘇秦이 연횡連橫을 획책하기 시작하다 — 『전국책戰國策』 「진책秦策」

『전국책』은 서한의 유향劉向이 편찬한 전국 시대의 나라별 역사서다. 원본의 작자는 알 수 없다. 여기에는 당시 책사策士들의 글과 사료들이 실려 있어서 전국 시기 각 제후국의 관계 및 책략을 알 수 있다. 오늘날에 전하는 『전국책』은 여러 사람의 수정과 보완을 거쳐 완성되었기 때문에, 사실에 근거한 역사서라기보다는 연의演義 수준의 문학 작품이라고 보아도 무리가 아니다. 본문은 소진이 처음에 연횡책連橫策으로 진나라 임금을 설득하다가 실패하자 다시 합종책合縱策을 갖고 조나라 임금을 설득해서 마침내 육국六國의 통합 재상이 된 이야기를 적고 있다.

유향(B.C. 77~B.C. 6)은 자가 자정子政이고 패군沛郡 풍읍豊邑 사람으로 서한의 대신이자 문학가. 한대의 저명한 경학가인 유흠劉歆의 부친이었다. 황실 도서관인 비서秘書의 도서를 전부 정리해 『별록別錄』을 편찬했는데, 이는 중국 최초의 목록학目錄學 책이다.

•••

蘇秦始將連橫, 說秦惠王曰: 大王之國, 西有巴蜀漢中之利, 北有胡貉代馬之用, 南有巫山黔中之限, 東有崤函之固.

蘇秦소진: 전국 시기의 저명한 전략가. 육국의 재상을 지냈다. **連橫**: 전국 시기의 외교 전략. 강대국을 섬김으로써 약소국들을 공격하자는 술책. **限**한: '險阻험조'와 같은 말. 천혜의 방어막. **崤函**효함: 효산崤山과 함곡관函谷關. 험준한 지세와 요새. **固**: 방어할 고.

소진이 처음으로 연횡책을 가지고 진秦나라 혜왕을 만나 설득에 나섰다. "대왕의 나라는 서쪽으로는 파 땅과 촉 땅 그리고 한중 땅의 (물산이 풍부한) 이점을 갖고 있고, 북쪽으로는 호맥 땅과 대마 땅의 (훌륭한 말 생산지라는) 유용성을 가졌으며, 남쪽으로는 무산 땅과 검중 땅이라는 천혜의 방어막을 가지셨고, 동쪽으로는 효산과 함곡관의 견고한 요새를 보유하셨습니다.

田肥美, 民殷富, 戰車萬乘, 奮擊百萬, 沃野千里, 蓄積饒多, 地勢形便, 此所謂天府, 天下之雄國也. 以大王之賢, 士民之衆, 車騎之用, 兵法之教, 可以并諸侯, 吞天下, 稱帝而治, 願大王少留意, 臣請奏其效.

肥: 살찔 비. **殷**: 성할 은. **饒**: 넉넉할 요. **地勢形便**: 지세의 생긴 모양이 유리하다는 뜻. **士民**: 전사와 백성. **吞**: 삼킬 탄. **帝**: 중국의 천자를 원래는 왕王으로 불렀는데 춘추 시대에 주나라 천자가 제후 수준으로 낮아지자 힘 있는 제후들이 왕을 참칭하는 일이 종종 벌어졌다. 그러다가 전국 시대에 들어와 모든 제후가 왕을 칭하게 되니까 그중에서 힘 있는 왕들이 왕보다 높은 칭호를 만들어 부르게 한 것이 바로 제帝였다. **留意**유의: 마음에 두다, 의미 있게 여기다.

농토는 비옥하고 백성은 많고 또 부유합니다. 전차는 일만 대, 용맹한 전사는 백만 명에 각각 달하고, 비옥한 들판은 천 리에 이르며 축적된 자원이 풍부하고, 지세는 그 생긴 모양이 유리합니다. 이것이 이른바 '하늘이 내린 곳간'으로서 천하에서 가장 힘센 나라입니다. 이제 대왕의 현명한 지혜와 수많은 군대와 백성, 전차와 기병의 동원력, 잘 익힌 전술 등을 잘 활용하면 제후들을 겸병하고 천하의 각 나라들을 삼켜서 황제를 칭하면서 다스릴 수가 있습니다. 원하옵건대 대왕께서는 조금이나마 제가 드린 말씀의 의미를 마음에 두고 계셔주신다면, 제가 이러한 것들이 앞으로 가져올 효과에 대하여 소상히 아뢰겠나이다."

•••

秦王曰: 寡人聞之, 羽毛不豐滿者不可以高飛; 文章不成者不可以誅罰; 道德不厚者, 不可以使民; 政教不順者, 不可以煩大臣° 今先生儼然不遠千里而庭教之, 願以異日.

文章: 법령과 제도를 지칭하는 말. **誅罰**주벌: 주살하고 죄를 주다. 즉 형벌을 집행하다. **儼**: 의젓할 엄. **儼然**엄연: 근엄하게, 정중히. **願以異日**: '원컨대 다른 날짜를 잡겠습니다.' 우회적으로 정중히 거절하는 수사법.

진 혜왕이 대답하였다. "과인이 듣기로 깃털이 풍성하지 않으면 높이 날 수 없고, 법령이 완비돼 있지 않으면 백성을 사형에 처하거나 처벌할 수 없으며, 도덕이 도탑지 않으면 백성을 부릴 수 없고, 정책과 교화가 (민의에) 순응하지 않으면 신하들을 이래라저래라 시킬 수가 없다고 하오. 이제 선생께서 천 리를 멀다 하지 않고 오셔서 이곳 조정에서 정중히 가르침을 주셨으니, 원컨대 다른 날을 잡아서 뵙고자 합니다."

•••

蘇秦曰: 臣固疑大王不能用也. 昔者神農伐補遂, 黃帝伐涿鹿而禽蚩尤, 堯伐驩兜, 舜伐三苗, 禹伐共工, 湯伐有夏, 文王伐崇, 武王伐紂, 齊桓任戰而伯天下. 由此觀之, 惡有不戰者乎?

補遂보수: 중국의 옛날 나라 이름. **禽**금: '사로잡을 금擒'과 같은 말. **任戰**임전: 전쟁이라는 방법에 맡기다. **伯**패: '으뜸 패霸'와 같은 말.

소진이 아뢰었다. "신은 본디 대왕께서 신의 의견을 받아들여 쓰실 수 있을지에 대해서 회의적이었습니다. 옛날에 신농神农씨는 보수補遂씨를 정벌하였고, 황제黄帝씨는 탁록涿鹿을 공격해서 치우蚩尤를 사로잡았으며, 요임금은 (반란 군인) 환두歡兜를 토벌하였습니다. 순임금은 삼묘三苗를 토벌하였고, 우임금은 공공共工씨를 유배 보냈으며, 탕임금은 하나라 폭군 걸왕桀王을 쳤습니다. 문왕은 (흉악한 제후인) 숭후崇侯를 토벌하였고, 무왕은 은나라 폭군 주왕紂王을 쳤으며, 제나라 환공은 전쟁이라는 방법에 맡겨서 천하의 우두머리가 되었습니다. 이러한 사건들을 통해서 보건대, 어떻게 전쟁을 하지 않을 수 있겠습니까?

●●●

古者使車轂擊馳, 言語相結, 天下爲一; 約中連橫, 兵革不藏; 文士并飭, 諸侯亂惑, 萬端俱起, 不可勝理;

轂: 바퀴통 곡. **擊馳**격치: (수레의 바퀴통들이) 서로 맞닿은 채로 달리다. 전차가 많은 모양. **言語相结**: 말(회담)로써 서로 조약을 맺다. **連横**: 횡적으로 연대하다. **飭**: 가르칠 칙. 자신의 주장을 가르치려 하다. **理**: 다스릴 리.

옛날에는 수레의 바퀴통들이 서로 맞닿을 만큼 수많은 전차를 달리게 하고서 각 나라는 회담을 통해 상호 맹약을 체결함으로써 천하가 하나로 통일되도록 하였습니다. 맹약 가운데에 횡적인 연대가 있어도 병력을 동원한 전쟁은 감춰지지 않았습니다. 각국의 사자들과 책사들은 너 나 할 것 없이 자신의 주장을 가르치려 하니, 제후들이 혼란스럽고 헷갈려서 갖가지 사건들이 일시에 터져 수습하기가 힘든 지경이 되었습니다.

●●●

科條旣備, 民多僞態; 書策稠濁, 百姓不足; 上下相愁, 民無所聊; 明言章理, 兵甲愈起; 辯言偉服, 戰攻不息; 繁稱文辭, 天下

不治; 舌弊耳聾, 不見成功; 行義約信, 天下不親.

科條과조: 법령과 조례. **書策**: 공문과 기록. **稠**: 빽빽할 조. **濁**: 혼란할 탁. **愁**: 눈살 찌푸릴 수. 원망하다. **聊**: 힘입을 료. 의지하다. **明言章理**: '明+言'·'章+理', 즉 형용사+목적어 구조로서 사역의 의미. 말을 명쾌하게 하고 이치를 이치적으로 만들다. **辯言**변언: 조리 있고 뛰어난 말솜씨. **偉服**위복: 기이하게 멋들어진 의상. **繁稱**번칭: 번거롭게 이리저리 둘러대다. **弊**: 해질 폐. **聾**: 귀머거리 롱.

법령과 절차가 잘 구비된 나라에서는 백성들 가운데 겉모양만을 허위로 꾸미는 자가 많아지고, 각종 공문과 기록들이 복잡하고 번거로워져서 백성들의 생활이 궁핍해졌으며, 임금과 신하 위아래가 서로 눈살을 찌푸리게 되니 백성들은 어디 의지할 데가 없어졌습니다. 말도 명쾌하게 밝혔고 이치도 논리적으로 증명되었지만, 전쟁은 오히려 더욱 자주 일어났고, 기막힌 말솜씨에 거드름이 흐르는 예복을 입고 다녀도 전쟁은 쉴 틈이 없었으며, 말과 글을 번거롭게 이리저리 둘러대어도 천하는 다스려지지 않았습니다. 논객들의 혀가 다 닳아버리고 듣는 사람들의 귀가 먹통이 될 지경이어도 공적을 이룩하는 경우는 보이지 않았고, 의로운 일을 행하고 신뢰를 지켜도 천하 사람들이 서로 친해지지 않았습니다.

•••

于是, 乃廢文任武, 厚養死士, 綴甲厲兵, 效勝于戰場. 夫徒處而致利, 安坐而廣地, 雖古五帝三王五伯, 明主賢君, 常欲坐而致之, 其勢不能, 故以戰續之. 寬則兩軍相攻, 迫則杖戟相橦, 然后可建大功.

廢文任武폐문임무: 문치를 폐기하고 무력에 맡기다. **死士**: 죽음을 각오한 무사. **綴**: 꿰맬 철. **厲**: 갈 려. **勝**: 뛰어날 승. **徒**: 헛될 도. **徒處而致利**: 일 없이 처해 있으면서 이익을 가져오다. **寬**: 멀어질 관.

이리하여 문치文治를 버리고 무력에 의지하게 되었으니, (이때부터) 죽음을 겁내지 않는 무사를 후한 대우로 키워주고, 각종 갑주를 제작하고 무기를 갈도록 하였는데 그 효과는 전쟁터에서 모두 뛰어나게 드러났습니다. 무릇 아무것도 안 하고 가만히 처해 있으면서 이익을 가져오고, 편안히 앉아 있으면서 영토를 넓히는 것은 비록 옛날 오제五帝·삼왕三王과 춘추오패, 그리고 현명한 군주들이 언제나 앉아서 이룩하려고 한 일이었지만, 그들의 현실적인 힘으로는 할 수 없는 것이었으므로 전쟁이라는 수단으로써 그 일을 이어가보려고 했던 것입니다. 적과의 거리가 여유가 있는 편이면 두 편은 군대를 움직여 서로 공격해대고, 거리가 바짝 붙어 있으면 칼과 창으로써 서로를 찌르고 난 다음에야 큰 공을 세울 수 있었습니다.

•••

是故兵勝于外, 義强于內; 武立于上, 民服于下. 今欲幷天下, 凌萬乘, 詘敵國, 制海內, 子元元, 臣諸侯, 非兵不可. 今之嗣主, 忽于至道, 皆惛于教, 亂于治, 迷于言, 惑于語, 沉于辯, 溺于辭. 以此論之, 王固不能行也.

幷: 아우를 병. **凌**: 업신여길 릉. 능가하다. **詘**굴: '굽힐 굴屈'과 같은 글자. **子**: 자식으로 여기나. **元元**원원: 서민. 민중. **嗣主**사주: 왕위를 계승하는 군주. **惛**: 흐릴 혼. **沉**: 빠질 침. **溺**: 빠질 닉. **辭**: 정교하게 수식한 말.

그러므로 군대가 나라 밖에서 승리를 거두면 의로운 기운이 나라 안에서 강하게 일어나고, 위세가 위에서 똑바로 서면 아래에서 백성들이 복종합니다. 이제 천하를 한데 잡아 통일하고 전차 일만 대를 보유한 천자의 나라를 능가

하며, 적국을 복종시키고 사해 안의 중국을 내 뜻대로 만들며, 뭇 백성을 아들처럼 여기고 제후들을 신하로 삼으려 하신다면 무력이 아니고서는 이루실 수가 없습니다. 그러나 오늘날의 대를 이어가는 군주들은 이 지극한 도리를 소홀히 하니까 다들 이를 가르치는 일에 대하여 몽매하고 나라를 다스리는 일에 갈팡질팡하며, 유세객들의 그럴싸한 말에 빠져 있고 번지르르한 말에 헷갈려 하며, 이런저런 말도 안 되는 변론에 빠져 헤어나지 못하고 화려한 수사에 빠져 허우적거립니다. 이상에 근거해서 따져보건대 대왕께서는 결코 (신의 주장을) 실천하실 수 없을 것입니다."

•••

說秦王書十上而說不行. 黑貂之裘弊, 黃金百斤盡, 資用乏絶, 去秦而歸. 羸縢履蹻, 負書擔橐, 形容枯槁, 面目黎黑, 狀有歸色. 歸至家, 妻不下紝, 嫂不爲炊, 父母不與言.

貂: 담비 초. **裘**: 갖옷 구. **羸**: 감싸 동여맬 리. **縢**: 발싸개 등. 각반脚絆. **履**: 신을 리. **蹻**: 짚신 교. **橐**: 전대 탁. **槁**: 마를 고. **黎**: 검을 려. **歸**: '부끄러울 괴愧'와 같은 글자. **紝**: 길쌈할 임. **嫂**: 형수 수. **炊**: 밥 지을 취.

소진은 진왕을 설득하는 서신을 십여 차례나 올렸으나 그의 주장은 시행되지 않았다. (그 사이에) 그의 담비 가죽으로 만든 갖옷은 다 해졌고 황금 백 근도 모두 써버렸으며 갖고 온 노잣돈도 한 푼도 남지 않고 다 떨어졌으므로, 진나라를 떠나 고향인 낙양洛陽으로 돌아오게 되었다. 그는 발싸개로 종아리를 감고 짚신을 신고 있었으며, 등에는 책을 지고 전대를 매고 있었다. 행색은 꺼칠하고 비쩍 말랐으며 얼굴과 눈은 시커먼 것이 한눈에 봐도 창피해하는 모습이 역력하였다. 집으로 돌아오니까 (베를 짜고 있던) 마누라는 베틀에서 내려오지도 않고 형수는 밥도 지어주지 않았으며, 부모는 그와 말도 섞지 않았다.

•••

蘇秦喟嘆曰: 妻不以爲夫, 嫂不以我爲叔, 父母不以我爲子, 是皆秦之罪也. 乃夜發書, 陳篋數十, 得太公陰符之謀, 伏而誦之, 簡練以爲揣摩.

喟嘆위탄: 탄식하다. **篋**: 책 상자 협. **太公陰符**태공음부: 주나라 개국공신인 강태공 여상呂尙이 지었다고 전하는 병법서. **簡練**간련: 중요한 것을 선택해서 반복 학습하다. **揣**췌: 가설을 세우다. **摩**: 비빌 마. 거친 부분을 갈다. 즉 피드백feedback을 통해 오류를 수정하다.

소진이 길게 탄식하며 말했다. "마누라는 나를 지아비로 여기지 않고, 형수는 시동생으로 여기지 않으며 부모님은 나를 아들로 여기지 않으시는구나. 이것이 모두 진나라의 죄로다!" 그러고는 밤이 되자 책을 펴기 시작하였는데, 책 상자 수십 개를 꺼내놓고, 그중에서 『태공음부』의 책략을 찾아내 책상에 엎드려 이것을 외우기 시작하였다. 그러면서 중요한 것은 선택해서 반복 학습으로 숙지함으로써 가설에서 오류를 수정하는 과정으로 삼았다.

•••

讀書欲睡, 引錐自刺其股, 血流至足. 曰: 安有說人主不能出其金玉錦繡, 取卿相之尊者乎. 期年, 揣摩成, 曰: 此眞可以說當世之君矣.

錐: 송곳 추. **刺**: 찌를 자. **股**: 허벅지 고. **安**: 어찌 안. **錦繡**금수: 비단실로 수놓다, 또는 그 비단. **期**: 일주년 기.

책을 읽다가 졸려고 하면 송곳을 가져다 스스로 허벅지를 찌르니 피가 흘러 발까지 이르기도 하였다. 그때마다 그는 중얼거렸다. "어찌 군왕에게 유세하는 자가 그로 하여금 금옥과 비단을 척척 내놓게 하지 못하거나, 재상과 장관의 높은 벼슬자리를 얻지 못하는 자가 있을 수 있단 말인가?" 일 년이 되자 가설을 세우고 오류를 수정하는 과정을 모두 마쳤다. "이 논설이라면 오늘날의 어떠한 군왕도 확실히 설득할 수 있다!"

•••

于是乃摩燕烏集闕, 見說趙王于華屋之下, 抵掌而談. 趙王大悅, 封爲武安君, 受相印. 革車百乘, 錦繡千純, 白璧百雙, 黃金萬鎰, 以隨其後, 約從散橫, 以抑强秦.

燕烏集闕연오집궐: 조나라로 들어가는 관문 이름. **抵掌**저장: 손뼉을 치다. **受**: '줄 수授'와 같음. **革車**혁거: 고대 전차의 일종. 중전차重戰車. **純**돈: '묶음 속束'과 같은 말. **鎰**일: 금 20냥의 무게. **約從散橫**: 합종을 단속하고 연횡을 분산시키다.

그러고는 조나라의 연오집궐이라는 요새의 관문을 비집고 들어갔다. 궁전의 화려한 방 안에서 조나라 왕인 숙후肅侯를 알현하고 그 앞에서 자신의 주장을 폈는데, 손바닥을 탁탁 쳐가며 들을 정도로 이야기가 진행되었다. 조왕이 크게 기뻐하여서 소진을 무안군에 봉하고 재상의 도장을 수여하였다. 이와 함께 전차 일백 대, 화려하게 수놓은 비단 일천 필, 흰 고리 구슬 일백 쌍, 황금 일만 일 등도 하사함으로써 자신의 뒤를 따라다니게 하였다. 그래서 조왕은 여섯 나라의 합종을 단속하는 한편 진나라의 연횡을 흩트릴 수 있었으니, 이렇게 함으로써 강대한 진나라를 억제할 수 있었다.

•••

故蘇秦相于趙而關不通. 當此之時, 天下之大, 萬民之衆, 王侯之威, 謀臣之權, 皆欲决蘇秦之策. 不費鬪糧, 未煩一兵, 未戰一

士, 未絶一弦, 未折一矢, 諸侯相親, 賢于兄弟. 夫賢人在而天下服, 一人用而天下從.

關: 진나라가 동쪽으로 진출할 수 있는 관문인 함곡관函谷關을 가리킨다. **關不通**: 함곡관이 굳게 닫히다. **費**: 소모할 비. **鬪糧**투량: 전투 식량. **煩**: 번거로울 번. 병력을 움직이려면 명령 절차가 필요하므로 이렇게 표현한 것이다. **賢**: '뛰어날 승勝'과 같다.

그러므로 소진이 조나라의 승상이 된 이후로 진나라는 함곡관에서 더는 동쪽으로 넘어올 수 없었다. 바로 이 당시에는 천하의 모든 나라들과 만민 대중들과 왕과 제후들의 위세와 모사謀士들의 권세는 모두 소진의 계책을 따라 결정되기를 바랐다. 그래서 군량미 한 말도 소비하지 않고, 병사 한 명도 움직이게 하지 않고, 한 명의 무사도 전쟁에 내보지 않고, 활시위 한 줄도 끊어지게 하지 않고, 화살 한 개도 부러지지 않게 하고도 제후들이 서로 친근하기가 형제 사이보다 더하였다. 이처럼 현인이 제자리에 가 있으면 천하가 모두 복종하고, 한 사람을 제대로 쓰면 천하가 따르는 법이다.

• • •

故曰: 式于政, 不式于勇; 式于廊廟之内, 不式于四境之外. 當秦之隆, 黃金萬鎰爲用, 轉轂連騎, 炫熿于道, 山東之國, 從風而服, 使趙大重.

式식: '쓸 용用'과 같다. **于**우: 형용사나 동사 뒤에 오는 접미사. 번역할 필요는 없다. **廊廟**낭묘: 행랑과 정전. 즉 조정. **隆**: 성할 륭. **轉轂連騎**전곡연기: 바퀴(수레)들을 굴리고 기마병을 잇게 하다. **炫熿**현황: 눈부시도록 빛나다. **山**: 효산崤山을 가리킨다. 함곡관과 함께 진나라와 육국을 가르는 경계를 상징.

그래서 이런 말이 생긴 것이다. "정치라는 수단을 써야지, 용맹한 무사들을 쓰지 말아야 한다. 현인은 우리 조정 안에서 써야지 국경 밖의 다른 나라에서 쓰게 해서는 안 된다." 소진이 한창 잘나갈 때에는 황금 이십만 냥을 업무 비용으로 썼고, (그가 행차할 때는) 수많은 수레가 뒤따르고 기마대가 앞뒤로 이어졌는데, 길거리에서의 그 모습이 휘황찬란하였다. 이리하여 효산崤山 동쪽의 여섯 나라가 풀이 바람을 따라 눕듯이 복종함으로써 조나라가 크게 존중받도록 만들었다.

• • •

且夫蘇秦特窮巷掘門桑户棬樞之士耳, 伏軾撙銜, 橫歷天下, 廷說諸侯之王, 杜左右之口, 天下莫之能伉.

窮巷궁항: 빈민가. **巷**: 골목 항. **掘門**굴문: 벽에 구멍을 뚫어 출입문을 내다. **棬**: 쇠코뚜레 권. **棬樞**권추: 나무를 휘어서 돌쩌귀로 삼다. **伏軾**복식: 달리는 수레에서 넘어지지 않으려고 수레 앞 가로목을 잡고 있다. **撙**: 꺾을 준. **撙銜**준함: 고삐를 당기다. **伉**: 짝 항. 필적하다.

(잠시 돌이켜보면) 옛날의 저 소진은 단지 빈민가에서 담장에 구멍을 내 출입문을 만들고 서 있는 뽕나무로 대문을, 나뭇가지를 휘어 지도리를 각각 삼고 살았던 사내에 지나지 않았다. 그런데 이제는 수레의 가로목을 (당당하게) 엎드려 잡고 고삐를 쥐고 서서 천하를 이리저리 돌아다니고 있다. 그가 각 제후국의 조정에서 임금을 설득할 때면 좌우 신하들의 입이 틀어막혀서 천하에 어느 누구도 그와 짝을 이루어 다툴 사람이 없었다.

• • •

將說楚王, 路過洛陽, 父母聞之, 清宮除道, 張樂設飲, 郊迎三十里. 妻側目而視, 傾耳而聽; 嫂蛇行匍伏, 四拜自跪而謝.

蘇秦曰: 嫂何前倨而後卑也. 嫂曰: 以季子之位尊而多金. 蘇秦曰: 嗟乎, 貧窮則父母不子, 富貴則親戚畏懼. 人生世上, 勢位富貴, 蓋可忽乎哉.

清宮除道: 집안을 청소하고 길을 깨끗이 쓸다. **張樂**장악: 악대를 배치하다. **側目**측목: 곁눈질로 보다. **蛇行**사행: 뱀처럼 가다. **匍**: 기어갈 포. **跪**: 무릎을 꿇고 앉을 궤. **謝**: 사죄할 사. **倨**: 거만할 거. **畏懼**외구: 두려워하다. **蓋**: 어찌 합.

한번은 장차 초왕을 설득할 일이 있어서 초나라로 가는 길에 낙양을 지나가게 되었다. 그의 부모가 이 소식을 듣고는 집 안을 청소하고 길을 깨끗이 쓸고 악대를 부르고 음식을 잔뜩 차려놓고는 성 밖 삼십 리까지 나가 맞이하였다. 마누라는 곁눈질로 힐끔힐끔 눈치를 보면서 귀만 기울여 들었고, 형수는 뱀처럼 기어와 땅에 엎드려서는 네 번 절하고 무릎을 꿇은 채 사죄하였다. 소진이 "형수님께서는 어찌하여 전에는 오만불손하시더니 이제 와서는 이렇듯 스스로를 낮추시나요?"라고 물으니 형수가 대답하였다. "서방님의 지위가 높아졌고 금이 많아졌기 때문입니다." 소진이 탄식하며 말했다. "아아, 가난하면 부모도 아들로 여기지 않고, 부귀하면 친척들도 두려워하는 법이다. 사람이 세상에 나서 권세 있는 지위와 부귀를 어찌 소홀히 할 수 있겠는가?"

위진·남북조魏晉·南北朝

문文이란 무엇인가 —
조비曹丕, 『전론典論』 「논문論文」

『전론』은 동한 말 건안建安 시기에 후일 위魏 문제文帝가 된 조비가 쓴 문학 이론서다. 지금은 대부분 사라지고 「논문論文」 한 편만 남아 있다. 이 작품 이전에도 문학을 논한 글이 여러 편 있었지만, 작가와 문체, 작가와 작품 사이의 관계, 글(문학)의 기능, 그리고 문학 비평을 대하는 태도 등에 관한 문제에 대하여 폭넓게 논한 글은 이 작품이 처음이라 할 수 있다. 글은 길지 않지만 후대 문인들에게 적지 않은 영감을 준 단초가 되었다. 특히 "무릇 문장이란 나라를 다스리는 큰 사업이자 영원히 썩지 않는 성대한 일"(蓋文章, 經國之大業, 不朽之盛事)이라고 정의한 구절은 문인이라면 누구나 입에 올리는 명구로 전해오고 있다.

삼국 시기 정치가이자 문인이었던 위 문제 조비(187~226)는 패국沛國 초현譙縣 사람으로 자는 자환子桓이다. 조조曹操의 둘째 아들로서 위나라를 창건하고 황제에 올랐다. 문무를 겸비하고 박학다식했을 뿐 아니라 시문을 잘하였다. 부친 조조, 동생인 조식曹植과 함께 건안삼조建安三曹라 불릴 만큼 문재가 뛰어났다. 재위 기간에는 구품중정제九品中正制 등의 관리 선발 제도를 완비하고 북방을 통일하는 등 치적도 많았다.

•••

文人相輕, 自古而然. 傅毅之於班固, 伯仲之間耳, 而固小之, 與弟超書曰: 武仲以能屬文爲蘭臺令史, 下筆不能自休.

傅毅부의: 자는 무중武仲, 동한 사람. 반고班固와 동료였다. **伯仲**: 형제로서의 위아래를 가리키는 말. 권력 관계가 아니다. **小**: 업신여기다. **超**: 반초

班超를 가리킨다. **屬**: 이을 촉. **屬文**: 글을 이어가다, 즉 글을 짓다. **蘭臺令史**난대령사: 한대의 관직명. 도서를 정리하거나 상주문을 관장하는 부서의 우두머리. **下筆**하필: 붓을 대다, 즉 글을 쓰기 시작하다. **休**: 멈출 휴.

문인들이 서로를 가벼이 여기는 일은 옛날부터 그래왔다. 부의가 반고와 갖는 관계는 맏이냐 둘째냐 하는 정도의 사이일 뿐인데도 반고는 부의를 업신여겼으니, 그는 동생인 반초에게 보낸 편지에서 다음과 같이 썼다. "부의는 글을 잘 짓는 능력 때문에 난대령사가 되었는데도 한번 글쓰기를 시작하면 제힘으로 마무리를 하지 못한다."

•••

夫人善於自見, 而文非一體, 鮮能備善, 是以各以所長, 相輕所短. 俚語曰: 家有弊帚, 享之千金. 斯不自見之患也.

見현: '드러낼 현顯'과 같다. 자랑하다. **體**: 형체, 문체. **鮮**: 드물 선. **備善**: 빠짐없이 두루 잘하다. **所長**: 잘하는 것. **俚**: 속될 리. **俚語**: 속담. **帚**: 비추. **享**: 합당할 향.

무릇 사람은 스스로를 자랑하는 일을 잘한다. 그러나 글이란 하나의 문체만 있는 게 아니어서 모든 것을 두루 잘할 수 있는 사람은 드물다. 이 때문에 각자는 자신이 잘하는 것을 갖고서 상대방의 잘하지 못하는 점을 업신여기는 것이다. 속담에 "다 떨어진 빗자루라도 자기 집에 있는 것은 천금의 가치가 있다고 여긴다"라는 말이 있는데, 이것이 바로 스스로를 보지 못하는 병폐다.

•••

今之文人: 魯國孔融文擧·廣陵陳琳孔璋·山陽王粲仲宣·北海徐幹偉長·陳留阮瑀元瑜·汝南應瑒德璉·東平劉楨公幹, 斯七

子者, 於學無所遺, 於辭無所假.

文擧: 공융의 자. **孔璋**: 진림의 자. **仲宣**: 왕찬의 자. **偉長**: 서간의 자. **元瑜**: 완우의 자. **德璉**: 응창의 자. **公幹**: 류정의 자. **七子**: 건안建安칠자를 말한다. **遺**: 빠뜨릴 유. **假**: 빌릴 가. 남의 것을 베끼다.

오늘날의 이름난 문인으로는 노나라의 공융孔融 공문거孔文擧, 광릉廣陵의 진림陳琳 진공장陳孔璋, 산양山陽의 왕찬王粲 왕중선王仲宣, 북해北海의 서간徐幹 서위장徐偉長, 진류陳留의 완우阮瑀 완원유阮元瑜, 여남汝南의 응창應瑒 응덕련應德璉, 동평東平의 류정劉楨 류공간劉公幹 등이 있다. 이들 일곱 분은 학문에서는 무엇 하나 빠뜨린 바가 없고 글쓰기에서는 다른 사람 것을 베낄 일이 없는 사람들이다.

•••

咸自以騁驥騄於千里, 仰齊足而並馳. 以此相服, 亦良難矣. 蓋君子審己以度人, 故能免於斯累, 而作論文.

咸: 모두 함. **騁**: 말 달릴 빙. **驥騄**기록: 주나라 목왕穆王의 수레를 끌었다는 전설상의 팔준마八駿馬 중 두 마리 이름. 즉 두 사람이 각각 기驥와 록騄을 몰고 천 리 길을 경쟁하는 것 같다는 말. **仰**: 우러러볼 앙. 말이 머리를 들고 달리는 모양. **並馳**병치: 양보 없이 나란히 달리다. **以此相服**: 이러한 재주에 근거해서 서로에게 탄복하라는 것. **良**: 정말로. **度**: 헤아릴 탁. **免**: 면할 면. 벗어나다. **累**: 얽매일 루. 즉 편견에 얽매여서 남을 경시하는 폐단. **而**: '因而'와 같다. 그래서.

모두가 스스로 옛날 주나라 목왕의 수레를 끌었다는 천리마 기와 록을 몰고 천 리를 경쟁하는 듯하였으니, 이들은 머리를 곧추 세우고 앞발들을 가지런히 해서 양보 없이 내달린다. 이러한 재기才氣에 근거해서 서로에게 탄복하라는 것은 정말로 어려운 일이다. 무릇 군자는 자신을 성찰함으로써 다른 사람을 헤아려야 하는 법이니, 이렇게 해야 편견에 얽매임으로부터 벗어날 수 있다. 그래서 「문이란 무엇인가」(論文)라는 이 글을 쓴다.

•••

王粲長於辭賦, 徐幹時有齊氣, 然粲之匹也. 如粲之初征·登樓·槐賦·征思, 幹之玄猿·漏巵·圓扇·橘賦, 雖張·蔡不過也. 然於他文未能稱是.

辭賦: 고대 문체의 일종. 운문 형식을 가미한 산문으로서 초사楚辭와 한부漢賦가 그 대표적인 예다. **時**: 때때로 시. **齊氣**: 제나라 사람들의 문장은 길고 지루한 것이 결점이었다. **匹**: 짝 필. 필적하다. **張**: 장형張衡. **蔡**: 채옹蔡邕. **稱**: 저울 칭. **稱是**: 앞의 작품들과 동등하게 들다.

왕찬은 사辭와 부賦를 짓는 일에 특출나고, 서간은 가끔 느릿한 제나라 기질이 나오기는 하지만 왕찬과 짝을 이루었다. 이를테면, 왕찬의 「초정부初征賦」·「등루부登樓賦」·「괴부槐賦」·「정사부征思賦」 등과 서간의 「현원부玄猿賦」·「누치부漏巵賦」·「원선부圓扇賦」·「귤부橘賦」 등은, 설사 장형張衡과 채옹蔡邕이라도 뛰어넘지 못하지만, 다른 문장에 있어서는 이와 동등하게 거론할 수 없다.

•••

琳.瑀之章表書記, 今之雋也. 應瑒和而不壯; 劉楨壯而不密. 孔融體氣高妙, 有過人者; 然不能持論, 理不勝辭; 至於雜以嘲戲; 及其所善, 揚.班儔也.

琳: 진림. **瑀**: 완우. **章表書記**: 장·표·서·기는 당시의 실용문 문체들. **儁**: 영특할 준. **和而不壯**: 온화하며 웅장하지 않다. **密**: 빽빽할 밀. **體氣**: 풍격風格과 재기才氣. **過人**과인: 다른 사람들을 초월하다. **持論**지론: 논점을 유지하다. **理不勝辭**: 이치가 문사, 즉 표현 기교를 이기지 못하다. **至於**: 심지어. **嘲戲**조희: 조롱과 희화. **揚**: 양웅揚雄. **班**: 반고班固. **儔**: 무리 주.

진림과 완우의 장·표·서·기 등과 같은 실용문은 오늘날의 준걸들이다. 응창은 온화하면서 웅장하지 않고, 류정은 웅장하지만 치밀하지 않다. 공융은 풍격과 재기가 높고 오묘함에 다른 사람들보다 월등히 뛰어난 바가 있지만, 논점을 유지하지 못하여 이치가 문채文彩를 따라가지 못할 뿐 아니라 심지어 조롱과 희화가 섞여 들어가기까지 한다. 그가 잘하는 것에 대해 말하자면 양웅과 반고 급에 해당한다.

•••

常人貴遠賤近, 向聲背實, 又患闇於自見, 謂己為賢. 夫文本同而末異, 蓋奏議宜雅, 書論宜理, 銘誄尚實, 詩賦欲麗. 此四科不同, 故能之者偏也; 唯通才能備其體.

常人: 보통 사람들, 일반인. **遠**: 멀 원. 고대를 가리킨다. **近**: 가까울 근. 근대를 의미한다. **向聲**: 밖으로 들리는 명성을 향해 있다. **背實**배실: 실질을 등지다. **闇**: 닫힐 암. 꽉 막히다. **謂己為賢**: 글솜씨가 제일 좋다고 여기다. **本同**: 말하고자 하는 의미는 같다는 뜻. **末異**: 구체적인 문체와 표현은 다르다. **奏議**주의: 상주문上奏文과 반박문. **宜雅**의아: 전아하고 장중하다. **書論**: 서신과 논설문. **銘誄**명뢰: 금석에 새기는 기록문과 죽은 사람의 행장을 기록한 글. **欲麗**욕려: 아름다워지고자 하다. **偏**: 치우칠 편. 어느 한 부분만 잘할 수 있다는 뜻. **通才**: 모든 재주에 통달하다. **備其體**: 모든 문체를 두루 갖추다.

보통 사람들은 먼 옛날을 중시하고 가까운 근대는 천시하며, 겉으로 들리는 명성만을 바라보고 실질을 등진다. 또한 스스로를 보는 일에 꽉 막히는 병을 앓고 있어서 자신이 가장 글을 잘 쓰는 자라고 말한다. 무릇 문이란 근본은 같지만 지엽이 다르다. 그래서 대체로 상주문과 반박문은 전아하고 장중해야 하며, 서신과 논설문은 이치에 닿아야 하고, 금석에 새기는 기록문과 행장 기록문은 사실을 숭상해야 하며, 시와 부는 가능한 한 아름답게 써야 한다. 이 네 종류의 문체는 각기 다른 것이므로 이런 문장을 잘 쓰는 사람은 어느 하나에 치우칠 수밖에 없다. 모든 재주에 통달한 사람만이 이들 네 문체를 빠짐없이 갖출 수 있다.

•••

文以氣爲主, 氣之清濁有體, 不可力強而致. 譬諸音樂, 曲度雖均, 節奏同檢, 至於引氣不齊, 巧拙有素, 雖在父兄, 不能以移子弟.

氣: 기운 기. 영적인 힘. **清濁**청탁: 경쾌함과 침울함. **體**: 풍격. **力強**: 힘으로, 억지로 하다. **譬**: 비유할 비. **曲度**곡도: 섬세함의 정도. **節奏**절주: 마디를 자르는 방법, 즉 리듬. **同檢**동검: '檢'이란 봉인 또는 계인契印에 쓰는 도장이나 서명을 뜻하므로 '두 물건이 완전히 같음을 확인함'이라는 의미로 쓰인다. **引氣**: 힘을 끌어내는 일. **巧拙**교졸: 정교하고 투박함. **素**: 바탕 소. 즉 기질, 본성. **雖在父兄**: 아무리 부자나 형제 관계에 있다 하더라도. **移**: 옮길 이. 즉 전수하다.

문장은 힘을 가장 중요한 요소로 꼽는다. 힘의 경쾌함과 침울함에는 각각의 풍격이 있는데, 이는 억지로 이루어지는 것이 아니다. 이를 음악에 비유하자면, 섬세함의 정도가 아무리 균일하고 절주(리듬)가 아무리 서로 동일하다 하더라도, 힘을 끌어내는 일에서는 각자가 가지런하지 않아서 정교하고 투박함에 타고난 기질이 있다. 그러므로 아무리 아버지나 형의 관계에 있다 하더라도 그것을 아들이나 동생에게 옮겨줄 수 없다.

•••

蓋文章, 經國之大業, 不朽之盛事. 年壽有時而盡, 榮樂止乎其身, 二者必至之常期, 未若文章之無窮. 是以古之作者, 寄身於翰墨, 見意於篇籍, 不假良史之辭, 不托飛馳之勢, 而聲名自傳於後.

經國: 나라를 다스리다. **業**: 공적을 이루는 일. **朽**: 썩을 후. **盛事**: 성대한 사업. **榮樂**영락: 영화와 쾌락. **常期**: 정해진 기한. **未若**미약: '不如'와 같다. ~만 못하다. **翰墨**한묵: 붓과 먹. 즉 문필 활동. **篇籍**편적: 엮어낸 서적. 즉 책과 저술. **假**: 빌릴 가. 의존하다. **良史**: 이름난 역사가. **辭**: 명문장, 즉 좋은 평가. **托**: 의탁할 탁. **飛馳**비치: 날고뛰다. **自傳於後**: 스스로의 능력으로 후세에 전하다.

무릇 문장이란 나라를 다스리는 큰 사업이자 영원히 썩지 않는 성대한 일이다. 아무리 오래 살아도 때가 되면 수명을 다하게 되고, 영화와 쾌락도 자신의 몸 하나에 머무르는 것인즉, 이 두 가지는 반드시 도달해야 하는 정해진 기한이 있으니 문장의 무궁함만 못하다. 이 때문에 옛날의 글 짓는 이들은 붓과 먹에 몸을 맡기고, 서적을 엮어내는 일을 통해서 자신의 의사를 드러내었으니, 이들은 이름난 역사가의 평가에 힘입지 않고 날고뛰는 권세에 기대지 않고서도 명예로운 이름을 자신의 힘으로 후세에 전하였다.

•••

故西伯幽而演易, 周旦顯而制禮, 不以隱約而弗務, 不以康樂而加思. 夫然, 則古人賤尺璧而重寸陰, 懼乎時之過已.

西伯: 주 문왕을 가리킨다. **幽**: 유폐될 유. 어두운 곳에 갇히다. **演易**연역: 역을 확장하다. 즉 팔괘를 육십사괘로 연역한 일을 뜻한다. **周旦**: 주 무왕의 동생인 주공周公 단旦을 가리킨다. **顯**현: 관직이 영달하다. **隱約**은약: 곤궁하여 실의에 빠지다. **弗**: '不+V+之'와 같은 말. **康樂**: 편안하고 즐거움. **加**가: 가공하다, 변형시키다. **然**: 정황이 이러하므로. **尺璧**척벽: 지름이 한 자나 되는 큰 구슬. **寸陰**촌음: 해시계에서 한 치밖에 안 되는 그림자, 즉 아주 짧은 시간. **懼**: 두려워할 구. **已**: '矣'와 같다.

그러므로 문왕은 서쪽의 제후로 불리던 시절에 유폐되어 있으면서도 『역』의 팔괘를 육십사괘로 확장하는 저술을 하였고, 주공 단은 높은 관직에 있으면서도 예를 제정하였다. 이들은 어려움을 당하여 실의에 빠졌더라도 글 쓰는 일을 게을리하지 않았고 편안함과 쾌락을 즐겨도 되는 상황에서도 글을 쓴다는 생각을 바꾸지 않았다. 글에 관한 생각이 이러하였던즉, 옛날 사람들은 크기가 한 자나 되는 구슬이라도 천하게 여기고 아주 짧은 시간이라도 소중히 여겨서 때가 지나가버리는 것을 두려워하였다.

•••

而人多不强力, 貧賤則懾於饑寒, 富貴則流於逸樂, 遂營目前之務, 而遺千載之功. 日月逝於上, 體貌衰於下, 忽然與萬物遷化, 斯志士之大痛也. 融等已逝, 唯幹著論, 成一家言.

强力: 힘써 노력하다. **懾**: 두려울 섭. 강박을 받아서 글을 쓸 틈이 없다는 뜻. **饑寒**기한: 주리고 추위에 떨다. **營**: 추구할 영. **遺**: 버릴 유. **載**재: '해 세歲'와 같다. **逝**: 갈 서. **體貌**체모: 몸의 형체. **遷化**천화: 시간이 감에 따라 변화하다. 즉 죽는다는 뜻. **融**: 공융을 가리킨다. **幹**: 서간을 가리킨다. **論**: 서간의 저작인 『중론中論』을 말한다. **一家言**: 독보적인 필치, 즉 풍격.

그러나 오늘날의 사람들은 대부분이 힘써 노력하지 않고, 가난하고 지위가 낮으면 굶거나 얼어 죽을까 봐 부들부들 떨고, 재물이 많고 지위가 높으면 일탈과 쾌락으로 빠지고 만다. 그래서 기껏 눈앞의 일만 추구하느라 천 년에 길이 남을 공적을 유기해버리고 만다. 해와 달은 저 위에서 덧없이 지나가고 몸의 형체는 이 아래에서 노쇠해가다가 홀연히 만물과 더불어 하나가 되는 변화를 맞게 되나니, 이것이 뜻을 품은 사나이가 크게 가슴 아파하는 일이로다! 공융 등의 문호들은 이미 세상을 떠나버리고 오로지 서간만이 남아서 『중론』을 저술하여 독보적인 풍격을 이루고 있다.

제 딱한 사정을 아뢰나이다 — 이밀李密, 「진정표陳情表」

이 작품은 삼국 시기 진晋의 문학가인 이밀李密이 진 무제武帝에게 올린 글이다. 무제가 그의 재주를 인정해 태자를 보필하는 선마洗馬에 제수하였으나, 늙은 할머니를 모시는 일 때문에 명을 받들지 못하는 고충을 표表로 올린 내용이다. 그는 이러지도 저러지도 못하는 딱한 사정을 간결한 언어로 간절하면서도 설득력 있게 써 내려감으로써 황제의 감동을 자아냈다. 표라고 하는 공문 형식이지만 서정성이 각별하여서 사실상 이율배반적인 충과 효의 모순을 사라지게 한 효과가 있다. 그래서 중국에는 "제갈량의 「출사표出師表」를 읽고 눈물을 흘리지 않으면 충신이 아니고, 이밀의 「진정표」를 읽고 눈물을 흘리지 않으면 효자가 아니다"라는 속담이 생겨났다. 이 표를 읽은 무제는 이밀에게 특별히 노비 두 사람을 하사해 조모를 봉양하게 하였다 한다.

이밀(582~619)은 장안長安 출신으로 자는 현수玄邃인데, 경학에 박식하고 특히 『춘추좌전』에 조예가 깊었다. 본문에서 토로한 바와 같이 연로한 조모를 모시는 일 때문에 출사를 사양하다가, 조모가 죽고 일 년 상복을 벗은 후 온현溫縣의 현령으로 부임했는데, 정사를 매우 엄정하게 다스렸다고 한다. 조정의 관직을 맡아 재능을 발휘하려 했지만 추천해주는 사람이 없어 한중漢中 태수를 마지막으로 낙향하였다.

•••

臣密言: 臣以險釁, 夙遭閔兇. 生孩六月, 慈父見背; 行年四歲, 舅奪母志.

表: 신하가 임금에게 규범을 지킬 것을 권고하거나 잘못을 바로잡을 것을 요청할 때에 쓰는 일종의 공식적인 문체. **險**: 어려울 험. 힘들다. **釁**: 허물 흔. 재앙. **險釁**: 운명이 기구하다. **夙**: 일찍 숙. **遭**: 만날 조. **閔**민: '근심할 민憫'과 같은 글자. **凶**흉: 질병이나 죽음 같은 흉사. **慈父**자부: 자애로운 아버지. 남 앞에서 자기 아버지를 부르는 말. **背**: 등질 배. **見背**: (윗사람이) 돌아가시다. **行年**: 당시까지 지내온 나이. **舅**: 외삼촌 구. **奪母志**탈모지: 수절하려는 어머니의 의지를 빼앗다, 즉 개가시켰다는 뜻.

신 이밀이 아뢰옵니다. 신은 운명이 기구하여 일찍부터 불행한 일과 맞닥뜨렸습니다. 아이로 태어난 지 여섯 달 만에 아버지가 돌아가셨고 네 살이 되던 해에는 외삼촌이 수절하려는 어머니의 뜻을 빼앗아 개가시켰습니다.

•••

祖母劉憫臣孤弱, 躬親撫養. 臣少多疾病, 九歲不行, 零丁孤苦, 至于成立.

憫: '불쌍히 여길 민愍'으로 쓰기도 한다. **孤弱**고약: 어린 나이에 아버지를 잃다. **躬親**궁친: 손수. **撫**: 어루만질 무. **零**영: '온전할 정整'의 반대 의미, 즉 부스러기. **丁**: 일꾼 정. 힘이 세다. '굳셀 장壯'과 같은 뜻. **零丁**: 의지할 곳이 없음을 뜻하는 말. **孤苦**고고: 홀로 힘들게 살다. **成立**: 성인으로 자립하다.

할머니인 유씨劉氏가 신이 어린 나이에 아버지를 잃은 것을 불쌍히 여겨 손수 어루만지며 키워주셨습니다. 신은 어릴 적에 질병을 많이 앓아 아홉 살이 되어서도 제대로 걷지 못하였지만, 의지할 곳 없이 홀로 힘들게 살면서도 성인으로 자립하기에 이르렀습니다.

•••

既無伯叔，終鮮兄弟，門衰祚薄，晩有兒息．外無期功強近之親，內無應門五尺之僮，煢煢孑立，形影相吊．

伯: 만 백. 큰아버지. **叔**: 아재비 숙. 작은아버지. **終**종: '또 우又'와 같다. '既A終(또는 又)B'는 A일 뿐만 아니라 B이기도 하다는 어법. **鮮**: 드물 선. 여기서는 '없다'는 뜻. **門**: 가문. **祚**: 복 조. **薄**: 얇을 박. **兒息**아식: 친자식. **期**: 만 1주년. **功**: 상복 공. **期功**: 일 년간 입는 상복. 조부모와 백·숙부모의 상에는 기공을 입었다. **強**: 억지로 강. **強近**: 억지로 계산해서라도 기공을 입을 수 있는 가까운 친척. **應門**응문: 손님이 오면 뛰어나가 문을 열어주다. **僮**: 동복 동. **五尺之僮**오척지동: 키가 다섯 자 되는 어린아이 하인. **煢煢**경경: 홀로 외로운 모양. **孑立**혈립: 홀로 서다. '獨立독립'으로도 쓴다. **形影**형영: 몸체와 그 그림자. **吊**: 위로할 조.

큰아버지와 작은아버지가 없는 것은 말할 것도 없고 형제조차 없는 데다가, 가문도 쇠락하고 복도 박한 상태에서 늦게 자식 하나를 얻은 것이니, 밖으로는 억지로라도 일 년간 상복을 입어드릴 만한 가까운 친척도 없고 안으로는 손님이 오면 뛰어나가 문을 열어줄 어린 동복 하나 없이 외로이 홀로 살면서 몸과 그림자만이 서로를 위로해왔습니다.

•••

而劉夙嬰疾病，常在床蓐，臣侍湯藥，未曾廢離．

而: 게다가. **夙**: 일찍 숙. **嬰**: 두를 영. **嬰疾病**: 질병을 몸에 달고 살다. **蓐**: 자리 욕. **湯藥**탕약: 약을 달이다. **廢**: 멈출 폐. **廢離**: 모시는 일을 멈추고 곁을 떠나다.

게다가 할머니 유씨가 일찍부터 질병을 몸에 달고 사셔서 언제나 침상에 자리보전을 하고 계시니 신이 모시고 약을 달여드리면서 일찍이 이 일을 멈추고 곁을 떠난 적이 없었습니다.

•••

逮奉聖朝, 沐浴清化. 前太守臣逵察臣孝廉; 後刺史臣榮擧臣秀才. 臣以供養無主, 辭不赴命.

逮체: '미칠 급及'과 같은 말. 다다르다. **聖朝**: 당시의 진晉 왕조를 높여 부르는 말. **沐**: 머리 감을 목. **浴**: 목욕할 욕. **沐浴**: 임금에게 은총을 입음을 비유하는 말. **清化**청화: 공명정대한 정치 교화. **察**: 다음 구절에 나오는 거擧와 함께 '찰거察擧'라 하여 당시 관리를 채용하던 제도. 한대부터 내려온 제도로서 지방 관리가 그 지역에서 효행과 청렴으로 인정받는 인재를 관찰해 중앙에 천거하는 방식. **孝廉**효렴: 효성스럽고 청렴한 인재. **擧**: 지방 장관이 인재를 중앙에 천거하는 등용 제도. **秀才**수재: 우수한 인재. 후대 과거 제도에서의 등급 중 하나인 수재秀才와는 의미가 다르다. **主**: 공양을 전적으로 맡아 할 사람. **辭**: 사양할 사. **赴**: 받들 부.

지금의 성조聖朝를 받들게 되자 신은 공명정대한 정치 교화를 입게 되었습니다. 전임 태수인 규逵는 찰察을 통하여 신을 효성스럽고 청렴한 인재로 천거하여주셨고, 후에 자사인 영榮은 거擧를 통하여 신을 우수한 인재로 천거하여주셨습니다. 그러나 신은 할머니의 공양을 전적으로 맡아볼 사람이 없어서 명령을 사양하고 받들지 못하였습니다.

•••

詔書特下, 拜臣郎中, 尋蒙國恩, 除臣洗馬. 猥以微賤, 當侍東宮, 非臣隕首所能上報. 臣具以表聞, 辭不就職. 詔書切峻, 責臣逋慢:

詔: 조서 조. **拜**: 벼슬 줄 배. 관직을 수여하다. **尋**: 이슥고 심. **蒙**: 입을 몽. **除**: 벼슬 줄 제. 제수하다. **洗馬**선마: 태자의 시종관. **猥**: 외람될 외. '辱욕'과 같음. 상대방을 높이고 스스로를 낮추는 겸사謙辭로, '높으신 분이 욕되게도 저와 같은 천한 사람에게'라는 뜻. 분수에 넘치게도. **微賤**미천: 신분이 낮아 보잘것없음. **東宮**: 태자를 가리킨다. 태자가 기거하는 궁이 동쪽에 있기 때문에 환유로 부르는 말. **隕**: 떨어질 운. **隕首**운수: 머리가 땅에 떨어지다. 즉 목숨을 바치다. **上報**상보: 임금에게 보답하다. **具**: 갖출 구. 이상의 사실들을 모두 빠뜨리지 않고. **表聞**: 표의 형식으로 임금에게 들리게 하다. **切峻**절준: 단호하고 준엄하다. **逋**: 달아날 포. **慢**: 게으를 만.

그러자 조서가 특별히 내려와서 신을 낭중에 임명하셨고, 이슥고 다시 나라의 은총을 입어 신은 태자마마의 시종인 선마에 제수되었습니다. 폐하께 욕이 되실 텐데도 미천한 사람에게 동궁마마를 모시는 일을 맡기셨으니, 이는 신이 머리가 떨어져 나가도 폐하께 보답할 수 있는 일이 아닙니다. 그래서 신은 이러한 사정을 하나도 빠뜨리지 않고 표를 올림으로써 폐하께 말씀드린 후 사양하고 그 직무에 나아가지 않았습니다. 그러나 조서는 단호하고 준엄하여서 신의 회피와 태만을 꾸짖으셨습니다.

•••

郡縣逼迫, 催臣上道; 州司臨門, 急于星火. 臣欲奉詔奔馳, 則劉病日篤, 欲苟順私情, 則告訴不許. 臣之進退, 實為狼狽.

郡縣군현: 여기서는 군과 현의 우두머리를 가리킨다. **逼迫**핍박: 심하게 독촉하다. **催**: 재촉할 최. **上道**: 조정으로 돌아가는 길에 오르다. **州司**: 주의 담당 관리. **于**: 비교를 나타내는 조사. **星火**: 별똥별의 불꼬리. **奉詔**봉조: 성지聖旨를 받들다. **奔馳**: 빨리 달리다. **篤**: 위독할 독. **苟**: 구차할 구. 잠깐만. **告訴**고소: 사정을 호소하다. **狼狽**낭패: 이러지도 저러지도 못하는 곤궁에 처한 모양.

신이 거주하는 군과 현의 우두머리들은 심하게 독촉하여 어서 빨리 조정으로 가는 길에 오르라 채근하였고, 주의 담당 관리는 대문 앞까지 찾아와 별똥의 불꼬리보다 더 급히 재촉하였습니다. 신이 성지를 받들어 달려가고자 하면 할머니 유씨의 병이 날로 위독해지고, 잠깐만이라도 사사로운 정에 따르고자 하면 아무리 사정을 말씀드려도 윤허해주지를 않으시니, 신의 진퇴가 실로 이러지도 저러지도 못하는 낭패한 처지가 되었습니다.

•••

伏惟聖朝以孝治天下, 凡在故老, 猶蒙矜育, 況臣孤苦, 特為尤甚. 且臣少仕偽朝, 歷職郎署, 本圖宦達, 不矜名節. 今臣亡國賤俘, 至微至陋, 過蒙拔擢, 寵命優渥, 豈敢盤桓, 有所希冀.

伏惟복유: 엎드려 생각하다. **在**: 현존하는. **故老**: 옛 왕조, 즉 촉한蜀漢에서 벼슬하던 원로들. **矜育**긍육: 어여삐 여겨 길러줌. **況**: 하물며 황. **孤苦**: 고아가 되어 힘들게 살다. **尤**: 더욱 우. **偽朝**: 가짜 왕조, 즉 후한과 위魏를 이은 진晉을 정통으로 보고 촉한을 비정통으로 본 데서 나온 말. **歷職**: 계속해서 관직을 맡다. **郎署**낭서: 시종관들이 머무는 관서. **宦**: 벼슬 환. **矜**긍: 숭상하다, 중시하다. **名節**명절: 명성과 절개. 촉한에서 출사한 사람이 바뀐 정권인 진晉에서도 벼슬을 한 사실을 가리킨다. **俘**: 포로 부. **陋**: 더러울 루. **擢**: 뽑을 탁. **寵命**총명: 특별한 은혜로 받은 임명. 임금으로부터의 임명을 높여 부르는 말. **渥**: 두터울 악. **盤**: 돌 반. **桓**: 머뭇거릴 환. **盤桓**: 이러지도 저러지도 못하고 맴돌면서 머뭇거리는 모양. **希冀**희기: 분에 넘치는 소원.

엎드려 곰곰이 생각해보니, 지금의 성조는 효도로써 천하를 다스려 생존해 있는 전조前朝의 모든 원로가 여전히 긍휼을 입어 공양을 받고 있는데, 하물며 고아로 힘들게 살아오느라 사정이 특히 더 심한 신이야 말할 것이 있겠습니까? 게다가 신은 젊어서 가짜 왕조에 출사해 낭서에 줄곧 관직을 맡아왔는데, 본시 벼슬자리가 올라가기만을 바랐을 뿐 명성과 지조를 숭상하지는 않았습니다. 이제 신은 망한 나라의 비천한 포로로 지극히 미천하고 지극히 비루함에도 발탁이 되는 지나친 은덕을 입어 총애가 넉넉하고 두터우니, 어찌 감히 머뭇거리면서 더 바라는 바가 있겠습니까?

•••

但以劉日薄西山, 氣息奄奄, 人命危淺, 朝不慮夕. 臣無祖母, 無以至今日, 祖母無臣, 無以終余年. 母孫二人, 更相為命, 是以區區不能廢遠.

以: ~이기 때문에. 원인을 표시하는 개사. **薄**박: 압박하듯이 다가가다. **日薄西山**: 해가 서산에 막 떨어지려 하다. 임종할 날이 경각에 있다는 비유. **奄奄**엄엄: 숨이 간당간당하다. **危**위: 미약하다. **淺**: 얕을 천. 길지 않다. **慮**: 근심할 려. **更相**갱상: 서로. **為命**: 목숨을 부지하다. **區**구: 잘게 나누어진 조각. **區區**: 쩨쩨한. 사사로운 사정을 봐달라고 구차하게 간구하는 모양. 간절한 마음. '나'를 쩨쩨한 사람으로 낮추어 부르는 말로 쓰기도 하는데, 여기서는 이렇게 해석한다. **廢遠**폐원: 모시기를 그만두고 멀리 떠나는 일.

그러나 할머니 유씨가 해가 서산에 막 떨어지려 하는 순간에 계셔서 숨이 간당간당하고, 목숨이 미약하여 길게 가실 것 같지 않아서 아침에 저녁을 걱정할 형편이 못 됩니다. 신에게 할머니가 없었다면 오늘에까지 이를 방도가 없었을 것이고, 할머니에게 신이 없다면 여생을 임종할 방도가 없습니다. 할머니와 손자 두 사람은 서로에게 의지해서 목숨을 부지하고 있으니 이것이 이 소심한 사람이 모시기를 그만두고 멀리 떠나지 못하는 이유입니다.

•••

臣密今年四十有四, 祖母今年九十有六, 是臣盡節于陛下之日長, 報養劉之日短也. 烏鳥私情, 愿乞終養. 臣之辛苦, 非獨蜀之人士及二州牧伯所見明知, 皇天后土, 實所共鑒.

盡節진절: 절개와 충성을 다하다. **報養**보양: 은혜에 보답하여 모시다. **烏鳥**오조: 까마귀. **私情**: 자기들끼리의 사사로운 정. 까마귀는 새끼가 다 자라면 어미를 먹인다는 이른바 반포지효反哺之孝를 가리킨다. **愿**: 원할 원. '願' 자와 같다. **乞**: 빌 걸. **辛苦**신고: 힘들고 괴로운 처지. **非獨**: '非但비단'과 같은 말. ~일 뿐만 아니라. **二州**: 양주梁州와 익주益州를 가리킨다. **牧伯**목백: 지방의 장관과 수장. **皇天后土**황천후토: 천지신명. **鑒**: 살필 감. 내려다보다.

신 이밀은 금년에 마흔네 살이 되었고 할머니는 금년 아흔여섯이신데, 이는 신이 폐하에게 지조와 충성을 다할 수 있는 날은 길고 할머니의 은혜에 보답하여 모실 수 있는 날은 짧다는 뜻입니다. 까마귀에게도 어미를 먹이는 사사로운 정이 있다 하니 원하옵건대 봉양을 끝까지 마치게 해주십시오. 신의 힘들고 괴로운 처지는 이곳 촉 땅의 인사들과 양주와 익주의 수장들이 직접 보고 명확히 알 뿐만 아니라, 천지신명께서도 실로 함께 내려다보고 계십니다.

•••

愿陛下矜憫愚誠, 聽臣微志, 庶劉僥幸, 保卒余年. 臣生當隕首, 死當結草. 臣不勝犬馬怖懼之情, 謹拜表以聞.

矜憫긍민: 불쌍히 여기다. **愚誠**우성: 우둔한 정성. 자신의 정성을 낮춰 부르는 말. **聽**청: 윤허하다. **庶**: 바랄 서. **僥幸**요행: 행운을 만나다. **保**보: '편안할 안安'과 같다. 편안하게. **結草**결초: 결초보은結草報恩하다. 『좌전』「선공 15년」의 고사에서 나온 말. 진晉나라 대부 위무자魏武子에게 총애하는 애첩이 있었는데, 자신이 죽을 때 이 여인을 함께 순장하라고 아들인 위과魏顆에게 명하였지만, 아들은 부친 사후에 부친의 유언이라며 그녀를 재가시켜주었다. 후에 위과가 진秦나라 장수 두회杜回와 전투를 벌이게 되었는데 어떤 노인이 땅에 나 있는 풀을 묶는 모습을 보았다. 싸움에서 밀리던 중 적장 두회가 묶여 있는 풀에 말이 걸려 넘어지는 바람에 생포할 수 있었다. 그날 밤 꿈에 그 노인이 나타나서 자신이 그 애첩의 아버지인데 자신의 딸을 살려준 은혜에 보답한 것이라고 말하였다고 한다. 이로부터 죽어서 은혜에 보답하는 일을 '결초'라고 불렀다. **犬馬**: 개와 말. 신하가 임금 앞에서 자신을 비유하는 말. **拜表**배표: 절하며 표를 올리다. **聞**: 알게 하다. 사동의 의미.

원하옵건대 폐하께서는 이 우둔한 정성을 불쌍히 여기시고 신의 미미한 의지를 윤허하여 할머니 유씨가 그나마 행운이라도 만나서 여생을 편안히 마칠 수 있기를 바라게 해주십시오. 그러면 신은 살아서는 마땅히 목숨을 바칠 것이며, 죽어서는 마땅히 결초보은할 것입니다. 신은 개와 말이 느끼는 두렵고 떨리는 감정을 이기지 못하여 삼가 절하여 표를 올려 아뢰나이다.

술꾼을 칭송함 — 유령劉伶, 「주덕송酒德頌」

이 글은 위진魏晉 시기의 시인인 유령이 변문騈文으로 쓴 작품이다. 변문은 변려문騈儷文, 또는 병문騈文이라고도 부르는데, 변체騈體를 활용해서 쓴 문장을 가리킨다. 변체란, '말 두 필을 나란히 수레에 메울 변騈' 자가 지시하듯이, 모든 문장을 대우對偶, 즉 두 구句씩 짝을 맞춰 써 내려가는 형식을 뜻한다. 대우를 추구하다 보니 자연히 글자 수가 앞뒤로 맞아야 할뿐더러, 압운押韻을 하는 등 성률聲律도 조화시켜서 외우기 쉽도록 써야 한다. 이러한 변체는 형식의 아름다움을 중시하는 속성을 갖게 되므로, 나중에는 전고典故(전례典例 및 고사故事)와 함께 어려운 단어와 글자를 많이 동원함으로써 읽기에 난삽한 글이 되는 경우가 많았다. 중국의 전통 사대부 문학은 운문韻文과 산문散文으로 나눌 수 있는데, 변문은 기본적으로 산문에 속하기는 하지만 성률을 강구한다는 점에서는 운문이기도 해서 그 중간 형태로 보는 것이 타당하다.

변문은 한위漢魏 시기에 처음 기원하여 남북조 시기에 문인들 사이에 널리 애용된 후, 당대에 와서 사륙문四六文으로 정착되었다. 한유韓愈 이후 변문이 어렵기만 할 뿐 내용이 없다는 비판이 나오고 새로운 글쓰기인 고문古文 운동이 일어남에 따라 주류 문체로서의 지위가 퇴색되기는 했지만, 아름답고 지적인 문장으로서 변문 또는 변려문에 대한 욕망은 오늘날까지도 이어져오고 있다.

여기 실린 「주덕송」에서 작가 유령은 두 부류의 대립된 인물을 상정하여 대화체로 써 내려갔다. 하나는 자신을 상징하는 세속을 초탈한 대인大人이고, 다른 한 부류는 예교禮敎와 예법에 얽매여 있는 귀공자와 도학자다. 이들은 대인의 방탕함이 예의와 법도를 어지럽히고 있다며 비난하고 핍박했지만, 대인은 술을 핑계로 그들의 말을 무시할 뿐 아니라 벌레처럼 여기고 있음을 묘사하고 있다. 작가는 어려운 변문 형식을 취하였음에도 필치가 자유롭고 생동하는 듯하며, 따끔한 해학이 문장 곳곳에 숨어 있다.

유령(대략 221~300)은 패국沛國 출신으로 자는 백륜伯倫이고, 위진 시기의 명사로서 죽림칠현竹林七賢 중의 한 사람이다. 음주를 통제하지 못하여 취후醉侯라 불렸고, 노장 철학을 좋아하여 소요逍遙와 무위無爲를 직접 실천하였다. 건위장군 왕융王戎의 막부에서 참군參軍을 맡았지만, 아무 일도 하지 않아서 파직되었다. 나중에 조정에서 불렀지만 거절하였다.

•••

有大人先生, 以天地爲一朝, 萬期爲須臾, 日月爲扃牖, 八荒爲庭衢. 行無轍迹, 居無室廬.

大人: 성현, 현자. **先生**선생: 옛날에 문인들이 자신을 가리키는 말. **朝**: 아침 조. **須臾**수유: 잠깐 사이. **扃**: 출입문 경. **牖**: 창 유. **八荒**팔황: 사방과 팔방의 저 끝에 있는 땅. **衢**: 거리 구. **轍**: 바퀴 자국 철. **迹**: 자취 적. **行無轍迹**: 다니는 곳에 자국과 흔적이 남아 있지 않다. 즉 같은 곳에 머물거나 두 번 가지 않는다는 뜻으로서 자유로움을 상징하는 말. **廬**: 농막 려.

어떤 대인 선생이 있는데, 그는 천지가 열린 이후의 시간을 하루아침 정도로 여기고 만 년을 눈 깜짝할 사이로 여기며, 해와 달을 자기네 집 대문과 창문으로 삼고 사면팔방의 저 땅끝까지를 자기네 집 뜰 안에 있는 길로 삼는다. 그가 다니는 곳에는 어떠한 흔적과 자국도 남아 있지 않고 사는 곳에는 어떠한 집이나 초막 같은 것도 없다.

•••

幕天席地, 縱意所如. 止則操卮執觚, 動則挈榼提壺, 惟酒是務, 焉知其餘.

幕天: 하늘을 장막으로 여기다. **席地**: 땅을 자리로 여기다. **縱意**종의: 하고 싶은 대로 놓아두다. **如**: 갈 여. **所如**: 가고자 하는 바대로. **卮**: 술잔 치. **觚**: 각진 술잔 고. **挈**: 손에 들 설. **榼**: 술통 합. **務**: 추구할 무. **惟~是~**: 오로지 ~만을 하다. **焉**: 어찌 언.

하늘을 장막으로 삼아 가리고 땅을 자리로 삼아 깔고 앉으며, 의지라는 것도 없이 그냥 발이 가고자 하는 바대로 다닌다. 멈췄다 하면 작은 술잔이든 큰 술잔이든 쥐어 들고, 움직였다 하면 술통이든 술병이든 들고 다니는 등, 오로지 술에만 전념하고 있으니 그 나머지야 알 바가 무에 있겠는가?

•••

有貴介公子, 搢紳處士, 聞吾風聲, 議其所以. 乃奮袂攘襟, 怒目切齒, 陳說禮法, 是非鋒起.

介: 클 개. **貴介**귀개: 지위가 높은. **搢紳**진신: '縉紳진신'과 같은 말. 지방의 신사. **處士**: 옛날에 재덕을 갖추고도 출사하지 않고 은거한 선비. 여기서는 입만 열었다 하면 예법만을 강조하는 선비를 희화화한 말. **吾**: 나 오. 여기서는 자신인 대인 선생을 가리킨다. **風聲**: 명성, 명망. **以**: '爲'와 같다. **所以**: 행위. **奮**: 휘두를 분. **袂**: 소매 몌. **攘**: 걷어 올릴 양. **襟**: 앞섶 금. **怒目**노목: 눈을 부릅뜨다. **切齒**절치: 이를 갈다. **陳說**진설: 말을 장황히 늘어놓다. **鋒**: 칼끝 봉. **鋒起**봉기: 날카로운 기세로 일어나다. '벌 봉蜂'으로 쓰기도 한다.

어떤 지위가 높으신 공자와 고매하신 도학자께서 나의 명성을 전해 들으시고 나의 이러한 행위에 대해서 이러쿵저러쿵 따지셨다. 그들은 소매를 휘두르고 앞섶을 걷어붙이며, 눈을 부릅뜨고 이를 부득부득 갈면서 예의와 법도에 관해서 장황하게 말씀을 늘어놓으시는데 옳고 그름이 날카로운 기세로 일어났다.

•••

先生於是方捧甖承槽銜杯漱醪; 奮髯箕踞, 枕麴藉糟; 無思無慮, 其樂陶陶.

於是: 이때에. **方**: 방금, 막. **捧**: 들어 올릴 봉. **甖**: 항아리 앵. **承**: 건질 승. **槽**: 술주자 조. **銜**: 머금을 함. **漱**: 양치질할 수. **醪**: 막걸리 료. **奮**: 떨칠 분. **奮髯**분염: 수염에 묻은 술을 손으로 털다. **箕**: 키 기. **箕踞**기거: 양다리를 키처럼 벌리고 기대어 앉다. 예법을 무시하는 행위다. **枕**: 베개 침. **麴**: 누룩 국. **枕麴**: 누룩을 베개로 여기다. **藉**: 깔개 자. **糟**: 술지게미 조. **藉糟**: 술지게미를 깔개 삼다. **陶陶**도도: 유유자적한 모양.

대인 선생은 이때 막 술독을 들어 올리고 술주자를 건지고는 술잔을 입에 대고 막걸리를 입안 가득 넣고 있는 중이었다. 그는 술 묻은 수염을 손으로 털면서 양다리를 키처럼 벌리고 기대어 앉았으니, 그야말로 누룩을 베개 삼고 술지게미를 깔개 삼으며, 아무런 생각도 아무런 근심도 없는 그저 즐거움으로 유유자적하기만 하였다.

•••

兀然而醉, 豁爾而醒; 靜聽不聞雷霆之聲, 熟視不睹泰山之形, 不覺寒暑之切肌.利欲之感情.

兀然올연: 멍하니 아무 생각이 없는 모양. **豁**: 뚫린 골 활. **爾**: ~같이 이. '그럴 연然'과 같은 뜻으로서 형용사나 부사의 표지가 된다. **豁爾**활이: 문득, 갑자기. **醒**: 깨어날 성. **雷霆**뇌정: 천둥과 우레. **熟視**숙시: 자세히 보다. **睹**: 볼 도. **切**: 에일 절. 파고들다. **肌**: 살갗 기. **感情**: 욕정을 움직여 흔들다. 이 구절은 '感(동사)+情(목적어)' 구조.

멍하니 취하였다가 또 문득 깨어나기도 하는데, 그는 조용히 뭘 듣는다 해도 천둥과 우레 소리도 듣지 못하고 자세히 뭘 들여다본다 해도 태산처럼 큰 형체도 보지 못하며, 추위와 더위가 살갗을 파고들어도, 이익과 의욕이 욕정을 움직여 흔들어도 이를 깨닫지 못한다.

• • •

俯觀萬物, 擾擾焉如江漢之載浮萍; 二豪侍側焉, 如蜾蠃之與螟蛉.

俯: 구부릴 부. **擾**: 어지러울 요. **擾擾**: 정리되지 않고 혼란스러운 모양. **焉**: ~같이 언. '그럴 연然'과 같은 뜻. 형용을 나타내는 어기조사. **浮萍**부평: 물 위에 떠다니며 사는 부평초. 개구리밥. **豪**: 귀인 호. **蜾蠃**과라: 나나니벌. **螟蛉**명령: 배추벌레. 배추벌레는 해충이고 나나니벌은 이를 잡아서 자기 새끼에게 먹이는 익충인데, 옛날 사람들은 겉모습만 보고 나나니벌이 배추벌레를 키워준다고 오인하였다. 『시경』「소완小宛」편의 "새끼는 배추벌레가 낳았지만, 나나니벌이 업고 다니네"(螟蛉有子, 蜾蠃負之)라는 구절은 바로 이러한 오인에서 비롯했다. 따라서 "나나니벌이 배추벌레와 갖는 관계와 같다"(蜾蠃之與螟蛉)는 구절은 위의 두 공자와 도학자가 대인 선생에게 훈계하는 행위란 마치 나나니벌이 배추벌레의 새끼를 키워주듯 헛일을 하는 것이라는 의미가 된다.

만물을 구부려 내려다보니, 여기저기 어지러운 것이 마치 장강과 한수가 물 위에 실어 떠다니게 하는 개구리밥 같은데, 훌륭하신 공자와 도학자 두 분이 내 옆을 모시고 서 있는 것이 마치 나나니벌이 배추벌레에 해주는 것과 같구나.

복사꽃 내를 따라 다녀온 이야기 —
도연명陶淵明, 「도화원기桃花源記」

「도화원기」는 동진東晉의 시인인 도잠陶潛, 즉 도연명이 쓴 산문이다. 이 글은 원래 「도화원시桃花源詩」의 서문으로 쓴 것이었는데, 도리어 본시보다 더 유명해졌다. '기記'는 사건이나 사물에 대하여 서술하는 산문 문체 중의 하나인데, 이 작품은 무릉武陵에 사는 어부의 경험을 실마리로 해서 이상 세계를 그려놓고 이를 바탕으로 현실에 어떠한 문제가 있는지를 깨닫게 하는 방식으로 기술하였다. 여기에 그려진 이상 세계의 조건은 개인적인 환상을 만들어내는 데 필요한 조건을 그대로 상징한다고 보아도 무방하므로, 어떤 비평가는 이 글을 성적 환상을 묘사한 글이라고 해석하기도 한다.

도잠(약 365~427)은 심양潯陽의 자상柴桑 사람으로 자는 원량元亮이었는데, 만년에 이름을 잠潛, 자를 연명淵明으로 각각 바꾸었다. 별호는 오류선생五柳先生이고, 친구들이 지어준 사시私諡는 정절靖節이다. 동진 말의 걸출한 시인이자 문장가로서 중국 전원시파田園詩派의 비조로 불린다. 관리 생활 끝에 팽택 현령에 부임한 지 80여 일 만에 사직하고 전원으로 돌아가며 「귀거래혜사歸去來兮辭」를 지은 것으로 유명하다.

•••

晉太元中, 武陵人捕魚爲業. 緣溪行, 忘路之遠近. 忽逢桃花林, 夾岸數百步, 中無雜樹, 芳草鮮美, 落英繽紛, 漁人甚異之. 復前行, 欲窮其林.

太元: 동진東晉 효무제孝武帝의 연호(376~397년). **武陵**: 오늘날의 호남성에 있었던 군郡 이름. **爲業**: 생업을 삼다. **緣**: 따라갈 연. **溪**: 시내 계. **行**:

다닐 행. 여기서는 배를 저어갔다는 뜻. **遠近**: 거리. 얼마나 멀리 왔는지를 잊었다는 뜻. **忽逢**홀봉: 갑자기 마주치다. **夾**: 낄 협. **夾岸**협안: 강의 양쪽 언덕. **數百步**: 이 구절의 주어는 앞의 '桃花林'이 생략된 것이다. 연동連動 구조의 문장. **雜樹**잡수: 다른 나무들. **芳**: 꽃 방. **鮮美**: 산뜻하고 아름답다. **落英**낙영: 떨어진 꽃잎들. 처음 개화한 꽃이라는 뜻도 있다. **繽紛**빈분: 어지러이 널려 있다, 또는 갖가지 색으로 화려하다. **異**: 이상히 여기다. **復**: 다시 더. **欲**: 하고 싶어 하다. **窮**궁: 끝까지 가다.

진나라 태원 연간에 무릉의 어떤 사람이 고기잡이를 생업으로 하고 있었는데, 한번은 강물을 따라 배를 저어 올라가다가 얼마나 멀리 갔는지 잊게 되었을 즈음, 갑자기 복숭아꽃이 핀 숲이 앞에 나타났다. 숲은 양쪽의 강 언덕 위로 수백 보에 이르렀고 그 중간에는 다른 나무들은 없이 화초들이 아롱거리고 떨어진 꽃잎들이 여기저기 어지러이 널려 있었다. 어부는 이를 심히 이상히 여기고 다시 더 앞으로 나아가서 숲의 끝에 이르고 싶어졌다.

•••

林盡水源, 便得一山, 山有小口, 彷彿若有光. 便舍船, 從口入. 初極狹, 才通人. 復行數十步, 豁然開朗. 土地平曠, 屋舍儼然, 有良田美池桑竹之屬.

林盡水源: 수원지에 다다르자 숲이 없어졌다는 뜻. **便**: 문득 변. 곧. **得**: 얻을 득. 여기서는 '보였다'는 의미다. **彷彿**방불: 어슴푸레. **若**: 마치 약. **舍**: 버릴 사. '버릴 사捨'와 같은 글자. **初**: 처음 들어가는 초입 부분. **才**: 겨우 재. **豁然**활연: 활짝 트인 모양. **開朗**개랑: 탁 트이고 널찍하다. **平曠**평광: 평평하고 광활하다. **儼**: 의젓할 엄. **儼然**: 정연한, 가지런한. **有**: 존재를 나타내는 동사이지만 '또 우又'의 뜻도 함께 담겨 있다. **良田**: 비옥한 밭. **池**: 못 지. **屬**: 종류 속.

수원지에 다다르자 숲은 없어지고 하나의 산이 나타났다. 거기에 작은 동굴이 있었는데 속에서 어렴풋이 빛이 나오는 것 같았다. 그는 즉시 배를 버려두고 동굴을 따라 들어갔다. 처음 들어가는 초입은 극히 좁아서 사람 하나가 겨우 들어갈 만했다. 다시 수십 걸음 들어가니까 갑자기 시야가 탁 트이면서 넓은 세상이 나타났는데, 땅은 평평하고 광활하였고 집들은 가지런하였으며, 거기다 비옥한 밭과 아름다운 못에, 뽕나무와 대나무 같은 나무들도 있었다.

•••

阡陌交通, 雞犬相聞. 其中往來種作, 男女衣着, 悉如外人. 黃髮垂髫, 並怡然自樂.

阡: 남북으로 뻗은 두렁 천. **陌**: 동서로 뻗은 두렁 맥. **阡陌**: 밭두렁. **交通**교통: 서로 교차되어 통해져 있다. **雞犬相聞**계견상문: 부락들 사이가 닭 우는 소리와 개 짖는 소리가 서로 들릴 정도로 가깝다는 뜻. 앞에서도 읽었듯이 사마천의 『사기』에 "이웃하는 나라가 서로 바라보는 거리에 있고, 또 닭과 개 짖는 소리가 서로 들리는 거리에 있더라도"(鄰國相望, 雞狗之聲相聞)라는 구절이 보인다. **種作**: 씨를 심고 경작하다. **悉**: 모두 실. **外人**: 도화원의 밖에서 들어온 사람. **黃髮**황발: 노랑머리. 장수한 사람의 상징. 즉 노인을 말한다. **髫**: 다박머리 초. **垂髫**수초: 땋아서 늘어뜨린 머리. 즉 아이를 말한다. **並**: 모두 병. **怡**: 즐거울 이.

동서와 남북으로 쭉쭉 뻗은 밭두렁들이 서로 교차되어 통해 있었고, (마을들은) 닭 우는 소리와 개 짖는 소리가 서로 들리는 거리에 있었다. 그 가운데에 사람들이 오가며 농사를 짓고 있었는데, 남자와 여자가 옷을 입고 있는 것이 모두 밖에서 들어온 사람과 다름이 없었다. 노인과 어린이 들은 모두 편안한 마음으로 그냥 즐거워하는 모습이었다.

•••

見漁人, 乃大驚, 問所從來. 具答之. 便要還家, 設酒殺雞作食. 村中聞有此人, 咸來問訊. 自雲先世避秦時亂, 率妻子邑人來此絕境, 不復出焉, 遂與外人間隔.

乃내: 뜻밖에. **驚**: 깜짝 놀랄 경. **具**: 갖출 구. 자세히, 구체적으로. **之**: 도화원 사람이 묻는 말을 가리킨다. **要**: '초청할 요邀'와 같다. **食**: 음식 사. **鹹**함: '모두 함咸'과 같은 말. **訊**: 물을 신. **問訊**: 소식을 묻다. **雲**: '말할 운云'과 같다. **先世**: 조상. **妻子**: 마누라와 자식들. **邑人**: 같은 동네 사람들. **焉**: 여기로부터. **間隔**간격: 사이가 떨어져 단절되다.

이들은 어부를 보자 뜻밖에도 깜짝 놀라서 어디서 왔는지를 물었다. 어부가 자세히 대답하니까 자기네 집으로 가자고 불러 집으로 갔더니, 술상을 차리고 닭을 잡아서 음식을 만들었다. 마을에 이 사람이 왔다는 소식을 듣고는 모두가 와서 이것저것 물었다. 저들의 말에 의하면 저들의 조상이 진나라 때의 난리를 피하여 처자식과 마을 사람들을 이끌고 이곳 절경에 와서는 다시 나가지 않았더니, 마침내 바깥사람들과 사이가 떨어져 아예 끊기었다고 한다.

•••

問今是何世, 乃不知有漢, 無論魏晉. 此人一一爲具言所聞, 皆嘆惋. 餘人各復延至其家, 皆出酒食. 停數日, 辭去. 此中人語云: 不足爲外人道也.

世: 조대朝代. **乃**: 놀랍게도. **聞**: '알 지知'와 같은 말. 알고 있는 바. **嘆惋**탄완: 놀라며 탄식하다. **延**: 끌 연. 초청하다. **不足**: ~할 만한 일이 못 된다. 즉 금지를 뜻하는 말. **爲**: ~에게. **道**: 말할 도.

지금이 어떤 왕조인지 물었더니 놀랍게도 한나라가 있었는지도 모르고 있으니 위진魏晉은 말할 것도 없었다. 이 사람이 하나하나 빠짐없이 자신이 알고 있는 바를 말해주었더니 모두가 놀라며 탄식하였다. 나머지 마을 사람들도 각기 자기 집으로 가자고 끌고 가서는 술과 음식을 내왔다. 어부는 며칠을 머물다가 이제 떠나겠다고 인사를 하였다. 그러자 그들 중의 한 사람이 말하였다. "바깥세상 사람들에게 이야기하지 말아주세요."

•••

既出, 得其船, 便扶向路, 處處志之. 及郡下, 詣太守, 說如此. 太守即遣人隨其往, 尋向所志, 遂迷, 不復得路.

既: ~하고 나서. **扶**: 기댈 부. ~을 따라가며. **向**: '접때 향嚮'과 같은 글자. **向路**: 지난번에 왔던 길. **志**: '표시할 지識'와 같다. **下**: 관청의 아랫사람. 즉 관청을 말한다. **詣**: 이를 예. 높은 사람의 앞에 나아갈 때 쓰는 말. **遣**: 보낼 견. **尋**: 찾을 심. **迷**: 헤맬 미.

거기서 나온 다음에 다시 배를 찾아 지난번 왔던 길을 따라오면서 곳곳에 표지해두었다. 군의 관아에 다다르자 태수에게 나아가 사실대로 고하였다. 태수가 즉시 사람을 보내 어부가 갔던 길을 따라가서 저번에 표지한 곳을 찾아보게 하였지만, 끝끝내 헤매기만 하다가 그 길을 다시 찾지 못하였다.

•••

南陽劉子驥, 高尚士也, 聞之, 欣然規往. 未果, 尋病終, 後遂無問津者.

欣然흔연: 잔뜩 기대한 모양. **規**: 계획할 규. **果**: 이룰 과. **尋**: 이윽고 심. **津**: 나루 진. 즉 도화원으로 가는 길목.

남양南陽의 유자기는 고결함으로 존경받는 선비였다. 그는 이 이야기를 듣자 기대가 잔뜩 부풀어서 거기에 가볼 계획을 세웠지만, 실현하지는 못하고 얼마 안 있어 병으로 죽었다. 그런 다음에 끝내 누구도 그곳으로 가는 길목을 묻는 사람이 없었다.

돌아가련다 —
도연명, 「귀거래혜사歸去來兮辭 병서並序」

동진의 시인인 도잠, 곧 도연명이 쓴 서정부抒情賦다. 한대에 유행하던 부는 편폭이 매우 긴 편이었으므로, 이 작품처럼 짧은 작품은 소부小賦라고 불렀다. 이 작품은 서문(제목의 병서並序는 '서문과 함께'라는 뜻이다)과 본문으로 이루어졌다. 전자에서는 자신이 벼슬을 버리고 전원으로 돌아가게 된 경위를 적고, 후자에서는 돌아간 이후 전원에서의 자유로운 일상의 삶을 묘사하고 있다. 전원에서의 삶이라는 것이 평범할 수밖에 없지만, 그의 간결하고도 진지한 묘사로 인하여 특별한 의미가 부여된 덕분에 읽는 이들이 오히려 이를 동경하게 만드는 힘을 발휘하는 작품이다. 부라는 문체는 산문과 운문을 결합한 형태인데, 이 글은 이러한 산문과 운문의 강점과 맛을 가장 잘 어울리도록 표현한 우수한 작품이라고 평가할 수 있다. 이후 세속의 일상에서 많은 핍박과 고뇌에 시달리는 사람들에게 이 작품은 큰 위로와 정신적 안정을 제공해왔다.

•••

余家貧, 耕植不足以自給. 幼稚盈室, 甁無儲粟, 生生所資, 未見其術. 親故多勸余爲長吏, 脫然有懷, 求之靡途.

耕: 농사지을 경. 먹을거리를 해결하는 일. **植**: 나무 심을 식. 뽕나무를 심어 입을 것을 해결하는 일. **以**: 할 수 있다. **幼稚**유치: 어린아이들. **盈**: 찰 영. **甁**: 단지 병. 쌀독. **儲**: 쌓을 저. **粟**: 조 속. **生生**: 生(동사)+生(목적어). 삶을 살다, 생활을 유지하다. **資**: '깔 자藉'와 같은 말. 의지하다, 밑천으로 삼다. **術**: 생계를 유지하는 기술. **親故**친고: 친한 친구들. **長吏**장리: 현의 중간급 관리. **脫然**탈연: 개의치 않는 모양, 관심 없는 모양. **懷**: 품을 회. 그럴

마음도 약간 있었다는 뜻. **靡**미: '없을 무無'와 같다. **途**: 길 도. 여기서는 연줄을 뜻한다.

나의 집은 가난해서 농사를 짓고 뽕나무를 심어도 집의 식량과 옷을 자급하기에 턱없이 부족하였다. 아이들은 방 안에 득시글하고 쌀독에는 좁쌀이 쌓일 날이 없으며, 삶을 살아가려면 꼭 의지해야 할 물품이 있어야 하지만 이를 얻는 기술을 배워본 적이 없었다. 친한 친구들이 모두 현의 아전이라도 해보라고 권하였고, 나도 그거라도 해볼까 하는 마음이 있어서 찾아봤지만, 연줄이 없었다.

• • •

會有四方之事, 諸侯以惠愛爲德, 家叔以余貧苦, 遂見用於小邑. 於時風波未靜, 心憚遠役, 彭澤去家百里, 公田之利, 足以爲酒. 故便求之.

會: 때마침 회. 공교롭게도. **四方之事**: 지방에 내려가서 관직을 맡는 일. **諸侯**: 주州와 군郡의 수장. **惠愛**혜애: 인재를 아끼다. '惠'는 윗사람의 행위를 높이는 말. **家叔**가숙: 숙부인 도기陶夔를 가리킨다. 당시 태상경太常卿 자리에 있었다. **以**: 때문에. **見**: 동사 앞에서 피동의 뜻을 나타낸다. **風波**풍파: 분쟁. 당시 군벌들 간의 내란을 가리킨다. **靜**: 고요할 정. **憚**: 꺼릴 탄. **遠役**원역: 먼 지방에 내려가서 일하는 것. **彭澤**팽택: 오늘날의 강서성江西省에 있던 현 이름. **去**: 떠날 거. ~로부터 떨어진 거리. **公田**: 관아에 속한 밭. **利**: 수확 리. **爲酒**: 술을 빚다. 먹고 남을 만하다는 뜻.

때마침 지방에 내려가서 일해야 하는 자리가 하나 생겼다. 우리 지역의 행정장관은 인재를 아끼는 것을 덕으로 여기시는 분이고, 숙부께서도 내가 어렵게 살고 있다고 해서 마침내 시골의 작은 마을에 등용이 되었다. 당시는 내란이 아직 덜 평정 되어 먼 곳까지 가서 일하는 게 마음속으로 꺼려지긴 하였지만, 팽택현이 집으로부터 떨어진 거리가 백 리 정도 되고 관아에 속한 밭에서 나오는 소출이 술을 빚어 먹어도 될 만큼 충분하였으므로, 즉시 그리로 가겠다고 신청하였다.

•••

及少日, 眷然有歸歟之情. 何則. 質性自然, 非矯厲所得. 飢凍雖切, 違己交病. 嘗從人事, 皆口腹自役.

眷: 그리워할 권. **歟**: 감정을 나타내는 어기조사. **歸歟**귀여: 정말로 돌아가고 싶다. **則**칙: '도리 도道'와 같다. 이유. **質性**: 바탕에 있는 본성. **矯**: 바로잡을 교. **厲**: 갈 려. **矯厲**: 억지로 틀어 바로잡고 숫돌에 갈아서 모양을 억지로 만들다. **飢**: 주릴 기. **凍**: 얼 동. **違己**: 자신의 의지를 어기는 일. **交**: 동시에. **交病**: 심신이 모두 괴롭다. **人事**: 관직에 있으면서 사람들과 내왕하는 일, 즉 벼슬살이. **腹**: 배 복. **自役**: 스스로에게 힘든 일을 하게 하다.

그런데 불과 며칠이 지나자 집으로 돌아가고 싶다는 마음이 슬금슬금 일어났다. 이게 대체 무슨 이유일까? 타고난 본성은 자연스러운 것으로서 잡아 틀거나 갈고 닦는다고 될 일이 아니다. 아무리 춥고 배고픔이 절박해도 자신이 원하는 바를 어기면 몸과 마음이 함께 괴로운 법이다. 일찍부터 벼슬살이에 종사하는 일이란 근본적으로 입과 배 때문에 자신을 힘들게 사역하는 것이었다.

•••

於是悵然慷慨, 深愧平生之志. 猶望一稔, 當斂裳宵逝. 尋程氏妹喪於武昌, 情在駿奔, 自免去職. 仲秋至冬, 在官八十餘日. 因事順心, 命篇曰 歸去來兮. 乙巳歲十一月也.

悵然창연: 실의에 빠진 모양. **悵**: 슬퍼할 창. **慷慨**강개: 격앙되다. **愧**: 부끄러울 괴. **猶**: 주저할 유. **稔**: 곡식 익을 임. 공전의 곡식이 한 번 익을 기간, 즉 일 년을 가리킨다. **斂裳**염상: 치마를 거두다, 즉 행장을 꾸리다. **宵**: 밤 소. **尋**: 이윽고 심. **程氏妹**정씨매: 정씨 집에 시집간 누이동생. **情**: 달려가서 애도하고픈 마음. **在**: ~와 같다. **駿奔**준분: 준마가 달리다. **免**: 해직할 면. **仲秋**중추: 음력 8월. **事**: 관직을 그만둔 일. **順心**순심: 자신의 마음을 따르다.

생각이 여기에 미치니 참담한 기분이 격앙되면서 평생 품어온 의지에 대하여 깊은 부끄러움이 일어났다. 다음 곡식 익을 때까지만 그럭저럭 기다렸다가 그때가 오면 행장을 꾸려서 밤을 도와 떠나야겠다고 마음먹었는데, 얼마나 안 있어 정씨 집에 시집간 누이동생이 무창에서 별세하였다. 어서 가고픈 마음이 마치 준마가 달리는 것 같아서 스스로 사표를 내고 관직을 떠났다. 중추에 내려와 겨울에 이르렀으니 벼슬살이를 한 기간이 80여 일이었다. 관직을 그만둔 것은 마음이 원하는 바에 순종한 것이므로 이 작품의 제목을 「귀거래혜歸去來兮」라고 지었다. 을사년 11월의 일이다.

•••

歸去來兮, 田園將蕪胡不歸. 既自以心爲形役, 奚惆悵而獨悲. 悟已往之不諫, 知來者之可追.

여기서부터 본문이다. **來**: 어조사 래. 특별한 의미는 없다. **兮**: 어조사 혜. **田園**: 논과 밭을 일컫는 말. **蕪**: 잡초 우거질 무. **胡**호: '어찌 하何'와 같은 말. **以**: 여기다. **形**: 형체, 몸. **役**: 부릴 역. 노역하다. **以心爲形役**: 마음이 신체 때문에 힘들게 살았다, 즉 추위와 굶주림을 면하려고 마음에도 없는 일을 했다는 뜻이다. **奚**: 어찌 해. **惆悵**추창: 실망·낙담하는 모양. **悟**: 깨달을 오. **諫**간: 임금 등 윗사람에게 잘못을 고치라고 권하는 말. 『논어』「팔

일八佾」편에 "이미 행한 일은 간하지 말라"(遂事不諫)는 공자의 말이 있다. 따라서 이미 지나간 일은 말려봤자 소용없음을 깨달았다는 뜻. **來者**: 앞으로 전원으로 돌아갈 일. **追**: 쫓아갈 추.

돌아가자, 시골 땅이 바야흐로 묵정밭이 되려 하는데 어찌 돌아가지 않으리? 이미 마음이 몸 때문에 고된 일을 당했다고 스스로 여기고 있으니, 어찌 낙담하며 홀로 슬퍼하리오. 이미 지나간 일은 말리지 말라는 말을 깨달았고, 앞으로 올 일은 쫓아갈 수 있음을 알게 되었노라.

•••

實迷途其未遠, 覺今是而昨非. 舟遙遙以輕颺, 風飄飄而吹衣. 問征夫以前路, 恨晨光之熹微.

迷途미도: 길을 잘못 들다. **遙遙**요요: 배가 물결 따라 흔들리는 모양. **颺**: 날릴 양. 배가 경쾌하게 나아가는 모양. **飄飄**표표: 바람이 산들산들 부는 모양. **吹衣**취의: 옷을 펄럭이다. **征夫**: 행인. **征**: 먼 길 갈 정. **恨**: 안타까워할 한. **晨光**신광: 새벽빛. **熹微**희미: 미명微明, 어슴푸레한.

실로 길을 잘못 들긴 했지만 그리 멀리 빠지지는 않았고, 지금은 옳고 어제는 아니었다는 것을 깨달았도다. 배는 흔들거리며 가볍게 나아가고 바람은 산들산들 불어서 옷을 펄럭이네. 길 가는 나그네에게 앞으로 갈 길을 물어보기도 하고, 새벽빛이 아직 밝아오지 않음을 안타까워하기도 하네.

•••

乃瞻衡宇, 載欣載奔. 僮僕歡迎, 稚子候門. 三徑就荒, 松菊猶存. 攜幼入室, 有酒盈樽. 引壺觴以自酌, 眄庭柯以怡顏. 倚南窗以寄傲, 審容膝之易安.

乃: 이윽고 내. **瞻**: 바라볼 첨. **衡宇**형우: 누추한 집. **衡**: '가로 횡橫'과 같은 뜻. 대문이 따로 없이 가로목으로 대문을 삼은 집. 누추한 집을 상징한다. **宇**: 본뜻은 처마이지만 보통 집이나 거처를 의미한다. **載**: 동시 동작을 나타내는 접속사. **載欣載奔**재흔재분: 환호하면서 달려가다. **歡迎**환영: 반겨 맞이하다. **稚子**치자: 어린아이들. **候**: 기다릴 후. **三徑**삼경: 세 개의 길. 한나라 때 장후蔣詡가 은거한 뒤 정원에 세 개의 길을 내고는 극히 소수의 친구만 불러 놀았다는 고사가 있는데, 이로부터 삼경은 은사의 거처를 상징하는 말이 되었다. **就**: 가까이 갈 취. **攜**: 끌 휴. **樽**: 술통 준. **壺觴**호상: 술 주전자와 술잔. **酌**: 술 따를 작. **眄**: 비스듬히 볼 면. 여기서는 '눈길 가는 대로 보다'라는 뜻. **柯**: 가지 가. **怡**: 기쁠 이. 여기서는 사동 동사로 쓰였다. **怡顏**이안: 얼굴에 기쁜 빛을 띠게 하다. **倚**: 의지할 의. **寄**: 기탁할 기. **傲**: 오만할 오. 속세를 깔보는 마음. **審**: 깨달을 심. **容膝**용슬: 두 무릎만 겨우 들일 만한 공간. 작고 누추한 집을 상징하는 말. **易安**이안: 느긋하고 편안한.

이윽고 멀리 나의 누추한 집을 보자마자 신이 나서 달려 나가네. 심부름하는 아이가 반겨 맞이하고 어린 자식들은 대문 앞에서 기다리고 있네. 뜰 안에 낸 세 개의 오솔길은 잡초로 우거져가도 소나무와 국화는 그대로 있구나. 어린 자식들을 이끌고 방에 들어가니 가득 찬 술독이 놓여 있네. 술 주전자와 술잔을 끌어다가 혼자 따라 마시면서 뜰의 나뭇가지들을 훑어보니 얼굴에 화색이 도네. 남쪽 창에 기대어 속세를 우습게 아는 마음을 실어보니 두 무릎이나 겨우 들어갈 공간이지만 얼마나 느긋하고 편한지 깨닫노라.

•••

園日涉以成趣, 門雖設而常關. 策扶老以流憩, 時矯首而遐觀. 雲無心以出岫, 鳥倦飛而知還. 景翳翳以將入, 撫孤松盤桓.

涉: 거닐 섭. **成趣**성취: 취향을 이루다, 즐거운 일이 되다. **策**: 의지할 책. **扶老**: 지팡이. **憩**: 쉴 게. **流憩**: 이리저리 다니다가 아무 데서나 쉬다. **矯**: 높이 들 교. **矯首**: 머리를 빳빳이 들다. **遐**: 멀 하. **岫**: 산봉우리 수. **倦**: 지칠 권. **景**: 낮의 빛 경. **翳翳**예예: 어두워서 잘 보이지 않는 모양. **撫**: 기댈 무. **撫孤松**: 홀로 선 소나무를 중심으로. **盤桓**: 머뭇거리며 빙빙 돌다. 배회하다.

뜰을 날마다 걷다 보니 나의 재미가 되었고, 대문이라고 세워는 놓았지만 언제나 닫혀 있을 뿐. 지팡이에 의지해 이리저리 다니다가 아무 데서나 쉬고, 가끔 머리를 높이 들어 멀리 바라보기도 한다. 구름은 무심히 산봉우리에서 떠오르고, 새들은 날기에 지치면 돌아갈 곳을 안다네. 낮의 환하던 빛이 어둑어둑해지며 사라지려 하는 때임에도 홀로 선 소나무 주위를 머뭇머뭇 배회하네.

•••

歸去來兮, 請息交以絶遊. 世與我而相違, 復駕言兮焉求. 悅親戚之情話, 樂琴書以消憂.

請: 바랄 청. 청유를 표현하는 동사. **息**: 쉴 식. **息交以絶遊**: 사람들과의 교유를 끊다. 즉 벼슬살이하면서 사람들과 얽히는 일을 다시는 하지 않겠다는 뜻이다. **世**: '世事'와 같은 말. 세상일. **我**: 내가 생각했던 바. **違**: 어긋날 위. **駕**: 수레 몰 가. 수레를 몰고 나가 원하는 것을 얻는 일. **言**: 어조사 언. **焉**: 어찌 언. **悅**: 기뻐할 열. **情話**: 진심으로 하는 말. **琴書**: 비파를 타고 책을 읽는 일. **消憂**소우: 근심을 사라지게 하다.

돌아가자, 이제 사람들과 왕래하는 일도 그만두었고 그들과 얽히는 일도 끊었노라. 세상일이 내 생각과 서로 어긋나버렸으니 다시 수레를 몰고 가본들 무엇을 더 얻을 수 있겠는가? 친척들과 정겨운 말에 기뻐하고, 비파를 타고 책 읽는 일을 즐기다 보면 모든 근심은 사라진다네.

•••

農人告余以春及, 將有事於西疇. 或命巾車, 或棹孤舟. 既窈窕以尋壑, 亦崎嶇而經丘. 木欣欣以向榮, 泉涓涓而始流. 善萬物之得時, 感吾生之行休.

春及: 봄이 왔다. **疇**: 밭 주. **或**: 어떤 때 혹. **命**: 부를 명. **巾車**건거: 지붕을 씌운 수레. **棹**: 노 저을 도. **既**: 이미 기. '既'는 뒤의 '亦'과 함께 '~하기도 하고, ~하기도 하다'라는 접속 기능을 한다. **窈窕**: 깊고 그윽한 모양. **壑**: 골짜기 학. **崎嶇**기구: 높고 낮음이 고르지 않은. **經**: 다닐 경. **經丘**경구: 언덕을 찾아다니다. **欣欣**흔흔: 초목이 무성한 모양. **向榮**: 무성하게 자라다. **涓涓**연연: 물이 졸졸 흐르는 모양. **善**: 선망할 선. **萬物之得時**: 만물이 이제 새로이 생장하기 시작하는 때를 만났다는 뜻. **感**: 울컥할 감. **行休**행휴: 일생의 여정이 막바지에 오다.

농부가 나에게 봄이 다다랐다고 말해주니 바야흐로 서쪽 밭에 할 일이 생긴 거지. 어떤 때는 지붕을 씌운 수레를 부르기도 하고 어떤 때는 홀로 배를 젓기도 해서, 깊고 그윽한 골짜기를 찾기도 하고, 높고 낮은 언덕들을 오르내리기도 한다네. 나무들은 무성하게 자라나고 샘은 졸졸 막 흐르기 시작하네. 부럽게도 만물은 이제 때를 만났는데 내 삶의 여정은 막바지라 생각하니 울컥하는구나.

•••

已矣乎. 寓形宇內復幾時. 曷不委心任去留. 胡爲乎遑遑欲何之. 富貴非吾願, 帝鄉不可期.

矣乎: 어기조사 두 개를 겹쳐 쓴 것은 감정을 강조하기 위해서다. 그만하면 되었도다. **寓形**우형: 몸이라는 형체에 들어가 살다. 즉 삶을 기탁하다. **宇內**우내: 천지간. **幾時**: 얼마나 긴 시간. **曷**: 어찌 갈. **委心**: 마음에 맡기다, 즉 마음이 하고자 하는 대로 따르다. **去留**: 가고 머무름. 즉 여생을 말한다. **遑遑**황황: 어쩔 줄 몰라 하는 모양. **之**: 갈 지. **帝鄕**제향: 신선이 사는 곳. **期**: 바랄 기. 또는 기약하다.

그만하면 되었도다! 이 천지간에 이 몸뚱이를 맡기고 살 날이 앞으로 얼마나 더 있겠는가? 마음이 하자는 대로 두어서 여생을 그냥 맡기면 될 것을. 무엇 때문에 마음을 못 잡고 또 어디론가 가려 하는가? 부귀는 내가 원하는 바 아니고 불사의 신선이 산다는 곳은 바랄 수도 없다.

•••

懷良辰以孤往, 或植杖而耘耔. 登東皐以舒嘯, 臨淸流而賦詩. 聊乘化以歸盡, 樂夫天命復奚疑.

懷: 아쉬워할 회. **良辰**양진: 만물이 피어나는 좋은 시절. **植**: 세울 식. '의지하다'로 해석하기도 한다. 『논어』「미자微子」편에 '그의 지팡이를 세워놓고 김을 매다'(植其杖而芸)라는 구절이 나온다. **耘**: 잡초 뽑을 운. **耔**: 흙 돋아줄 자. **皐**: 언덕 고. **舒嘯**서소: 휘파람을 불다. **舒**: '놓을 방放'과 같은 말. **賦詩**: 알고 있는 시를 읊는 일. **聊**: 잠시 료. **乘化**: 천지만물의 운행에 따라 변화하다. **盡**: 끝 진. 즉 죽음. **夫**: 저 부. **奚**: 어찌 해. 무엇.

이 좋은 시절에 뭔가 아쉬운 듯 홀로 나가서는, 이따금 지팡이를 세워놓고 잡초를 뽑거나 흙을 돋아주기도 한다네. 동쪽 언덕에 올라가 휘파람을 불고 맑은 시냇가에서 시를 읊기도 하면서. 잠시 천지 만물과 더불어 변화하다가 끝으로 돌아갈 터인즉, 저 천명을 즐기지 아니하고 무엇을 더 의심하리오.

귀신이 도와야 술을 끊는다면 — 유의경劉義慶, 「유령병주劉伶病酒」

「유령병주」는 남조南朝 송나라 시기의 문인인 유의경劉義慶이 지은 단편 소설이다. 그의 소설집 『세설신어世說新語』 「임연任誕」편에 실려 있다. 이 작품에 등장하는 유령劉伶은 이미 보았듯이 위진魏晋 시기 죽림칠현竹林七賢 가운데 한 사람으로 천성이 술을 좋아하였고, 그가 지은 「주덕송酒德頌」은 명문으로 애송되어왔다(앞의 「주덕송」 참조). 이 작품을 통해 알 수 있듯 그는 노장 사상에 심취함으로써 전통적인 예법을 멸시하는 태도를 취하였다. 이 글에서 묘사하는 그의 기행은 이러한 사상에 근거하고 있음을 알 수 있다.

유의경(403~444)은 팽성彭城 사람으로 자는 계백季伯이었으며, 남북조 시기의 문학가였다. 어려서부터 재기가 넘치고 문학을 좋아해서 사방의 문인들을 널리 불러 모았다. 유씨의 송宋나라 종실이어서 임천왕臨川王을 세습받았다. 지은 책은 『세설신어』 외에도 지괴소설志怪小說 『유명록幽明錄』이 있다.

•••

劉伶病酒, 渴甚, 從婦求酒. 婦捐酒毁器, 涕泣諫曰: 君飮太過, 非攝生之道, 必宜斷之. 伶曰: 甚善. 我不能自禁, 唯當祝鬼神自誓斷之耳. 便可具酒肉.

病酒병주: 술에 중독이 되다. **渴**: 목마를 갈. **從**: '항할 향向'과 같다. ~에게. **捐**: 버릴 연. **毁**: 헐 훼. **涕**: 눈물 체. **攝生**섭생: 양생. 삶을 잘 기르는 일. **祝**: 빌 축. **誓**: 맹세할 서. **便**: 곧 편.

유령劉伶은 술에 중독된 사람이었다. 한번은 목이 심히 컬컬해지자 마누라에게 술을 좀 달라고 부탁하였다. 그러자 마누라가 술을 땅바닥에 쏟아버리고 술병을 깨부숴버린 뒤 눈물을 흘리며 간곡히 말렸다. "당신은 음주가 너무 지나치십니다. 이는 건강을 지키는 도리가 아니니 절대로 끊으셔야 합니다." 유령이 대답하였다. "참으로 좋은 말이오. 나는 스스로 술을 억제할 수 없으니, 방법은 오로지 귀신에게 도와주기를 빌어 술을 끊겠다고 스스로 맹세하는 길밖에 없소이다. 즉시 술과 고기로 제사상을 차리는 게 좋겠소."

•••

婦曰: 敬聞命. 供酒肉於神前, 請伶祝誓. 伶跪而祝曰: 天生劉伶, 以酒爲名, 一飮一斛, 五斗解酲. 婦人之言, 愼不可聽, 便引酒進肉, 隗然已醉矣.

敬: 공경할 경. 상대방의 명령을 받드는 말. **聞**: '따를 종從'과 같은 말. **跪**: 꿇을 궤. **名**: '목숨 명命'과 같다. 명줄. **斛**: 휘 곡. 열 말들이 용기. **酲**: 숙취 정. **愼**: 정말로 신. 절대로. **隗**: 험할 외. '무너질 퇴頹'와 같음. **隗然**외연: 술에 취해 쓰러진 모양.

마누라가 "분부를 받들겠습니다" 하고는 술과 고기를 가져다가 귀신 앞에 제사상을 차렸다. 그러고는 유령에게 맹세를 축원하라고 권하자 그가 무릎을 꿇고 기도하였다. "하늘이 저를 낳으실 때에 술로써 명줄을 삼으셨으니, 일단 마셨다 하면 열 말은 마셔야 하고 다섯 말을 더 마셔야 숙취를 풀 수 있나이다. 마누라의 말씀을 절대로 들을 수 없나이다." 말을 마치자 술병을 끌어오고 고기를 처넣더니 벌렁 드러누워 취해 떨어졌다.

북산의 신령이 띄운 공문 — 공치규孔稚珪, 「북산이문北山移文」

「북산이문」은 남조 시기 송宋·제齊에 걸쳐 활동한 문인인 공치규孔稚珪의 변려문 작품이다. 이 글은 부체賦體가 많이 섞여 있고 전고典故가 특히 많아 옛날부터 읽기가 매우 까다로운 문장으로 정평이 나 있다. 산림을 의인화해서 그의 입을 통하여 주옹周顒이라는 가짜 은사隱士의 표리부동함을 신랄하게 비판하는 글이다. 현대적 개념으로 정의하면 블랙코미디black comedy에 해당한다고 말할 수 있다.

공치규(447~501)는 송 시기에는 상서전중랑尙書殿中郎을, 제齊 시기에는 어사중승御史中丞을 각각 역임하였고, 변문과 시에 능했다고 알려져 있다.

•••

鐘山之英, 草堂之靈, 馳煙驛路, 勒移山庭.

鐘山: 북산北山의 본명. 남경의 북쪽에 있다 하여 붙여진 이름. **英**: 뒷 구절의 '령靈'과 같은 뜻. 신령, 정령, **草堂**초당: 초가집. 주옹周顒이 종산에 지은 은거隱居. **馳**: 달릴 치. **煙**: 안개 연. **馳煙**: 구름과 안개를 달리게 해서 퍼뜨리다. **驛路**: 역참을 오가는 수레들이 다니는 큰길. **勒**: 새길 륵. **移**: 고대 관청에서 쓰던 공문의 일종. 소속이 서로 다른 부서 간에 썼다. **山庭**: 산속의 뜰.

종산의 신령과 초당의 귀신은 가장 빠른 역참 한길로 안개처럼 달려가서 산의 넓은 뜰에 다음과 같은 공문을 새겨놓았다.

•••

夫以耿介拔俗之標, 蕭灑出塵之想, 度白雪以方潔, 幹青雲而直上, 吾方知之矣.

耿: 빛날 경. **介**: 강직할 개. **耿介**: 공명정대함. **拔俗**발속: 속세를 초월함. **標**표: 본뜻은 '높은 나뭇가지'이나 여기서는 풍격, 격조를 뜻한다. **蕭**: 쓸쓸할 소. **灑**: 물 뿌릴 쇄. **蕭灑**: 어디에도 구속받지 않는 모양. **出塵**: 세속을 벗어나다. **塵**: 먼지 진. **度**탁: 양을 재다. **方**: 견줄 방. **潔**: 깨끗할 결. **幹**: 범할 간. **方**: 바야흐로 방. 비로소.

대저 공명정대하고 속세를 초월하는 격조와 자유분방하고 속세의 티가 나지 않는 생각과, 흰 눈과 맞먹을 만큼 순결을 다투고, 푸른 하늘의 구름을 범하여 그 위를 뚫고 올라갈 만한 것이 있다면, 이러한 것으로써 나는 비로소 그 사람을 알아본다.

•••

若其亭亭物表, 皎皎霞外, 芥千金而不眄, 屣萬乘其如脫, 聞鳳吹於洛浦, 值薪歌於延瀨, 固亦有焉.

亭: 정자 정. **亭亭**: 고결하게 꼿꼿이 선 모양. **物表**: 만물의 바깥, 즉 만물의 위로 뛰어남. **皎**: 달 밝을 교. **皎皎**: 깨끗하다, 결백하다. **霞**: 아득히 멀 하. **霞外**: 하늘 밖. **芥**: 티끌 개. 여기서는 동사로 활용되어서 '티끌로 여기다'. **眄**: 곁눈질 면. **屣**: 짚신 사. 짚신은 뒤축이 없어서 쉽게 신고 벗을 수 있다. 동사로 활용되어 '짚신으로 여기다'라는 뜻. **萬乘**: 일만 대의 전차를 소유한 사람, 즉 천자. **浦**: 물가 포. **聞鳳吹於洛浦**: 낙수의 물가에서 생황으로 연주하는 봉황의 소리를 듣다. 『열선전列仙傳』에 "왕자 교喬는 주나라 영왕靈王의 태자인 진晉이다. 그는 생황을 불어서 봉황의 소리를 내기를 좋아하여 언제나 이수伊水와 낙수洛水 사이를 오가며 놀았다"라는 구절이 있다. **值**: 만날 치. **薪**: 나무꾼 신. **瀨**: 여울 뢰. **值薪歌於延瀨**: 『문선文選』에서 여향呂向은 다음과 같이 주를 달았다. "소문蘇門 선생은 연뢰延瀨에서 놀다가 나무를 하는 사람을 만났다. 그에게 '그대는 이런 일을 하면서 이곳에서 일생을 마칠 것인가?'라고 물으니, 나무꾼이 대답하였다. '내가 듣기로 성인은 아무것도 가슴에 담지 않고 도덕으로써 중심을 삼는다고 하였으니, 무엇을 이상하게 여기고 슬퍼한단 말이오?' 그러고는 노래 두 곡을 다 부르고는 가버렸다." **固**: 본디 고. **亦**역: 힘들지만 그런대로. **焉**: '之'와 같다. 이러한 사람들.

그의 홀로 고결함은 만물 위로 뛰어나고, 맑고 밝음은 먼 하늘 밖까지도 환히 보일 정도이며, 천금을 보기를 티끌쯤으로 보아 곁눈질조차 하지 않고, 천자의 자리도 헌 짚신쯤으로 여겨 벗어 던지듯 하며, 낙수의 물가에서 생황으로 연주하는 봉황의 소리를 듣고, 연뢰에서 노래를 부르는 나무꾼을 만나는 등, 이와 같은 사람들도 (없지는 않게) 본디 존재해왔다.

• • •

豈期終始參差, 蒼黃翻覆, 淚翟子之悲, 慟朱公之哭.

豈: 어찌 기. 설마. **期**: 기대할 기. **終始**: 처음과 끝. **參差**참치: 들쭉날쭉한. **蒼**: 푸를 창. 은거를 상징한다. **黃**: 누를 황. 속세를 상징. **翻覆**번복: 이리저리 뒤집히며 변화하다. **淚**: 눈물 루. **翟**적: 묵자의 이름. **淚翟子之悲**: 흰 실에 물감을 들이면 다시는 본래의 흰색으로 돌아가지 못함을 보고 탄식하였다는 『묵자』의 고사. 여기서는 은자로서의 삶을 선택했기 때문에 속세로 돌아갈 수 없어서 눈물을 흘렸다는 말. **慟**: 서럽게 울 통. **朱公**: 양주楊朱, 즉 전국 시대 사상가 양자楊子를 말한다. **慟朱公之哭**: 양자가 갈림길을 만나자 이 길이 자신이 마음먹기에 따라서 남쪽으로도 갈 수 있고 북쪽으로도 갈 수 있음을 보고 울었다는 고사. 여기서는 은둔과 속세의 갈림길에서 통곡했다는 뜻이다.

이런 사람들에게 설마 이런 일을 기대할 수 있을까? 그의 처음과 끝이 같지 않은 일, 푸른색이었다가 누런색으로 번복하는 일, 묵자가 물든 실을 다시 흰색으로 되돌릴 수 없음을 보고 슬퍼하였다는 말에 눈물 흘리는 일, 양자가 갈림길에서 울었다는 말에 서럽게 우는 일 같은 것 말이다.

•••

乍回跡以心染, 或先貞而後黷, 何其謬哉. 嗚呼, 尙生不存, 仲氏既往, 山阿寂寥, 千載誰賞.

乍: 잠깐 사. 처음에. **回跡**회적: 발자국을 되돌려 오다. 즉 세속에 살다가 은자의 생활로 되돌아오다. **心染**심염: 마음이 속세에 물들다. 즉 은거하다가 마음을 바꿔 속세로 돌아가다. **或**: 앞의 '乍'와 같은 뜻. 잠시. **貞**: 곧을 정. **黷**: 더럽힐 독. **謬**: 그릇될 류. **尙生**: 서한 말의 은자인 상장尙長을 말한다. 산에 들어가 나무를 해서 내다 팔아 생계를 삼았다고 전해진다. **仲氏**: 동한 말의 중장통仲長統을 가리킨다. 지방 장관들이 누차 그를 불렀지만 병을 핑계로 가지 않았다고 한다. **阿**: 언덕 아. **寂寥**적료: 적막한. **載**: 해 재. **賞**: '맛볼 상嘗' 자와 같다.

처음에 속세에서 발자국을 되돌려 왔지만, 마음이 돌아가고픈 생각으로 물들게 된 것이다. 이는 잠시 처음에는 옳았다가 나중에는 오염된 것이니, 어떻게 이렇듯 모순될 수가 있을까! 아아, 서한의 상장은 살아 있지 않고 동한의 중장통은 이미 가고 없으니, 그가 살던 산림은 적막하기만 할 뿐, 천 년이 지난다 한들 누가 그 맛을 즐기리오?

• • •

世有周子, 雋俗之士, 既文既博, 亦玄亦史.

周子: 주옹을 가리킨다. **雋**: 영특할 준. **雋俗**: 속세에서 우뚝 솟다. **既**: '既A既B'는 A이기도 하고 B이기도 하다는 뜻. 접속 기능의 부사. 뒤의 '亦~亦~'과 같다. **文**: 문장을 잘 쓰다. **博**: 학문이 박학하다. **玄**: 현학, 즉 노장老莊에 조예가 깊다. **史**: 역사에 정통하다.

세상에 주옹周顒이란 사람이 있었는데, 보통 사람들보다 우뚝 솟은 뛰어난 선비였다. 그는 글도 잘 쓰고 아는 게 많아서 노장 사상에도 조예가 깊었고 역사에도 정통하였다.

• • •

然而學遁東魯, 習隱南郭, 偶吹草堂, 濫巾北嶽.

學: 흉내 낼 학. **遁**: 숨을 둔. **東魯**: 안합顔闔을 가리킨다. 『장자』「양왕讓王」편에 다음과 같은 고사가 있다. "노나라 임금이 안합이 도인이라는 소문을 듣고 사람을 시켜서 폐백을 먼저 보냈다. 안합이 다 쓰러져가는 집을 지키고 앉았는데 사자가 도착해서 물었다. '여기가 안합의 집이오?' 안합이 '그렇소이다만…' 하고 대답하자, 사자가 폐백을 드렸다. 안합이 말했다. '혹시 들은 것이 잘못되었다면 사자에게 죄가 돌아갈 것인즉, 다시 확인하시지요.' 사자가 돌아가 확인해보고 다시 와서 찾았더니 그를 더는 만날 수 없었다." **習**: 따라 할 습. **隱**: 숨을 은. **南郭**: 『장자』「제물론齊物論」에 나오는 남곽자기南郭子綦를 뜻한다. "남곽자기가 안석에 기대어 앉아 있다가 하늘을 우러러 후 하고 길게 숨을 내쉬었는데, 멍한 것이 마치 자신의 몸을 잊은 듯했다." **偶**: 허수아비 우. **偶吹**우취: 악기를 불 줄도 모르면서 악대 안에 끼어서 부는 척하며 녹을 먹는 짓. 절취竊吹라고도 한다.

『한비자』「내저설內儲說 상上」의 남우충수濫竽充數 고사에서 나온 말. 제나라 선왕은 피리(竽)를 감상할 때 반드시 피리 부는 악사 3백 명이 함께 불도록 하였다. 남곽처사가 자신도 제 선왕에게 피리를 불어드리겠다고 하니 왕이 기뻐서 그에게도 3백 명과 똑같은 대우를 해주라고 명하였다. 선왕이 죽자 그의 아들인 민왕湣王이 즉위하였다. 민왕은 피리 악사를 한 사람씩 불러다 독주를 시키는 것을 좋아하였다. 그러자 남곽처사는 그대로 도망갔다. **濫**: 훔칠 람. **巾**건: 은사들이 쓰고 다니던 두건. **濫巾**: 두건이나 쓰고 다니면서 가짜로 은사 흉내를 냄. **嶽**: 큰 산 악.

그러나 안합의 은둔을 흉내 내고 남곽자기의 은거를 따라 하였으니, 이는 초당에서 입만 벙긋거리는 허수아비 은자이자 북산에서 함부로 두건을 주제넘게 쓰고 다닌 가짜였다.

•••

誘我松桂, 欺我雲壑. 雖假容於江皋, 乃纓情於好爵.

我: 나 아. 북산의 신령이 스스로를 가리키는 말. **壑**: 골짜기 학. **雲壑**: 구름 낀 절벽. **雖**: 비록 수. 여기서는 '본래'라는 뜻. **容**: 담을 용. **江皋**강고: 장강의 강변과 종산의 언덕. **纓**: 갓끈 영. **纓情**: 속마음이 이어져 있다. **好爵**호작: 속세의 좋은 관직. 『역』에 "나에게 좋은 벼슬자리가 있다네"(我有好爵)라는 구절이 있다. 여기서 '나'는 상제이고, '호작'은 '하늘의 벼슬자리', 즉 천작天爵이다.

감히 나의 소나무와 계수나무를 유혹하였고, 나의 구름 낀 절벽을 속였다. 그는 본래 장강의 강변과 종산의 언덕에 거짓으로 몸을 담고 있었으므로, 속마음은 저 속세의 좋은 벼슬자리에 늘 이어져 있었다.

•••

其始至也, 將欲排巢父, 拉許由, 傲百氏, 蔑王侯.

排: 밀어젖힐 배. **巢父**소부: 뒤에 나오는 허유許由와 함께 요임금 시대의 은사로 유명하다. 『고사전高士傳』에 다음과 같은 고사가 있다. 요임금이 허유에게 천하를 양위하려 하자 그는 받지 않고 달아나버렸다. 요임금이 나중에 다시 불러서 중국의 구주九州를 모두 다스리는 우두머리로 삼으려 했다. 허유는 이를 듣지 않으려고 영수穎水 가에 가서 귀를 씻었다. 그때 그의 벗인 소부가 송아지에게 물을 먹이려고 끌고 왔다. 그는 허유가 귀를 씻는 것을 보고는 이유를 물었다. 허유가 "요임금이 나를 불러 구주의 우두머리로 삼으려 했는데, 내가 그 소리를 들은 것이 역겨워서 귀를 씻는 것이오"라고 대답하자, 소부가 "내 송아지의 입이 더러워지겠다"라고 말하며 송아지를 상류로 끌고 올라가 물을 먹였다. **拉**: 욕보일 랍. **傲**: 우습게 볼 오. **百氏**: 제자백가. **蔑**: 업신여길 멸.

그가 처음에 여기에 왔을 때에는 바야흐로 요임금 시대의 저 유명한 은자인 소부를 밀어젖히고 허유까지도 욕보이려는 기세였으며, 제자백가를 우습게 알고 천자와 제후를 업신여겼다.

•••

風情張日, 霜氣橫秋. 或嘆幽人長往, 或怨王孫不遊.

風情: 바람 같은 정취. **張日**: 태양을 부풀리다. **霜氣**상기: 서릿발 같은 기운. **橫**: 가로 횡. 자욱하다, 가득 차다. **幽人**유인: 은거하는 사람. **長往**장왕: 오랜 기간 가버리고 없다. **王孫**: 은거하는 선비를 가리키는 말. **遊**: 노닐 유. 속세를 떠나 은거한다는 뜻인데 여기서는 '나타나다'라는 의미로 쓰였다. 『초사』「초은사招隱士」에 "왕손은 놀러 가서 돌아오지 않네"(王孫遊兮

不歸)라는 구절이 있다.

바람 같은 정취는 태양이라도 부풀게 했고, 서릿발 같은 기상은 가을을 자욱하게 채웠다. 어느 때는 진정한 은자들이 가버리고 없어진 지 오래되었다고 한탄하다가도 또 어느 순간에는 전설적인 은자인 왕손 같은 사람이 나타나지 않는다고 원망하기도 하였다.

• • •

談空空於釋部, 覈玄玄於道流, 務光何足比, 涓子不能儔.

空空: '以空明空'의 준말. 공으로 공을 설명하다. 즉 불가佛家의 이론을 가리킨다. **釋部**석부: 불가의 서적. **覈**: 깊이 따질 핵. **玄玄**현현: 노자의 『도덕경』에 "깊고도 멀리, 다시 더 깊고도 멀리 파고들어 가는 것은 모든 심오함으로 들어가는 문이다"(玄之又玄, 衆妙之門)라는 구절이 있다. 즉 도가의 의리를 말한다. **道流**: 도가의 학문. **務光**무광: 하나라 때의 은사. 탕임금이 걸왕을 칠 때 함께 도모하자고 청했지만 옳지 않은 일이라고 거절하였다. 거사에 성공하고 나서 탕임금이 그에게 천하를 양위코자 하였지만 "거사를 부정한 사람이 그의 녹을 먹을 수 없고, 도가 무너진 세상에서 그 땅을 밟고 살 수가 없다"면서 돌을 안고 여수廬水에 뛰어들었다고 한다. **涓子**연자: 이술餌術, 즉 신선이 되기 위하여 약을 만들어 먹는 기술을 좋아하였고, 탕산宕山에 은거하였다고 한다. **儔**: 짝 주. 필적하다.

불가의 학문에서는 공空으로써 공을 설명할 수도 있고, 도가의 학문에서는 깊고도 깊은 심오함을 깊이 따질 수 있으니, 탕임금 때의 은자인 무광이 어찌 족히 그와 비견될 수 있겠으며, 탕산의 은자인 연자라도 그와 필적할 수 없을 것이다.

•••

及其鳴騶入谷, 鶴書赴隴, 形馳魄散, 志變神動.

鳴騶명추: 왕이 보낸 사자使者와 그 호위대. **鳴**: 울 명. 길을 벽제辟除하라, 곧 길에서 물러서라는 사자의 외침 소리. **騶**: 기사 추. 사자를 앞뒤에서 호위하는 기사들. **谷**: 골 곡. 골짜기에 마을이 형성돼 있으므로 마을을 가리킨다. **鶴書**학서: 황제가 인재를 청빙하는 조서에 쓰는 서체. 즉 황제의 청빙 조서. **赴**: 나아갈 부. **隴**: 고개 롱. **形馳魄散**형치백산: 몸뚱이는 몸뚱이대로 마구 뛰고, 정신은 정신대로 산산히 흩어지다, 즉 혼비백산하다. **志變神動**지변신동: 의지가 바뀌고 마음이 흔들리다.

그러던 중에 쩌렁쩌렁 울리는 벽제 소리와 함께 황제가 보낸 사자와 호위대가 골짜기로 들어서고, 인재를 청빙하는 조서가 고개 쪽으로 나아가자, 몸뚱이는 몸뚱이대로 마구 뛰고 정신은 정신대로 산산이 흩어지면서, 다잡았던 의지가 바뀌고 마음이 마구 흔들렸다.

•••

爾乃眉軒席次, 袂聳筵上, 焚芰制而裂荷衣, 抗塵容而走俗狀. 風雲悽其帶憤, 石泉咽而下愴, 望林巒而有失, 顧草木而如喪.

爾: 이것 이. 바로 이때. **軒**: 높이 들 헌. **眉軒**미헌: 눈썹을 치켜 세우다. **席次**석차: 공식적 모임에서 두 번째 자리에 앉다. **袂**: 소매 메. **聳**: 솟을 용. **筵**: 자리 연. 즉 연회. **焚**: 태울 분. **芰**: 세발 마름 기. **荷衣**하의: 연꽃잎으로 만든 옷. 앞의 기제芰制와 함께 은자들이 입는 옷. 굴원의 「이소離騷」에 "세발 마름과 연잎을 엮어서 옷을 만들었다네"(制芰荷以爲衣兮)라는 구절이 나온다. **抗**: 높이 들 항. **塵容**: 속세의 얼굴. **悽**: 슬퍼할 처. **帶憤**대분: 분노를 띠다. **咽**: 목멜 열. **下**: 속 하. **愴**: 슬퍼할 창. **巒**: 뫼 만. **喪**: 잃을 상.

이때 그는 눈썹을 치켜세우고 연회의 두 번째 자리에 앉아서는 그 자리에서 소매를 높이 쳐들었다. 그러고는 은자들이 입는 세발 마름으로 지은 옷을 불사르고 연잎으로 엮은 옷을 찢어버렸다. 속된 얼굴을 높이 들고서 속된 모양새를 한 채 그는 그렇게 가버렸다. 그러자 바람과 구름은 자기네가 띤 분노 때문에 슬퍼하였고, 바위와 샘은 목이 메었지만 속으로 흐느꼈다. 숲과 산봉우리를 바라보니 허탈함만 남았고, 초목을 둘러보니 뭔가 잃은 듯하였다.

•••

至其鈕金章, 綰墨綬, 跨屬城之雄, 冠百里之首.

鈕: 인꼭지 뉴. 도장의 손잡이. **金章**금장: 구리로 만든 도장. **綰**: 얽을 관. **綬**: 끈 수. 구리 도장과 검은색 도장 끈은 현령이 차고 다니는 물건이다. **跨**: 초월할 과. **屬城**속성: 군 밑에 소속된 각 현. **雄**: 사내 웅. 군 아래의 현 중에서 가장 세력이 큰 패권자를 가리킨다. **冠**: 첫째 관. **百里**: 옛날 현의 관할 구역의 넓이.

그가 관인官印의 손잡이를 쥐고 검은 도장 끈으로 묶어 허리춤에 차게 되었을 때는 군수 밑의 모든 현령을 뛰어넘는 실력자가 되었고, 사방 백 리의 현에서 으뜸가는 우두머리가 되었다.

•••

張英風於海甸, 馳妙譽於浙右. 道帙長擯, 法筵久埋. 敲撲喧囂犯其慮, 牒訴倥傯裝其懷. 琴歌既斷, 酒賦無續.

張: 널리 퍼질 장. **英風**: 늠름한 기상. **甸**: 경계 전. **馳**: 전달할 치. **妙譽**묘예: 재주가 출중하다는 칭찬. **浙右**절우: 절강浙江의 동쪽, 즉 소흥紹興 일대를 말한다. **帙**: 책갑 질. **道帙**: 도가의 모든 서적. **擯**: 물리칠 빈. **法筵**법

연: 불법을 강의하던 강단. **埋**: 묻을 매. **敲**: 두드릴 고. **撲**: 칠 박. **喧**: 떠들썩할 훤. **囂**: 들렐 효. **犯**: 혼란케 할 범. **牒**: 공문서 첩. **牒訴**첩소: 소송 문서들. **倥傯**공총: 눈코 뜰 새 없이 바쁜 모양. **裝**: 채울 장. **琴歌**금가: 비파를 타며 노래하는 일. **酒賦**: 술을 마시며 시를 읊는 일.

그의 늠름한 기상은 육지의 끝인 바닷가까지 널리 퍼졌고, 재주가 출중하다는 칭찬은 절강의 동쪽까지 전달되었다. 도가의 서적은 물리친 지 오래되었고, 설법을 행하던 강단은 묻어버린 지 한참이나 되었다. 죄인들을 두드려 패고 호통치는 쩌렁쩌렁한 소리는 그의 사려 깊었던 생각을 혼란스럽게 만들었고, 소송에 관련된 수많은 공문서는 눈코 뜰 새 없이 그의 꿈 많았던 가슴을 꽉 채웠다. 평소 비파를 타며 노래하는 일은 이미 끊어졌고, 술을 마시며 시를 읊는 일도 이어지지 않았다.

• • •

常綢繆於結課, 每紛綸於折獄, 籠張趙於往圖, 架卓魯於前籙, 希蹤三輔豪, 馳聲九州牧.

綢: 얽힐 주. **繆**: 얽을 무. **課**: 과세할 과. **結課**: 세금을 계산하는 일. **紛**: 어지러울 분. **綸**: 실 륜. **紛綸**: 많고 어수선하다. **折**: 꺾을 절. **折獄**절옥: 형사 사건을 판결하다. **籠**: 덮을 롱. **張趙**: 장창張敞과 조광한趙廣漢. 둘 다 서한 시기에 경조윤京兆尹을 지낸 사람들로서 능력 있는 관리로 정평이 나 있었다. **往圖**왕도: 과거의 기록들. **架**: 능가할 가. **卓魯**: 탁무卓茂와 노공魯恭. 둘 다 동한 시기의 청백리. **籙**: 책 상자 록. **蹤**: 자취 종. **希蹤**: ~에 흔적을 두기를 바라다. **三輔**삼보: 한대에 장안을 둘러싼 경기京畿 지구를 다스리던 세 주요 관직. 경조윤京兆尹·좌빙익左馮翊·우부풍右扶風. **豪**: 호걸 호. 능력을 인정받은 관리. **牧**: 지방 장관 목. 태수太守나 자사刺史 급.

언제나 세금을 매기는 일에 얽히고설켰고, 형사 사건을 판결하는 일로 인해서 번번이 어수선하고 복잡하였으니, 과거의 기록들을 갖고 비교해보면 저 유명한 서한 시기의 경조윤이었던 장창과 조광한을 압도하였고, 이전의 사서를 뒤져봐도 동한의 청백리였던 탁무와 노공을 능가하였다. 이제 옛날 장안 일대를 지키는 3대 지방 장관인 삼보의 자리에 발자취를 남기고 싶은 일과 명성을 구주九州의 태수나 자사 정도로 날리는 일만 남았다.

•••

使我高霞孤映, 明月獨舉, 青松落陰, 白雲誰侶. 磵戶摧絕無與歸, 石徑荒涼徒延佇. 至於還飆入幕, 寫霧出楹, 蕙帳空兮夜鶴怨, 山人去兮曉猨驚.

霞: 노을 하. **落陰**낙음: 그늘을 드리우다. **侶**: 짝 려. **磵**간: '시내 간澗'과 같은 글자. **磵戶**: 시냇가의 집, 즉 은자가 살던 집. **摧**: 꺾을 최. **摧絕**: 무너지다, 붕괴되다. **荒涼**황량: 황량하다, 적막하다. **延**: 늘일 연. **佇**: 우두커니 저. **還飆**환표: 회오리바람. **寫**사: '쏟을 사瀉'와 같다. 토하다. **霧**: 안개 무. **楹**: 기둥 영. **蕙**: 난초 혜. **帳**: 장막 장. 발. **曉**: 새벽 효. **猨**: 원숭이 원. **驚**: 놀랄 경.

나의 저 초연한 노을은 외로이 비추게 하고, 밝은 달은 홀로 떠 있게 하며, 푸른 솔은 그늘을 드리운 채 서 있게 한다 해도, 저 흰 구름은 누구와 함께해야 한단 말인가? 은자가 살던 시냇가의 집은 꺾이고 무너져 돌아와주는 사람도 없고, 돌밭 길은 아무도 다니지 않아서 하릴없이 마냥 던져져 있기만 하다. 그러다가 회오리바람이 장막 사이로 불어 들어오기라도 하면 기둥 사이로 안개를 토해내고, 난초로 엮은 발이 있으나 마나 하게도 밤 두루미의 원망에 찬 울음소리 들리는데, 은자가 떠났다는 소식에 새벽 원숭이도 놀라 꽥꽥거린다.

•••

昔聞投簪逸海岸, 今見解蘭縛塵纓. 於是南嶽獻嘲, 北隴騰笑, 列壑爭譏, 攢峯竦誚. 慨遊子之我欺, 悲無人以赴吊.

簪: 비녀 잠. 갓을 머리에 고정하는 도구. **逸**: 숨을 일. **逸海岸**일해안: 서한 선제 때 소광疏廣이 벼슬을 그만두고 바닷가에 은거한 일을 가리킨다. **蘭**: 은자들이 가슴에 차고 다니던 난초. **縛**: 묶을 박. **塵纓**진영: 속세의 갓끈. **獻**: 드릴 헌. **嘲**: 비웃을 조. **隴**: 고개 롱. **騰**: 뛰어오를 등. **騰笑**등소: 소리 내어 웃다. **譏**: 나무랄 기. **攢**: 모일 찬. **竦**: 삼가 송. **誚**: 꾸짖을 초. **竦誚**: 서로 다투어 비웃다. **慨**: 분개할 개. **遊子**: 떠돌이. **赴**: 갈 부. **吊**: 위로할 적.

전에 일찍이 들은 바로는, 어떤 이는 관모를 벗어 던지고 바닷가에 숨어 지냈다던데, 이제 눈앞에 본 것은 가슴에 차고 다니던 난초를 풀어버리고 속세의 관모 끈을 묶고 나가는 인간이라네. 그래서 남산은 비웃음을 던지고, 북쪽에 있는 고개는 고꾸라지듯 웃어대고, 골짜기란 골짜기는 모두 손가락질을 하고, 뭇 산봉우리들은 다투어 비아냥댔다. 일개 떠돌이가 북산의 신령인 나를 속였다는 사실에 화가 나기도 하지만, 슬픈 것은 나를 위로하러 올 은자가 더는 없다는 사실이다.

•••

故其林慚無盡, 澗愧不歇, 秋桂遣風, 春蘿罷月. 騁西山之逸議, 馳東皐之素謁.

慚: 부끄러울 참. **愧**: 부끄러울 괴. **歇**: 쉴 헐. **遣**: 놓아줄 견. '버릴 유遺'로도 쓴다. **蘿**: 담쟁이덩굴 라. **罷**: 그만둘 파. **罷月**: 달빛을 더는 받지 않다. **騁**: 다할 빙. **逸議**일의: 고상한 은자들의 청담. **馳**: 지나갈 치. **皐**: 언덕 고. **素**: 소박할 소. **謁**: 아뢸 알. **素謁**: 고상한 은자들의 말씀.

그러므로 그가 놀던 숲이 부끄러워함에는 끝이 없고, 시내가 창피해함에도 쉼이 없다. 그가 즐기던 가을 계수나무는 바람에 향기를 보내주지 않고, 봄 담쟁이덩굴은 더는 달빛을 받지 않는다. 서산에서 나누던 은자들의 청담도 다 끝났고, 동쪽 언덕에서 듣던 은자들의 맑은 말씀도 다 옛것이 되었다.

•••

今又促裝下邑, 浪栧上京, 雖情殷於魏闕, 或假步于山扃. 豈可使芳杜厚顔, 薜荔蒙恥, 碧嶺再辱, 丹崖重滓, 塵遊躅於蕙路. 污淥池以洗耳.

促촉: '묶을 속束'과 같은 말. **下邑**: 주옹이 재직하고 있는 고을, 즉 산음현山陰縣. **浪**: 물결 랑. **栧**: 노 예. **浪栧**: 노에 물결이 일게 하다. 즉 노를 젓다, 배를 타고 가다. **殷**: 깊을 은. **魏**: 높을 위. **魏闕**위궐: 높은 대궐의 성루. **假步**가보: 행보를 잠시 빌리다. 즉 잠시 묵어가다. **扃**: 문빗장 경. **山扃**: 산의 문. 북산을 가리킨다. **芳**: 꽃다울 방. **杜**: 팥배나무 두. **厚顔**: 부끄럽다, 무안하다. **薜荔**벽려: 목련木蓮의 다른 이름. **滓**: 찌끼 재. **躅**: 밟을 촉. **淥**: 맑아질 록.

이제 더 나아가 저 아래 그의 고을에서 행장을 꾸려 노를 저어 서울로 간다는 소식이 들린다. 비록 그의 속마음은 저 높은 대궐에 깊숙이 가 있지만, 혹시라도 이 산의 문전에 와서 여행 중 묵을 곳을 잠시 빌리려 할지도 모른다. 그렇다면 어찌 우리의 아름다운 팥배나무를 무안하게 만들고, 목련에게는 치욕을 뒤집어쓰게 하며, 푸른 산마루 재를 다시 욕보이고, 붉은 절벽을 또다시 흙탕이 되게 하며, 먼지 구덩이에서 놀던 발로 향기로운 난초 길을 마구 짓밟고 다니고, 옛날 저 허유가 귀를 씻었던 맑은 못을 더럽힐 수 있단 말인가?

•••

宜扃岫幌, 掩雲關, 斂輕霧, 藏鳴湍. 截來轅於谷口, 杜妄轡於郊端. 於是叢條瞋膽, 疊穎怒魄. 或飛柯以折輪, 乍低枝而掃跡. 請回俗士駕, 爲君謝逋客.

扃: 문빗장을 걸어 잠그다. **岫**: 산굴 수. 암혈. **幌**: 휘장 황. **岫幌**: 북산의 창문. **掩**: 가릴 엄. **雲關**: 구름의 관문. **藏**: 감출 장. **湍**: 여울 단. **截**: 끊을 절. **轅**: 끌채 원. **來轅**: 자동사(來) 뒤에 목적어가 오면 출현의 의미로 읽는다. **杜**: 막을 두. **妄**: 망령될 망. **轡**: 고삐 비. **妄轡**: 함부로 달려오는 말. **郊**: 성 밖 교. **端**: 끝 단. **叢**: 모일 총. **條**: 가지 조. **瞋**: 부릅뜰 진. **膽**: 쓸개 담. **瞋膽**: 간담이 서늘하게 눈을 부릅뜨다. **疊**: 겹칠 첩. **穎**: 가시랭이 영. **魄**: 넋 백. **怒魄**: 넋이 나가도록 화를 내다. **柯**: 자루 가. **乍**: 갑자기 사. **掃**: 쓸 소. **掃跡**: 길의 자취를 쓸어버리다. 즉 길을 감춰버리다. **君**: 북산의 신령을 가리킨다. **謝**: 물리칠 사. **逋**: 달아날 포. **逋客**: 도망간 부랑자.

마땅히 북산의 창문을 걸어 잠그고, 구름의 관문을 가려놓으며, 옅은 안개를 거둬들이고, 졸졸 흐르는 여울을 감춰놓아야 한다. 수레가 나타나면 골짜기 입구에서 끊어야 하고, 함부로 달려오는 말은 저 성 밖 끄트머리에서 막아야 한다. 그러자 떨기나무 가지들이 간담이 서늘하게 눈을 부릅뜨고, 촘촘히 붙은 가시랭이들도 넋이 나가도록 화를 낸다. 어떤 굵은 가지는 날려서 수레바퀴를 부러뜨리고, 또 어떤 낮은 가지들은 길의 자취를 쓸어 감추기도 한다. “이 속물 선비의 수레는 썩 돌아갈지어다, 우리는 북산의 신령을 위하여 도망간 부랑자를 물리칠 것이다!”

봄을 즐기며 부른 노래 — 왕희지王羲之, 「난정집서蘭亭集序」

동진東晉 영화永和 9년(353) 음력 3월 3일 삼짇날에 왕희지를 비롯하여 사안謝安·손작孫綽 등 41명의 문인들이 산음山陰에 있는 난정蘭亭에 모여 일종의 봄나들이 행사인 계사禊事를 거행하면서 각자 지은 시를 모아 나중에 시집을 냈다. 여기에 왕희지가 쓴 서문이 「난정집서」다. 행사의 취지, 행사장의 풍경과 정경, 봄날에 대자연을 대하면서 떠오르는 삶에 대한 소회 등을 매우 자연스럽게 묘사한 필치가 그의 글씨와 조화를 이룬 점이 이 글의 백미로 평가된다. 이후 이 글은 문집이나 시집의 서문을 쓰는 사람들의 본보기가 되어왔다. 「난정기蘭亭記」·「난정서蘭亭序」·「계서禊序」·「계첩禊貼」 등으로도 불린다.

왕희지(303~361)는 산동의 임기臨沂 사람이지만, 오늘날의 소흥紹興인 산음으로 이사 가서 거기서 주로 활동하였다. 우장군右將軍의 벼슬을 역임하였으므로 왕우군王右軍으로도 불린다. 중국 역사상 가장 뛰어난 서예가로서 예서·초서·해서·행서 등 모든 서체를 잘 썼다. 『진서晋書』의 열전에서는 그를 일컬어 '심모수추心摹手追', 즉 마음속으로 무엇이든 그리면 손이 그대로 따라가며 그렸다고 극찬하였다.

•••

永和九年, 歲在癸丑, 暮春之初, 會於會稽山陰之蘭亭, 修禊事也. 羣賢畢至, 少長鹹集.

永和: 동진 목제穆帝의 연호. **歲在**: 작품이 쓰인 해를 표기할 때 쓰는 말. **暮春**모춘: 계춘季春으로도 쓴다. 음력 3월. **會**: 모일 회. **山陰**: 산의 북쪽.

산의 북쪽에 그늘이 생기므로 이렇게 불렀다. 이 구절을 회계군 산음현(오늘날의 절강성 소흥紹興시에 있다)으로 해석하기도 하는데, 왕희지가 회계산의 북쪽에 기거하고 있다 하여 스스로를 '산음山陰'이라 불렀다 하므로 '산의 북쪽'으로 해석하는 게 옳을 듯하다. 중국 고등학교 교과서도 이렇게 해석하고 있다. **修**: 거행할 수. **禊**: 계제 계. **禊事**: 부정을 씻기 위하여 목욕재계하는 행사. 실제로는 일종의 봄나들이 행사. **畢**: 다할 필. 모두. **鹹**: 짤 함. 여기서는 '모두 함咸'과 같은 뜻.

영화 9년, 해는 계축년이요, 계춘인 3월 초에 회계산의 북쪽에 있는 난정에 모여 부정을 씻는 계제禊祭 행사를 거행하였다. 여러 선생께서 빠짐없이 오시다 보니 젊은이와 어르신들이 모두 모이게 되었다.

• • •

此地有崇山峻嶺, 茂林修竹; 又有清流激湍, 映帶左右, 引以爲流觴曲水, 列坐其次. 雖無絲竹管絃之盛, 一觴一詠, 亦足以暢敍幽情.

崇: 높을 숭. **峻嶺**준령: 높은 고개. **茂**: 무성할 무. **修**: 길게 뻗을 수. **湍**: 여울 단. **激湍**: 급류. **映**: 비칠 영. 서로 어울리게 비추다. **帶**: 띠 대. 띠를 두르다. **左右**: 정자의 주위를 가리킨다. **引以爲**: 정자 옆의 맑은 냇물을 끌어다가 ~을 삼다. **流**: 흘려보내다. **觴**: 술잔 상. **流觴曲水**: 냇물을 끌어다가 만든 물길에 칠기로 만든 술잔을 띄워서 그것이 구불구불한 물길을 따라 흐르다가 어떤 사람 앞에서 멈추면 그가 술을 한 잔 마시고 시를 짓는 놀이. 신라 시대 경주의 포석정鮑石亭에서 하던 놀이와 같은 것이다. **列坐**: 열 지어 앉다. **次**: 가 차. 물길 옆. **絲竹**: 악기의 현과 관. **詠**: 읊을 영. **暢**: 펼 창. **敍**: 지을 서. **幽情**: 내심에 담아둔 그윽한 감정.

이곳에는 높은 산과 험한 고개가 많고, 무성한 숲에 곧은 대나무들이 쭉쭉 뻗어 있으며, 게다가 맑은 물과 급히 흐르는 여울이 정자의 둘레를 서로 대조적으로 비추어준다. 이 물을 끌어다가 술잔을 띄워 풍류놀이를 할 구불구불한 물길을 만들어놓고는 그 물가에 열 지어 앉았다. 비록 현과 관으로 연주하는 관현악의 성대한 반주는 없어도, 술 한 잔에 시 한 수만으로도 마음속 깊은 곳의 그윽한 정서를 밖으로 펴내 표현하기에 족하였다.

•••

是日也, 天朗氣淸, 惠風和暢, 仰觀宇宙之大, 俯察品類之盛, 所以遊目騁懷, 足以極視聽之娛, 信可樂也.

朗: 밝을 랑. **惠風**: 부드러운 바람. **和暢**화창: 온화하다. **仰**: 우러러볼 앙. **俯**: 내려다볼 부. **品類**품류: 자연계의 만물. **所以**: 이로써. **遊目**: 눈 가는 대로 둘러보다. **騁**: 회포 풀 빙. **騁懷**빙회: 흉금을 털어놓다. **極**: 다할 극. **信**: 진실로 신.

이날은 날씨가 맑고 깨끗한 데다가 부드러운 바람이 따스하게 불어오니까, 위로는 우주의 한이 없음을 볼 수 있었고 아래로는 만물의 풍성함을 살필 수 있었다. 이러한 분위기를 타고 그저 눈 가는 대로 이리저리 둘러보고 흉금을 털어놓으니, 족히 보는 즐거움과 듣는 즐거움을 다할 수 있었다. 정말로 즐길 만한 한때였다!

•••

夫人之相與, 俯仰一世, 或取諸懷抱, 悟言一室之內; 或因寄所託, 放浪形骸之外. 雖趣舍萬殊, 靜躁不同, 當其欣於所遇, 暫得於己, 快然自足, 不知老之將至.

相與: 서로 관여하다, 교유하다. **俯仰**: 눈을 위아래로 굴리는 잠깐 사이. **或**: 어떤 사람은, 또는 어떤 경우는. **抱**: 생각 포. 포부. **悟**: '대면할 오晤'와 같은 말. 마음을 터놓다. **因寄**인기: 바탕으로 삼고 거기에 맡기다. **所託**소탁: 의탁하는 바, 즉 의탁하고 싶은 자연계의 사물. **放浪**방랑: 어느 한 곳에 매임이 없이 떠돌아다니다. **形骸**형해: 밖으로 보이는 신체. **趣**취: '달릴 추趨'와 같다. 취향. **舍**: '버릴 사捨'와 같다. **萬殊**: 모든 것이 다르다. 천차만별. **靜**: 고요할 정. **躁**: 성급할 조. **欣**: 기뻐할 흔. **所遇**: 우연히 마주친 것. **暫**: 잠깐 잠. 일시적으로. **得於己**: 자신의 것으로 들어오다. **不知老之將至**: 노년이 바야흐로 이른다는 사실을 깨닫지 못하다. 『논어』「술이述而」편의 구절. '不知' 앞에 '일찍이 증曾' 자를 붙여 쓰기도 한다.

무릇 사람들은 서로 함께하며 살아가고 있지만, 위아래로 시선을 바꾸는 잠깐 사이에 어느덧 한세상이 간다. 그런데도 어떤 이는 자신의 포부를 마음속에 깊이 간직하는 방법을 취하고서는 방 안에서 누군가에게 터놓는가 하면, 또 어떤 이는 의탁하고 싶은 자연의 사물에 자신을 맡기고는 그것을 바탕으로 겉으로 보이는 형체의 밖으로 정처 없이 떠돌아다니기도 한다. 이렇듯 취향과 기피가 천차만별로 다르고, 침착함과 성급함이 사람마다 같지 않다 하더라도, 그가 우연히 마주친 것에 흡족해서 잠시나마 자신에 대하여 특별한 의미를 갖고 싱글벙글하며 스스로 만족해할 때면, (의외로) 그는 노년이 바야흐로 이른다는 사실을 깨닫지 못한다.

•••

及其所之既倦, 情隨事遷, 感慨系之矣. 向之所欣, 俯仰之間, 已爲陳跡, 猶不能不以之興懷. 況修短隨化, 終期於盡. 古人云: 死生亦大矣. 豈不痛哉!

之: 갈 지. 도달한 곳. **倦**: 지겨울 권. **隨事**수사: 사물의 변화에 따라서. **遷**:

옮길 천. 변화하다. **感慨**감개: 감정의 촉발, 울컥함. **系**: 맬 계. 딸려 있다. **向**: '접때 향嚮'. 먼젓번의. **陳**: 썩을 진. **陳跡**: 옛날의 흔적. **猶**: 여전히 유. **以**: '의거할 인因'과 같은 말. **之**: 앞에서 이미 기뻐했던 것을 가리킨다. **興懷**흥회: 마음속에 품었던 감개를 불러일으키다. **況**: 하물며 황. **修**: '길 장長'과 같다. **修短**수단: 길고 짧음, 즉 길이. **隨化**수화: 자연의 조화에 따르다. **修短隨化**: 수명의 길이는 자연의 조화에 따르다. **期**: '다다를 지至'와 같은 글자. **死生亦大矣**: 『장자』「덕충부德充符」에 나오는 말.

그러다가 그가 그토록 빠졌던 곳이 지겨워지면, 정서는 사물의 변화에 따라 바뀌게 되는데 감정의 촉발은 이에 매여 있게 마련이다. 그러면 얼마 전까지 흡족해하였던 것은 시선을 위아래로 바꾸는 잠깐 사이에 이미 진부한 흔적으로 전락해버리지만, 그래도 앞에서 흡족해했던 것을 근거로 마음속에 품었던 감개를 불러일으키는 일이 되지 않을 수 없다. 하물며 수명의 길이가 자연의 조화에 따라야만 하고, 마침내는 그 끝에 다다라야만 하는 운명에 있어서랴? 그래서 옛사람은 말하였다. "죽고 사는 일은 참으로 큰 사건이다!" 이 어찌 가슴 아픈 일이 아니겠는가?

•••

每覽昔人興感之由, 若合一契, 未嘗不臨文嗟悼, 不能喩之於懷. 固知一死生爲虛誕, 齊彭殤爲妄作. 後之視今, 亦猶今之視昔. 悲夫.

覽: 볼 람. **由**: 말미암을 유. 연유, 과정. **若**: 같을 약. **契**: 합치할 계. **臨文**: 직접 문장을 대하다. **嗟悼**차도: 탄식하고 슬퍼하다, 공감하다. **喩**: 깨우칠 유. **固**: 본디 고. **一**: 하나로 여기다. **一死生**: 죽음과 삶이 같은 것이라는 설. **虛誕**허탄: 말도 안 되는 헛소리. **齊**: 같을 제. 같은 것으로 보다. **彭**: 8백 년을 살았다고 하는 전설의 장수 인물인 팽조彭祖. 『장자』에 나온다.

殤: 일찍 죽을 상. **妄作**망작: 거짓으로 지어낸 말.

매번 옛날 사람들이 감정을 일으키는 과정을 살펴볼 때마다, 마치 쪼개서 간직한 부절을 다시 한데 맞춘 것처럼, 일찍이 그 문장을 보고서 탄식하며 슬퍼하지 않은 적이 없지만, 마음속에 흡족하게 깨우칠 수는 없었다. 나는 본디 죽음과 삶을 같은 것으로 여기는 주장이 말도 안 되는 헛소리라는 사실과, 장수와 요절은 같은 것이라고 보는 설이 거짓으로 지어낸 말이라는 사실을 알고 있었다. 후대의 사람들이 현재를 보는 것은 현재의 사람들이 옛날을 보는 것과도 같다. 안타까울 뿐이로다!

•••

故列敘時人, 錄其所述, 雖世殊事異, 所以興懷, 其致一也. 後之覽者, 亦將有感於斯文.

列敘열서: 하나하나 열거해서 적다. **時人**: 당시 모임에 참여했던 사람들. **所述**소술: 지은 시들. **雖世殊事異**수세수사이: 설사 세상이 변하고 사정이 달라지더라도. **其致**: 그것이 불러오는 결과. **斯文**: 이 문장들, 즉 이 집회에서 지어낸 시들.

그래서 저번 모임에 참여했던 사람들을 하나하나 열거해서 적고, 그들이 지은 시를 기록해두기로 하였다. 시대가 아무리 변하고 세상일이 달라지더라도 흥금을 불러일으키는 방도와 그것이 불러오는 결과는 동일하다. 후세의 독자 중에 아마 여기 실린 시문에서 어떤 감응을 받을 사람도 나오리라 믿는다.

중국 최초의 문학 작품 선집 — 소통蕭統, 『문선文選』「서序」

『문선』은 중국 최초의 시문집(anthology)으로서 남조 양梁 무제의 맏아들인 소통蕭統이 편찬하였다(531년). 그는 사후에 소명昭明이라는 시호를 받았으므로 『소명문선』이라고도 부른다. 이 책에는 주대周代부터 육조 양나라 이전까지 약 7~8백 년 동안의 시기에 나온 130여 작가와 700여 편의 작품이 수록되었다. 이 책이 중국 문학사에서 획을 긋는 사건이라고 평가받은 이유는, 이전까지만 해도 문文이라 하면 문사철文史哲을 뭉뚱그려서 지칭해왔는데, 소통이 처음으로 문학 작품을 분리하여 시문집을 편찬했기 때문이다. 그래서 『문선』에는 경經·사史·자子처럼, 표현이 아닌 의미에 중점을 둔 문장은 싣지 않았다. 그뿐만 아니라, 문체를 먼저 설정·정리해 체계를 세운 후 모든 작품을 이에 근거하여 대분류와 소분류 체제로 편집하였다. 이처럼 편집 체제를 통한 문학 비평을 문선 비평이라고 불렀고, 이후 이를 본보기로 하여 많은 시문집이 출간되었다. 변려문으로 쓴 이 서문에 이러한 내용이 간략한 설명과 함께 실려 있다. 『문선』에 대한 주석본에는 당나라 이선李善이 편찬한 『이선주본문선李善注本文選』과 역시 당 여연조呂延祚 등 5명이 편찬한 『오신집주문선五臣集注文選』 등 2종이 있다.

소통(501~531)은 난릉현蘭陵縣 사람으로 성격이 대범하고 문학과 불법佛法을 좋아하였으나, 30세의 젊은 나이에 죽었다. 시호를 따라 그를 소명태자昭明太子라고도 일컫는다.

•••

式觀元始, 眇覿玄風, 冬穴夏巢之時, 茹毛飮血之世, 世質民淳, 斯文未作. 逮乎伏羲氏之王天下也, 始畫八卦造書契, 以代結繩

之政, 由是文籍生焉. 易曰: 觀乎天文以察時變, 觀乎人文以化成天下. 文之時義遠矣哉.

式: 법 식. '맛볼 시試'와 같다. ~해보다. **元始**: 태초의 시작. **眇**: 아득할 묘. **覿**: 볼 적. **玄風**: 작위하지 않은 태초의 풍속. **穴**: 동굴 혈. **巢**: 새집 소. **茹**: 먹을 여. **淳**: 순박할 순. **斯文**: 문자와 문화. **逮**: 이를 체. '及'과 같다. **伏羲氏**복희씨: 전설상의 중국 한족의 시조. 팔괘와 한자를 창제했다고 전해진다. **書契**서계: 한자가 발명되기 이전의 초기 문자. **結繩**결승: 문자 발명 이전에 문자 대용으로 쓰던 매듭. **乎**: 어조사 호. ~에 대하여. **時義**: 시대적인 의의. **遠**: 매우 오래전부터 시작되었다는 뜻.

태초의 원시 시대를 한번 바라보고 또 저 아득한 태초의 작위가 없는 풍속을 살펴보니, 그때는 겨울에는 동굴에서 살고 여름에는 풀로 엮은 보금자리에서 살았을 때였고, 짐승을 잡아 털도 뽑지 않은 채 먹었고 피를 그대로 마시던 시대였으므로, 세상은 질박하고 백성은 순박하였으며, 문자와 문화는 아직 만들어지지 않았었다. 복희씨가 천하를 왕으로서 지배하던 시대에 이르러 처음으로 팔괘를 설계하고 서계라는 최초의 문자를 발명하여 결승으로써 소통하던 시대를 대체하니, 이로부터 기록과 문서가 생겨났다. 『역』에 이런 구절이 있다. "천문, 즉 하늘의 무늬를 봄으로써 세상이 바뀌는 현상을 살피고, 인문, 즉 사람들의 모습을 봄으로써 천하가 제대로 이루어지도록 교화시킨다." 이처럼 밖으로 표출되는 모습이 갖는 시대적인 의의는 매우 오래되었다.

• • •

若夫椎輪為大輅之始, 大輅寧有椎輪之質. 增冰為積水所成, 積水曾微增冰之凜. 何哉. 蓋踵其事而增華, 變其本而加厲, 物既有之, 文亦宜然, 隨時變改, 難可詳悉.

若夫: '至於'와 같은 뜻. ~에 이르러서는. **椎**: 몽치 추. **椎輪**추륜: 바퀴통이 없는 원시적인 바퀴. **輅**: 수레 로. **大輅**: 은나라 때 천자가 타던 수레. **質**: 질박할 질. **增**: '켜 층層'과 같은 글자. **增冰**증빙: 얼음을 층층이 쌓아 올리다. **曾**: '끝내 경竟'과 같다. **微**미: '없을 무無'와 같다. **凜**: 찰 름. **踵**: 이을 종. 계승하다. **厲**: 갈 려. 갈고 닦아서 엄정하게 만들다. **物既有之**: 사물에도 이러한 현상이 있다. **悉**: 다 실.

바퀴통이 없는 통바퀴 수레의 경우를 보면, 이것이 후대에 천자가 타는 대로大輅의 처음 모습이지만, 이 대로의 어디에서 통바퀴 수레의 질박한 모양을 찾아볼 수 있는가? 얼음을 층층이 쌓아 올린 것은 실상 물을 축적해서 이루어낸 것이지만, 물을 아무리 축적해도 끝내 얼음을 층층이 쌓았을 때의 냉기는 없다. 어째서인가? 왜냐하면 원시적인 수레 만드는 일을 계승해서 거기에 화려한 장식을 보태고, 원래 모양을 변형시키고 그것을 깔끔하게 다듬는 일을 더했기 때문이다. 다른 사물에도 이러한 현상이 존재하고 글도 역시 마땅히 그러하니, 시대에 따라서 변화하는 것은 이를 상세히 모두 알기는 어렵다.

• • •

嘗試論之曰, 詩序云: 詩有六義焉, 一曰風, 二曰賦, 三曰比, 四曰興, 五曰雅, 六曰頌. 至於今之作者, 異乎古昔, 古詩之體, 今則全取賦名. 荀宋表之於前, 賈馬繼之於末.

嘗: 맛볼 상. 시험 삼아. **古詩之體**: 옛날 시의 모습, 모양. **今**: 오늘에 와서는. **全取賦名**: 전적인 것이 되어 부라는 이름을 취하다. 독립적으로 되다. **荀宋**순송: 전국 시대에 순자와 송옥宋玉은 각각 「부편賦篇」과 「풍부風賦」를 지었다. **表之**: 부는 어떻게 창작해야 하는가를 표명하다. **賈馬**: 가의賈誼와 사마상여司馬相如.

이것을 한번 시험적으로 따져보자. 『시경』 「서」에 이런 구절이 있다. "『시경』에는 육의六義라는 것이 있는데, 첫째가 풍風, 둘째가 부賦, 셋째가 비比, 넷째가 흥興, 다섯째가 아雅, 여섯째가 송頌이다. 오늘날의 작가들에 이르러서는 옛날과는 달라졌으니, 옛날 『시경』 시의 체제가 오늘에 와서는 하나의 독립적인 것이 되어 부賦라는 이름을 취하게 되었다. 순자와 송옥이 앞쪽에서 (부는 어떻게 창작해야 하는가를) 표명하자, 가의와 사마상여가 끄트머리에서 이를 이어 나갔다.

•••

自茲以降, 源流寔繁, 述邑居則有憑虛亡是之作, 戒畋遊則有長揚羽獵之制. 若其紀一事詠一物, 風雲草木之興, 魚蟲禽獸之流, 推而廣之, 不可勝載矣.

茲: 이 자. **以降**이강: 이후로. **源流**: 원천으로부터 나와 흘러가는 긴 흐름. **寔**: 이 식. '是'와 같다. **繁**: 많을 번. 복잡다단하고 풍부하다. **邑居**: 대도시의 생활. **憑虛**빙허: 장형張衡의 「서경부西京賦」에 나오는 가공의 인물. **亡是**무시: 무시공亡是公. 사마상여의 「자허부子虛賦」에 나오는 가공의 인물. **畋**: 사냥할 전. **長揚羽獵**: 양웅揚雄의 「장양부長揚賦」와 「우렵부羽獵賦」를 가리킨다. **制**: 만들 제. 작품. **其**: 그들이. **紀**: 기록할 기. **詠**: 읊을 영. **載**: 실을 재. 기록하다.

이들 이후로 원류는 무성하게 흘러 발전하였으니, 대도시의 생활을 서술한 작품으로는 빙허가 나오는 장형의 「서경부」와 무시공이 나오는 사마상여의 「자허부」가 있고, 제왕의 사냥 행사를 경계하는 작품으로는 양웅의 「장양부」와 「우렵부」가 있다. 만일 그들이 하나의 사건을 기록하고 하나의 사물을 읊을 때면, 바람·구름·풀·나무 등에서 느끼는 감흥이 물고기·벌레·새·짐승 등의 종류로 미루어 확대되는 것은 이루 다 실을 수 없을 정도이다.

•••

又楚人屈原, 含忠履潔, 君匪從流, 臣進逆耳, 深思遠慮, 遂放江南. 耿介之意既傷, 壹鬱之懷靡愬. 臨淵有懷沙之志, 吟澤有憔悴之容, 騷人之文, 自茲而作.

履: 밟을 리. 실천하다. **潔**: 깨끗할 결. **履潔**: 청렴을 실천하다 **匪**: 광주리 비. '아닐 비非'와 같다. **從流**: 신하의 충간에 따르기를 물 흐르듯 하다. **進**: 나아갈 진. 임금에게 간언을 드리다. **逆耳**: 귀에 거슬리다. **放**: 놓일 방. 추방되다. **耿**: 빛날 경. **耿介**: 충정하고 강직하다. **壹鬱**일울: '抑鬱억울'과 같은 말. **愬**: 하소연할 소. **臨淵**임연: 못가에 서서 내려다보다. **懷沙**회사: 강가의 모래톱을 그리워하다. 『초사』 '구장九章'의 시편 이름. 이 「회사懷沙」는 굴원이 투신하기 전에 지었다고 전해진다. **吟**: 읊을 음. **憔悴**초췌: 여위고 파리하다. **騷人**소인: 초사를 지은 작가를 일컫는 말. **作**: 일어날 작.

또한 초나라 사람 굴원屈原은 충정의 마음을 품고 청렴을 실천하였지만, 임금이 신하의 간언에 물 흐르듯 따르지 않고 신하가 드리는 간언에 귀가 거슬린다고 여겼다. 그래서 그는 깊이 생각하고 먼 앞날을 염려하다가 결국 강남으로 추방되었다. 강직한 충정의 의지는 이미 상처를 입었고, 억울한 속마음은 어디 하소연할 데도 없었다. 못가에 서서 내려다보노라니 뛰어내려 모래톱을 끌어안을 의지가 생겨났고, 못가를 배회하며 읊노라니 초췌한 안색이 역력하였다. 초사를 지은 사람들의 글은 이로부터 일어났다.

•••

詩者, 蓋志之所之也, 情動於中而形於言. 關雎麟趾, 正始之道著; 桑間濮上, 亡國之音表. 故風雅之道, 粲然可觀.

關雎: 『시경』 주남周南 부분의 「관저」편. 이 책 맨 앞에서 본 대로, 문왕의 후비后妃의 덕을 노래한 시라고 전해진다. **麟趾**: 『시경』 주남의 「인지지麟之趾」편을 가리킨다. 임금의 자손들이 훌륭함을 읊은 시. **正始**: 올바른 시작. **著**: 드러낼 저. **桑間濮上**상간복상: 위衛나라 복수濮水 가에 상간이라는 곳이 있었는데 청춘남녀들이 만나서 연애하는 장소로 유명했다고 한다. **表**: 겉모습 표. **風雅**풍아: 『시경』을 상징하는 말. **粲**: 선명할 찬.

시란 무릇 의지가 가는 바이고, 감정이 속으로부터 움직여 말에서 형체를 갖춘 것이다. 『시경』의 「관저」편과 「인지지」편은 올바른 시작의 도리가 무엇인지를 드러낸 것이고, 상간과 복수 가에서 불린 노래들은 망국의 노래가 어떤 겉모습을 갖는지 보여준다. 그러므로 『시경』의 풍아의 도리는 아주 선명해서 훤히 볼 수 있었다.

• • •

自炎漢中葉, 厥塗漸異, 退傅有在鄒之作, 降將著河梁之篇, 四言五言, 區以別矣. 有少則三字, 多則九言, 各體互興, 分鑣並驅.

炎: 불꽃 염. **炎漢**: 한나라는 오행설에서 화덕火德을 표방하였으므로 염한이라고 불렸다. **厥**궐: '其'와 같다. **塗**: '길 도道'와 같다. **傅**: 스승 부. **退傅**: 서한의 위맹韋孟은 초왕의 사부로 갔다가 나중에 추鄒나라로 돌아와 4언시 「재추시在鄒詩」를 지었다. **降將**항장: 항복한 장수, 즉 이릉李陵 장군을 가리킨다. 이릉은 흉노 정벌에 혁혁한 공을 세웠지만, 나중에 중과부적으로 흉노에 항복하였다. 그가 지은 오언시에 「여소무시與蘇武詩」라는 이별시가 있는데, 여기에 "손에 손을 잡고 황하의 다리에 오르니"(携手上河梁)라는 구절이 나온다. **河梁之篇**하량지편: '河梁'이 나오는 시는 제3편이다. **區**: 구분할 구. **各體**: 각종 시의 형식. **互興**호흥: 일제히 일어나 발전하다. **鑣**: 재갈 표. 말 재갈의 입가 양쪽으로 나온 부분. **並驅**병구: 나란히 달리다.

한나라 중엽부터 그 도리가 발전하는 길이 점차 달라졌다. 추나라로 돌아온 위맹까지만 해도 4언시인 「재추시」라는 작품이 있었지만, 항복한 장수인 이릉에 와서는 5언시인 「여소무시」를 지었으니, 4언과 5언으로 각각 구분되어 별개로 발전하였다. 어떤 경우는 글자 수가 모자라서 3자짜리가 끼어 있는가 하면 다언多言인 경우는 9언까지도 있으니, 이렇게 각종의 형태가 일제히 일어나 말 재갈의 양쪽 굴레처럼 나란히 발전하였다.

•••

頌者, 所以游揚德業, 褒讚成功, 吉甫有穆若之談, 季子有至矣之歎. 舒布為詩, 既言如彼; 總成為頌, 又亦若此.

游揚: 선양하다. **德業**: 큰 업적을 이루다. **褒**: 기릴 포. **吉甫**: 주 선왕 때의 중신인 윤길보尹吉甫를 말한다. 『시경』 대아의 「증민烝民」편을 지었다고 전한다. **穆若**목약: 「증민」편의 '화목하기가 맑은 바람과 같네'(穆若淸風)라는 구절을 가리킨다. **季子**: 오나라 공자 계찰季札을 가리킨다. **至矣**: 지극하도다. 계찰이 노나라에 가서 주나라 음악을 듣고는 '정말로 지극하도다'라고 감탄하였다는 고사. **舒**: 펼 서. **舒布**서포: 넓게 펴다. **既言**: 이미 앞서 말한 바. **彼**: 저 피. 여기서는 풍·아·위맹·이릉 등을 가리킨다. **總成**총성: 공적에 대한 찬양을 모아서 이루어진 것. **此**: 이 차. 길보의 「증민」편과 계찰의 감탄을 뜻한다.

송頌이란 커다란 업적을 찬양하고 공적의 성취를 기리는 방도로서 윤길보가 「증민」편의 찬사를 만들어낸 것과 오나라 공자 계찰이 '정말로 지극하도다!'라는 감탄사를 토로한 것이 그것이다. 밖으로 널리 펴내는 것이 시임은 앞서 풍·아·위맹·이릉 등을 예로 들어 이미 말한 바 있고, 공적에 대한 찬양을 모아서 이룬 것이 송이라는 사실도 윤길보와 계찰을 예로 들어 말한 바 있다.

•••

次則箴興於補闕, 戒出於弼匡, 論則析理精微, 銘則序事清潤, 美終則誄發, 圖像則讚興.

次: 다음 차. 이후에 나오는 각종 문체를 가리킨다. **補闕**보궐: 결핍되거나 잘못된 부분을 보충하다. **弼**: 도울 필. **匡**: 바로잡을 광. **弼匡**: 군왕을 보필하고 과실을 바로잡다. **析**: 가를 석. **精微**: 정확하고 세밀하게. **銘**: 새길 명. **序事**: 사건을 서술하다. **潤**: 젖을 윤. 촉촉한. **美終**: 죽은 사람을 찬미하다. **誄**: 조문 뢰. **圖像**: 초상을 그리다. **讚**: 기릴 찬. 초상에 제사題辭를 넣다.

이 밖에 나오는 문체에 대해서 말할 것 같으면, 잠箴은 모자란 부분을 채우자는 취지에서 일어난 글이고, 계戒는 군왕을 보필하고 과실을 바로잡자는 취지에서 나온 글이다. 론論은 이치를 정확하고 세밀하게 분석해야 하고, 명銘은 사건을 맑고 촉촉하게 서술해야 한다. 죽은 사람을 칭송하려면 뢰誄를 써야 하고, 초상화에 제사題辭를 넣으려면 찬讚을 가져와 써야 한다.

•••

又詔誥教令之流, 表奏箋記之列, 書誓符檄之品, 弔祭悲哀之作, 答客指事之制, 三言八字之文.

詔: 알릴 조. '비칠 조照'와 같다. 몽매한 자들에게 빛처럼 위에서 비춰서 깨우치게 하다. **誥**: 알릴 고. **教**: 가르치는 말 교. **令**: 금지하는 말 령. **表**: 드러낼 표. 속에 있는 말을 밖으로 표현하다. **奏**: 진언할 주. **箋**: 부언할 전. **書**: 있는 사실 그대로 적다. **誓**: 맹세할 서. 제후들에게 약속하다. **符**: 부절 부. '미쁠 부孚'와 같다. 위조를 방지하고 신용을 담보하기 위한 부절의 글. **檄**: 격문 격. '밝을 교皦'와 같다. 상대방에게 의지를 명백히 밝히는 글.

弔: 문안할 적, 조상할 조. **祭**: 귀신과 만날 제. **悲**: 마음 아파할 비. **哀**: 슬플 애. 죽은 사람을 생각하며 아까워하는 글. **答客**: 동방삭東方朔이 한 무제에게 올린 상소문인 「답객난答客難」에서 나온 문체의 일종. 어떤 가상의 인물을 상정하고 그가 필자에게 따져 묻는 형식의 풍자 글. 주로 (사람이 재주를 품었으나 때와 사람을 못 만났다는 의미의) 회재불우懷才不遇를 풍자한다. **指事**지사: 양웅의 「해조解嘲」처럼 다른 사람들의 비웃음에 대하여 자신을 해명하는 글. **三言**: 『전국책戰國策』 제12편의 편명인 「해대어海大魚」와 같은 글. 제나라 정곽군靖郭君이 설薛나라에 성을 쌓으러 가려 하였다. 식객들이 모두 반대하였지만 끝내 들으려 하지 않자, 어느 한 식객이 단 세 글자만 아뢰겠다고 해서 들어오라 했더니 '해대어海大魚'라고만 말하고 나가려 하였다. 정곽군이 궁금해서 물었더니 "바다에 큰 물고기가 있는데, 이 고기는 그물로도 잡을 수 없고 낚시로도 낚을 수 없지만 물을 떠나면 땅강아지와 개미들만 좋아할 뿐입니다. 임금님께서는 지금껏 제나라의 비호를 받아오셨는데, 이제 와서 왜 제나라를 떠나십니까? 설나라에 가셔서 성을 하늘 높이 쌓으셔봤자 얻을 게 없습니다"라고 대답하였다. 그러자 정곽군이 축성을 포기하였다고 한다. **八字**: 진나라 이사가 황제의 명으로 화씨벽으로 옥새를 만들고 거기에 전각해 넣었다는 '受命於天, 旣壽且昌'(하늘로부터 명을 받아 황제가 되셨으니 장수하시고 또한 번창하시리라)과 같은 여덟 글자를 가리킨다.

이 외에도 백성에게 두루 반포하는 조詔, 정책이나 사실을 알리는 고誥, 지침을 가르치는 교教, 금지를 알리는 영令 등의 부류가 있고, 신하가 의사를 개진하는 표表, 진언하는 주奏, 부언하는 전箋, 사실을 기록하는 기記 등의 계열이 있으며, 사실을 묘사하는 서書, 제후들에게 선서하는 서誓, 위조를 방지하고 신용을 담보하기 위한 부절에 쓰는 글인 부符, 상대방에게 단호한 의지를 명백히 밝히는 글인 격檄 등의 작품이 있고, 조문하는 글인 조弔, 귀신에게 고하는 글인 제祭, 마음 아파하는 글인 비悲, 죽은 사람을 생각하며 아까워하는 글인 애哀 등의 작품이 있으며, 손님과의 가상적인 대화를 적은 답객答客, 어떤 사건에 대한 해명 글인 지사指事 등의 작품도 있고, 세 글자로 된 수수께끼 같은 삼언三言과 옥새 등에 여덟 글자로 전각된 팔자八字 같은 글도 실려 있다.

•••

篇辭引序, 碑碣誌狀, 眾制鋒起, 源流間出. 譬陶匏異器, 並爲入耳之娛; 黼黻不同, 俱為悅目之翫, 作者之致, 蓋云備矣.

篇辭: 책의 각 편·장 서두에 내용을 요약한 글. **引序**: 책의 서문 또는 들어가는 말(introduction). **碣**: 비 갈. **誌**: 기록할 지. 연대를 기록하다. **狀**: 문서 장. 평생의 공적을 쓴 행장. **鋒起**: 창끝처럼 여기저기서 솟아나다. '鋒'은 '벌 봉蜂'과 같으므로 '벌떼처럼 일어나다'로 해석해도 된다. **間**: 뒤섞일 간. **譬**: 비유할 비. **陶**: 질그릇 도. 여기서는 질흙으로 만든 나발을 가리킨다. **匏**: 박 포. 여기서는 생황 같은 관악기. **黼黻**보불: 고대 예복에 수놓은 무늬. **黼**: 흑백이 섞인 무늬. **黻**: 흑청黑青이 섞인 무늬. **悅目**열목: 눈을 즐겁게 하다. **翫**: 감상할 완. '玩' 자와 같다. **致**: 가져올 치. 결과, 의도.

책의 각 편·장 서두에 내용을 요약한 글인 편사篇辭와 책의 들어가는 말이나 서문인 인서引序, 비석에 쓰인 글인 비문碑文과 갈문碣文, 연대 기록인 지誌와 평생의 공적을 쓴 행장行狀 등도 무더기로 지어지고 창끝처럼 여기저기서 솟아났으며, 원천에서 나온 흐름들이 서로 뒤섞여 나타나기도 하였다. 비유하자면 질나발과 생황이 서로 다른 악기지만 두 가지가 함께 우리 귀에 들어와 즐거움이 되는 것과 같기도 하고, 흑백이 섞인 무늬인 보黼와 흑청黑青이 섞인 무늬인 불黻은 전혀 다른 것이지만 이 두 가지가 함께하여 눈을 즐겁게 하는 감상거리가 되는 것과도 같으니, (이러한 문학 형식들을 통하여) 작가가 표현하고자 하는 바는 거의 갖추어 드러났다고 말할 수 있다.

•••

余監撫餘閑, 居多暇日, 歷觀文囿, 泛覽辭林, 未嘗不心遊目想, 移晷忘倦.

撫: 어루만질 무. **監撫**: '監國撫軍감국무군'의 준말. 나라를 감독하고 군대를 위무하다. 『좌전』에서 왕이 출타 시 태자가 해야 하는 일을 서술한 말. **歷**: 두루 력. **囿**: 동산 유. **泛**: 넓을 범. **未嘗不**: 일찍이 ~하지 않은 적이 없었다. **心遊目想**: '目遊心想'(눈은 이리저리 옮아 다니고 마음은 이것저것 생각함)이 도치된 문장. 즉 독서하는 모습을 묘사한 말이다. **晷**: 그림자 구. **移晷**: 그림자가 옮겨가다. 즉 시간이 지나가는 모양. **倦**: 지겨울 권.

내가 폐하께서 출타 중에 나라를 감독하고 군대를 위무하다가 시간적 여유가 생겨 평일에 한가한 나날을 며칠 보낼 수 있어서, 서적을 많이 모아둔 도서관을 두루 둘러보고 여러 문학 작품들을 널리 뒤척여보았다. 눈은 이리저리 옮아 다니고 마음은 이것저것 생각하노라니 시간이 아무리 지나도 지루한 줄을 몰랐다.

•••

自姬漢以來, 眇焉悠邈, 時更七代, 數逾千祀. 詞人才子, 則名溢於縹囊; 飛文染翰, 則卷盈乎緗帙, 自非略其蕪穢, 集其清英, 蓋欲兼功, 太半難矣.

姬: 성 희. 희씨의 주나라를 가리킨다. **眇**: 멀 묘. **邈**: 멀 막. **悠邈**유막: 요원하다, 아득히 오래되다. **更七代**: 주나라에서 양梁나라까지 7대 왕조가 바뀌다. **逾**: 넘을 유. **祀**: 해 사. '年'과 같다. **詞人才子**사인재자: 재기 넘치는 문인들. **溢**: 넘칠 일. **縹**: 옥색 표. **縹囊**표낭: 옥색의 책가방. **飛文**: 휘갈겨 쓴 문장. **染翰**: '염한성장染翰成章'의 준말. 붓에 먹을 묻혀 글을 쓰다. **卷**:

두루말이 권. **緗**: 담황색 상. **帙**: 책갑 질. **自非**: 만일 ~하지 않으면. **略**: 다스릴 략. 제거하다. **蕪**: 거칠 무. **穢**: 잡초 예. **蕪穢**: 제거해야 할 거친 것과 잡초 같은 것. **清英**: 정화精華. 순수한 핵심. **蓋**: 아마 개. **兼**: 배가할 겸. **太半**태반: 대부분, 거의.

주나라와 한나라 이래로 보자면 아주 멀게도 오래되어서 그사이 시대는 7대 왕조가 바뀌었고 햇수는 1천 년이 넘었다. 이 기간의 재기 넘치는 문인들을 보자면, 이름들이 옥색 책가방에서 넘쳐흐를 정도이고, 휘갈겨 쓴 글과 붓으로 쓴 작품들을 보면 그 두루마리들이 담황색 책갑에 꽉 차 있어서, 만일 거친 것과 잡초 같은 것을 제거하고 가장 핵심적인 정화만 추려 모으지 않는다면, 능률을 두 배로 올리고자 하는 일은 거의 어렵다고 봐야 할 것이다.

•••

若夫姬公之籍, 孔父之書, 與日月俱懸, 鬼神爭奧, 孝敬之准式, 人倫之師友, 豈可重以芟夷, 加以剪截. 老莊之作, 管孟之流, 蓋以立意為宗, 不以能文為本, 今之所撰, 又以略諸.

若夫: ~의 경우에는. **姬公**: 주공周公 단旦을 가리킨다. **孔父**: 공자를 가리킨다. **奧**: 깊을 오. **准式**준식: 준칙, 규범. **重**: 거듭 중. 보태다. **芟**: 벨 삼. **夷**: 평평할 이. **芟夷**: 깨끗하게 제거하다. **剪**: 가위 전. **截**: 끊을 절. **剪截**: 가위로 잘라버리다. **立意**: 자신의 생각을 표현하다. **能文**능문: 글을 잘 쓸 수 있는 능력과 재주. **今之所撰**금지소찬: 지금 내가 편찬하는 바, 즉 『문선』을 가리킨다. **諸**저: '之'·'其'와 같은 지시대사.

주공 단이 지은 서적과 공자가 편찬한 책에 대해 말하자면, 이들은 해와 달과 함께 하늘에 걸려 있고 귀신과 그 깊이를 다투는 것으로서, 효와 공경의 규범이고 인륜의 스승이자 벗이니 어찌 여기에 거듭해서 깔끔하게 다듬거나 가위

질을 더하여 잘라버릴 것이 있겠는가? 노자와 장자의 저술과 관자와 맹자 등의 유파들은 대개 자신의 사상을 설파하는 것을 주종으로 삼고 글쓰기 능력을 근본으로 삼지 않았다. 지금 내가 편찬하는 책에서는 이 때문에 이들을 제외하였다.

•••

若賢人之美辭, 忠臣之抗直, 謀夫之話, 辨士之端, 冰釋泉湧, 金相玉振.

抗直항직: 정직하게 간언하는 일. **謀夫**: 계략을 입안하는 사람. **話**: 명언화. **辨士**변사: 말을 설득력 있게 잘하는 사람. **端**: 끝 단. 혀끝을 가리킨다. **湧**: 샘솟을 용. **相**: 바탕 상. '바탕 질質'과 같은 말. **振**: 떨칠 진. **玉振**: 옥 부딪는 소리가 나다. 바탕뿐 아니라 겉으로 보이는 모습도 훌륭하다는 뜻.

현자의 훌륭한 말씀, 충신의 정직한 간언, 전략가의 명언, 웅변가의 달변 등에 관해서 말하자면, 이들은 마치 얼음이 녹고 샘이 용솟음치듯 하고, 금을 재질로 하여 만든 데에 더하여 옥이 부딪는 소리까지 나는 글이다.

•••

所謂坐狙丘, 議稷下, 仲連之卻秦軍, 食其之下齊國, 留侯之發八難, 曲逆之吐六奇, 蓋乃事美一時, 語流千載, 概見墳籍.

狙丘저구: 제나라 고대 지명. **稷下**직하: 제 선왕은 도읍인 직하에 직하학궁이라는 학술원을 만들고는 천하의 학자와 유세객을 불러서 연구·토론하게 하였다. 그래서 '聽狙丘稷下談'(저구와 직하에서의 토론을 듣다)라는 성어가 생겼다. **卻**: 물리칠 각. **仲連之卻秦軍**: 제나라 노중련魯仲連이 조나라에 유세를 왔을 때 진나라 군대가 한단을 포위했다. 그는 설득력 있는 화려한 수사법으로 진에 항복하지 말고 항거하라고 유세하여 결국 진나라 군대를 물러가게 했다고 한다. **食其**이기: 진 말, 한 초에 살았던 유세가 역이기酈食其. 한고조 유방를 위해 일한 사람. **下**: 떨어질 하. 항복하다. **留侯**: 한고조의 책략가였던 장량張良. 개국공신으로 유후에 책봉된 것이다. **八難**팔난: 장량이 유방에게 제기한, 정권을 세우기 위해 해결해야 할 여덟 가지 난제. **曲逆**: 한고조에게 곡역후로 책봉된 승상 진평陳平을 가리킨다. **六奇**육기: 진평이 유방에게 건의한 여섯 가지 기발한 묘책. **乃**: '이 차此'와 같은 말. **美**: 아름답게 드러나 보이다. **一時**: 그 당시에 일시적으로. **概**: 대략 개. **墳籍**분적: 옛날 전적.

천하의 달변과 세객說客이 모였다고 하는 이른바 제나라 저구의 좌중에서 나온 말과 직하의 토론에서 나온 말, 조나라를 포위한 진나라 군대를 퇴각시킨 제나라 노중련의 선동적인 연설, 역이기가 제나라를 설득해서 한고조 유방에게 항복시킨 말, 유후 장량이 한고조에게 여덟 가지 난제를 제의하고 설득한 말, 곡역후 진평이 유방에게 여섯 가지 기발한 묘책을 내놓고 설득한 말 등, 이들 사건은 당시에 칭송을 받았던바, 그들의 말이 천 년을 흘러 대체로 옛날 전적에 보인다.

•••

旁出子史, 若斯之流, 又亦繁慱. 雖傳之簡牘, 而事異篇章, 今之所集, 亦所不取.

旁: 옆 방. 간혹. **子**: 제자서諸子書. **史**: 사서. **慱**: '넓을 박博'과 같은 글자. **繁慱**번박: 널리 깔려 있다. **牘**: 나뭇조각 독. **事**: 기사. **篇章**: 문학 작품을 가리킨다.

그리고 어떤 것은 제자서와 사서 등에 나타나기도 하는데, 이와 같은 종류의 글 또한 이곳저곳에 널리 분포되어 있는바, 아무리 희귀한 옛날 나무판 기록으로 전해졌다 하더라도 이들 기사는 문학 작품과는 다르기 때문에 이번의 작품집에서는 취하지 않았다.

•••

至於記事之史, 繫年之書, 所以褒貶是非, 紀別異同, 方之篇翰, 亦已不同.

繫年계년: 편년編年과 같은 말. 연대순으로 엮다. **褒**: 기릴 포. **貶**: 낮출 폄. **褒貶**: 덕이 있는 행위는 칭찬하고 덕이 없는 행위는 낮춰 말하는 『춘추』의 역사 기술 방법. 포폄을 직접적으로 서술하지 않고 상징적으로 표현하였는데 이를 춘추필법이라고 부른다. **紀別**기별: 기록이 구별되다. **異同**: 정상적인 방법과 다름. 즉 서술이 일반적인 것과 다르면 거기에는 특별한 의미가 들어 있다는 뜻. **方**: 견줄 방. **篇翰**편한: 문학 작품.

사실을 기록한 역사서에 관하여 말하자면, 이들은 연대순으로 엮은 책으로서 덕스러운 일과 그렇지 못한 일, 그리고 옳고 그름을 판단하는 수단이어서 이를 기록하는 방식의 구별에 따라 의미의 차이가 생겨난다. 따라서 이를 문학 작품과 비교하는 것 자체가 이미 차원이 다른 것이다.

•••

若其讚論之綜緝辭采, 序述之錯比文華, 事出於沉思, 義歸乎翰藻, 故與夫篇什, 雜而集之.

讚: 기릴 찬. 찬미하는 글. **論**: 득실을 따지는 글. **緝**: 이를 집. **綜緝**종집: 자료를 모아서 체계적으로 편집하다. **辭采**사채: 각종 문채文彩/文采 나는 단어를 동원해서 아름답게 지은 글. **序述**: 역사적 사실을 기술하다. **錯比**

착비: 대비되는 말들을 이리저리 교차시키다. **事**: 사건의 주제. **沉**: 가라앉을 침. '깊을 심深'과 같은 글자. **義**: 글의 내용과 의미. **翰藻**한조: 문채. 앞의 '辭采'와 같은 뜻. 내용이 문채에 돌아가다, 즉 내용과 문채가 서로 부합한다는 뜻. **夫**: 저 부. **篇什**편십: 『시경』에서 아雅와 송頌은 시를 열 편씩 모아서 십什으로 불렀으므로 이로부터 시편 또는 시의 의미로 쓰이게 되었다.

누구를 찬미하는 글인 찬讚과 득실을 따지는 글인 논論처럼 문채 나는 수사를 모두 동원한 글은 서술 방식이 서로 대비되는 언어를 교차시켜서 수사의 진수를 만들어냈고, 기사의 주제가 깊은 사유를 통해 나왔으며, 내용도 아름다운 문채와 부합하였다. 따라서 저들 문학 작품 부류와 더불어 한데 섞어 모아놓았다.

•••

遠自周室, 迄于聖代, 都為三十卷, 名曰文選云耳. 凡次文之體, 各以彙聚詩賦, 體既不一, 又以類分, 類分之中, 各以時代相次.

迄: 이를 흘. **聖代**: 현재의 왕조를 높여 부르는 말. **耳**: 범위를 나타내는 조사. 뿐, 따름. **次文**: 작품을 배열하는 순서. **彙**: 무리 휘. **彙聚**휘취: 같은 종류끼리 모으다. **體**: 시부의 체제. **既**: 여기서는 접속 기능. ~이기 때문에. **類分**: 더 작은 소분류로 나누다. **相次**: 순서를 매기다.

멀리 주나라 때부터 현재의 왕조에 이르기까지 엄선한 작품이 모두 30권에 이르렀으므로 이를 이름하여 『문선文選』이라고만 썼다. 무릇 작품을 배열하는 순서의 체제는 시와 부를 각각 같은 종류끼리 모이도록 하였는데, 이러한 체제도 하나같지 않은 게 있어서 다시 더 작은 소분류로 나누었다. 이 작은 분류 안에서는 각각 시대에 따라 순서를 매겼다.

시대를 앞서간 문학론 — 유협劉勰, 『문심조룡文心雕龍』

『문심조룡』은 남조 양梁나라의 문학 비평가 유협이 지은 문학 비평서다. 전서 10권, 50편의 문장으로 이루어졌고, 대략 502년경에 출간되었다. 중국 최초의 전문적이고도 체계적인 문학 비평서로서, 기본적으로 유가와 도가 사상의 토대 위에서 문학을 바라보고 있다. 그래서 도를 문학의 근원으로, 성인을 문인이 배워야 할 사표로, 경전을 문장의 본보기로 각각 표방하였다. 그러면서도 재才와 기氣라는 개념으로써 작가의 개성을 중시하였다. 이 책에서 유협은 형식과 내용의 관계, 전통과 창신創新의 관계, 그리고 당대 미학에 근거한 심미론 등 창작과 감상에 대하여 폭넓게 다루고 있다.

유협(465~521)은 산동의 동완東莞 사람이고, 일찍이 승려인 승우僧祐에게 유가와 불가의 이론을 배웠다. 『문심조룡』 편찬 이후 소명태자에게 인정을 받아 그의 밑에서 일하게 되었으나, 태자가 죽은 뒤 출가하여 승려가 되었다. 그의 『문심조룡』은 유지기劉知幾의 『사통史通』, 장학성張學誠의 『문사통의文史通義』와 함께 중국의 문사文史 비평 3대 명저로 꼽힌다.

진실과 수사修辭 — 「정채情采」편

'정情'은 진실을, '채采'는 꾸밈을 각각 의미한다. 아름다움의 본질은 진실에 있는데, 진실을 밝히려면 말로써 꾸며야 한다. 그런데 말을 꾸미다 보면 진실이 왜곡되면서 허구가 되는 모순이 발생한다. 이 글은 이러한 진실과 꾸밈 사이의 모순을 문학적 개념으로 설명하고 있다.

●●●

聖賢書辭, 總稱文章, 非采而何. 夫水性虛而淪漪結, 木體實而華萼振, 文附質也. 虎豹無文, 則鞹同犬羊; 犀兕有皮, 而色資丹漆, 質待文也.

書辭: 책과 말씀. 즉 저작물을 뜻한다. **文章**: '文'은 아름다움을, '章'은 밝히 드러냄을 각각 가리키므로 '문장'의 원래 뜻은 '아름답게 의미를 드러내는 수단'이 된다. **采**: 아름다운 무늬 채. 문채. **淪**: 물결 륜. **漪**: 잔물결 의. **萼**: 꽃받침 악. **振**: 떨쳐낼 진. **質**: 실체 질. **豹**: 표범 표. **鞹**: 생가죽 곽. **犀**: 무소 서. **兕**: 암 무소·외뿔 소 시. **資**: 바탕 자. **丹漆**단칠: 붉은 옻칠. **待**: 의지할 대.

성인과 현인들이 지은 글과 말씀을 모두 일컬어 문장이라고 부르니, 이들이 아름답지 않으면 무엇이 아름다운가? 무릇 물의 속성은 비어 있어서 물결이 맺어지고 나무의 몸은 꽉 차 있어서 꽃받침이 트는 것처럼, 꾸미는 일은 실체에 붙어 일어나는 일이다. 범과 표범에 무늬가 없다면 그 생가죽은 개나 양과 같고, 무소에게도 (훌륭한) 가죽이 있지만 그 원피에 색을 먹이고 붉은 옻칠을 해야 하는 것이니, 바탕이란 (아무리 좋아도) 꾸밈을 기다려야 한다.

●●●

若乃綜述性靈, 敷寫器象, 鏤心鳥跡之中, 織辭魚網之上, 其為彪炳, 縟采名矣.

若乃: '至於'와 같은 말. ~에 관해서 말하자면. **綜**: 짤 종. 직조하다. **性靈**: 표현하고자 하는 개인적인 감동이나 깨달음. **敷**: 펼 부. **敷寫**부사: 서술·묘사하다. **器象**: 구체적인 사물의 형상. **鏤**: 아로새길 루. **鏤心**: 마음을 각고하다, 정성을 쏟아 글을 짓다. **鳥跡**: 새 발자국. 창힐이 새 발자국을 보고 한자를 제작하였다는 전설에 의거하고 있으므로 문자(한자)를 상징한다. **魚網**: 그물. 채륜蔡倫이 나무껍질과 그물을 가져다가 종이를 만들었다는 『후한서』의 기록에 바탕을 두고 있으므로 종이를 상징한다. **彪**: 범 무늬 표. **炳**: 빛날 병. **彪炳**: 범의 무늬처럼 광채가 나다. **縟**: 번성할 욕. **名**: '분명하게 드러낼 명明'과 같은 글자.

개인적인 감동이나 깨달음을 잘 짜서 기술하거나 구체적인 사물의 형상을 밖으로 표현하고자 한다면, 문자를 고르는 일에 마음을 괴롭히고 종이 위에 문자를 조직해서 문장을 만들어야 한다. 이러한 문장이 범의 무늬처럼 광채가 나는 것은 문채가 많기 때문임은 분명하다.

•••

故立文之道, 其理有三; 一曰形文, 五色是也; 二曰聲文, 五音是也; 三曰情文, 五性是也.

立文: 글을 글다운 모습으로 만들다. **道**: '길 도途'와 같다. **形文**: 형체적으로 아름답게 묘사하다. **五色**: 청·황·적·백·흑. 『문심조룡』「물색物色」편에 다음과 같은 말이 나온다. "무릇 오색을 표현할 때 그 핵심은 때에 맞춰 나타나게 하는 데 있다. 만일 청색과 황색이 자주 등장하면 번다해서 진귀한 맛이 없다"(凡摛表伍色, 貴在時見, 若青黃屢出, 則繁而不珍). **聲文**: 청각적으로 아름답게 묘사하다. **五音**: 궁·상·각·치·우. 작품을 구성하는 음률을 가리킨다. **情文**: 여러 가지 성정으로 아름다움을 창조해내다. **五性**: 심장(心)·간(肝)·지라(脾)·허파(肺)·콩팥(腎) 등에서 생겨나는 다섯 가지 성정. 진晉 진표晋灼의 『한서음의漢書音義』에 "간의 성정은 고요하고, 심장은 조급하고, 지라는 정력적이고, 허파는 굳건하고, 콩팥은 지혜롭다"(肝性靜, 心性躁, 脾性力, 肺性堅, 腎性智)는 구절이 있다.

그러므로 글을 글다운 모습으로 만드는 길은 이치상 세 가지가 있다. 첫째가 형체적으로 아름답게 묘사하는 일로서 청·황·적·백·흑의 다섯 가지 색, 즉 오색을 구성하는 일이 그것이고, 둘째가 청각적으로 아름답게 구사하는 일로서 궁·상·각·치·우의 다섯 가지 음, 즉 오음을 구성하는 것이 그것이며, 셋째가 인간의 성정으로 아름다움을 창조해내는 것으로서 고요한 간의 성정, 조급한 심장의 성정, 정력적인 지라의 성정, 굳건한 허파의 성정, 지혜로운 콩팥의 성정 등 다섯 가지 성정, 즉 오성을 표현하는 것이 그것이다.

•••

五色雜而成黼黻, 五音比而成韶夏, 五情發而為辭章, 神理之數也.

黼黻: 백색과 흑색으로 도안한 도끼 모양의 무늬를 '보'라 하고, 흑색과 청색으로 '己' 자 두 개를 양쪽으로 이어 나간 연속 무늬를 '불'이라 한다. **比**: 이어 붙일 비. **韶**소: 순임금 때의 악곡 이름. **夏**: 우임금 때의 악곡 이름. **五情**: '五性'으로 고치는 것이 옳다. **神理**: 신묘한 이치. 『문심조룡』「원도原道」편의 이른바 '자연지도自然之道'와 같은 뜻. **數**: 딱 떨어지는 정해진 이치. 공식.

오색이 서로 섞여서 흑백과 흑청으로 이루어진 전통 문양을 이룩하였고, 오음이 서로 이어져서 순임금 때의 소악韶樂와 우임금 때의 하악夏樂을 이룩하였으며, 오성이 표출되어서 훌륭한 글과 말씀을 이룩하였으니, 이것은 자연의 이치가 만들어낸 당연한 결과이다.

•••

孝經垂典, 喪言不文; 故知君子常言, 未嘗質也. 老子疾僞, 故稱美言不信, 而五千精妙, 則非棄美矣.

垂: 드리울 수. 전하여 물려주다. **典**: 법 전. 모범. **喪言**: 부모의 죽음을 애도하는 말. **不文**: 아름답게 꾸미지 않다. 『효경』「상친喪親」에 "효자가 부모를 잃었을 때는 곡소리에 가락을 넣지 말아야 하고, 예의를 행함에 단정함을 갖추지 않아야 하며, 말에 수식을 강구하지 않아야 한다"(孝子之喪親也, 哭不偯, 禮無容, 言不文)라는 구절이 있다. **質**: 질박하다, 꾸밈이 없다. **疾**: 미워할 질. **僞**: 거짓 위. 작위하다, 속이다. **美言**: 겉만 화려하고 내용이 없는 말. **美言不信**: 노자 『도덕경』 제81장의 구절. **五千**: 5천 여 글자로 이루어진 노자의 『도덕경』을 가리킨다.

『효경孝經』은 다음과 같은 본보기를 물려주었다. "부모를 애도하는 말은 아름답게 꾸미지 않아야 한다." 따라서 군자의 일상적인 말은 일찍이 질박하지 않았음을 알 수 있다. 노자는 인위적인 것을 미워하였으므로 아름다운 말에 신뢰를 주지 않았다. 그러나 5천 자로 된 노자의 『도덕경』은 매우 정교하게 씌었으므로 그가 아름다움을 아예 버린 것은 아니었다.

•••

莊周云辯雕萬物, 謂藻飾也. 韓非云豔采辯說, 謂綺麗也. 綺麗以豔說, 藻飾以辯雕, 文辭之變, 於斯極矣.

莊周: 장자를 가리킨다. 주周는 장자의 이름. **辯雕**변조: 말재간으로 그럴싸하게 만들다. **辯雕萬物**: 『장자』「천도天道」편에 "기가 막히게 좋은 말솜씨가 아무리 만물을 아름답게 꾸며낸다 해도 스스로 기뻐하지 않는다"(辯雖雕萬物, 不自說也)라는 구절이 있다. **藻**: 무늬 조. **藻飾**조식: 무늬를 넣어 꾸미다. **豔**: 고울 염. '艶염'과 같은 글자. 선망하다. **采**: 이 글자는 '乎'로 고쳐야 한다. **辯說**: 말을 잘하다. 『한비자』「외저설外儲說 좌상左上」에 "무릇 치국강병의 실력을 도모하지 않으면서, 말을 그럴싸하게 잘하는 소리를 선망하는 군주는 도리를 터득한 인재를 물리치고 집을 망가뜨리고 활을 부러뜨리는 자를 임용한다"(夫不謀治强之功, 而豔乎辯說文麗之聲, 是却有術之士, 而任壞屋折弓也)라는 구절이 있다. 綺: 무늬를 넣은 비단 기. 豔說: 말을 그럴듯하게 만들다.

장자는 "기가 막히게 좋은 말솜씨가 만물을 아름답게 꾸며낸다"고 하였는데, 이는 아름답게 수식하는 문채文彩를 일컫는 말이다. 한비자는 "(군주가) 그럴싸하게 말을 잘하는 자를 선망하다"라고 하였는데, 이는 수놓은 비단처럼 화려한 말을 일컫는다. 수놓은 비단처럼 화려하게 해서 말을 그럴듯하게 만들고, 아름답게 꾸미는 말재간으로 사물을 그럴싸하게 만든 것은, 글과 말의 변화가 이러한 예에서처럼 극단까지 간 경우이다.

•••

研味李老, 則知文質附乎性情; 詳覽莊韓, 則見華實過乎淫侈. 若擇源於涇渭之流, 按轡於邪正之路, 亦可以馭文采矣.

研味연미: 자세히 맛을 보다. **李**: '孝효'로 고쳐야 한다. 『효경』을 가리키는 말. **文質**: 얼마나 꾸몄는지, 얼마나 실제적인지의 정도. **性情**: 본성에서 나오는 정감. **華實**화실: 얼마나 화려하게 꾸몄는지, 얼마나 진실한지의 정도. **淫侈**음치: 과장, 과대. **涇渭**경위: 경수涇水와 위수渭水. 둘 다 황하의 지류로서 경수는 황토 고원을 지나오므로 탁류이고 위수는 맑은 물인데 섬서성陝西省 고릉현高陵縣에서 합류한다. **轡**: 재갈 비. **按轡**안비: 고삐를 당기다. **馭**: 말 부릴 어.

『효경』과 노자의 말을 자세히 음미해보면, 실제에 대하여 꾸민다는 것이 인간의 성정에 부수적인 것임을 알 수 있고, 장자와 한비자의 말을 상세히 살펴보면 진실에 대하여 화려하게 수식하는 것이 과장에서 더 지나친 것임을 알 수 있다. 만일에 흙탕물인 경수와 맑은 물인 위수의 물줄기 중에서 발원지의 물을 선택할 수 있거나, 삐뚤어진 길과 곧바른 길 중에서 고삐를 제대로 당겨 길을 갈 수 있다면, 아름답게 수식하는 일도 적절히 제어할 수 있을 것이다.

•••

夫鉛黛所以飾容, 而盼倩生於淑姿; 文采所以飾言, 而辯麗本於情性. 故情者文之經, 辭者理之緯; 經正而後緯成, 理定而後辭暢; 此立文之本源也.

鉛: 납 연. 납 가루로 만든 화장용 분. **黛**: 눈썹먹 대. **飾容**식용: 얼굴을 꾸미다. **盼**: 눈 예쁠 반. 눈의 흰자위와 눈동자가 또렷한 모양. **倩**: 예쁠 천. '盼倩'은 『시경』「석인碩人」편의 "생끗 웃는 미소가 예쁜 데다가 / 아름다운 눈이 초롱초롱하네"(巧笑倩兮, 美目盼兮)에서 가져온 말이다. **淑姿**숙자: 아름다운 자태. **辯麗**: 글의 유려함과 화려함. **情性**: 진실성. **情**: 진실 또는 실제. **經**: 날줄 경. **辭**: 여기서는 글쓰기를 가리킨다. **緯**: 씨줄 위.

무릇 분과 눈썹먹은 얼굴을 꾸미는 도구일 뿐이고, 여인의 미모는 아름다운 자태로부터 나온다. (마찬가지로) 화려하게 꾸미는 것은 말을 수식하는 것일 뿐이고, 글의 설득력과 문채는 진실성에 근거한다. 그러므로 진실은 꾸밈의 날줄이고, 글쓰기는 이치의 씨줄이다. 날줄이 올바르게 되고 난 다음에 씨줄이 이루어지는 것이고, 이치가 정해지고 난 다음에 글쓰기가 밝히 드러난다. 이것이 바로 글을 글답게 만드는 일의 근원이다.

•••

昔詩人什篇, 為情而造文; 辭人賦頌, 為文而造情. 何以明其然. 蓋風雅之興, 志思蓄憤, 而吟詠情性, 以諷其上, 此為情而造文也; 諸子之徒, 心非鬱陶, 苟馳誇飾, 鬻聲釣世, 此為文而造情也.

詩人: 『시경』 시의 작자, 또는 『시경』의 정신으로 시를 짓는 사람. **什篇**: 『시경』에서 시를 열 편씩 모아서 '什십'이라고 부른 데서 나온 말. 여기서는 시를 가리킨다. **爲情**: 진실한 감정을 표현하기 위해서. **辭人**: 초사나 부와 같은 화려한 문장을 짓는 사람. **爲文**: 꾸밈을 위해서. 꾸미는 일을 하다. **造情**: 진실을 만들다. 양웅揚雄의 『법언法言』「오자吾子」편 가운데 "시인의 부는 아름답게 수식하면서도 법도가 있고, 사를 짓는 사람들의 부는 아름답기는 하지만 도가 지나치다"(詩人之賦麗以則, 辭人之賦麗以淫)라는 구절에서 알 수 있듯이, 유협도 양웅처럼 부에 대하여 편견이 있었던 것으로 보인다. **雅**: 여기서 '아'는 『시경』 중에서 민가가 많이 수록된 소아小雅를 가리킨다. **志思**: 의지와 정신. **蓄憤**축분: 쌓이고 쌓인 울분. **上**: 임금을 비롯한 통치자들. **諸子**: 여기서는 한대 이후의 사부 작가들을 가리킨다. **鬱陶**울도: 울적한 심정. **苟**: 구차할 구. 억지로. **誇飾**과식: 과장되게 수식하다. **鬻**: 팔 죽. **釣**: 낚시 조. **釣世**: 세상 사람들을 속여서 명예를 낚다.

옛날 시인들이 지은 『시경』의 시는 진실한 감정을 표현하기 위해서 꾸미는 일을 하였고, 사인辭人들이 지은 부와 송은 꾸밈을 위해서 진실을 날조해냈다. 무엇으로써 그러한 사실을 알 수 있는가? 무릇 『시경』의 풍風과 아雅가 일어나게 된 것은 의지와 정신에 울분이 쌓이고 쌓인 나머지, 진실한 감정을 읊고 노래함으로써 위의 통치자들을 풍자하기 위한 것이었으니, 이것이 바로 진실한 감정을 표현하기 위해서 꾸미는 일을 한 것이다. 반면에 여러 사부 작가들의 무리는 마음이 울적하지도 않은데 억지로 과장되게 수식하는 일로 치달아서 명성을 팔고 세상 사람들을 속여 명예를 낚았으니, 이것이 바로 꾸밈을 위해서 진실을 날조한 것이다.

•••

故為情者要約而寫真, 為文者淫麗而煩濫. 而後之作者, 採濫忽眞, 遠棄風雅, 近師辭賦, 故體情之制日疎, 逐文之篇愈盛.

要約요약: 가급적 핵심이 드러나도록 수식을 절제하다. **煩濫**번람: 쓸데없는 것이 많아서 공허하게 넘치다. **採濫忽眞**채람홀진: 겉만 그럴싸하게 꾸민 것만을 취하고 진실한 것은 경시하다. **風雅**: 풍과 아의 정신. **師**: 스승 사. 모범으로 삼고 배우다. **體**: 체현할 체. 구체적인 형상으로 묘사하다. **制**: 작품. **逐**: 쫓을 축. **逐文**: 문채만을 추구하다.

그러므로 진실을 추구하는 사람은 가급적 핵심이 드러나도록 수식을 절제하고 참된 것만을 묘사하는 반면에, 꾸밈을 추구하는 사람은 지나치게 수식해서 쓸데없는 것들이 공허하게 넘친다. 그런데도 후대의 작가들은 겉만 그럴싸하게 꾸민 것만을 취하고 진실한 것은 경시하여, 풍과 아의 정신은 멀리 던지고 사와 부만을 가까이하여 배우고 있다. 그리하여 진실을 체현하는 작품들은 날로 소원해지고, 꾸밈을 추구하는 작품들만 더욱 풍성해진다.

•••

故有志深軒冕, 而汎詠皐壤. 心纏幾務, 而虛述人外. 眞宰弗存, 翩其反矣.

志深지심: 마음속으로 깊은 의지를 두고 있다. **軒**: 지붕과 둘레를 막은 수레 헌. **冕**: 예관禮冠 면. **軒冕**: 고관대작. **汎詠**범영: 늘 읊고 다니다. **皐壤**고양: 호숫가의 언덕. 은거하는 곳을 상징하는 말. 『장자』「지북유知北游」에 "산림아, 호숫가의 언덕아, 나를 흔쾌히 즐기게 하는구나!"(山林與, 皐壤與, 使我欣欣然而樂與)라는 구절이 있다. **纏**: 얽힐 전. **幾**: '권세 기機' 자와 같다. **機務**: 정무政務 또는 정사. 혜강嵇康의 「여산거원절교서與山巨源絶交書」

에 “정사는 마음을 옭아매고, 세상일은 걱정을 더하게 하네(機務纏其心, 世故繁其慮)라는 구절이 있다. **人外**: 속세의 밖. **宰**: 주관할 재. 작가의 속마음을 가리킨다. **弗存**: ‘不存之’와 같은 말. 그러한 것이 없다는 뜻. **翩**: 빨리 날 편.

그러므로 내심 예관을 쓰고 큰 수레를 타고 다니는 높은 벼슬아치에 깊은 뜻을 두고 있는 사람들은 호숫가의 언덕 같은 은거에 관한 시어들을 늘 읊고 다녔다. 마음은 정가에 두고 떠나지 않으면서도 속세의 밖에 관하여 헛되이 뇌까린다. 진짜 속마음에는 그러한 것이 없으면서도 글은 그 반대로 날아간다.

•••

夫桃李不言而成蹊, 有實存也; 男子樹蘭而不芳, 無其情也. 夫以草木之微, 依情待實; 況乎文章, 述志為本. 言與志反, 文豈足徵.

蹊: 지름길 혜. 곧바로 질러가는 길. **實**: 열매 실. 열매라는 실질. **芳**: 꽃향기 방. 『회남자淮南子』「유칭훈繆稱訓」에서 “남자가 난초를 심으면 아름답기는 해도 향기는 나지 않는다”(男子樹蘭, 美而不芳)라는 구절을 볼 수 있다. **情**: 자상하고 정성스러운 성정. **徵**: 부를 징. 효험. 글쓰기에서는 감동이 이에 해당한다.

무릇 복숭아와 자두는 말을 하지 않아도 그 밑에 질러가는 길이 생기는 것은 열매라는 실질이 있기 때문이고, 남자가 난초를 심으면 꽃향기가 나지 않는 것은 그에게 진실한 마음이 없기 때문이다. 무릇 초목과 같은 미물도 진실한 마음에 의지하고 실질(열매)에 기대고 있는데, 하물며 문장에서는 진실한 의지를 서술하는 일이 근본이 되어야 하지 않겠는가? 말과 의지가 상반된다면 글로 꾸미는 일이 어찌 감동을 불러일으킬 수 있겠는가?

•••

是以聯辭結采, 將欲明經, 采濫辭詭, 則心理愈翳. 固知翠綸桂餌, 反所以失魚. 言隱榮華, 殆謂此也.

聯辭연사: 단어들을 잇다. 즉 문장을 짓다. **結采**: 문채를 구성하다. **經**: 이 글자는 '理리'로 고쳐야 한다. 이치. **濫**: 넘칠 람. **詭**: 괴이할 궤. **心理**: 작가가 마음속으로 말하고자 하는 도리. **翳**: 가릴 예. **翠**: 물총새 취. **綸**: 낚싯줄 륜. **翠綸**: 물총새 깃털로 만든 낚싯줄. **桂**: 계수나무 계. **餌**: 미끼 이. **桂餌**: 매혹적인 미끼. 『태평어람太平御覽』「궐자闕子」에 "낚시질에서 해야 할 일은 낚시 도구를 아름답게 꾸미는 데 있지 않고, 일에서 시급해야 할 것은 말을 그럴싸하게 구사하는 데에 있지 않다"(釣之務不在芳飾, 事之急不在辯言)라는 구절이 있다. **言隱榮華**: 『장자』「제물론齊物論」에 나오는 말. 원문은 '言隱於榮華'(말의 진정한 뜻은 겉의 화려한 수식에 가려져 있다)로 되어 있다. **殆**: 거의 태. 대략.

이 때문에 문장을 짓고 문채를 아름답게 엮어내는 것은 장차 이치를 밝히고자 함이니, 문채가 넘치고 단어가 괴이해지면 작가가 마음속으로 말하고자 하는 이치가 더 은폐된다. 물총새 깃털로 만든 특제 낚싯줄과 물고기가 잘 무는 미끼만을 고지식하게 알고 있으면, 도리어 물고기를 잃는 방도가 된다. 『장자』의 "말의 진정한 뜻은 겉의 화려한 수식에 가려져 있다"는 말은 아마 이를 두고 한 말일 것이다.

•••

是以衣錦褧衣, 惡文太章; 賁象窮白, 貴乎反本. 夫能設模以位理, 擬地以置心, 心定而後結音, 理正而後摛藻.

褧: 홑옷 경. 일종의 외투. **衣錦褧衣**의금경의: 비단옷을 입은 위에 얇은 홑

옷을 다시 걸치셨네. 『시경』「석인碩人」에 나오는 구절. **惡**: 미워할 오. **章**: '빛날 창彰'과 같은 말. **賁**: 꾸밀 비. 『역』의 괘 이름. **象**: 형상을 본뜰 상. **窮白**: 꾸밈의 끝에 가면 아무것도 없는 백색이 된다는 뜻. 비괘의 마지막 구절인 '白賁无咎백비무구'(아무것도 꾸미지 않으면 허물이 없다)에서 왕필王弼은 "꾸미는 일을 끝까지 밀고 나가면 흰색으로 되돌아가게 되므로, 그 본바탕에 있으면서 꾸미는 일에 수고하지 않으면 허물이 없을 것이다"라고 주를 달았다. **設模**: 규범을 세우다. **位理**: 이치 위에 자리 잡다. **擬**: 본뜰 의. **地**: 터 지. 바탕, 기초. **擬地**: 기초를 세우다. **心**: 마음속으로 쓰고자 하는 내용. **結音**결음: 음운상의 절주(리듬)를 결합하다. **摛**: 펴질 리. 글을 짓다. **摛藻**이조: 글의 문채를 엮고 펴 나가다.

그러므로 『시경』「석인」편의 "비단옷을 입은 위에 얇은 홑옷을 다시 걸치셨네"라는 구절은 꾸밈이 너무 과도하게 드러나는 것을 미워한다는 말이고, 『역』의 비괘賁卦는 (꾸밈이) 끝까지 가면 오히려 아무런 꾸밈이 없는 흰색이 됨을 형상적으로 본뜬 것으로서 근본으로 돌아감을 귀하게 여긴다는 뜻이다. 무릇 규범을 세우고 이치 위에 자리를 잡을 수 있으면, (그로써) 터를 마련하고 거기에 쓰고자 하는 내용을 올려놓을 수 있다. 마음속에 쓸 내용이 정해지고 난 다음에라야 음운상의 절주를 결합할 수 있고, 이치가 바로 서고 난 다음에라야 문채를 엮어나갈 수 있다.

•••

使文不滅質, 博不溺心, 正采耀乎朱藍, 間色屏於紅紫, 乃可謂雕琢其章, 彬彬君子矣.

博: 넓을 박. 수식이 많아서 문채가 요란하다는 뜻. **溺**: 빠질 익. 매몰되다. **文不滅質, 博不溺心**: 『장자』「선성繕性」편에 "마음과 마음으로 소통하였지만, (사심이 들어간 이것으로) 천하를 안정시키기에는 부족하였다. 그런 다음에 여기에 수식을 붙이고 이것저것 잡학을 더 얹었으니, 이같은 꾸밈은 본질을 없애버렸고 잡학은 내용을 매몰시켜버렸다"(心與心識知, 而不足以定天下, 然後附之以文, 益之以博. 文滅質, 博溺心)라는 구절이 있다. **正采**: 정색正色. 『예기』「옥조玉藻」편의 "저고리는 정색으로 입고, 치마는 간색으로 입는다"(衣正色, 裳間色)의 소疏에 "정正이란 청靑·적赤·황黃·백白·흑黑의 다섯 방위의 정방향의 색깔이고, 부정不正은 다섯 방위의 간間 방향의 색깔이다. 녹綠·홍紅·벽碧·자紫·유황騮黃 등이 그것이다"라는 구절이 나온다. **朱**: 붉을 주. '朱'는 '붉을 적赤'에 속하는 정색. **藍**: 푸를 람. '藍'은 '푸를 청靑'에 속하는 정색. **間色**간색: 앞의 주 참조. **屛**: 버릴 병. **雕琢**조탁: 정교하게 쪼고 아로새기다. **彬**: 빛날 빈. **彬彬君子**: 『논어』「옹야雍也」편에 "질박함이 꾸밈을 넘어서면 촌구석의 못 배운 사람과 같고, 꾸밈이 질박함을 넘어서면 내용은 안 보고 형식만 따지는 아전과도 같다. 꾸밈과 질박함이 함께 빛난 다음에라야 군자가 된다"(質勝文則野, 文勝質則史; 文質彬彬, 然後君子)라는 구절이 있다.

이렇게 해야 꾸밈이 본질을 없애지 못하고 요란한 문채가 작가의 의도를 매몰시키지 못한다. 청·적·황·백·흑의 정색正色은 주색朱色과 남색藍色에서처럼 빛나고, 녹·홍·벽·자·유황의 간색間色은 홍색紅色과 자색紫色에서처럼 버려진다. 이것이야말로 빛내야 할 것을 제대로 쪼고 아로새겼으며, 본바탕과 꾸밈을 빛나게 한 군자라고 말할 수 있다.

•••

贊曰: 言以文遠, 誠哉斯驗. 心術既形, 英華乃贍. 吳錦好渝, 舜英徒豔. 繁彩寡情, 味之必厭.

贊曰찬왈: 요약해서 말하자면. **遠**: 멀 원. 공간적으로 멀리 퍼지고, 시간적으로 오래도록 읽히는. **言以文遠**: 『좌전左傳』「양공襄公 25년」에 "말을 함에 꾸밈이 없으면 가더라도 멀리 가지 못한다"(言之無文, 行而不遠)라는 구절이 있다. **誠**: '참 진眞'과 같은 글자. 진실로. **驗**: 증험할 험. 검증되다. **心術**: 마음속으로 글을 써보는 방법. **既**: 이미 기. 뒤의 '乃'와 연결되어 조건 복문을 구성한다. **形**: 형체를 갖추다. 『예기』「악기樂記」편에 "백성은 자극하는 사물에 감응하여 움직이는데, 그런 다음에 희로애락의 감정 표출 방법이 밖으로 드러난다(應感起物而动, 然後心術形焉)라는 구절이 보인다. **英華**: 아름다운 문채. **贍**: 넉넉할 섬. **錦**: 비단 금. **好**: 곧잘 호. 쉽게. **渝**: 달라질 투. **舜**: 무궁화 순. **徒**: 헛될 도. **豔**: 고울 염. **徒豔**: 씨앗 맺음도 없이 꽃이 곱게 피기만 한다는 뜻. 무궁화는 꽃이 지고 난 뒤에 씨앗을 맺지 않는다. **寡**: 모자랄 과. **厭**: 싫을 염.

요약해서 말하자면, 말은 꾸밈으로써 멀리 전달될 수 있으니, 그 효과는 정말로 확실하다. 마음속의 진실한 의상意想이 밖으로 형체가 드러나면 아름다운 문채는 곧 풍성해진다. 오나라 비단은 쉽게 변색이 되고, 무궁화는 씨앗 맺음도 없이 꽃이 곱게 피기만 한다. 문채만 요란하고 진정성이 모자라는 글은 맛을 보면 틀림없이 물릴 것이다.

사물은 언어로 만들어진다 —「물색物色」편

만물萬物을 제색諸色이라고 쓰는 사실에서도 알 수 있듯이, '색色'에는 기실 '물物'과 같은 의미가 있다. 여기서 물색物色은 사물의 모양, 또는 자연 경관 등의 의미로 씌었다. 이러한 경물景物은 사시四時와 함께 변화하고 이는 다시 작가에게 감응을 불러일으킨다. 이 감응을 언어가 생성하는 감각으로 표현하는 것이 문학인데, 언어는 근본적으로 관습적인 의미로 통용되므로 자칫 진부함에 빠지기 쉽다. 따라서 창신을 추구하려면 관습적인 언어 기초 위에 변화를 주어 새로운 감각을 생성해내야 한다는 것이 이 글의 내용이다.

•••

春秋代序, 陰陽慘舒, 物色之動, 心亦搖焉. 蓋陽氣萌而玄駒步, 陰律凝而丹鳥羞, 微蟲猶或入感, 四時之動物深矣.

春秋춘추: 여기서는 사계절 중의 봄과 가을이 아니라 일 년을 한서寒暑, 즉 더운 계절과 추운 계절의 둘로 나눌 때의 춘추를 가리킨다. 따라서 춘추가 한 번 바뀌면 일 년이 된다. **代**: 교체할 대. **陰**: 그늘 음. 추운 계절을 가리킨다. **陽**: 빛 양. 따뜻한 계절을 뜻한다. **慘**: 우울할 참. **舒**: 상쾌할 서. 편안하다. **物色**: 자연 경물의 모양. **動**: 변화할 동. **搖**: 흔들 요. **萌**: 싹틀 맹. 시작하다. **玄駒**현구: 개미. **步**보: 『예기』에는 '날랠 분賁'으로 되어 있는데 이는 '분주할 분奔'과 같은 말이다. **陰律**: 고대 중국 음악은 음정을 12율(또는 율려律呂)로 나누었는데 6개의 양율陽律과 6개의 음율陰律(또는 음려陰呂)로 구성되었다. 가을은 음율에 속하므로 여기서는 가을을 상징한다. **凝**: 위축될 응. 쪼그라들다. **丹鳥**: 반딧불이, 개똥벌레. **羞**: 진지 수. 먹다. 『예기』에 "반딧불이가 모기를 먹다"(丹鳥羞白鳥)라는 구절이 있다. **或**: '있을 유有'와 같다.

따뜻한 계절과 추운 계절이 번갈아 순서를 바꿀 때, 음기와 양기도 각각 우울하게 했다가 상쾌하게 만든다. (그러면) 자연 경물의 모양이 변화하면서 마음도 그에 따라 흔들린다. 무릇 양기가 싹이 트면 개미가 분주하고, 음율陰律이 응축되어 가을이 오면 반딧불이가 먹이를 먹는다. 작은 벌레에도 오히려 경물 변화에 의해 감응상태로 들어감이 있으니, 사시의 변화가 사물을 움직이게 함이 매우 심대하다고 하겠다.

•••

若夫珪璋挺其惠心, 英華秀其清氣, 物色相召, 人誰獲安.

若夫: '至於'와 같다. ~의 경우에 이르러서는. **珪**규: '홀 규圭'와 같은 글자. **璋**: 반쪽 홀笏 장. **珪璋**: 옛날에 사신들이 외국을 방문할 때 쓰는 옥으로 만든 기물. 여기서는 아름다운 옥을 가리킨다. **挺**: 빼어날 정. **惠**: '슬기 혜慧'와 같다. **惠心**: 슬기로운 생각. **英華**: 아름다운 꽃. **秀其清氣**: 아름다운 꽃처럼 맑은 기운이 빼어나다. **召**: 부를 소. 감응하다. **獲安**획안: 움직임이 없이 안정을 취하다.

홀笏을 만드는 데 쓰이는 옥돌처럼 슬기로운 생각이 빼어나고, 아름다운 꽃처럼 맑은 기운이 빼어난 사람의 경우에 이르러서도 경물이 그의 감응을 불러일으키는데, 사람 중 누가 움직임 없이 가만히만 있을 수 있겠는가?

•••

是以獻歲發春, 悅豫之情暢; 滔滔孟夏, 鬱陶之心凝. 天高氣清, 陰沉之志遠; 霰雪無垠, 矜肅之慮深.

獻: 나아갈 헌. **獻歲**: 새로운 한 해로 나아가다. **發春**: 봄의 기운이 피어나다. **豫**: 편안할 예. **悅豫**: 기쁘고 편안한. **暢**: 펼 창. **滔**: 넘칠 도. **滔滔**: 양기가 넘쳐흐르는 모양. **孟**: 맏 맹. 시작하다. **鬱陶**: 답답하고 걱정에 차 있다. **凝**: 엉길 응. **天高氣清**: 하늘은 높고 기운은 맑다. 가을을 상징하는 말. 『초사』「구변九辯」에 나온다. **陰沉**음침: 깊은. '陰'과 '沉'은 모두 '깊다'는 뜻. **霰**: 싸라기눈 산. **垠**: 끝 은. 『초사』 구장九章 「섭강涉江」에 "싸라기눈은 끝도 없이 흩날리는데(霰雪紛其無垠兮)라는 구절이 있다. **矜**: 장중할 긍. **肅**: 숙연할 숙.

이 때문에 새해로 넘어가 봄의 기운이 피어나면 기쁘고 편안한 정감이 활짝 일어나고, 뜨거운 기운이 넘쳐 여름이 시작되면 답답하고 힘든 마음이 엉긴다. 하늘이 높고 기운이 맑아지면 깊은 의지가 멀리 펼쳐지고, 싸라기눈이 끝없이 흩날리면 장중하고 숙연한 생각이 깊어진다.

• • •

歲有其物, 物有其容; 情以物遷, 辭以情發. 一葉且或迎意, 蟲聲有足引心. 況淸風與明月同夜, 白日與春林共朝哉.

歲: 여기서는 사계절을 가리킨다. **物有其容**: 『좌전』 「소공 9년」에 다음 구절이 있다. “모든 일에는 그에 상응하는 물건이 있고, 모든 물건에는 그에 상응하는 모양이 있다”(事有其物, 物有其容). **情以物遷**: 감정은 경물로 인하여 움직인다. **辭以情發**: 글은 감정으로 인하여 지어진다. 「명시明詩」 편의 “사물에 반응한 것이 감정인데, 사물에 감응하면 의지를 읊게 된다(應物斯感, 感物吟志)와 같은 뜻. **迎**: 맞을 영. ‘닿을 촉觸’과 같다. **一葉且或迎意**일엽차혹영의: 『회남자』 「설산훈說山訓」에 “낙엽 하나가 떨어지는 것을 보고 한 해가 장차 저물어가는 것을 알다”(見一葉落而知歲之將暮)라는 구절이 있다. **白日**: 밝은 햇살.

각 계절에는 그에 상응하는 경물이 있고 각 경물에는 그에 상응하는 형상이 있다. 정감은 이러한 경물로 인하여 움직이고 글은 정감으로 인하여 지어진다. 하나의 잎새에도 장차 의미를 촉발하는 바가 있고, 벌레 소리에도 족히 마음을 이끄는 바가 있다. 하물며 맑은 바람과 밝은 달이 밤을 같이하고, 밝은 햇살과 봄의 숲이 아침을 함께 맞고 있음에랴!

• • •

是以詩人感物, 聯類不窮. 流連萬象之際, 沉吟視聽之區. 寫氣

圖貌, 旣隨物以宛轉; 屬采附聲, 亦與心而徘徊.

聯類: 유사한 사물을 연상하다. **流連**: 배회하며 차마 떠나지 못하다. **萬象**: 온갖 종류의 형상들. **沉吟**침음: 낮은 소리로 읊다. 즉 깊이 사유한다는 뜻. **區**: 나눌 구. 자잘한 구체적인 것들. **圖貌**도모: 모양을 그리다. **宛**: 굽을 완. **宛轉**완전: 사물의 모양에 따라 구불구불 생각이 따라가다. **屬采**속채: 문채 나는 단어들을 잇다. **附聲**: 아름다운 소리(음절)를 붙이다. **與心**: 온전히 마음을 다하여. **徘徊**배회: 어떤 표현이 좋을지 이리저리 고심하다.

그래서 시인이 어떤 사물에 감응하면 그와 유사한 것을 연상함에 끝이 없다. 그는 온갖 종류의 형상들 사이에서 떠나지 못하고 서성거리면서 보고 들은 세밀한 것들에 대하여 깊이 생각한다. 기운을 묘사하고 모양을 그릴 때는 경물의 변화에 따라서 유연하게 표현하기도 하고, 아름다운 소리를 붙여 문채 나는 문장을 지을 때는 온 마음을 다하여 이리저리 고심한다.

•••

故灼灼狀桃花之鮮, 依依盡楊柳之貌, 杲杲為出日之容, 瀌瀌擬雨雪之狀, 喈喈逐黃鳥之聲, 喓喓學草蟲之韻.

灼灼작작: 꽃이 무성하게 핀 모양. 『시경』「도요桃夭」편의 "싱그러운 복숭아나무에, 꽃이 무성하게 피었네"(桃之夭夭, 灼灼其華)라는 구절을 가리킨다. **依依**의의: 나뭇가지가 부드럽게 축 늘어진 모양. 『시경』「채미采薇」편의 "옛날 내가 떠날 때는 비드나무가 부드럽게 늘어져 있었는데"(昔我往矣, 楊柳依依)라는 구절을 가리킨다. **盡**: 다할 진. 완전하게 묘사하다. **杲杲**고고: 빛이 쨍쨍 나는 모양. 『시경』「백혜伯兮」의 "비 좀 왔으면 비 좀 왔으면 해도, 햇빛만 쨍쨍 나네"(其雨其雨, 杲杲出日)를 가리킨다. **瀌瀌**표표: 눈이 펑펑 내리는 모양. 『시경』「각궁角弓」의 "눈이 펑펑 내리는데"(雨雪瀌瀌)를 가리킨다. **擬**: 모방할 의. 묘사하다. **喈喈**개개: 뭇 새가 지저귀는 모양. 『시경』「갈담葛覃」의 "누룩 제비들이 날아와, 떨기나무 숲에 모여 앉으니, 그 울음소리가 짹짹 요란하네"(黃鳥於飛, 集於灌木, 其鳴喈喈)를 가리킨다. **逐**: 좇을 축. 무엇을 모범으로 삼아 추구하다, 그대로 그리다. **喓喓**요요: 벌레들이 우는 소리. 『시경』「초충草蟲」의 "찌르륵찌르륵 베짱이는 울고"(喓喓草蟲)를 가리킨다. **學**: 본받을 학. **韻**: 울림 운. 소리.

그리하여 『시경』「도요」편에서 '작작灼灼'으로 복숭아꽃의 신선함을 그려내었고, 「채미」편에서 '의의依依'로 수양버들의 모양을 완전하게 묘사하였으며, 「백혜」편에서 '고고杲杲'로 해가 쨍쨍 내리쬐는 상황을 잘 말하고 있다. 또 「각궁」편에서 '표표瀌瀌'로 눈이 내리는 광경을 잘 그려내었고, 「갈담」편에서는 '개개喈喈'로 누룩 제비들이 요란하게 지저귀는 소리를 그대로 그렸으며, 「초충」편에서 '요요喓喓'로 풀벌레의 울림을 똑같이 흉내 내었다.

•••

皎日嘒星, 一言窮理; 參差沃若, 兩字連形: 並以少總多, 情貌無遺矣. 雖復思經千載, 將何易奪.

皎: 밝은 빛 교. 찬란한 태양을 묘사한 말. 『시경』「대거大車」의 "내게 믿지 못하겠다고 말한다면, 찬란한 태양이 증거하리라"(謂予不信, 有如皦日)라는 구절을 가리킨다. '皦'는 '皎'와 같은 글자. **嘒**: 작을 혜. 『시경』「소성小星」의 "반짝반짝 저 작은 별이 너덧 개 동쪽에 떴네"(嘒彼小星, 三五在東)를 가리킨다. **言**: '글자 자字'와 같다. **一言窮理**: 한 글자로써 이치를 모두 드러내다. **參差**참치: 가지런하지 못하고 들쭉날쭉한 모양. 『시경』「관저關雎」의 "옹긋쫑긋 마름풀을 이리저리 찾아다니듯"(參差荇菜, 左右流之)을 가리킨다. **沃若**옥약: 무성한 모양. 『시경』「맹氓」편의 "뽕나무가 아직 낙엽 지지 않았을 때에는, 그 나뭇잎이 무성하였지만"(桑之未落, 其葉沃若)을 가리킨다. **連**: '窮'으로 씌어 있는 판본도 있는데, 서로 같은 뜻이다. **連形**: 형상을 모두 드러내다. **總**: 거느릴 총. 모아 묶다. **情貌**: 감정과 모양. **無遺**: 남김이 없다. **經**: 지날 경. **載**: 해 재. **易奪**역탈: (더 좋은 것으로) 바꾸거나 삭제하다.

『시경』「대거」편에서 '교일皎日'(환히 밝은 해)의 '皎', 「소성」편에서 '혜성嘒星'(반짝반짝 작은 별)의 '嘒'는 이 한 글자로써 이치를 다 밝혔고, 「관저」편의 '참치參差'(들쭉날쭉 가지런하지 않은 모양)와 「맹」편의 '옥약沃若'(무성한 모양)은 두 글자가 합쳐서 형상을 그대로 드러내주었다. 이러한 예는 모두 적은 글자로써 많은 내용을 한꺼번에 표현하는 것으로 (이렇게 하면) 진실한 정감과 겉모습까지도 남김없이 드러낼 수 있다. 아무리 천 년이 지나도록 반복해서 생각을 쥐어짜낸다 하더라도, 이보다 더 좋은 말로 바꾸거나 아예 빼어버리는 일이 어떻게 가능하겠는가?

•••

及離騷代興, 觸類而長, 物貌難盡, 故重沓舒狀, 於是嵯峨之類聚, 葳蕤之群積矣.

離騷이소: 굴원의 작품 제목이지만 여기서는 초사楚辭를 상징한다. **代興**대흥: 『시경』의 뒤를 이어 일어나다. **觸類**: '觸類旁通촉류방통', 즉 하나의 사물에 대한 규칙을 파악한 후 이로써 비슷한 다른 사물을 유추해 이해하는 일을 뜻한다. **長**: 발전하다. **難盡**: 완전하게 묘사하기가 힘들다는 뜻. **沓**: 겹칠 답. **重沓**: 중첩하다, 많다. **舒**: 펼 서. 나타내다. **嵯峨**차아: 산봉우리가 높고 험준한 모양. **類聚**유취: 비슷한 말끼리 모으다. **葳蕤**위유: 초목이 무성하고 많은 열매 때문에 가지가 축축 늘어진 모양. **群積**군적: '무리'를 의미하는 단어를 쌓아놓다.

초사가 『시경』의 뒤를 이어 일어나 그 원리를 바탕으로 해서 더욱 발전하였지만, 사물의 형상을 완전하게 묘사하기란 그리 쉬운 일은 아니었다. 그리하여 단어를 중첩하여 모양을 나타내었으니, '차아嵯峨'(嵯: 우뚝 솟을 차; 峨: 높을 아)와 같이 비슷한 단어끼리 모은다든가, '위유葳蕤'(葳: 초목 무성할 위; 蕤: 열매로 가지 늘어질 유)와 같이 '무리'를 의미하는 단어를 쌓아놓은 예가 그것이다.

●●●

及長卿之徒, 詭勢瑰聲, 模山範水, 字必魚貫, 所謂詩人麗則而約言, 辭人麗淫而繁句也.

長卿장경: 한대 부 작가인 사마상여司馬相如의 자字. **詭**: 비범할 궤. **瑰**: 특이할 괴. **模山範水**모산범수: '模範山水'와 같은 말. 산과 물을 모양대로 그려내다. '模'와 '範'은 모두 '원래 모양대로 그리다'라는 의미로 실상 같은 말이다. **魚貫**어관: 물고기 떼가 행렬을 이루는 것처럼 일관되게 나열하다. **詩人**: 『시경』의 작가를 가리킴. **麗則**여칙: 아름답게 꾸미는 것이 규범에 맞다. **約言**약언: 시어가 집약적이다. **辭人**: 시인의 대척점에 있는 사부 작가들. **淫**: 분수에 넘치다. **辭人麗淫而繁句也**: 이 구절은 양웅揚雄의 『법언法言』「오자吾子」편의 "시인의 부는 아름다움이 규범에 맞고, 사인의 부는 아름다움이 과도하다"(詩人之賦麗以則, 辭人之賦麗以淫)에 근거한 것이다.

그러다가 사마상여의 무리에 이르러 문장에 튀는 기세와 특이한 감각을 유발하는 소리를 강구함으로써 산과 물을 그 모양대로 그려내었으므로, 단어들은 어김없이 물고기 떼처럼 비슷한 것들로 일관되게 나열되었다. 이것이 이른바 "『시경』의 작가들은 아름다움이 규범적이고 언어가 집약적인 반면에, 사부 작가들은 아름다움이 과도하고 문장이 번거롭다"는 말의 의미이다.

•••

至如雅詠棠華, 或黃或白; 騷述秋蘭, 綠葉紫莖. 凡攡表五色, 貴在時見, 若青黃屢出, 則繁而不珍.

雅: 『시경』의 소아小雅 부분을 가리킨다. **棠華**당화: 소아小雅 「상상자화裳裳者華」편의 상화裳華, 즉 '활짝 핀 꽃'을 뜻한다. **或黃或白**: 원문은 「상상자화」의 "활짝 핀 꽃에는 노란 것도 있고 흰 것도 있네"(裳裳者華, 或黃或白). **騷**: 초사楚辭를 상징한다. **紫莖**자경: 보라색의 줄기. 『초사』 구가九歌의 「소사명少司命」에 "가을 난초는 푸릇푸릇한데, 푸른 잎새에서 보라색 꽃대가 나왔네"(秋蘭兮青青, 綠葉兮紫莖)라는 구절이 있다. **攡**: 펼 리. 묘사하다. **時見**: 때에 맞춰 드러내다. **屢**: 자주 루. **珍**: 보배 진. 진귀하게 여기다.

『시경』 소아小雅의 「상상자화」편 같은 데서는 활짝 핀 꽃을 "노란 꽃도 있고 흰 꽃도 있네"라고만 읊었고, 『초사』 구가九歌의 「소사명」에서는 가을 난초를 묘사하면서 "가을 난초는 푸릇푸릇한데, 푸른 잎새에서 보라색 꽃대가 나왔네"라고만 하였다. 무릇 갖가지 색채의 변화를 표현할 때 관건은 적당한 때에 맞춰 드러내는 데 있으므로, 청색이니 황색이니 하는 단어들을 자주 노출하면 어수선해서 진귀한 맛이 없다.

•••

自近代以來, 文貴形似, 窺情風景之上, 鑽貌草木之中. 吟詠所發, 志惟深遠, 體物為妙, 功在密附. 故巧言切狀, 如印之印泥, 不加雕削, 而曲寫毫芥. 故能瞻言而見貌, 印字而知時也.

近代근대: 진晋·송宋 시기를 말한다. **形似**형사: 본래 모습과의 유사성. 핍진성. **窺**: 엿볼 규. **窺情**: 진정한 모습을 엿보다. **鑽**: 천착할 찬. **惟**: '在於'와 같다. **體**: 구체적으로 드러내다. **密附**밀부: 매우 밀접히 근접하다. 정확히 그려내다. **切狀**절상: 모양을 핍진하게 그려내다. **印泥**인니: 옛날에는 서신을 밀봉할 때 진흙(泥)을 봉투 입구에 붙이고 그 위에 도장(印)을 눌렀다. **雕削**조삭: '雕刻조각'과 같은 말. 아름답게 아로새기다. **曲**: 자세할 곡. 치밀하게. **毫芥**호개: 터럭과 티끌. **瞻**: 볼 첨. **印**: 마지막 구절의 이 글자는 '나아갈 즉卽'으로 고쳐야 한다. **時**: 사시의 계절.

진·송나라 이래로, 글쓰기는 본래 모습을 얼마나 핍진하게 그렸는가를 중시하였으므로, 작가는 풍경 위에서 진정한 모습을 엿보려 하였고 초목의 가운데서 형상을 천착하려 하였다. 사물을 읊어 밖으로 드러내고자 하는 바는 그 의지가 깊고도 먼 곳에 있었고, 사물을 형체로 묘사하는 것을 정교한 기술로 삼았기 때문에 그 효과의 관건은 얼마만큼 치밀하게 근접하였는가에 있었다. 그러므로 정교한 말로써 모양을 핍진하게 그려내는 것은 마치 봉투 봉합용 진흙 위에 도장을 찍는 것과 같아서, 특별히 아로새기는 작업을 하지 않아도 터럭과 티끌까지도 세세히 묘사할 수 있는 것을 말한다. 그리하여 문장을 보고도 모양을 알 수 있고, 문자를 가지고도 어떤 계절에 와 있는지를 알 수 있는 것이다.

•••

然物有恆姿, 而思無定檢, 或率爾造極, 或精思愈疏. 且詩騷所標, 並據要害, 故後進銳筆, 怯於爭鋒. 莫不因方以借巧, 卽勢以會奇, 善於適要, 則雖舊彌新矣.

恆: 변치 않을 항. **檢**검: 수습할 수 있는 법식. **率爾**솔이: 아무렇지도 않게. **造極**조극: 궁극의 경지에 도달하다. **疏**: 성길 소. 본래의 모습에서 멀어지다. **標**: 두드러지게 드러날 표. **據**: 점거할 거. 파악하다. **要害**요해: 가장 중요한 곳 또는 특징. **銳筆**예필: 예리한 묘사를 잘하는 작가. **怯**: 겁낼 겁. **爭鋒**쟁봉: 필력을 다투다. **因**: 기초하다. **方**: 방법. 『시경』의 방법을 가리킨다.

借巧차교: 기교를 빌리다. 즉 배운다는 뜻. **即**: 가까이할 즉. **會**: 능숙하게 할 회. **適要**: 위의 '攄要害'와 같은 말. **舊**: 진부할 구. **彌**: 더욱 미.

그러나 사물에는 변치 않는 모습이 있는 반면에 생각에는 정해진 사유의 틀이 없어서, 어떤 이는 힘 안 들이고 궁극의 경지에 도달하기도 하지만 어떤 이는 정성 들여 사유해도 오히려 본래의 모습에서 멀어지는 예도 있다. 또한 『시경』과 초사에서 두드러진 점은 둘 다 사물의 가장 핵심적인 내용을 파악하고 있다는 사실이다. 그래서 후대의 예리한 묘사를 잘하는 작가들은 이들 작품과 필력을 다투기를 꺼린다. 그들은 오히려 이러한 (『시경』과 초사의) 방법에 기초해서 그 기교를 빌리고 이 기세에 편승하여 기발함을 발휘하지 않는 사람이 없다. 이렇게 하여 사물의 핵심적 내용을 파악하는 일에 능숙해지면 아무리 진부한 것이라도 더욱 새로워진다.

•••

是以四序紛回, 而入興貴閒; 物色雖繁, 而析辭尙簡, 使味飄飄而輕擧, 情曄曄而更新. 古來辭人, 異代接武, 莫不參伍以相變, 因革以為功.

四序: 사계. **紛**: 어지러울 분. **回**: 운행할 회. **入興**: 글쓰기에서 흥의 경지에 들어가다. **閒**: 법도 한. **析**: 쪼갤 석. **析辭**: 시어를 쪼개다, 즉 문장을 짓다. **尙**: 숭상할 상. **飄飄**표표: 힘 안들이고 날아갈 듯한 모양. **曄曄**엽엽: 넘쳐흐르듯 풍성한 모양. **辭人**: 원래는 사부를 짓는 작가라는 뜻이지만, 여기서는 일반적인 문인이나 문학가를 가리킨다. **異代**: 후대 또는 후대 사람들. **武**: 발자취 무. **接武**접무: 앞엣것을 계승하다. **參俉**삼오: 이것저것 섞이고 엮이다. **因革**인혁: 인습적으로 따라 하는 일과 개혁적으로 바꾸는 일.

그러므로 사계절이 아무리 복잡다단하게 순환한다 하더라도 글쓰기에서 감응의 경지에 들어가려면 규범을 중히 여겨야 하고, 경물이 아무리 번잡하더라도 문장을 지으려면 요점을 파악하는 일을 숭상해야 한다. 이렇게 하면 작품의 맛을 힘 안 들이고 가볍게 드러낼 수 있고, 진정성은 넘쳐흐르듯이 더욱 새롭게 할 수 있다. 옛날부터 문인이란 후대가 전대의 발자취를 계승하는 사람들이기 때문에 이것저것 섞이고 엮임으로써 각기 변화·발전하지 않는 사람이 없으니, 이들은 옛것을 그대로 따라 하는 가운데 개혁하는 일을 함께 추구하는 것을 성취의 목표로 삼아왔다.

•••

物色盡而情有餘者, 曉會通也. 若乃山林皋壤, 實文思之奧府, 略語則闕, 詳說則繁. 然則屈平所以能洞監風騷之情者, 抑亦江山之助乎.

物色盡而情有餘: 『진서晉書』「좌사전左思傳」에 진晉의 장화張華가 좌사의 작품에 대하여 "독자로 하여금 모두 이해했는데도 여운이 남게 하고 그것이 오래되면 더 새롭게 느끼게 한다"(使讀之者盡而有餘, 久而更新)고 칭찬한 말이 있다. **曉**: 깨달을 효. **會通**: 모여서 소통하다. 즉 옛날의 전통을 오늘날의 것과 융합하다. **若乃**: '至於'와 같은 말. ~에 관해 말하자면. **奧**: 깊을 오. **府**: 곳간 부. **略語**약어: 시어를 너무 간략하게 해서 묘사하다. **闕**: 빌 궐. 모자라다. **詳**: 자세할 상. **繁**: 많을 번. 쓸데없이 번거롭다. **屈平**: 초나라 시인 굴원. 평平은 그의 이름. **洞監**통감: 통찰하다. 철저히 이해하다. **抑**억: 문장 머리에서 추측을 나타내는 어기조사.

따라서 경물의 핵심은 남김없이 묘사하고 진정성은 여운이 남게 하려면 옛것과의 소통의 중요성을 깨달아야 한다. 『장자』에서 언급한바, 산과 숲, 그리고 호숫가의 언덕에 관하여 말하자면, 이들은 정말로 글쓰기 사유의 깊은 곳간이니, 이를 묘사하는 문자를 너무 소략하게 하면 경물이 텅 비게 되고, 반대로 너무 상세하게 하면 어수선해서 핵심을 잃는다. 그렇다면 굴원이 옛 시가의 진정성을 통찰할 수 있었던 방도는 아무래도 초나라 자연 경물의 도움 때문이었으리라.

•••

贊曰: 山沓水匝, 樹雜雲合. 目既往還, 心亦吐納.
春日遲遲, 秋風颯颯, 情往似贈, 興來如答.

沓: 겹칠 답. **匝**: 두를 잡. **雲合**: 구름과 안개가 함께 일어나다. **吐納**토납: 뱉는 일과 삼키는 일. 즉 밖으로 표현해내다. **遲遲**지지: 더디다. 해가 더디다는 말은 곧 날이 길어지고 따뜻하다는 뜻. 『시경』「칠월七月」에 "봄날이 길어져 쑥 많이 뜯네"(春日遲遲, 採蘩祁祁)라는 구절이 있다. **颯颯**삽삽: 바람 소리. **贈**증: 꽃다발 같은 것을 선사하다. **興**: 감동이 일어나는 일.

요약해서 말하자면, 높은 산이 겹겹이 이어지고, 깊은 물로 둘러싸여 있는 곳에 나무들은 빽빽이 들어차고 구름과 안개는 함께 일어난다. 여기서 작가의 눈은 이리 갔다 저리 갔다를 반복하고, 마음은 하고 싶은 말을 내뱉었다가 거둬들이기를 반복한다. 봄날이 해가 길어 따뜻하고 가을바람이 스산할 때, 꽃다발을 바치듯 진정함을 (경물에) 보내면, 감응이 대답하듯 온다네.

「강남 땅을 불쌍히 여기소서」를 쓰기에 앞서 — 유신庾信, 「애강남부서哀江南賦序」

'애강남哀江南'이란 '강남 땅을 불쌍히 여기다'라는 의미로서 굴원屈原의 초사 「초혼招魂」 가운데 "회왕懷王의 혼백이시여, 돌아오셔서 이 강남 땅을 어여삐 여겨주소서"(魂兮歸來哀江南)라는 구절이 그 출전이다. 남조 양梁나라의 무제武帝는 건업建鄴에, 원제元帝는 강릉江陵에 각각 도읍을 정하였는데, 이 두 곳은 모두 옛 초나라 땅이었으므로 작자 유신은 초나라 사람 굴원의 이 구절을 빌려서 자신의 조국 양나라의 멸망을 애도한 것이다. 유신의 「애강남부哀江南賦」는 양나라의 흥망성쇠를 매우 사실적이고 처절하게 기록·묘사하였으므로, 부사賦史, 즉 부로 쓴 역사라는 별명을 얻게 되었다. 이 중에서도 변려문으로 쓰인 서문은 명문으로 꼽혀 역대로 수많은 시인과 문인에게 애송되어왔다.

남조 양나라의 문인이었던 유신(513~581)은 남양南陽 사람이다. 양나라에서 벼슬을 시작하였으나 서위西魏에 사신으로 갔다가 서위에 의해 양나라가 멸망한 뒤 억류되어 그곳에서 관직을 맡았다. 개부의동삼사開府儀同三司 직에 임명되었기에 그를 유개부庾開府라고 불렀다. 시문과 변려문을 잘 썼으므로, 두보가 시 「춘일억이백春日憶李白」에서 이백의 시를 일러 '창신함이 유개부와 같다'(創新庾開府)고 평한 것은 유명하다.

•••

粵以戊辰之年, 建亥之月, 大盜移國, 金陵瓦解. 余乃竄身荒穀, 公私塗炭. 華陽奔命, 有去無歸.

粵: 어조사 월. 문장을 처음 시작하는 발어사. **戊辰**무진: 양 무제 태청太淸 2년(548년). **建亥**건해: 음력 10월을 말함. **大盜**대도: 나라를 훔치고 왕위를 찬탈한 자. 여기서는 후경侯景을 가리킨다. 곧 후경의 난. **移**: 흔들 이. **移國**: 나라를 찬탈하다. **金陵**금릉: 건업建鄴. 오늘날의 남경. **瓦解**와해: 기왓장처럼 해체되다. **竄**: 도망가 숨을 찬. **荒穀**황곡: 옛날 초나라 땅. 『북사北史』「유신전庾信传」에 의하면 후경의 반란이 일어나자 간문제가 유신에게 궁중의 문무관 1천여 명을 이끌고 주작항朱雀航에 진을 치라고 명하였으나, 막상 반란군이 도착하자 유신은 무리를 이끌고 먼저 퇴각하였다가 나중에 대성台城이 함락되자 강릉으로 도망갔다고 한다. **公私**: 공실公室과 사가私家. **塗炭**도탄: 진흙 구덩이와 숯불 속에 빠지다. **華陽**: 화산華山의 남쪽. 강릉을 가리킨다. **奔命**: 명을 받고 달려가다. 제위를 계승한 원제가 유신을 서위西魏에 사신으로 보내서 강릉을 떠났는데, 서위가 강릉을 포위하는 바람에 그는 장안에 오랜 기간 머물러 있을 수밖에 없었다.

양나라 무제 태청 2년인 무진년 10월에 큰 도둑놈이 나라를 찬탈하니 도읍인 금릉이 기왓장처럼 무너져버렸도다. 그래서 나는 황곡으로 몸을 숨겼는데 이때는 공실이니 사가니 할 것 없이 모조리 진흙 구덩이와 숯불 아궁이 속에 빠진 듯하였다. 그러다가 강릉에서 사신의 명을 받고 서위로 달려갔지만 (서위의 강릉 공격으로) 가기만 했지 돌아올 길이 없었노라.

•••

中興道銷, 窮於甲戌. 三日哭於都亭, 三年囚於別館.

中興: 원제元帝가 후경의 난을 평정한 후 강릉에서 즉위한 승성承聖 원년(552년). **銷**: 녹일 소. 즉 중흥의 길이 사라지고 망하다. **甲戌**갑술: 즉위 후 3년이 되던 해(554년). **都亭**도정: 도성의 누각. 『진서晋書』「나헌전羅憲傳」에 삼국 시기 말년 위나라가 촉나라 도읍을 공격해서 유선이 항복하자 이 소식을 들은 나헌이 자신의 부하 관속들을 이끌고 도성의 누각에서 사흘 동안 통곡을 하였다는 고사를 가리킨다. **三年囚於別館**: 『좌전』「소공 23

년」에 진晋나라 군대가 치러 오자 노나라는 숙손야叔孙婼를 진나라에 사신으로 보냈으나 오히려 진나라에서 그를 체포해 3년간 기箕 땅에 연금했다는 고사가 있는데 이를 가리킨다.

(원제가 즉위한 후) 중흥으로의 길은 녹아 사라지고 3년 후인 갑술년에 그 종말에 이르고 말았다. 촉나라가 항복하자 나헌이 그랬던 것처럼 도성의 누각에서 사흘간이나 통곡을 하였고, 춘추 시기 숙손야가 진나라에 사신으로 갔다가 오히려 3년간 별관에 갇혔던 것처럼 나도 서위에 연금되었다.

•••

天道周星, 物極不反. 傅燮之但悲身世, 無處求生; 袁安之每念王室, 自然流涕.

周星: 세성歲星 또는 태세太歲라고도 부르는데 오늘날의 목성을 말한다. 12년이 한 주기이므로 붙여진 이름. 양력과 같은 주기를 가지므로 농사에 사용하였다. **物極不反**: 사물이 끝에 이르러서도 돌아오지 않다. 양나라가 멸망 후 회복하기 힘든 상황을 말한다. **傅燮**부섭: 동한 말에 한양漢陽 태수를 지낸 사람. 『후한서後漢書』「부섭전傅燮傳」에 따르면 태수를 지낼 때 왕국과 한수가 반란군을 이끌고 와서 성을 공격하였다. 성에는 병력도 적고 양식도 모자랐으므로 그의 아들이 성을 포기하고 고향으로 돌아가자고 권했으나, 그는 "세상이 어지러우면 절개의 의지를 기를 수 없는데, 나라의 녹을 먹는 자가 나라의 위기를 보고 어찌 도망갈 수 있느냐"며 끝까지 싸우다가 전사하였다. **袁安**원안: 후한 말의 명신名臣. **流涕**유제: 눈물을 흘리다. 이 구절은 『후한서』「원안전袁安傳」 가운데 "내가 사도司徒의 직무를 볼 때 천자께서 나이가 어리신 데다가 외척들이 전횡을 하니까, 조회에서 알현하고 공경들과 국사를 논하시는 것을 볼 때마다 탄식하며 울지 않은 적이 없었다"(未嘗不噫嗚流涕)를 전고로 한 것이다.

하늘의 도리란 목성처럼 주기적으로 순환하는 것이지만 양나라의 운명은 사물이 그 끝에 이르렀는데도 돌아오지 않았네. 동한의 부섭은 위기를 맞아 자신의 운명을 한탄이나 할 뿐 살려달라고 빌 수 있는 곳이 없었고, 동한 말의 원안은 어린 황제의 황실을 생각할 때마다 저절로 눈물이 흘렀다고 한다.

•••

昔桓君山之志事, 杜元凱之平生, 並有著書, 咸能自序. 潘岳之文采, 始述家風; 陸機之辭賦, 先陳世德.

君山: 환담桓譚의 자. 후한 사람으로 『신론新論』의 저자. 이 책은 현재 전해지고 있지 않다. **志事**: '志士'로 쓴 곳도 있는데 이것이 옳을 듯하다. 환담은 유물론의 입장을 견지한 철학자로서 광무제 앞에서 감히 참위설을 요설이라고 직언함으로써 미움을 샀다. **元凱**원개: 두예杜預의 자. 진대晉代의 학자. 저서에 『춘추경전집해春秋經傳集解』가 있다. 이 책의 서문에서 스스로가 어려서부터 책 읽기를 좋아하여 집에만 오면 전적을 뒤져 읽는 일에 빠져 살았다고 적고 있다. **自序**: 옛날에 저자는 자서에서 자신의 이력이나 저서의 요지를 밝혀두었다. **潘岳**반악: 진대의 시인. **始述家風**: 반악은 자기 가문의 가치관을 적은 「가풍시家風詩」를 지었다. **陸機**육기: 진대의 시인. 자는 사형士衡. 「문부文賦」로 유명하다. **世德**: 선세先世의 덕행. 육기의 「조덕부祖德賦」와 「술선부述先賦」를 가리킨다. 「문부」에도 "선세의 덕이 이룩한 공적을 노래하다"(咏世德之駿烈)라는 구절이 나온다.

일찍이 동한의 환담은 의지가 굳은 선비로서, 그리고 진나라의 두예는 평생에 걸쳐서 둘 다 저서를 냈는데, 모두 스스로 서문을 (여유 있게) 쓸 수 있었고, 진나라 반악의 아름다운 문채는 처음으로 자기 집안의 가풍을 서술하였으며, 육기의 사부는 제일 먼저 선세先世의 덕행을 진술하였다.

•••

信年始二毛, 即逢喪亂, 藐是流離, 至於暮齒.

二毛이모: 검은 머리칼과 흰 머리칼이 섞인 반백을 가리킨다. 이때 유신의 나이가 마흔 전후였다. **喪亂**: 후경의 난과, 강릉이 함락되는 바람에 서위에 유폐되었던 사건. **藐**: 아득할 막. 멀다. '藐是'를 '낭패狼狽'로 쓴 판본도 있다. **流離**: 흩어져 떠돌아다니다. **暮齒**모치: '暮年모년'과 같은 뜻. 말년 또는 노년.

그러나 이 사람은 이제 막 반백斑白에 들었지만, 나라를 잃는 난리를 만나 아득히 먼 곳을 이 몸이 방랑하다 보니, 노년의 연배에 이르게 되었네.

•••

悲不自勝; 楚燕歌遠別, 老相逢, 泣將何及.

燕歌: 악부시樂府詩 중의 「연가행燕歌行」. 연燕은 북방의 지방 이름. 「연가행」은 멀리 연 땅에 부역을 나간 남편을 그리며 부른 노래다. **楚老**: 초나라의 어르신들. 『한서』 「공승전龔勝傳」에 초나라 사람 공승이 왕망의 시기에 한 몸으로 두 성姓을 섬길 수 없다 하여 식음을 전폐하고서 14일 만에 죽었다는 기록이 있다. 유신은 이때 초나라 땅에 있었으므로, 이 고사를 인용함으로써 두 성을 섬기는 운명을 부끄럽게 여겼다. **泣將何及**읍장하급: 『후한서』 「일민전逸民傳」에 진류陳留와 장승張升이라는 관리에 관한 이야기가 나온다. 이들은 당고黨錮의 옥사가 일어나자 벼슬을 그만두고 각기 고향으로 내려갔다. 나중에 길에서 우연히 만나 이야기를 나누었는데, 환관들이 전횡하는 정국을 걱정하다가 자신들은 앞으로 어디로 가야 하는가에 이르자 둘이 부둥켜안고 울었다. 이때 웬 노인이 지나가다가 이들을 보고는 탄식하며 분개하였다. "두 사람은 왜 이리 슬프게 우는가? 용은 결코 비늘을 숨기지 않고 봉황새는 날개를 감추지 않으므로, 그물을 아무리 높이 쳐놓아도 장차 어디든 갈 것이야! 자네들이 그렇게 운다고 어디인들 갈 수 있겠나(雖泣何及乎)?" '泣將何及'이라는 말은 이 마지막 구절에서 가져온 것이다.

멀리 부역 떠나보낸 남편을 그리워하는 연가燕歌는 너무 슬퍼서 견디지 못하겠고, 두 임금을 섬기지 못하겠노라던 초나라 노인과 만나서 서로 부둥켜안고 운다 한들 어디를 갈 수 있겠는가?

•••

畏南山之雨, 忽踐秦庭; 讓東海之濱, 遂餐周粟.

南山之雨: 남산의 비. 『열녀전列女傳』「현명전賢明傳」 중 "첩이 듣기로는 남산에 어떤 현명한 표범이 있는데, 이놈은 안개 비가 내리면 7일 동안 내려와 먹지 않는다고 합니다. 왜인지 아세요? 자신의 털을 젖지 않게 함으로써 무늬를 빛나게 유지하기 위해서지요. 이 때문에 자신을 감춰서 재앙을 멀리할 수 있는 것입니다"라는 구절이 이 말의 전고다. 이로부터 은거하여 재앙을 피하는 일을 은표隱豹라고 불렀다. 여기서 남산은 군주를 아울러 상징하는 것으로 보아, 자신은 은거하고 싶지만 군주의 명령이라 어쩔 수 없이 서위로 사신을 가게 되었음을 서술하는 것이다. **忽**: 황급히 홀. **踐**: 밟을 천. **秦庭**: 진나라 조정. 『좌전』「정공 4년」에 "(초나라) 신포서申包胥는 진나라로 가서 군대를 보내 오나라의 침공을 막아달라고 요청하였다. 그러나 진왕이 생각해볼 테니까 잠시 객사에 가서 쉬고 있으라 했더니, 지금 자신의 임금은 위기에 처해 풀밭에서 자고 있는데 자신만 편히 객사에서 쉴 수 없다 하며 조정의 뜰 담장에 기대어 서서 밤낮으로 이레 동안 울어대니까 마침내 진나라 군대가 출정하였다"는 고사가 나온다. 여기서 비롯된 말이다. **濱**: 물가 빈. **遂餐周粟**수찬주속: 끝내 주나라의 곡식을 먹고 말았다. 이 구절은 『사기』 「백이열전」에서 백이와 숙제가 임금 자리를 사양하고 동해의 외진 바닷가에 은거한 사실에 근거한다. 이들은 주 무왕의 거사가 불의하다 하여 주나라의 곡식 먹기를 거부하고 수양산에 들어가 굶어 죽었지만, 자신은 그렇게 못하고 서위의 땅에서 섬기고 있음을 한탄하는 말이다.

남산의 표범처럼 나도 비를 피하고 싶었지만 순식간에 진나라 조정에서 이레 밤낮을 울어댄 신포서처럼 서위의 조정을 밟고 있었고, 임금 자리를 양보하고 동해의 외진 바닷가에 은거한 백이와 숙제를 따르고 싶었지만 나는 그들과는 달리 주나라의 곡식을 먹고 말았다.

●●●

下亭漂泊, 高橋羈旅. 楚歌非取樂之方, 魯酒無忘憂之用.

漂: 떠돌 표. **漂泊**표박: 배를 부둣가에 매어서 정박하지 않고 물 위에 그대로 둔 채 정박하다. 여기서는 길가에서 야숙한다는 뜻. 『후한서』 「범식전範式傳」의 "공숭孔嵩이 부름을 받고 서울로 가던 중 하정下亭의 길가에서 노숙하다가 밤사이 말을 도둑맞았다"라는 구절에 근거한다. **高橋**고교: '皐橋'로도 쓴다. 소주蘇州 옛 성의 서문인 창문閶門을 가리킨다. **羈**: 굴레 기. **羈旅**기려: 오랜 기간 객지 생활을 하다. 『후한서』 「양홍전梁鴻傳」의 다음 구절에 바탕을 두고 있다 "(양홍은) 오나라에 와서 부자인 고백통皐伯通의 곁채에 얹혀살면서 남의 집 방아를 찧어주고 받은 돈으로 연명하였다." **楚歌**: 초나라 지방의 민가. 『한서』 「고제기高帝紀」에 "고조가 척부인戚夫人에게 말하였다. '나를 위하여 초나라 춤을 추어주시면, 나는 그대를 위하여 초나라 노래를 부르리다'"라는 구절이 있다. 초나라 노래는 슬픔을 상징한다. **魯酒無忘憂之用**: 이 책 『장자』 「거협胠篋」편, '노나라의 술이 싱거우면 조나라의 수도 한단邯鄲이 포위된다'(魯酒薄而邯鄲圍)의 주를 참조하기 바란다. '魯酒薄노주박'에 대한 고사를 허신許愼의 『회남자주淮南子注』에서는 달리 적고 있다. "초나라가 제후들을 불러 모으자 노나라와 조나라가 초왕에게 술을 바쳤는데, 노나라 술은 싱겁고 조나라 술은 진하였다. 초나라의 술을 관리하는 관리가 조나라에 술을 좀 달라고 하였지만, 조나라가 주지 않았다. 관리가 삐쳐서 조나라의 진한 술과 노나라의 싱거운 술을 바꿔치기해 초왕에게 올렸다. 그러자 왕이 조나라의 술은 싱겁다고 하여 한단을 포위하였다." 이 고사로 인하여 노나라 술은 싱거운 술의 대명사이자, 마셔봤자 시름을 덜어주는 기능이 없는 술의 상징이 되었다.

동한의 공숭처럼 하정의 길가에서 노숙하기도 하고, 양홍이 고교에서 남의 집에 얹혀살듯 품팔이로 연명하면서 객지 생활을 해왔다네. 슬픈 초나라 노래는 즐기기 위한 방법이 될 수 없고, 싱거운 노나라 술은 근심을 잊게 하기에는 쓸모가 없네.

•••

追爲此賦, 聊以記言; 不無危苦之辭, 惟以悲哀爲主.

追爲此賦추위차부: 지난 기억을 더듬어 이 부를 짓다. **聊**: 애오라지 료. 여기에 의지해서라도. **記言**: 『한서』 「예문지藝文志」에 "옛날의 천자는 평생 사관이 따라다녔는데, 좌사는 말을 기록하고 우사는 사건을 기록하였다"(古之王者, 世有史官, 左史記言, 右史記事)라는 구절이 보인다. 여기서 '記言'은 역사도 기록하면서 하고 싶은 말도 쓰겠다는 뜻이다. **危苦**: '위난곤고危難困苦'의 준말. 위기와 역경. 혜강嵇康의 「금부琴賦」 서문에 "재능을 칭찬하려면 위기와 역경을 묘사하는 것을 가장 좋은 것으로 삼아야 하고, 소리의 아름다움을 읊으려면 슬픔을 표현하는 것을 가장 중요한 것으로 삼아야 한다"(稱其材幹, 則以危苦爲上; 賦其聲音, 則以悲哀爲主)라는 구절이 있다.

지난 기억을 더듬어 이 부를 짓는 것은 이에 의지해서라도 진실한 말을 남기기 위함이리니, 여기에 내가 겪은 위기와 역경의 이야기가 없을 수 없겠지만 오로지 나라를 잃은 슬픔을 주로 읊을 것이로다.

•••

日暮途遠, 人間何世.

日暮途遠일모도원: 날은 저물어 가는데 갈 길은 멀다. 『오월춘추吳越春秋』에 의하면 오자서伍子胥가 부친의 원수를 갚기 위해 오나라 군대를 이끌고 자신이 섬기던 왕을 죽였다. 친구인 신포서申包胥가 산으로 피신하고는 사람을 시켜 "그대는 초 평왕의 신하로서 어찌 천리를 거역하는 이러한 방법으로 복수를 하는가?" 하고 묻자 "해는 저물어가는데 갈 길은 머니, 나도 어쩔 수 없이 다른 사람들과는 반대로 길을 가서 이치를 어기어 실행한 것이오"(日暮途遠, 吾故倒行而逆施之)라고 대답했다 한다. 이것이 '日暮途遠'의 전고다. 즉 복수는 해야 하는데 나이는 늙어가기 때문에 윤리에 어긋나는 방법을 선택하였다는 뜻. **人間何世**: 『장자』「인간세人間世」에서 '人間世'를 왕선겸王先謙은 '당세當世'라고 해석하였다. 요즘 세상이 변하였음을 한탄하는 말.

오자서 말마따나 날은 저물어가는데 갈 길은 멀고, 요즘 세상이 어떤 세상인가?

•••

將軍一去, 大樹飄零; 壯士不還, 寒風蕭瑟.

飄零표령: 우수수 떨어지다. 이 대목이 언급하고 있는 동한의 장군 풍이馮異에 대해서 『후한서』「풍이전馮異傳」은 "매번 행군을 멈추고 야영할 때마다 다른 장수들은 모여 앉아서 공을 논하는데, 풍이만 홀로 나무 아래로 물러가 있었으므로 군중에서는 그를 대수장군大樹將軍이라고 불렀다"라는 일화를 소개하고 있다. **壯士**장사: 진시황의 암살을 감행한 위衛나라의 자객 형가荊軻를 가리킨다. **蕭瑟**소슬: 바람이 스산하게 불다. 『전국책』「연책燕策」에 의하면 연나라 태자 단丹이 역수易水 가에서 형가를 떠나보내며 '바람은 스산하게 불고 역수 물은 차가운데, 장사는 이제 가면 다시 돌아오지 못하리'(風蕭蕭兮易水寒, 壯士一去兮不復還)라는 시를 읊어주었다고 한다. 이 시로써 유신 자신도 서위에 사신으로 갔다가 돌아오지 못한 사실을 비유하고 있다.

동한의 풍이 장군이 떠나가니 그가 몸을 감추었던 큰 나무는 낙엽을 모두 떨어뜨려버렸고, 진시황을 암살하러 떠난 자객 형가가 돌아오지 않으니 차가운 바람은 스산하게 분다.

•••

荊璧睨柱, 受連城而見欺;

荊璧형벽: 초나라의 구슬인 화씨벽和氏璧을 말한다. **睨柱**예주: 기둥을 곁눈질로 노려보다. **受**: '줄 수授'와 같은 글자. **連城**: 서로 이어진 성. 진나라가 화씨벽과 바꾸자고 내놓은 15개의 성을 뜻한다. **見欺**견기: 사기를 당하다. 『사기』「인상여열전藺相如列傳」에 나오는 이른바 완벽귀조完璧歸趙의 고사를 가리킨다. 이 고사의 줄거리는 대략 이러하다. 조나라가 얻은 화씨벽을 탐낸 진나라 소왕이 15개의 성과 바꾸자고 제안하였다. 강대국의 제안을 거절할 수 없어 인상여가 이를 갖고 진나라에 갔지만 소왕에게 땅을 줄 마음이 애초부터 없었음을 간파한 인상여는 구슬을 안고 자신과 함께 기둥에 부딪혀 깨뜨려버리겠다고 협박하는 임기응변을 구사해 구슬을 고스란히 되가져왔다고 한다. 이 고사를 인용함으로써 유신 자신이 서위에 속았음을 비유하고 있다.

조나라 인상여가 화씨벽을 들고 기둥을 곁눈질해볼 때의 결기를 가졌지만, 그와는 달리 여러 성읍을 주겠다던 말은 사기로 끝나고 말았으며,

•••

載書橫階, 捧珠盤而不定.

載書: 맹약서. 조약문서. **橫階**횡계: 계단을 성큼성큼 올라가다. 『사기』「평원군平原君열전」의 다음 고사에 바탕을 두고 있다. "조나라 평원군이 초왕과 합종을 하자고 아침부터 설득하였으나 정오가 되도록 결말이 나지 않았다. 그러자 모수毛遂가 검을 뽑을 기세로 계단을 성큼성큼 올라가 초왕에게 다가가서는 합종의 이해관계를 설명하자 왕이 피를 가져오라 하여 그 자리에서 맹약을 맺었다." 여기서는 이 고사를 통하여 서위와 조약을 체결하지도 못하고 오히려 침략을 당한 사실을 비유하고 있다. **捧**: 받들 봉. **珠盤**주반: 제후들이 맹약을 맺을 때 사용하는 그릇. 『주례周禮』「총재冢宰」에 의하면 제후들이 맹약을 맺을 때는 소의 귀를 잘라서 주반 위에 올려놓고 그 피를 입 주위에 발랐다.

서위와 맹약을 성사시켜보려고 저 옛날 모수처럼 섬돌을 성큼성큼 뛰어 올라갔지만, 맹약의 피를 담은 주반珠盤을 받들어 제자리에 두지 못하였다.

•••

鍾儀君子, 入就南冠之囚;

鍾儀종의: 춘추 시기 초나라 사람으로 궁중의 비파 연주가였다. **南冠之囚**남관지수: 초나라는 남쪽에 있으므로 초나라 사람들이 쓰는 갓을 남관이라

고 불렀다. 즉 초나라 갓을 쓴 죄수라는 뜻. 『좌전』「성공 7년」에 다음과 같은 이야기가 실려 있다. 초나라 임금이 정나라를 재차 공격하였다. 다른 제후들이 와서 정나라를 구해주자 정나라는 초나라 군대를 포위하고는 초나라의 악사인 종의를 받아서 진나라에게 바쳤다. 진나라는 그를 데리고 와 군대 저장고에 가두어놓았다. 2년 뒤 진나라 임금이 저장고를 시찰하다가 그를 발견하였는데, 대화 후 자신의 직무에 충실한 악사인 것을 알고는 감동을 받아 초나라로 돌려보내 주었다고 한다. 유신 자신이 서위에 와서 갇혀 있는 현실을 종의에 비유한 것이다.

춘추 시기 초나라의 종의는 군자였지만, 진나라에 잡혀 들어가자 초나라 갓을 쓴 죄수가 되었고,

•••

季孫行人, 留守西河之館.

季孫: 본명은 계손의여季孫意如. 춘추 시기 노나라 대부. 소공을 무시하고 권력을 전횡하였다. **行人**: 외교 업무를 맡아보는 관리. **留守**유수: 머물며 지키다. **西河之館**: 『좌전』「소공 13년」에 의하면 진나라가 평구平丘에서 제후들을 불러모아 회맹할 때, 주邾나라와 거莒나라가 노나라가 자신들을 자꾸 공격한다고 호소하니까 진나라가 계손을 사로잡아 갔다. 나중에 석방해주려니까 돌아가기를 거절하였다. 그러면 서하西河 땅에다가 집을 지어줄 테니 거기서 살라고 윽박지르니까 하는 수 없이 눈물을 흘리며 귀국하였다고 한다. 문맥은 약간 다르지만, 이 역시 이국 땅에 남겨져서 돌아갈 수 없는 유신 자신의 신세를 비유한 것이다.

계손의여는 외교관이었지만, 진나라 서하西河의 별관에나 머물며 지켰다지.

•••

申包胥之頓地, 碎之以首; 蔡威公之淚盡, 加之以血.

頓地돈지: 머리를 땅에 조아리며 절을 하다. **碎**: 부술 쇄. 앞의 '忽踐秦庭'의 주를 참조 바람. 양나라를 구하기 위해 힘을 다하였다는 뜻. **淚盡**누진: 눈물이 다하여 마르다. **加**: '이을 계繼'와 같은 말. 유향劉向의 『설원說苑』에 다음 내용이 있다. "채蔡나라 위공威公은 문을 닫고 삼일 밤낮을 울었다. 눈물이 다 마르고 피가 이어져 나오자 '우리나라는 이제 망할 것이다'라고 말했다."

신포서처럼 (우리를 위해 출병해달라고) 땅에 머리를 조아리며 머리통을 부술 듯하였고, 채나라 위공처럼 눈물이 마르도록 울자 피가 이어져 나오기도 했다네.

•••

釣臺移柳, 非玉關之可望; 華亭鶴唳, 豈河橋之可聞.

釣臺조대: 무창武昌에 있는 낚시터 이름. 남방에 있는 고국을 비유한 것이다. **移柳**이류: 버드나무를 옮겨 심다. 『진서晋書』「도간전陶侃傳」에 도간이 무창에 주둔할 때 각 군영에 버드나무를 심으라고 명령했다는 내용이 있다. **玉關**: 옥문관玉門關. 감숙성甘肅省 돈황敦煌에 있다. 북방을 상징하는 말이고, 남방의 버드나무를 북방에 머물고 있는 자신으로서는 다시 볼 수 없을 것이라는 뜻. **唳**: 새가 울 려. **華亭**: 오늘날 상해上海시 송강현松江縣에 있다. 진晋의 육기陸機 형제가 이곳에서 십여 년간 같이 지냈다고 한다. **河橋**: 오늘날 하남성 맹현孟縣에 있다. 육기가 이곳에서 패전하고 주살당했다. 『세설신어』「우회尤悔」편에 "육기는 하교에서 패전하자 노지盧志에게 참소를 당하여 주살되었다. 형장에서 그는 탄식하며 말하였다. '화정의 두루미 울음소리를 들으려 한들, 다시 들을 수나 있을까?(欲聞華亭鶴唳, 可復得乎)'"라는 구절이 있다.

고향의 조대釣臺에 옛날 도간이 버드나무를 옮겨 심어놓았지만, 북방의 옥문관에 있는 이 사람이 볼 수 있는 것도 아니니, 육기의 마지막 말처럼 고향 화정의 두루미 울음소리를 어찌 하교河橋에서 들을 수 있겠는가?

•••

孫策以天下爲三分, 衆纔一旅, 項籍用江東之子弟, 人惟八千, 遂乃分裂山河, 宰割天下;

孫策손책: 삼국 시기에 수백 명을 데리고 원술袁術의 휘하에 들어갔다가 나중에 강동을 평정하고 오나라를 세운 인물. **三分**: 천하를 위魏·촉蜀·오吳 세 나라로 나누어 정권을 수립한 사실을 가리킨다. **纔**: 겨우 재. **旅**: 군사 려. 5백 명을 단위로 하는 부대. **項籍**항적: 자는 우羽. **江東**: 오늘날 장강 이남의 남경 일대 지역. **子弟**: 젊은이들. 여기서는 군사를 가리킨다. 『사기』「항우본기項羽本紀」에 "항우가 오강烏江에서 패전하고는 웃으며 정장亭長에게 말하였다. '내가 강동의 군사 8천 명과 함께 장강을 건너 서쪽으로 갔었는데 이제 한 사람도 돌아오지 못하였구려'"라는 구절이 나온다. **惟**: 오로지 유. 단지. **遂**: 이를 수. 마침내. **宰**: 요리사 재. **割**: 쪼갤 할. **宰割**: 백정이 고기를 베듯 나누다. 가의賈誼가 쓴 「과진론過秦論」의 "천하를 백정이 고기를 썰듯 분할하고, 산과 강을 찢어서 나누어놓다"(宰割天下, 分裂山河)가 이 말의 출전이다.

손책이 천하를 삼분해서 나눠 가졌을 때 그 무리가 겨우 5백 명 이하의 여단旅團 규모였고, 항우가 강동의 젊은이들을 용병하였을 때는 사람 수가 겨우 8천이었는데, 이것으로써 마침내 산과 강을 찢어 나누고 천하를 백정이 고기를 썰듯 분할하였다.

•••

豈有百萬義師, 一朝卷甲; 芟夷斬伐, 如草木焉. 江淮無涯岸之阻, 亭壁無藩籬之固.

義師: 의로운 군대. 후경의 난을 평정하려고 온 양나라의 대군을 가리킨다. **卷**: 말 권. **卷甲**권갑: 갑옷을 말다. 즉 싸우지도 않고 달아났다는 뜻. **芟夷**삼이: 잡초를 뿌리째 뽑다. **斬伐**참벌: 주살하다. **如草木焉**: 마치 초목처럼. **焉**: '그럴 연然'과 같다. 『남사南史』「후경전侯景傳」에 "후경이 반란을 일으키자 양나라 장수 왕질王質이 병력 3천 명을 이끌고 왔으나 아무런 이유도 없이 스스로 퇴각하였고, 사희謝禧도 백하성白下城을 버리고 도주하였다. 지원군이 북쪽 기슭에 도착하였는데 말은 백만 대군이라지만 나중에는 전부 패주하고 말았다. 이때 후경이 여러 장수에게 '성안 고을을 깡그리 부수고 죽여버려서, 천하에 나의 무시무시한 이름을 알게 하라!'(破城邑淨殺却, 使天下知吾威名)고 호통을 쳤는데, 이 구절이 출전이다. **江淮**: 장강과 회하淮河. **涯岸**애안: 강변의 언덕. **阻**: 험할 조. 장애물. **亭壁**: 진지의 보루. **藩籬**번리: 목재와 대나무를 엮어 설치한 방어막. 울타리.

그런데 어찌 백만의 떳떳한 정규군을 보유하였음에도 그들은 하루아침에 갑옷을 말아 도망을 갔고, 이로 인해 싹쓸이로 주살됨이 마치 초목이 베어지듯 하였단 말인가? 장강과 회하의 절벽은 장애물 노릇도 하지 못하였고, 진지의 보루는 방어막으로서의 견고함도 지니지 못하였도다.

•••

頭會箕斂者合從締交, 鋤耰棘矜者因利乘便; 將非江表王氣, 終於三百年乎.

箕: 키 기. 여기서는 징수한 곡물을 담는 그릇. **斂**: 거둘 렴. **頭會箕斂**: 사람의 머릿수대로 곡물을 키에 받아 걷다. 진나라 때 상앙商鞅이 만든 인두세. 『한서』「진여전陳餘傳」에 "머릿수를 세어 키로 곡물을 걷어다가 군비에 충당하다"(頭會箕斂, 以供軍費)라는 구절이 나온다. **締**: 맺을 체. **合從締交**: 여러 사람이 한데 모여 결탁하다. 가의의 「과진론」에 "세로로 있는 나라의 제후들이 모여 결탁하여 모두 하나가 되었다"(合從締交, 相與爲一)라는 구절이 있다. **鉏**: 호미 서. **耰**: 곰방메 우. **鉏耰**서우: 조악한 농기구. **棘**: 가시나무 극. **矜**: 창 자루 근. **棘矜**: 아주 형편없는 병기. 가의의 「과진론」에 "호미와 곰방메, 가시나무 몽둥이와 창자루로는 갈고리 창, 갈래 창, 장창에 대적하지 못한다"(鉏耰棘矜, 不敵于鉤戟長鎩也)라는 구절이 있음. **因利乘便**인리승편: 유리한 국면과 손쉬운 형세를 틈타다. '因'과 '乘'은 같은 뜻. 「과진론」의 "유리한 국면과 손쉬운 형세를 틈타서 천하를 백정이 고기를 썰듯 나누었다"(因利乘便 ,以宰割天下)라는 구절은 진패선陳霸先이 양나라가 혼란한 틈을 타 진나라를 세운 사실을 가리킨다. **江表**: 장강의 밖. 즉 강남. **王氣**: 제왕의 기운. **三百年**: 손권이 강남을 거점으로 하여 황제를 칭한 이후부터 동진東晋·송宋·제齊·양梁에 이르는 4대 3백 년의 시기를 말한다.

(이러는 사이) 머릿수대로 곡물을 키에 걷어간 자들이 한데 모여 결탁을 하고, 호미와 곰방메, 가시나무 몽둥이 등을 든 자들이 유리한 기회와 손쉬운 형세를 비집고 들어왔다. 이것이야말로 강남의 제왕의 기운이 마침내 3백 년에 이르러 끝나는 게 아니던가?

•••

是知併吞六合, 不免軹道之災; 混一車書, 無救平陽之禍.

併吞병탄: 남의 나라를 침략하여 내 땅으로 합병해버리다. **六合**: 천지와 사방. **軹道之災**지도지재: 『사기』「고조본기」에, 고조가 함곡관에 들어가자 진왕秦王 자영子嬰이 장례식에 쓰는 흰말이 끄는 흰 수레에 타고 목에 노끈을 맨 채로 지도軹道의 길가에서 항복하였다는 기록이 있다. **混一車書**혼일거서: '車書混同'과 같다. 천하 모든 수레의 윤거輪距와 모든 서적의 문자를 하나로 통일하다, 즉 천하를 통일하였다는 뜻. 『중용』의 "이제 천하는 수레의 윤거는 똑같은 규격으로 만들고, 서적은 통일된 문자로 쓰이며, 행위는 일정한 질서대로 움직이게 되었다"(今天下車同軌, 書同文, 行同倫)에서 나온 말이다. **平陽之禍**평양지화: 『진서』「효회제본기孝懷帝本紀」에 의하면, 영가永嘉 5년(311)에 유총劉聰이 낙양을 함락시키고 회제를 평양에 가두어놓고는 2년 뒤에 살해하였다. 그리고 다시 진 민제愍帝 건흥建興 4년(316)에는 유요劉曜가 장안을 함락시킨 후 민제를 평양에 유폐시켰다가 1년 후 살해했다.

이로써 우리는 알 수 있네. 천지와 사방을 병탄했어도 진秦의 3세 황제인 자영은 지도軹道의 길가에서 항복하였고, 천하의 수레와 책을 똑같은 규격과 서체로 통일하였어도, 진晉 회제와 민제처럼 평양에 유폐되는 재앙을 구해줄 수 없다는 사실을.

• • •

嗚呼, 山嶽崩頹, 既履危亡之運; 春秋迭代, 必有去故之悲: 天意人事, 可以悽愴傷心者矣.

崩: 무너질 붕. **頹**: 기울 퇴. 『국어國語』「주어周語」에 "산이 무너지고 강이 마르는 것은 나라가 망할 징조이다"(山崩川竭, 亡之徵也)라는 구절이 나온다. **履**: 밟을 리. **履危亡之運**: 위기와 멸망의 과정을 밟다. **迭**: 갈마들 질. **春秋迭代**: 양나라와 진나라의 교체를 춘추오패의 교체에 비유한 말. **去故**: 고향을 떠나 떠돌아다니다. **天意人事**: 사람의 일에 관여하는 하늘의 의지. **悽**: 슬퍼할 처. **愴**: 슬퍼할 창. 완적阮籍의 「영회팔십이수咏懷八十二首」에 "평소 기질이 가을의 소리를 즐기나니, 그 애절하고 슬픈 소리는 나의 마음을 아프게 하네"(素質游商聲, 悽愴傷我心)라는 구절이 있다.

아아, 산악이 무너지고 기울어지니 위기와 멸망의 과정을 밟고 있는 운명이고, 춘추오패가 갈마들듯 왕조가 바뀌면 필히 고향을 떠나 떠돌아다니는 슬픔이 있기 마련이로다. 사람의 일에 관여하는 하늘의 의지는 처절한 슬픔으로써 사람의 마음을 이렇게 아프게 할 수도 있구나!

•••

況復舟楫路窮, 星漢非乘槎可上; 風飆道阻, 蓬萊無可到之期.

復복: 다시, 더. **楫**: 노 즙. **路窮**노궁: 길이 막히다. **星漢**: 은하수. **槎**: 뗏목 사. 장화張華의 『박물지博物志』에 다음 내용이 나온다. "전설에 의하면 은하수와 바다는 서로 통해 있다고 한다. 가까운 얼마 전 세대까지만 해도 섬에 사는 어떤 사람들은 해마다 8월이면 뗏목을 타고 은하수에 다녀오곤 했는데, 절대로 시기를 놓치면 안 된다고 한다." **飆**: 폭풍 표. **阻**: 험할 조. **蓬萊**봉래: 전설상의 신령한 산. **無可到之期**: 도착한다는 기약을 할 수 없다. 다음은 『한서』「교사지郊祀志」에 나오는 대목이다. "위왕威王·선왕宣王·연燕 소왕昭王 등이 사람을 시켜서 바다로 나가 봉래蓬萊·방장方丈·영주瀛洲 등 세 신령한 산을 찾아보게 하였다. 이 삼신산三神山은 발해勃海 가운데 있다고 전해지는데, [……] 아직 도달하기 전에 멀리서 바라보면 마치 구름과 같고, 가까이 가보면 반대로 뒤집혀서 물 아래에 산이 있는 것처럼 보인다. 이제 막 도착하려나 싶으면 갑자기 바람이 불어 배를 물러나게 만들어서 끝내 다다르지 못하게 한다고 전해진다."

하물며 다시 노를 저어가도 길이 막혀 있고, 은하수는 뗏목을 타고 올라갈 수 있는 곳이 아님에랴? 폭풍은 불고 길은 험한데 봉래산은 다다를 수 있다는 기약이 없도다.

•••

窮者欲達其言, 勞者須歌其事.

窮者: 벼슬길이 풀리지 않는 사람을 가리킨다. **達**달: 마음에 담아둔 말을 모두 표현하다. 『진서』 「왕은전王隱傳」에 이렇게 적혀 있다. "왕은이 말하였다. '무릇 옛날 사람들은 때를 만나면 공을 세움으로써 도를 드러내고, 때를 만나지 못하면 말로써 자신의 재주를 드러낸다'"(隱曰: 蓋古人遭時則以功達其道, 不遇則以言達其才). **須**: 모름지기 수. 하휴何休의 『공양전해고公羊傳解詁』에 "굶주린 사람은 자신이 먹고 싶은 것을 노래하고, 힘들게 일하는 사람은 자신이 하는 일을 노래한다"(飢者歌其食, 勞者歌其事)고 씌어 있다.

궁지에 몰린 자는 하고 싶은 말을 다 뱉어내고자 하고, 힘들게 일하는 자는 모름지기 자신의 일을 노래로 부른다고 한다.

•••

陸士衡聞而撫掌, 是所甘心; 張平子見而陋之, 固其宜矣.

士衡사형: 육기陸機의 자字. **撫**: 칠 무. **撫掌**무장: 손뼉을 치다. 『진서』 「좌사전左思傳」에 다음 대목이 있다. "처음에 육기가 낙양에 들어왔을 때 (좌사의 「삼도부三都賦」 같은) 부를 지으려 했다. 그런데 좌사가 이를 짓고 있다는 소식을 듣고는 손뼉을 치며 웃었다. 그는 동생에게 보낸 편지에서 '요즘 어떤 촌뜨기가 「삼도부」를 짓고 있다던데, 그것이 반드시 완성되어야 술독의 뚜껑으로 쓸 수 있을 텐데'라고 썼다. 나중에 좌사의 부가 나오니까, 육기는 몹시 탄복한 나머지 작품에서 글자 하나 첨삭할 수 없다고 여기고는 자신도 같은 주제로 부를 짓겠다는 의사를 접었다." 甘心감심: 마음속으로 달게 여기다, 즉 속으로 원하고 있다. 지금 쓰는 이 문장이 후대 사람들에게 비웃음을 사더라도 이는 마음속으로 원하는 바라는 뜻. 平子: 장형張衡의 자字. 陋: 좁을 루. 우습게 알다. 『예문류취藝文類聚』에 다음 문장이 있다. "옛날에 반고가 시조인 광무제가 낙양에 천도하려는 것을 보고는, 장차 이 나라 제도가 흐무러지게 되어서 옛날 선왕들의 올바른 법을 준수할 수 없을까 걱정되었다. 그래서 서도인 장안의 손님을 가정하여 장안의 구제도를 엄청나게 칭찬하였는데, 여기에는 낙양을 비하하려는 책잡기가 담겨 있었지만, 동도인 낙양의 주인은 예의로 절충을 해서 대답하였다. 장형은 반고의 이러한 글을 보고는 우습게 여기고 다시 고쳐서 「이경부二京賦」를 지었다." 宜: 마땅할 의. 자신의 부가 사람들에게 누추하게 여겨지게 되더라도 그것은 당연한 평가라는 뜻이다.

육기는 (좌사가 이미 「삼도부三都賦」를 짓고 있다는) 말을 듣고는 손바닥을 쳤다는데, 이는 나도 마음속으로 달게 여기는 바이다. 장형은 (반고의 「양도부兩都賦」를) 보고서 이를 형편없는 작품으로 여겼다 하는데, 이 글도 본디 그렇게 여겨 마땅하리라 본다.

당대唐代

임금이 늘 해야 할 열 가지 생각 — 위징魏徵, 「간태종십사소諫太宗十思疏」

「간태종십사소」는 당나라 정관貞觀 11년(637)에 위징魏徵이 태종 이세민李世民에게 통치자가 지켜야 할 열 가지 계율을 조목조목 적어 올린 글이다. 당시는 나라가 부강하고 안정된 국면인 이른바 정관지치貞觀之治의 시기였는데, 이럴 때일수록 위기에 대비해야 한다는 취지로 잊지 말아야 할 열 가지 사항을 주청하였다. 이 상소문은 이후 모든 지도자의 계율이 되었을뿐더러 독서인의 필독문으로 읽혀왔다.

위징(580~643)은 문학과 사학에 조예가 깊었고, 수나라 말기에 농민 반란에 참여한 뒤 당 정권에 들어가 태종의 간의대부諫議大夫가 되었다. 여러 관직을 거쳐 나중에는 정국공鄭國公에 책봉되었다. 2백여 건에 이르는 간언을 통해 태종을 보필함으로써 중국 역사상 가장 유명한 감간지신敢諫之臣이자 명재상으로 이름을 남겼다.

•••

臣聞求木之長者, 必固其根本; 欲流之遠者, 必浚其泉源; 思國之安者, 必積其德義. 源不深而望流之遠, 根不固而求木之長, 德不厚而思國之治, 雖在下愚, 知其不可, 而況於明哲乎.

疏: 임금에게 아뢸 소. **求**: 바랄 구. **流**: 여기서는 냇물. **浚**: 깊을 준. 사역의 의미로, 깊게 만들다. **思**: 생각 사. 자나 깨나 생각에 골몰하다. **下愚**: 저 아래의 아둔한 사람이 있는 자리. 위징 자신을 겸손하게 가리키는 말. **明哲**명철: 총명하고 지혜로운 사람.

신이 듣기로 나무가 높이 잘 자라기를 바란다면 반드시 그 뿌리를 단단히 내리게 해야 하고, 냇물이 멀리까지 흘러가기를 원한다면 필히 그 원천을 깊이 파야 하며, 나라가 평안하기를 갈구한다면 반드시 덕과 의를 쌓아야 한다고 합니다. 샘이 깊지 않은데도 그 물이 멀리 흐르기를 바라고, 뿌리가 견고하지 않은데도 그 나무가 높이 자라기를 요구하며, 덕이 도탑지 않은데도 나라가 다스려지기를 갈구한다면, 신이 비록 저 아래 아둔한 위치에 있어도 그것이 불가능한 것임을 알겠는데, 하물며 총명하고 지혜로운 사람이야 더할 나위가 있겠습니까?

•••

人君當神器之重, 居域中之大, 將崇極天之峻, 永保無疆之休. 不念居安思危, 戒奢以儉, 德不處其厚, 情不勝其欲, 斯亦伐根以求木茂, 塞源而欲流長者也.

人君: 직역하면 '사람들의 임금 된 자', 즉 군주. **當**: 맡을 당. 처하다. **神器**: 고대에는 황제의 자리는 신의 명령으로 부여되는 것이라 믿었으므로 신기神器, 즉 신의 도구라고 불렀다. **域中**역중: 강역, 천지간. **極天**: 하늘 끝. **峻**: 높을 준. **疆**: 경계 강. **無疆**: 끝이 없는. **休**: 아름다울 휴. 정권의 안정을 뜻한다. **奢**: 사치할 사. **欲**: '욕심 욕慾'과 같은 말. 탐욕. **伐**: 벨 벌. **茂**: 무성할 무. **塞**: 막을 색.

천자는 하느님의 도구라는 무거운 직책을 맡은 분이고, 천지라는 거대한 공간에 거하시는 분이므로, 앞으로 저 하늘 끝에 이를 만큼 높이 받들려야 하고, 끝없는 평안을 영원히 이어지게 해야 합니다. 안정된 시기를 살 때 위태로울 때를 생각하고, 사치하지 않도록 경계하면서 검소하게 살아야 함을 늘 염두에 두지 않고, 덕이 도타움에 처하지 않으며, 성정이 욕심을 이기지 못한다면, 이러한 것이야말로 뿌리를 베어놓고 나무가 무성하기를 바라고 샘을 막아놓고 그 물이 멀리까지 흘러가기를 원하는 일이 될 것입니다.

•••

凡百元首, 承天景命, 莫不殷憂而道著, 功成而德衰, 有善始者實繁, 能克終者蓋寡. 豈其取之易而守之難乎.

百: 온갖, 모든. **元首**: 가장 높은 우두머리, 즉 제왕. **景**: 클 경. **殷**: 성할 은. **殷憂**: 깊은 우려. 심히 고뇌하다. **道**: 도덕 또는 다스림의 도리. **著**: 드러날 저. **實**: 확실히. **繁**: 많을 번. **克**: '가할 극可'과 같은 글자. **終**: 마칠 종. 끝까지 유지하다. **蓋**: 대개 개. **寡**: 적을 과. **豈**: 어찌 기, 설마.

무릇 역대의 모든 제왕은 하늘의 큰 명령을 받든 분들이었지만, 힘들고 고뇌하던 시기에는 누구나 다스림의 도리가 밝게 드러났으나 공업功業이 성취되면 오히려 덕이 시들어지지 않은 경우가 없었습니다. 처음에는 다스림의 도리를 잘 지키며 시작한 분들이 정말로 많았지만, 이를 끝까지 유지할 수 있었던 분들은 대체로 적었습니다. 설마 이것이 천하를 얻기는 쉽고 이를 지키는 것은 어렵다는 뜻이겠습니까?

•••

昔取之而有餘, 今守之而不足, 何也. 夫在殷憂, 必竭誠以待下; 既得志, 則縱情以傲物. 竭誠則胡越之一體, 傲物則骨肉爲行路. 雖董之以嚴刑, 震之以威怒, 終苟免而不懷仁, 貌恭而不心服.

竭: 다할 갈. **待下**대하: 아랫사람들을 대하다. **縱**: 느슨하게 풀 종. **傲物**오물: 다른 사람들을 오만하게 대하다. **胡**: 북쪽 오랑캐 호. 북방을 상징한다. **越**: 월나라 월. 남방을 상징. **骨肉**골육: 피를 나눈 형제. **行路**: 길에서 스쳐 지나가는 낯선 사람. 아무 관계도 없는 사람. **董**: 바로잡을 동. **震**: 떨게 할 진. **苟免**구면: 구차하게 그 순간만을 피하다. **懷仁**: 인후한 마음을 품다.

인후한 마음을 그리워하다. **貌**: 겉 모양 모.

지난날 천하를 취하는 일인데도 여력이 있었는데, 오늘날은 이를 지키는 일임에도 오히려 힘이 부족합니다. 이는 무엇 때문이겠습니까? 무릇 힘들고 고뇌하던 시기에는 필연적으로 성의를 다해서 아랫사람을 대하지만, 뜻을 얻고 나면 감정을 느슨하게 풀어놓음으로써 다른 사람을 오만하게 대합니다. 성의를 다하면 북쪽 오랑캐와 남쪽의 월나라까지 한 몸이 되지만 다른 사람들에게 오만하면 피를 나눈 형제라도 길에서 스쳐 지나가는 낯선 사람이 됩니다. 아무리 엄한 형벌로 그들을 바로잡으려 하고, 위세 떨치는 진노로 그들을 떨게 하더라도, 끝내 그들은 구차하게 그 순간만을 면하려 할 뿐 인후한 마음을 품지 않으며, 겉으로만 공손한 척하고 속으로는 복종하지 않습니다.

•••

怨不在大, 可畏惟人, 載舟覆舟, 所宜深愼, 奔車朽索, 其可忽乎.

怨: 원망할 원. **人**: 원래는 '백성 민民'을 썼어야 했는데 태종의 이름이 이세민李世民이므로 이를 피휘하여 '人'으로 바꾼 것이다. **載**: 실을 재. **覆**: 엎을 복. **覆舟**: 『순자荀子』「왕제王制」에 "임금은 배이고 뭇 백성은 물이다. 물은 배를 띄워주기도 하고 물은 뒤엎기도 한다"(君者, 舟也; 庶人者, 水也. 水則載舟, 水則覆舟)라는 구절이 있다. **奔車**분거: 마구 달리는 수레. **朽索**후색: 썩은 줄.

백성의 제왕에 대한 원망은 크고 작고에 문제가 있는 것이 아니며, 두려워해야 할 것은 오로지 백성 그 자체이오니, 이들은 배를 띄울 수도 있고 뒤엎을 수도 있어 마땅히 신중에 신중을 기해야 할 바이기 때문입니다. 말하자면 마구 달리는 수레에 썩은 동아줄이 매여 있는 셈인데, 이러한 일을 소홀히 할 수 있겠습니까?

•••

君人者, 誠能見可欲, 則思知足以自戒; 將有所作, 則思知止以安人, 念高危, 則思謙沖而自牧; 懼滿溢, 則思江海而下百川;

君人: 앞에 나온 人君과 같은 말로, 군주. **誠能**: 진실로 다음과 같은 것을 할 수 있어야 한다. 이 두 글자는 다음 문장의 마지막 구절인 '罰所及, 則思無因怒而濫刑'에까지 걸린다. **可欲**: 욕심을 불러일으킬 만한 것. 노자 『도덕경』 제3장의 "욕심을 불러일으킬 만한 것을 드러내지 않으면 백성의 마음을 어지럽히지 않을 수 있다"(不見可欲, 使民心不亂)에서 나온 말이다. **知足**: 만족할 줄을 알다. 노자 『도덕경』 제44장의 "만족할 줄 알면 욕을 당하지 않는다"(知足不辱)에서 나온 말. **作**: 지을 작. 여기서는 궁실 등 건축물을 짓는 일을 가리킨다. **知止**: 『도덕경』 제44장의 "그만할 줄 알면 위태롭지 않다"(知止不殆)에서 나온 말. **人**: 역시 '民'을 피휘한 글자. **危**: 높을 위. **念高危**: 황제의 지위가 지고한 자리라는 생각을 마음에 둔다는 뜻. **沖**: 빌 충. '빌 허虛'와 같다. **牧**: 다스릴 목. 수양하다, 다잡다. **滿溢**만일: 차고 넘치다. 교만이 넘침을 뜻한다. **思江海**: 큰 강과 바다가 되려면. **下百川**: 모든 하천의 아래에 처해야 한다.

백성의 임금이 된 분은 진실로 다음과 같은 일을 하실 수 있어야 합니다. 욕심을 불러일으킬 만한 것을 보셨다면, 만족할 줄 앎으로써 스스로 경계할 것을 생각하셔야 합니다. 장차 궁실 같은 것을 지을 일이 있으시다면, 그만할 줄 앎으로써 백성을 편안하게 해줄 것을 생각하셔야 합니다. 황제의 자리는 지고한 자리라는 사실을 염두에 두신다면, 겸허한 마음을 갖고 스스로 수양하실 것을 생각하셔야 합니다. 교만이 넘칠까 두려우시다면, 큰 강과 바다가 되려면 모든 하천의 아래에 처해야 함을 생각하셔야 합니다.

•••

樂盤游, 則思三驅以爲度; 憂懈怠, 則思愼始而敬終; 慮壅蔽, 則思虛心以納下; 想讒邪, 則思正身以黜惡; 恩所加, 則思無因喜以謬賞; 罰所及, 則思無因怒而濫刑.

盤游반유: 직역하면, 빙빙 돌며 놀다. 즉 사냥을 말한다. **驅**: 몰 구. **三驅**: 옛날 성군이 사냥할 때는 삼면만을 막고 나머지 한 면은 열어놓은 채로 짐승을 몰았다고 한다. 이는 사냥이란 살생을 즐기기 위함이 아니라 순리를 거스르는 자를 치는 일이라는 교훈을 가르치는 것이다. 또는 사냥은 일 년에 세 차례까지만 해야 한다는 뜻으로 풀기도 한다. **懈怠**해태: 게으르고 나태함. **壅蔽**옹폐: 눈과 귀가 막히고 덮여 있음. **虛心**: 마음을 비우다. **納下**납하: 아랫사람들의 말을 받아들이다. **想**: 판단하다, 추측하다. **讒**: 중상할 참. **邪**: 바르지 못할 사. 모략 같은 일. **黜**: 물리칠 출. **加**: 베풀 가. **喜**: 기쁠 희. 즉흥적인 기분. **謬**: 그릇될 류. **濫**: 함부로 할 람.

사냥을 즐기시려면 삼면만을 막고 나머지 한 면은 열어놓은 채로 짐승을 모는 삼구三驅의 원칙을 법도로 여기십시오. 게으르고 나태할까 봐 걱정되시면, 시작을 신중히 하시고 마무리를 조심하실 것을 생각하십시오. 눈과 귀가 막히고 덮여 있을까 염려되시면, 마음을 비우고 아랫사람의 말을 받아들일 것을 생각하십시오. 중상中傷과 모략이 아뢰어졌다고 판단되시면 몸을 바르게 하심으로써 간악한 자들을 물리칠 것을 생각하십시오. 은택을 베풀 일이 있으면, 즉흥적인 기분에 의해 상이 잘못 수여되는 일이 없어야 할 것을 생각하십시오. 벌이 내려져야 할 일이 있으면, 순간적인 분노에 의해서 법이 남용되는 일이 없어야 할 것을 생각하십시오.

•••

總此十思, 弘茲九德. 簡能而任之, 擇善而從之, 則智者盡其謀,

勇者竭其力, 仁者播其惠, 信者效其忠.

弘: 넓을 홍. 발양광대하다. **玆**: 이 자. **九德**: 『일주서逸周書』「상훈常訓」편에 의하면 천자가 갖춰야 할 아홉 가지 덕은 충忠·신信·경敬·강剛·유柔·화和·고固·정貞·순順이다. **簡**: 선발할 간. **播**: 뿌릴 파. **信**: '정성 성誠'과 같다. 신실한. **效**: 바칠 효.

이상의 열 가지 생각을 하나도 빠짐없이 거느리시는 것이 황제가 갖춰야 할 아홉 가지 덕을 발양광대하는 일이 됩니다. 능력 있는 자를 뽑아서 그에게 직무를 맡기고 훌륭한 생각을 택하여 그것을 따른다면, 지혜로운 자는 자신의 지략을 다 쏟아낼 것이고, 용감한 자는 자신의 힘을 다할 것이며, 어진 자는 자신의 자비로움을 널리 뿌릴 것이고, 성실한 자는 자신의 충성을 다 바칠 것입니다.

•••

文武爭馳, 君臣無事, 可以盡豫遊之樂, 可以養松喬之壽, 鳴琴不言而化. 何必勞神苦思, 代下司職, 役聰明之耳目, 虧無爲之大道哉.

爭馳: 남보다 앞서 나가려고 힘을 다하다. **無事**: 평안하고 골치 아플 일이 없다. 여기서 '事' 자는 '일부러 한 일 고故'와 같다. **豫**: 즐길 예. **松喬**: 적송자赤松子와 왕자교王子喬. 고대 전설 중의 선인들. **鳴琴**: 비파를 울리다. **垂拱**: '수의공수垂衣拱手'의 준말. 옷자락을 늘어뜨리고 두 손을 모아 쥐고 있다는 뜻으로, 군주가 설치고 돌아다니지 않아도 나라가 잘 다스려짐을 상징하는 말. **勞神**: 정신을 힘들게 만들다. **苦思**: 생각을 고되게 만들다. **代下**: 아랫사람을 대신하다. **司職**: 직무를 맡다. **役**: 부릴 역. **聰明**총명: 밝고 환한. **虧**: 이지러질 휴. 헐다.

문관과 무관은 서로 앞서 나가려고 다툴 것이고, 임금과 신하 사이에는 변고가 없을 터이므로, 이리저리 다니며 노는 즐거움을 다 향유하실 수 있고, 저 전설의 적송자와 왕자교 같은 선인들이 누렸던 장수를 양생하실 수 있으며, 비파나 울리시고 옷자락을 늘어뜨린 채 두 손을 모아 쥐고 가만히 계시면서 굳이 무슨 말씀을 하지 않으셔도 저절로 사람들의 인성이 바뀝니다. 이러할진대, 왜 굳이 정신을 힘들게 하고 생각을 고되게 만드시며, 아랫사람을 대신해서 그들의 직무를 보심으로써 밝고 환한 귀와 눈을 혹사하시고 무위의 큰 도리를 망가지게 하십니까?

남창의 누각이 모래섬을 내려다볼 때 —
왕발王勃, 「등왕각서藤王閣序」

「등왕각서」는 초당初唐 시기의 시인인 왕발이 오늘날 강서성江西省 남창南昌에 있는 누각인 등왕각滕王閣을 노래한 변려문駢儷文이다. 원래의 제목은 「추일등홍부등왕각전별서秋日登洪府滕王閣餞別序」.

등왕각은 당 고조高祖 이연李淵의 아들인 이원영李元嬰이 등왕滕王에 봉해지고 나서 홍주자사洪州刺史로 부임하였을 때 세웠다고 한다. 당 고종高宗 상원上元 2년(675) 가을에 왕발은 교지交趾의 현령으로 있던 부친을 뵈러 가던 길에 남창에 들렀는데, 마침 홍주 도독 염백서閻伯嶼가 등왕각을 중수하고 중양절을 맞아 연회를 열었다. 왕발도 여기에 초청을 받아 참석하게 되었다. 그의 명성이 이미 자자하던 터여서 염백서가 특별히 그에게 글을 부탁하자 왕발은 주저하지 않고 글을 써 내려갔는데, 점 하나 첨삭하지 않고 글을 단번에 완성하는 것을 보고 좌중이 크게 놀랐다는 전설이 전해진다. 마지막에 8행의 칠언율시七言律詩로 맺어지는 이 글이 바로 「등왕각서」다. 중국 문학사에서 이 작품은 변려문의 백미로 평가받으며 불후의 명작으로 꼽힌다.

왕발(650~676)은 글재주가 뛰어나 일찍부터 관직에 나아갔으나 고종에게 필화를 입어 촉蜀 지방으로 추방되었다가 유랑 중에 익사하였다. 양형楊炯·노조린盧照鄰·낙빈왕駱賓王 등과 함께 초당사걸初唐四傑로 불렸다. 또 다른 대표 작품으로는 「송두소부지임촉주送杜少府之任蜀州」가 있다.

• • •

南昌故郡, 洪都新府.
星分翼軫, 地接衡廬.

南昌: 등왕각이 있는 이곳의 지명이 한대까지는 예장군豫章郡이어서 원래는 '豫章'으로 써야 옳으나 이 글을 쓸 당시는 당 대종代宗 이예李豫가 재위하던 시기였으므로 그의 이름을 피휘하기 위해 '남창'으로 바꿔 쓴 것이다. **故**: 옛 고. 이전의. **洪都**홍도: 예장을 당대에 와서 홍주洪州로 개명하고 여기에 도독부都督府를 두었다. **星分**: 별자리 분야分野. 고대 중국인들은 하늘과 땅이 일대일 대응한다는 형이상학적 관점을 갖고 있었고, 따라서 땅에 있는 모든 주요 도시들은 각기 하늘의 별자리인 각 분야에 속한다고 보았다. **翼軫**익진: 별자리 28수宿 중에서 익성翼星과 진성軫星을 가리킨다. **衡廬**: 형산衡山과 여산廬山. 형산은 서남쪽에 있고 여산은 북쪽에 있다.

예장은 이전에 군郡이었는데,
지금은 홍주 도독의 새로운 관청이 들어섰다.
별자리로는 익성과 진성의 분야에 해당하고,
땅은 서남으로는 형산과 북으로는 여산에 붙어 있다.

• • •

襟三江而帶五湖, 控蠻荊而引甌越.
物華天寶, 龍光射牛斗之墟.

襟: 옷깃 금. 옷깃처럼 겹치다. **三江**: 형강荊江·송강松江·절강浙江. **帶**: 띠 대. **五湖**: 태호太湖·파양호鄱阳湖·청초호青草湖·단양호丹阳湖·동정호洞庭湖. **控**: 당길 공. 장악하다. **蠻**: 남쪽 오랑캐 만. **荊**: 초나라 땅 형. **引**: 끌 인. 옆에 끌어다놓다. **甌越**구월: 옛 월나라 땅. **物華**: 경물景物이 빛나다.

경치가 좋고 물산이 풍부함을 비유하는 말. **天寶**: 하늘이 내린 보배. **龍光**: 보검이 발하는 빛. 『진서晋書』「장화전張華傳」에 다음과 같은 기록이 있다. "진나라 초에 견우성과 남두성 사이에 언제나 자줏빛 기운이 조사照射되는 것이 보였다. 장화가 천문에 정통한 뇌환에게 물었더니 그는 이것이 보검의 정수가 하늘에까지 비친 것이라 대답하였다. 장화는 그를 풍성현 현령에 임명하여 그 검을 찾아보라고 명하였더니, 과연 그곳 감옥의 땅 밑에서 돌 상자 하나가 나왔는데 그 안에 용천龍泉과 태아太阿, 두 개의 검이 나왔다. 나중에 두 개의 검은 물에 들어가 쌍용이 되었다고 한다." **牛斗**: 견우성牽牛星과 남두성南斗星. **墟**: 언덕 허. 지역, 지경.

세 줄기 강이 옷깃처럼 겹쳐 흐르고 다섯 개의 큰 호수가 띠를 이루고 있으며,
초나라 남쪽 변방을 장악하였고 옛 월나라 지역을 바짝 끌어다놓았다.
경물景物이 빛나는 것은 하늘이 내려준 보배요,
이 땅의 전설적인 보검이 발하는 빛은 견우성과 남두성 사이의 지경을 비추고 있다.

•••

人傑地靈, 徐孺下陳蕃之榻.
雄州霧列, 俊采星馳.

人傑地靈: 인재가 걸출한 것은 땅이 신령하기 때문이다. **徐孺**서유: 예장 사람. 이름은 치稚. 동한 시기의 은자. **下**: 내려서 설치하다. 여기서는 사동의 뜻. **陳蕃**진번: 동한 시기에 예장 태수를 지낸 인물로, 손님을 접대하지 않는데 오직 서유자가 올 때만 침상을 내려 설치하고 그가 간 뒤에는 다시 접어 올렸다고 한다. **榻**: 평상 탑. **雄州**: 웅장한 고을. **霧**: 안개 무. **霧列**: 안개처럼 늘어서 있다. **采**: '녹봉 채寀'와 같은 글자. 녹봉을 받는 사람들, 즉 관리들. **星馳**성치: 별처럼 달리다. 즉 별이 밤하늘에 무수히 흩어져

있는 것처럼 보이지만 질서정연하게 움직인다는 뜻.

인재가 걸출한 것은 땅이 신령하기 때문이니, 그래서 은자 서유에게 태수 진번은 평상을 내려 폈던 것이네.
웅장한 이 고을은 안개처럼 벌려 있고, 뛰어난 벼슬아치들은 별처럼 흩어져 제 자리를 지키고 있다.

•••

臺隍枕夷夏之交, 賓主盡東南之美.
都督閻公之雅望, 棨戟遙臨;
宇文新州之懿範, 襜帷暫駐.

隍: 해자 황. **臺隍**대황: 성 밖에 구덩이를 깊게 파고 물을 채워 넣은 해자. **枕**: 베개 침. '웅퀼 거據'와 같다. 점거하다. **夷夏**: 오랑캐 지역과 중원 지역. 중국은 전통적으로 스스로를 '하夏'라고 불러왔다. **盡**: 다할 진. **賓主盡**: 손님과 주인이 모두. **東南之美**: 『이아爾雅』「석지釋地」에 "동남 지역의 명품 중에는 회계會稽의 소죽小竹이 있고, 서남 지역의 명품 중에는 화산華山의 금석金石이 있다"라고 씌어 있다. 여기서는 걸출한 인재들을 가리킨다. **都督**: 당대에는 각 주마다 도독부를 설치해서 군사 업무를 관장하게 하였는데, 이를 주목州牧이라고도 불렀다. **閻公**: 홍주 도독 염백서閻伯嶼. 당시 연회를 개최한 사람. **雅望**: 사람들의 본보기로 바라다보다. **棨戟**: 비단으로 창날을 덮은 나무창. 높은 사람이 행차할 때 의장대가 이 창을 들고 앞섰다 한다. **棨**: 나무창 계. **戟**: 창 극. **遙臨**: 먼 곳에서 부임해 오다. **宇文新州**: 신주의 자사刺史 우문. **宇文**: 복성複姓. **懿**: 아름다울 의. **襜**: 행주치마 첨. **襜帷**: 수레에 친 휘장. 수레를 가리킨다. **駐**: 머무를 주.

성 밖의 해자는 오랑캐 땅과 중국 땅이 만나는 곳에 베개처럼 놓여 있고,
손님과 주인은 동남의 전통적인 명품을 다 모아놓은 것 같도다.
도독이신 염공의 높으신 명망은,
창을 높이 든 의장대를 앞세우고 멀리서 부임해 오셨네.
신주 자사 우문의 위풍당당함도,
수레를 잠시 이곳에 멈추시었구나.

•••

十旬休假, 勝友如雲;
千里逢迎, 高朋滿座.

旬: 열흘 순. **十旬休假**십순휴가: 한대의 제도에서는 관원들은 4일 일하고 하루 쉬었는데, 당대 와서는 열흘에 하루 쉬도록 바뀌었다. 이것을 순휴旬休라고 불렀다. 따라서 '十旬休假'는 '열흘 만에 맞는 휴일의 노는 기간'이 된다. 당시는 9월 9일 중양절이었으므로 그 다음날인 10일도 연휴였음을 알 수 있다. **勝友**: 훌륭한 벗들. **千里逢迎**: 먼 곳에서 온 손님들이 서로 맞이하고 만나다. **滿座**: 자리를 꽉 채우다.

열흘날에 오는 휴일을 맞이하여,
훌륭한 벗님들이 구름처럼 모였네.
천리 먼 곳에서 온 손님들이 서로 나가 맞이하니,
고귀한 분들이 연회 자리를 꽉 채웠도다.

•••

騰蛟起鳳, 孟學士之詞宗;
紫電青霜, 王將軍之武庫.

騰: 오를 등. **蛟**: 교룡 교. 교룡蛟龍은 바로 이어 나오는 봉황鳳凰과 마찬가지로 상상 속의 동물 중 하나. **騰蛟起鳳**: 문장가들로 말하면 교룡과 봉황이 날아오르는 것 같은 글을 쓰는 사람들이라는 뜻. **學士**: 조정에서 문장을 쓰고 편찬을 관장하는 관리. '맹학사'는 진晋나라 때의 문장가인 맹가孟嘉를 지칭하는 듯하다. **詞宗**사종: 문단의 종주. **紫電**자전: 오나라 황제 손권孫權이 보유한 보검이 여섯 개 있는데 그중의 두 번째가 자전이라는 전설이 있다. **靑霜**청상: 시퍼런 서릿발. 보검의 이름. 『서경잡기西京雜記』에는 한고조가 흰 뱀을 벤 칼의 날에 언제나 서리와 눈이 끼어 있었다는 전설이 등장한다. **王將軍**왕장군: 양梁나라의 문무를 겸비한 전략가이자 명장인 왕승변王僧辯을 지칭한다. **武庫**무고: 무기고. 즉 좌중의 무관들을 높여주는 말.

교룡과 봉황이 날아오르는 듯한 글을 쓰시는 분들도 오셨고,
옛날 진나라 맹가와 맞먹는 문단의 종주도 오셨다.
전설의 보검인 자전과 청상처럼 시퍼렇게 날 선 장군들도 오셨고,
옛날 양나라 명장 왕승변의 무기고에서나 볼 수 있을 것 같은 번뜩이는 무관들도 오셨다.

•••

家君作宰, 路出名區;
童子何知, 躬逢勝餞.

家君: 아들이 남 앞에서 자신의 아버지를 부르는 말. **宰**: 재상 재. 여기서는 현령. 당시 왕발의 부친은 교지현交趾縣의 현령이었다. **出**: '지나갈 과過'와 같은 말. **名區**: 이름난 지역. 즉 방문지를 높여 부르는 말. **童子**: 어린아이. 스스로를 낮춰 부르는 말. 당시 왕발의 나이는 26세였다. **躬**: 몸 궁. 몸소. **餞**: 전별할 전. **勝餞**: 성대한 잔치.

집의 어른께서 교지현交趾縣의 현령이셔서,
뵈러 가는 길에 이곳 이름난 지역을 지나가게 되었는데
이 어린아이가 어찌 알았으랴?
성대한 잔치에 이렇게 직접 와볼 줄을.

•••

時維九月, 序屬三秋.
潦水盡而寒潭淸, 煙光凝而暮山紫.

維: '될 위爲'와 같다. **序**: 계절의 순서. **三秋**: 일 년 열두 달은 각 계절별로 석 달씩 나눠지는데, 그것이 맹孟·중仲·계季다. 가을은 7~9월에 해당하므로 당시 중양절인 9월은 마지막 가을인 계추, 즉 삼추가 된다. **潦**: 길바닥에 괸 물 료. **潦水**: 비가 온 뒤에 길바닥에 괸 물. 남창 지역은 비가 자주 내려서 여름 내내 길바닥에 물이 고여 있다. **潭**: 못 담. **煙光**연광: 산 아지랑이. **凝**: 엉길 응. **暮**: 해질 모. **紫**: 자줏빛 자.

때는 구월이요,
계절은 흘러 계추季秋라.
길바닥에 괸 빗물이 다 마르고 차디찬 못물이 맑아질 때
산 아지랑이는 엉기어서 해 질 녘 서산은 보라색이 되었다.

•••

儼驂騑於上路, 訪風景于崇阿.
臨帝子之長洲, 得仙人之舊館.

儼: 의젓할 엄. 단정하다. **驂**: 곁마 참. **騑**: 곁마 비. **驂騑**: 곁마 두 마리까지 양옆에 달고 수레를 끌게 하다. 곧, 사마四馬 수레인 사駟를 타고 다녔

다는 뜻. 사마 수레라 하더라도 실제로 수레를 끄는 것은 두 마리이고 나머지 두 마리는 예비로 달고 다니는 것이다. **上路**: 오는 길. **崇阿**숭아: 높은 언덕. **帝子**: 황제의 아들. 즉 등왕 이원영을 가리킴. **長洲**: 등왕각 앞으로 흐르는 감강贛江 가에 있는 모래섬 이름. 여기에 등왕각이 서 있다. **得**: '오를 등登'과 같은 말. **仙人**: 신선. **舊館**: 오래된 객사. 중수하기 이전의 모습을 그대로 보존한 건물 내의 객사를 가리키는 듯하다.

겉마 달린 날렵한 사마 수레를 타고 오는 길에
저 높은 언덕 위 경치 좋은 곳에 들렀다네.
강가 모래섬인 등왕의 장주를 내려다보며
선인들이 묵었다 하여 옛 모습을 그대로 보존한 객사에 올라가보았네.

•••

層巒聳翠, 上出重霄;
飛閣流丹, 下臨無地.

巒: 뫼 만. **層巒**층만: 층층이 올라간 누각 지붕의 여러 망와를 가리킨다. **聳**: 솟을 용. **翠**: 비취 비. 푸른 하늘을 가리킨다. **上**: 위로 올라가 다다르다. **霄**: 하늘 소. **重霄**: 높고도 높이 올라간 하늘. **飛**: 높을 비. **丹**: 붉을 단. **飛閣流丹**: 이 문장은 존재와 출현을 표현할 때 쓰는 존현문으로서 '처소사+동사+목적어' 구문으로 보아야 한다. 즉 '높은 등왕각에 붉은색이 흐르다'라는 뜻. **下臨**: 누각 위에서 아래를 내려다보다. **無地**: 땅이 없다. 즉 허공에 떠 있는 듯하다.

지붕 위로 층층이 쌓인 망와望瓦들이 비췻빛 하늘로 솟으면서
그 위로 높고 높은 하늘 속으로 들어갔다.
날아갈 듯 높은 누각에 붉은색이 흐르니,

아래를 내려다보아도 땅이 보이질 않네.

•••

鶴汀鳧渚, 窮島嶼之縈回;
桂殿蘭宮, 列崗巒之體勢.

汀: 물가 정. **鶴汀**학정: 두루미가 서식하는 물가. **鳧**: 들오리 부. **鳧渚**부저: 들오리가 모여 노는 모래톱. **窮**: 다할 궁. 여기서는 '끝없이'라는 뜻. **嶼**: 물 가운데에 있는 산 서. **縈**: 두를 영. **縈回**: 이리저리 구불거리며 휘돌아 오다. 물 가운데에 있는 섬들이 끝없이 이리저리 구불거리며 휘돌아 온다는 뜻. **桂殿蘭宮**계전란궁: 계수나무를 심어놓은 전각과 난초를 심어놓은 궁궐처럼 화려한 누각. **崗**: 산등성이 강. **列崗巒之體勢**: 산의 모양새에 맞춰서 벌려져 있다.

두루미가 거니는 물가와 들오리가 모여 노는 모래톱들이
작은 섬 큰 섬으로 이리저리 구불거리며 끝없이 이어진다.
계수나무를 심어놓은 전각과 난초를 심어놓은 궁궐처럼 화려한 누각이
산의 모양새에 맞춰서 벌려져 있다.

•••

披繡闥, 俯雕甍.
山原曠其盈視, 川澤紆其駭矚.

披: 열 피. **繡**: 수놓을 수. **闥**: 문 달. **俯**: 내려다볼 부. **雕**: 아로새길 조. **甍**: 용마루 맹. **原**: 평평한 산야 원. **曠**: 탁 트일 광. **盈**: 찰 영. **盈視**: 시야에 다 들어오다. **紆**: 굽을 우. **駭**: 놀랄 해. **矚**: 볼 촉. **駭矚**: 사람들의 눈을 놀라게 하다.

아롱다롱 수놓은 듯한 문을 열어젖히고
아래로 갖가지 무늬를 아로새긴 용마루를 내려다본다.
너른 산과 들이 탁 트인 광경이 시야에 다 들어오고
강과 호수가 굽이치는 모습이 눈을 확 뜨이게 한다.

•••

閭閻撲地, 鐘鳴鼎食之家;
舸艦迷津, 青雀黃龍之舳.

閭: 마을 문 려. **閻**: 한길 염. **閭閻**여염: 평민이 사는 동네. 평민. **撲**: 모두 박. **撲地**: 온 데. 지천으로 널려 있다. **鼎**: 솥 정. **鼎食**: 옛날에 부잣집에서는 식구나 식객이 많아서 솥을 줄 세워놓고 밥을 지었고 종을 울려 식사 시간을 알렸다. **舸**: 큰 배 가. **艦**: 싸움배 함. **迷**: 어지러울 미. **迷津**미진: 정신이 없을 정도로 나루를 꽉 메우다. **舳**: 고물 축.

뭇 백성이 사는 동네가 온 데 널려 있는 가운데
줄줄이 솥을 놓고 종을 울려 식사 시간을 알리는 부잣집도 보인다.
큰 배와 군함들이 정신이 없을 정도로 나루를 꽉 메웠고
배마다 고물에는 푸른 참새와 황룡을 채색하였구나.

•••

虹銷雨霽, 彩徹區明.
落霞與孤鶩齊飛, 秋水共長天一色.

虹: 무지개 홍. **銷**: 녹일 소. **霽**: 비 갤 제. **彩**: 고운 빛 채. 즉 석양의 광채. **徹**: 통할 철. **區**: 지경 구. 나누어진 구역들. 구석구석. **落霞**낙하: 석양의 노을. **鶩**: 오리 목. **齊飛**: 함께 나란히 날다. 석양이 서산에 걸려 빛을 위로

발산하는 모습과 오리가 위로 날아 올라가는 모습을 묘사한 것. **長天**: 끝없이 펼쳐진 하늘. **秋水共長天一色**: 푸른 가을 물과 푸른 가을 하늘이 구분할 수 없이 하나가 되었다는 뜻.

무지개가 사라지고 비가 개고 나니
석양의 고운 빛이 구석구석 밝혀주도다.
해 질 녘의 노을은 짝 잃은 오리와 함께 날아주고,
가을 물은 끝없이 펼쳐진 하늘과 하나 되어 같은 색이 되었네.

• • •

漁舟唱晩, 響窮彭蠡之濱;
雁陣驚寒, 聲斷衡陽之浦.

唱晩창만: 느즈막을 노래하다. **響**: 울릴 향. **彭蠡**팽려: 남창의 동북쪽에 있는 오늘날의 파양호鄱陽湖. **陣**: 대오 진. **驚寒**: 추위에 깜짝 놀라다. **斷**: 끊어질 단. 앞의 '窮'과 같은 뜻. 소리가 여기까지 와서 사라지다. **衡陽**: 형산衡山의 남쪽. 이곳에 회안봉回雁峯이라는 산봉우리가 있는데 기러기들은 이곳에서 다시 남으로 되돌아간다고 한다.

고기잡이배는 느즈막을 노래하는데
그 울림은 팽려 호수의 물가까지 다다라서야 사라지고,
추위에 놀란 기러기 떼의 울음소리는
그들의 회귀지점인 형산 남쪽의 강가까지 가서야 끊어진다네.

• • •

遙襟甫暢, 逸興遄飛.
爽籟發而清風生, 纖歌凝而白雲遏.

遙: 멀 요. '멀리 바라보다'라는 뜻. **襟**: 가슴 금. '품 회懷'와 같다. 흉금. **甫**: 문득 보. **暢**: 펼 창. 시원하다. **逸**: 자유로울 일. **遄**: 빠를 천. 즉각. **爽**: 시원할 상. **籟**: 퉁소 뢰. **纖**: 가늘 섬. **凝**: 멈출 응. **遏**: 끊을 알. **纖歌凝而白雲遏**: 섬세한 노래가 작은 소리를 내며 멈추려 하면 구름도 이를 들으려고 가던 길을 멈춘다. 자연과 교감하는 연주의 기막힌 솜씨를 묘사한 말.

멀리 바라다보노라니 문득 흉금이 터진 듯하고
해방된 감흥이 즉각 날아오르는 듯하네.
삽상한 퉁소 소리 울리면 맑은 바람이 일어나고
섬세한 노랫소리가 점점 작아지면 흰 구름이 가던 길을 멈춘다.

•••

睢園綠竹, 氣淩彭澤之樽;
鄴水朱華, 光照臨川之筆.

睢園綠竹휴원녹죽: 한 문제의 둘째 아들인 양효왕梁孝王은 휴양睢陽에 토원菟園을 짓고 대나무를 많이 심었는데, 여기에 문인들을 불러 술을 마시며 시를 짓게 했다 한다. **淩**: 능가할 릉. **彭澤**팽택: 도연명이 잠시 현령을 지냈던 곳. **樽**: 술독 준. **彭澤之樽**: 도연명이 쓴 『귀거래혜사歸去来兮辭』의 "가득 찬 술독이 놓여 있네"(有酒盈樽)를 가리킨다. **鄴**업: 조조가 세력을 키우고 활동하던 본거지. 조조 삼부자는 이곳에 업궁鄴宮을 짓고 왕찬王粲·유정劉楨 같은 유명 문인들을 불러 문단 활동을 활발히 하였다. **朱華**: 연꽃의 다른 이름. 조식曹植의 「공연시公宴诗」 중의 "가을 난초는 긴 제방에 옷을 입혔고, 붉은 연꽃은 푸른 못에 모자를 씌웠네"(秋蘭被長坂, 朱華冒綠池)를 가리킨다. **臨川**: 사령운謝靈運이 내사內史로 벼슬을 살던 곳. 따라서 '임천의 붓'은 사령운의 문장 솜씨를 가리킨다. 『송서宋書』의 열전에 "문장의 아름다움은 강동에서 그(사령운)를 따라갈 자가 없다"(文章之

美, 江左莫逮)라는 구절이 나온다. 좌중의 문인들을 칭찬하는 말. 일설에는 사령운이 아니라 왕희지王羲之라고 해석하기도 한다.

양효왕이 휴원睢園 푸른 대나무 숲 아래서 문인들과 술을 마셨던 것처럼,
그 기세가 도연명이 팽택에서 껴안고 즐겼던 술독을 능가하고,
업수鄴水 가의 잔치에서 조식이 읊었던 붉은 연꽃이
'임천의 붓'이라 일컫는 사령운 같은 필객들을 비춘다.

•••

四美具, 二難並.
窮睇眄于中天, 極娛游於暇日.

四美: 길일(良辰), 아름다운 경치(美景), 즐길 수 있는 넉넉한 마음(賞心), 즐거운 일(樂事) 등 네 가지 아름다움. **二難**: 두 가지 어려운 일. 즉 현명한 주인을 만나는 일과 품위 있는 손님을 만나는 일. **並**: 아우를 병. 앞의 두 가지 어려운 일이 우연히 맞아 일어났다는 뜻. 사령운의 『의위태자업중집시서擬魏太子鄴中集詩序』에 "천하에 길일·아름다운 경치·즐길 수 있는 넉넉한 마음·즐거운 일, 이 네 가지가 우연히 한군데서 맞아 일어나기가 어렵다"(天下良辰·美景·賞心·樂事, 四者難并)라는 말이 나온다. **睇**: 흘끗 볼 제. **眄**: 비스듬히 볼 면. **中天**: 아득히 넓은 하늘. **娛游**오유: 즐기며 놀다.

훌륭한 잔치가 되기 위한 네 가지 아름다움이 모두 갖추어졌고,
두 가지 만나기 힘든 행운이 함께 아우러져 있구나.
아득히 넓은 하늘을 눈을 가늘게 뜨고 멀리까지 바라보려니,
휴일의 노는 즐거움이 극에 달한다.

•••

天高地迴, 覺宇宙之無窮;
興盡悲來, 識盈虛之有數.

迴: 멀 형. 여기서는 '크다', '넓다'는 뜻. **宇宙**우주: 『회남자淮南子』「원도훈原道訓」의 고유高誘 주註에 "사방과 위아래를 일컬어 '우宇'라 하고, 옛날로 올라가 오늘에 이르는 시간을 '주宙'라고 한다"(四方上下曰宇, 古往來今曰宙)고 적혀 있다. **興**: 벅찬 감흥. **盈虛**영허: 차고 비는 과정. 즉 성장하고 소멸하는 변화. **數**: 정해진 운명.

하늘은 높고 땅은 넓으니
우주의 무궁함을 깨닫고,
감흥이 사라지면 슬픔이 오는 법이니,
채워지고 비워지는 것에는 정해진 운명이 있음을 알게 되었다.

•••

望長安于日下, 指吳會於雲間.
地勢極而南溟深, 天柱高而北辰遠.

日下일하: 진대晋代의 문인인 육운陸雲 육사룡陸士龍과 순은荀隱 순명학荀鳴鶴이 처음 만나 통성명을 할 때, 육사룡이 '구름 사이에 있는 육사룡입니다'(雲間陸士龍)라고 하였더니, 순명학이 '해 아래(땅)에 있는 순명학입니다'(日下荀鳴鶴)라고 말했다는 『세설신어』「배조排調」편의 고사가 이 말의 전고다. **指**: 손가락으로 가리키다. 이 글자는 '눈 목目' 자, 즉 '눈길을 주다'로 쓰기도 하는데, 이것이 더 문맥에 어울린다. **吳會**: 고대 중국에서는 회계군會稽郡을 오회吳會·오군吳郡·오흥吳興 등 셋으로 나누어 삼오三吳라고 불렀는데, 이 중에서 오회가 가장 컸다. 오늘날의 소흥紹興인 이곳은 당대에 장안長安과 더불어 양대 대도시였다. **雲間**: 운해雲海 사이. 여기서 '해 아래' 땅으로 비유되는 장안은 황제의 부름에 응하여 중앙에서 정치로 꿈을 펴는 일을, 운해 사이에 있다고 비유된 오회는 장안을 포기하고 대도시로 가 민간에서 출세하는 일을 각각 상징한다. **極**: 험하다. **溟**: 어두울 명. **南溟**: 붕새가 날아가는 남방의 큰 바다. 『장자』「소요유逍遙遊」에 나온 말. 여기서는 자신의 꿈을 이룰 수 있는 곳. **天柱**: 하늘을 떠받치는 기둥. 『신이경神異經』에 다음 구절이 나온다. "곤륜산에 구리 기둥이 있는데 그것이 높이 하늘 속으로 들어갔으므로 하늘 기둥이라고 부른다." **北辰**북진: 북극성. **天柱高而北辰遠**: 하늘을 떠받치는 기둥이 서북쪽에 있어서 동남쪽이 낮으므로 북극성이 더욱 멀어 보인다는 뜻.

해 아래에 있는 장안長安을 바라보기도 하고,
운해에 가려진 대처大處 오회吳會에 눈길을 주기도 한다.
그러나 지세가 너무나 험하니 남쪽 바다는 더욱 깊어지고,
저 곤륜산에 있다는 하늘을 받치는 기둥이 높으니 북극성은 더욱 멀기만 하네.

• • •

關山難越, 誰悲失路之人.
萍水相逢, 儘是他鄉之客.
懷帝閽而不見, 奉宣室以何年.

關山: 관문 요새와 높은 고개. **悲**: 동정하다, 가련히 여기다. **萍**: 개구리밥 평. **萍水**: 부평초가 물에 떠다니다. **儘**: 다할 진. **閽**: 문지기 혼. **帝閽**: 하늘의 문을 지키는 문지기. 여기서는 임금의 궁문을 가리킨다. 굴원의 「이소離騷」에 "내가 천국의 문지기에게 대문을 열어달라고 해도, 그저 문짝에 기대어 나를 바라만 보고 있네"(吾令帝閽開關兮, 倚閶闔而望予)라는 구절이 있다. **宣室**선실: 한나라 미앙궁의 정전正殿. 가의賈誼가 참소를 당해 장

사長沙에 4년간 좌천되어 있었는데, 한 문제가 그를 다시 장안으로 불러들여 선실에서 귀신에 관한 일을 물어봤다는 고사가 전해진다.

저 고개 위 관문은 넘기가 어려운데도
누구 하나 이 길 잃은 사람을 불쌍히 여겨주는 이 없도다.
물 위의 부평초처럼 떠다니다가 만나는 이들이란
모두가 고향 떠난 나그네들뿐이네.
굴원이 보았던 하늘 문의 문지기를 늘 마음에 품어왔지만 보기조차 못하였고,
그 옛날 가의처럼 임금님 방에서 사담을 나누며 모시려면 몇 년이나 있어야 할까?

•••

嗟乎. 時運不齊, 命運多舛.
馮唐易老, 李廣難封.

嗟: 탄식할 차. **齊**: 평탄할 제. **舛**: 어그러질 천. **馮唐**풍당: 한 문제 때 인물로 낭관郎官으로 재직했는데, 직간을 잘해서 미움을 받아 승진에서 번번이 누락되거나 좌천되다가 나중에 그의 재능을 알아본 무제가 불렀지만 이미 나이가 90이 넘었으므로 관직에 나아갈 수 없었다는 고사가 있다. **李廣**이광: 한 무제 때의 우북평右北平 태수. 흉노족은 그를 매우 두려워해 비장군飛將軍이라고 불렀다 한다. 서역 안정에 혁혁한 공을 세웠으나 불운하여 제후에 봉해지지 못했다. **封**: 제후에 봉할 봉.

아아! 때를 만난다는 우연의 기회란 평탄하지 않고
정해진 운명이라도 종종 어그러지기 십상이다.
정직한 풍당은 마침내 황제가 불렀지만 너무 쉬이 늙어버렸고,
이름만 들어도 오랑캐들이 떨었던 이광 장군은 제후 이름 하나 얻기 어려웠다네.

• • •

屈賈誼于長沙, 非無聖主;
竄梁鴻于海曲, 豈乏明時.
所賴君子安貧, 達人知命.

屈: 굽힐 굴. 좌천시키다. **賈誼**: 바로 앞 구절에서도 나온 한 초의 유명한 문인. 공신인 주발周勃과 관영灌嬰의 미움을 받아 장사왕의 태부太傅로 좌천되었다. **竄**: 숨을 찬. **梁鴻**양홍: 동한 광무제 때 가난하였지만 절개가 곧기로 이름난 시인. 패릉覇陵의 산중에 은거했다가 오나라에서 죽었다. **曲**: 시골구석 곡. **海曲**: 오나라 동해 해변의 시골구석. **乏**: 없을 핍. **賴**: 힘입을 뢰. **所賴**: (그들이) 의지한 바는.

가의를 장사長沙에 좌천되게 한 것은
성군이 없어서가 아니었고,
양홍을 오나라 해변의 구석에 숨어 살게 한 것이
어찌 공명한 시대가 없어서였겠는가?
그들이 믿고 의지하였던 것은
군자는 가난을 편안히 여기고
모든 것을 통달한 사람은 자신이 받은 몫을 안다는 이치이다.

• • •

老當益壯, 寧移白首之心.
窮且益堅, 不墜青雲之志.

老當益壯노당익장: 『후한서』「마원馬援전」의 고사. 마원은 일찍이 손님들에게 "사나이가 뜻을 세우면, 곤궁에 처할수록 더욱 굳건해져야 하고 늙을수록 더욱 씩씩해져야 한다"고 말한 적이 있다. 그는 동한 초 동서남북의 변방 정벌에 나서서 혁혁한 공을 많이 세워 복파伏波 장군과 신식후新息侯에 봉해졌다. 나이 62세가 되던 해에 오계만五溪蠻의 반란이 일어나자 갑옷을 입고 말에 올라 군이 토벌에 나가게 해달라고 간청하는 바람에 하는 수 없이 광무제가 허락했는데 이 원정에서 전사하였다. **寧**: 어찌 녕. **移**: 옮길 이. **白首之心**: 흰 머리가 되어도 간직하고 있는 마음. **且**: 장차 차. **墜**: 잃을 추. **青雲**: 원대한 포부와 지향.

늙을수록 더욱 씩씩해져야 한다는 저 옛날 마원의 말처럼
흰 머리가 되도록 간직해온 마음을 어찌 바꿀 수 있으랴?
뿐만 아니라 궁지에 처할수록 더욱 견고히 다져서
원대한 포부와 의지를 잃어서는 안 된다.

•••

酌貪泉而覺爽, 處涸轍以猶歡.

酌: 뜰 작. **貪泉**탐천: 진晋나라 오은지吳隱之가 광주廣州 자사로 부임하다가 석문石門이란 곳을 지나게 되었는데 거기에 탐천이라는 샘이 있었다. 노인들 말에 의하면 이 물을 마시면 아무리 청렴한 관리도 탐관이 된다는 것이었다. 그는 탐천에 가서 한 잔을 떠서 마시고는 다음과 같은 시를 읊었다. "옛사람들이 이 물에 대해 말하기를 / 한 모금만 마시면 천금을 품는다 하네 / 백이와 숙제에게는 마시게 해봐도 / 끝내 마음을 변하게 할 수 없을 것이로다"(古人云此水, 一歃懷千金; 試使夷齊飮, 終當不易心). 이 말은 곧 의지가 굳으면 탐심이 생길 수 없는 법인데 사람들은 빈말을 핑계로 탐심을 갖는다는 의미다. **爽**: 시원할 상. **涸**: 물 마를 학. **轍**: 바퀴 자국 철. **涸轍**: 곤경. 『장자』「외물外物」에 나오는 학철지부涸轍之鮒를 가리킨다. 장자가 길을 가는데 어디선가 급히 부르는 소리가 있어 주위를 살펴보니 붕어 한 마리가 수레바퀴 자국에 고인 물 속에서 허덕이고 있었다는 고사.

猶: 오히려 유.

한 모금만 마셔도 탐심을 갖게 한다는 저 탐천의 물을 떠 마시고도 탐심은커녕 시원함을 느끼고,
수레바퀴 자국에 고인 물에 갇혀 있어도 오히려 즐겁도다.

•••

北海雖賒, 扶搖可接;
東隅已逝, 桑榆非晚.

賒: 외상 사. 여기서는 멀다, 아득하다. **扶搖**부요: 선회하면서 올라가다. 회오리바람. "북해의 곤이라는 물고기가 붕새가 되어 회오리바람을 타면 단번에 구만리를 올라간다"는 『장자』「소요유」의 구절을 가리킨다. **東隅**동우: 동쪽 모퉁이. 해가 떠오르는 곳. 아침과 젊은 시절을 상징한다. **桑**: 뽕나무 상. **榆**: 느릅나무 유. **桑榆**상유: 해가 지는 곳. 저녁과 만년을 상징한다.

북해가 아무리 멀다 해도,
붕새처럼 회오리바람을 한번 타면 가닿을 수 있고,
동쪽에서 떠오른 해는 이미 가버리고 없지만,
해지는 곳에 이르기까지는 아직 늦지 않았네.

•••

孟嘗高潔, 空懷報國之心;
阮籍猖狂, 豈效窮途之哭.

孟嘗맹상: 동한 순제 때 합포合浦 태수. 합포는 진주 생산으로 유명했는

데 전임 태수들이 너무 남획하게 하는 바람에 자원이 고갈되었으나 맹상이 휴년 정책을 써서 진주를 다시 생산할 수 있게 하자 경제가 다시 활발해졌다고 한다. 그가 병을 핑계로 관직을 그만두고 고향으로 돌아가려 하니 백성들이 수레를 잡고 만류하는 바람에 하는 수 없이 밤중에 배를 타고 몰래 떠났고, 은거한 이후에도 그를 사모하여 일백여 가구가 그의 이웃으로 이사 와서 살았다 한다. **阮籍**완적: 삼국 시기 위나라 시인으로 죽림칠현竹林七賢 중 한 사람. 자유분방한 성격에 술을 좋아하였다. 그를 완보병阮步兵이라고도 부르는데, 당시 술의 출납을 관장하는 보병교위라는 낮은 벼슬을 공짜로 술 마시려는 심산으로 맡았기 때문이다. 그는 정치적인 화를 피하기 위해 일부러 술을 많이 마시고 방탕하였다. **猖**: 미쳐 날뛸 창. **效**: 본받을 효. **途**: '길 도道'와 같다. **窮途**: 길이 끝에 다다르다. **窮途之哭**: 한번은 완적이 수레를 몰고 큰길로 가지 않고 마음 가는 대로 이리저리 몰다가 산으로 들어가 더 이상 수레가 갈 수 없는 곳에 이르자 통곡을 하고 돌아왔다는 고사.

합포 태수 맹상은 고결한 분이어서
아무런 대가도 없이 나라에 보은한다는 마음을 품었고,
완적은 아무도 못 말리는 분방한 사람이었으니
마음 가는 대로 수레를 달리다가 길의 끝에 이르자 통곡하였다는 그의 품성을 우리가 어찌 흉내 낼 수 있으랴?

•••

勃三尺微命, 一介書生.

三尺삼척: 『주례』에 의하면 관직은 일명一命부터 맨 위의 구명九命까지 모두 아홉 등급으로 나누었다. 이들의 신분은 신紳이라고 하는 예복의 허리띠로 구분했다. 즉 허리를 매고 남은 띠의 남은 부분을 아래로 늘어뜨리는데, 그 늘어뜨린 길이가 맨 아래 일명의 하사下士는 3척이었다. **微命**미명: 가장 아래에 있는 일명 계급의 벼슬아치. 왕발이 스스로를 낮춰 부른 말로, 그는 괵주참군虢州參軍을 지낸 적이 있다. **介**: 낱 개. 물건을 세는 단위. **書生**: 글만 읽고 세상은 모르는 지식인.

이 사람 발勃은 관대 길이가 석 자에 지나지 않는 미천한 하급 벼슬아치로서 글만 읽었을 뿐 세상 물정을 모르는 일개 서생에 불과하다.

•••

無路請纓, 等終軍之弱冠;
有懷投筆, 慕宗愨之長風.

纓: 오랏줄 영. **請纓**청영: 오랏줄을 달라고 청하다. 이는 한나라 정치가인 종군終軍의 고사에서 나온 말이다. 종군은 18세에 당시 박사의 제자에 선발되었는데, 한나라가 남월南越과 분쟁이 일어나 정벌을 결정하자 종군은 출정 전에 무제에게 긴 오랏줄(長纓)을 달라고 간청했다. 만일 남월의 왕이 순순히 귀순하지 않으면 오랏줄로 목을 매어 끌고 오겠다는 뜻이었다. 나중에 남월왕은 스스로 귀순하였다. **等**: 같을 등. **弱冠**약관: 남자 20세를 '약弱'이라 부르는데 이 나이가 되면 갓을 쓰는 관례를 올리고 성인이 된다. **投筆**투필: 붓을 던지다. 『후한서』「반초班超전」에서 반초가 붓을 던지고 서쪽의 소수민족 정벌에 나선 고사를 가리킨다. **慕**: 그리워할 모. **宗愨**종각: 남조 송나라 사람. 어릴 적에 숙부가 그에게 포부를 묻자 "거센 바람을 타고 저 넓은 바다의 파도를 치고 나가길 원합니다"(願乘長風破萬里浪)라고 대답했다는 고사로 유명하다. 결국 나중에 수많은 전공을 세워 제후에 봉해졌다 한다. **長風**: 거센 바람.

옛날 종군처럼 오랏줄을 주시면 오랑캐 왕을 잡아오겠노라고 황제에게 주청

할 길을 아직 찾지 못하였네,
종군의 나이와 같은 스무 살에 이르렀는데도.
동한의 반초가 붓을 던지고 오랑캐 정벌에 나섰던 것 같은 비장한 마음을 품기도 하고,
거센 바람을 타고 저 넓은 바다로 나가겠다는 송나라 종각의 기개를 흠모하기도 한다.

•••

舍簪笏於百齡, 奉晨昏於萬里.
非謝家之寶樹, 接孟氏之芳鄰.

舍: '버릴 사捨' 자와 같다. **簪**: 비녀 잠. 관모를 머리에 고정시키는 비녀. **笏**: 홀 홀. 신하가 조복을 입고 임금을 알현할 때 두 손으로 받들어 쥐는 나무 판. **齡**: 나이 령. **百齡**: 백 세. 즉 일생을 의미한다. **晨昏**신혼: 『곡례曲禮』에 아들 된 자의 예를 말하면서 "저녁에는 자리가 편안하도록 보아드리고 아침에는 문안을 여쭙는다"(昏定而晨省)라고 하였다. **萬里**: 조정을 떠나 멀리 있는 고향으로 내려가다. **寶樹**: 아름답고 귀한 나무. **謝家之寶樹**: 『진서晋書』「사안전謝安傳」의 고사. 사씨 집안은 사안을 비롯하여 사현謝玄·사령운謝靈運·사혜련謝惠連 등을 배출한 명문 가문이었다. 한번은 사안이 아들 조카들을 훈계하며 물었다. "자식들이 부모 자신과 무슨 관계가 있다고, 그리들 자식들이 잘나기를 바라는가?" 아무도 대답을 못하고 있자 사현이 대답하였다. "비유컨대, 지초와 난초, 그리고 아름다운 나무(芝蘭玉樹)들이 우리의 정원에서 자라기를 바라는 것일 뿐이지요." **孟氏**: 맹자의 어머니가 맹자를 위하여 세 번 이사했다는 맹모삼천孟母三遷을 가리킨다. **芳鄰**방린: 아름다운 이웃.

관모와 홀을 버리고 백 년이 되도록

머나먼 고향에 내려가 부모님 자리 봐드리고 문안 여쭈면서 살고도 싶네.
(진나라 명문) 사씨 집안의 쟁쟁한 자손들은 아닐지라도
(아들을 위해 세 번이나 이사했던) 맹모의 아름다운 이웃에라도 가까워지고 싶네.

• • •

他日趨庭, 叨陪鯉對;
今晨捧袂, 喜托龍門.

他日: 다른 날, 즉 장래에. **趨庭**추정: 종종걸음으로 마당을 지나가다. 여기서는 아버지의 가르침을 받다라는 뜻인데, 『논어論語』「계씨季氏」편의 다음 구절이 전고다. "한번은 혼자 서 계실 때에 제가 종종걸음으로 마당을 지나갔는데(鯉趨而過庭), '시를 공부했느냐?'고 물으셨습니다. 제가 '아직 안 했습니다'라고 대답하였더니, '시를 공부하지 않으면 말을 할 수가 없다'고 말씀하셨습니다. 저는 물러나와 시를 공부하였습니다." **叨**: 받들 도. 겸손을 표시하는 말. **陪**: 모실 배. **鯉**: 잉어 리. 여기서는 공자의 아들 이름. **鯉對**: 공자의 아들 '이'처럼 대답하다. **捧**: 받들 봉. **捧袂**봉메: 두 손을 모으다. **托**: 밀 탁. **龍門**: 등용문登龍門. 『후한서』「이응전李膺傳」에 따르면 이응은 명성이 높아서 선비가 그와 만나는 것 자체가 등용문이라고 이름났다고 한다. 여기서는 왕발이 염공을 이응에 비견한 것이다.

그러다 어느 날 공자의 아들 이鯉처럼 뜰을 지나다가
아버지께 가르침을 듣고 모시기도 하며,
오늘 아침처럼 공손히 두 손을 받든 채로
한번 뵙는 것 자체가 등용문이 된다던 동한의 이응李膺과 같은 염공에게 기쁜 마음으로 의탁하기도 한다.

•••

楊意不逢, 撫凌雲而自惜;
鍾期既遇, 奏流水以何慚.

楊意: 양득의楊得意를 말한다. 한 무제가 사마상여의 「능운부凌雲賦」를 읽고 칭찬하자 그를 무제에게 천거한 사람. **撫**: 어루만질 무. **凌雲**: 사마상여의 「능운부」를 가리킨다. **自惜**자석: 스스로를 아까워하다. **鍾期**: 춘추 시기의 종자기鍾子期를 말한다. 『열자列子』「탕문湯問」에 다음 문장이 있다. "백아伯牙는 비파를 잘 탔고 종자기는 음을 잘 들었다. 백아가 비파를 타면서 마음을 흘러가는 물에 두면(志在流水) 종자기는 '훌륭하다! 한없이 넓은 것이 마치 장강과 황하와 같도다'라고 말하였다." **遇**: 만날 우. 왕발이 자신을 알아주는 염공을 만났다는 뜻을 암시하고 있다. **流水**: 바로 앞에 인용한 『열자』의 '志在流水'를 가리킨다. **慚**: 부끄러워할 참.

옛날 사마상여를 무제에게 천거하였던 양득의를 만나지 못하여
그의 「능운부」만을 어루만지며 스스로 애석해하지만,
음을 알아듣는 종자기처럼 사람을 알아보시는 분을 이미 만났으니,
백아처럼 흐르는 물에 뜻을 두고 연주하더라도 무엇이 부끄러우랴?

•••

嗚呼. 勝地不常, 盛筵難再.
蘭亭已矣, 梓澤丘墟.

勝: 경치 좋을 승. 명승. **常**: 언제까지나 길이 존재하다. **盛筵**성연: 풍성한 잔치. **蘭亭**난정: 소흥紹興에 있는 정자 이름. 앞의 「난정집서蘭亭集序」에 관한 절에서 소개한 대로, 진晋나라 영화永和 9년 삼월 삼일에 왕희지王羲之 등 제현이 이곳에 모여 잔치를 열고 계례禊禮를 한 뒤 왕희지가 서문을 쓴

문집을 낸 것으로 유명하다. **梓澤**재택: 진晋의 석숭石崇이 낙양에 지은 금곡원金谷園. 이백李白의 『춘야연도리원서春夜宴桃李園序』의 "만일 시를 짓지 못하면 금곡주의 숫자대로 벌주를 먹이겠다"(如詩不成, 罰依金谷酒數)는 구절로 널리 알려져 있다. **墟**: 옛터 허.

아아! 경치 좋은 곳이란 늘 그대로 있는 게 아니고,
풍성한 잔치는 다시 만나기 힘들다.
왕희지 등이 모였던 저 난정의 잔치는 이미 옛날 일이 되었고,
석숭이 지은 금곡원은 언덕 위의 옛터가 되었다.

• • •

臨別贈言, 幸承恩於偉餞;
登高作賦, 是所望於群公.
敢竭鄙誠, 恭疏短引.

臨別贈言임별증언: 이별에 임하여 위로와 격려의 글을 드리다. **幸**: 바랄 행. **偉**: 클 위. **餞**: 전별할 전. **偉餞**위전: 큰 송별잔치. **高**: 높을 고. 등왕각을 가리킨다. **鄙誠**비성: 비천한 정성. 자신의 정성을 낮추어 부르는 말. **疏**: 막힘없을 소. 소상히 진술하다. **引**: 이끌 인. 이 서문을 가리킨다.

이제 하직 인사를 드릴 즈음에 이 글을 올리는 것은
이 성대한 송별 잔치에 대한 은혜를 조금이라도 받들고자 하는 바람에서이고,
이 높은 곳에 올라와 부를 지은 것은
이 자리에 모이신 귀한 분들께 기대하는 바가 있어서이다.
감히 천박한 정성을 다하여
이 짧은 서문을 삼가 소상히 써 내려갔다.

●●●

一言均賦, 四韻俱成.
請灑潘江, 各傾陸海云爾:

言: '글자 자字'와 같은 말. **均**: 고를 균. '같을 동同'과 같다. **一言均賦**: 전체를 하나의 운(각운)으로 일관되게 작성한 시나 부. **四韻俱成**사운구성: 두 개의 구句를 하나의 각운으로 해서 네 개의 각운, 즉 여덟 개의 구로 된 시를 짓다. 이렇게 사운팔구四韻八句로 된 시가 나중에 율시律詩가 되었다. **灑**: 흩뿌릴 쇄. **潘江**: 서진 태강太康 시기의 양대 시인인 반악潘岳과 육기陸機를 『시품詩品』에서 평하기를 "육기의 재주는 바다와 같고, 반악의 재주는 강과 같다"(陸才如海, 潘才如江)고 했는데, '반강潘江'과 '육해陸海'는 여기에 근거한 말이다. **傾**: 기울 경. 기울여 쏟다. **云爾**운이: 어기조사. 이와 같이.

시는 전체를 하나의 각운으로만 압운해서
네 개의 각운, 즉 여덟 개의 구로 시를 완성하였다.
이곳에 모이신 제현들께서도 반악의 장강 같은 문재文才를 마음껏 흩뿌려보시고,
육기의 바다 같은 솜씨를 각기 이처럼 기울여보시라.

●●●

滕王高閣臨江渚, 佩玉鳴鸞罷歌舞.
畫棟朝飛南浦雲, 珠簾暮卷西山雨.
閑雲潭影日悠悠, 物換星移幾度秋.
閣中帝子今何在. 檻外長江空自流.

渚: 모래섬 저. **佩玉鳴鸞**패옥명란: 무녀들의 옷에 차고 있는 옥들이 부딪

치며 난새(鸞. 전설에 나오는 상상 속의 새)의 소리를 내다. **罷**: 그칠 파. **棟**: 용마루 동. **南浦**: 남창현 서남쪽에 있는 포구. **珠簾**주렴: 구슬로 만든 발. **卷**: 말 권. **潭**: 못 담. **悠悠**유유: 조용히 한가로운 모양. **物換**물환: 경물이 바뀌다. **星移**: 별자리가 옮아가다, 즉 세월이 흐르다. **幾度**기도: 몇 번. **帝子**: 황제의 아들, 즉 등왕. **檻**: 난간 함.

등왕의 높은 누각이 강가 모래섬을 내려다볼 때
여인들의 패옥이 부딪는 난새 울음도 가무와 함께 그쳐버렸네.
그림 같은 용마루 위의 아침은 남포의 구름을 날려 보내고
주렴 밖의 저녁은 서산의 비를 말아 올렸네.
구름이 한가로이 못 위에 비칠 때 해는 유유히 떠가기만 하는데
경물과 별자리가 바뀌어가는 가운데 가을은 몇 번이나 지나갔던가?
이 누각을 향유하시던 등왕께서는 지금 어디에 계시는가?
난간 밖 긴 강물은 하염없이 절로 흐른다.

봄밤의 잔치에 부쳐 —
이백李白, 「춘야연도리원서春夜宴桃李園序」

이 글은 당대의 천재 시인 이백이 727년에 지은 변려문이다. 이백과 그의 형제들이 어느 봄날 밤에 복숭아꽃과 자두꽃 만개한 정원에 모여 앉아서 술을 마시며 정담을 나누고 시를 짓는 정경을 서정적으로 묘사한 작품이다. 이 짧은 글에서 시인은 자연과 인생에 대한 소회를 서술하는 가운데, 쾌락의 진정한 의미가 무엇인지를 깨닫게 한다. 까다로운 변려문의 형식을 철저히 지키면서도 자연스럽고 자유로운 감성이 느껴지는 필치가 그야말로 변려문의 압권이라 평가할 수 있다.

이백(701~762)은 산동山東 사람으로 자는 태백太白, 호는 청련거사青蓮居士, 또는 적선인謫仙人이다. 당대의 위대한 낭만 시인으로 잘 알려져 있어서 나중에 시선詩仙이라는 별명으로 불리었고, 두보杜甫와 더불어 '이두李杜'로 병칭되었다. 성격이 호방하고 술과 시를 즐겼으므로 이와 관련된 일화가 많이 남아 있다. 시문집으로 『이태백집李太白集』이 전해진다.

• • •

夫天地者, 萬物之逆旅也;
光陰者, 百代之過客也.
而浮生若夢, 爲歡幾何.

逆: 맞이할 역. '맞이할 영迎'과 같은 글자. **逆旅**: 만물을 맞이하여 재워주는 곳. 여관. **光陰**: 시간. **百代**: 1백 세대. 즉 오랜 세월, 영원한 세월을 표상한다. **過客**: 지나가는 나그네. **而**: 이것, 이 사이에서. **浮生**부생: 떠다니는 인생. **爲歡**: 즐거운 일을 하다. 즐기다. **幾何**: 얼마나.

무릇 천지는 만물을 맞이하여 묵게 해주는 여관이요,
시간은 영원한 세월을 지나가는 나그네로다.
이 사이에서 떠다니며 사는 것은 마치 꿈과 같으니,
즐거워한 시간이 기껏 얼마나 되겠는가?

• • •

古人秉燭夜游, 良有以也.
況陽春召我以烟景, 大塊假我以文章.

秉: 잡을 병. **燭**: 촛불 촉. **良**: 참으로 량. **以**: 이유. **陽春**: 화창한 봄. **召**: 부를 소. **烟**: 아지랑이 연. **烟景**: 아지랑이 아른거리는 경치. 봄날을 상징한다. **大塊**대괴: 대자연. 자연을 커다란 덩어리로 표현했다. **假**: 빌릴 가. 허락하다. **文章**: 아름답게 문채 나는 경관.

옛날 사람들이 촛불을 켜 들고 밤에 놀았던 것은
참으로 그럴 만한 이유가 있었기 때문인데,
하물며 화사한 봄날이 아지랑이 아롱거리는 경치로 나를 부르고,
대자연이 아름답게 문채 나는 경관을 내게 빌려줌에랴?

• • •

會桃花之芳園, 序天倫之樂事.
群季俊秀, 皆爲惠連;
吾人咏歌, 獨慚康樂.
幽賞未已, 高談轉清.

芳: 꽃향기 방. **序**: 펼 서. **序天倫之樂事**: 천륜의 즐거운 일부터 이야기를 풀어나가다. **季**: 막내 계. **群季**군계: 동생들. **俊秀**준수: 재주가 뛰어나다. **惠**

連: 남조 송나라 시인 사혜련謝惠連. 사령운謝靈運의 일가 동생. **慚**: 부끄러울 참. **康樂**강락: 사령운을 가리킨다. 고향인 강락康樂 땅에 봉해졌으므로 강락공으로 불리었다. **幽賞**유상: 그윽하게 감상하다. 숨겨진 의미를 맛보다. **已**: 그칠 이. **高談**고담: 격조 높은 이야기. **轉淸**전청: 청아한 이야기로 바뀌다.

복사꽃 향기 그윽한 정원에 모여서
천륜의 즐거운 일부터 이야기를 풀어 나갔다.
동생들은 재주가 뛰어나서 모두가 사혜련인데
내가 시를 지어 읊을 때만이 사강락謝康樂에 부끄럽구나.
숨겨진 의미를 맛보는 일이 아직 끝나지 않았는데
심오한 이야기는 어느덧 청아한 이야기로 바뀌었구나.

•••

開瓊筵以坐花, 飛羽觴而醉月.
不有佳咏, 何伸雅懷.
如詩不成, 罰依金谷酒數.

瓊: 붉은 옥 경. **筵**: 대자리 연. **開瓊筵**: 옥으로 짠 대자리를 펴다. **觴**: 술잔 상. **飛羽觴**: 깃 달린 술잔이 날아다니다. 술잔 비우는 속도가 빠르다는 뜻. **醉月**취월: 밝은 달 아래 취해 떨어지다. **佳咏**가영: 아름다운 시를 지어 읊다. **伸**: 펼 신. **雅懷**: 청아한 속마음. **金谷酒數**: 진晉나라 시인 석숭石崇의 『금곡시서金谷詩序』에 나온 말. 앞에서도 언급했듯이 석숭은 금곡원金谷園에 손님들을 초대해 잔치를 열고 돌아가면서 시 짓는 놀이를 했는데, 시를 짓지 못하는 사람들에게는 벌주 석 잔을 마시게 하였다. 이후부터 술자리에서의 벌주는 석 잔이 되었다. 우리나라에서 술자리에 늦게 온 사람들에게 이른바 '후래자삼배後來者三杯'라며 마시게 하는 벌주도 이 전고에 근거한 것이다. **罰依金谷酒數**: 금곡원 잔치에서 내린 벌주의 숫자에 의거해 벌주를 먹이다.

옥으로 짠 대자리를 펴고 꽃밭 가운데에 앉으니,
깃 달린 술잔은 이리저리 날아다니며 밝은 달 아래 취하게 하도다.
아름다운 시를 지어 읊지 않으면
청아한 속마음을 어떻게 펼 수 있으리?
만일에 시를 지어내지 못한다면,
저 석숭의 금곡원 잔치에서 내렸다고 하는 벌주의 수대로 벌을 내리리라.

한형주 대도독께 드리는 서한 — 이백, 「여한형주서與韓荊州書」

'여與~서書'라는 말은 '~에게 드리는 서신'이라는 뜻이므로, 「與韓荊州書」는 한형주韓荊州께 드리는 편지글이다. 한형주는 당 예종睿宗과 현종玄宗 시기에 활동하였던 명망 높은 정치가인 한조종韓朝宗을 가리킨다. 한조종은 이백이 편지를 쓸 당시에 형주荊州 대도독장사大都督長史의 자리에 있었으므로 한형주라 부른 것이다. 한조종은 높은 지위에 있었을 뿐 아니라, 신진사류 중에서 훌륭한 인재를 발탁해 추천하는 일을 즐겼으므로 당시의 젊은 선비들은 그에게 인정받기 위해서 주위에 많이 몰려들었다. 따라서 그의 평가는 곧 당시 인재 품평의 표준이 될 정도였다. 그의 추천인 중에 특별히 이름난 사람으로는 엄무嚴武와 최종지崔宗之 등이 있는데, 최종지는 이백의 시 「음중팔선가飮酒八仙歌」 중 한 사람으로 나오기도 한다. 이백도 한조종의 추천을 받아 황제에게 알려지기를 바라서 이 편지를 썼으나 뜻을 이루지는 못했다.

• • •

白聞天下談士相聚而言曰: 生不用封萬戶侯, 但願一識韓荊州. 何令人之景慕, 一至於此耶.

與: 줄 여. **書**: 글 서. **白**: 이백 자신을 가리킨다. 자신을 가리킬 때는 이름(名)을 쓰고 남을 지칭할 때는 자(字)를 썼다. **談士**담사: 유세하는 선비 또는 세상일에 대하여 자기만의 주장을 펼 수 있는 사람, 즉 논객. **聚**: 모일 취. **萬戶侯**: 일만 가구에 달하는 식읍의 제후. **一識韓荊州**: 한 번만이라도 한형주에게 인정을 받다. **令**령: 사역동사. **令人**: 사람들로 하여금. **景**: 우러러볼 경. **慕**: 그리워할 모. **景慕**: 우러러보고 흠모하다. **一**: 갑자기, 뜻밖에. **耶**야: 의문 표시 어기조사.

제가 듣기로는 천하의 논객들이 함께 모이면 말하기를 "생전에 일만 호에 달하는 식읍의 제후가 될 필요 없이, 단지 한형주에게 한 번만이라도 인정받기를 원한다"라고 한답니다. 어떻게 하여 사람들로 하여금 우러러보게 함이 이러한 경지로 껑충 뛰어오르게 할 수 있었는지요?

•••

豈不以有周公之風, 躬吐握之事, 使海內豪俊, 則聲譽十倍.

周公: 주 무왕의 동생. 주나라의 근거지인 기산岐山 땅을 식읍으로 받았으므로 주공이라고 불렀다. **躬**: 몸소 궁. **吐握**: 吐哺握髮토포악발의 준말. 입안에 넣은 음식물을 토해내고 감던 머리를 손으로 움켜쥐고 나오다. 『사기』「노세가魯世家」 중 "나[주공: 인용자]는 한 번 머리를 감을 때마다 세 번이나 감던 머리를 쥐고 나왔으며, 한 번 식사할 때마다 세 번이나 먹던 밥을 토해내고 뛰어나와 일어나 선비를 맞이한 것은 천하의 현인들을 잃을까 두려워서였다"는 문장이 출전이다. 조조曹操의 「단가행短歌行」에도 "산은 더 높아지기를 싫어하지 않고 / 물은 더 깊어지기에 물리지 않는 법. 주공이 먹던 것을 뱉어내니 / 천하가 한마음으로 돌아왔다네"(山不厭高, 水不厭深. 周公吐哺, 天下歸心)라는 구절이 있다. **豪俊**호준: 호걸과 준걸. **奔**: 달릴 분. **一**: 한 번, 또는 하루아침에. **登龍門**등용문: 『태평광기太平廣記』에 기록된 전설에 의하면, 황하의 잉어가 용문을 뛰어넘어 가면 용이 될 수 있었다고 한다. 힘이 있는 사람의 추천으로 발탁되어 갑자기 지위가 높아진 경우를 비유하는 말. 『후한서』「이응전李膺傳」에 "선비 중에 그의 얼굴에 접해본 사람이 있으면, 그를 일컬어 용문을 뛰어넘었다고 말하였다"(士有被其容接者, 名為登龍門云)라는 구절이 나온다. **聲譽**성예: 명성과 영예.

이 어찌 주공周公의 기풍을 간직하셔서 몸소 먹던 음식을 뱉고 감던 머리를 손에 쥔 채로 달려 나가셨기 때문이 아니겠습니까? 그래서 천하의 호걸과 준걸이 달려와 귀의하게 하시고, 그들로 하여금 일단 황하의 잉어처럼 용문龍門을 뛰어넘게 해주시면 명성과 영예가 열 배나 커집니다.

•••

所以龍盤鳳逸之士, 皆欲收名定價於君侯.

所以: 결과를 나타내는 접속사. 이러한 이유로. **盤**: 돌 반. **龍盤**: 용이 구불구불 빙빙 돌다. 용틀임. **鳳逸**봉일: 봉황의 자유로운 비상. 이 두 단어는 모두 현자가 재야에서 때를 기다리며 움직이는 모양을 비유하는 말이다. **收名**수명: 명성을 얻다. **定價**정가: 몸값을 정하다. **君侯**: 주군, 높으신 분.

이러한 이유로 용처럼 똬리를 틀고 있거나 이리저리 날아다니기만 하는 봉황새 같은 인재들이, 모두 공에게 이름을 인정받고 몸값이 정해지기를 바라는 것입니다.

•••

願君侯不以富貴而驕之, 寒賤而忽之, 則三千賓中有毛遂, 使白得穎脫而出, 即其人焉.

驕之교지: 그들에게 교만하게 굴다. **忽之**홀지: 그들을 소홀히 여기다. **毛遂**모수: 전국 시기 조나라 평원군平原君의 식객. 진나라가 한단邯鄲을 포위하자 조왕은 원군을 청하러 평원군을 초나라로 가게 했다. 평원군이 수행원을 구성해서 떠나려 할 때 모수가 자천하여 나서며 말했다. "저는 오늘 오로지 주머니 속에만 들어가길 바랄 뿐입니다. 제가 일단 주머니 속에 놓일 수만 있다면 이삭의 가시랭이처럼 주머니를 뚫고 나올 것입니다. 그 끄트

머리만 나오지는 않을 것입니다." 그래서 모수를 데리고 갔는데 과연 그는 초왕을 설복시켜서 군대를 출정케 하였다. 성어 '낭중지추囊中之錐'가 여기서 나온 말이다. 穎: 이삭 영. 이삭 낟알의 가시랭이. 穎脫영탈: 이삭의 가시랭이처럼 뚫고 나오다. 焉: '於此'와 같으므로 '삼천 식객 가운데의 그 사람이다'라는 뜻이 된다.

원하옵건대 공께서는 부귀하다고 해서 저들에게 교만하게 대하지 않으시고 저들이 빈천하다고 해서 소홀히 여기지 않으시기를 바랍니다. 그리하시면 평원군의 삼천 식객 중에서 모수毛遂가 나오듯이 저로 하여금 이삭의 가시랭이처럼 뚫고 나오게 하실 수 있는즉, 제가 바로 식객 가운데의 모수 같은 사람입니다.

•••

白隴西布衣, 流落楚漢. 十五好劍術, 徧干諸侯. 三十成文章, 歷抵卿相.

隴西농서: 고대의 군 이름. 오늘날의 감숙성에 있었다. **布衣**포의: 베옷을 입은 사람, 즉 벼슬하지 않은 평민을 말한다. **流落**: 객지에서 떠돌아다니다. **楚漢**: 초나라 지역과 한나라 지역. **徧**: 두루 편. **干**: 추구할 간. 구하다. **諸侯**: 지방의 장관이나 수장을 가리킨다. **成文章**: 문장을 이룩하다, 즉 문장을 능숙하게 쓸 줄 알게 되었다는 뜻. **歷**: 두루 력. **抵**: 만날 저. 배알하다. **卿相**경상: 중앙 조정의 고위 관료.

저는 농서에서 온 평민으로 초나라 지역과 한나라 지역을 떠돌아다녔습니다. 열다섯 살에 검술을 좋아하게 되어 여기저기 지방의 수장들을 찾아다니며 벼슬자리를 구하였습니다. 서른 살에 문장을 능숙하게 쓸 줄 알게 되자 조정의 고위 관료들을 두루 찾아뵙기도 하였습니다.

● ● ●

雖長不滿七尺, 而心雄萬夫. 王公大人, 許與氣義. 此疇曩心跡, 安敢不盡於君侯哉.

雄: 씩씩할 웅. **萬夫**: 일만 명의 사나이. 마음속의 의지는 일만 명의 사나이보다 더 씩씩하다. **許與**: 인정하다, 칭찬하다. **氣義**: 기개와 의리. **疇**: 접때 주. **曩**: 접때 낭. **疇曩**: 예전. **心跡**: 마음속의 의지와 행적.

키는 비록 7척에 미치지 못하지만, 마음속의 의지는 일만 명의 사나이보다 더 씩씩합니다. 왕족과 고위직에 계시는 분들은 저의 기개와 의리를 인정하고 칭찬해주십니다. 이것이 제가 과거에 겪어온 마음속의 의지와 행적이온데, 어찌 감히 공에게 빠짐없이 아뢰지 않을 수 있겠습니까?

● ● ●

君侯制作侔神明, 德行動天地, 筆參造化, 學究天人. 幸願開張心顔, 不以長揖見拒.

制作: '制禮作樂제례작악'의 준말. 예법을 만들고 음악을 창작하다. 즉 인류의 삶에 중요한 근간을 만들어냈다는 뜻으로서 큰 공적을 세웠다는 의미. **侔**: 가지런할 모. 짝하다. **神明**: 신, 귀신. **參**: 함께 도모할 참. **造化**: 대자연. **究**: 끝까지 갈 구. **天人**: 하늘의 도리와 사람의 일. 『양서梁書』「종영전鍾嶸傳」에 "문장은 아름다움이 해와 달에 미치고, 학문은 하늘의 도리와 사람의 일의 끝까지 다다랐다"(文麗日月, 學究天人)라는 구절이 있다. **幸願**행원: 바라다. **開張**: 활짝 열다. **心顔**심안: 마음과 얼굴. 흉금을 열고 얼굴의 긴장을 풀다. **長揖**장읍: 두 사람이 만날 때 두 손을 모아 높이 들어서 아래로 내리는 상견례법. 지위가 동등한 사람들 사이에서 행하는 예. **見拒**견거: 거절을 당하다. '見'은 피동의 의미를 나타내는 조사.

공께서 나라의 근간을 위해 세우신 공은 신명神明과 짝을 하였고, 덕행은 천지를 뒤흔들었으며, 문장은 대자연과 함께하였고 학문은 하늘의 도리와 사람의 일을 끝까지 파악하셨습니다. 바라옵건대 흉금을 활짝 여시고 얼굴의 긴장을 푸셔서 제가 드리는 인사가 외면당하지 않게 해주십시오.

•••

必若接之以高宴, 縱之以清談, 請日試萬言, 倚馬可待.

高宴고연: 성대한 잔치. **縱**: 풀어놓을 종. **清談**: 원래는 위진 시기 지식인들이 필화를 피하기 위하여 노장老壯의 현학이나 고담준론을 화제로 삼았던 것을 뜻하는 말이지만, 여기서는 자신이 하고픈 말을 솔직히 진술하는 행위를 뜻한다. **請**: 요구할 청. **日試萬言**: 일만 글자의 문장을 써보라고 날마다 시험하다. **倚**: 곁 의. **倚馬可待**의마가대: 말 곁에서 기다려도 된다는 뜻. 동진 시기에 원굉袁宏은 환원桓溫을 따라서 북벌을 나섰다. 행군 중에 그는 포고문을 하나 작성하라는 명을 받았다. 그러자 그는 말 곁에서 붓 한 번 떼지 않고 즉각 일곱 장의 문서를 작성하였는데 글쓰기가 빨랐을 뿐 아니라 내용도 훌륭했다고 한다. 글쓰기가 민첩함을 비유하는 말.

만일에 기필코 저를 성대한 잔치로써 맞으셔서 제가 하고 싶은 말을 마음껏 하도록 놓아두신다면, 일만 글자의 문장을 써보라고 날마다 시험하셔도, 옛날 원굉이 행군 중에 포고문을 쓸 때처럼 말 곁에서 기다리고 계셔도 됩니다.

•••

今天下以君侯為文章之司命, 人物之權衡, 一經品題, 便作佳士. 而君侯何惜階前盈尺之地, 不使白揚眉吐氣, 激昂青雲耶.

司命사명: 목숨을 관장하다. 즉 사람의 수명을 관장하는 신의 이름. **權**: 저울 추. **衡**: 저울대. **品題**품제: 품평, 평가판정. **佳**: 아름다울 가. **佳士**: 우수한 인재. **惜**: 아까워할 석. **階**: 섬돌 계. **盈尺之地**영척지지: 사방 한 자를 꽉 채우는 땅. 즉 접견하기 위해서 서 있는 땅의 면적. **揚眉吐氣**양미토기: 눈썹을 치켜뜨고 기운을 토해내다. **昂**: 오를 앙. **青雲**: 높은 하늘. 높은 지위를 상징하는 말. **激昂青雲**: 높은 하늘 위로 치고 올라가다.

이제 천하 사람들은 공을 문장에서 사람의 수명을 좌지우지하는 귀신이나 인물의 무게를 재는 저울 정도로 여기고 있어, 한번 품평을 제대로 거치게 되면 그는 곧 우수한 인재로 태어납니다. 그런데 공께서는 어찌 섬돌 앞의 제가 설 겨우 사방 한 자 되는 땅을 아까워하셔서 저로 하여금 눈썹을 치켜세우고 열변을 토하여 그것이 저 높은 곳으로 치고 올라가게 하지 않으십니까?

•••

昔王子師為豫州, 未下車, 即辟荀慈明. 既下車, 又辟孔文舉. 山濤作冀州, 甄拔三十餘人, 或爲侍中尚書, 先代所美.

子師: 동한 왕윤王允의 자字. 영제靈帝 때 예주豫州 자사刺史로 있으면서 당시의 석학이었던 순상荀爽과 유명 문인이었던 공융孔融을 불러왔다. 이 구절은 서진 사마월司馬越의 「여강통서與江統書」에서 그대로 가져온 것이다. **下車**하차: 부임지에 도착하다. **辟**: 부를 벽. 청빙하다. **慈明**: 순상의 자. **文舉**: 공융의 자. **山濤**산도: 서진의 죽림칠현 중 한 사람. 기주冀州 자사를 지냈다. **甄**: 살필 견. **甄拔**: 골라서 뽑다. 시중侍中과 상서尙書는 모두 중앙 정부의 주요 관서. **先代**: 앞선 세대의 사람들.

옛날 동한의 왕윤은 예주 자사가 되었을 때 부임지에 도착하기 전에 순상을 불렀고, 도착해서는 공융을 불러들였습니다. 산도는 기주 자사가 되었을 때

삼십여 명을 골라 뽑았는데, 그중에 어떤 이는 나중에 시중과 상서가 되기도 하였으니 이는 모두 앞선 세대의 사람들이 훌륭하다고 칭찬하는 바였습니다.

•••

而君侯亦一薦嚴協律, 入爲祕書郎. 中間崔宗之房習祖黎昕許瑩之徒, 或以才名見知, 或以淸白見賞.

嚴協律엄협률: 구체적으로 누구인지 기록이 없어 알 수 없다. **協律**: 협률랑協律郎. 음악을 교정하고 관장하는 직책. **祕書郎**: 중앙정부의 문서와 장서를 관장하는 직책. **中間**: 그러는 과정 중에. **崔宗之**최종지: 이백의 절친한 친구. 개원開元 연간에 벼슬길에 나아가 요직을 두루 거쳤다. 맹호연孟浩然·두보와도 친교가 있었다 한다. **黎昕**여흔: 습유관拾遺官을 지냈으며 왕유王維와 친교가 있었다. 방습조房習祖와 허영許瑩에 대해서는 자세히 알 수 없다. **淸白**: 욕심이 없이 곧고 깨끗함.

그리고 공 역시 엄씨를 협률랑에 한번 추천하였더니 지금은 조정에 들어가 비서랑이 되었습니다. 그러는 과정 중에 최종지·방습조·여흔·허영 등도 있었으니, 어떤 이는 재주와 명망으로 널리 알려지기도 하였고, 또 어떤 이는 청렴한 청백리로 상을 받기도 하였습니다.

•••

白每觀其銜恩撫躬, 忠義奮發, 以此感激, 知君侯推赤心於諸賢腹中, 所以不歸他人, 而願委身國士. 儻急難有用, 敢效微軀.

銜: 머금을 함. **撫**: 칠 무. **撫躬**무궁: '반궁反躬'과 같은 말. 자신을 성찰하다. **奮發**분발: 떨쳐 일어나다. **推**: 꺼낼 추. **赤心**적심: 감출 것 없는 진실한 마음. 『후한서』「광무제기光武本紀」: "소왕 유수劉秀는 진실한 마음을 꺼내서 다른 사람들의 배 속에 들여놓았다"(蕭王推赤心置人腹中). **歸**: 돌아갈 귀. 의탁하다. **委身**: 자신의 몸을 맡기다. **國士**: 나라 안에서 가장 걸출한 인물, 즉 한형주를 가리킨다. **儻**: 만약에 당. **敢**: 감히 감. 상대방에게 경의를 표하는 부사. **效**: 바칠 효. **微軀**미구: 작은 몸뚱이. 자신의 생명을 가리키는 말.

제가 매번 그들이 늘 은혜를 마음속에 품고 자신을 성찰하며 충의가 분발하는 것을 볼 때마다, 이에 감격하여 공께서 진솔한 마음을 꺼내서 여러 현인의 배 속에 넣어주셨음을 알게 되었습니다. 그래서 다른 사람에게 의탁하지 아니하고 나라의 큰 선비이신 공에게 몸을 맡기기를 원하는 것입니다. 만약에 위급한 환난이 닥치어 쓸 사람이 필요하다면 감히 이 미천한 몸을 바치겠나이다.

•••

且人非堯舜, 誰能盡善. 白謀猷籌畫, 安能自矜. 至於制作, 積成卷軸, 則欲塵穢視聽. 恐雕蟲小技, 不合大人.

盡善진선: 완전무결하다. **猷**: 꾀 유. 계획, 책략. **籌**: 꾀할 주. **畫**획: '그을 획劃'과 같은 글자. **謀猷籌畫**: 책략을 짜고 도모하다. **矜**: 자랑할 긍. **制作**: 시문 창작. **卷**: 말 권. **軸**: 굴대 축. **卷軸**: 옛날에는 죽간이나 종이에 길게 글을 쓴 뒤 양쪽 굴대를 둘둘 말아서 보관하였는데, 그 묶음을 가리킨다. **塵**: 먼지 진. **穢**: 더러울 예. **塵穢視聽**진예시청: 다른 사람의 눈과 귀를 더럽히다. 스스로를 낮추는 말. **雕**: 새길 조. **雕蟲**조충: 양웅의 『법언法言』 「오자吾子」에서 나온 말. 양웅은 부를 짓는 일을 가리켜 "아이들이 글씨 연습으로 충서蟲書와 각부刻符를 새기는 일"(童子雕蟲篆刻)이라면서 "어른이 할 짓이 아니다"(壯夫不爲)라고 하였다. 충서와 각부는 당시 아이들이 글씨 연습을 하기 위한 서체의 일종이었다.

또한, 사람이 요임금이나 순임금이 아닐진대 누가 능히 완전무결할 수 있겠습니까? 제가 책략을 짜고 도모하는 일에 어떻게 스스로 자랑할 수 있겠습니까마는, 시문 창작에서는 그간에 써놓은 작품들이 두루마리로 감아 쌓아 놓았을 정도이니, 눈과 귀를 더럽히시더라도 한번 봐주시기를 바랍니다. 제 글들이 아이들 글씨와 같은 하찮은 기예라서 어른에게 맞지 않을까 두렵습니다.

•••

若賜觀芻蕘, 請給紙墨, 兼之書人. 然後退掃閒軒, 繕寫呈上. 庶靑萍結綠, 長價于薛卞之門. 幸推下流, 大開獎飾, 唯君侯圖之.

賜觀사관: 윗사람이 시간을 내서 한번 봐주는 은전을 베풀다. **芻**: 꼴 추. **蕘**: 땔나무 요. **芻蕘**: 꼴이나 나무를 베는 나무꾼. 무지렁이가 쓴 글. 자신의 글을 낮추어 부르는 말. **兼之**겸지: 아울러 함께 주다. **書人**: 글을 베끼는 사람. **掃**: 비질할 소. **閒軒**한헌: 조용한 작은 집. **繕**: 베낄 선. **呈**: 드릴 정. **庶**: 바라건대 서. **靑萍**청평: 옛날의 보검 이름. **結綠**결록: 이름다운 옥 이름. 둘 모두 자신의 재능을 비유하는 말. **長價**장가: 몸값을 크게 올리다. **薛**설: 춘추 시기 월나라 사람인 설촉薛燭. 검 감정을 잘하였다고 한다. **卞**변: 옥 감정을 잘한 사람으로 이름난 변화卞和를 가리킨다. 『한비자』「화씨和氏」에 등장한 인물. **推**: 밀 추. 추천하다. '생각할 유惟'로 쓰기도 한다. **下流**: 미천한 사람. 스스로를 낮추는 말. **獎飾**장식: 장려하고 칭찬해주다. **唯**: 오로지 유. **圖**: 헤아릴 도.

만일에 꼴이나 베는 무지렁이가 쓴 글을 한번 봐주시겠다면, 저에게 종이와 묵, 그리고 이와 함께 글을 베껴 쓸 사람을 보내주십시오. 그러고 난 다음에 작고 조용한 집으로 물러나 깨끗이 비질을 한 후, 제 작품을 베껴서 바치겠습니다. 바라건대 제 작품 가운데 옛날 청평과 같은 보검이나 결록 같은 보옥이 있어 설촉과 변화 같은 감정가에게서 값어치가 크게 올랐으면 좋겠습니다. 다행히도 이 미천한 사람을 밀어 화끈하게 드러나도록 해주는 일은 오로지 공께서만이 도모해주실 수 있습니다.

백락의 마구간에서 자라난 사람 —
한유韓愈, 「위인구천서爲人求薦書」

「위인구천서」는 당나라 한유가 쓴 산문이다. 여기서 '위인爲人'이란 '다른 사람을 위하여'라는 뜻으로 본인 아닌 다른 사람을 대신해서 써준다는 말이고, '구천서求薦書'란 어떤 사람을 추천해주십사고 부탁하는 서신이라는 뜻이므로, 한유가 명망이나 권세가 있는 어떤 사람에게 자신이 잘 아는 인재를 천거해주기를 청탁하는 편지글이다. 이 서한에는 한유가 천거하는 인재와 편지의 수령인이 구체적으로 나타나 있지 않은데, '아무개'(某)로 표현된 인재를 기실 한유 자신으로 보는 것이 정설이다. 중국에서 재주는 있으나 때를 만나지 못한 인재들이 자신의 분노와 고뇌를 이야기할 때 이 글이 자주 인용되었다.

한유(768~824)는 남양南陽 사람이다. 한씨 집안이 창려昌黎 땅에 기반하고 있으므로 자칭 한창려라고도 불렸고, 시호가 문文이어서 한문공韓文公이라고도 불렀다. 그는 당대에 명문장가로 이름을 날렸고, 필화를 입어 몇 차례 유배를 당하기도 하였지만 고위 관직을 두루 역임하였다. 중국 문학사에서 그의 업적은 어문개혁을 주도하여 난삽한 변려문을 지양하고 고문古文 부흥 운동을 일으킨 것이다. 고문 운동은 송대 구양수歐陽修·소식蘇軾 등에까지 이어져서 이른바 당송팔대가唐宋八大家를 탄생시켰는데, 그 시초가 한유다.

•••

木在山, 馬在肆, 過之而不顧者, 雖日累千萬人, 未爲不材與下乘也. 及至匠石過之而不睨, 伯樂遇之而不顧, 然後知其非棟梁之材, 超逸之足也.

肆: 가게 사. 말을 모아놓고 파는 가게. 마장. 顧: 돌아볼 고. 累: 잇닿을 루. 不材부재: 재목이 되지 못함. 평범한 잡목. 下乘: 저급한 탈 것, 즉 굼뜬 말. 匠石장석: 춘추 시기의 유명한 석수장이 이름. 『장자』「서무귀徐无鬼」에 나오며, 나중에는 솜씨 좋은 장인을 두루 가리키는 말이 되었다. 睨: 흘겨볼 예. 자세히 보는 모양. 伯樂백락: 춘추시기 진秦나라 사람으로 말을 잘 감별하였다고 한다. '백락'은 나중에 인재를 잘 알아보고 재능을 발견할 줄 아는 사람을 상징하는 말로 사용되었다. 棟梁동량: 마룻대와 들보. 국가의 중책을 맡은 사람을 비유하는 말. 逸: 뛰어날 일. 超逸초일: 범속함을 뛰어넘다.

나무가 산에 있고 말이 마장馬場에 있는데, 그 앞을 지나가면서도 눈길 한 번 주지 않는 사람들이 아무리 날마다 수천 명, 수만 명이 끊임없이 이어진다고 해서 그들이 잡목과 굼뜬 말이 되는 것은 아닙니다. (명장인) 장석匠石이 그 나무를 지나가면서도 요모조모 살펴보지 않았고, (전설적인 말 감별사인) 백락伯樂이 그 말과 마주쳐서도 돌아보지 않았다면, 그런 다음에야 그 나무가 마룻대와 들보 감이 아니고 그 말이 보통 말을 뛰어넘는 준마가 아님을 알게 되는 것입니다.

•••

以某在公之宇下非一日, 而又辱居姻婭之後, 是生于匠石之園, 長于伯樂之廐者也. 於是而不得知, 假有見知者千萬人, 亦何足云耳.

某: 아무개 모. 지시대사. 대개 자신을 낮춰 부르는 말로 쓰인다. 宇下우하: 처마 밑. 즉 비호를 받다. 辱: 받들 욕. 자신의 행위를 낮춰 겸손하게 표시하는 말. 姻: 사돈 인. 婭: 동서 아. 姻婭: 인척 관계를 가리키는 말. 辱居姻婭之後: 인척 관계에서 서열상 저 뒤끝에 거하다. 먼 인척 관계에 있다는 말. 園: 울 원. 廐: 마구간 구. 假: 설령 가. 見: 피동을 나타냄과 동시에 지시대사 기능을 하는 조사. 즉 대사 '之'·'我'와 같은 뜻. **耳**: 어조사 이. 한계를 나타낼 때 씀. 뿐, 따름, 이만하면.

아무개는 공의 처마 밑에서 비호를 받아온 지가 하루 이틀이 아닌 데다가 공과의 인척 관계에서 저 뒤끝에나마 있어온 처지이니, 이는 곧 장석의 울안에서 태어나고 백락의 마구간에서 자라난 사람이 되는 셈입니다. 이러한 상황임에도 공께 인정을 받지 못한다면, 설령 아무개를 인정한 사람들이 천 명, 만 명일지라도 어찌 이만하면 충분하다고 말할 수 있겠습니까?

•••

今幸賴天子, 每歲詔公卿大夫貢士, 若某等比咸得以薦聞.

賴: 힘입을 뢰. **詔**: 조서 조. **貢**: 천거할 공. **若某等**약모등: 아무개와 같은 등급의 사람들. **比**: 근래 비. **薦聞**천문: 천거하여 천자의 귀에 들리게 하다. 즉 추천 명단에 넣어서 올리다.

요즘은 다행히도 천자께서 매년 공경·대부에게 인재를 천거하라고 조서를 내리신 일에 힘입어, 아무개와 같은 급의 사람들이 근래에 모두 천거 명단에 올라갔습니다.

•••

是以冒進其說, 以累於執事, 亦不自量已, 然執事其知某何如哉.

冒: 무릅쓸 모. **其說**: 아무개 류의 사람들이 모두 천거되었다는 설. **以**: 앞의 원인으로 인하여 나온 결과를 표시하는 개사介詞. **累**: 누 끼칠 루. **執事**집사: 원뜻은 귀족이나 부잣집에서 집 안의 잡무를 맡아보는 하인이나, 여기서는 상대방을 직접 지시하지 않고 집사를 통해 에둘러 호칭하고 있으므로 상대방을 높이는 말로 쓰이고 있다. 귀하貴下와 같은 말. **不自量**: 자신의 처지를 헤아리지 못하다. 즉 실례를 저지르다. **已**: 그칠 이. 여기서는 '뿐'·'따름'의 뜻으로 쓰였다. **其知某**: 아무개에 대한 이해 또는 생각. 여기서 '其'는 영어의 정관사 'the'와 같은 기능을 갖는다. 『한창려문집韓昌黎文集』에는 '如何哉'로 되어 있다. 둘 다 통용되기는 하지만 문법적으로는 '何如哉'가 옳다. 의문사나 부정사가 있으면 '동사+목적어'(如何)의 구조가 '목적어+동사'(何如)로 바뀌기 때문이다.

그래서 이러한 이야기를 실례를 무릅쓰고 드린 것인데, 이 때문에 귀하께 누를 끼치게 되었으니 이 또한 저 자신을 헤아리지 못한 것이긴 하지만, 귀하께서는 아무개에 대한 생각이 어떠하신지요?

•••

昔人有鬻馬不售於市者, 知伯樂之善相也, 從而求之, 伯樂一顧, 價增三倍. 某與其事, 頗相類. 是故始終言之耳.

有: 불특정한 대상이나 사건의 존재를 뜻하는 말. 어떤. **鬻**: 팔 죽. **售**: 팔 수. **善相**: 밖에 보이는 외모와 기운을 관찰해서 내실의 정도를 판단하는 일을 잘하다. **其事**: 말을 시장에 내다 팔지 않고 백락에게 감정을 받아서 가격을 3배로 높여 받은 사건. **頗**: 자못 파. **類**: 무리 류. 같은 부류. **始終**: 처음과 끝에서. **言之耳**: 이 고사를 언급했을 뿐이다.

옛날에 어떤 사람이 말을 팔려고 내놓았으나 시장에서 팔리지 않았답니다. 그는 백락이 말을 잘 본다는 사실을 알고 그에게 찾아가서 말을 봐달라고 부탁하였습니다. 백락이 한번 돌아가며 보자 가격이 세 배나 뛰었답니다. 아무개와 이 사건은 자못 서로 같은 부류인 듯하여 처음과 끝에서 이를 언급하였을 뿐입니다.

굴뚝에 검댕 낄 틈조차 없이 — 한유, 「쟁신론爭臣論」

'쟁신爭臣'이란 '諍臣'으로도 쓰는데, 임금의 과실을 과감하게 직간할 수 있는 올곧은 신하를 뜻한다. 당시 간의대부諫議大夫에 임명된 양성陽城이 기대와는 달리 너무 오랜 기간 간언하지 않고 있었기 때문에, 이에 실망한 한유가 쟁신의 사명과 그 의의에 대하여 가상의 대변자와 논쟁하고 비난하는 내용을 대화체로 쓴 글이다. 『순자』 「자도子道」편에 "일찍이 천자의 나라에 쟁신 네 사람만 있으면 강토가 줄어들지 않고, 제후의 나라에 쟁신 세 사람만 있으면 사직이 위태로워지지 않으며, 대부의 집안에 쟁신 두 사람만 있으면 종묘가 허물어지지 않는다"(昔萬乘之國, 有爭臣四人, 則封疆不削; 千乘之國, 有爭臣三人, 則社稷不危; 百乘之家, 有爭臣二人, 則宗廟不毁)는 말이 있을 정도로 쟁신의 임무는 중요하고 그 전통도 오래되었다. 실제로 이 글이 나온 뒤 양성은 간신 배연령裴延齡이 육지陸贄를 참소하여 유배 보내려 하자 적극적으로 나서서 간언하다가 황제의 노여움을 샀으나 태자의 만류로 면죄되었고, 황제가 배연령을 재상에 임명하려 하자 다시 간언함으로써 이 시도를 좌절시켰다. 이 일로 양성은 좌천되었다.

•••

或問諫議大夫陽城於愈, 可以爲有道之士乎哉.

諫議大夫: 정사를 논의하고 황제에게 정중히 권고하며 간하는 직무를 맡은 관리. **陽城**: 736~805년. 양성은 원래 중조산中條山에 은거하고 있었는데 덕종德宗이 불러 간의대부에 임명한 사람으로, 인품이 후덕·소탈하고 매우 강직하였다고 한다. 덕종이 참소하는 말을 들은 뒤 현명한 재상인 육지를 축출하고 간신인 배현령을 임명하자 양성이 몇 날 며칠을 쉬지 않고 간언을 올려 결국 결정을 뒤집었다. 이 일로 인하여 양성은 귀양을 갔다. 그가 이렇게 강직하게 할 수 있었던 것은 한유의 이 문장의 영향이었다는 설이 있다. **有道之士**: 도리를 터득한 선비.

어떤 사람이 간의대부인 양성에 대해서 나에게 물었는데, 그를 도리를 터득한 선비로 여길 수 있느냐는 것이었다.

•••

學廣而聞多, 不求聞於人也. 行古人之道, 居於晉之鄙, 晉之鄙人, 薰其德而善良者幾千人. 大臣聞而薦之, 天子以爲諫議大夫. 人皆以爲華, 陽子不色喜. 居於位五年矣, 視其德, 如在野, 彼豈以富貴移易其心哉.

求聞於人: 다른 사람에게서 가르침을 구하다. 가르침은 가르치는 행위와 듣는 행위가 동시에 이루어지는 것이므로 '들을 문聞' 자를 쓸 수 있다. 또는 '聞'을 '명성이 알려지다'로 해석할 수도 있다. 이 경우는 '양성은 학식이 넓고 견문이 많지만 다른 사람들에게 명성이 알려지기를 구하지 않았다'로 해석해야 한다. **鄙**: 두메 비. 먼 시골의 외진 땅. **薰**: 훈도할 훈. 영향을 받다. **善良**: 보통의 정상적인 사람. **大臣**: 이필李泌을 가리킨다. 이필이 재상이 되고 난 다음 해에 양성을 불러왔다. **華**: 꽃 화. 영광스러운, 영예로운. **色**: 표정 지을 색. **移易**이역: 바꾸다, 옮기다.

"그분은 배움이 넓고 들은 것이 많으며, 다른 사람들에게 명성이 알려지기를 구하지 않습니다. 옛사람들의 도리를 실천하면서 진晉 땅의 두메에 살고 있었더니, 진의 시골 사람들이 그의 덕에 훈도되어 착한 백성이 된 자들이 수천 명이나 되었습니다. 대신께서 듣고는 그를 천거하셨더니 천자께서 그를 간의대부로 삼으셨습니다. 사람들이 모두 그에게 영예로운 일이라고 여겼지만 양 선생은 기쁜 표정을 짓지 않았습니다. 그 자리에 거한 지 5년이 되어서도 그분의 행위를 보니 마치 벼슬하기 전과 같았으니, 저런 분이 어찌 부귀 때문에 자신의 마음을 바꾸겠습니까?"

• • •

愈應之曰: 是易所謂恒其德貞, 而夫子兇者也. 惡得爲有道之士乎哉.

德貞: 행위의 원칙, 지조. **恒其德貞**항기덕정: 행위의 올바른 원칙을 변치 않고 유지하다. 『역』 항恒괘(☳, 震上巽下)의 다섯 번째 효사에 "행위의 올바른 원칙을 변치 않고 유지하면, 아낙에게는 길하고 남자에게는 흉하다"(恒其德貞, 婦人吉, 夫子凶)라는 구절이 있다. 즉 아낙에게는 지조를 지키는 것이 좋은 일이지만 남자는 사안에 따라서 대처를 달리해야 한다는 뜻. **惡**: 어찌 오.

내가 이에 대답하여 말하였다. "이것을 『역』이 일컬어 '행위의 올바른 원칙을 변치 않고 유지하면 남자에게는 좋지 않다'라고 하였던 것인데, 그가 어찌 도리를 터득한 선비라 할 수 있겠소?

• • •

在易蠱之上九云: 不事王侯, 高尚其事. 蹇之六二則曰: 王臣蹇蹇, 匪躬之故. 夫亦以所居之時不一, 而所蹈之德不同也.

蠱고: 『역』의 고蠱괘(☶). 손하간상巽下艮上. **上九**상구: '上'은 6효 중에서 맨 위에 있는 효를, '九'는 양효를 각각 의미하므로 '上九'는 맨 위에 있는 여섯 번째 양효라는 뜻이 된다. **事**: 섬길 사. **高尚其事**: 자신이 마땅히 해야 할 일, 즉 절개를 고상하게 여기다. **蹇**건: 건蹇괘(䷦). 간하감상艮下坎上. **六二**육이: 두 번째의 음효. **蹇**: 절름발이 건. 위험한 난국을 의미한다. **蹇蹇**: 위험한 난국을 맞아 적극적으로 헤쳐 나가고 있는데 다시 또 다른 장애물을 만났다는 뜻. 여기서는 위험을 무릅쓰고 간언하는 신하의 상황을 가리킨다. **匪**비: '아닐 비非'와 같은 글자. **躬**: 몸 궁. 자신을 의미한다. **王臣蹇蹇, 匪躬之故**: 신하가 임금을 위하여 온갖 위험을 무릅쓰고 간언하는데, 이는 자신을 위한 일이 아니다. **夫**: 지시대사. 이것, 그것. **蹈**: 밟을 도. 실천하다.

『역』 고蠱괘의 여섯 번째 양효에서 이르기를 '천자와 제후를 직접 섬기지 않더라도, 자신이 해야 할 일을 고상하게 여긴다'고 하였고, 건蹇괘의 두 번째 음효에서는 '신하가 임금을 위하여 온갖 위험을 무릅쓰고 간언하는데, 이는 자신을 위한 일이 아니기 때문이다'라고 하였소. 이것은 처한 바의 때가 하나같지 않을 뿐 아니라, 실천하는 덕행의 종류가 다르기 때문이오.

•••

若蠱之上九, 居無用之地, 而致匪躬之節; 以蹇之六二, 在王臣之位, 而高不事之心, 則冒進之患生, 曠官之刺興. 志不可則, 而尤不終無也.

居無用之地: 임용되지 않은 처지에 있다, 신하의 자리에 있지 않다. **致**: 다할 치. **匪躬之節**비궁지절: 자신의 몸을 돌보지 않는 절개. 즉 신하의 자리에 있지 않으면 절개를 지킬 필요가 없는데도 지킨다는 뜻. 과도한 충성을 가리킨다. **以**: ~대로. ~를 근거로. **高不事之心**: 임금이 하자는 대로 섬기지 않으리라는 마음을 고상하게 여기다. 즉 고집을 피우는 것을 충성으로 잘못 알고 있다는 뜻. **冒進**모진: 재능과 자질도 갖추지 못했으면서 벼슬만을 추구하다. **患生**환생: 재앙이 생기다. **曠**: 빌 광. **曠官**: 하는 일 없이 벼슬자리에 있다. 직무를 태만히 하다. **刺**: 찌를 자. 질책하다, 비난하다. **則**: 본받을 칙. 의지는 경우에 따라 다르므로 본받을 수 없다는 뜻. **尤**: 허물 우. 과실, 죄악.

고괘의 여섯 번째 양효처럼 (신하로) 임용되지 않은 처지에 있으면서도, 자신의 몸을 돌보지 않는 절개를 지키는 일에 힘을 다한다든가, 건괘의 두 번째 음효대로 임금의 신하 된 자리에 있으면서, 임금이 하자는 대로 섬기지 않으리라는 마음을 고상하게 여기고 있으면, 재능과 자질도 갖추지 못했으면서 충성만으로 벼슬자리를 추구하는 재앙이 생겨나고, 하는 일 없이 벼슬자리에 있다는 비난이 일어날 것이오. 이러한 의지들은 준칙으로 본받을 수도 없고 중대한 과실이 궁극적으로 없을 수가 없소이다.

•••

今陽子在位, 不爲不久矣; 聞天下之得失, 不爲不熟矣; 天子待之, 不爲不加矣. 而未嘗一言及於政. 視政之得失, 若越人視秦人之肥瘠, 忽焉不加喜戚於其心.

聞: 들을 문. 이해하다. **加**: 베풀 가. **未嘗一言及於政**: 지금껏 정치에 대하여 한마디 언급이 없었다. 양성이 간의대부에 취임한 뒤에 기존의 간관들이 소소한 것까지 상소를 올리는 것을 보고는 자신은 할 일이 없다 하여 매일 동생들과 친구를 불러 술을 마신 사건을 가리키는 듯하다. **肥**: 살찔 비. **瘠**: 여윌 척. **肥瘠**: 살이 찐 정도. 체중. **忽焉**홀언: 건성으로, 후딱. **戚**: 슬플 척. 애처로운 마음.

이제 양 선생께서 자리에 계신 지가 오래되지 않았다고 간주할 수 없고, 천하의 득실에 대한 이해가 숙지되지 않았다고 여길 수 없으며, 천자께서 그를 대우하심도 베풀지 않았다고 말할 수 없소이다. 그런데도 일찍이 정치에 대하여 한마디 언급을 한 적이 없었소. 정치의 득실을 보는 것이 마치 월나라 사람이 진나라 사람의 살찐 정도를 보는 것 같아서, 건성으로 그의 마음에 기쁨이나 애처로움이 베풀어져 있지 않습니다.

•••

問其官, 則曰諫議也; 問其祿, 則曰下大夫之秩也; 問其政, 則曰我不知也. 有道之士, 固如是乎哉.

諫議: 황제에게 잘못된 행위나 정책을 하지 말라고 이치를 들어 따져서 막는 일. **祿**: 녹봉 록. 고대 관리의 연봉. **下大夫**: 주대의 직급명으로 제후국의 장관급. 당대의 간의대부는 정5품이므로 주대 하대부의 호봉에 해당한다. **秩**: 녹봉 질. **固**: 본디 고.

그의 관직에 관하여 물으면 임금에게 잘못된 행위나 정책을 하지 말라고 이치를 들어 따져 막는 일을 한다고 말하고, 그의 녹봉에 관하여 물으면 옛날 주나라 때 제후국 장관급의 호봉을 받는다고 말하며, 정치에 관하여 물으면 저는 모른다고 대답합니다. 도리를 터득한 선비란 본디 이러한 것이오?

•••

且吾聞之: 有官守者, 不得其職則去; 有言責者, 不得其言則去. 今陽子以爲得其言乎哉. 得其言而不言, 與不得其言而不去, 無一可者也.

위 문장의 '有官守者' 이하 네 구절은 『맹자孟子』 「공손추公孫丑 하下」에서 가져온 것이다. **不得其職**: 능력과 자질이 맡은 직책에 부합하지 않다. **不得其言**: 해야 할 말을 제대로 못하다. **以爲**: '以之爲'의 생략형. 그것을 (제대로 말을 한 것이라고) 여기다. **無一可者也**: 하나같이 긍정할 만한 것이 없다.

좀 더 말하자면, 제가 듣기로 지켜야 할 직무가 있는 관리가 자신의 직무를 제대로 하지 못하면 그 자리를 떠나야 하고, 질책해야 할 언론의 책무를 지고 있는 사람이 해야 할 말을 제대로 하지 못하면 그 자리를 떠나야 한다고 합니다. 이제 양 선생께서는 이것을 언론의 책임을 제대로 한 것이라고 여기시는 것이오? 해야 할 말을 제대로 하지 않은 것과 해야 할 말을 제대로 하지 않고도 자리를 떠나지 않는 것은 하나같이 긍정할 만한 것이 없소이다.

•••

陽子將爲祿仕乎. 古之人有云: 仕不爲貧, 而有時乎爲貧. 謂祿仕者也. 宜乎辭尊而居卑, 辭富而居貧, 若抱關擊柝者可也.

將: 오히려 장. '이러한 이유들이 아니라면 오히려 녹봉 때문인가?'라는 뜻. **祿仕**녹사: 녹봉을 받기 위해 벼슬을 살다. **仕不爲貧, 而有時乎爲貧**: 이 두 구절은 『맹자』「만장萬章 하下」에 나온다. 벼슬을 가난을 면하기 위해서 하는 것은 아니지만, 어떤 때는 가난을 면하기 위하여 하는 경우도 있다는 뜻. **辭**: 사양할 사. '宜乎' 이후의 세 구절도 『맹자』「만장 하」가 출처다. **抱關**포관: 성문이나 관문을 지키는 문지기. **擊柝**격탁: 막대기를 두드리다. 즉 밤중에 막대기를 두드리며 순찰을 도는 야경꾼. 문지기나 야경꾼은 모두 낮은 벼슬을 상징한다.

양 선생께서는 오히려 녹봉을 위해 출사를 하신 것인가요? 옛사람 가운데 이렇게 말씀하신 분이 계셨습니다. '벼슬길에 나아가는 것은 가난을 면키 위한 것은 아니지만, 어떨 때는 가난을 면키 위한 경우도 있다.' 즉 녹봉을 위해 벼슬길에 나아간다는 뜻입니다. 이러한 사람은 마땅히 높은 자리를 사양하고 낮은 자리에 거해야 하며, 높은 녹봉을 받는 자리를 사양하고 낮은 녹봉을 받는 자리에 거해야 하는 것이니, 이를테면 성문을 지키는 수위나 밤중에 순찰을 도는 야경꾼 같은 것이 좋을 것이오.

• • •

蓋孔子嘗爲委吏矣, 嘗爲乘田矣, 亦不敢曠其職, 必曰會計當而已矣, 必曰牛羊遂而已矣. 若陽子之秩祿, 不爲卑且貧, 章章明矣, 而如此, 其可乎哉.

蓋: 그래서 개. **委吏**: 옛날에 양곡을 관리하던 벼슬. **乘田**: 목축을 관리하던 벼슬. **曠**: 빌 광. 직무를 비게 만들다, 즉 등한히 한다는 뜻. **會計**회계: 재물의 출납을 관리하는 일. **會計當而已矣**: 출납이 정확히 맞아야 일을 마칠 수 있다는 뜻. **遂**: 마칠 수. 가축이 완전히 성장하다. **秩祿**질록: 직급과 녹봉. **章章**: 밝히 드러난 모양. **而如此, 其可乎哉**: 그런데도 그가 이렇게 하는 것이 말이 되는가?

그래서 공자님도 일찍이 양곡을 관리하던 위리를 하셨고, 또 소와 양을 키우는 승전을 하셨으면서도 감히 자신의 직책을 등한히 할 수 없으셨으니, 늘 말씀하기를 '출납이 정확히 맞아야 일을 마칠 수 있다', '소와 양이 다 자라야 일을 마칠 수 있다'고 하셨소. 양 선생의 직급과 녹봉의 경우 낮지도 않고 적지도 않은 것은 명확함에도 이처럼 행동하시는 것이 괜찮다는 말이오?"

• • •

或曰: 否, 非若此也. 夫陽子惡訕上者, 惡爲人臣招其君之過而以爲名者. 故雖諫且議, 使人不得而知焉. 書曰: 爾有嘉謨嘉猷, 則入告爾后於內, 爾乃順之於外, 曰: 斯謨斯猷, 惟我后之德. 若陽子之用心, 亦若此者.

訕: 헐뜯을 산. **招**: 지적할 교. **焉**: 그것에 대하여. **書曰**서왈: 이하는 『서경』「군진君陳」편에 나오는 말. **嘉**: 아름다울 가. **謨**: 꾀 모. **猷**: 꾀 유. **爾后**: 그대의 임금.

그러자 그 사람이 이렇게 변명하였다. "아닙니다. 그것은 그와 같지 않습니다. 무릇 양 선생께서는 폐하를 비방하는 일을 싫어하고 신하 된 자가 그의 임금의 잘못을 들추어내고 그것으로써 이름을 내고자 하는 일을 싫어하기 때문입니다. 그래서 아무리 간하고 따지는 일을 하더라도 다른 사람들로 하여금 그것에 대하여 알지 못하게 합니다. 『서경』에 이르기를 '그대에게 훌륭한 계획과 훌륭한 계책이 있거든 곧 들어가 안으로 그대 임금에게 아뢰고 그대는 밖에서 그것을 따르도록 하오. 그러고 이 훌륭한 계획과 계책은 오로지 우리 임금님의 덕분이라고 말씀하시오'라고 하였습니다. 양 선생의 마음 씀이라면 그도 역시 이와 같을 것입니다."

• • •

愈應之曰: 若陽子之用心如此, 玆所謂惑者矣. 入則諫其君, 出不使人知者, 大臣宰相者之事, 非陽子之所宜行也. 夫陽子本以布衣隱於蓬蒿之下, 主上嘉其行誼, 擢在此位, 官以諫爲名, 誠宜有以奉其職, 使四方後代, 知朝廷有直言骨鯁之臣, 天子有不僭賞從諫如流之美.

玆: 이것 자. **惑者**: 미혹된 자, 헷갈리는 사람. **蓬蒿**봉호: 쑥 등 잡초가 우거진 곳. 초야의 민간을 상징한다. **行誼**행의: 행실이 올바른. **擢**: 뽑을 탁. **誠宜**성의: 진실로 합당하게. **鯁**: 생선 뼈 경. **骨鯁**: 기개가 있고 강직하다. **僭**: 주제넘을 참. **僭賞**참상: 공로도 없이 상을 주거나 공적에 비해 지나친 상을 주는 일. **從諫如流**: 간언을 따르는 일이 물 흐르듯 자연스럽다.

나는 이 말에 이렇게 대답하였다. "만일 양 선생의 마음 씀이 이와 같다면 이것이야말로 이른바 헷갈리는 사람이 될 것이오. 편전便殿에 들어가면 자신의 임금에게 간언하여 밖으로 사람들이 알지 못하게 하는 것은 대신과 재상 된 사람들이 해야 할 일이지 양 선생이 마땅히 해야 할 일이 아니오. 저 양 선생은 본래 평민으로 초야에 은거하던 분이었는데, 폐하께서 그의 행실이 올바름을 훌륭하다 여기시고 발탁하여 그 자리에 두시었소. 그 관직은 간언하는 일을 명분으로 삼고 있으니, 진실로 그에 합당하게 직책을 받들 수 있음으로써 사방의 온 나라와 후대 사람들에게 이 조정에 직언하고 기개 높은 신하가 있음을 알게 하고, 천자에게는 공로도 없이 상을 주거나 공적에 비해 지나친 상을 주는 일이 없게 할 때, 간언을 따르는 일이 마치 물 흐르는 듯한 아름다움이 있게 해야 합니다.

•••

庶巖穴之士, 聞而慕之, 束帶結髮, 願進於闕下, 而伸其辭說, 致吾君於堯舜, 熙鴻號於無窮也. 若書所謂, 則大臣宰相之事, 非陽子之所宜行也. 且陽子之心, 將使君人者惡聞其過乎. 是啓之也.

巖穴之士암혈지사: 바위 동굴에 사는 선비. 즉 은자를 가리키는 말. **束帶結髮**속대결발: 허리띠를 매고 머리를 올려 상투를 틀다. 즉 의관을 갖추고 벼슬길로 나아간다는 뜻. **辭說**: 자신들의 논설이나 견해. **鴻**: 클 홍. **鴻號**홍호: 제왕의 아름다운 명성. **無窮**: 끝없는 후대의 역사. **且**: 만일에 차. **啓**: 열 계.

산중에 은거하는 뭇 은자들이 이 소식을 듣고 그를 흠모하여 관대를 매고 상투 틀어 갓을 쓰고는 대궐 문 아래로 나아와 자신들의 논설을 기꺼이 펴기 원할 것이오. 그러면 우리 임금님을 요임금과 순임금의 경지에 이르시게 하고 그 크신 이름을 끝없는 후대에 길이 빛나게 할 것이오. 『서경』에서 말하는 바와 같은 경우는 대신과 재상의 일이지 양 선생이 마땅히 실천해야 할 바는 아니오. 만일 양 선생의 그러한 마음이 장차 임금 된 사람에게 자신의 과실을 듣기 싫어하게 만든다면요? 그러한 마음은 그 길로 가게 열어줄 것이오."

•••

或曰: 陽子之不求聞而人聞之, 不求用而君用之. 不得已而起, 守其道而不變, 何子過之深也.

過: 나무랄 과.

그 사람이 다시 물었다. "양 선생은 이름이 나기를 구하지 않았는데도 사람들이 그의 이름을 듣게 된 것이고, 임용되기를 구하지 않았는데도 임금님이 그를 등용하신 것입니다. 어쩔 수 없이 일어나 나왔음에도 자신의 도를 지켜 변치 않은 것인데, 선생께서는 어찌 그를 나무람이 이리도 심합니까?"

•••

愈曰: 自古聖人賢士, 皆非有求於聞用也. 閔其時之不平, 人之不義, 得其道, 不敢獨善其身, 而必以兼濟天下也. 孜孜矻矻, 死而後已. 故禹過家門不入, 孔席不暇暖, 而墨突不得黔.

有求於聞用: 유명해짐과 임용됨에 어떤 추구하는 바가 있다. **閔**: '憫'과 같은 글자. 근심할 민. 불쌍히 여기다. **獨善其身**: 본래 의미는 벼슬길에 나아가지 않고 자신의 수양에 힘쓰는 일을 가리키는 말이지만, 여기서는 자신만을 돌보고 남의 일에는 상관하지 않는다는 뜻으로 쓰고 있다. **兼濟**: 함께 건너가다. 모든 사람들을 구원하다. **孜**: 힘쓸 자. **矻**: 부지런할 골. **禹過家門不入**: 우임금이 전 국토를 돌아다니며 부지런히 치수하느라 자신의 집 대문 앞으로 지나가는 일이 있더라도 들르지 않았다는 고사. **暇**: 틈가. **暖**: 따뜻할 난. 공자가 열국을 주유할 적에 하도 돌아다니느라 바빠서 방석이 따뜻하게 데워질 틈이 없었다는 뜻. **突**: 굴뚝 돌. **黔**: 그을음 검. 묵자가 여기저기 바삐 다니느라 집에 있질 않아서 불을 땔 일이 없었으므로 굴뚝에 검댕이 끼지 않았다는 뜻이다.

내가 대답하였다. "옛날부터 성인과 현인들은 모두 유명해짐과 임용됨에 어떤 추구하는 바를 갖고 있지 않았소이다. 그들은 살던 시대가 평화롭지 못하고 사람들이 불의한 것을 근심한 나머지, 가야 할 길을 터득하고는 감히 자신의 몸만을 돌보지 않고 기필코 천하의 모든 사람을 구제할 수 있게 하였소. 그들이 부지런히 힘쓰고 노력함은 죽고 나서야 비로소 그치었소. 그러므로 우임금은 자기 집 문 앞을 지나가더라도 들어가보지 않았고, 공자의 방석은 따뜻해질 틈이 없었으며, 묵자가 사는 집의 굴뚝에는 검댕이 끼지 않았던 것이오.

•••

彼二聖一賢者, 豈不知自安佚之爲樂哉, 誠畏天命而悲人窮也. 夫天授人以賢聖才能, 豈使自有餘而已, 誠欲以補其不足者也. 耳目之於身也, 耳司聞而目司見, 聽其是非, 視其險易, 然後身得安焉.

佚: 편안할 일. **自安佚**: '自'는 '安佚'의 목적어이므로 '스스로를 안일하게 지내게 하다'가 된다. **畏天命**외천명: 하늘이 내린 사명을 두려워하다. **悲**: 불쌍히 여길 비. **賢聖才能**: 현인과 성인의 재덕과 능력. **使自有餘而已**: 스스로를 여유롭게 하는 데에만 그치다. **耳目之於身也**: 귀와 눈이 몸과 갖는 관계는. **司**: 맡을 사. 관장하다. **險易**험이: 험준함과 평탄함. 앞의 '聞'과 '見'은 수동적으로 들리고 보이는 것을 뜻하는 반면에, '聽'과 '視'는 적극적으로 듣고 보는 행위를 의미한다.

저 두 분의 성인과 한 분의 현인이 어찌 스스로를 안일하게 지내게 하는 것이 즐겁다는 사실을 모르셨겠소? 진실로 하늘이 내린 사명을 두려워하고 사람들이 곤궁에 빠진 것을 불쌍히 여겼기 때문이오. 무릇 하늘이 사람에게 현인과 성인으로서의 재덕과 능력을 준 것이 어찌 스스로를 여유롭게 하는 데에만 그치라고 한 것이겠소? 진실로 다른 사람들의 부족한 부분을 채워주려 하기 위함일 것이오. 귀와 눈이 몸과 갖는 관계에서 귀는 들리는 것을 관장하고 눈은 보이는 일을 관장하고 있는데, 들리는 것 중에서 어느 것이 옳은지 그른지를 정확히 듣고, 보이는 것 중에 어느 것이 험준하고 평탄한지를 정확히 보고 난 다음에라야 몸은 이 때문에 안전할 수 있게 되는 법이오.

•••

聖賢者, 時人之耳目也; 時人者, 聖賢之身也. 且陽子之不賢, 則將役於賢以奉其上矣; 若果賢, 則固畏天命而閔人窮也. 惡得以自暇逸乎哉.

時人: 당대 사람들. **役於賢**: 현자에게 부림을 받다. **閔**민: '불쌍히 여길 민憫'과 같은 글자. **暇逸**: 한가히 빈둥거리다.

성인과 현인이란 당시 사람들의 귀와 입이고, 당시 사람들은 성인과 현인의 몸입니다. 만일에 양 선생이 현인이 아니라면 장차 다른 현인에게 부림을 받아서 임금님을 섬겨야 할 것이고, 만일에 과연 현인이라면 본디 하늘이 주신 사명을 두려워하여 사람들이 곤궁에 빠진 것을 불쌍히 여겨야 할 것이오. 어찌 혼자서 한가히 빈둥거릴 수가 있겠소?

•••

或曰: 吾聞君子不欲加諸人, 而惡訐以爲直者. 若吾子之論, 直則直矣, 無乃傷於德而費於辭乎. 好盡言以招人過, 國武子之所以見殺於齊也, 吾子其亦聞乎.

加諸人: 加之於人과 같은 말. 다른 사람에게 억지로 강제하다. 『논어』 「공야장公冶長」편에 "나는 다른 사람이 나에게 자기 의견을 강요하는 것을 원치 않고, 나도 다른 사람에게 내 주장을 강요하지 않을 것입니다"(我

不欲人之加諸我也, 吾亦欲無加諸人)라는 구절이 있다. **訐**: 남의 약점을 함부로 말할 계. **直則直矣**: 솔직해야 한다는 측면에서 본다면 확실히 솔직하다. **費**: 허비할 비. 덕에서는 손상을 입고 말에서는 쓸데없는 말만 많이 하다. **盡言**: 있는 말 없는 말 모조리 끄집어내다. **招人過**: 남의 잘못을 지적하다. **國武子**: 춘추 시기 제나라 대부. 이름은 좌佐. 경극慶克이 영공靈公의 어머니인 성맹자聲孟子와 간통한다는 정보를 몰래 듣고는 경극을 불러 확인한 바가 있는데, 이 사건으로 인하여 영공에게 살해당했다.

그 사람이 또 변명하였다. "제가 듣기로 군자는 다른 사람에게 자신의 의견을 강요하지 않고, 남의 약점을 함부로 말하는 것을 정직하다고 여기는 것을 미워한다고 합니다. 선생님의 논리대로라면, 정직해야 한다는 측면에서 본다면 확실히 정직합니다만, 여기에는 인품에는 상처를 입히고 언행에는 쓸데없는 말을 많이 하는 잘못이 있지 않을까요? 있는 말 없는 말 모조리 끄집어내어 다른 사람의 잘못을 지적하기를 좋아하는 것이 제나라 국무자가 제 영공에게 살해당한 이유였으니, 선생님께서도 이에 대해 들으셨겠지요?"

•••

愈曰: 君子居其位, 則思死其官. 未得位, 則思修其辭以明其道. 我將以明道也, 非以爲直而加入也. 且國武子不能得善人, 而好盡言於亂國, 是以見殺. 傳曰: 惟善人能受盡言. 謂其聞而能改之也. 子告我曰: 陽子可以爲有之士也. 今雖不能及已, 陽子將不得爲善人乎哉.

死其官: 관직의 임무를 위하여 죽다. **修其辭**: 논설을 연구하다. **加入**: 억지로 받아들이게 하다. **得善人**: 그의 말을 이해해줄 만한 사람을 만나다. **傳**: 기록. 여기서는 『국어』「주어周語」를 가리킨다. **善人**: 남이 해주는 말을 들을 줄 아는 사람. **有之士**: 시작 부분의 '有道之士'와 같은 뜻.

내가 대답하였다. "군자가 어떤 자리에 거하고 있다면 그 관직의 임무를 위하여 죽을 생각을 하고, 그러한 자리를 아직 얻지 못하였다면 그러한 논설을 연구함으로써 그곳으로 가는 길을 밝힐 것을 생각해야 하오. 나는 장차 그 길을 밝히기 위함이지, 정직하다고 여기고 이를 다른 사람에게 억지로 받아들이게 하기 위함이 아니요. 또한, 국무자는 그의 말을 이해하여줄 만한 사람을 만날 수 없었음에도 어지러운 나라에서 할 말 다 하기를 좋아하였으니, 이 때문에 죽임을 당한 것이오. 옛날 기록(『국어』「주어周語」)에 이르기를 '남이 해주는 말을 이해할 줄 아는 사람만이 할 말을 다 하는 행위를 받아줄 수 있다'고 하였소. 이는 그(영공)가 들었더라면 능히 고칠 수 있었을 것이라는 뜻이오. 선생이 내게 말씀하시기를 '양 선생은 도리를 터득한 선비라고 간주할 수 있다'라고 하셨소. 이제 비록 거기에는 미치지 못하지만, 양 선생은 장차 남이 해주는 말을 이해할 줄 아는 사람은 될 수 있지 않겠소?"

재능도 알아보는 이가 있어야 재능이다 — 한유, 「잡설雜說 4」

이 글은 한유의 설리說理 산문으로서 현실을 매우 핍진하게 직서直敍한 우화다. 마설馬說이라고도 부른다. 첫 구절인 "세상에는 백락이 존재하고 난 다음에라야 천리마가 존재한다"(世有伯樂, 然後有千里馬)는 지식인들이 누구나 입에 올려온 경구다. 이는 『사기』 「백이열전伯夷列傳」의 마지막 구절이 한유의 회재불우懷才不遇한 시절의 고뇌를 통해서 다른 모습으로 체현된 묘사라고 보아도 무방하다(앞의 「백이열전」 절 참조). 짧은 글이지만 매우 적절한 표현과 논리로 읽는 이로 하여금 자신도 모르게 무릎을 치게 하는 명문장이다.

•••

世有伯樂, 然後有千里馬. 千里馬常有而伯樂不常有. 故雖有名馬, 祗辱於奴隸人之手, 駢死於槽櫪之間, 不以千里稱也.

伯樂: 춘추 시대 사람인 손양孫陽의 자. 말의 상을 잘 보았다고 한다. **千里馬**: 하루에 천 리를 달린다는 준마. **祗**: 다만 지. '只'로 쓰기도 한다. **辱**: 더럽힐 욕. 모욕을 당하다. **奴隸人**노예인: 말을 먹이는 하인. 목부牧夫. **駢**: 두 말이 한 멍에 멜 변. **駢死**: 보통 말들과 함께 죽다. **槽**: 구유 조. **櫪**: 말 깔개 력. **槽櫪**: 마구간을 뜻한다. **以千里稱**: 천 리를 달리는 것으로써 칭송되다.

세상에는 백락伯樂이 존재하고 난 다음에라야 천리마가 존재하게 되는 법이다. 천리마는 언제나 존재하지만 백락은 늘 존재하는 것이 아니다. 그러므로 아무리 명마가 존재한다 하더라도, 그것이 단지 무지렁이 목부의 손 아래서 욕을 보고 있고 마구간 사이에서 보통 말들과 같이 죽는다면, 천 리를 달린다는 말로써 칭송될 수 없다.

•••

馬之千里者, 一食或盡粟一石. 食馬者不知其能千里而食也. 是馬也, 雖有千里之能, 食不飽, 力不足, 才美不外見, 且欲與常馬等不可得, 安求其能千里也.

或혹: 어떤 경우는. **盡**: 다할 진. 다 먹어치우다. **粟**: 조 속. **石**: 섬 석. 부피의 단위. 10말에 해당함. **食**: 먹일 사. '먹일 사飼'와 같은 글자다. **才美**: 재능과 훌륭한 소질. **見**: 나타날 현. **且**: 오히려 차. 구차하게.

말이 하루에 천 리를 뛴다 함은 한 번 먹을 때 간혹 양곡 한 섬까지도 먹는다는 말이다. 그런데 말을 먹이는 자는 이 말이 천 리를 달릴 수 있다는 사실을 모르고 보통 말처럼 먹인다. 이 말은 아무리 천 리를 달리는 능력을 가졌어도 배불리 먹이지 않으면 힘이 부족하여 재능과 소질을 밖으로 드러내지 못한다. 구차하게 다른 보통 말들과 같아져보려 해도 (이마저도) 할 수 없는데, 어떻게 이 말이 천 리를 뛸 수 있기를 바라겠는가?

•••

策之不以其道, 食之不能盡其材, 鳴之而不能通其意, 執策而臨之, 曰: 天下無馬. 嗚呼, 其眞無馬邪. 其眞不知馬也.

策: 채찍질할 책. **材**: '才'와 같음. 재능. **鳴之**: '울 명鳴'은 자동사이므로 목적어를 동반할 수 없는데 목적어 '之'가 있으므로 이때는 사동 용법으로 번역해야 한다. 울게 만들다. **臨**: 임할 임. 앞에 서서 바라보다. **其**: 반문을 표시하는 어기사. 설마. **邪**: 의문 표시 어기조사. **其**: 추측을 표시하는 어기사. 아마.

채찍질할 때 이 말에 맞는 방법으로써 하지 않고, 말을 먹일 때 그 재능을 모두 발휘할 수 있도록 하지 않는다. 이렇게 말을 울게 해놓고도 그 울음의 의미를 알아차리지 못하고는 채찍을 쥐고 그 앞에 서서 바라보며 "천하에 쓸 만한 말이 없구나"라고 말한다. 아아, 진실로 말이 없는 것일까? 아마 진실로 말을 몰라보기 때문일 것이로다!

도가 있는 곳이 스승이 있는 곳 —
한유, 「사설師說」

이 글은 한유가 쓴 의론議論 산문이다. 그는 여기서 배움을 위해서는 스승이 필요한데 스승이란 특별한 사람이 아닌 도를 먼저 깨달은 사람임을 강조하였다. 따라서 도를 먼저 깨달은 사람이 자신보다 나이가 어리거나 신분이 낮더라도 그를 스승으로 삼는 일을 부끄러워하지 말아야 한다고 주장하였다. 오늘날에는 이를 당연한 사실로 받아들이고 있지만, 당시로서는 그야말로 혁명적인 주장이어서 사회적으로 상당한 논란을 불러일으켰다. 이 글에서 지적하는 당시 스승의 상은 오늘날에도 그대로 곱씹어볼 만하다.

•••

古之學者必有師. 師者, 所以傳道受業解惑也. 人非生而知之者, 孰能無惑. 惑而不從師, 其爲惑也, 終不解矣.

學者: 배움을 구하는 사람. **所以**: ~하는 방도. **傳道**: 길이나 방법 등을 전하다. 여기서는 유가의 도리를 가리킨다. **受**: '줄 수授'와 같은 글자. **業**: 공부 업. 어떤 성취를 위해 품을 들이는 일. **解惑**해혹: 의문점을 풀다. **之**: 지식과 도리를 뜻하는 대사. 『논어』 「술이述而」에 "나는 태어나면서 안 사람이 아니라, 옛것을 좋아하여 민첩하게 그것을 구한 사람이다"(我非生而知之者, 好古敏以求之者也)라는 구절이 나온다. **惑**: 미혹할 혹. 의문과 헷갈림.

옛날의 배움 구하는 사람들에게는 반드시 스승이 있었다. 스승이란 도리를 전하고 해야 할 일을 주며, 의문을 푸는 방도이다. 사람은 나면서 도리를 아는 것이 아니므로, 어느 사람에게 미혹됨이 없을 수 있겠는가? 미혹됨에도 스승을 따르지 않으면 그 미혹된 문제는 끝내 풀어지지 않는다.

•••

生乎吾前, 其聞道也固先乎吾, 吾從而師之; 生乎吾後, 其聞道也亦先乎吾, 吾從而師之. 吾師道也, 夫庸知其年之先後生於吾乎. 是故無貴無賤, 無長無少, 道之所存, 師之所存也.

乎: '於'와 같다. ~보다. **聞道**: 도를 깨닫고 이에 복종하다. 『논어』「이인里仁」에 "아침에 도를 깨닫는다면 저녁에 죽어도 괜찮다"(朝聞道, 夕死可矣)라는 말이 나온다. **固**: 진실로 고. **從**: 추종할 종. **師之**: 명사 뒤에 목적어(之)가 동반될 때는 명사를 동사처럼 활용해서 해석한다. 그를 스승으로 모시다. **師**: 본받다, 배우다. **庸**: 어찌 용. '어찌 기豈'와 같은 말. 설마. 반어법을 나타내는 의문대사.

나보다 먼저 태어난 사람인데 그가 도를 깨달음이 진실로 나보다 앞서 있다면, 나는 그를 추종하여 스승으로 모실 것이다. 나보다 뒤에 태어났다 해도 그가 도를 깨우침이 역시 나보다 앞서 있다면, 나는 그를 추종하여 그 도리를 본받을 것이다. 내가 도리를 본받을 때, 설마 그의 나이가 나보다 앞인지 뒤인지를 알아야 한단 말인가? 이러한 이유로 인해서 사회적 지위가 높고 낮음과 관계없이, 나이가 많고 적음과 관계없이 도리가 존재하는 곳이 곧 스승이 존재하는 곳이다.

•••

嗟乎, 師道之不傳也久矣. 欲人之無惑也難矣. 古之聖人, 其出人也遠矣, 猶且從師而問焉; 今之衆人, 其下聖人也亦遠矣, 而恥學於師. 是故聖益聖, 愚益愚. 聖人之所以爲聖, 愚人之所以爲愚, 其皆出於此乎. 愛其子, 擇師而教之; 於其身也, 則恥師焉, 惑矣.

嗟乎차호: 안타까움에 탄식하는 소리. **師道**: 스승을 찾아 배움을 구하는 전통. **出人**: 일반인들을 뛰어넘다. '출중出衆'과 같은 말. **猶且**유차: 그런데도 오히려. **問焉**: 그에게 묻다. **下**: '不如'와 같은 말. 같지 않다, 못하다. **益**: 더욱 익. 갈수록 더욱. **其身**: 자기 자신.

아아, 스승을 찾아 배우는 전통이 전해지지 않은 지가 오래되었으니, 사람에게 미혹됨을 없이하려는 일이 어렵도다! 옛날의 성인들은 그들이 다른 사람들보다 뛰어남이 한참이나 멀어도 오히려 스승을 추종하여 그에게 물었는데, 오늘날의 뭇사람들은 그들이 성인들만 못함이 한참 아래인데도 스승에게 배우는 것을 부끄러워한다. 이러한 이유로 성인은 갈수록 더욱 성스러워지고 어리석은 자는 갈수록 더욱 어리석게 된다. 성인이 성스러워지는 이유와 어리석은 자가 어리석어지는 이유가 모두 여기로부터 나오는 것인가? 자기 자식을 아끼면 스승을 선택하여 그를 가르치게 하면서도, 정작 자기 자신에 대해서는 그에게 배우는 것을 부끄럽게 여기고 있으니 헷갈리도다!

•••

彼童子之師, 授之書而習其句讀者, 非吾所謂傳其道解其惑者也. 句讀之不知, 惑之不解, 或師焉, 或不焉, 小學而大遺, 吾未見其明也.

句讀구두: 중국의 고대 문서에는 구두점이 없었으므로 학동들에게 처음 글을 가르칠 때는 문장을 끊어 읽는 법부터 가르쳤다. 이때 한 문장이 끝나는 마침표를 구句, 잠시 머무르는 쉼표를 두讀/逗라고 각각 부르고, 전자는 동그라미, 후자는 점으로 각각 표점標點하였다. **句讀之不知**: 문장을 어디서 쉬고 끊어야 하는지를 모르는 일. **惑之不解**: 의문이 풀리지 않는 일. 이때 '之'자는 주술 관계를 나타내는 조사. **或師焉**: 어떤 것은 스승에게 배우고. **或不焉**: '不'는 '否'처럼 부정을 표시한다. 이 문장의 맥락에서는 '어떤 것은 스승에게 배우지 않는다'는 뜻. **遺**: 버릴 견. **吾未見其明也**: 그것이 현명한지를 알 수 없다.

저들 아이들의 스승이라는 자들도 아이들에게 책이나 주고, 문장이 어디에서 끊어지고 어디에 쉼표가 있어야 하는지나 익히게 하는 자들로서, 내가 말하는바 유가의 도리를 전하고 의문점을 풀어주는 자들이 아니다. 문장을 어디서 끊고 쉬어야 하는지를 모르는 일과 의문이 풀리지 않는 일이 있을 때, 어떤 것은 스승에게 배우고 어떤 것은 그렇지 않다 함은, 사소한 것은 배우지만 배워야 할 큰 것은 내쳐버리는 셈이니, 나는 그것이 현명한지를 알 수가 없다.

•••

巫醫樂師百工之人, 不恥相師. 士大夫之族, 曰師曰弟子云者, 則羣聚而笑之. 問之, 則曰: 彼與彼年相若也, 道相似也.

巫醫무의: 옛날에는 무속인들이 점도 쳤지만 병도 고쳤으므로 이들을 무의라고 불렀다. **百工**백공: 온갖 종류의 장인들. 당시 무의·악사·장인 등은 모두 사회적으로 낮은 계층의 사람들이었다. **相師**: 서로 스승으로 여기고 배우다. **族**족: '類류'와 같은 말. 부류의 사람들. **曰師曰弟子云者**: 누군가 한 사람은 '스승님' 하고 부르고, 또 다른 사람은 '제자야' 하고 부르는 일이 있으면. **羣聚**군취: 무리로 모여서. **問之**: 뭣 때문에 웃느냐고 묻는다는 뜻. **若**: 같을 약. **道**: 가르치는 내용과 수양의 내공.

무속인과 악사, 그리고 온갖 장인들도 서로 스승으로 섬기며 배우기를 부끄러워하지 않는데, 사대부 족속들은 누군가 스승이요, 제자요 하며 부르기라도 하면 무리로 모여서 그를 비웃는다. 왜 웃느냐고 물어보면 대답하기를 "저 사람과 저 사람은 나이도 서로 같고 가르치는 내용도 서로 비슷하니까요"라고 한다.

•••

位卑則足羞, 官盛則近諛. 嗚呼, 師道之不復可知矣. 巫醫樂師百工之人, 君子不齒, 今其智乃反不能及, 其可怪也歟.

位卑위비: 스승의 지위. **羞**: 부끄러울 수. **盛**: 높을 성. **諛**: 아첨할 유. **復**: 회복할 복. **君子**: 여기서는 지위가 높은 사람들, 즉 사대부를 가리킨다. **齒**: 나란히 설 치. 그들과 같은 반열에 서지 않다, 즉 그들을 업신여긴다는 뜻. **其**: 반문을 표시하는 어기부사.

스승의 지위가 낮으면 족히 부끄러워할 만한 일이고, 스승의 관직이 높으면 아첨에 가깝다고 여긴다. 아아, 스승을 찾아 배우는 전통이 회복되지 못할 것임을 이로써 알 수 있도다! 무속인과 악사, 그리고 온갖 장인들은 사대부들이 그들을 같은 반열에 세우려 하지 않지만, 이제 이들의 지혜는 도리어 그들에게 미치지 못하고 있으니, 참으로 기괴하도다!

•••

聖人無常師. 孔子師郯子萇弘師襄老聃. 郯子之徒, 其賢不及孔子.

常師: 정해진 스승. 『논어』「자장子張」편에 "선생님께서는 어디서든 배우지 않는 데가 있겠으며, 또한 어찌 정해진 스승이 있었겠습니까?"(夫子焉不學, 而亦何常師之有)라는 말이 나온다. **郯子**담자: 춘추 시기 담郯나라 임금. 공자는 그에게 소호少皞씨가 다스리던 시대의 관직명의 유래에 대하여 가르침을 청해 받았다고 한다. **萇弘**장홍: 동주東周 경왕敬王 때의 대부. 공자는 그에게 옛날 음악에 대해 가르침을 청해 받았다 한다. **師襄**사양: 춘추 시기 노나라의 악관. '師' 자는 악사에게 붙여주는 호칭이었고, 공자는 그에게 비파 연주법을 청해 받았다 한다. **老聃**노담: 즉 노자. 춘추 시기 초나라 사람으로 도가道家의 창시자. 공자는 그에게 예의禮儀에 관해 배웠다고 한다.

성인에게는 정해진 스승이 없다. 공자는 담자·장홍·사양·노담 등에게서 가르침을 받았지만, 담자의 무리들은 그 현명함이 공자에 미치지 못하였다.

• • •

孔子曰: 三人行, 則必有我師. 是故弟子不必不如師, 師不必賢於弟子, 聞道有先後, 術業有專攻(術業, 如是而已.

三: 여기서 '三' 자는 '셋'이 아니라 수사적인 의미로 씌어서 '여럿'을 뜻한다. 「논어」 「술이述而」편에는 "세 사람이 가는 길에는 반드시 나의 스승이 있다. 그들 중에서 착한 것을 골라서 내가 따르고, 착하지 않은 것은 내게서 고치면 된다"(三人行, 必有我師焉. 擇其善者而從之, 其不善者而改之)라는 구절이 있다. **術業**술업: 기술을 연마하여 성취하는 일. **攻**: 닦을 공. 연구하다.

공자는 이렇게 말하였다. "여러 사람이 가는 길에는 반드시 나의 스승이 있다." 그러므로 제자는 꼭 스승만 못한 것도 아니고, 스승이 꼭 제자보다 현명한 것도 아니다. 도리를 깨달음에 선후의 차이가 있고, 기술을 연마하고 성취하는 일에 각기 전문적으로 연구하는 분야가 있으니, 단지 이와 같을 뿐이다.

• • •

李氏子蟠, 年十七, 好古文, 六藝經傳皆通習之, 不拘於時, 學於余. 余嘉其能行古道, 作師說以貽之.

李蟠이반: 당 덕종德宗 정원貞元 19년에 진사進士가 되었다고 한다. **古文**: 진나라 이전까지 쓰이던 문장 또는 문체. 고대의 글쓰기였으므로 문장에 수식이 적고 내용이 질박하였다. 한유는 이러한 글쓰기로 돌아가자고 주창하며 이른바 고문 부흥 운동을 전개해 구어 중심의 어문개혁을 성취하였다. **六藝**육예: 유가의 경전經典인 『시詩』·『서書』·『예禮』·『악樂』.『역易』·『춘추春秋』의 육경六經을 말한다. **經**: 경서 경. 경전의 본문. **傳**: 주석 전. 경전의 본문을 해석한 글. **通習**통습: 이해하고 익히다. **拘**: 구애받을 구. **時**: 때 시. 당시의 경향. **嘉**: 칭찬할 가. **古道**: 스승을 찾아 배움을 청하는 옛 전통을 가리킨다. **貽**: 줄 이.

이李씨 가문의 아들인 반蟠은 나이가 열일곱인데, 진秦나라 이전 시기까지 쓰이던 고문을 좋아하여 육경六經의 경문經文과 전문傳文을 모두 이해하고 익혔으며, 당시의 경향에 구애를 받지 않고 나에게서 배웠다. 나는 그가 능히 옛사람들의 훌륭한 전통을 실천하는 것을 가상히 여겨 「사설師說」 한 편을 지어 그에게 주노라.

정말로 훌륭한 울음소리 — 한유, 「송맹동야서送孟東野序」

이 글은 한유가 친구인 맹교孟郊가 율양현溧陽縣의 현위縣尉로 발령받아 내려갈 때 위로와 격려의 말을 써준 증서贈序다. 증서는 산문의 일종으로 고대에는 문인들 사이에서 송별할 때 자주 교환되었다. 동야東野는 중당 시인 맹교(751~814)의 자다. 호주湖州 무강武康 사람인 그는 두 번이나 진사 시험에 낙방하였고, 46세에 늦게 진사에 급제하였으나 벼슬길이 순탄치 않았다. 평생을 우울하고 빈곤하게 지내면서, 권력에는 아부하고 가난한 민중에게는 관심이 없는 세태를 주제로 시를 많이 지었다. 그래서 시수詩囚라는 별명을 얻었고, 한유와는 각별한 교우 관계를 유지하였다. 이 작품의 첫 구절인 "무릇 사물은 자신의 평정을 얻지 못하면 웁니다"(大凡物不得其平則鳴)라는 말은 문학의 본질을 논할 때 자주 인용될 정도로 사람들의 입에 회자되어왔다.

• • •

大凡物不得其平則鳴: 草木之無聲, 風撓之鳴. 水之無聲, 風蕩之鳴. 其躍也, 或激之; 其趨也, 或梗之; 其沸也, 或炙之. 金石之無聲, 或擊之鳴.

其平: 자신만의 평형. **鳴**: 울 명. **撓**: 어지러울 뇨. 바람이 불어 흔들리게 하다. **蕩**: 흔들 탕. 흔들어 움직이게 하다. **躍**: 뛸 약. 세차게 흐르다. **激**: 부딪칠 격. 저해하다. **之**: 물살을 가리킴. **趨**: 빨리 달릴 추. **梗**: 막을 경. **沸**: 끓을 비. **炙**: 구울 자. 불을 때다. **或**: '있을 유有' 자와 같다.

무릇 사물은 자신의 평정을 얻지 못하면 웁니다. 초목에는 소리가 없지만 바람이 그것을 흔들어 울게 하고, 물에는 소리가 없지만 바람이 그것을 뒤흔들어서 울게 합니다. 물살이 세차게 튀어 오를 때는 무언가 그 물을 저해하는 것이 있고, 물이 빠른 속도로 흘러갈 때는 무언가 물길을 막는 것이 있으며, 물이 부글부글 끓을 때는 무언가 물에 불을 때는 것이 있는 법입니다. 쇠와 돌에는 소리가 없지만, 무언가 그것을 때려서 울게 만드는 것이 있습니다.

•••

人之於言也亦然, 有不得已者而後言. 其歌也有思, 其哭也有懷, 凡出乎口而爲聲者, 其皆有弗平者乎.

人之於言也: 'A之於B' 구문. A가 B와 갖는 관계. **不得已**부득이: 끝낼 방법이 없다. 즉 어쩔 수 없다. **懷**: 품을 회. 여한. **弗平**: '不平之'와 같은 뜻. 그것을 평정시키지 못하다.

사람이 말과 갖는 관계도 역시 이러하니, 어떻게 끝낼 방법이 없는 다음에라야 말을 하게 됩니다. 그가 부르는 노래에는 그리움이 있고 그의 울음에는 여한이 있으니, 무릇 입으로부터 나와서 소리가 된 것에는 모두 그것을 평정시키지 못한 바가 있기 때문이겠지요?

•••

樂也者, 鬱於中而泄於外者也, 擇其善鳴者而假之鳴. 金石絲竹匏土革木八者, 物之善鳴者也. 維天之於時也亦然, 擇其善鳴者而假之鳴.

鬱: 막힐 울. **泄**: 흘러나올 설. **假**: 빌릴 가. 의탁하다. **匏**: 박 포. **八音**: 종鐘은 쇠로, 경磬은 돌로, 금琴과 슬瑟은 명주실로, 퉁소와 피리는 대나무로, 생笙은 박으로, 질나발(壎)은 흙으로, 북은 가죽으로, 축柷과 어敔는 나무로 각각 만들었는데, 이 여덟 가지 질료에서 나오는 소리를 팔음이라고 한다. **善鳴**: 잘 울다. **維**: 생각할 유. **時**: 때 시. 여기서는 사계절을 가리킨다.

음악이라는 것은 마음속에 꽉 막혀 있다가 밖으로 새어 나온 것으로서 잘 우는 것을 골라서 거기에 의탁하여 우는 것입니다. 쇠·돌·명주실·대나무·박·가죽·나무 등 여덟 가지는 물질 중에서 잘 우는 것입니다. 생각건대 하늘이 사계절과 갖는 관계도 역시 이와 같으니, 잘 우는 것을 골라서 거기에 의탁하여 웁니다.

•••

是故以鳥鳴春, 以雷鳴夏, 以蟲鳴秋, 以風鳴冬. 四時之相推敓, 其必有不得其平者乎.

鳴春: 봄을 울게 하다, 즉 봄의 소리를 내게 하다. **敓**: 빼앗을 탈. '奪탈'과 같은 글자. **推敓**: 추이推移와 같은 뜻. 변화하며 발전하다.

그러므로 새로써 봄의 소리를 내게 하고, 우레로써 여름의 소리를 내게 하며, 벌레로써 가을의 소리를 내게 하고, 바람으로써 겨울의 소리를 내게 하는 것입니다. 네 계절이 서로를 밀어내며 나아가는 것은 거기에 반드시 평정을 얻지 못한 바가 있어서일까요?

•••

其於人也亦然. 人聲之精者爲言, 文辭之於言, 又其精也, 尤擇其善鳴者而假之鳴. 其在唐虞, 咎陶禹, 其善鳴者也, 而假以鳴, 夔弗能以文辭鳴, 又自假於韶以鳴.

精: 알맹이 정. 에센스essence. **尤**: 더욱 우. 특히. **唐**: 요임금의 나라 당. **虞**: 순임금의 나라 우. **咎陶**고요: '皋陶고요'로도 쓴다. 순임금의 신하로서 사법을 담당했다고 한다. **禹**: 하나라의 시조 임금 우. 치수를 잘하여 순임금이 그에게 제위를 양위하였다. **夔**: 순임금 때의 악관 기. **韶**: 순임금 때의 명곡 이름 소.

이것을 사람에게 적용해도 역시 그러합니다. 사람의 소리 중에서 정화精華는 언어인데, 문사는 언어와 갖는 관계에서 다시 더 중요한 정화가 되므로 잘 우는 것을 더욱 잘 선택해서 거기에 의탁해 울게 합니다. 그것이 요임금의 당나라와 순임금의 우나라에서는 고요咎陶와 우禹가 잘 우는 자들이어서 이들에게 의탁하여 울었소이다. 순임금 때의 악관인 기夔는 문사로써 울게 할 능력이 없어서, 대신에 스스로 소韶 음악에다 의탁함으로써 울 수 있게 하였습니다.

• • •

夏之時, 五子以其歌鳴. 伊尹鳴殷, 周公鳴周. 凡載於詩書六藝, 皆鳴之善者也.

五子: 하나라 왕 태강太康의 다섯 동생들. 태강이 노는 데 빠져서 정치를 게을리하자 오자가 노래를 지어 훈계를 하였다 한다. 『상서尙書』에 「오자지가五子之歌」가 실려 있지만 위작이다. **伊尹**이윤: 이름은 지摯. 은나라 탕임금 때의 재상. 탕임금을 도와 걸왕을 쳤다. 『상서』에 그가 지었다는 「함유일덕咸有一德」·「이훈伊訓」·「태갑太甲」 등이 있지만 모두 후세 사람의 위작으로 보인다. **周公**: 주나라 무왕武王의 동생. 무왕이 죽은 뒤에는 어린 조카인 성왕成王을 보필하여 정사를 돌보고 예악을 제작·시행했다. 『상서』에 그가 지은 「금등金縢」과 「대고大誥」 등 여러 편의 문장이 있다.

하나라 때에는 태강 왕의 다섯 동생이 그들이 지은 노래로써 울었고, 이윤은 은나라를 위하여 소리를 내었으며, 주공은 주나라를 위하여 소리를 내었소이다. 무릇 『시경』·『서경』 등 육경에 실려 있는 것은 모두 우는 것 중에서 훌륭한 것들입니다.

•••

周之衰, 孔子之徒鳴之, 其聲大而遠. 傳曰: 天將以夫子爲木鐸. 其弗信矣乎. 其末也, 莊周以其荒唐之辭鳴.

'天將~木鐸': 『논어』「팔일八佾」에 나오는 말. **木鐸**목탁: 나무 혀가 달린 종. 옛날에는 정책을 발표할 때 이 목탁을 먼저 두드려서 사람들의 주의를 환기시켰다. **其**: 반문을 표시하는 어기부사. '어찌 기豈'와 같다. 설마. **弗信**: '不信之'와 같다. 그것을 믿지 않는다. **其末**: 주나라 말기를 뜻한다. **莊周**: 장자莊子. 전국 시기 송나라 사람으로 노장老莊학파의 대표적 사상가. **荒唐**황당: 너무 허황하여 가늠할 수 없다.

주나라가 쇠망할 때 공자와 그 제자들이 이를 위해 울었는데, 그 소리가 크고도 멀리까지 퍼졌습니다. 경전에는 "하늘은 장차 선생님을 큰 종으로 삼아서 사람들을 깨울 것이오"라고 적혀 있는데, 설마 이것을 믿지 않으시려오? 주나라 말기에 장자는 그의 가늠하기 어려운 허황한 언어로써 울었소이다.

•••

楚, 大國也, 其亡也以屈原鳴. 臧孫辰.孟軻.荀卿, 以道鳴者也.

屈原: 전국 시기 초나라 대부였던 시인 굴원. **臧孫辰**장손진: 춘추 시기 노나라 대부 장문중臧文仲. 『좌전』과 『국어國語』「노어魯語」에 그의 주장과 사상이 실려 있다. **孟軻**맹가: 맹자孟子. 전국 시기 추鄒나라 사람. **荀卿**순

경: 순자荀子. 전국 시기 조나라 사람으로 예의 기능을 중시한 유가의 대사상가.

초나라는 큰 나라였지만 그것이 멸망할 때는 굴원으로써 울게 하였고, 장문중·맹자·순자 등은 자신의 도로써 운 사람들입니다.

•••

楊朱·墨翟·管夷吾·晏嬰·老聃·申不害·韓非·愼到·田駢·騶衍·尸佼·孫武·張儀·蘇秦之屬, 皆以其術鳴.

楊朱양주: 전국 시기 위魏나라 사람. 자기 자신을 가장 중히 여겨야 한다는 아애기론我愛己論을 주장했다. **墨翟**묵적: 묵자墨子. 춘추와 전국 사이에 살았던 노나라 사람. 묵가의 창시자로서 겸애兼愛를 주장하였다. **管夷吾**관이오: 이름은 중仲. 춘추 시기 제나라 사람으로 환공을 보좌하여 패제후가 되게 했다. **晏嬰**안영: 안자晏子. 춘추 시기 제나라 경공景公의 명재상. **老聃**노담: 노자老子. **申不害**신불해: 전국 시기 정나라 사람으로 한韓 소후昭侯의 재상을 15년간 하면서 부국강병을 이룩했다 한다. 그의 학설은 황로黃老에 근거하면서 형명刑名, 즉 법가의 길로 갔다. 저서에 『신자申子』가 있다. **韓非**: 한비자韓非子. **愼到**신도: 전국 시기 조나라 사람으로 『신자愼子』의 저자. **田駢**전변: 전국 시기 제나라의 변론가. 저서에 『전자田子』 25권이 있었으나 지금은 전하지 않는다. **騶衍**추연: 전국 시기 제나라 사람으로 음양가의 대표적 사상가이며 음양오행설을 정리하였다. **尸佼**시교: 전국 시기 진晉나라 사람으로 『시자尸子』를 지었다. 잡가雜家로 분류된다. **孫武**손무: 손자孫子. 춘추 시기 제나라 사람으로 병가의 전략가이며 저서에 『손자병법孫子兵法』이 있다. **張儀**장의: 전국 시기 위魏나라 사람으로 종횡가縱橫家의 대표적 전략가. 진秦 혜왕惠王 때 진나라에 들어가 재상이 되었고, 연횡책連橫策으로 육국을 설득함으로써 합종책을 와해시켰다. **蘇秦**소진: 전국 시기 동주東周 사람으로 종횡가縱橫家. 합종合縱으로 진나라에 저항할 것을 주장하였다. **其術**: 각자 자신의 학술.

양주·묵자·관중·안자·노자·신불해·한비·신도·전변·추연·시교·손자·장의·소진 등의 사람들은 모두 자신들의 학술로써 울었습니다.

•••

秦之興, 李斯鳴之. 漢之時, 司馬遷.相如.揚雄, 最其善鳴者也. 其下魏晉氏, 鳴者不及於古, 然亦未嘗絶也.

李斯이사: 전국 시기 초나라 사람으로 진시황 때 승상을 지냈다. 작품으로는 이 책에 소개된 「간축객서諫逐客書」가 유명하다. **司馬遷**사마천: 서한 시기의 사가史家로 『사기史記』를 썼다. **相如**: 서한 시기의 사부辭賦 작가 사마상여司馬相如. **揚雄**양웅: 서한 시기의 사부 작가이자 사상가.

진나라가 일어날 때 이사李斯가 진나라를 위하여 소리를 냈고, 한나라 때에는 사마천·사마상여·양웅 등이 가장 잘 우는 사람들이었습니다. 그 이후로 위魏·진晉 조에 이르러서는 우는 사람들이 옛사람에 미치지 못하긴 했지만 그래도 일찍이 끊어진 적은 없었소이다.

•••

就其善者, 其聲淸以浮, 其節數以急, 其辭淫以哀, 其志弛以肆; 其爲言也, 亂雜而無章. 將天醜其德莫之顧邪. 何爲乎不鳴其善鳴者也.

以: '而'와 같은 병렬 관계의 접속 표시. **浮**: 속 차지 않을 부. **節**: 마디 절. 리듬. **數**: 자주 삭. **數以急**삭이급: 짧고 빠르다. **辭**: 수사修辭. **淫**: 사치할 음.

지나치게 곱고 아름다움. **哀**: 슬플 애. 실연의 아픔. **弛**: 늦출 이. 퇴폐적인. **肆**: 방탕할 사. **亂雜**: 난잡. 무질서함. **章**: 문채 장. **將**: 대저 장. **醜**: 미워할 추. **莫之顧**막지고: 원래의 어순은 '莫顧之'이나 부정문이므로 순서가 바뀌었다. 아무도 그들을 돌봐주지 않다.

그중에서 그래도 괜찮은 사람에게 나아가보면, 그들의 작품은 소리는 맑지만 속이 비어 있고, 절주는 짧고 빠르며, 문장의 꾸밈은 지나치게 아름답고 애상적이며, 취향은 퇴폐적이고 방탕하며, 그들이 하는 글쓰기는 무질서하면서 문장으로서의 품위가 없습니다. 대저 하늘이 그들의 퇴폐한 덕을 미워하여 아무도 그들을 돌보아주지 않아서일까요? 어째서 잘 우는 자들을 울게 하지 않았을까요?

•••

唐之有天下, 陳子昂·蘇源明·元結·李白·杜甫·李觀, 皆以其所能鳴.

陳子昂진자앙: 한유는 그의 「천사薦士」 시에서 그를 일컬어 "당조에 와서 시가의 성행이 일어났는데, 진자앙이 처음으로 발을 높이 내디딘 것이다"(國朝盛文章, 子昂始高蹈)라고 칭송했다. 문집으로 『진백옥집陳伯玉集』이 있다. **蘇源明**소원명: 천보天寶 연간에 진사進士가 되었다. **元結**: 문집으로 『원차산문집元次山文集』이 있다. **李白**이백: 자는 태백太白. 시선詩仙으로 불리며 시문집으로 『이태백집李太白集』이 있다. **杜甫**두보: 시성詩聖으로 불리며 시집으로 『두공부집杜工部集』을 남겼다. **李觀**이관: 자는 원빈元賓이고 산문을 잘 쓰기로 유명했으며 문집으로 『이원빈문집李元賓文集』이 있다.

당나라가 천하를 소유하였을 때는 진자앙·소원명·원결·이백·두보·이관 등이 모두 각자의 잘하는 바를 갖고서 울었습니다.

•••

其存而在下者, 孟郊東野始以其詩鳴. 其高出魏晉, 不懈而及於古, 其他浸淫乎漢氏矣.

存而在下: 살아서 지금까지 존재하다. **懈**: 게으를 해. **浸淫**침음: 점차적으로 스며 들어가다. 접근하다.

아직 살아서 지금까지 활동하는 사람으로는 동야東野 맹교孟郊가 처음 시로써 울었으니, 그는 위진 시기의 수준을 훌쩍 뛰어넘었음에도 여기에서 게으름을 피우지 않고 옛 시인들의 경지로 다가가고 있으며, 다른 작품들도 한대 문학에 점점 근접하고 있소이다.

•••

從吾遊者, 李翺張籍其尤也. 三子者之鳴信善矣. 抑不知天將和其聲, 而使鳴國家之盛邪, 抑將窮餓其身, 思愁其心腸, 而使自鳴其不幸邪. 三子者之命, 則懸乎天矣. 其在上也奚以喜, 其在下也奚以悲.

李翺이고: 한유의 제자이자 조카사위. 『이문공집李文公集』이 있다. **張籍**장적: 악부시樂府詩를 잘 지었다. 『장사업집張司業集』을 남겼다. **尤**: 뛰어날 우. 으뜸. **信**: 믿을 신. '참 진眞'과 같은 글자. 정말로. **抑**억: 접속사. 그러나. **和**: 응답할 화. **抑**: 아니면. **窮餓**궁아: 궁핍하고 배고프다. **思**: 그리워할 사. **愁**: 근심 수. **心腸**심장: 속마음, 애. **懸**: 걸릴 현. **奚以**해이: 무엇 때문에.

나를 좇아 함께 교유하는 사람 중에서는 이고와 장적이 특별히 뛰어납니다.

이 세 분의 울음소리는 정말로 훌륭합니다. 그러나 하늘이 장차 저들의 소리에 화답해서 나라의 흥성을 위해서 울게 하려는 것인지, 아니면 장차 저들 자신을 궁핍하고 배고프게 하고, 또 저들의 애간장을 태우게 해서 자신들의 불행을 스스로 울어 표현하게 하려는 것인지를 알 수 없소이다. 세 분의 명운으로 말하자면, 하늘에 걸려 있는 것인즉, 저들이 높은 지위에 있다 한들 무엇 때문에 기뻐할 것이며, 낮은 지위에 있다 한들 무엇 때문에 슬퍼하겠소이까?

•••

東野之役於江南也, 有若不釋然者, 故吾道其於天者以解之.

役: 힘든 일 할 역. 강남의 율양溧陽에 현위縣尉로 부임하는 일을 가리킨다. **釋**: 풀 석. **釋然**석연: 응어리가 해소되어서 평정을 되찾다. **吾道其於天**: 나의 해석 방식은 하늘의 이치에 근거하고 있다, 즉 이것으로써 이번 강남 부임의 의미를 풀이하였다는 뜻.

동야께서 강남의 율양에 힘든 직무를 맡아 떠나시는 이때, 뭔가 응어리가 풀리지 않은 바가 있는 듯하여, 나의 철학은 하늘의 이치에 근거하고 있다는 믿음으로써 이를 풀어드렸습니다.

누추한 집에 붙여놓은 글 —
유우석劉禹錫, 「누실명陋室銘」

이 작품은 유우석이 유배지에서 빈곤한 생활을 하면서 여러 가지 회한이 많았지만 그럼에도 안빈낙도安貧樂道하면서 스스로를 위로함과 아울러 배움과 수양에 힘쓰자는 다짐을 적어놓은 글이다. 한때 고관대작을 역임한 작가의 자존심이 느껴지는 명문이다. 누실陋室이란 볼품없는 누추한 방이라는 뜻이고, 명銘이란 교훈적인 말이나 경계로 삼을 만한 말을 놋그릇에 새겨 넣은 글을 뜻하는데 나중에는 하나의 문체로 정착되었다. 명문銘文은 외우기 쉽도록 대개 변체駢體로 작성되었다.

유우석(772~842)은 낙양洛陽 사람으로 당나라 대신을 역임하였고, 호방한 시를 잘 지어서 시호詩豪라는 별명을 얻었다. 재주가 뛰어나 처음엔 승승장구하는 듯하였으나, 순종順宗 즉위 후 개혁에 실패하여 여러 차례 유배를 당했다. 「죽지사竹枝詞」는 그의 대표적인 명시다.

•••

山不在高, 有仙則名.
水不在深, 有龍則靈.

陋: 더러울 루. **銘**: 새길 명. **山不在高**: 산의 존재와 가치는 높은 데 있지 않다. **名**: 이름이 나다. **靈**: 신령할 령.

산의 존재는 높은 데에 있지 않으니, 신선이 있으면 이름이 난다.
물의 존재는 깊은 데에 있지 않으니, 용이 있으면 신령해지는 법이다.

•••

斯是陋室, 惟吾德馨.

斯: 이것 사. **惟**: 오로지 유. **吾**: 나 오. 여기서는 자신이 써서 걸어놓은 명문을 가리킨다. **馨**: 향내 날 형. 향기가 멀리까지 퍼진다는 뜻. 『상서』「군진君陳」편: "기장쌀이 향기로운 것이 아니라, 밝은 덕만이 향기가 멀리까지 퍼집니다."

이곳은 누추한 방이지만, 오로지 내가 쓴 명문銘文만이 덕의 향기를 멀리까지 퍼뜨린다.

•••

苔痕上階綠, 草色入簾青.

苔: 이끼 태. **痕**: 흔적 흔. 자취. **上**: 오를 상. 자라서 올라가다. **階**: 섬돌 계. **簾**: 발 렴.

이끼의 흔적은 섬돌까지 뻗어 올라가 푸른색으로 물들였고, 풀의 색은 발 안으로 들어와 파란색으로 비추고 있다.

•••

談笑有鴻儒, 往來無白丁.
可以調素琴, 閱金經.

鴻: 클 홍. '클 홍洪'과 같은 글자. **鴻儒**홍유: 박학다식한 학자를 가리킨다. **白丁**백정: 아무런 지위가 없는 남자, 즉 평민. 여기서는 배움이 없는 사람. **調**: 연주할 조. **素琴**소금: 아무런 장식도 하지 않은 소박한 비파. **閱**:

볼 열. **金經**금경: 이 단어에 대해서는 두 가지 해석이 있다. 첫째는 불경인 『금강경金剛經』으로 보는 견해이고, 둘째는 『사서오경四書五經』으로 보는 견해. 이때 '金'은 '진귀하다'라는 뜻이 된다.

이곳에서 담소하는 사람 중에 큰 학자는 있어도, 왕래하는 사람 중에 배우지 못한 사람은 없으니, 그들은 여기서 아무런 장식도 하지 않은 소박한 비파를 탈 수도 있고 귀한 경서들을 읽기도 한다.

•••

無絲竹之亂耳, 無案牘之勞形.

絲竹: 명주실과 대나무. 명주실은 현악기를, 대나무는 관악기를 각기 상징한다. 즉 악기의 연주 소리를 뜻한다. **之**: 주어와 술어 사이에서 주술 관계를 나타내는 구조조사. **案**: 책상 안. **牘**: 서찰 독. **案牘**: 관청의 공문서. **勞**: 힘쓸 노. 여기서는 '힘들여 일하게 하다'라는 사역동사로 쓰였다. **形**: 몸 형. 신체.

여기에는 화려한 악기들이 귀를 어지럽히는 일도 없고, 공문서들이 몸을 힘들게 하는 일도 없다.

•••

南陽諸葛廬, 西蜀子雲亭.

南陽: 오늘날의 하남성河南省 남양시南陽市에 있던 옛 지명. 제갈량諸葛亮이 출사하기 전에 이곳 와룡강臥龍崗에서 초려를 짓고 은거하였다. **廬**: 오두막집 려. 유비劉備가 제갈량의 초려를 세 번이나 찾았다는 삼고초려三顧草廬는 유명하다. **子雲**: 서한 때 유명 문인인 양웅揚雄의 자. 제갈량의 초려와 양웅의 자운정은 보잘것없이 매우 누추하였지만, 거기에 사는 사람이 추앙을 받았으므로 유명해졌다는 뜻.

남양에는 제갈량의 초려草廬가 있고, 서촉에는 양웅의 자운정子雲亭이 있다.

•••

孔子云: 何陋之有.

何陋之有하루지유: 『논어』「자한子罕」편에 "군자가 거처하는 데에 무슨 누추함이 있겠느냐?"(君子居之, 何陋之有)라는 구절이 있다. 원래 어순은 '有何之陋'이어야 하나, 의문사 '何' 때문에 목적어가 도치된 것이다.

공자께서 말씀하셨듯이 "무슨 누추한 게 있겠느냐?"

세 가지 경계할 일 — 유종원柳宗元, 「삼계三戒」

이 작품은 유종원이 영주永州에 귀양 가 있던 기간에 쓴 우화다. '삼계三戒'란 특별히 경계해야 할 세 가지 일을 말한다. 『논어』 「계씨季氏」에 나오는 공자의 말, 곧 "군자에게는 세 가지 경계해야 할 일이 있다. 아직 성년에 이르지 않았을 때는 혈기가 성숙하지 않았으므로 경계할 일이 여색에 있고, 성년에 이르러서는 혈기가 한창 왕성하므로 경계할 일이 싸움에 있으며, 노년에 이르러서는 혈기가 이미 쇠하였으므로 경계할 일이 (권력과 재물을) 탐하는 일에 있다"(君子有三戒: 少之時, 血氣未定, 戒之在色; 及其壯也, 血氣方剛, 戒之在鬪; 及其老也, 血氣既衰, 戒之在得)에서 제목을 가져왔다. 그러나 이 글에서의 삼계는 공자의 삼계와 맥락과 방향이 다르다. 여기서는 가라말·사슴·쥐 등 세 마리의 동물 이미지를 이용하여 당시 고관대작들의 부조리와 그것이 가져올 운명을 간결하면서도 재미있는 묘사로 풍자하였다.

유종원(773~819)은 하동河東 사람으로 당 순종順宗 때 왕숙문王叔文 등을 따라 권력의 중심에 들어갔으나 왕숙문이 숙청됨에 따라 영주로 유배되었다. 이때 그곳의 명승을 유람하면서 시문을 많이 창작하였다. 나중에 유주자사柳州刺史에 임명되어 선정을 베풀었으므로 유유주柳柳州라는 별명을 얻었다. 그는 한유韓愈와 함께 고문古文 운동을 제창하여 많은 산문을 창작함으로써 '한유韓柳'로 병칭되었을 뿐 아니라, 당송팔대가 중의 한 사람으로 꼽히게 되었다. 특히 그의 「강설江雪」이라는 오언절구五言絶句는 우리나라뿐 아니라 프랑스 교과서에 실릴 만큼 세계적으로 애송되는 명시다.

•••

吾恒惡世之人, 不知推己之本, 而乘物以逞. 或依勢以干非其類, 出技以怒强, 竊時以肆暴, 然卒迨於禍. 有客談麋驪鼠三物, 似其事, 作三戒.

惡: 부끄러워할 오. **推**: 헤아릴 추. 자신의 실제적인 능력을 헤아리지 못한다는 뜻. **乘物**: 다른 사물에 편승하다. **逞**: 마음대로 할 령. **干**: 범할 간. **非其類**: 자신과 급이 다른 사람들. **出技**출기: 알량한 재주를 연출한다는 뜻. **竊時**절시: 기회를 훔치다. 즉 기회를 엿보다가 낚아채다. **肆暴**사포: 멋대로 굴면서 나쁜 짓을 서슴지 않다. **迨**: 미칠 태. 만나다. **麋**: 큰 사슴 미. **驪**: 가라말 려. 몸통이 온통 검은 말. **鼠**: 쥐 서.

나는 세상 사람들이 자신의 실제적인 능력을 헤아리는 법을 모르고 자기 밖의 것에 편승하여 세도를 부리는 짓을 언제나 안타깝게 여겨왔다. 어떤 이는 권세를 믿고 자신과 급이 다른 사람을 함부로 건드리고 알량한 재주를 부림으로써 힘센 사람을 화나게 만들며, 슬그머니 기회를 포착하여 멋대로 굴고 나쁜 짓을 서슴지 않지만, 그러나 끝내는 재앙에 이르게 된다. 어떤 손님이 사슴·가라말·쥐 등 이 세 가지 동물에 관하여 이야기해주었는데, 위의 짓들과 유사한 바가 있어서 이 「삼계三戒」라는 글을 지었다.

검 땅의 가라말(黔之驢)

•••

黔無驢, 有好事者船載以入. 至則無可用, 放之山下. 虎見之, 龐然大物也, 以爲神, 蔽林間窺之. 稍出近之, 慭慭然, 莫相知.

黔검: 귀주성貴州省의 별칭이지만 여기서는 가상의 지명으로 쓰였다. **好事者**: 쓸데없는 일을 좋아하는 사람. **載**: 실을 재. **龐**: 클 방. 놀랍도록 거대한 동물이라는 뜻. **蔽**: 가릴 폐. **窺**: 훔쳐볼 규. **稍**: 차츰차츰 초. **憖**: 삼가는 모양 은. 조심하는 모양. **相**: '之'와 같은 의미를 가진 대사代詞. **莫相知**: 원래는 '莫知相'의 어순이 옳지만 부정문이므로 대사의 자리가 바뀐 것.

검 지방에는 온몸이 검은 가라말이 없었는데, 쓸데없는 일을 좋아하는 어떤 사람이 한 마리를 배에 실어 이 땅에 들여왔다. 막상 갖다놓아 보니 딱히 쓸 만한 일이 없어서 산기슭에 그냥 놓아버렸다. 호랑이가 이를 보니까 놀랍도록 거대한 동물이어서 신령한 것으로 여기고는 숲속에 몸을 숨기고 훔쳐보았다. 그러다가 슬슬 나와서 가라말에게 가까이 다가가 조심스레 기웃거렸지만, 도무지 알 길이 없었다.

•••

他日, 驢一鳴, 虎大駭, 遠遁; 以爲且噬己也, 甚恐. 然往來視之, 覺無異能者; 益習其聲, 又近出前後, 終不敢搏. 稍近, 益狎, 蕩倚衝冒. 驢不勝怒, 蹄之. 虎因喜, 計之曰: 技止此耳. 因跳踉大㘎, 斷其喉, 盡其肉, 乃去.

他日: 나중에, 어느 날. **駭**: 놀랄 해. **遁**: 달아날 둔. **噬**: 깨물 서. **搏**: 칠 박. **狎**: 버릇없이 굴 압. **蕩**: 흔들 탕. **倚**: 기댈 의. **衝**: 찌를 충. **冒**: 들이받을 모. **蹄**: 발로 찰 제. **因**: 근거할 인. 그러자. **止**: 그칠 지. '다만 지只'와 같다. **耳**: 따름 이. **跳**: 뛸 도. **踉**: 높이 뛸 량. **㘎**: 으르렁거릴 함. **喉**: 목구멍 후.

그러던 중 어느 날, 가라말이 "이히힝!" 하고 울어 젖혔더니 호랑이가 깜짝 놀라서 멀리 달아났는데, 이 녀석은 저것이 자기를 물 거라고 여기고는 매우 두려워하였다. 그러나 오며 가며 저것을 관찰하고서는 저것에게 특별한 능력이 없음을 알아차렸고, 갈수록 울음소리에도 점점 익숙해졌으며, 또한 그 앞뒤를 가까이 얼쩡거려도 종래 감히 치지 못하였다. 차츰차츰 가까이 갈수록 더 까불게 되고, 어깨를 기대듯 툭툭 치며 들이받기까지 하였다. 가라말이 짜증을 이기지 못하고 발로 냅다 찼더니, 이를 본 호랑이가 기뻐서 머리를 굴리며 말했다. "이 녀석의 재주는 요 정도까지구나!" 그러고는 펄쩍 뛰어 크게 포효하면서 가라말의 목구멍을 끊은 다음에 그 고기를 다 먹고는 그 자리를 떠나갔다.

•••

噫, 形之龐也類有德, 聲之宏也類有能. 向不出其技, 虎雖猛, 疑畏, 卒不敢取. 今若是焉, 悲夫.

噫: 탄식할 희. **類**: 비슷할 류. ~처럼 보이다. **宏**: 클 굉. **向**: '접때 향嚮'과 같은 말. **畏**: 두려울 외. **疑畏**의외: 확신하지 못해서 두려워하다.

아아, 허우대가 방대하면 마치 (그에 합당한) 품덕이 있는 것처럼 보이고, 소리가 웅장하면 능력과 재주가 있는 것처럼 보인다. 애당초 자신의 진짜 재주를 내보여주지 않으면, 호랑이가 제아무리 무섭다 하더라도 확신이 없어 두려워하게 되고, 그러면 끝내 감히 사냥하지 못한다. 오늘날의 세태가 이와 같으니 한탄스럽도다!

임강 땅의 사슴(臨江之麋)

•••

臨江之人畋得麋麑, 畜之. 入門, 群犬垂涎, 揚尾皆來. 其人怒. 怛之.

臨江: 당나라 때 현의 이름. **畋**: 사냥할 전. **麑**: 사슴 새끼 예. **麋麑**미예: 사

승의 새끼. **畜**: 기를 휵. **涎**: 침 연. **垂涎**수연: 침을 흘리다. **揚**: 날릴 양. **怛**: 놀랄 달.

임강 땅에 사는 사람이 사냥을 하다가 사슴 새끼 한 마리를 잡아서는 이를 길러야겠다고 마음먹었다. 대문을 들어섰더니 집안의 개들이 침을 질질 흘리면서 꼬리를 흔들며 모두 나왔다. 그 사람이 크게 호통을 쳐서 개들이 놀라 달아나게 하였다.

•••

自是日抱就犬, 習示之, 使勿動, 稍使與之戲. 積久, 犬皆如人意. 麋麑稍大, 忘己之麋也, 以爲犬良我友, 抵觸偃僕, 益狎. 犬畏主人, 與之俯仰甚善, 然時啖其舌.

日: 날마다 일. **就**: 가까이 갈 취. **習示之**: 개로 하여금 익숙해지도록 늘 보여주었다는 뜻. '之'는 개를 가리킨다. **動**: 동요할 동. 여기서는 '물다'. **戲**: 장난칠 희. **積久**적구: 시간이 오래 쌓이다. **如**: '따를 종從'과 같다. 따르다. **良**: 정말로 량. **抵**: 막을 저. **抵觸**저촉: 부딪다. **偃**: 쓰러질 언. **僕**: 붙을 복. **偃僕**: 뒤엉켜 쓰러지다. **俯仰**부앙: 내렸다 올렸다 하다. 즉 하라는 대로 잘 응대하다. **時**: 언제나 시. **啖**: 탐낼 담. 입맛을 다신다는 뜻.

이때부터 날마다 사슴을 안고 개에게 가까이 가서 개들이 익숙해지도록 보여줌으로써 물지 않도록 하고, 또한 점차로 사슴과 함께 장난치며 놀도록 해주었다. 시간이 좀 지나자 개들이 모두 주인의 뜻을 잘 따랐다. 사슴 새끼는 차츰 자라면서 자신이 사슴임을 잊고 개들이 정말로 제 친구라고 여기고는 서로 부딪치고 뒤엉켜 쓰러지곤 하면서 갈수록 까불어댔다. 개들은 주인이 무서워서 사슴과 더불어 놀며 하자는 대로 매우 잘 대해주었지만, 언제나 혀를 널름거리며 입맛을 다시었다.

•••

三年, 麋出門, 見外犬在道甚衆, 走欲與爲戲. 外犬見而喜且怒, 共殺食之, 狼藉道上. 麋至死不悟.

外犬: 길거리에 나다니는 개. **走欲與爲戲**: 이 구절은 두 개의 동사, 즉 '走'와 '欲'이 연결된 연동문連動文인데, 여기서는 목적의 의미, 즉 '~하고자 하여' '달려갔다'로 해석해야 문맥에 맞다. **喜且怒**희차노: 먹잇감을 보고 좋아라 하면서 으르렁거리며 달려들었다는 뜻. **狼藉**낭자: 승냥이가 깔고 앉았던 자리처럼 엉망이라는 뜻. **悟**: 깨달을 오.

3년이 지났을 때 사슴이 대문을 나서보았더니 밖에 나다니는 개들이 길에 많이 모여 있는 것이 보였다. 사슴은 그 개들과 함께 장난치며 놀려고 달려갔다. 그러자 밖에 나다니는 개들이 이를 보고는 좋아라 하면서 으르렁거리며 달려들어 함께 죽여 잡아먹으니, 살점과 피만 승냥이가 누웠다가 간 풀밭처럼 어지러이 널려 있었다. 그래도 사슴은 죽음에 이를 때까지 무슨 영문인지 깨닫지 못하였다.

영주 아무개 댁의 쥐(永某氏之鼠)

•••

永有某氏者, 畏日, 拘忌異甚. 以為己生歲直子, 鼠子神也, 因愛鼠, 不畜貓犬, 禁僮勿擊鼠. 倉廩庖廚, 悉以恣鼠不問.

永: 영주永州. 현재의 호남성湖南省 영릉현零陵縣에 있었다. **畏日**외일: 그날의 금기(taboo)를 어길까 두려워하다. **拘忌**구기: 금기 사항에 얽매이다. **直**: '맞먹을 치値'와 같은 글자. ~에 해당한다. **子**: 십이지十二支에서 자년子年

에 해당하는 해. **鼠**: 쥐 서. 쥐는 쥐띠 해를 관장하는 신이라는 뜻. **僮**: 하인 동. **倉**: 곳집 창. **廩**: 곳집 름. **庖**: 부엌 포. **廚**: 부엌 주. **悉**: 모두 실. **恣**: 마음대로 자. **不問**: (죄를) 묻지 않다. 질책하지 않다.

영주에 아무개 씨가 있었는데, 그는 그날그날의 금기를 어길까 두려워하는 사람이었으니, 그 금기에 구애됨이 이상하리만치 심하였다. 그는 자신이 태어난 해가 자년子年, 즉 쥐해에 해당하고 쥐는 쥐띠 해를 관장하는 신이라고 여겼다. 그래서 쥐를 아껴 집에 고양이와 개를 키우지 않고 하인들에게도 쥐를 때려 쫓지 못하게 하였다. 온갖 곳간과 부엌에 죄다 쥐가 마음대로 돌아다니게 놔두어도 뭐라 하지 않았다.

•••

由是鼠相告, 皆來某氏, 飽食而無禍. 某氏室無完器, 椸無完衣, 飲食大率鼠之餘也. 晝累累與人兼行, 夜則竊嚙鬥暴, 其聲萬狀, 不可以寢. 終不厭.

完器: 온전한 기물. **椸**이: 원래 글자는 '횃대 이椸'. 옷걸이. **率**: 대략 솔. 거의. **鼠之餘**: 쥐가 먹고 남은 찌꺼기. **累累**누누: 꼬리에 꼬리를 물고. **兼行**: 함께 다니다. **嚙**: 깨물 교. **竊嚙**절교: 몰래 쏠다. **鬪暴**투포: 싸우고 난동 부리다. **狀**: 모양 상. **寢**: 잘 침. **厭**: 싫어할 염. 물리다.

이로 말미암아 쥐들이 서로 이야기를 전해줘서 모두 아무개 댁으로 몰려와 배불리 먹어도 아무런 재앙이 없었다. 이러니 아무개 댁 방에는 온전한 기물이 없었고 옷걸이에는 온전한 옷이 없었으며, 음식은 대부분 쥐가 먹다 남긴 것이었다. 낮에는 쥐들이 꼬리에 꼬리를 물고 사람들과 함께 다녔고, 밤이 되면 몰래 쏠거나 싸우고 난동을 부렸으니, 그 소리가 별 괴상망측하게 다 들려서 잠을 이룰 수가 없었지만, 끝내 이를 지겨워하지 않았다.

•••

數歲, 某氏徙居他州, 後人來居, 鼠爲態如故. 其人曰: 是陰類惡物也, 盜暴尤甚, 且何以至是乎哉. 假五六貓, 闔門撤瓦, 灌穴, 購僮羅捕之, 殺鼠如丘, 棄之隱處, 臭數月乃已.

徙: 옮길 사. 이사 가다. **後人**: 나중에 이사 온 사람. **陰類**: 음지에서 활동하는 사물. **盜暴**도포: 음식을 훔쳐 먹고 물건을 짓밟다. **且**: '此'와 같다. 이것. **貓**: 고양이 묘. **闔**: 막을 합. **撤**: 거둘 철. **撤瓦**철와: 깨질 수 있는 도기들을 옮겨놓다. 또는 지붕의 기왓장을 걷어내다. **灌**: 물 댈 관. **購**: 살 구. '품 살 고雇'와 같은 글자. 또는 '현상금을 걸어 하인들을 독려하다'라는 뜻으로 보기도 한다. **羅**: 벌일 라. **羅捕**나포: 샅샅이 뒤져서 잡다. **隱處**은처: 보이지 않는 곳. 구석진 곳. **臭**: 냄새 취.

몇 년 뒤 아무개 씨는 다른 지방으로 이사 가고, 나중 주인이 와서 살게 되었지만, 쥐들이 저지르는 행태는 예전과 같았다. 그러자 그 사람이 말하였다. "이놈들 어둠에서 쏠라닥거리는 흉악한 것들이 훔쳐 먹고 짓밟고 다니는 일이 이토록 심하다니, 이것이 무엇 때문에 이 지경까지 이르렀는가?" 그는 고양이 대여섯 마리를 빌려오고, 모든 문을 닫고, 깨질 수 있는 도기들을 옮겨놓고는 하인들의 품을 사서 샅샅이 뒤져서 잡게 하였더니, 쥐를 죽인 것이 언덕과 같았다. 이것을 어디 보이지 않는 곳에 버렸는데 그 썩는 냄새가 몇 달이 지나서야 그쳤다.

•••

嗚呼, 彼以其飽食無禍爲可恆也哉.

恆: 항상 항.

아아, 저것들은 자기들이 배불리 먹고도 재앙이 없었던 것을 영원히 변치 않을 일이라 여겼단 말인가?

어느 땅꾼의 사연 — 유종원, 「포사자설捕蛇者說」

이 작품은 유종원이 쓴 산문으로서, 백성에게 세금을 가혹하게 걷어가는 학정이 얼마나 무서운 일인지를, 맹독을 가진 독사를 목숨 걸고 잡으며 살아가는 땅꾼의 삶을 통해 신랄하게 비판한 글이다. 이런 의미에서 이 글은 『예기禮記』에 수록된 "가혹한 징세는 범보다 사납다"(苛政猛於虎也)는 공자의 고사를 가져와 다시 쓴 것이라 볼 수 있다.

•••

永州之野産異蛇: 黑質而白章, 觸草木盡死; 以齧人, 無御之者. 然得而臘以爲餌, 可以已大風攣踠瘻癘, 去死肌, 殺三蟲.

野: 들 야. 성 밖의 교외를 가리킨다. **異**: 다를 이. 특별한. **質**: 바탕 질. **章**: 무늬 장. **觸**: 닿을 촉. **以**: 만일에. **齧**: 물 설. **御**: 막을 어. **得**: 잡을 득. **臘**: 포 석. **餌**: 약으로 먹는 음식 이. **以**: '쓸 용用'과 같다. **已**: 그칠 이. 치료하다. **風**: 바람 풍. 여기서는 중풍中風. **攣踠**연원: 손발이 오그라들어 펴지지 않는 병. **瘻**: 목에 난 종기 루. **癘**: 나병 려. **肌**: 살 기. **三蟲**삼충: 인체 내의 모든 기생충을 가리키는 말.

영주의 성 밖 들에는 특이한 뱀이 난다. 이놈은 검은 바탕에 흰 무늬가 있는데, 초목에 닿으면 초목이 죄다 말라 죽고, 만일 사람을 물면 독을 어떻게 막을 방법이 없다. 그러나 이놈을 잡아서 포로 만들어 약용 음식으로 쓰면, 심한 중풍, 손발이 오그라드는 병, 악성 종기, 문둥병 등을 낫게 하고, 죽은 살이 사라지게 하며, 체내 모든 기생충을 죽일 수 있다.

• • •

其始太醫以王命聚之, 歲賦其二. 募有能捕之者, 當其租入. 永之人爭奔走焉.

太醫태의: 황제의 의사. 어의御醫. **聚**: 모을 취. 징발하다. **賦**: 징수할 부. **募**: 불러 모을 모. **當**: 갈음할 당. **租**: 토지세 조. **租入**: 토지세로 들여놓다. **爭奔**: 다투어 달려가다. **焉**: 그리로.

처음에 황제의 어의인 태의가 임금의 명령으로 이를 징발하게 하고 매년 두 차례씩 거두게 하였다. 그래서 뱀을 잡는 기술이 있는 사람들을 불러 모아 그들이 내야 할 토지세로 갈음해주자, 영주 사람들이 다투어 그리로 달려갔다.

• • •

有蔣氏者, 專其利三世矣. 問之則曰: 吾祖死於是, 吾父死於是, 今吾嗣爲之十二年, 幾死者數矣. 言之貌若甚戚者.

專: 혼자 누릴 전. **嗣**: 이을 사. **幾**: 거의 기. 하마터면. **貌**: 모습 모. 표정. **戚**: 슬플 척.

장씨蔣氏라는 사람이 있었는데, 그는 이러한 이점을 혼자 누려온 지가 삼 세대가 되었다. 내가 그에게 물었더니 이렇게 대답하였다. "우리 할아버지께서 여기서 돌아가셨고, 우리 아버지도 여기서 돌아가셨으며, 이제 내가 이 일을 이어서 해온 지가 12년이 되었는데, 거의 죽을 뻔했던 적도 여러 번이었습니다." 이렇게 말하는 표정이 마치 매우 슬퍼 보였다.

• • •

余悲之, 且曰: 若毒之乎. 余將告於蒞事者, 更若役, 復若賦, 則

何如. 蔣氏大戚, 汪然出涕, 曰: 君將哀而生之乎. 則吾斯役之不幸, 未若復吾賦不幸之甚也.

且: 아울러 차. 다시. **若**: 너 약. **毒**: 원망할 독. **蒞**: 다다를 리. '임할 림臨' 자와 같다. **蒞事**이사: 직무를 담당하다. **更**: 바꿀 경. **役**: 일 역. **復**: 되돌릴 복. **汪**: 눈물 그렁그렁할 왕. **涕**: 눈물 체. **生之**: (나를) 살아가게 하다. **則**: 접속사. 그러나. **未若**미약: '不如'와 같다. ~만 못하다.

내가 그를 불쌍히 여겨 다시 물어보았다. "당신은 이런 일 하는 것이 원망스러운가요? 내가 장차 담당 관리에게 말해 당신의 일을 바꿔주면 어떻겠소?" 장씨가 크게 슬퍼하여 눈물이 그렁그렁해서 말하였다. "선생님께서는 나를 불쌍히 여겨 계속 살아갈 수 있게 하시려는 거지요? 그렇지만 나의 이 일은 불행해도 나를 되돌려서 세금을 내게 하는 불행의 심함보다는 덜합니다.

•••

曏吾不爲斯役, 則久已病矣. 自吾氏三世居是鄕, 積於今六十歲矣. 而鄕鄰之生日蹙, 殫其地之出, 竭其廬之入. 號呼而轉徙, 飢渴而頓踣. 觸風雨, 犯寒暑, 呼噓毒癘, 往往而死者, 相藉也.

曏: 접때 향. **病**: '병 질疾'로도 쓴다. 삶이 곤궁하다. **蹙**: 궁핍할 축. **殫**: 다할 탄. 세금으로 다 가져갔다는 뜻. **竭**: 다할 갈. **廬**: 오막살이 려. **渴**: 목마를 갈. **頓**: 넘어질 돈. **踣**: 엎어질 복. **犯**: 이길 범. 추위와 더위를 그대로 맞아 견딘다는 뜻. **呼噓**호허: 숨을 들이쉬고 내쉬다. 호흡하다. **毒癘**독려: 독이 있는 역병, 즉 전염기가 있는 공기. **往往**왕왕: 하나하나씩 차례로. **藉**: 깔 자.

일찍이 내가 이 일을 하지 않았다면 오래전에 이미 궁핍해졌을 것입니다. 저희 집안 삼대가 이 마을에 살아온 지도 나날이 쌓여서 이제 60년에 이르렀지만, 마을 이웃들의 삶은 나날이 궁핍해졌으니, 땅에서 난 소출을 세금으로 다 가져가서 그들의 오막살이집의 수입을 다 고갈시켰기 때문입니다. 그러니 살려달라고 울부짖으며 이리저리 떠돌아다니다가 주리고 목말라서 쓰러지고 엎어졌습니다. 비바람을 그대로 맞고 추위와 더위를 그대로 견디며, 전염병이 있는 공기를 그대로 마시다가 하나하나씩 죽기도 하니, 그런 시체들이 겹겹이 쌓일 정도입니다.

•••

曩與吾祖居者, 今其室十無一焉. 與吾父居者, 今其室十無二三焉. 與吾居十二年者, 今其室十無四五焉. 非死則徙爾, 而吾以捕蛇獨存.

曩: 접때 낭. **焉**: 그중에서. **非死則徙爾**: 죽거나 아니면 다른 데로 이사가다. '非A則B: A가 아니면 B이다' 구문.

옛날에 저희 할아버지와 함께 살던 사람 중에서 지금까지 남은 집이 열에 하나도 없고, 저희 아버지와 함께 살던 사람 중에서 지금까지 남은 집이 열에 두세 집도 안 되며, 저와 함께 산 지 12년이 된 사람 중에서 지금까지 남은 집이 열에 네다섯도 안 됩니다. 그들은 모두 죽었거나 아니면 다른 데로 떠나갔을 뿐입니다. 저는 뱀을 잡았기 때문에 홀로 살아남을 수 있었습니다.

•••

悍吏之來吾鄉, 叫囂乎東西, 隳突乎南北; 譁然而駭者, 雖雞狗不得寧焉. 吾恂恂而起, 視其缶, 而吾蛇尚存, 則弛然而臥.

悍: 모질 한. **囂**: 들렐 효. **隳**: 무너뜨릴 휴. **突**: 부딪힐 돌. **隳突**: 물건을 치

고 던지면서 소란을 피우다. 譁: 시끄러울 화. 焉: 그 소란에. 恂: 조심할 순. 弛: 느슨할 이.

잔혹한 세리稅吏가 우리 동네에 오면 동서로 다니며 고래고래 소리를 지르고, 남북으로 쏘다니며 물건을 치고 내던지며 소란을 피웁니다. 이렇게 난리를 피워 사람들을 부들부들 떨게 만들면 아무리 닭이나 개라도 거기서 침착할 수 없습니다. 그러면 나는 살그머니 일어나 독을 들여다보고 뱀이 그대로 있으면, 마음을 놓고 자리에 눕지요.

•••

謹食之, 時而獻焉. 退而甘食其土之有, 以盡吾齒. 蓋一歲之犯死者二焉, 其餘則熙熙而樂, 豈若吾鄕鄰之旦旦有是哉. 今雖死乎此, 比吾鄕鄰之死則已後矣, 又安敢毒耶.

食: 먹일 사. 齒: 나이 치. 천수天壽를 가리킨다. 蓋: 대략 개. 犯: '무릅쓸 모冒'와 같다. 熙熙: 즐거운 모양. 旦: 아침 단. 旦旦: 매일, 날마다. 安: 의문대사. 어찌, 무엇. 耶: 의문 표시 어기조사.

조심해서 뱀을 사육하고 때가 되면 그들에게 갖다 바칩니다. 집으로 돌아와 내 땅에서 난 소출을 달게 먹음으로써 나의 천수를 다 누립니다. 대체로 일 년에 죽음을 무릅쓰는 일이 두 번 정도 되지만, 그 나머지는 희희낙락 즐겁게 살고 있는데, 어찌 우리 동네 이웃들이 날마다 겪는 죽음의 위협과 같겠습니까? 비록 지금 여기서 죽더라도 우리 동네 이웃들이 죽은 것에 비하면 이미 그들보다 뒤인데, 무엇을 더 감히 원망하겠습니까?"

•••

余聞而愈悲, 孔子曰: 苛政猛於虎也. 吾嘗疑乎是, 今以蔣氏觀

之, 猶信. 嗚呼! 孰知賦斂之毒, 有甚於是蛇者乎. 故爲之說, 以俟夫觀人風者得焉.

苛: 모질 가. **政**: '거둘 징徵'과 같은 뜻. 세금을 걷다. **說**: 여기서는 문체로서의 설을 가리킨다. **俟**: 기다릴 사. **人風**: 사람들의 동향. **觀人風者**: 민심의 동향을 살피러 나오는 관리.

나는 이 말을 듣고 더욱 슬퍼졌다. 공자가 "모질게 세금 걷는 일은 범보다 사납다"고 말씀하셨다. 나는 일찍이 이 말씀에 대하여 의문을 가졌었는데 이제 장씨의 경우를 갖고 보니까 믿음이 간다. 아아, 누가 알았으랴, 가혹하게 세금 걷기의 해악에 여기 이 뱀보다 더 심함이 있을 줄을! 그래서 이를 갖고서 이 설說을 쓴 것이니, 이는 저 민심의 동향을 살피러 나오는 관리가 이 글을 볼 수 있기를 기다리기 위함이다.

이하의 누이에게 들은 이야기 —
이상은李商隱, 「이하소전李賀小傳」

이하李賀(790~817)는 하남河南 복창福昌 사람이고, 자는 장길長吉이다. 집이 복창의 창곡昌谷에 있었으므로 이창곡李昌谷이라고도 불렸다. 당시唐詩의 시풍을 중당中唐에서 만당晩唐으로 획을 그은 저명한 시인으로서, 두보를 시성詩聖, 이백을 시선詩仙, 왕유를 시불詩佛로 병칭할 때 이하는 시귀詩鬼로 불리었고, 이백·이상은과 함께는 삼리三李로도 불렸다. 시집으로는 『창곡집昌谷集』이 있다. 천재적 시인이었지만 아깝게도 27세의 젊은 나이로 요절하였다. 두목杜牧은 그가 죽은 지 15년 후에 『이하집李賀集』에 서문을 써서 그의 독창성을 칭송하였고, 그 후에 이상은李商隱이 이하의 재주를 아까워하여 다시 이 작품을 쓴 것이다.

만당 시기의 시인인 이상은(813~858)은 감각적인 미를 추구한 유미주의적 시를 많이 창작하였다. 두목杜牧과 더불어 소리두小李杜, 즉 작은 이백과 두보로 불렸다.

•••

京兆杜牧爲李長吉集序, 狀長吉之奇甚盡, 世傳之. 長吉姊嫁王氏者, 語長吉之事尤備.

京兆경조: 섬서성陝西省 서안西安 일대의 지역. **杜牧**: 만당 시기의 시인. **狀**: 묘사할 상. **奇**: 기이할 기. 특별하게 튀는 행위나 속성. **甚盡**심진: 매우 상세하다, 완벽하다. **姊**: '손위 누이 자姉'와 같은 글자. **語**: ~에 대하여 말하다. **尤備**우비: 더욱 완전하다.

경조 사람 두목이 『이장길집』에 서문을 썼는데, 장길의 기이함을 묘사함이 매우 상세하여서 세상 사람들이 이 글을 지금까지 전해왔다. 그런데 장길의 누이 중 왕씨 집에 시집간 이가 장길의 사적에 대하여 말한 것은 더욱 완벽하였다.

●●●

長吉細瘦, 通眉, 長指爪, 能苦吟疾書. 最先爲昌黎韓愈所知.

細瘦세수: 가냘프고 호리호리하다. **通眉**통미: 양 눈썹이 서로 이어져 있다. **指爪**지조: 손가락. **苦吟**고음: 시를 쓸 때 퇴고를 반복하다. **疾書**질서: 글씨를 빨리 쓰다. **最先**최선: 가장 어린 나이로. **昌黎**창려: 중당 시기 문호인 한유韓愈의 자. **爲昌黎韓愈所知**: 한창려에게 인지되다. '爲A所V'(A에게 V가 되다) 구문.

장길은 가냘프고 호리호리하였고, 양 눈썹이 일자로 서로 이어져 있었으며, 손가락이 길고 시를 쓸 때면 퇴고를 반복하고 글씨를 빨리 썼다. 가장 어린 나이에 창려 사람 한유韓愈에게 인정을 받았다.

●●●

所與遊者, 王參元楊敬之權璩崔植輩爲密, 每旦日出與諸公遊, 未嘗得題然後爲詩, 如他人思量牽合, 以及程限爲意.

遊유: 교유하며 놀다. **王參元**왕참원: 당시 진사였음. 유종원의 매우 가까운 친구. **楊敬之**양경지: 글을 잘 써서 한유에게 칭찬을 받은 바 있다. **權璩**권거: 당시 중서사인中書舍人이었다. **崔植**최식: 당시 재상을 지낸 바 있다. **輩**: 무리 배. **爲密**: 아주 친밀한 사이로 지내다. **旦日**단일: 낮. **得題**득제: 제목을 정하다. **思量**사량: (이런저런 단어와 문장 등을) 생각해내다. **牽**: 이끌 견. **牽合**: 대충 끌어다 붙이다. **程**: 표준 정. **程限**정한: 시율詩律과 규범. **爲意**: 마음을 쓰다, 의미를 두다.

그와 더불어 교유한 사람들 중에서는 왕참원·양경지·권거·최식 등의 무리가 아주 친밀한 사이로 지냈다. 매일같이 해만 뜨면 나가서 저들과 돌아다녔는데, 그는 제목을 정하고 난 다음에 시를 짓는 적이 종래 없었고, 다른 사람들처럼 이런저런 단어와 문장 등을 생각해내어 대충 끌어다 붙이고는 시율詩律과 규칙에 맞게 하는 일에 이르도록 마음을 썼다.

•••

恆從小奚奴, 騎距驢, 背一古破錦囊, 遇有所得, 即書投囊中. 及暮歸. 太夫人使婢受囊出之, 見所書多. 輒曰: 是兒要當嘔出心乃已爾. 上燈, 與食.

奚奴해노: 노복, 하인. **奚**: 위진 시기 서남西南의 소수민족을 경멸하여 부르던 말. 여기서는 주인의 책과 문구를 들고 다니는 서동書童을 가리킨다. **距驢**거려: 이 말은 '距驉거허'로 고쳐져야 한다. 노새. **錦**: 비단 금. **囊**: 주머니 낭. **太夫人**: 대부인, 자당慈堂. 남의 어머니를 높이는 말. **婢**: 여자 종비. **受囊出之**: 주머니를 받아서 원고를 끄집어내다. **輒**: 번번이 첩. 즉각. **嘔**: 토할 구. **上燈**: 등을 켜다. **與食**여사: 식사를 주다.

그는 언제나 책을 든 서동을 달고 다녔고, 노새를 타고 등에는 오래되어 해진 비단 배낭을 메고 다니다가 문득 떠오르는 생각이 있으면 즉시 기록하여 주머니 속에 넣었다. 저녁이 되어 집에 돌아오면 대부인께서 여종을 시켜 배낭을 받아 안에 있는 것을 끄집어내게 하였는데, 쓴 글이 많이 있다는 걸 알게 되면 늘 말씀하셨다. "우리 아이는 하고픈 말이 있을 때는 마음을 다 표출해내야 그치게 된단다." 그러고는 등을 켜고 밥상을 차려주었다.

•••

長吉從婢取書, 研墨疊紙足成之, 投他囊中. 非大醉及弔喪日率如此, 過亦不復省. 王楊輩時復來探取寫去. 長吉往往獨騎往還京洛, 所至或時有著, 隨棄之, 故沈子明家所餘四卷而已.

從: '向'과 같다. ~에게 하게 하다. **研**: 갈 연. **疊**: 포갤 첩. **足成**: 완성하다. **率**: 대략 솔. **復省**부성: 다시 들여다보다. **時**: 늘 시. **探取**탐취: 찾아내다. **往往**: 종종, 자주. **京洛**: 당시 수도인 장안長安과 낙양洛陽. **著**: 지을 저. 시를 짓다. **隨**: 즉시 수. 아무렇게나, 내키는 대로. **沈子明**심자명: 이하의 친구.

장길은 여종에게 원고를 가져오게 하여 먹을 갈고 종이를 포개놓게 한 다음에 시를 완성해서 다른 주머니에 넣어두었다. 크게 취한 때와 상갓집에 조문하는 날이 아니라면 대체로 늘 이와 같았고, 작품에 틀린 것이 있어도 다시 들여다보지 않았다. 왕참원과 양경지 등의 무리는 늘 반복적으로 와서 그의 작품을 찾아내어 베껴 갔다. 장길은 종종 혼자서 노새를 타고 장안과 낙양엘 다녀오곤 하였는데, 도착하는 곳에서 간혹 시를 짓는 경우가 있지만 아무렇게나 버리기 때문에 친구인 심자명의 집에 남겨진 작품이 네 두루마리밖에 안 되었다.

•••

長吉將死時, 忽晝見一緋衣人, 駕赤虯, 持一板, 書若太古篆或霹靂石文者, 云當召長吉. 長吉了不能讀, 欻下榻叩頭, 言: 阿彌老且病, 賀不願去.

緋: 붉은 비단 비. **駕**: 멍에 가. **虯**: 뿔 없는 용 규. **太古篆**태고전: 태곳적에 쓰이던 전서. **霹靂**벽력: 벼락. **霹靂石文**: 벼락 맞은 바위 위에 남겨진 글자 같은 흔적. **云當召**운당소: 내용인즉 (장길을) 부르는 말에 틀림없었다. **了**:

전혀 료. 조금도. 欻: 문득 훌. 갑자기. 榻: 평상 탑. 叩: 조아릴 구. 㜷: '어머니 미嬭'와 같은 글자. 阿㜷아미: 어머니를 친근하게 부르는 말.

장길이 바야흐로 세상을 떠나려 할 때, 갑자기 대낮에 어떤 붉은 비단옷을 입은 사람이 나타났다. 그는 붉은 규룡虯龍이 끄는 수레를 타고 있었고 손에는 널빤지 하나를 들고 있었는데, 거기에는 태곳적에나 쓰이던 전서篆書와 벼락 맞은 바위 위에 남겨진 글자 같은 것이 씌어 있었으니, 내용인즉 장길을 부르는 말이 틀림없었다. 장길은 이 글을 전혀 이해하지 못하였으므로 평상에서 내려와 머리를 조아리며 말하였다. "저희 어머니께서 늙고 병드셨으니 저는 가기를 원치 않습니다."

•••

緋衣人笑曰: 帝成白玉樓, 立召君爲記. 天上差樂, 不苦也. 長吉獨泣, 邊人盡見之. 少之, 長吉氣絕. 常所居窗中, 勃勃有煙氣, 聞行車嘒管之聲. 太夫人急止人哭, 待之如炊五斗黍許時, 長吉竟死. 王氏姊非能造作謂長吉者, 實所見如此.

立: 즉시 립. 爲記: 기문을 쓰다. 差: 버금 채. 差樂: 버금가는 즐거움. 그런대로 즐거운 편이다. 邊: 곁 변. 勃勃발발: 모락모락 연기가 피어오르는 모양. 嘒: 가냘프면서도 청초한 소리 혜. 嘒管: 취주악기. 炊: 밥 지을 취. 黍: 기장 서. 許: 가량 허. 竟: 마칠 경. 造作: 날조하다.

그러자 붉은 비단옷을 입은 사람이 웃으며 말하였다. "상제께서 백옥루白玉樓를 준공하셨는데, 즉시 그대를 불러 기문記文을 쓰라 하셨소. 저 하늘 위도 그런대로 즐거운 편이지 고생스럽지 않소." 장길이 홀로 엉엉 우는 것을 주위 사람들은 모두 낱낱이 보고 있었다. 시간이 조금 지나자 장길이 숨을 멈추었다. 평소에 지내던 방의 창문 가운데서 모락모락 연기가 피어오르더니, 수레 구르는 소리와 취주악의 연주가 들려왔다. 대부인께서 황급히 사람들이 곡하지 못하도록 제지하시고는 다섯 말의 기장쌀에 불을 때서 익힐 만큼의 시간을 기다리게 하셨더니 마침내 장길이 죽었다. 왕씨네로 시집간 누이는 장길에 대하여 날조하여 말할 수 있는 사람이 아니다. 실제로 목도한 바가 그러하였다.

•••

嗚呼, 天蒼蒼而高也, 上果有帝耶. 帝果有苑囿宮室觀閣之玩耶. 苟信然, 則天之高邈, 帝之尊嚴, 亦宜有人物文采愈此世者, 何獨眷眷於長吉而使其不壽耶.

蒼: 푸를 창. **苑囿**원유: 울타리를 쳐놓고 나무와 짐승을 기르는 동산. **觀閣**: 관대와 누각. **玩**: 놀이터 완. **邈**: 아득할 막. **文采**: 문학적 재능이 빛나는. **愈**: 넘을 유. **眷眷**권권: 늘 그리워하는 모양. 마음을 두다.

아아, 하늘은 푸르고도 높은데, 저 위에는 정말로 상제가 계신가? 상제에게 정말로 나무와 짐승을 기르는 동산과 궁실과 관대·누각 등의 놀이터가 있다는 말인가? 진실로 이것이 믿을 만하다면, 하늘은 저토록 높고 아득하며 상제는 존엄하시니, 마땅히 문학적 재능의 빛남이 이 세상을 뛰어넘는 인물이 있을 터인데, 어찌 장길만을 사랑해서 그로 하여금 천수를 못 누리게 한단 말인가?

•••

噫, 又豈世所謂才而奇者, 不獨地上少, 即天上亦不多耶. 長吉生二十七年, 位不過奉禮太常, 時人亦多排擯毀斥之, 又豈才而奇者, 帝獨重之, 而人反不重耶. 又豈人見會勝帝耶.

不獨: ~일 뿐만 아니라. **擯**: 배척할 빈. **毁斥**훼척: 폄훼하고 비방하다. **人**

見: 세인들의 식견. **會**: 공교로울 회. **勝**: 나을 승. **人見會勝帝**: 세상 사람들이 이하를 알아보는 식견이 우연히 상제보다 나은 경우가 있다. 즉 드물긴 하지만, 자신과 같은 사람이 이하의 재주를 일찍 알아보았다는 뜻.

아아, 또한 어찌하여 세상에서 말하는바 재주가 있으면서도 출중한 사람이 이승에 드물 뿐 아니라 하늘 위에서도 많지 않단 말인가? 장길은 27년을 살면서 지위는 봉례태상奉禮太常에 지나지 않았고, 당시 사람 중에는 그를 배척하고 폄훼·비방하는 이들도 많았다. 설마 재주가 있으면서도 출중한 사람은 상제만이 중히 여기고 세상 사람들은 오히려 중히 여기지 않는다는 말인가? 또 설마 세상 사람들의 식견이 공교롭게도 상제보다 나을 수 있다는 말인가?

송대宋代

섬돌 아래서 왕과 다투는 사람 — 구양수歐陽修, 「상범사간서上范司諫書」

송나라 인종仁宗이 12년간의 수렴청정을 끝내고 친정을 시작하면서 진주陳州에서 통판通判 직위에 있던 범중엄范仲淹을 불러 우사간右司諫에 제수하였다(1033년). 구양수는 이 소식을 듣고 낙양洛陽에서 범중엄에게 편지를 써 보냈는데, 그것이 바로 「상범사간서」다. 이 글은 고문古文이라는 질박한 언어로 작성했기 때문에 사람을 앞에 놓고 말하는 것처럼 생생하게 읽히는 장점이 있다. 여기서 구양수는 당시의 정치적 사안에 대해서는 한 마디의 언급도 하지 않은 채 간관諫官 본연의 책무와 범중엄에 대한 기대를 절박하게 표현하였다. 그러므로 이를 읽는 당사자는 매우 엄중한 압박감을 느꼈을 것으로 짐작될 정도다. 실제로 범중엄은 단 8개월간을 우사간에 재임하였으니, 앞서 한유의 「쟁신론諍臣論」에 등장하는 양성陽城의 7년 재임에 비교도 안 될 정도로 짧았지만, 그가 간언한 사안은 양성을 훌쩍 뛰어넘을 정도로 많아 구양수와 사대부들의 의혹을 해소하기에 충분하였다. 그러다가 2년 후 범중엄이 재상을 비판했다가 귀양을 가자, 구양수가 분연히 붓을 들어 당시의 사간司諫인 고약납高若納의 직무유기를 통렬히 꾸짖었다. 이 일로 구양수도 함께 유배를 당하였다.

구양수(1007~1072)은 여릉廬陵 사람으로 자는 영숙永叔, 호는 취옹醉翁이다. 한림학사를 거쳐 추밀부사樞密副使, 차정지사參政知事, 병부상서兵部尚書 등 고위 관직을 맡았다. 정치적으로는 범중엄의 혁신주의를 지지했고, 문학에서는 명도明道와 치용致用을 중시했다. 송대 고문 운동의 영도자로서 당송팔대가 중 한 사람으로 꼽힌다.

•••

前月中, 得進奏吏報云, 自陳州召至闕, 拜司諫. 卽欲爲一書以賀, 多事匆卒, 未能也.

中: 중순. **進奏吏**진주리: 여론을 수집하여 정기적으로나 수시로 황제에게 보고하는 관리. 진주관進奏官이라고도 불렀다. 송대에 처음 만든 제도. **闕**: 대궐 궐. **拜**: 벼슬 줄 배. **司諫**사간: 간언하는 일을 맡은 관리. 임금의 잘못을 바로잡거나 빠뜨린 부분을 보충하는 일을 했다. **賀**: 하례할 하. 구양수가 축하한다는 말을 이 글자 하나만으로 쓴 것은 사간의 자리가 축하만을 받기 어려운 엄중한 자리였기 때문이다. **匆**: 바쁠 총. **卒**: '갑자기 졸猝'과 같은 글자.

지난달 중순 무렵에 진주관進奏官이 올린 보고서를 얻어 보았더니, 진주陳州로부터 대궐로 불려 올라가서 사간에 임명되셨더군요. 즉시 서신 하나를 써서 하례를 드리려고 하였으나 자잘한 일이 많아 바쁜 나머지 그렇게 하지 못하였습니다.

•••

司諫, 七品官耳. 於執事得之不爲喜, 而獨區區欲一賀者, 誠以諫官者, 天下之得失, 一時之公議繫焉.

執事집사: 앞에서도 나왔듯이, 원래 노복이나 시종을 가리키지만 여기서는 아랫사람을 간접적으로 지시함으로써 상대방을 높이는 말로, '귀하貴下'와 같은 의미로 쓰였다. **區區**: 사소한 것. 자신을 낮춰 부르는 말. **公議**: 공정한 의견. **焉**: 여기에.

사간이란 7품의 관직이어서 귀하에게는 이 자리에 간 것이 기쁜 일이 못 되겠습니다만, 저 혼자만이라도 축하 한번 드리려는 것은 진실로 간관諫官이라는 것은 천하의 득실과 당대의 공정한 의견이 그에게 매여 있기 때문입니다.

•••

今世之官, 自九卿百執事, 外至一郡縣吏, 非無貴官大職, 可以行其道也. 然縣越其封, 郡踰其境, 雖賢守長不得行, 以其有守也.

九卿구경: 분야별로 정무를 맡아보는 아홉 개의 최고위 관직. **百執事**: '百官백관'과 같은 말. 구경 아래의 모든 관리. **一**: 전체, 마다. **外至一郡縣吏**: 밖으로 각 군과 현의 벼슬아치에 이르기까지. **其道**: 저마다의 할 일. 정령政令. **封**: 경계 봉. **踰**: 넘을 유. **守長**수장: 우두머리, 장관. **守**: 직무 수.

오늘날의 관직은 중앙의 구경과 백관에서부터 시작하여 밖으로 각 군현의 벼슬아치에 이르기까지 고관대작들이 저마다의 직무를 수행하지 않는 자가 없습니다. 그러나 현에서 그 지경을 넘어가고 군에서 그 경계를 건너뛰는 일이 발생하면 아무리 현명한 수장이라도 직무를 수행할 수가 없는데, 이는 그에게는 고유한 직무만이 있기 때문입니다.

•••

吏部之官, 不得理兵部; 鴻臚之卿, 不得理光祿, 以其有司也. 若天下之得失, 生民之利害, 社稷之大計, 惟所見聞, 而不繫職司者, 獨宰相可行之, 諫官可言之耳.

吏部: 문관의 인사를 관리하는 부서. **理**: 다스릴 리. **鴻臚**홍려: 국가의 의전행사를 담당하고 외교사절을 응대하는 부서. **光祿**: 왕실의 제사, 조회, 향연 등을 관장하는 부서. **得失**: 성공과 실패. **生民**: 백성, 인민. **惟**: 설사 ~라 하더라도. **職司**: 자신의 직무와 담당. **'獨~耳'**: 오로지 ~만 ~할 뿐이다.

이부吏部의 관리는 병부兵部의 일을 다스릴 수 없고, 홍려鴻臚의 장관은 광록光祿의 일을 다스릴 수 없는 것은 그들에게는 고유의 맡은 임무가 있기 때문입니다. 만일에 천하의 득실에 관한 일, 백성의 이해관계에 관한 일, 국가의 미래에 관한 일 등에 대하여 설사 보고 들은 바가 있다 하더라도 그것이 자신의 직무와 관련되지 않는다면, 오로지 재상만이 그것을 시행할 수 있고 간관만이 그것에 대하여 말할 수 있을 뿐입니다.

•••

故士學古懷道者, 仕於時不得為宰相, 必為諫官. 諫官雖卑, 與宰相等. 天子曰不可, 宰相曰可; 天子曰然, 宰相曰不然; 坐乎廟堂之上, 與天子相可否者, 宰相也. 天子曰是, 諫官曰非; 天子曰必然, 諫官曰必不可行; 立於殿陛之前, 與天子爭是非者, 諫官也. 宰相尊, 行其道; 諫官卑, 行其言; 言行, 道亦行也.

士學古懷道者: 선비 중에서 옛것을 배워 도를 품게 된 자. 또는 선비가 옛것을 배워 도를 품게 되면. **時**: 적절한 시기. **廟**: 정전正殿 묘. **廟堂**묘당: 조정. **殿陛**전폐: 어전御前 앞의 섬돌. **其道**: 해야 할 직무, 도리. **其言**: 자신이 해야 할 말.

그러므로 선비 중에서 옛것을 배워 도를 품게 된 자가 적절한 시기에 재상이 되지 못한다면, 반드시 간관이 되어야 합니다. 간관은 비록 직급은 낮으나 재상과 서로 맞먹습니다. 천자께서 '안 된다'라고 말씀하셔도 재상은 '됩니다'라고 말할 수 있고, 천자께서 '그렇다'라고 말씀하셔도 재상은 '그렇지 않습니다'라고 말할 수 있습니다. 이처럼 조정의 대청에 앉아서 천자와 가부를 논할 수 있는 자가 바로 재상입니다. 천자께서 '옳다'고 말씀하셔도 간관은 '아닙니다'라고 말할 수 있고, 천자께서 '반드시 그렇게 해야 한다'고 말씀하셔도 간관은 '절대로 그렇게 해서는 안 됩니다'라고 말해야 합니다. 이처럼 어전 앞의 섬돌

아래에 서서 천자와 더불어 옳고 그름을 다투는 자가 바로 간관입니다. 재상은 존귀하므로 자신이 해야 할 직무를 수행하고, 간관은 낮으므로 자신이 해야 할 말을 하는 것입니다. 말이 통해야 직무도 수행되는 법입니다.

•••

九卿百司郡縣之吏, 守一職者, 任一職之責; 宰相諫官, 繫天下之事亦任天下之責. 然宰相九卿而下, 失職者, 受責於有司. 諫官之失職也, 取譏於君子. 有司之法, 行乎一時; 君子之譏, 著之簡册而昭明, 垂之百世而不泯, 甚可懼也.

百司: 백관百官과 같은 말. **失職**: 관리가 직무를 규정에 따라 수행하지 못해서 범죄를 일으키다. **責**: 꾸짖을 책. 처벌. **有司**: 담당관리. 여기서는 법관. **譏**: 비웃을 기. **簡册**간책: 대나무를 쪼개 엮은 고대의 기록지. 여기서는 역사 기록을 뜻한다. **垂**: 드리울 수. 전하다. **泯**: 멸망할 면. **懼**: 두려울 구.

구경과 백관, 그리고 각 군현의 벼슬아치들은 하나의 직책만을 지키고 하나의 책임만을 지는 사람들이지만, 재상과 간관은 천하의 모든 일에 관련될 뿐 아니라 천하의 모든 책임도 집니다. 그런데 재상과 구경, 그리고 그 아래의 벼슬들은 직무 수행을 잘못하여 범죄가 되면 법관에게서 처벌을 받지만, 간관이 직무를 잘못 수행하면 군자들에게 비웃음을 사게 됩니다. 법관의 처벌은 그 당시에만 시행되고 마는 것이지만, 군자들의 비웃음은 역사책에 기록되어 명명백백히 드러나 일백 세대 뒤에까지 전달되어 없어지지 않으니 심히 두려운 것입니다.

•••

夫七品之官, 任天下之責, 懼百世之譏, 豈不重耶. 非材且賢者不能為也. 今執事被召於陳州, 洛之士大夫相與語曰: 我識范

君, 知其材也. 其來不為御史, 必為諫官. 及命下果然, 則又相與語曰: 我識范君, 知其賢也. 他日聞有立天子陛下, 直辭正色, 面諍庭論者, 非他人, 必范君也.

洛: 낙양洛陽. 한대 이후 동도東都로 불리었다. **識**: 친분 식. **果然**과연: 결과가 예상한 바와 같다. **面諍庭論**면쟁정론: 면전에서 대놓고 간하고, 조정에서 공개적으로 따지다.

저 7품의 관리가 온 천하의 책임을 지고 일백 세대 후까지 전달될 비웃음을 두려워해야 하니 어찌 중책이 아니겠습니까? 능력이 있고 현명한 자가 아니라면 할 수 없는 일입니다. 이제 귀하께서 진주에서 불려 올라올 때, 이곳 낙양의 사대부들은 서로 이렇게 말하더군요. "내가 범 선생과 친분이 있어서 그의 능력을 잘 압니다. 그가 올라가면 어사御史가 되지 않으면 필시 간관이 될 것이오." 인사 명령이 내려올 때 보니 결과가 예상한 바와 같으니까 또다시 그들이 서로 말합니다. "내가 범 선생과 친분이 있어서 그의 현명함을 잘 압니다. 나중에 천자의 섬돌 아래에 서서 곧은 말과 엄정한 표정으로 천자의 면전에서 대놓고 간하고, 조정에서 공개적으로 따지는 자는 다른 사람이 아니라 범 선생일 것이라는 소식을 듣게 될 것이오."

• • •

拜命以來翹首企足, 竚乎有聞, 而卒未也, 竊惑之. 豈洛之士大夫, 能料於前, 而不能料於後也. 將執事有待而為也.

拜命배명: 관직에 임명하다. **翹**: 높이 들 교. **企**: 발돋음할 기. **翹首企足**교수기족: 고개를 높이 들고 발꿈치를 들다. 즉 간절히 기다린다는 뜻. **竚**: 서서 기다릴 저. **竊**: 속으로 여길 절. **惑**: 의아할 혹. **料**: 헤아릴 료. **有待而為**: 무언가 기다렸다가 할 일이 있다. **也**: '耶야'와 같은 의문 표시 어기조사.

그런데 임명을 받은 이후로 고개를 높이 빼고 발꿈치를 든 채로 서서 그런 소식이 들리기를 기다렸지만, 아직 들리지 않으니 제 속에 의아한 마음이 드는군요. 설마하니 낙양의 사대부들이 앞엣것에 대해서는 헤아릴 줄 알아도 뒤엣것에 대해서는 헤아리지 못하는 것일까요? 장차 귀하께서는 무언가 기다렸다가 해야 할 일이 있는 것인가요?

•••

昔韓退之作諍臣論, 以譏陽城不能極諫, 卒以諫顯, 人皆謂城之不諫, 蓋有待而然, 退之不識其意而妄譏, 修獨以為不然.

極諫: 있는 힘을 다하여 간언하다. **顯**: 명성 있을 현. **妄**: 함부로 망.

일찍이 한유가 「쟁신론」을 지을 때 양성이 있는 힘을 다하여 간언하지 못한다고 비웃었기 때문에, 마침내 그는 간언으로 명성을 얻게 되었습니다. 사람들은 모두 양성이 간언하지 않은 것은 아마도 좀 더 기다렸다가 그렇게 해야 할 일이 있어서였을 텐데 한유가 그 의도를 모르고 함부로 비난한 것이라고 말합니다만, 이 사람 수修만은 홀로 그렇게 여기지 않습니다.

•••

當退之作論時, 城為諫議大夫已五年, 後又二年, 始廷論陸贄, 及沮裴延齡作相, 欲裂其麻, 纔兩事耳.

陸贄육지: 중당 시기의 현신賢臣. 재덕才德을 겸비하고 시문을 잘하였다. **沮**: 막을 저. **裴延齡**배연령: 덕종의 총애를 받던 간신. 재정을 맡은 육지가 가혹한 세금을 줄이자고 주장하자 그를 참소하여 축출했다. **麻**: 삼 마. 당시 한림원에서 조서를 기초할 때, 황후와 태자를 세울 때, 사면을 내릴 때, 토벌을 명할 때, 삼공 및 장상을 임면할 때는 흰 마로 만든 종이에 적었다.

양성은 배연령이 재상에 임명되는 것을 막기 위해서 이 종이를 찢어버리겠다고 말했는데, 이는 이후로 극렬한 직간의 전고가 되었다. 纔: 겨우 재.

한유가 그 글을 쓸 때 양성은 간의대부가 된 지 이미 오 년이었으며, 다시 이 년 뒤에 비로소 조정에서 육지를 변론한 일이 있었고, 이윽고 배연령이 재상이 되는 것을 저지하면서 마지麻紙에 적힌 조서를 찢어버리려 했던 일이 있었으니, 겨우 이 두 가지 일을 했을 뿐입니다.

•••

當德宗時, 可謂多事矣. 授受失宜, 叛將強臣, 羅列天下, 又多猜忌, 進任小人. 於此之時, 豈無一事可言, 而須七年耶. 當時之時, 豈無急於沮延齡論陸贄兩事耶.

多事: 재난이 많다. **授受**수수: 관직을 내리고 받는 일. **叛將強臣**반장강신: 반란을 일으킨 장수와 권력을 전횡하는 대신. **羅列**나열: 깔려 있다. **猜忌**시기: 의심하고 기피하다. **豈**: 설마 기. **於**어: 비교를 나타내는 조사. '~於A': A보다 더 ~하다.

당시 덕종이 재위했던 시기에는 큰일이 많이 일어났다고 말할 수 있으니, 관직을 내리고 받는 일이 공정성을 잃었고, 반란을 일으킨 장수와 권력을 전횡하는 대신들이 천하에 깔려 있었으며, 게다가 천자는 의심이 많고 기피하는 것도 많아서 소인배들을 데려다 임용하였습니다. 설마하니 이러한 시기에 간언할 말이 하나도 없어서 칠 년이나 기다려야만 하였겠습니까? 그 당시에 설마 배연령을 저지하고 육지를 변론하는 일보다 더 급한 일이 없었겠습니까?

•••

謂宜朝拜官而夕奏疏也. 幸而城為諫官七年, 適遇延齡陸贄事

一諫而罷, 以塞其責. 向使止五年六年, 而遂遷司業, 是終無一言而去也, 何所取哉.

謂: 생각할 위. **奏疏**주소: 상소문을 아뢰다. **罷**: 물러날 파. **向使**: 만약에. **司業**사업: 국자감國子監에서 학업을 담당하는 관직. 배연령 사건으로 인사 이동된 일을 가리킨다. **取**: 취할 취. 본받을 일로 받아들이다.

이 사람의 생각으로는 간관은 마땅히 아침에 임명을 받으면 저녁에 상소문을 올려야 합니다. 다행히도 양성은 간관이 된 지 칠 년 만에 마침 배연령과 육지 사건을 만나 간언을 한 번만 올리고 물러남으로써 문책을 당하는 일을 막을 수 있었습니다. 만약에 단지 오 년이나 육 년 만에 결국 국자감의 사업으로 인사 이동이 되었다면, 끝내 한 마디 간언도 안 하고 자리를 떠난 셈이 되었을 터이니, 여기에 무슨 취할 바가 있었겠습니까?

•••

今之居官者, 率三歲而一遷, 或一二歲, 甚則半歲而遷也. 此又非可以待乎七年也. 今天子躬親庶政, 化理淸明, 雖爲無事, 然自千里詔執事而拜是官者, 豈不欲聞正議而樂讜言乎.

率: 대략 솔. **遷**: 옮길 천. **躬親**궁친: 몸소. **化理**: 교화와 치리治理. **爲**: 생각할 위. **詔**: 부를 조. **正議**: 바른 의견. **讜**: 곧은 말 당.

오늘날 관직에 있는 자들은 대체로 삼 년에 한 번, 또는 일이 년 만에, 심한 경우는 반년 만에 자리를 이동합니다. 이러한즉, 칠 년을 기다릴 수 있다는 것은 더 불가한 것입니다. 이제 천자께서 몸소 뭇 정사를 모두 살피셔서 교화와 치리가 맑고 밝아져 비록 별일은 없다고 여겨지기는 하지만, 천자께서 천 리 밖으로부터 귀하를 불러 간관에 임명하신 것은, 설마하니 바른 의견을 듣지 않으려 하고 곧은 말은 즐기지 않으시려는 것이었겠습니까?

•••

今未聞有所言說, 使天下知朝廷有正士, 而彰吾君有納諫之明也. 夫布衣韋帶之士, 窮居草茅, 坐讀書史, 常恨不見用; 及用也, 又曰彼非吾職, 不敢言; 或曰吾位猶卑, 不得言; 得言矣, 又曰吾有待; 是終無一人言也, 可不惜哉.

彰: 드러낼 창. **納諫**납간: 간언을 받아들이다. **布衣韋帶**포의위대: 베옷을 입고 가죽 띠를 두르다. 옛날 가난한 사람들의 복장. 아직 벼슬길에 나아가지 못한 사람을 일컫는 말. **草茅**초모: 풀과 띠로 엮은 초가집. **惜**: 아쉬워할 석.

이제껏 이 사람은 아직 (귀하께서) 간언의 말씀을 드린 바 있어서 천하 사람들로 하여금 조정에 올바른 선비가 있음을 알게 하였다는 소식을 들은 바가 없습니다. 그래야 우리 임금님께서 간언을 받아들이는 명석함을 갖고 계시다는 사실을 밝히 드러내게 됩니다. 저 베옷을 입고 가죽 띠를 두른 평민의 선비들은 풀과 띠로 엮은 초가에 살면서 책과 역사를 앉아 읽을 때면 언제나 자신이 임용되지 못함을 한탄하지만, 임용되면 다시 말하기를 "저것은 저의 직무가 아니라서 감히 말할 수 없습니다"라고 합니다. 또 어떤 이는 "저의 직위가 아직 낮아서 말을 할 수가 없습니다"라고 말하고, 또는 "저에게는 기다리는 바가 있습니다"라고 말하기도 합니다. 이것은 끝내 말할 사람이 아무도 없는 것이니, 안타깝지 않다고 할 수 있겠습니까?

•••

伏惟執事, 思天子所以見用之意, 懼君子百世之譏, 一陳昌言, 以塞單望, 且解洛士大夫之惑. 幸甚, 幸甚.

伏惟복유: 땅에 엎드려서 생각하다. 상대를 높여서 아뢰는 말. **見**: 동사 앞에서 피동을 나타내는 조사. **陳**: 펼 진. **昌言**: 정직한 말, 기탄없는 말. **塞**: 채울 색. **單望**단망: 간단한 소망. 앞에서 말한바 사람들이 그에게 기대하는 '능력과 현명함'(才賢)을 가리킨다. **幸甚**행심: 편지의 말미에 쓰는 말. '매우 큰 영광이 되겠습니다.'

엎드려 생각건대 귀하께서는 천자께 쓰임을 받게 된 연유의 본뜻을 생각하시고, 군자들의 일백 세대에 이르는 비웃음을 두려워하시어 기탄없는 간언을 한바탕 펴심으로써 사람들의 저 단순한 기대감을 채워주시고, 나아가 낙양 사대부들의 의아심을 풀어주십시오. 그러면 매우 큰 영광이 되겠나이다. 매우 큰 영광이 되겠나이다.

「맹상군전」을 읽고 나서 —
왕안석王安石, 「독맹상군전讀孟嘗君傳」

이 글은 왕안석이 「맹상군전孟嘗君傳」을 읽고 쓴 일종의 독후감이다. 짧은 글이지만 그의 개혁 사상가다운 면이 엿보이므로 예부터 개혁 성향의 지식인들 사이에서 널리 애독되어왔다. 그런데 이 글을 실제로 읽어보면 개혁적이기는커녕 오히려 보수적인 면이 다분히 보이는데, 이는 개혁이란 원래 복고의 모습으로 나타나기 때문이다.

맹상군(?~B.C. 279)은 성은 전田이고 이름은 문文으로 전국사군戰國四君 가운데 한 사람이다. 제나라 귀족으로 위왕威王의 손자이자 정곽군靖郭君 전영田嬰의 아들이다. 그의 아버지가 봉지로 받은 설읍薛邑을 세습받았으므로 설공薛公이라고도 불렀다. 그는 부친에게 물려받은 유산을 갖고 각 나라의 인재들을 설읍에 불러들인 나머지 식객食客의 수가 수천 명에 이르렀다고 한다. 진秦 소왕昭王이 맹상군의 명성을 듣고 그를 불러다 승상의 자리에 앉히려 했으나, 주위의 반대로 맹상군은 도리어 구금되었다가 식객들의 도움으로 겨우 탈출하였다. 결국 그는 나중에 제나라 민왕湣王의 재상이 되었다. 『사기』 「열전列傳」에 그에 관한 고사가 여러 개 있다. 그중에서도 저 탈출 이야기는 전설처럼 회자되어 내려왔다. 왕안석은 맹상군의 이러한 전설적인 명성과 고사를 오히려 비판하고 있는데, 이 고사의 줄거리는 대략 다음과 같다.

B.C. 299년에 제 민왕이 맹상군을 진나라로 보냈더니 진 소왕은 즉시 그에게 재상의 자리를 맡겼다. 그러자 신하들 중 몇몇이 그는 외국인이라서 진나라에 해가 된다고 참소를 하였다. 왕이 그 말을 듣고 맹상군을 파면하고 가두어놓고는 곧 죽이려 하였다. 상황이 위급하게 되자 왕이 총애하는 후궁에게 사람을 보내서 구해달라고 부탁하였다. 그러자 후궁이 조건을 내세웠는데 그것은 맹상군이 갖고 있는, 여우의

겨드랑이 털로 만든 갖옷인 호백구狐白裘를 달라는 것이었다. 그런데 이 갖옷은 진나라에 들어올 때 이미 왕에게 선물한 터였다. 식객들과 이 일을 의논하였더니 그중의 한 사람이 개가죽을 뒤집어쓰고 들어가 도둑질을 잘한다며 자신이 창고에 몰래 들어가 호백구를 가져오겠다고 나섰다. 그의 도둑질 재주로 마침내 갖옷을 구해 후궁에게 주자 그녀가 왕을 설득해서 구금에서 풀려날 수 있었다.

이어 그들은 진나라를 벗어나기 위해서 출경 허가증을 위조하고는 함곡관으로 달려갔다. 이 사실을 뒤늦게 안 왕은 맹상군을 다시 체포하라고 군사들을 시켜 뒤쫓게 하였다. 밤을 도와 함곡관까지 왔으나 아직 새벽닭이 울지 않아 관문은 굳게 닫혀 있었다. 다급한 처지에 이른 맹상군이 어쩔 바를 모를 때 닭 울음소리를 잘 흉내 내는 식객 중의 한 사람이 나섰다. 그가 닭 우는 소리를 내자 동네의 닭들이 모두 울기 시작하였다. 닭 울음소리를 들은 문지기들이 나와 관문을 여니까 맹상군 일행은 즉각 가짜 출경 허가증을 보여주고는 그대로 달아나 제나라로 돌아왔다.

왕안석(1021~1086)은 북송의 개혁파 정치가이자 문학가이다. 재상에 제수되면서 변법을 강행하였으나 수구파의 반대에 부딪혀 파직되었고, 1년 후 다시 재상이 되었지만 역시 파직되어 강녕江寧에 은퇴하였다. 그는 경학經學 연구에 몰두하여 당시로서는 매우 진보적인 형공신학荊公新學을 창립하였다. 문학에서는 형공체荊公體라고 불릴 만큼 시로도 유명하지만, 특히 고문을 잘 구사하여 당송팔대가 중의 한 사람으로 꼽혔다. 형공荊公은 그가 형국공荊國公에 봉해졌기 때문에 붙여진 존칭이다.

•••

世皆稱孟嘗君能得士, 士以故歸之, 而卒賴其力以脫於虎豹之秦.

稱칭: 높이 들어 칭찬하다. **得士**: 인재들을 예우함으로써 그들의 마음을 사다. **卒**: 마침내 졸. **賴**: 의지할 뢰. **其力**: 문하 식객들의 능력. **虎豹**호표: 범과 표범처럼 사나운.

세상 사람들은 모두 맹상군이 인재를 자기 사람으로 만들 줄 아는 사람이라고 칭찬한다. 이 때문에 그들이 그에게로 귀의하는 것이고 그리고 마침내 그들의 힘에 의지해 범과 표범같이 사나운 진나라에서 탈출할 수 있었다는 것이다.

•••

嗟乎! 孟嘗君特雞鳴狗盜之雄耳, 豈足以言得士.

特: 다만 특. '다만 지只'와 같은 글자. **雞鳴**계명: 닭 우는 소리를 내서 함곡관의 성문을 열게 한 일을 가리킨다. **狗盜**구도: 개가죽을 뒤집어쓰고 소왕의 창고에 들어가 호백구를 훔쳐 온 일. **雄**: 우두머리 웅.

아아, 맹상군은 단지 닭 우는 소리나 흉내 내고 개가죽을 뒤집어쓰고 도둑질이나 하는 무리의 두목일 뿐인데, 어찌 인재들의 마음을 살 줄 안다고 말하기에 충분하단 말인가?

•••

不然, 擅齊之強, 得一士焉, 宜可以南面而制秦, 尚何取雞鳴狗盜之力哉.

擅: 차지할 전. **焉**: '於此'와 같다. 거기에다가, 즉 제나라의 세력에다가. **南面**: 남쪽을 향하다. 군신의 예법에 의하면 신하는 북쪽을 향하여 서고 임금은 남쪽을 향해 앉았다. 제나라가 육국을 지배하는 패제후가 될 수 있었다는 뜻. **制**: 제압하다, 복종시키다. **尙**: 게다가. **取**: 의지할 취.

그렇게 하지 않았다면 맹상군은 제나라의 강력한 힘을 차지하고, 거기다 인재 한 사람만 얻었어도 마땅히 남쪽을 바라보고 앉는 패제후霸諸侯가 되어 진나라를 복종시켰을 터인데, 거기다 무슨 닭 우는 소리를 흉내 내는 일과 개가죽을 뒤집어쓰고 도둑질하는 일에 의지할 게 있겠는가?

• • •

夫雞鳴狗盜之出其門, 此士之所以不至也.

士: 현사賢士, 즉 제대로 된 인재를 가리킨다.

무릇 닭 우는 소리를 흉내 내고 개가죽을 뒤집어쓰고 도둑질하는 자들이 그의 문하에서 나왔다면, 이것이 바로 현사들이 그에게 가지 않은 이유일 것이다.

적벽 아래서 영생을 깨닫다 —
소식蘇軾, 「전적벽부前赤壁賦」

이 작품은 북송의 문인인 소식이 지은 부賦다. 소식은 「적벽부」를 두 편 창작하였는데, 이 글은 먼저 지은 것으로서 후편보다 더 잘 알려져 있다. 보름달이 뜬 밤, 적벽赤壁 아래에 배를 띄워놓고 친구와 함께 술을 마시며 고담준론高談峻論을 나누는 정황을 대화체로 묘사하였다. 옛날 삼국 시기에 적벽 아래에서 일어났던 영웅들의 이야기를 회고하다가 문득 인생이 덧없음을 손님이 슬퍼하자, 달과 바람을 즐기며 이와 함께하는 것이 영원을 사는 것이라고 위로하는 이 글은 궁정 문학에서 출발한 부체賦體를 호방한 서정시의 차원으로 끌어올렸다. 더욱이 이 작품은 그가 황주黃州에 유배되어 있던 기간에 쓴 것이라서 인생을 관조하는 그의 관점과 묘사가 읽는 이의 공감을 자연스럽게 일으킨다. 이후 이 작품은 중국뿐 아니라 동아시아의 시와 산문에 심대한 영향을 끼쳤다.

소식(1037~1101)의 자는 자첨子瞻이고, 호는 동파거사東坡居士다. 우리에게 그는 소동파蘇東坡로 더 잘 알려져 있다. 정치적으로는 개혁파인 왕안석王安石과 대척점에 있어서 그의 신법新法의 폐단을 시로 풍자하여 감옥에 갇혔다가 황주로 유배되었다. 그 후로도 여러 차례 유배되었지만 가는 곳마다 선정을 베풀어 백성들에게 신망을 받았다. 아버지 소순蘇洵, 동생 소철蘇轍과 함께 당송팔대가로 꼽힌다.

•••

壬戌之秋, 七月既望, 蘇子與客泛舟遊於赤壁之下. 清風徐來, 水波不興. 舉酒屬客, 誦明月之詩, 歌窈窕之章.

壬戌임술: 송나라 신종神宗 원풍元豐 5년(1082). 이 작품을 쓰기 2년 전에 소식은 작품의 배경인 이곳 황주黃州(오늘날의 호북성 황강黃岡)로 귀양을 왔다. **赤壁**: 원래 지명은 적비기赤鼻磯로서, 삼국 시기 적벽대전赤壁大戰에 나오는 그곳이 아니다. 단지 현지인들이 음이 비슷하다 해서 적벽으로 부르는 것을 그대로 따라 적은 것이다. **旣**: 지날 기. **望**: 보름 망. **旣望**: 보름이 지난 다음 날, 즉 음력 16일. **客**: 손 객. 즉 친구. **泛**: 뜰 범. **徐**: 천천히서. 간간이. **興**: 일어날 흥. **屬**: 권할 촉. '부탁할 촉囑'과 같은 글자다. **誦**: 읊을 송. **窈窕**요조: 젊은 여인의 정숙하고 아리따운 모습. 여기서는 『시경』 진풍陳風의 「월출月出」편을 가리킨다.

임술년 가을, 7월 16일에 소蘇 선생은 손님과 더불어 배를 띄워 적벽 아래로 놀러 나갔다. 시원한 바람은 간간이 불어왔지만, 물결은 일어나지 않았다. 술잔을 들어 손님에게 권하면서 밝은 달을 주제로 한 시도 읊고 『시경』 「월출」편의 가사도 노래하였다.

•••

少焉, 月出於東山之上, 徘徊於斗牛之間. 白露橫江, 水光接天. 縱一葦之所如, 凌萬頃之茫然.

焉: 그로부터. **少焉**: 얼마 안 있어. **斗牛**: 별자리 이름. 두성斗星과 우성牛星. **斗牛之間**두우지간: 마음이 안정되지 못하여 안절부절할 때에 주로 쓰는 말. **白露**백로: 엷은 물안개. **橫**: 가로지를 횡. 뒤덮다, 자욱하다. **縱**: 내버려둘 종. 맡기다. **葦**: 갈대 위. 갈댓잎처럼 작은 거룻배. **如**: 갈 여. **凌**: 넘을 릉. **頃**: 이랑 경. 여기서는 물결의 파고. **茫**: 아득할 망.

얼마 안 있자니 동산 위로 달이 올라와 두성과 우성 사이에서 주춤거리고 있었다. 엷은 물안개가 강물 위를 가로질러 덮었어도 물빛은 하늘까지 닿았다.

갈댓잎 한 장 같은 배를 떠가는 대로 내버려두니, 수많은 잔물결을 넘고 또 넘는 아득함이라니.

•••

浩浩乎如馮虛御風, 而不知其所止; 飄飄乎如遺世獨立, 羽化而登仙.

浩浩호호: 물이 풍성하고 넓은 모양. **馮**빙: '기댈 빙憑'과 같은 글자. 타다. **虛**: 빌 공. 허공. **御**: 수레 몰 어. **飄**: 나부낄 표. **飄飄**: 바람을 타고 날아오르는 모양. 득의한 모양. **遺世**: 속세를 버리다. **羽化**우화: 직역하면 '날개 있는 사람으로 변하다'인데, 고대에는 신선이 되면 날아다닌다고 믿었으므로 이렇게 불렀다. 즉 신선이 된다는 뜻. **登仙**등선: 신선의 경지에 오르다.

그 도도함이란 마치 허공을 타고 바람을 모는 것 같아서 멈춰야 할 곳을 알 수 없었고, 그 의기양양함이란 마치 속세를 떠나 홀로 서고 날개 얻어 신선의 경지에 오른 듯하였다.

•••

於是飲酒樂甚, 扣舷而歌之. 歌曰: 桂棹兮蘭槳, 擊空明兮溯流光. 渺渺兮予懷, 望美人兮天一方.

扣: 두드릴 구. 박자를 맞추다. **舷**: 뱃전 현. **棹**: 노 도. **蘭**: 목련 란. **槳**: 상앗대 장. **空明**: 허공에 뜬 달, 즉 강물에 비친 달. **溯**: 거슬러 올라갈 소. **流光**: 물결 위에 비쳐서 흐늘거리는 달빛. **渺渺**묘묘: 그지없이 넓고 아득하다. **懷**: 품을 회. 가슴에 품은 생각 또는 그리움. **美人**: 고대의 시에서는 주로 마음에 늘 그리워하는 사람을 상징하는 말로 쓰인다. 위의 이 두 구절은 굴원屈原의 초사楚辭 문체로 쓴 것이다.

이때쯤에 술이 거나해지고 즐거움이 더해지니 뱃전을 두드리며 노래를 하기 시작하였다. 그 가사인즉, "계수나무 노에 목련나무 상앗대로 / 물에 비친 허공의 달을 쳐대며 흐늘거리는 달빛 따라 거슬러 올라가네. 그지없어라, 나의 그리움이여 / 그 사람을 바라보고 있지만 하늘 저쪽 편에 계신 것을."

•••

客有吹洞簫者, 倚歌而和之. 其聲嗚嗚然, 如怨如慕, 如泣如訴; 餘音嫋嫋, 不絕如縷. 舞幽壑之潛蛟, 泣孤舟之嫠婦.

洞簫통소: 퉁소. **倚**: 맞출 의. 따라가다, 반주하다. **嗚**: 흐느껴 울 오. 흐느껴 우는 소리를 형용하는 말. **訴**: 호소할 소. **嫋**: 예쁠 뇨. 소리가 가냘프게 길게 늘어지는 모양을 형용하는 말. **縷**: 실오라기 루. **幽**: 그윽할 유. 깊다. **壑**: 골짜기 학. **蛟**: 교룡 교. 뿔 없는 용. **泣**: 울 읍. 울게 하다. **嫠**: 과부 리.

손님 중에 퉁소를 부는 사람이 있어 이 노래에 맞춰 화답을 해주었는데, 그 소리가 흐느껴 우는 듯하였으니, 마치 원망하는 것 같기도 하고 그리워하는 것 같기도 하였으며, 우는 것 같기도 하고 하소연하는 것 같기도 하였다. 잔향이 가냘프게 늘어지며 실올처럼 끊어지지 않는 것이 깊은 골짜기의 교룡을 춤추게 하고, 외로운 배의 홀로 된 여인을 울게 할 정도였다.

•••

蘇子愀然, 正襟危坐, 而問客曰: 何爲其然也. 客曰: 月明星稀, 烏鵲南飛. 此非曹孟德之詩乎. 西望夏口, 東望武昌, 山川相繆, 鬱乎蒼蒼, 此非孟德之困於周郎者乎.

愀: 삼갈 추. 정색을 하다. **襟**: 옷깃 금. **危**: 엄정할 위. **危坐**위좌: 단정히 앉다. **何爲其然也**: 연주가 왜 이리 처량하냐는 뜻. **客曰: 月明星稀, 烏鵲南**

飛: '稀'는 드물 희, '烏鵲오작'은 까막까치. 이 구절은 조조曹操의 『단가행短歌行』에서 인용된 것. **孟德**: 조조의 자. **夏口**: 오늘날의 무한武漢시 한구漢口. **武昌**: 오늘날의 무한시 무창구. 한구와 무창은 장강을 사이에 두고 북과 남으로 마주보고 있는데, 지금은 한구와 무창을 병합하여 무한武漢시가 되었다. **繆**: 감을 류. **鬱**: 우거질 울. **蒼**: 푸를 창. **郞**: 젊은 사내 랑. **周郞**: 오나라 장수 주유周瑜를 가리킨다.

소 선생이 정색을 하고는 옷깃을 여미고 단정히 앉아서 손님에게 물었다. "어찌하여 이렇게 심각한 연주를 하시는지요?" 손님이 대답하였다. "'달이 밝아 별이 희미해지는 때 / 까막까치는 남쪽으로 날아가네.' 이것은 조조의 시가 아닙니까? 서쪽으로는 하구를 바라보고 동쪽으로는 무창이 바라다보이는 곳에서, 산과 강이 서로를 감아 돌고 푸른 숲 빽빽이 우거졌으니, 여기가 조조가 주유에게 포위되었던 곳 아닙니까?

•••

方其破荊州, 下江陵, 順流而東也, 舳艫千里, 旌旗蔽空, 釃酒臨江, 橫槊賦詩, 固一世之雄也, 而今安在哉. 況吾與子漁樵於江渚之上, 侶魚蝦而友麋鹿, 駕一葉之扁舟, 擧匏樽以相屬.

方: 바야흐로 방. 이제 막. **下**: 항복할 하. **舳**: 고물 축. **艫**: 뱃머리 로. **舳艫**: 이물과 고물을 서로 연결한 배의 무리. **旌**: 기 정. 새털로 장식한 깃발. **蔽**: 덮을 폐. **釃**: 술 거를 시. **釃酒**: 술을 잔에 따르다. **槊**: 긴 창 삭. 긴 창을 가로로 쥐고 시를 읊다. 당나라 시인 원진元稹의 「당고공부원외랑두군묘계명(唐故工部員外郎杜君墓繫銘)이 출전이다. 원진은 조조의, 문과 무를 겸비한 영웅의 호방한 기개를 이 말로 표현하였다. **固**: 진실로 고. **安**: 의문대사. 어디에. **漁**: 고기 잡을 어. **樵**: 나무할 초. **渚**: 물가 저. **侶**: 벗할 려. **麋**: 고라니 미. **扁**: 납작할 편. **匏**: 박 포. **匏樽**포준: 박으로 만든 술 그릇.

屬: 권할 촉.

이제 막 그가 형주를 쳐부수고, 강릉을 항복시키며 강물을 따라 동쪽으로 내려가는데, 고물과 이물을 서로 연결한 거대한 함대가 천 리에 이르렀고, 군대의 각종 깃발이 허공을 뒤덮었습니다. 술을 잔에 따르고 강물을 내려다보며 긴 창을 가로로 손에 쥔 채 시를 읊으니, 그야말로 당대의 영웅이었지만 이제는 어디에 있습니까? 하물며 강과 물가에서 고기나 잡고 나무나 하면서 물고기나 새우와 동무하고 고라니나 사슴과 벗하고 살며, 나뭇잎 같은 납작한 배나 저으며 호리병박 술잔 들어 서로 권하고 있는 나와 선생이랴?

• • •

寄蜉蝣於天地, 渺滄海之一粟. 哀吾生之須臾, 羨長江之無窮. 挾飛仙以遨遊, 抱明月而長終. 知不可乎驟得, 託遺響於悲風.

寄: 맡길 기. **蜉蝣**부유: 하루살이. **渺**: 아득히 넓을 묘. **粟**: 좁쌀 속. **須臾**수유: 잠깐 사이. **羨**: 부러워할 선. **挾**: 낄 협. **遨**: 즐겁게 놀 오. **長終**: 끝을 길게 하다. 즉 영원에 이르다. **驟**: 자주 취. **驟得**: 수시로, 아무 때나 이루어지다. **遺**: 남을 유. **遺響**유향: 퉁소의 잔향. **悲風**: 슬픈 바람. 즉 가을바람을 뜻한다.

하루살이처럼 이 천지간에 몸을 맡기고 사는 우리는 저 아득한 푸른 바다 위의 좁쌀 한 알로, 삶이라는 짧은 순간을 통탄하고 장강의 무궁함을 부러워합니다. 날아다니는 신선과 팔짱 낀 채 즐겁게 놀고, 밝은 달 끌어안고 영원함에 이르고 싶지만, 이것이 아무 때나 실현될 수 없음을 잘 알고 있으니 퉁소의 여운을 가을바람에 기탁한 것이지요."

•••

蘇子曰: 客亦知夫水與月乎. 逝者如斯, 而未嘗往也; 盈虛者如彼, 而卒莫消長也. 蓋將自其變者而觀之, 則天地曾不能以一瞬; 自其不變者而觀之, 則物與我皆無盡也, 而又何羨乎.

逝: 갈 서. **逝者如斯**서자여사: 『논어』 「자한子罕」편의 "逝者如斯夫, 不舍晝夜"(가는 것은 이와 같으니 밤낮을 가리지 않는다)에서 인용한 말. **盈虛**: 차고 비다. 즉 달을 상징. **消**: 줄어들 소. **消長**: 줄어들거나 더 자라나다. **蓋**: 왜냐하면, 아마도. **以**: '쓸 용用'과 같다. 즉 변화하지 않고 자기 뜻대로 쓰다. **瞬**: 눈 깜짝일 순.

소 선생이 이에 대답하였다. "손님께서도 저 물과 달을 잘 아시지요? '가는 것은 이와 같다'고 하였지만, 가버린 것은 일찍이 없었소이다. (달이) 차고 비는 것이 저와 같아도 끝에 가서는 아무것도 줄어들거나 늘어난 것이 없소이다. 왜냐하면, 바야흐로 사물은 변한다는 차원에서 보면, 천지는 일찍이 눈 깜짝일 시간이라도 (자기 뜻대로) 쓸 수 없었고, 사물은 변하지 않는다는 차원에서 보면 사물과 나에게는 모두 무궁무진함이 있기 때문이니, 여기에 무엇을 더 부러워하겠습니까?

•••

且夫天地之間, 物各有主, 苟非吾之所有, 雖一毫而莫取. 惟江上之淸風, 與山間之明月, 耳得之而爲聲, 目遇之而成色, 取之無禁, 用之不竭. 是造物者之無盡藏也, 而吾與子之所共適.

且夫차부: 더 나아가, 하물며. **苟**: 진실로 구. **耳得之而爲聲**: 귀가 그것을 얻으면 소리가 되다. **色**: 모양 색. 형체. **造物者**조물자: 천지자연. **無盡藏**무진장: 불교 용어. 무궁무진하게 감춰져 있는 보물. **適**: 즐길 적. **共適**: 함께 즐기다. 소식은 원래 '共食'으로 썼으나 명대 이후부터 '共適'으로 인쇄되었고, 의미는 같다.

더 나아가 하늘과 땅 사이에서 모든 사물에는 각기 나름의 주인이 있으니, 진실로 나의 소유가 아니라면 비록 터럭 하나라 할지라도 가질 것이 전혀 없는데도 말입니다. 오로지 강 위에 부는 맑은 바람과 산 위의 저 밝은 달만이 귀 닿으면 소리가 되고 눈 마주치면 형체를 이루는데, 이것은 가져도 금지하지 않고 써도 고갈되지 않습니다. 이것이야말로 천지자연이 무궁무진하게 간직하고 있는 보물이자 나와 선생이 함께 누리는 바입니다."

•••

客喜而笑，洗盞更酌．餚核既盡，杯盤狼籍．相與枕藉乎舟中，不知東方之既白．

盞: 술잔 잔. **酌**: 술 부을 작. **餚**: 고기 안주 효. **核**: 씨 있는 과일 핵. 여기서는 과일 안주. **狼籍**낭자: '狼藉'로도 쓴다. 승냥이가 깔고 앉았던 풀밭. 엉망진창. **枕**: 베개 침. **藉**: 깔 자. **枕藉**: 취한 나머지 서로를 베개 삼고 깔고 누웠다는 뜻. **既白**기백: 이미 날이 밝았다.

객이 기뻐하며 웃고는 잔을 씻어 다시금 술을 따랐다. 고기 안주와 과일 안주는 벌써 다 먹어 치웠고, 잔과 접시들이 엉망진창으로 나뒹굴고 있었다. 배 가운데 서로들 베고 깔고 널브러져 동쪽 하늘이 이미 밝아졌는지도 모르는 채.

시의 독립성 —
소식, 「전당근상인시집서錢塘勤上人詩集敍」

전당錢塘은 오늘날의 항주杭州이고, 상인上人은 승려를 높여 부르는 말로서 근상인勤上人은 소식, 곧 소동파의 친우인 혜근惠勤 스님을 가리킨다. 혜근은 원래 구양수歐陽脩의 친구였고, 나중에 소식과 글을 주고받는 사이가 되었다. 『동파지림東坡志林』에 의하면 구양수를 통해서 혜근을 알게 되었는데 소동파의 시구 중 "고산孤山이 홀로 우뚝 솟아 있는 곳에 누가 초막인들 지을까마는 / 도인道人에게 도가 있으니 산은 외롭지 않으리라"(孤山孤絶誰肯廬, 道人有道山不孤)의 도인이 혜근을 가리킨 것이라 한다. 그는 구양수가 죽은 뒤 고산에 은거하여 다시는 나오지 않았다. 소식은 밀주密州의 지주知州로 발령받아 떠나기 전에 혜근의 시집에 이 서문을 써주었다. 이 글 가운데 "시란 산문에 의지해서 세상에 알려지는 것이 아니다"(詩非待文而傳者)라는 구절은 시와 산문의 차이를 확연하게 구분 짓는 문학 이론상의 경구다.

•••

昔翟公罷延尉, 賓客無一人至者. 其後復用, 賓客欲往, 翟公大書其門曰: 一死一生, 乃知交情. 一貧一富, 乃知交態. 一貴一賤, 交情乃見. 世以為口實.

翟公적공: 한 무제 치하에서 정위廷尉에 임명되었을 때는 손님이 문전성시를 이루었으나 유배를 가자 대문 앞이 냉랭하였다. 복직이 되어 다시 사람들이 몰려오려 하니 대문에 본문의 글을 써서 붙여놓았다는 고사로 유명하다. **罷**: 내칠 파. **延尉**: 서한 시기의 관직명. 중앙 사법 심판기구의 장관.

復用부용: 다시 임용되다. 복직되다. **乃**: 이에 내. 비로소. **交情**: 사귐의 실정 또는 실체. **交態**교태: 사귐의 실제 상태. **口實**: 이야깃거리. 화제.

옛날 한나라 때 적공이 정위 자리에서 파직되니 그간의 손님 중에서 찾아오는 사람이 한 사람도 없었다. 그 후에 복직되자 손님들이 찾아오려고 하니까, 적공이 대문에 다음과 같이 크게 글을 써 붙였다. "한 번 죽었다가 다시 살아나야 사귐의 실정을 알게 되고, 한 번 가난해졌다가 다시 부자가 되어야 사귐의 실태를 알게 되며, 한 번 높은 자리에 있다가 다시 낮아져야 사귐의 실정이 드러난다." 세상 사람들은 이 일을 화제로 삼아왔다.

•••

然余嘗薄其為人, 以為客則陋矣, 而公之所以待客者獨不為小哉. 故太子少師歐陽公好士, 為天下第一. 士有一言中於道, 不遠千里而求之, 甚於士之求公. 以故盡致天下豪俊, 自庸衆人以顯於世者固多矣.

薄: 깔볼 박. 업신여기다. **陋**: 천박할 루. **獨**: 어찌 독. 설마. **太子少師**태자소사: 태자소부太子少傅·태자소보太子少保와 더불어 삼소三少라고 부른다. 소사는 태자에게 지식을 전수하고, 소부는 태자의 행동을 가르치며, 소보는 태자의 신체를 관리해주는 일을 한다. **歐陽公**: 구양수. **中**: 부합할 중. **甚於**: ~보다 더욱 절박하다. **盡致**진치: 모두 다 오게 만들다. **庸衆人**용중인: 범상한 보통 사람. **固**: 진실로 고. 참으로.

그러나 나는 일찍이 그의 사람됨을 우습게 알았으니, 왜냐하면, 손님 된 사람의 경우는 천박하였고 적공의 손님을 대하는 방도는 설마 쩨쩨하지 않았단 말인가? 그러므로 태자소사 구양 선생의 인재 사랑이 천하의 최고였다. 인재 중에 말 한마디라도 도에 합당한 것이 있으면 천 리를 멀다 않고 가서 그를 보자고 청하는 것이 인재들이 구양 선생 뵙기를 청하는 것보다 더 절박한 일이었다. 이러한 이유로 천하의 호걸과 준걸을 모두 다 오도록 만들었으니, 평범한 보통 신분으로부터 세상에 이름을 내게 된 사람들이 참으로 많았다.

•••

然士之負公者亦時有. 蓋嘗慨然太息, 以人之難知, 為好士者之戒. 意公之於士, 自是少倦. 而其退老於潁水之上, 余往見之, 則猶論士之賢者, 唯恐其不聞於世也. 至於負己者, 則曰是罪在我, 非其過.

負: 저버릴 부. **時**: 늘 시. 때때로. **蓋**: 그래서 개. **慨**: 슬퍼할 개. **慨然太息**: 슬퍼하여 크게 탄식하다. **之於**지어: ~에 대한 태도, 또는 ~와의 관계. **意**: 추측할 의. 짐작하다. **倦**: 진력날 권. 권태감. **退老**퇴로: 관직에서 물러나 늙은 몸을 추스르다. **猶**: 그래도 유. 여전히.

그러나 이러한 인재 중에는 구양 선생을 저버린 자도 때때로 있었다. 그래서 일찍이 슬픈 마음으로 크게 탄식하면서 사람 마음의 알 수 없음을 인재 사랑의 계율로 삼았다. 짐작건대 구양 선생의 인재에 대한 태도는 이 일 이후로 약간 진력이 났을 것이다. 그러나 그가 관직에서 물러나 영수潁水 가에서 노년을 보낼 때 내가 찾아가 뵈었는데, 여전히 인재 중의 현명한 자에 대하여 논하면서 오로지 그들이 세상에 알려지지 않을까 봐 걱정하였다. 자신을 저버린 자에 관한 이야기에 이르면 하는 말이 "그 탓은 나에게 있으니 그들의 잘못이 아니다"라는 것이었다.

•••

翟公之客負之於死生貴賤之間, 而公之士叛公於瞬息俄頃之際. 翟公罪客, 而公罪己, 與士益厚, 賢於古人遠矣. 公不喜佛老, 其

徒有治詩書學仁義之說者, 必引而進之. 佛者惠勤, 從公遊三十余年, 公常稱之為聰明才智有學問者, 尤長於詩.

叛: 배반할 반. **瞬息**순식: 눈을 깜짝이거나 한 번 숨을 쉬는 짧은 시간. **俄**: 아까 아. **頃**: 이마적 경. **俄頃**: 잠깐 사이. **際**: 사이 제. **罪**: 탓할 죄. **徒**: 무리 도. 신도. **引而進之**: 데려다가 조정에 추천하다. **長於詩**: 시 짓기에 뛰어나다.

적공의 손님들은 죽었다가 살아나는 사이에서, 그리고 존귀함에서 비천함으로 떨어지는 사이에서 그를 저버렸지만 구양 선생의 인재는 순식간에, 바로 얼마 전 사이에 그를 배반하였다. 적공은 손님을 탓하였지만, 구양 선생은 자신을 탓하였으니, 인재들과의 관계는 더욱더 두터워졌고 현명함은 옛사람들보다 훨씬 뛰어났다. 구양 선생은 불교와 노장老莊 사상을 좋아하지 않았지만, 그 무리 중에 『시경』과 『서경』을 연구하고 인의仁義에 관한 유가 학설을 배운 자가 있으면 반드시 데려다가 조정에 추천해주었다. 불자인 혜근 스님은 구양 선생을 따라 교유하기가 삼십여 년이나 되었는데, 그는 언제나 스님을 칭찬하기를 명석하고 재능과 지혜가 있으며 학식을 갖춘 사람으로 특별히 시 짓기에 뛰어나다고 하였다.

•••

公薨於汝陰, 余哭之於其室. 其後見之, 語及於公, 未嘗不涕泣也. 勤固無求於世, 而公又非有德於勤者, 其所以涕泣不忘, 豈為利也哉. 余然後益知勤之賢. 使其得列於士大夫之間, 而從事於功名, 其不負公也審矣.

薨: 훙서 훙. 죽다. **涕**: 눈물을 흘리며 울 체. **泣**: 울 읍. **固**: 본디 고. **德**: 은덕 덕. 은혜. **然後**: 이런 일이 있은 후. **賢**: 어질 현. 어진 마음. **使**: 만약 사.

從事於功名: 공명을 추구하는 일에 매진하다. **審**: 밝히 알다.

구양 선생이 여음汝陰에서 서거하였을 때 나는 그의 집에 가서 그를 위하여 곡을 하였다. 그 후에 스님을 만났는데 이야기가 구양 선생에 이르면 눈물을 흘리며 울지 않은 적이 없었다. 혜근 스님은 본디 세속에서 찾는 것이 없었고, 선생 또한 혜근 스님에게 은덕을 베푼 것이 없으니, 그가 울며 잊지 못하는 이유가 어찌 이익 때문이었겠는가? 나는 이런 일이 있고 난 뒤 더욱 혜근 스님의 어진 마음을 이해하게 되었다. 만약에 그가 사대부들 사이에 놓여서 공명을 추구하는 일에 매진하게 되었더라면 그가 선생을 저버리지 않았을 것은 분명히 알겠다.

•••

熙寧七年, 余自錢塘將赴高密, 勤出其詩若干篇, 求余文以傳於世. 余以為詩非待文而傳者也, 若其為人之大略, 則非斯文莫之傳也.

熙寧: 송나라 신종神宗 연호. 1068년. **求余文以傳於世**: 세상에 잘 전파되게 하기 위해서 나에게 서문을 써달라고 부탁했다는 뜻. **詩非待文而傳者**: 이 구절은 두 가지로 해석할 수 있다. 첫째는 '혜근의 시는 나의 서문에 의지해서 세상에 알려지는 것이 아니다', 둘째는 추상화된 명제로서 '시란 산문에 의지해서 세상에 알려지는 것이 아니다'. 문학적인 차원에서 보자면 후자가 더 합당하다. **待**: 의지할 대. **其為人之大略**: 그가 사람을 대하는 이러한 상황. **莫之傳**: 어떠한 것도 이를 전할 도리가 없다. 원래 '莫傳之'라고 써야 하지만 부정문이어서 목적어 '之'와 동사 '傳'이 뒤바뀐 것이다.

희녕 7년에 내가 전당에서 고밀로 막 부임하러 가려는데, 혜근 스님이 여러 편의 시를 지어 내놓고는 내게 서문을 부탁하여 이로써 시가 세상에 알려졌으면 하였다. 나는 시란 문장에 의지해서 알려지는 것이 아니라고 여기고 있지만, 혜근의 사람됨에 관한 이러한 내용은 이 글이 아니고서는 아무것도 알릴 방도가 없구나.

관중은 뭘 믿고 죽었는가 — 소순蘇洵, 「관중론管仲論」

이 글은 북송의 문인이자 정치가인 소순이 쓴 산문이다. 당시 북송 중기는 경제적으로 번영하던 때인 데다가 인종仁宗이 국방 분야에까지 문인을 앉히는 등 문인을 중용하였기 때문에, 문인들의 정치 참여 의식이 고조되어 있었다. 그들은 개혁 사상을 들고 나와 기존의 관료들과 갈등을 빚었다. 이 작품에서 관중管仲에 대한 종래의 긍정적 해석과는 달리 그를 비판하고 나선 것은 이러한 분위기를 반영한 것이다. 치국의 근본은 인재의 발굴인데, 이를 제대로 하지 못해 제나라를 곤경에 빠뜨린 것은 관중의 실책이라는 비판이다.

소순(1009~1066)은 바로 앞에 나온 소식, 곧 소동파의 아버지다. 구양수의 추천으로 비서성秘書省 교서랑校書郎이 되었다가, 문안현文安縣 주부主簿로서 『태상인혁례太常因革禮』 100권을 편찬하는 일에 참여하였다. 그의 문장은 『맹자』와 『전국책戰國策』의 영향을 크게 받아 활달하고 웅장하다는 평가를 받아왔다. 두 아들과 함께 삼소三蘇로 불리었고, 모두 고문 글쓰기로 이름을 날려 당송팔대가로 꼽힌다.

• • •

管仲相桓公, 霸諸侯, 攘夷狄, 終其身齊國富強, 諸侯不敢叛. 管仲死, 豎刁易牙開方用, 威公薨於亂, 五公子爭立, 其禍蔓延, 訖簡公, 齊無寧歲.

相: 재상 상. 재상 일을 맡다. **霸**: 으뜸 패. 우두머리가 되다. **攘**: 물리칠 양. **叛**: 배반할 반. **豎刁易牙開方**: 豎刁수조·易牙역아·開方개방. 모두 환공이 총애하였던 내시이자 간신. **威**: 원래는 '桓환' 자인데, 송나라 흠종欽宗 조

환趙桓의 이름을 피휘하여 '威'로 바꾼 것이다. **亂**: 정변. 다섯 공자들이 당을 지어 서로 싸우는 바람에 병들어 누운 환공을 아무도 돌보지 않아 그는 굶어 죽었는데, 67일 만에 구더기들이 방에서 기어 나오는 것을 보고서야 비로소 시신을 발견했다고 한다. **五公子**: 환공의 다섯 아들. **蔓**: 덩굴 만. **蔓延**만연: 널리 번지어 퍼지다. **訖**: 이를 흘.

관중은 재상으로서 환공을 도와 제후의 우두머리가 되게 하였고, 여러 소수 민족을 물리쳐서 자신이 죽을 때까지 제나라를 부강하게 만들었으므로, 제후들이 감히 배반하지 못하였다. 관중이 죽자 수조·역아·개방 등이 중용되면서 환공이 정변의 난리 통에 죽었다. 다섯 공자가 서로 임금 자리를 놓고 다툼에 따라 그 재앙의 번짐이 간공簡公에까지 이르니 제나라에는 평안한 해가 없었다.

•••

夫功之成, 非成於成之日, 蓋必有所由起; 禍之作, 不作於作之日, 亦必有所由兆. 故齊之治也, 吾不曰管仲, 而曰鮑叔. 及其亂也, 吾不曰豎刁易牙開方, 而曰管仲. 何則. 豎刁易牙開方三子, 彼固亂人國者, 顧其用之者, 威公也.

所由起: 일어나는 과정. **兆**: 조짐 조. **鮑叔**포숙: 포숙과 관중에 관해서는 앞에 실린 사마천의 「관중열전管仲列傳」을 참조. **則**: 이치 칙. **何則**: 무슨 이치인가? 왜? 흔히 자문자답할 때 쓰는 말. **固**: 본디 고. 원래, 말할 필요도 없이. **顧**: 지난날을 생각할 고.

무릇 공적은 이루어지는 그날 하루에 이루어지는 것이 아니라 대개는 그것이 일어나는 과정이 반드시 있는 법이고, 재앙이 일어나는 것도 그날 하루에 일어나는 것이 아니라 조짐의 과정이 반드시 있는 법이다. 그러므로 제나라가 잘 다스려진 것은 관중이 아니라 포숙鮑叔 덕분이라고 나는 말하는 바이고, 나중에 정변이 일어난 것은 수조·역아·개방 등이 아니라 관중 때문이라고 나는 말하는 바이다. 왜 그런가? 수조·역아·개방, 이 세 사람은 본디 사람과 나라를 어지럽게 만드는 자들로서 이들을 쓴 자를 생각해보면 환공이다.

•••

夫有舜而後知放四凶, 有仲尼而後知去少正卯. 少正卯. 彼威公何人也? 顧其使威公得用三子者, 管仲也. 仲之疾也, 公問之相. 當是時也, 吾意以仲且舉天下之賢者以對, 而其言乃不過曰: 豎刁易牙開方三子, 非人情, 不可近而已.

四凶사흉: 요임금 시대 네 명의 흉악한 사람. 공공共工·환두驩兜·삼묘三苗·곤鯀 등으로 알려져 있다. **仲尼**중니: 공자의 자字. **少正卯**소정묘: 노나라 대부로서 공자와 같은 시기에 사학을 열어 학생들을 가르쳤는데, 사설邪說을 펼쳤다 하여 당시 대사구大司寇였던 공자가 체포하여 사형시켰다. **疾**: 병들 질. **意**: 생각할 의. **人情**: 사람으로서 지녀야 할 참된 모습. 수조·역아·개방의 과거는 이러한 모습에서 멀었다. 수조는 제나라 궁궐로 들어오기 위해서 스스로 거세를 하였고, 역아는 환공의 환심을 사기 위해 자신의 아들을 요리해 진상하였으며, 개방은 원래 위나라 공자였는데 부모를 버리고 환공을 모셨다. **而已**: ~일 뿐이다.

무릇 순임금이 나타난 다음에야 요임금 시대의 사흉四凶이 축출되었어야 함을 알게 되었고, 공자가 나타난 다음에야 소정묘가 제거되었어야 함을 알게 되었다. 저 환공이란 사람은 어떤 사람인가? 환공으로 하여금 위의 세 사람을 등용토록 한 자를 살펴보니 바로 관중이었다. 관중이 병들었을 때 환공이 그에게 다음 재상에 관하여 물어보았다. 그 당시에, 내 생각으로는, 관중은 장차 천하의 현자를 거론해서 대답하고자 하였겠지만, 정작 그의 말은 "수조·

역아·개방 이 세 사람은 참된 모습의 사람들이 아니니 가까이해서는 안 됩니다" 정도에 지나지 않았다고 본다.

•••

嗚呼! 仲以爲威公果能不用三子矣乎? 仲與威公處幾年矣, 亦知威公之爲人矣乎. 威公聲不絶於耳, 色不絶於目, 而非三子者則無以遂其欲. 彼其初之所以不用者, 徒以有仲焉耳. 一日無仲, 則三子者可以彈冠而相慶矣. 仲以爲將死之言可以縶威公之手足耶.

處: 살 처. 함께 지내다. **亦**: 아마도. **無以**: ~할 도리가 없다. **遂**: 이룰 수. **徒**: 다만 도. **彈冠**탄관: 갓의 먼지를 털다. 즉 관직에 나아갈, 또는 승진할 준비를 하다. **彈冠相慶**탄관상경: 갓의 먼지를 털면서 서로 축하하다. 『한서』「왕길전王吉傳」에 나오는 고사성어. 한 사람이 출세하면 자신의 친구를 끌어다 자리를 주는 행위. **縶**: 잡아맬 집.

아아, 관중은 환공이 예상대로 저 세 사람을 중용할 수 없으리라 여겼단 말인가? 관중은 환공과 몇 년을 함께 지냈으니 아마도 그의 사람됨을 알았을 터인데도 말이다. 환공은 음악이 귀에서 끊어진 적 없고 여색이 눈에서 떠난 적 없는 사람이었으니, 저 세 사람이 아니었더라면 그의 욕심을 이룰 방도가 없었을 것이다. 저들이 처음에 중용되지 않았던 까닭은 단지 관중이 거기에 있었기 때문이었다. 하루아침에 관중이 없어지니 세 사람은 높은 자리로 나아가 서로를 끌어줄 수 있게 되었다. 관중은 막 죽기 전에 한 말로써 환공의 손과 발을 묶어놓을 수 있다고 여겼던 것인가?

• • •

夫齊國不患有三子, 而患無仲. 有仲, 則三子者, 三匹夫耳. 不然, 天下豈少三子之徒哉. 雖威公幸而聽仲, 誅此三人, 而其餘者, 仲能悉數而去之耶. 嗚呼, 仲可謂不知本者矣. 因威公之問, 擧天下之賢者以自代, 則仲雖死, 而齊國未爲無仲也. 夫何患三子者. 不言可也.

患: 근심할 환. **匹夫**필부: 보통 사내. **少**: 결핍될 소. 드물다, 없다. **誅**: 벨 주. **悉**: 모두 실. **悉數**: 하나도 빠뜨리지 않고. **因**: 근거할 인. 계기나 기회로 삼다.

대체로 제나라는 저 세 사람이 있다는 사실에 대해서는 걱정하지 않고 관중이 없다는 사실에 대해서만 걱정하였다. 관중이 있다면 세 사람은 세 보통 사내에 불과할 것이기 때문이다. 그렇지 않다면 천하에 설마하니 저 세 사람과 같은 무리가 또 없겠는가? 설사 환공이 요행히 관중의 말을 따라 이 세 사람을 주살하였다 하더라도, 그 나머지 무리는 관중이 한 놈도 남기지 않고 모조리 제거할 수 있었을까? 아아, 관중은 가히 근본을 알지 못한 자라고 말할 수 있다. 환공의 하문下問을 기회로 삼아 천하의 현자를 천거하여 자신을 잇게 하였더라면, 관중이 비록 죽더라도 제나라는 관중이 없는 상태가 되지는 않았을 터이니, 저 세 사람을 걱정할 게 무에 있었겠는가? 거론조차 하지 않아도 되었을 것이다.

• • •

五伯莫盛於威文, 文公之才, 不過威公, 其臣又皆不及仲: 靈公之虐, 不如孝公之寬厚. 文公死, 諸侯不敢叛晉, 晉習文公之餘威, 猶得爲諸侯之盟主百餘年.

伯: 우두머리 패. **文**: 진晋 문공文公. **靈公**: 문공의 아들. 포악한 군주로 악명 높았다. **孝公**: 환공의 아들. 환공이 죽은 뒤 송나라의 지원을 받아 왕위를 탈취했다. 관대한 덕을 지닌 임금으로 알려져 있다. 『좌전』「희공 26년」 기록에 의하면, 노나라에 기근이 들자 효공이 군사를 일으켜 노나라 공격에 나섰는데, 노나라의 전희展喜가 효공에게 환공의 공적을 찬양하자 군대를 철수해 돌아갔다고 한다. **習**: 익숙할 습.

춘추오패 중에서 어느 누구도 환공보다 강성한 자가 없었고, 진 문공의 재주도 환공을 넘어서지 못했으며 그 신하들도 모두 관중에 미치지 못하였다. 문공의 아들인 영공은 포악하여 환공의 아들인 효공의 관대함에 미치지 못했지만, 문공이 죽었어도 제후들은 감히 진나라에 반기를 들지 못했는데, 이는 문공의 남아 있는 위세에 익숙하게 길들어서 아직도 제후들의 맹주 노릇을 백 년은 더 할 수 있기 때문이었다.

•••

何者. 其君雖不肖, 而尚有老成人焉. 威公之薨也, 一亂塗地, 無惑也, 彼獨恃一管仲, 而仲則死矣.

肖: 닮을 초. 현명하다. **老成人**: '年老成德之人'의 약자. 경험이 많고 덕이 많아 일을 원만하게 처리하는 사람. 원로. **薨**: 훙서할 훙. 왕족이나 귀족이 죽었을 때 쓰는 말. **塗**: 지울 도. **塗地**: 땅을 뒤덮다. 수습 불가능한 상태가 되다. **恃**: 믿을 시.

그 이유는 무엇인가? 임금(영공)은 비록 현명하지 못했지만, 경험이 많고 덕을 쌓은 원로들이 조정에 아직 건재했기 때문이다. 환공이 죽게 되면 단번에 혼란이 땅을 뒤덮을 것은 의심의 여지가 없었음에도 저 사람(환공)은 오로지 관중 한 사람에게 의지했는데, 정작 관중은 죽고 말았다.

•••

夫天下未嘗無賢者, 蓋有有臣而無君者矣. 威公在焉, 而曰天下不復有管仲者, 吾不信也. 仲之書, 有記其將死論鮑叔賓胥無之爲人, 且各疏其短. 是其心以爲數子者皆不足以託國; 而又逆知其將死, 則其書誕謾不足信也.

蓋: 대개 개. 왜냐하면, 아마도. **焉**: 그 자리에. **仲之書**: 관중의 저서. 『관자管子』를 가리킨다. 그러나 오늘날 전해지는 『관자』는 위서僞書다. **疏**: 임금에게 아뢸 소. **短**: 허물 단. 『관자』의 기록에 의하면, 관중이 앓아누워 있으면서 환공에게 다음과 같이 아뢰었다고 한다. "포숙의 사람됨은 정직한 것을 좋아하기는 하지만 나라를 강하게 만들기에는 부족하고, 빈서무의 사람됨은 착한 것을 좋아하기는 하지만 나라 사람들을 복종하게 할 수 없습니다." **逆**: 미리 역. **誕**: 클 탄. 거짓. **謾**: 속일 만. **誕謾**: 황당한 거짓말.

무릇 천하에 일찍이 현자가 없었던 적이 없었다는 것은, 아마도 신하는 존재하되 임금은 존재하지 않았던 상태가 있었기 때문일 것이다. 환공이 아직 재위하고 있었을 때 "천하에 다시는 관중이 나타나지 않을 것이다"라고 말한 적이 있는데, 나는 이 말을 믿지 않는다. 관중이 쓴 책에 그가 죽음에 임박해 포숙과 빈서무賓胥無의 사람됨을 논하면서 아울러 그들의 단점을 각각 아뢰었다는 기록이 있다. 이것은 그가 마음속으로 이들 몇몇 사람은 모두 나라를 맡기기에 부족하다고 여겼다는 뜻이다. 또한, 그가 곧 죽으리라는 것을 미리 알았다면, 그 책이 황당무계하여 믿기에 부족하다는 뜻이기도 하다.

•••

吾觀史鰌吾觀史鰌, 以不能進蘧伯玉, 而退彌子瑕, 故有身後之諫. 蕭何且死, 擧曹參以自代. 大臣之用心, 固宜如此也. 夫國以一人興, 以一人亡. 賢者不悲其身之死, 而憂其國之衰, 故必復

有賢者, 而後可以死. 彼管仲者, 何以死哉.

史鰌사추: 춘추 시기 위나라 대부. 『논어』「위령공」에서 공자가 "곧도다, 사어史魚는!"(直哉史魚)이라고 칭찬한 '사어'가 바로 이 사람이다. 사어는 위령공이 현신인 거백옥蘧伯玉을 물리치고 간신인 미자하彌子瑕를 재상에 앉힌 데 대한 책임을 통감하고 죽으면서 자신의 시신을 안방에 모시지 말라고 당부하였다. 위령공이 그 까닭을 들은 후 참회하고는 거백옥을 재상에 앉혔다. 자신의 시신으로써 끝까지 간언하였다 하여 이를 시간屍諫이라고 불렀다. **身後之諫**: 몸이 죽은 뒤에까지 간언하다. 즉 시간. **蕭何**소하: 서한 초 개국 공신 중의 한 사람. 나중에 재상이 되었다. **曹參**조삼: 한 초 개국 공신 중의 한 사람. 증삼曾參·조삼曹參·잠삼岑參 등 고대 역사인물과 결부된 '參' 자의 발음을 중국 어문 교과서에서 'shen'으로 통일하였으므로 우리는 '삼'으로 읽는 것이 옳다. **以一人**: 이때 '以'는 원인을 나타내는 개사. 한 사람으로 인해서. **何以**: 무엇을 믿고서.

내가 보건대, 사추史鰌는 거백옥을 재상 자리에 나아가게 하고 미자하를 물러나게 하지 못하였으므로 죽은 후에까지 (시신으로) 간언을 한 사람이다. 한 초의 소하蕭何는 장차 죽으려 할 때 조삼을 천거하여 자신의 뒤를 잇게 하였으니, 대신의 마음 씀은 본디 이와 같아야 하는 법이다. 무릇 나라는 한 사람으로 인하여 일어나고 한 사람으로 인하여 망한다. 현자는 자신이 죽는 것을 비통해하지 않고 나라의 쇠락을 걱정한다. 그러므로 반드시 현자가 다시 나타나게 해놓고 나서야 비로소 죽을 수 있다고 여기는 것이다. 저 관중이라는 사람은 도대체 무엇을 믿고서 죽었단 말인가?

두 아들의 작명을 밝힘 — 소순, 「명이자설名二子說」

경력慶歷 6년(1046)에 소순은 개봉開封으로 올라가 과거에 응시했지만, 당시 조정이 부패하여 실력을 인정받지 못하고 낙방하였다. 이후 그는 과거와 조정에 대한 믿음을 버리고 귀향해 자신의 두 아들에게 희망을 걸었다. 이 글은 그가 낙향한 지 2년 후에 지었는데, 당시 식軾은 11세, 철轍은 8세였다. 여기서 두 아들 이름의 유래와 의미, 그들에 대한 희망과 훈계, 그리고 각자의 성격을 기술하였다.

•••

輪輻蓋軫, 皆有職乎車, 而軾獨若無所爲者.

輻: 바큇살 복. 바퀴를 둥글게 지탱하는 노릇을 한다. **蓋**: 덮개 개. **軫**: 수레 뒤턱 나무 진. 수레 프레임의 뒤쪽 가로목. 수레의 지붕과 기둥을 잡아주는 기능을 한다. **職**: 직분 직. 기능. **軾**: 수레 앞턱에 가로 댄 나무 식. 수레 위에서 절을 할 때 이것을 쥐고 한다. **爲**: 하는 일. 용도.

바퀴·바큇살·덮개·뒤턱 나무는 모두 수레에서 각자 기능이 있지만, 앞턱 위에 있는 가로목만이 홀로 용도가 없어 보인다.

•••

雖然, 去軾則吾未見其爲完車也. 軾乎, 吾懼汝之不外飾也.

完車완거: 모든 구성품이 완비된 수레. **懼汝之不外飾**: 네가 밖으로 자신의 재주를 덮어 없는 듯 꾸미지나 않을까 걱정이다. 즉 수레 앞 가로목은 주요 구성품이 아니라서 자칫 남들이 그 존재를 알아주지 않아 소외당할 수 있으니 적극적으로 자신을 표현하라는 뜻.

비록 그렇다 하더라도 이 가로목(軾)을 제거해버리면 나는 그것이 아직 다 갖춰진 수레라고 보지 않는다. 식아, 나는 네가 밖으로 자신의 재주를 덮어서 없는 듯 꾸미지나 않을까 걱정이다.

•••

天下之車, 莫不由轍, 而言車之功者, 轍不與焉.

轍: 바퀴 자국 철. **由轍**: 바퀴 자국을 경유하다. 바퀴 자국을 따라가다. **車之功**: 수레를 완성하는 데 들어가는 공력功力. **與焉**: 그 안에 포함되다.

천하의 수레 중에서 바퀴 자국(轍)을 경유하지 않는 것은 아무것도 없으나, 수레를 만드는 데 들어가는 공력으로 말하자면 바퀴 자국은 거기에 포함되지 않는다.

•••

雖然, 車仆馬斃, 而患亦不及轍, 是轍者, 善處乎禍福之間也. 轍乎, 吾知免矣.

雖然수연: 비록 그렇다 하더라도. **仆**: 뒤집힐 복. **斃**: 자빠질 폐. **而**: '則즉'과 같다. **善處**: 처신을 잘하다. **免**: 벗어날 면. 재앙을 피하다. 소철은 성격이 온화하고 조용해서 말썽에 휘말리지 않고 인생을 복되게 살 수 있으리라 예상한 것이다.

비록 그렇긴 해도 수레가 뒤집히고 말이 자빠지는 사고가 나면, 어떤 재앙도

바퀴 자국에는 미치지 않는다. 이것은 바퀴 자국이 화와 복 사이에서 처신을 잘하고 있기 때문이다. 철아, 나는 네가 재앙을 잘 피해서 살리라 여긴다.

역사의 역설 —
장뢰張耒, 「서오대곽숭도전후書五代郭崇韜傳後」

이 글은 장뢰가 『신오대사新五代史』 「곽숭도전郭崇韜傳」을 읽고 난 후에 그 독후감을 적은 산문이다. 오대五代 때 장군이었던 곽숭도는 총명하고 지략에 능한 사람이어서 자신의 미래 안전을 보장하기 위하여 매우 정교하게 계획을 짜놓고 실행에 옮겼지만, 도리어 이 지략 때문에 죽임을 당하고 말았다. 지략을 정교하게 짜면 짤수록 거기에는 정도正道가 사라지므로, 오히려 그것 때문에 해를 당하는 것이 역사의 역설이라는 점을 이 글은 밝히고 있다.

장뢰(1054~1114)는 북송 시기의 대신이자 문인이다. 휘종徽宗 때 태상소경太常少卿에 임명되었다. 소식蘇軾 문하의 걸출한 문인들인 이른바 소문사학사蘇門四學士 중의 한 사람이다.

•••

自古大臣, 權勢已隆極, 富貴已亢滿, 前無所希, 則退爲身慮, 自非大姦雄包異志, 與夫甚庸駑昏闒茸, 鮮有不然者.

隆: 성할 륭. **亢**: 목 항. 높이 오르다. **退**: 움츠릴 퇴. 몸을 사리다. **慮**: 헤아릴 려. **爲身慮**: 자기 자신을 위하여 이리저리 생각해보다. **自非**: 만일에 ~가 아니라면. **姦雄**간웅: 간사한 수단으로써 대권이나 고위직을 차지한 자. **庸**: 범상할 용. 어리석은. **駑**: 둔할 말 노. **昏**: 어두울 혼. **駑昏**: 아둔하고 멍청한. **闒**: 창 흡. **茸**: 풀 우거질 용. 미련한 사람을 지칭하는 말. **闒茸**: 비천하고 저열한. **鮮**: 드물 선.

옛날부터 대신은 권세가 융성함이 이미 극에 달하고, 부귀가 갈 수 있는 데까지 높이 올라서 앞으로 더는 바라는 바가 없게 되면, 몸을 사려 자기 자신을 위하여 이리저리 생각해보게 된다. 이것은, 만일에 대단한 간웅姦雄이 특별한 의지를 품고 있거나 저들 지극히 평범하고 아둔하며 미천한 자들이 아니라면, 그렇게 하지 않을 자가 드물 것이다.

•••

其爲謀實難, 不憂思之不深, 計之不工, 然異日釁之所起, 往往自夫至深至工, 是故莫若以正.

謀: 꾀할 모. 자신을 위해 도모하는 일. **異日**: 장래의 어느 날 또는 어느 때. **釁**: 틈 흔. 분쟁의 발단. **莫若**: 아무것도 ~만 한 것이 없다.

자신을 위해 도모하는 이러한 일은 실로 어려워서, 생각을 깊이 하고 계획을 정교하게 짜는 일을 걱정하지 않은 것은 아니지만 나중에 말썽이 일어남은 흔히 저 지극히 깊고 지극히 정교한 데서 오는 터이니, 이 때문에 어떠한 것도 정당함으로써 한 것만 한 것이 없다.

•••

夫正者, 操術簡而周, 智者爲緒多而拙, 夫正者無所事計也, 行所當然, 雖怨讐雖不敢議之, 況繼之者賢乎.

操術조술: 평소에 지닌 처세나 일 처리 방법. 다루는 기술. **簡而周**: 간략하면서도 꼼꼼한. **緒**: 일 서. 사업. **拙**: 거칠 졸. **事計**사계: 일을 처리하는 계획. **雖**수: 쓸데없이 들어간 연자衍字이므로 빼버려야 한다. **議**: 책잡을 의.

무릇 정당한 것은 다루는 기술이 간략하면서도 빈틈이 없으나, 지혜를 쓰는 것은 일을 많이 벌이게 되어 거칠어진다. 무릇 정당함이란 일을 처리하는 계책이 없이 당연한 바를 실천하는 것이므로, 아무리 원수라 하더라도 감히 그에 대해서 책잡을 수가 없는데, 하물며 이를 계승한 사람이 현명하다면야!

•••

郭崇韜於五代, 亦聰明權智之士也. 佐莊宗, 決策滅梁, 遂一天下, 自見功高權重, 姦人議己, 而莊宗之昏, 爲不足賴也, 乃爲自安之計.

權智: 임기응변에 능한 지략. '저울 권權'은 저울처럼 균형을 잡기 위하여 움직인다는 뜻. **決策**결책: 책략을 결정하다. **滅**: 죽일 감. **見**: 보일 현. **莊宗**: 이름은 이존욱李存勖. 후당後唐의 개국 황제. **自安**: 자신을 안전하게 만들다.

곽숭도는 (혼란한) 오대五代 시기에도 총명하고 임기응변에 능하며 지략을 가진 인사였다. 그는 장종을 보좌하여 책략을 세워 양나라를 멸하고 마침내 천하를 통일하였다. 그러나 스스로 공적이 높고 권세가 막중함을 드러내 보임으로써 간사한 자들이 자신을 헐뜯게 해놓고도, 장종이 미혹한 군주라서 신뢰하기에 부족하다고 여기고는 자신의 안전을 보장할 계책을 만들었다.

•••

時劉氏有寵, 莊宗嬖之. 因請立爲后而中莊宗之欲, 又結劉氏之援, 此於劉氏, 爲莫大之恩, 而莊宗日以昏湎, 內聽婦言, 其爲計宜無如是之良者.

劉氏유씨: 당시 후궁이었으나 나중에 곽숭도의 도움으로 황후가 되었다. **嬖**: 지나치게 가까이 할 폐. **因**: 근거할 인. **中**: 가득 찰 중. **欲**: 욕망 욕. 의

중. **結**: 다질 결. **援**: 도울 원. **莫大**: 이보다 더 큰 것이 없는. **湎**: 빠질 면. **如是之良者**: 이와 같이 좋은 것.

당시 후궁인 유씨가 총애를 받았는데 장종은 이 여인을 지나치게 가까이하고 있었다. 이를 기회로 그는 유씨를 황후로 세울 것을 주청하여 장종의 의중을 채워주고는 유씨의 지원을 다져놓았다. 이것은 유씨에게는 이보다 더 큰 것이 없는 은혜인 데다가 장종은 날로 미혹에 빠짐으로써 안에서 아낙네의 말을 들을 터이니, 그가 세운 계책 중에서 당연히 이같이 훌륭한 것은 없었으리라.

•••

然卒之殺崇韜者, 劉氏也. 使崇韜繆計, 不過劉氏不能有所助而已, 豈知身死其手哉. 好謀之士, 敗於謀, 好辯之士, 敗於辯, 惟道德之士, 爲無窮, 而禍福之變, 豈思慮能究之哉.

卒之졸지: 마침내. **殺崇韜者劉氏**: 곽숭도는 자신의 안전을 보장받기 위하여 유씨를 황후에 앉혔으나, 평소 곽숭도에게 멸시를 당했던 환관들이 오히려 황후를 꾀어 그를 죽이게 하였다. **使**: 설령 사. **繆**: 어그러질 류. **辯**: 말 둘러댈 변. **爲無窮**: 궁색함이 없게 된다. **究**: 헤아릴 구.

그러나 마침내 곽숭도를 죽인 것은 유씨였다. 설사 곽숭도가 계책을 어그러지게 했다 하더라도 유씨에게서 도움을 받을 수 없었으면 그만일 뿐인데, 자신이 그녀의 손에 죽을 줄 어찌 알았겠는가? 모략을 좋아하는 인사는 모략 때문에 망가지고, 말 둘러대기를 좋아하는 인사는 말 둘러대기 때문에 망가진다. 오로지 도덕적인 인사만이 궁색함이 없게 되는 법이니, 재앙과 복의 변화가 어찌 사람의 생각으로 능히 헤아릴 수 있는 것이겠는가?

찾아보기